포르투나의 선택
2

포르투나의 선택

Fortune's Favorites

COLLEEN
McCULLOUGH

2

콜린
매컬로
지음

강선재 · 신봉아
이은주 · 홍정인
옮김

교유서가

MASTERS OF ROME

FORTUNE'S FAVORITES
2

CONTENTS

3장

CHAPTER THREE
Jan. 81 B.C. ~ Aug. 80 B.C.

기원전 81년 1월부터
기원전 80년 8월까지

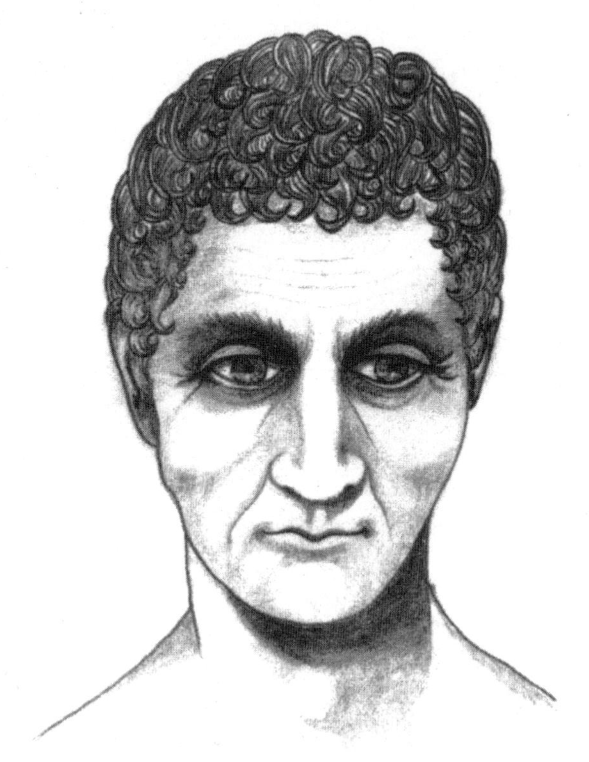

퀸투스 카이킬리우스 메텔루스 피우스

공권박탈 조치에 로마가 충분히 적응했다고 술라가 판단하기까지는 두 달이 채 걸리지 않았다. 마리우스의 일곱번째 집정기에 있었던 며칠간의 도살에 비하면 이번에 벌어진 살육은 미미하나마 덜 노골적이었다. 로마 시가지에 피가 철철 흐르지도 않았고 포룸 로마눔 낮은 구역에 시체가 높이 쌓이지도 않았다. 술라의 공권박탈 조치로 살해된 자들의 시신은(희생자들의 장례나 매장은 금지되었다) 흉골 밑에 정육용 갈고리를 끼워 티베리스 강으로 끌고 가 강물에 내던졌다. 머리통은 따로 떼어내 포룸 로마눔 낮은 구역의 공설 분수대 세르빌리우스 연못 둘레에 쌓았다.

국가에 몰수된 재산이 공권박탈 조치 총괄 책임자인 크리소고노스의 지휘하에 차곡차곡 쌓였고, 몇 가지 법이 추가로 생겨났다. 공권박탈자 명단에 오른 자의 과부는 재혼할 수 없었고, 가이우스 마리우스와 마리우스 2세의 이마고, 킨나와 그 선조의 이마고, 또 누구든 공권박탈자 명단에 오른 자와 그 선조의 이마고는 그 가문에서 열리는 어떠한 장례식에서도 전시할 수 없었다.

가이우스 마리우스의 저택은 경매로 섹스투스 페르퀴티에누스에게 팔렸다. 그는 페르퀴티에누스 가문의 부를 일군 자의 손자로, 마리우스가 이 집을 지어 올릴 당시 그 옆집에 살고 있었다. 섹스투스 페르퀴티에누스는 이 집을 페르퀴티에누스 가문의 저택과 합치지 않고 예술품을 보관하는 별관으로 이용했다.

공권박탈 조치로 몰수된 재산은 처음에 크리소고노스가 주관하는 경매에서 공정 시장가격에 낙찰되었다. 하지만 응찰 가격이 그리 높지 않자 열번째 경매 즈음해 실매입가가 급속히 떨어지기 시작했다. 마르쿠스 크라수스가 응찰에 나선 것은 바로 이때였다. 그는 약삭빠르게도 경매 목록에서 가장 좋은 매물을 노리기보다 일반적으로 매력도가 떨어지는 매물에 집중하는 쪽을 택해 헐값에 사들였다. 루키우스 세르기우스 카틸리나가 보인 처신은 더 잔악했다. 그는 반역의 기미가 보이는 말이나 행동을 크리소고노스에게 밀고하는 데 집중하더니, 급기야 친형 퀸투스를 공권박탈자 명단에 올리고 뒤이어 매부 카이킬리우스까지 명단에 올렸다. 형은 국외로 추방되었지만 매부는 살해되었다. 카틸리나는 독재관에게 자기가 그들의 재산을 상속받을 수 있게 특별법을 제정해줄 것을 요청했다. 두 경우 모두 유언장에 그의 이름이 없으며, 두 사람 다 슬하에 아들이 있어서 자기가 직계상속인이 아니라고 주장하면서. 술라는 그의 요청을 받아들였고, 카틸리나는 경매에 한 푼도 쓰지 않고 부자가 되었다.

그리하여 이래저래 싸늘했던 1월의 마지막날 술라는 개선식을 거행했다. 온 로마가 떼로 몰려나와 술라에게 경의를 표했지만 기사들은 그냥 집에 있었다. 술라나 크리소고노스의 눈에 띄면 다음번 공권박탈자 명단에 이름이 오를 수 있다고 판단해서였다. 독재관은 아시아와 미트리다테스 왕의 공물과 전리품을 전시했다. 하지만 미트리다테스와의 전쟁을 서둘러 마친 탓으로 적의 부유함에 비해 전리품은 변변찮았고, 독재관은 온갖 교묘한 수법을 동원해 애써 그 사실을 감추었다.

이튿날 술라는 개선식이 아닌 전시회를 열어 마리우스 2세와 카르보로부터 빼앗은 것들을 선보였다. 신중했던 그는 이 진열품들이 전부 원래 속한 신전이나 주인에게 반환될 거라고 관람객들에게 똑똑히 일렀다. 과거에 로마에서 추방되었으나 로마 시민 자격을 되찾은 자들인 아피우스 클라우디우스 풀케르, 메텔루스 피우스, 바로 루쿨루스, 마르쿠스 크라수스 등은 이날 로마 원로원 의원으로서가 아니라 복권된 추방자 자격으로 시가지를 행진했다. 술라는 그들을 배려해 일반적으로 해방노예가 착용하는 '자유의 모자'를 쓰고 걸어야 하는 치욕만은 면하게 해주었다.

폼페이우스를 길들이기란 공권박탈 조치를 로마에 안착시키기보다 더 어려운 일임을 술라는 자신의 개선식 전날 알게 되었다. 독재관인 그의 지시를 무시한 채 폼페이우스가 자기 휘하의 전군을 이끌고 아프리카에서 이탈리아로 건너온 것이다. 폼페이우스는 타렌툼에서 술라에게 편지를 보내 왔다. 그의 군대가 충성스런 병사들을 단 한 명이라도 남겨두고는 절대로 떠날 수 없다며 그를 붙잡았다는 것이었다. 그는 그들의 집단 승선을 도저히 막을 힘이 없었다고 주장했다(하지만 5개 군단과 말 2천 필을 추가로 태울 배가 도대체 어디서 났는지에 대한 설명은 없었다). 편지 말미에서 그는 개선식을 열게 해달라고 재차 요청했다.

독재관은 재빨리 타렌툼으로 전령을 보내, 폼페이우스가 애타게 바라는 개선식을 재차 거절했다. 동일한 전령이 들고 돌아온 편지에서,

폼페이우스는 자기 군대의 고집스러운 태도를 사죄하면서도 자기에겐 도무지 그들을 통제할 길이 없다고 또다시 항변했다. 이 버릇없기 이를 데 없는 병사들은 사랑해 마지않는 장군께서 개선식을 허락받아야 마땅하다며 생떼를 쓰고 있다! 만일 독재관께서 계속 부정적인 자세로 일관하시면 이 버릇없기 이를 데 없는 병사들이 직접 나서서 로마에 진군이라도 하겠다고 할까봐 몹시 걱정스럽다. 물론 그 자신은 힘닿는 대로 어떠한 수단을 써서라도 이를 저지할 터이지만!

전령이 전속력으로 아피우스 가도로 말을 달려 타렌툼에 전한 술라의 두번째 편지에는 세번째 거절이 담겨 있었다. 개선식은 없음. 결국 이 마지막 거절로 인해 그들은 인내심을 잃었다. 폼페이우스 수하의 6개 군단과 기병 2천 명이 로마 행군에 나섰다. 그들이 사랑해 마지않는 장군도 그들과 같이 갔다. 그는 또다시 술라에게 보낸 편지에서, 자기가 그렇게 하는 건 오로지 자기 병사들이 훗날 후회할 짓을 벌이는 걸 말리기 위해서라고 주장했다.

원로원은 그동안 두 사람의 기 싸움에서 벌어진 모든 사건을 다 알고 있었으며, 스물네 살짜리 기사가 보이는 오만방자함에 경악했다. 그들은 지금까지 술라가 내린 명령과 거절을 전부 지지한다는 내용의 원로원 결의를 발표했다. 따라서 폼페이우스와 그의 군대가 카푸아에 당도했다는 소식이 술라와 원로원에 전달되었을 때 반대는 더욱 확고했다. 때는 2월 말로 접어들어 한겨울 폭풍은 이미 왔다 갔고 마르스 평원은 전부터 주둔해 있던 군대들로 북적였다. 아시아 속주와 킬리키아의 전 총독 루키우스 리키니우스 무레나 휘하의 2개 군단, 알프스 너머 갈리아의 전 총독 가이우스 발레리우스 플라쿠스의 2개 군단이었다. 두 사람 다 조만간 개선식을 열 것이었다.

폼페이우스에게 카푸아에서 멈출 것을 명령하는 (그리고 마르스 평원에 실전을 마치고 돌아온 4개 군단이 주둔해 있음을 알리는) 편지를 보내기 바쁘게, 독재관은 몸소 로마를 떠나 카푸아로 향했다. 양 집정관 데쿨라와 큰 돌라벨라, 최고신관 메텔루스 피우스, 원로원 최고참 의원 겸 기병대장 플라쿠스, 릭토르 호위대가 그와 동행했다. 그들을 경호하는 군인들은 없었다.

술라의 편지는 폼페이우스가 카푸아를 떠나기 전에 도착했다. 그는 실전으로 다져진 4개 군단이 로마 외곽에 진을 치고 있다는 소식에 깜짝 놀라서 있던 자리에 머물렀다. 폼페이우스는 술라와 전쟁을 벌일 의도가 없었다. 행군은 순전히 개선식을 따내려고 놓은 엄포일 뿐이었다. 따라서 독재관에게 즉각 전투에 동원 가능한 4개 군단이 있다는 소식에 폼페이우스는 얼음물을 한 바가지 뒤집어쓴 기분이었다. 나는 내가 지금 엄포를 놓고 있단 걸 안다. 하지만 술라도 그걸 알까? 알 리가 없다! 무슨 수로 알겠는가? 술라에게 이것은 본인이 집정관이던 해에 카푸아에서 로마에 진군한 사건의 재연으로 보일 게 분명했다. 폼페이우스는 덜컥 겁이 났다.

따라서 술라가 뒤따라오는 군대도 없이 직접 그리로 오는 중이라는 소식에 폼페이우스는 정신없이 말을 타고 아피우스 가도에 올랐다. 그에게도 뒤따라오는 군대는 없었다. 이번 대면은 과거 칼로르 강여울에서의 첫 만남과 닮은 데가 있었다. 이날 술라는 술에 취하지 않았지만 어김없이 노새를 타고 있었다. 자주색 단을 댄 토가 프라이텍스타를 입은 그는 릭토르 스물네 명을 앞세우고 있었다. 진홍색 튜닉에 청동으로 돋을새김 장식을 한 가죽 허리띠를 맨 릭토르들은 추워서 벌벌 떨면서 흉측한 도끼머리가 꽂힌 나뭇가지 다발을 들고 있었다. 술라 뒤로도 서른 명의 릭토르가 있었다. 열두 명은 데쿨라, 열두 명은 큰 돌라벨라, 여섯 명은 법무관급 지위인 기병대장 수하의 릭토르였다. 따라서 이날의 만남은 칼로르 강에서보다 인상적이고 엄숙했다. 분위기로 치자면 이번이 가련한 폼페이우스가 처음에 품었던 환상과 더 들어맞았다.

하지만 술라와 처음 대면한 이후로 지난 스물두 달간 폼페이우스의 위상이 높아졌다는 데는 이견의 여지가 없었다. 그는 메텔루스 피우스, 크라수스와 합동으로 첫 군사작전을 치렀고 클루시움에서 술라, 크라수스와 또 한번의 군사작전을 치렀다. 그리고 세번째 군사작전은 바다를 건너가 외국에서 순전히 단독으로 치러낸 터였다. 따라서 그는 이제 거리낌없이 제일 좋은 금도금 갑옷을 꺼내 입었다. 화려하게 장식한 그의 공마처럼 폼페이우스도 번쩍번쩍 빛이 났다. 독재관 일행은 걸어서 길을 올라왔다. 그들에게 호전적으로 보이고 싶지 않아서 폼페이우스도 말에서 내렸다.

술라는 풀잎관을 쓰고 있었다. 심술궂게도 이는 폼페이우스에게 자신이 아직 풀잎관을 받지 못했음을 상기시켰다. 사실 그에게는 아직 시민관조차 없었다! 우스꽝스러운 가발을 얹었어도, 얼굴이 흉터투성이어도 독재관은 어느 모로 보나 여전히 독재관다운 면모를 풍겼다. 폼페이우스는 그 점을 한눈에 간파했다. 릭토르들이 양 길가로 열두 명씩 비켜서며, 그 사이로 금도금 갑옷 차림의 검게 그을린 청년이 술라에게 걸어갈 수 있게 했다. 술라는 일행의 대열을 미리 정비해둔 터였다. 그는 다른 일행보다 앞으로 몇 걸음 나와 있었지만 그들과 동떨어져 있지는 않았다.

"안녕하신가, 폼페이우스 마그누스!" 술라가 오른손을 들며 외쳤다.

"안녕하십니까, 독재관님!" 폼페이우스가 기쁨에 들떠 외쳤다.

폼페이우스가 스스로 붙인 세번째 이름을 술라가 공개적인 자리에서 불러준 것이다. 그는 이제 공식적으로 폼페이우스 마그누스, 그러니까 위대한 폼페이우스였다!

그들은 입을 맞추었다. 두 사람 모두에게 즐겁지 않은 일이었다. 그리고 언제나처럼 릭토르들을 앞세운 채 폼페이우스의 병영 쪽으로 천천히 걸었다. 나머지 사람들도 뒤를 따랐다.

"저를 '마그누스'로 인정하시는군요!" 폼페이우스가 기뻐하며 말했다.

"그 이름은 이미 자네 것이 되었어." 술라가 말했다. "한데 '꼬마 도살자'도 마찬가지지."

"제 군대는 제가 꼭 개선식을 열어야 한다고 결정했습니다, 루키우스 코르넬리우스."

"자네 군대는 절대로 그런 결정을 내릴 권리가 없어, 나이우스 폼페이우스 마그누스."

주근깨로 덮인 탄탄한 두 팔이 뻗쳐 나왔다. "제가 어째야 할까요?" 그가 소리쳤다. "도무지 제 말을 듣지 않습니다!"

"헛소리!" 술라가 호되게 말했다. "마그누스 자네는 우티카에서 쓴 첫번째 편지를 포함해서 내게 보낸 총 네 통의 편지를 통해, 자네 병사들을 통제할 능력이 자네에게 없음을 시인했단 걸 분명히 알고 있겠지?"

폼페이우스의 얼굴이 붉게 상기되었다. 그는 안 그래도 조그마한 입을 더 작게 오므렸다. "부당한 비난입니다!" 그가 소리쳤다.

"아주 정당한 비난이야. 그것이 진실임을 적어도 세 통의 편지에서 자네 스스로 인정했어."

"독재관께서는 지금 의도적으로 제 말을 곡해하고 계십니다!" 폼페이우스는 얼굴이 새빨개져서 말했다. "그들의 이러한 행동은 오로지 저를 사랑해서입니다!"

"사랑이든 미움이든, 항명은 항명이야. 내 군대였으면 십분형(고대 로마에서 상관에 대한 반항을 처벌하던 방법. 열 명에 한 명씩 제비로 뽑아서 죽였다 — 옮긴이)에 처했을 거야."

"이건 무해한 항명입니다." 폼페이우스가 소심하게 반박했다.

"무해한 항명이란 없어, 자네도 잘 알 거야. 자네는 지금 합법적인 로마의 독재관을 위협하고 있잖아."

"제 군대는 로마에 진군하는 게 아닙니다, 루키우스 코르넬리우스. 그냥 로마로 행진하는 것뿐이에요." 폼페이우스가 진땀을 빼며 해명했다. "차이가 있습니다. 제 병사들은 그저 제가 응당 받을 것을 받는 걸 보고 싶단 거예요."

"마그누스 자네가 응당 받을 것은 뭐가 됐든 로마의 독재관인 내가 주는 거야. 자네는 스물네 살이야. 원로원 의원도 아니야. 나는 자네를 멋진 이름으로 부르기로 결정했고, 그 이름은 끽해야 정도의 차이겠지만 장차 더 높은 것으로도 바뀔 수 있어. 자네는 앞으로 '막시무스'로 불릴 수도 있겠지. 하지만 더 낮은 이름으로 불릴 수도 있을걸. '파르부스('작은'이라는 뜻의 라틴어 — 옮긴이)'나 '미누투스('미세한'이라는 뜻의 라틴어 — 옮긴이)', 심지어 '푸실루스('빈약한'이라는 뜻의 라틴어 — 옮긴이)'로도." 술라가 말했다.

폼페이우스가 길 한복판에 우뚝 멈춰 서서 술라를 마주보았다. 뒤에서 따라오던 일행은 그것도 모르고 계속 행진하다가 두 사람 목소리가 들릴 정도로 바짝 가까이까지 다가왔다.

"저는 개선식을 원합니다!" 폼페이우스가 큰 소리로 외치며 한 발을 쾅 굴렀다.

"나는 자네가 개선식을 열 수 없다는 것일세!" 술라가 똑같이 큰 소리로 외쳤다.

울화가 치밀어 시뻘게진 폼페이우스의 넓적한 얼굴이 점점 일그러지며, 얇은 입술이 양쪽으로 말려올라가 작고 하얀 치아가 드러났다. "똑똑히 기억하십시오, 로마의 독재관이신 루키우스 코르넬리우스 술라. 사람들은 지는 해가 아닌 뜨는 해를 찬양한다는 것을!"

별안간 술라가 웃음을 터뜨렸다. 두 사람의 대화를 넋 놓고 듣던 사람들 중 어느 누구도 술라가 웃는 이유를 몰랐다. 술라는 급기야 눈물까지 찔끔거렸고, 양손으로 허벅지를 정신없이 내리치는 통에 왼쪽 팔에 걸쳐져 있던 토가의 주름이 흐트러졌다. 흘러내린 토가 천이 바닥에 질질 끌렸다. "오, 그래, 좋아!" 술라가 겨우 숨을 들이쉬고 어렵사리 내뱉었다. "개선식을 열게!" 그는 연신 새로 터져나오는 웃음을 참지 못해 몸이 계속 들썩였다. "거기 그렇게 서 있지 말고, 마그누스, 이 멍청한 녀석! 내 토가 자락 좀 들어봐!"

"자네는 순 바보일세, 마그누스." 둘만 조용히 얘기할 기회가 왔을 때 메텔루스 피우스가 폼페이우스에게 말했다.

"저는 제가 아주 똑똑하다고 생각합니다." 폼페이우스가 의기양양하게 말했다.

새끼 뚱돼지는 사십대 후반에 들어서도록 아직 한 번도 집정관을 지내지 못했지만 꽤 멋지게 나이가 든 터였다. 곱실거리는 갈색 머리카락은 관자놀이 부근에 하얗게 서리가 내렸고, 갈색 눈 주변의 주름살은 어떻게 보아도 매력적이었다. 하지만 폼페이우스 옆에서는 그 모든 것이 무력하게 퇴색했다. 새끼 똥돼지도 그 사실을 알았다. 그는 그러한 사실을 부러움보다도 서글픈 기분으로 받아들였다.

"딴 건 몰라도 똑똑한 것과는 거리가 멀었다네." 새끼 똥돼지가 말했다. 그 말이 도저히 믿기지 않는다는 듯 폼페이우스의 아름다운 파란 눈이 크게 떠졌다. 그 모습에 새끼 똥돼지는 기분이 좋아졌다. "우리 윗분에 대해서는 내가 자네보다 훨씬 잘 알아. 그분 머리는 우리 두 사람 머리를 합친 것보다도 뛰어나지. 그분께도 결함이 있긴 하지만 그건 기질에 있지, 인격적 결함은 아니라네! 그리고 그 결함은 그분 두뇌의 우월함에 털끝만큼도 영향을 주지 않지. 또한 그분의 완벽한 실행력에도 전혀 영향을 미치지 않고. 한 명의 인간으로서든, 독재관으로서든."

폼페이우스가 코웃음 쳤다. "오, 피우스, 말이 됩니까! 결함이라니요? 대체 술라에게 무슨 결함이 있다는 겁니까?"

"재미에 대한 감각. 유, 유, 유, 유머 감각이라기보다는 그 표현이 더 적, 적, 적합하지." 새끼 똥돼지는 말더듬증이 도져 다시 말을 떠듬댔다. 그는 잠시 멈추고 혀를 가다듬었다. "그러니까 내 말은, 내가 말을 더듬는 줄 알면서도 나를 최고신관에 임명하는 일 같은 거 말일세. 그분은 그런 식의 장난을 너무 좋아한다네."

폼페이우스는 애써 관심 없는 표정을 지었다. "무슨 말씀인지 통 모르겠습니다, 피우스. 그게 저랑 무슨 상관인지도요."

"마그누스, 마그누스! 그분은 내내 자네를 골탕 먹이면서 이 상황을 즐기고 있지 않은가! 자네와 관련이 있다는 건 그런 뜻이네. 그분은 처음부터 자네에게 개선식을 허락해줄 생각이었네. 자네의 나이나 기사로서의 신분이 무슨 대수겠는가? 자네는 전쟁 영웅인데. 그분은 늘 전쟁 영웅들을 높이 대우해왔어! 그분은 단지 개선식이 자네에게 얼마나 중요한 의미인지, 또 자네가 그걸 따내려고 어떻게까지 하는지 보고 싶었던 것일세. 이제 그분은 자네를 제대로 파악했고, 그 정보는 그분의 머릿속에 잘 쟁여졌을 거라네. 그분은 이제 자네의 용기가 거의 자네의 자긍심이나 야망만큼이나 높다는 걸 아셨네. '거의' 그만큼. 말하자면 아주 살짝 부족했지. 이제 그분은 아셨네, 마그누스. 자네는 최후의 순간에 뒤로 물러날 것을."

"뒤로 물러나다니, 그게 무슨 뜻입니까?"

"무슨 뜻인지는 자네가 더 잘 알겠지."

"저는 로마로 진군하려고 했어요!"

"어림없는 소리 말게!" 새끼 똥돼지가 미소를 지었다. "자네는 로마로 행진을 하고 있었지. 자네 스스로 그렇게 말했지 않나. 나는 자네 말을 그대로 믿었다네. 술라도 그랬고."

폼페이우스는 어안이 벙벙해져서 자신의 비평가를 노려보았다. 그는 무슨 말을 해야 할지, 무슨 말을 할 수 있는지 도무지 판단이 서지 않았다. "난 개선식을 따냈어요."

"그래, 그랬지. 하지만 술라는 자네가 그 대가를 치르게 만들고 있다네. 자네가 잘 처신했다면 그런 대가를 치를 필요가 없었지."

"대가? 대가라고요?" 폼페이우스가 머리를 세차게 흔들었다. 마치 괴롭힘을 당해 혼란에 빠진 크고 화난 짐승 같았다. "피우스, 오늘 수수께끼처럼 알 수 없는 소리만 하기로 작정하신 모양이로군요!"

"곧 알게 될 걸세." 역시 애매모호한 투로 새끼 똥돼지가 말했다.

폼페이우스는 결국 알게 되었다. 하지만 그것은 개선식 당일이 되고 난 뒤였다. 그전에도 단서들은 있었다. 하지만 흥분이 눈과 귀를 가렸다는 게 문제였다. 폼페이우스의 개선식 날짜는 3월 12일로 정해졌다. 3월 6일에 전 알프스 너머 갈리아 총독 가이우스 플라쿠스가 갈리아의 반란 부족들을 제압한 것을 기념하는 개선식이 열렸고, 3월 9일에는 전 아시아 속주 총독 무레나가 카파도키아와 폰토스에서 거둔 승리를 기념하는 개선식이 열렸다. 따라서 폼페이우스의 개선식 차례가 돌아왔을 즈음 로마는 이미 개선식을 수차례 치른 터였다. 몇 사람이 거리에 나오기는 했지만 군중이랄 수는 없었다. 술라가 이틀에 걸쳐 장엄하고 성대한 개선식을 치른 뒤 플라쿠스의 개선식은 가벼운 관심을 끌었고, 무레나의 개선식은 그보다 덜한 관심을 받았으며, 폼페이우스의 개선식은 아예 관심의 대상이 되지 못했다. 아무도 그의 이름을 알지 못했으니 아무도 그의 젊음과 미모를 알지 못했다. 그래서 이날의 개선식엔 아무도 관심을 두지 않았다. 또 개선식이야? 하암, 이라는 게 로마의 반응이었다.

하지만 빌라 푸블리카에서 출발을 기다리는 폼페이우스의 마음은 그다지 걱정스럽지 않았다. 이번 개선식이 특별하다는 소문이 금세 퍼져서 사람들이 사방에서 달려 나올 테니까! 대경기장을 따라 돈 뒤 트리움팔리스 가도에 들어설 즈음이면 온 로마 사람들이 다 나와 있을 것이다. 사실 이날 행렬은 거의 모든 면에서 기본에 충실했다. 정무관과 원로원 의원 들을 필두로 악사와 무희, 전리품을 실은 수레와 다양한 전쟁 장면을 묘사한 장식 차량, 신관과 제물로 바쳐질 흰 황소들, 포로와 인질, 마지막으로 개선장군을 태운 전차와 그의 군대가 그 뒤를 따랐다.

심지어 폼페이우스의 복장도 일반적인 표준에서 벗어나지 않았다. 금실로 묵직하게 수를 놓은 자주색 토가, 머리에 쓴 월계관, 종려나무

잎이 수놓이고 넓은 자주색 띠를 두른 튜닉. 하지만 그는 얼굴을 미님으로 붉게 칠하는 문제에서는 망설였다. 이날 그의 계획에서 핵심은 온 로마가 그의 젊음과 미모를 보는 것, 다시 말해 온 로마가 그의 얼굴을 똑똑히 보는 데 있었다. 그가 알렉산드로스 대왕과 얼마나 기막히게 닮았는지 모두가 보아야 한다. 그의 얼굴이 붉은 벽돌색 점처럼 되어버리면 그가 나이를 얼마나 먹었고 누구를 닮았는지 아무도 알 수 없다. 그러니까 미님은 생략!

하지만 미님을 바르지 않고 맨얼굴로 군중 앞에 나선다는 것이 폼페이우스와 다른 개선장군들의 주된 차이점은 아니었다. 차이점은 폼페이우스가 탄 고풍스러운 사륜 개선전차를 끄는 동물들에 있었다. 그는 백마를 쓰는 일반적인 관례에서 벗어나, 누미디아에서 직접 잡아온 거대한 수컷 아프리카코끼리 네 마리를 동원했다. 우티카와 타렌툼에서부터 아피우스 가도를 거쳐 카푸아를 지나 이날까지, 이 고집스러운 후피동물들이 적어도 짐을 나르는 짐승들만큼이라도 말을 듣도록 길들이기 위해 코끼리 조련사 네 명이 매일같이 힘겹게 노력해온 터였다. 쉽지는 않았지만, 결국엔 해냈다. 그리하여 폼페이우스는 코끼리 네 마리가 끄는 전차를 타고 개선행렬을 시작할 수 있었다. 전차에 동승한 운전수는 따로 조종을 할 필요가 없었다. 이 멋들어진 짐승들의 호화로운 마구에 매달린 화려한 고삐를 그냥 잡고만 있으면 되었다. 코끼리들을 조종하는 것은 조련사들이었다. 그들은 주름지고 거대한 회색 어깨를 맞댄 코끼리 한 쌍 사이에 한 명씩 앉아 있었다. 그 높이는 3미터도 넘었다. 소문이 퍼지면—아주 빨리 퍼질 것이다!—단순히 이 감탄스러운 광경을 보기 위해서라도 군중이 길을 따라 죽 늘어서겠지. 로마가 가장 신성시하는 동물이 새로운 알렉산드로스 대왕을 끄는 장관. 코끼리! 양 귀가 돛처럼 펄럭이고 상아는 2미터가 넘는 거대한 코끼리!

행렬은 마르스 평원의 빌라 푸블리카에서 출발해 고급 주택과 인술라 건물이 늘어선 좁은 도로를 지날 것이었다. 카피톨리누스 언덕 자락을 돌아 휘어지는 그 길을 가다보면 언덕의 서쪽 끝 가파른 벼랑 밑에 자리한 세르비우스 성벽에 당도한다. 바로 그곳에 로마 시내로 들어가는 트리움팔리스 성문이 있었다. 원로원 의원과 정무관 들은 엿새 사이에 벌써 세번째 개선식에 참가하는 터라 개선식 절차 하나하나가 모조리 다 지겨운 터였다. 따라서 개선행렬의 맨 앞 대열을 이루는 이들은 수가 적었고 걸음도 자꾸만 빨라졌다. 앞에서 빨리 걷자 그 뒤를 따르는 악사, 무희, 수레, 장식 차량, 신관, 희생제물, 포로와 인질 역시 빠르게 움직였다. 나란히 두 마리씩 묶인 채 느긋하게 터덜터덜 걷는 코끼리 네 마리에 이끌려 가던 폼페이우스는 곧 멀리 뒤처졌다.

이윽고 트리움팔리스 성문에 도착한 개선전차가 느닷없이 멈췄다. 검이나 창 대신 월계수 잎으로 감싼 막대를 찬 개선장군의 군대 역시 멈췄다. 개선장군의 전차는 높이가 낮았다. 오래전 에트루리아 시대에 행사용으로 제작된 것이어서, 몇몇 특이한 갈리아 부족들이 지금도 사용하는 전투용 이륜 전차들에 비해서도 많이 낮았다. 따라서 대열이 흐트러진 웅장한 코끼리들의 등판 너머로 무슨 일이 벌어지고 있는지 폼페이우스에게는 전혀 보이지 않았다. 그는 콧김을 씩씩대며 초조해하다가, 정체가 지나치게 길어지자 옆의 운전수더러 앞쪽으로 가서 무슨 일인지 보고 오라고 했다.

운전수가 경악한 얼굴로 돌아왔다. "개선장군님, 코끼리가 너무 커서 성문을 지나갈 수가 없습니다!"

폼페이우스의 입이 떡 벌어졌다. 살갗이 따끔거리고 이마에 땀이 맺혔다. "그럴 리가!" 그가 말했다.

"사실입니다, 개선장군님, 정말이에요! 코끼리들이 너무 커서 성문을 지나갈 수가 없어요." 운전수가 재차 일렀다.

폼페이우스는 영예로운 전차에서 내려와 금색과 자주색 의복을 땅에 질질 끌며 성문 쪽으로 달렸다. 그곳에는 앞쪽의 코끼리 조련사들이 절망적인 표정으로 서 있었다. 그들은 폼페이우스를 보고 반가워하며 그에게로 몸을 돌렸다.

"입구가 너무 작습니다." 한 조련사가 말했다.

폼페이우스는 성문으로 달려오면서 짐승들의 마구를 풀어서 한 번에 한 마리씩 저쪽으로 유도해가면 되겠다고 머릿속 계산을 마친 터였다. 하지만 아까 전차에서 보이지 않았던 것이 이제 그에게도 보였다. 문제는 너비가 아니라 높이였다. 이곳 트리움팔리스 성문은 개선행렬이 지날 수 있도록 허락된 유일한 도시 입구로, 옆으로는 군인 여덟 명이 나란히 행진해도 될 정도로 넓었다. 사두전차나 거대한 장식 차량도 너끈히 지나갈 너비였다. 하지만 위로는 그다지 높지 않아서 장성한 아프리카코끼리의 머리가 통과할 수 없었다. 카피톨리누스 절벽으로 이어지는 위쪽 흙벽 천장은 폼페이우스의 코끼리들의 어깨춤까지밖에 오지 않았다.

"그래." 폼페이우스가 자신 있게 말했다. "코끼리들의 마구를 풀고 한 마리씩 통과시키시오. 머리를 숙이게 하면 돼."

"코끼리들은 그렇게 훈련되지 않았습니다!" 조련사 하나가 소스라치게 놀라 외쳤다.

"이놈들이 바늘구멍에 똥을 싸도록 훈련이 됐거나 말거나, 그딴 건 상관 안 해!" 폼페이우스가 딱딱댔다. 이제 그의 얼굴은 어쨌거나 미님을 바른 것처럼 보이게 되어버렸다. "그냥 해!"

대장 코끼리는 머리를 숙이기를 거부했다.

"그놈 코를 잡아당겨서 머리를 숙이게 해!" 폼페이우스가 말했다.

하지만 코끼리 코를 잡아끌고 녀석의 위풍당당한 상아 위에 주저앉는 등 별수를 다 써도 대장 코끼리는 도저히 설득되지 않았고, 급기야는 성질을 부렸다. 대장 코끼리의 화가 다른 세 마리에게까지 옮겨가면서, 아직 전차에 연결되어 있는 코끼리 두 마리가 뒤로 슬금슬금 물러나기 시작했다. 개선전차 바로 뒤에서 사자 가죽을 걸치고 폼페이우스의 깃발을 들고 있던 기수들이 전차에 부딪혀 다칠 뻔했다.

명령을 이행하려고 죽을힘을 다하는 조련사들 앞에서, 폼페이우스는 일반 사병들이나 쓸 온갖 지독한 욕설을 쉴새없이 쏟아부었다. 폼페이우스의 위협에 겁을 먹은 조련사들은 온몸에 힘이 빠졌고 눈빛이 흐리멍덩해졌다. 허사였다. 코끼리들은 너무 컸고 성문을 절대 지나가지 않으려 했다.

한 시간 넘게 지났을 즈음, 바로가 무슨 문제인지 알아보려고 성문 안에서 나왔다. 물론 그는 행렬 맨 앞쪽에서 다른 의원들과 함께 걷던 터였다.

모든 것이 한눈에 파악되었다. 바로는 길바닥에 누워 한바탕 시원하게 웃고 싶어서 죽을 지경이었다. 하지만 그래선 안 되었다. 폼페이우스의 얼굴을 흘끗 보기만 해도, 목숨을 부지하고 싶다면 절대 그래선 안 된다는 걸 알 수 있었다.

"스캅티우스에게 마차 여관에 가서 말을 구해오라고 시키게." 바로가 사무적인 투로 말했다. "이보게, 마그누스. 성질은 그만 부리고 생각을 좀 하게! 행렬 앞쪽은 벌써 포룸 로마눔에 도착했고, 지금 자네가 왜 쫓아오질 않는지 아무도 모르네. 술라는 카스토르 신전 기단에 앉아서 점점 더 지루해하고 있고, 유피테르 스타토르 신전에서 연회를 준비하는 사람들은 머리카락을 쥐어뜯고 있단 말일세!"

폼페이우스는 대답 대신 울음을 터뜨렸다. 고급 개선식 의복은 개의치 않고 더러운 자갈밭에 주저앉아 심장이 튀어나오도록 꺼이꺼이 울어댔다. 따라서 사람을 시켜 말을 구해오게 한 것도, 코끼리들의 마구를 푸는 것을 감독한 것도 바로였다. 상황이 더 꼬이려는지 렉타 가도에 농부 몇 명이 삽과 행상수레로 무장하고 나타났다. 비료로는 세상에서 제일 좋다는 그것을 구하러 온 것이었다. 그들은 그곳에 서 있는 후피동물들의 거대한 다리통 사이를 아무렇지 않게 지나다니며 아르피눔의 원통형 치즈 덩이만한 크기의 똥을 퍼 담았다. 바로가 큰 소리로 그들을 쫓아내면서 곧 터져나올 듯한 웃음을 겨우 참을 수 있었던 건 상황의 급박함과 친구에 대한 동정심 때문이었다. 그는 조련사들이 결국 포룸 홀리토리움 쪽으로 짐승들을 몰아가는 모습을 지켜보았다. 6개 군단이 도로 뒤쪽을 빽빽이 채우고 있어서, 코끼리들을 왔던 길로 다시 몰고 가기란 불가능했다.

한편 행렬의 앞쪽 절반은 포룸 로마눔에서 멈춰 있었다. 이오니아식 전면장식이 화려한 카스토르 · 폴룩스 신전 맞은편이었다. 위쪽 높은 곳에 술라가 기병대장, 양 집정관, 가족과 친구 몇 명을 대동하고 앉아 있었다. 예절과 관습에 따라 개선장군은 이날 행렬과 연회에서 가장 중요한 사람이어야 했다. 따라서 이 존귀한 인사들은 개선행렬에서 함께 걷지 않았고, 그뒤에 이어지는 연회 역시 참석하지 않을 것이었다.

모두가 들썩거렸다. 모두가 추웠다. 날씨는 맑았지만 맵고 싸늘한 북풍이 불었고, 포룸 로마눔 낮은 구역은 해가 깊이 들지 않아서 신전 처마에 아직도 고드름이 달려 있었다. 마침내 바로가 돌아와 신전 계단을 한 번에 두 칸씩 성큼성큼 올라가더니 허리를 숙이고 술라의 귀에 무언가를 속삭였다. 한바탕 큰 웃음이 터져나왔다. 모든 사람들이 돌연 호기심에 사로잡혔다. 술라가 자리에서 일어서더니 기단 끝으로 걸어나와 사람들을 향해 말했다.

"조금 더 기다립시다!" 그가 소리쳤다. "우리의 개선장군이 오고 있습니다! 그는 개선행렬이 더욱 인상적으로 보이도록 개선장군의 전차를 끌 짐승을 말 대신 코끼리로 준비했습니다! 다만 코끼리가 너무 커서 트리움팔리스 성문을 지나갈 수 없었던 탓에 사람을 보내 말을 구했답니다!" 그는 잠시 말을 멈추었다. 그리고 혼잣말로 (하지만 충분히 잘 들리게) 이렇게 덧붙였다. "아, 그 꼴을 직접 보지 못해 아쉽군!"

사람들이 여기저기서 킥킥거렸다. 폼페이우스를 잘 아는 메텔루스 피우스, 바로 루쿨루스, 크라수스는 아예 대놓고 박장대소했다.

"역시, 술라를 자극하는 건 현명치 못하오." 메텔루스 피우스가 주변 사람들에게 말했다. "나는 이런 경우를 여러 번 봤소. 술라는 포르투나 여신에게 어떤 배타적인 권리 같은 걸 갖고 있어서, 특별히 애쓰지 않고도 누군가를 망신 줄 수 있더란 말이지요. 포르투나 여신이 술라 대신 그렇게 해주거든. 술라는 포르투나 여신이 선택한 사람이라오."

"이해할 수 없습니다." 바로 루쿨루스가 얼굴을 찡그리며 말했다. "왜 성문 높이를 미리 재보지 않았을까요. 말이야 바른 말이지 폼페이우스 그 사람 굉장히 효율적이지 않습니까."

"그거야 백일몽이 상식을 압도하지 않았을 때 이야기이지요." 바로가 숨을 헉헉거리며 돌아와서 말했다. 그는 트리움팔리스 성문에서 여기까지 달려와 신전 계단을 오르내리기까지 내내 뛰어다닌 터였다. "그

놈의 코끼리들한테 온 정신이 팔려 있어서 뭐가 잘못될 수 있단 생각을 전혀 못한 겁니다. 불쌍하게도, 크게 충격을 받았어요."

"거참 안됐군요." 바로 루쿨루스가 말했다.

"그래, 참 안됐지. 이제는 폼페이우스가 내 말뜻을 이해했겠군." 메텔루스 피우스가 말했다. 그는 여전히 붉게 상기된 얼굴로 숨을 헐떡이는 바로에게 얼굴을 바싹 내밀었다. "그는 이 사태를 어떻게 받아들이고 있나?"

"여기에 도착할 즈음이면 괜찮아질 겁니다." 바로가 말했다. 폼페이우스의 충실한 친구였기에, 그가 눈물을 쏟아냈다는 것까지는 이야기하지 않았다.

그의 말대로 폼페이우스는 우아하고 품위 있게 나머지 개선행렬을 이끌고 들어왔다. 하지만 중간에 벌어진 두 시간가량의 소동 이후 아주 평범한 개선식이 되어버리고 말았다는 사실은 폼페이우스 스스로도 부인할 수 없었다. 길에 서서 구경하는 사람도 별로 없었다. 웅장한 코끼리와 말이 어디 비교나 되겠는가? 더군다나 스캅티우스가 구해온 것은 터덜대는 흔해빠진 암갈색 말들뿐이었다.

하지만 그는 연회가 열린 유피테르 스타토르 신전에 들어서기 전까진 사람들이 그날의 코끼리 대재앙을 얼마나 우스워했는지 온전히 깨닫지 못했다. 본격적인 시련은 그가 개선식을 마치고 카피톨리누스 언덕에서 내려오는 길에, 원주로 떠받쳐진 스키피오 아프리카누스의 조각상 아래 사람들이 모여 왁자하게 웃고 있는 것을 발견했을 때 시작되었다. 그가 가까이 다가가자, 웃고 있던 사람들이 모두 비켜서며 그에게 길을 내주었다. 그 사이로 어느 포룸 로마눔 재담꾼이 조각상 대좌에 큰 글씨로 써놓은 시가 나타났다.

"여기 공중에 서 있는 아프리카누스에게
코끼리는 칭송의 대상이었지만
저기 허세에 차 있는 젠장맞을 꼬마 도살자에게
코끼리는 크기가 안 맞는 어떤 것이라네!"

유피테르 스타토르 신전에서는 더 심각했다. 어떤 하객들은 그를 부를 때 '마그누스'를 유독 강조해 발음하면서 자기들끼리 즐거워했고, 다른 사람들은 일부러 발음을 흘려서 그를 '마구스'—페르시아 출신의 우스꽝스러운 현자—라고 부르거나, 또는 '마누스'—손—라는 말장난으로 그가 술라에게 알랑대며 유용한 손발 노릇을 한다는 데서부터 손을 써서 술라에게 알랑거린다는 등 온갖 것을 암시했다. 메텔루스 피우스와 바로 루쿨루스를 비롯한 소수의 사람들은 점잖은 태도를 지켰지만, 폼페이우스의 친구나 친척 몇은 몹시 분개하여 그를 놀리는 하객들에게 결투를 신청하는 등 상황을 더욱 악화시켰다. 카툴루스나 호르텐시우스와 같은 몇몇 사람들은 그 자리에 없어서 오히려 더 부각되었다.

그래도 폼페이우스는 이날 새로운 친구를 사귀었다. 다른 사람도 아니고 무려 독재관이 그간 존재도 모르고 지내온 친조카 푸블리우스 코르넬리우스 술라였다. 그를 폼페이우스에게 소개시켜준 이는 카틸리나였다.

"술라에게 친조카가 있는 줄은 몰랐어요!" 폼페이우스가 말했다.

"그분도 몰랐지요." 푸블리우스 술라가 유쾌하게 말했다. "저도 최근까지 몰랐고요."

카틸리나가 웃음을 터트렸다. "사실이라네." 폼페이우스는 어리벙벙한 표정이었다.

"설명 좀 해주게." 폼페이우스가 말했다. 그는 내심 자기에 대한 빈정거림이 섞이지 않은 웃음소리가 반가웠다.

"저는 죽 섹스투스 페르퀴티에누스의 아들로 자랐어요." 푸블리우스 술라가 설명했다. "평생 가이우스 마리우스의 옆집에서 살았지요! 조부가 죽고 선친이 유산을 상속받았을 때 저도 선친도 저희 혈통을 전혀 의심하지 않았습니다. 그러다 공권박탈자 명단이 로스트라에 오르기 시작했고, 킨나와 가까웠던 제 선친은 명단이 새로 발표될 때마다 자기 이름이 맨 위에 있을까봐 벌벌 떨었죠. 허구한 날 그렇게 걱정만 하더니 어느 날 진짜로 바닥에 나동그라져서 세상을 떴어요."

푸블리우스 술라의 무심하고 태평스런 어조로 보아 그들 부자지간에 애정은 별로 없었던 듯했다. 폼페이우스의 추측은 정확했다. 로마 사람 대부분이 늙은 섹스투스 페르퀴티에누스와 푸블리우스 술라의 부친을 무척 싫어했으므로, 그리 놀랄 일은 아니었다.

"흥미롭군요." 폼페이우스가 말했다.

"제가 누구인지는 조부의 오래된 서류함을 뒤져보다가 알게 됐습니다." 푸블리우스 술라가 말했다. "입양 서류를 찾아낸 겁니다! 제 선친을 조부가 입양했던 겁니다. 제게 숙부가 되시는 독재관께서 태어나기 전에요. 그분은 당신한테 원래 형이 있었는지조차 몰랐어요. 어쨌거나 저는 누가 저를 공권박탈자 명단에 올리기 전에 어서 그 서류를 독재관이신 루키우스 숙부께 가져가야겠다고 생각했어요!"

"흠, 술라와 정말 닮으셨군요." 폼페이우스가 미소를 지으며 말했다. "그분이 쉽게 믿었겠어요."

"그랬죠! 세상에 이런 행운이 어디 또 있겠습니까?" 푸블리우스 술라가 행복한 표정으로 말했다. "페르퀴티에누스 가문의 재산도 다 제 것이고, 앞으로 공권박탈자 명단에 오를 리도 없을뿐더러, 나중에는 독재관이신 루키우스 숙부의 막대한 재산 일부도 상속받겠지요."

"게다가 그분이 일종의 후계자로 키워줄 수도 있겠군요?"

이 질문에 푸블리우스 술라는 포도주잔에 입을 대고 킬킬거렸다. "저를요? 술라의 후계자로요? 세상에나, 아니요! 친애하는 마그누스, 저는 정치적 야심 같은 건 없습니다!"

"이미 원로원 의원이시긴 하지요?"

이때 카틸리나가 끼어들었다. "우리 둘 다 술라로부터 원로원 회의에 참석하라는 호출을 받았어. 아직 공식적으로 원로원 의원은 아니지만, 곧 그렇게 될 거야. 푸블리우스 술라와 나는 오늘 자네에게 우리같이 젊고 우호적인 사람들이 필요하지 않을까 싶어서, 잔치 요리도 맛보고 자네에게 힘도 실어줄 겸 이렇게 왔네."

"이렇게 와주어 무척 기쁘네." 폼페이우스가 고마워하며 말했다.

카틸리나가 그의 등을 탁 쳤다. "모스 마이오룸을 외쳐대는 저 오만한 꼰대들이 괴롭힌다고 기죽지 말게. 젊은 인물이 개선식을 연 걸 기쁘게 생각하는 우리 같은 사람들도 있으니까. 자네도 곧 원로원에 입성할 거야. 내가 장담해. 술라는 원로원을 저 오만한 꼰대들이 싫어하는 사람들로 꽉 채울 작정이거든!"

이 말에 별안간 폼페이우스의 얼굴이 시뻘게졌다. "나로 말하면," 그는 이를 앙다문 채 말했다. "원로원 같은 건 제가 나온 구멍으로 다시 꺼져버려도 상관없어! 나는 이미 인생의 목표를 정했고, 원로원 입성 따윈 안중에 없어! 내가 그 집단을 없애버리건 혹은 그 집단에 들어가건, 그전에 그들한테 똑똑히 보여줄 거야! 뛰어난 인물은 그가 원하면 어떠한 직위나 지휘권도 손에 쥘 수 있다는 걸! 원로원 의원이 아닌 기사 신분으로도!"

카틸리나의 음험하게 가느다란 한쪽 눈썹이 치켜올라갔다. 반면 푸블리우스 술라는 이 발언의 의미를 알아차리지 못한 듯했다.

폼페이우스가 장내를 빙 둘러보더니 활짝 웃었다. 얼핏 치민 분노는 사라졌다. "아! 저 사람이 저기 있네! 저치도 긴 의자에 혼자 앉았어! 이리 와서 내 매부 멤미우스와 같이 들지. 저 사람도 아주 좋은 친구야!"

"자네는 오늘 이 자리에 친히 참석해주신 저 오만한 꼰대들과 함께 해야지." 카틸리나가 말했다. "우리는 충분히 이해하니까, 자네는 저기 메텔루스 피우스가 친구들과 모여 있는 자리에 동석하게. 우리를 가이우스 멤미우스와 함께 두고 가면, 인간의 배꼽이 하는 일에 대해 논쟁하는 늙은 소요학자들처럼 즐거운 시간을 보내도록 하겠네."

"이건 내 개선식 연회야. 나는 누가 됐든 내가 좋아하는 사람들과 함께할 걸세." 폼페이우스가 말했다.

4월 초 술라는 신규 원로원 의원 200명의 명단을 발표했다. 앞으로 몇 달간 추가 발표가 있을 거라고도 약속했다. 나이우스 폼페이우스 마그누스는 자기 이름이 맨 위에 올라 있는 것을 보고 그길로 곧장 술라를 찾아갔다.

"저는 원로원에 안 들어갑니다!" 그가 성을 내며 말했다.

술라는 놀란 표정으로 방문객을 바라보았다. "왜지? 나는 자네가 당장에라도 들어가고 싶어할 줄 알았는데!"

분노가 사라졌다. 폼페이우스의 자기 보존 본능이 가동되었다. 그는 지금 술라에게 평소 보여온 모습에서 너무 많이 벗어났음을 깨달았다. 어쨌거나 지금까지는 상당히 공을 들여 술라에게 특정한 이미지를 심어온 것이다. 진정하자, 마그누스! 진정하고, 잘 생각해. 술라가 내 말을 믿게끔, 내가 그간 쌓아온 이미지에 부합하는 이유를 찾아야 해. 이런 식으로는 안 돼! 술라가 나에 대해 갖고 있는 이미지와 어울리는 이유를 대!

"다름이 아니라," 청년은 술라를 향해 눈을 크게 뜨고 진지하게 말했다. "저의 끔찍했던 개선식과 관련해 독재관께서 제게 가르쳐주신 교훈 때문입니다." 그가 숨을 들이쉬었다. "그 일이 있고 나서 많은 생각을 했습니다, 루키우스 코르넬리우스. 제가 너무 어리고 배움도 부족하다는 것을 깨달았습니다. 그러니 루키우스 코르넬리우스, 부디 저한테 적절한 시기에 제 방식대로 원로원에 들어가게 해주십시오. 제가 지금 들어가면 앞으로 몇 년간은 조롱에 시달릴 겁니다." 그건 사실이다! 나와 눈만 마주쳐도 놀리려 드는 그자들 무리에 내가 들어갈 리가 있겠느냐. 놈들이 나와 눈만 마주쳐도 오금이 저려 안달복달할 때 비로소 나는 거기 들어갈 것이다.

술라는 평온해진 얼굴로 어깨를 으쓱했다. "뜻대로 하게, 마그누스."

"감사합니다. 꼭 그랬으면 합니다. 사람들이 제게서 코끼리가 아닌 다른 것을 떠올리게 될 때까지 기다리겠습니다. 가령 서른 살에는 모두가 인정하는 성실하고 훌륭한 재무관이 되겠습니다."

다소 지나친 빈말이었다. 한 쌍의 옅은 색 눈동자가 이제 노골적으로 흥미로운 빛을 띠고 있었다. 마치 그 뒤에 자리한 술라의 영혼이 폼페이우스의 심중을 그가 의도한 것보다 더 깊이 꿰뚫어보는 듯. 하지만 술라는 이렇게만 언급했다. "좋은 생각이로군! 트리부스회에서 이 명단을 승인받기 전에 자네 이름을 삭제하겠네. 앞으로 주요 법안은 전부 트리부스회에서 승인받을 생각이야. 이게 그 첫번째가 될 걸세. 그래도 내일 있을 원로원 회의에는 참석하게. 회의 초반부 내용은 내 보좌관들 전원이 함께 들어야 하거든. 그러니 자네도 꼭 오게."

폼페이우스는 참석했다.

"우선 이탈리아 및 이탈리아인에 대한 논의로 시작하겠습니다." 독재관이 강한 어조로 말했다. "앞서 내가 이탈리아 지도자들에게 약속한 대로, 자격을 갖춘 이탈리아인은 전원 적절한 방식에 따라 로마 시민으로 등록되며 35개 전체 트리부스에 골고루 배치될 것입니다. 완전한 참정권을 보유한 이탈리아인들을 소수의 몇 개 트리부스에 몰아넣는 식의 속임수는 이제 없습니다. 나는 이 문제에 대해 분명하게 약속을 했고, 내가 한 약속을 반드시 지킬 겁니다."

가운데 줄에 나란히 앉은 호르텐시우스와 카툴루스가 의미심장한 눈빛을 주고받았다. 그들은 본질적으로 로마 혈통이 아닌 자들에게 이처럼 막대한 권리를 인정하는 것을 탐탁지 않게 여겼다.

술라가 고관 의자에서 자세를 살짝 바꿔 앉았다. "그러나 유감스럽게도 로마 해방노예들을 35개 전체 트리부스에 골고루 배속시키겠다고 한 약속은 이행이 불가능한 것으로 파악되었습니다. 해방노예들은 두 수도 트리부스, 즉 에스퀼리누스 트리부스와 수부라 트리부스에만 등록할 수 있습니다. 이유는 단 하나입니다. 노예를 수천 명 소유한 자가 자기 노예들을 해방시켜서 피호민으로 만들고 본인의 지방 트리부스에 대거 등록시키는 편법을 쓰는 것을 미연에 방지하기 위해서입니다."

"영리한 노친네야!" 카툴루스가 호르텐시우스에게 말했다.

"소문을 다 꿰고 있어." 호르텐시우스가 낮은 목소리로 말했다. "마르쿠스 크라수스가 노예를 엄청나게 사들이고 있다는 얘길 들은 것 같군, 안 그런가?"

술라는 이탈리아 도시와 토지에 대한 주제로 넘어갔다. "먼저 브룬디시움. 나와 내 병사들을 영예롭게 대한 이 도시에 상을 내리겠습니다. 브룬디시움은 앞으로 모든 관세와 물품세가 면제됩니다."

"호오!" 카툴루스가 말했다. "저 작은 법령 하나로 브룬디시움은 이탈리아에서 가장 붐비는 항구도시가 되겠군!"

독재관은 몇 개 지역에 상을 내렸지만, 그보다 더 많은 지역에 벌을 내렸다. 처벌의 강도는 다양했다. 프라이네스테가 아마도 가장 크게 고통받을 것이었지만, 소(小)술모의 경우 도시를 아예 파괴하라는 명령이 내려졌고, 카푸아는 예전의 지위로 강등되었을 뿐 아니라 영토 전체가 로마의 공유지로 귀속되었다.

술라가 도무지 끝나지 않을 듯 도시 이름을 줄줄 읊자 카툴루스는 듣는 둥 마는 둥했다. 그러다 느닷없이 호르텐시우스가 팔꿈치로 갈빗대를 가격해 오자 정신이 번쩍 들었다. "퀸투스, 술라가 자네 이야기를 하잖아!" 호르텐시우스가 말했다.

"……따라서 나는 나의 충성스러운 지지자 퀸투스 루타티우스 카툴루스에게 카피톨리누스 언덕의 유피테르 옵티무스 막시무스 신전 재건축 임무를 맡깁니다." 술라의 주름진 입술이 말려올라가며 잇몸이 드러났다. 눈에 악의적인 조롱의 빛이 반짝 스쳤다. "재원은 대부분 우리 로마의 새 공유지에서 나오는 수입으로 채우겠지만, 그중 상당 부분을 친애하는 퀸투스 루타티우스가 본인 사재로 충당해주기 바랍니다."

카툴루스의 입이 쩍 벌어졌다. 공포로 온몸이 얼어붙는 듯했다. 그는 이것이 킨나와 카르보 치하의 로마에 몇 년씩 무사히 머물러 있었던 데 대한 벌임을 깨달았다.

"우리의 최고신관 퀸투스 카이킬리우스 메텔루스 피우스에게도 같은 화재로 손상된 옵스 신전의 재건축 임무를 맡깁니다." 술라가 자연스럽게 이어 말했다. "하나 이 일에 필요한 재원은 전액 공금으로 충당합니다. 옵스는 로마 공공의 부를 상징하는 신이니까요. 하지만 재건축이 완료되면 신전 재봉헌식은 우리 최고신관께서 거행하십시오."

"또 한바탕 말더듬 소동이 벌어지겠군!" 호르텐시우스가 말했다.

"앞서 원로원에 입성할 신규 의원 200명의 명단을 발표했습니다만, 나이우스 폼페이우스 마그누스는 이번에 원로원에 합류하지 않겠다고 알려왔습니다. 따라서 그의 이름은 명단에서 삭제했습니다."

이 말에 장내가 술렁였다. 모두의 눈이 폼페이우스에게 향했다. 그는 입구 근처에 혼자 느긋하게 앉아서 점잖게 미소를 지었다.

"앞으로 100명가량을 추가할 계획입니다. 그러면 의원 수는 총 400명 정도가 됩니다. 지난 10여 년 동안 우리는 너무도 많은 의원들을 잃었습니다."

"누가 들으면 자기는 한 명도 안 죽인 줄 알겠어, 안 그런가?" 카툴루스가 호르텐시우스를 치며 물었다. 위대한 신전을 다시 짓는 데 드는 막대한 자금을 대체 어떻게 구한단 말인가?

독재관이 발언을 계속했다. "신규 의원을 가능한 한 기존의 원로원 의원 가문에서 발굴하려고 노력했습니다만, 아직 원로원 의원을 배출하지 않은 가문 출신의 기사이더라도 그의 혈통이 원로원의 명예에 부합한다면 그 역시 신규 의원으로 선정했습니다. 의원 수가 계속 이렇게 늘어나지는 않을 겁니다! 하지만 나는 새로운 유형의 원로원 의원에 대해서는 기존의 원로원 의원 자격 조건을 일체 따지지 않겠습니다. 그러니까 수입 100만 세스테르티우스 이상이라는 철저하게 비공식적인 심사 요건이나 훌륭한 가문 배경 등의 조건 말입니다. 내가 말하는 새로운 유형이란 바로 전장에서 뛰어난 용맹을 떨친 군인들입니다. 마르쿠스 파비우스 부테오 시절에 그랬듯 로마는 그러한 인물들 모두를 영예롭게 대해야 합니다. 최근 세대에 이르러서 우리는 전쟁 영웅을 완전히 무시해왔습니다. 나는 그러한 관행을 끝내겠습니다! 풀잎관이나 시민관을 받은 자는 선조가 누구건, 무슨 일을 했건 자동으로 원로원에 진출합니다. 그렇게 하여 적게나마 원로원에 수혈되는 이 새로운 피는 최소한 용맹한 피가 될 것입니다! 그리고 나는 풀잎관과 시민관을 받는 자들이 유구한 역사의 명문가에서 더 많이 배출되기를 희망합니다. 가장 용맹한 자에게 주는 이 상을 모조리 새로운 인물들에게만 내주어서는 안 됩니다!"

호르텐시우스가 끙 하고 신음했다. "저 법령은 인기가 좋겠군."

하지만 카툴루스는 술라가 자신에게 지운 금전적 부담말고 아무것도 생각할 수 없었다. 그는 애처로운 눈빛으로 처남을 쳐다보았다.

"한 가지만 더 이야기하고 오늘 회의를 해산하겠습니다." 술라가 말했다. "신규 의원 명단에 올라 있는 사람들은 그 신분이 파트리키이냐 평민이냐에 상관없이 전부 트리부스회에 한 명씩 소개될 것이고, 나는 트리부스회에 각 인물을 표결로 승인해줄 것을 요구합니다." 그는 자리에서 일어섰다. "회의를 마칩니다."

"돈을 대체 어떻게 구하지?" 원로원 의사당을 황급히 빠져나가며 카툴루스가 호르텐시우스에게 물었다.

"안 구해도 돼." 호르텐시우스가 태연하게 대답했다.

"어떻게 안 구하나!"

"술라도 죽을 날이 얼마 남지 않았어, 퀸투스. 술라가 죽을 때까지 이런저런 핑계를 대면서 차일피일 미루면 되지. 술라가 죽으면 누가 상관하겠나? 국가가 필요한 돈을 알아서 다 댈 거야."

"이게 다 유피테르 대제관 때문이야!" 카툴루스가 사나운 표정으로 말했다. "그자 때문에 불이 났어. 그러니 위대한 신전의 건립비는 그가 내야 해!"

법에 관해 촉각이 예민한 호르텐시우스는 이 발언에 문제가 있음을 즉각 간파했다. 그는 인상을 찌푸렸다. "이 사람 큰일날 소리를 하는군! 법적으로 기소가 되어 재판을 받는 중이 아니라면, 다른 신관들에게처럼 유피테르 대제관에게도 불운한 사건에 대한 책임을 물을 수 없어. 그 청년이 왜 로마에서 도망쳤는지 술라는 별다른 설명을 안 했지만, 어쨌거나 그를 공권박탈자 명단에 올리진 않았어. 그에게 기소가 가해진 것도 아니고 말이야."

"그 청년은 술라의 처조카잖아!"

"바로 그거지, 친애하는 퀸투스."

"아, 처남, 왜 우리는 이 모든 것에 연연할까? 가끔은 가진 돈을 전부 모으고 자산도 다 팔아치워서 키레나이카로 떠나버리고 싶어."

"우리한테 생득권이란 게 있어서 이렇게 연연하지." 호르텐시우스가 말했다.

신규 의원과 기존 의원 모두 이틀 후 다시 모였다. 그들은 최소한 당분간은 감찰관 선거를 폐지하겠다는 술라의 발표를 들었다. 국가 재정에 조정이 있을 것이며, 이에 따라 앞으로 최소한 10년간은 도급 계약이나 인구조사가 불필요하기 때문이라고 술라는 설명했다.

"그때쯤에 감찰관 문제를 다시 논의해도 좋습니다." 독재관이 근엄하게 말했다. "감찰관 제도를 아예 폐지한다는 뜻은 아니니까요."

하지만 그는 자신이 속한 파트리키 계급에 특별한 조치를 취했다. "수백 년 전에 최초로 평민 봉기가 일어난 이래 파트리키 계급의 의미는 점차 퇴색되어 왔습니다. 오늘날 파트리키가 평민보다 유리한 점이라고는 평민에게 금지된 몇몇 특정 신관직을 맡을 수 있는 것이 전부입니다. 나는 지금의 이러한 모습이 우리의 모스 마이오룸에 부합한다고 생각하지 않습니다. 파트리키로 태어난 자는 혈통이 깨끗하고 확실하며 그 시작은 왕정 이전으로 거슬러갑니다. 그가 존재한다는 사실만으로도 그의 가문이 로마를 위해 500년 이상 동안 봉사해왔음을 증명합니다. 이 점에 비추어볼 때 파트리키는 특별한 명예를 누려 마땅합니다. 작은 것일지라도 파트리키에게 배타적으로 주어지는 영예가 있어야 합니다. 따라서 앞으로 파트리키는 고등 정무관 즉 법무관과 집정관 선거에 평민보다 두 해 앞서 나갈 수 있도록 하겠습니다."

"그러니까 한마디로 자기 계급을 챙기겠다는 거요." 평민인 마르쿠스 유니우스 브루투스가 파트리키 귀족인 아내 세르빌리아에게 말했다.

세르빌리아는 요즘같이 위험천만한 시절에 오히려 남편과 좀더 말이 잘 통하는 것처럼 느꼈다. 독재관의 애완견 폼페이우스가 진두지휘한 숙청작전 결과 그녀의 시아버지가 릴리바이움 외곽에서 사망했다는 소식을 들은 이래, 남편 브루투스에게는 살얼음판 같은 나날이 계속되었다. 아버지가 공권박탈자 명단에 오르지 않을까? 혹시 내가 오르진 않을까? 공권박탈자 낙인이 찍힌 자의 아들이면 재산을 전혀 물려받을 수 없었고 모든 걸 잃었다. 본인이 공권박탈자가 되면 목숨을 잃었다. 하지만 아버지 브루투스는 공권박탈자 명단에 오른 원로원 의원 40명에 들지 않았고, 그후로 공권박탈자 명단에는 더이상 원로원 의원의 이름이 오르지 않았다. 하지만 그는 안심할 수 없었다. 어느 누구도 안심할 수 없다! 술라는 그런 암시를 흘리고 다녔다.

그는 세르빌리아에게 전보다 덜 냉담했다. 마르쿠스 유니우스 브루투스라는 이름이 술라의 공권박탈자 명단에 오르지 않은 게 어쩌면 그녀와 결혼한 덕분일지도 모르겠다는 생각이 불현듯 들었기 때문이다. 술라는 이렇듯 파트리키들에게 새로운 영예를 부여함으로써, 파트리키는 특별하며 집정관을 배출한 가문 출신의 부유하고 세도 높은 평민 신진 세력보다 더 많은 명예를 누릴 자격이 있다고 말하고 있었다. 그리고 파트리키 중에 세르빌리우스 카이피오보다 더 존귀한 이름이 있을까?

"안타까운 일이에요." 세르빌리아가 말했다. "우리 아들은 파트리키 지위를 누릴 수 없잖아요."

"내 이름도 충분히 유서 깊고 존경받는 이름이오." 브루투스가 뻣뻣하게 말했다. "우리 유니우스 브루투스 가문은 우리 공화국 건국자의 후손이오."

"아무리 생각해도 참 이상하죠." 세르빌리아가 냉담한 어조로 말했다. "그게 사실이라면 왜 지금의 유니우스 브루투스 가문은 파트리키가 아니죠? 공화국 건국 시조는 모두 파트리키였잖아요. 당신은 늘 그때 사정이 있어서 당신 조상이 평민 가문에 입양된 거라고 하지만, 내 생각에 유니우스 브루투스라는 평민 가문은 파트리키 가문에 예속된 노예나 소농의 후손이었던 게 분명해요."

브루투스는 그냥 참는 게 좋겠다고 생각했다. 하지만 이 발언은 세르빌리아가 더이상 순종적으로 침묵하는 아내로만 살지 않을 거라는 또다른 암시였다. 이혼에 대한 두려움은 많이 줄었고, 그만큼 그녀는 자기 힘이 세지는 것을 느꼈다. 그녀에게는 두 돌 된 양육실의 아이가 전부였다. 아이 아버지는 그녀에게 아무것도 아니었다. 그녀가 남편의 지위를 지켜주려는 것은 순전히 자기 아들 때문이었다. 하지만 그렇다고 해서, 시아버지의 모반 행위로 모든 것이 위험해지기 전에 그랬던 것처럼 무조건 남편에게 허리를 숙이고 굽실대야 하는 것은 아니었다.

"당신 여동생은 아주 잘될 거요." 브루투스가 살짝 악의를 담아 말했다. "파트리키면서 파트리키와 혼인했으니까 말이오! 처제나 드루수스 네로는 잘못될 수가 없을 거요."

"드루수스 네로는 평민이에요." 세르빌리아가 도도하게 말했다. "클라우디우스 가문에서 태어났다 해도 드루수스 외숙부가 그애를 입양했으니까요. 그애는 리비우스 가문 사람이에요. 신분상 당신보다 하등 나을 게 없죠."

"그렇다 해도 나는 드루수스 네로가 앞으로 아주 잘될 거라고 생각하오."

"드루수스 네로는 스무 살인데도 찻숟가락만큼의 지능밖에 갖고 있질 않아요. 두 살밖에 안 된 우리 아들이 외려 훨씬 더 똑똑하다고요!" 세르빌리아가 신랄한 어조로 말했다.

브루투스는 경계의 눈초리로 그녀를 바라보았다. 아내가 어린 브루투스에게 보이는 애착이 지나치게 극단적이라는 생각을 지울 수가 없었다. 사실은 그런 표현도 좀 모자랐다. 암사자 같으니라고!

"어쨌거나 술라는 모레에도 계속 개혁 정책을 발표할 예정이라오."

브루투스가 화해를 청하듯 부드럽게 말했다.

"어떤 사안일지 짐작 가는 게 있나요?"

"모레까진 알 수 없소."

다다음 날 술라가 들고 나온 건 선거와 선출직 문제였다. 어떠한 이의 제기도 허락하지 않겠다는 표정이었다. "주먹구구식 선거 쟁탈전은 보기 지긋지긋합니다." 그가 말했다. "제대로 된 절차를 세우겠습니다. 앞으로 모든 선거는 당선자가 취임하기 5~6개월 전인 7월에 열립니다. 이들 고등 정무직 당선자들은 취임 전까지 원로원 회의에서 지금까지와 다른 중요성을 띠게 될 겁니다. 집정관 당선자들은 현 집정관이 발언한 직후 발언을 요청받으며, 법무관 당선자들은 현 법무관들의 발언 직후 발언을 요청받습니다. 이제부터 원로원 최고참 의원, 전직 감찰관, 전직 집정관에게는 마지막 법무관 당선자의 발언이 다 끝나기 전까지 발언권이 주어지지 않을 겁니다. 임기를 훌쩍 넘긴 사람들의 말을 임기중이거나 곧 임기를 시작할 사람들에 앞서 듣는 건 명백한 시간 낭비니까요."

모두의 눈이 원로원 최고참 의원 플라쿠스에게로 쏠렸다. 이 법령으로 그의 위상은 크게 떨어질 판이었다. 하지만 그는 눈을 천천히 껌뻑거리며 전혀 개의치 않는다는 표정으로 앉아 있었다.

술라가 발언을 계속했다. "백인조회에서 치르는 고등 정무관 선거가 가장 먼저 7월의 이두스 하루 전에 열립니다. 그런 다음 트리부스회에서 치르는 재무관, 고등 조영관, 군무관, 그 외 하급 관리직 선거는 8월의 칼렌다이 열흘 전에 열립니다. 마지막으로 평민회에서 치르는 평민들 선거는 칼렌다이로부터 이틀 내지 엿새 전에 열립니다."

"나쁘지 않군." 호르텐시우스가 카툴루스에게 말했다. "연말이 되기 훨씬 전에 모두가 선거 결과를 알게 되니 말이야."

"또 전과 다르게 중요한 지위를 누린단 말이지." 카툴루스가 만족스럽게 말했다.

"이제 정무직 자체에 대한 논의로 넘어갑시다." 술라가 말했다. "요즈음 내가 직접 추진해온 신규 의원 지명 작업이 마무리되면 이제 그 통로는 닫을 생각입니다. 그 이후에 원로원에 들어가는 유일한 통로는 재무관 직이며, 재무관 선거에는 서른번째 생일이 지나야 출마할 수 있습니다. 재무관은 매년 스무 명씩 선출합니다. 원로원 의원 수가 사망 등의 사유로 자연스럽게 줄어든다는 점을 감안할 때 전체적으로 원로원 의원 수를 충분하게 유지하기에 적절한 숫자입니다. 단 두 가지 예외가 있습니다. 사소한 예외라서 전체 의원 수에는 별 영향을 미치지 않을 겁니다. 첫째, 원로원 의원이 아니면서 호민관에 당선된 자는 전처럼 자동으로 원로원 의원 자격을 얻습니다. 둘째, 풀잎관이나 시민관을 받은 자 역시 자동으로 원로원 의원이 됩니다."

그는 자세를 살짝 바꿔 앉고, 벙어리처럼 말이 없는 청중 무리를 바라보았다. "법무관은 매년 여덟 명이 선출됩니다. 평민은 서른아홉 살이 되기 전에는 법무관 선거에 출마할 수 없지만 앞서 말했듯 파트리키는 그보다 2년 일찍 출마할 수 있습니다. 법무관 선거와 집정관 선거 사이에는 대기 기간 2년이 있을 겁니다. 법무관을 지내지 않은 자는 집정관 선거에 출마 자격이 없습니다. 나는 게누키우스법을 더욱 강화하여 집정관 임기가 끝나고 만 10년이 지나기 전에는—평민이건 파트리키이건!—절대 집정관 선거에 재출마하지 못하게 하겠습니다. 가이우스 마리우스 같은 자들이 또 나와서는 안 됩니다!"

이것이야말로 훌륭한 조치로군! 모두가 동시에 생각했다.

하지만 술라가 호민관의 여러 권한을 폐지하는 법안을 소개할 때는 호응이 그리 폭넓지도 뜨겁지도 않았다. 호민관들은 공화정이 들어서고 수백 년 동안 입법권을 야금야금 잠식해 들어오더니 급기야 평민들만의 민회를 로마에서 가장 강력한 입법 기관으로 바꾸어놓았다. 호민관들이 주된 목표로 삼는 것은 대부분 명문화되지 않은 원로원의 권력을 무력화하거나 집정관의 권한을 깎아내리는 것이 되기 일쑤였다.

"그런 시대는 이제 끝났습니다." 술라가 아주 흡족한 어조로 말했다. "앞으로 호민관은 평민 구제권을 제외하고 별다른 권한이 없습니다."

장내에 큰 소란이 일었다. 의원들이 서로 뭐라고 중얼거리며 부산스럽게 몸을 움직이더니, 이내 인상을 찌푸리며 굳은 표정을 지었다.

"원로원은 제일의 권력 기관이어야 합니다!" 술라가 우레와 같은 소리로 외쳤다. "그러려면 반드시 호민관 직을 무력화해야 합니다. 내가 그렇게 하겠습니다! 내가 제정하는 새 법에 따라, 호민관을 지낸 자는 임기를 마친 후 어떤 정무직도 맡을 수 없습니다. 조영관이 될 수 없고 법무관, 집정관, 감찰관도 될 수 없습니다! 또한 그는 임기를 마치고 10년이 지나기 전에 다시 호민관 직을 맡을 수 없습니다. 호민관이 평민 구제권을 행사할 때는 반드시 원칙에 입각해, 한 명의 정무관으로부터 한 명의 평민을 구제하는 것만 가능합니다. 어떠한 호민관도 평민 구제권을 행사한답시고 평민 계급을 통째로 위태롭게 할 법을 제정할 수 없습니다! 또는 평민 구제권으로 재판을 여는 것도 안 됩니다."

이상하게도 술라는 파트리키여서 호민관이 될 수 없는 두 사내, 카틸리나와 레피두스에게 의미심장한 눈빛을 보냈다.

술라가 말을 이었다. "호민관의 거부권은 크게 축소됩니다. 호민관은 원로원 결의, 또는 원로원이 승인한 법, 또는 원로원의 속주 총독 및 군지휘관 지명권, 또는 원로원의 외교권에 거부권을 행사할 수 없습니다. 호민관이 평민회에서 법을 제정하려면 원로원 결의 형식으로 원로원의 사전 승인을 받아야만 합니다. 또한 호민관은 원로원 회의를 소집할 권한이 없습니다."

많은 사람들이 침울한 표정을 지었다. 몇몇은 분개한 표정이었다. 술라는 연극배우처럼 약간 과장된 몸짓으로 잠시 말을 끊고 혹시 소리를 내어 항의하는 사람이 있는지 둘러보았다. 아무도 없었다. 그가 목청을 가다듬었다. "어떻게 생각하십니까, 퀸투스 호르텐시우스?"

호르텐시우스가 침을 꿀꺽 삼켰다. "법안에 동의합니다, 루키우스 코르넬리우스."

"반대하는 분은 없습니까?"

정적이 감돌았다.

"좋습니다!" 술라가 밝게 말했다. "그러면 코르넬리우스법은 지금 바로 시행됩니다!"

"끔찍하군." 회의가 끝나고 레피두스가 가이우스 코타에게 말했다.

"전적으로 동감이야."

카툴루스가 따졌다. "그러면 왜 다들 얌전히 침묵했나? 왜 그가 자기 멋대로 하게 내버려두었는가? 호민관 직이 원활히 작동하지 않으면 어떻게 우리 공화국이 진정한 공화국일 수 있나?"

"그러는 자네는 왜 아까 따지지 않았나?" 그 질문을 자신의 졸렬함에 대한 직접적인 비난으로 받아들인 호르텐시우스가 매섭게 되물었다.

"그거야 내 목이 제자리에 붙어 있었으면 하니까." 카툴루스가 솔직하게 대답했다.

“그 말로 모든 게 요약되는군.” 레피두스가 말했다.

“뭔지 알겠어.” 메텔루스 피우스가 그들 사이로 끼어들며 말했다. “새 법에 담긴 논리 말일세. 참 영리한 사람이야! 수가 낮은 자라면 호민관직을 그냥 폐지해버렸겠지만, 술라는 그러지 않았어! 그분은 평민 구제권은 건드리지 않았어. 단지 평민 구제권이 생긴 이래 하나둘씩 따라붙은 다른 권한들만 술술 벗겨낸 거야. 그러니 모스 마이오룸의 큰 틀은 건드리지 않았다고 주장할 수 있지. 그게 이번 법제 개혁의 핵심이거든. 하지만 두고보게. 이 법은 제대로 작동하지 않을 거야. 호민관 직은 이미 너무 많은 사람들에게 너무 많은 의미를 지니게 되었으니까.”

“어쨌든 그분이 살아 있는 동안에는 작동을 하겠지요.” 코타가 딱 잘라 말했다.

이 말에 사람들은 뿔뿔이 흩어졌다. 다들 기분이 언짢긴 했어도 마음속 생각이나 느낌을 다른 사람들 귀에 쏟아내고 싶지 않았다. 위험천만한 일이니까!

술라의 공포정치가 제대로 작동하고 있군. 메텔루스 피우스는 혼자 집으로 걸어가며 생각했다.

매년 아폴로 경기대회가 열리는 7월 초 즈음하여 두 가지 법이 추가되었다. 코르넬리우스 사치금지법과 코르넬리우스 곡물법이었다. 사치금지법은 극도로 엄격해서 평상시 식사에 일인당 30세스테르티우스, 연회 기준 일인당 300세스테르티우스의 상한선까지 정했다. 향수, 수입 포도주, 향신료, 귀금속 같은 사치품에 중과세를 부과했고, 장례 및 매장 비용을 제한했으며, 티로스 자주 염료에도 엄청난 관세를 붙였다. 곡물법은 반대 방향으로 극단적이었다. 국가가 곡물을 싼값에 파는 관례를 철폐했다. 술라의 법은 치밀하게도 국가의 곡물 매각 자체를 금지하지 않았다. 그저 국가는 민간 곡물 상인보다 낮은 가격에 팔 수 없다고 명시했을 뿐이었다.

술라의 중대한 법률 개혁은 아직 갈 길이 멀었다. 하지만 연초의 개선식 이래 이 모든 법을 세우는 과중한 임무를 숨 돌릴 틈 없이 계속해온 탓이었을까. 독재관은 순간적인 충동으로 며칠간 일을 쉬고 7월 초에 열리는 아폴로 경기대회를 관람해야겠다고 마음먹었다. 물론 대경기장에서의 행사를 보려는 것은 아니었다. 그가 관람하려는 것은 연극, 마르스 평원의 플라미니우스 경기장에 세워질 가설 목조 극장에서 상연될 여남은 편 정도의 연극이었다. 대부분 희극이었다. 플라우투스, 테렌티우스, 나이비우스의 희곡이 주를 이루었지만, 술라가 언제나 제일 좋아하는 익살극 역시 몇 편 선보일 예정이었다. 정통 희극은 원래 절대로 대본을 벗어날 수 없지만, 익살극은 상황만 설정되어 있을 뿐 배우나 감독이 대사를 자유롭게 바꿀 수 있었고 배우들은 가면을 쓰지 않았다.

술라가 아폴로 경기대회 기간에 상연될 연극을 이렇듯 열성적으로 관람할 결심을 한 것은, 아마도 아우렐리아를 위시한 대표단과의 단막극 때문이었을 것이다. 아니면 아폴로 경기대회의 창설자가 그의 조상이었다는 사실 때문이었을까? 그것도 아니면 배우 메트로비오스를 보고 싶은 욕망? 30년! 그렇게도 긴 세월이었나? 그날 메트로비오스는 소년이었고, 술라는 비통한 체념 속에 서른번째 생일을 맞았다. 그로부터 3년 뒤 술라가 원로원에 들어간 이후로 그들은 거의 만나지 못했다. 어쩌다 한 번씩 만나도 고통뿐이었다.

술라는 자신의 그러한 부분을 부정하기로 결심했었다. 오랫동안 숙고해 내린 결정이었고 그만큼 단호했다. 확고히 논리에 입각한 결정이었다. 공직생활에 몸담으면서 자신의 동성애 성향을 인정하거나 그것에 굴복한 사내들은 사회적으로 큰 지탄을 받았다. 물론 그러한 사내들이 공직에서 물러나도록 강제하는 법은 하나도 없었다. 동성애자에게 사형을 내리는 스칸티니우스법 따위가 있긴 했지만, 로마에서는 미남에게 어떤 관용적인 분위기가 있었기 때문에 이러한 법이 실제로 적용되는 일은 매우 드물었다. 현실은 그보다 미묘해서 개인적인 능력이 출중하다면 그러한 이유로 공직에서의 성공이 늦춰지지도 않았다. 대신에 사회적 지탄은 비웃음, 경멸, 자유로운 재담과 말장난과 풍자 형태로 나타났고, 개인의 존엄을 크게 깎아내렸다. 그러한 사내들은 동배간에 열등한 자로 얕보이기 일쑤였다. 따라서 술라에게 그것은 아무리 간절히 원한대도 가질 수 없는 그 무엇이었다. 그리고 그는 그것을 간절히 원했다. 그는 종국에 있을 은퇴에 희망을 걸었다. 은퇴한 후에는 남들이 뭐라 하건 절대 개의치 않을 거라고, 그는 속으로 되뇌었다. 그는 자기 자신으로 돌아갈 것이다. 자신에게 주어질 개인적인 보상을 맹렬히 움켜잡을 것이다. 은퇴할 때 그의 업적은 확고부동하고 어마어마할 것이며, 그가 긴 공직 생활 동안 쌓은 존엄은 너무도 단단하여 늙은이의 마지막 성적인 일탈 따위로 훼손되지 않으리라.

하지만 아, 그는 메트로비오스를 갈망했다! 메트로비오스는 늙고 추한 사내에게 관심이 없을 터였지만. 이것 역시 그가 연극을 보러 가기로 결심하게 된 또하나의 이유였다. 은퇴가 다가왔을 때보다 지금 미리 확인하는 편이 낫다. 날로 나빠져가는 이 두 눈이 그 사랑스러운 피사체를 맘껏 보는 호사를 누리게 하자. 내 눈이 아직 앞을 볼 수 있을 때.

이번 축제에는 여러 극단이 참가했고, 그중 하나는 메트로비오스가 직접 이끄는 극단이었다. 그는 한 10년 전에 비극배우에서 정통 희극 배우로 전환한 터였다. 그가 이끄는 극단은 셋째 날부터 참가했지만, 술라는 첫째 날과 둘째 날도 공연장을 찾았다. 그는 오로지 익살극만을 관람하면서 한껏 즐거운 시간을 보냈다.

달마티카도 동행했지만, 대경기장에서와는 달리 남자들과 나란히 앉지 못했다. 로마 사회에서 연극은 그다지 사회적으로 인정받지 못했고 극장에서의 남녀 간 위계질서가 엄격했다. 부도덕과 노출이 지나치게 많은 연극을 남자와 나란히 앉아서 보면 여자들이 타락할 수 있다는 게 당시의 생각이었다. 완만하게 경사를 이루는 반원형 관객석의 맨 앞 두 줄은 원로원 의원들을 위한 자리였고, 그 뒤로 열네 줄은 전 같으면 공마를 보유한 기사들을 위해 할당되었을 자리였다. 과거에 가이우스 그라쿠스가 고위급 기사들에게 부여한 이 특혜를 폐지하며 술라는 짜릿한 쾌감을 느꼈다. 그리하여 기사들은 이제 누구나 선착순의 원칙에 따라 자기보다 낮은 계급 사람들과 치열한 자리싸움을 벌여야 했다. 관객석 뒤 가장 높은 자리에 앉아 있는 소수의 여자들에게는 소리는 잘 들렸지만 무대 위의 선정적인 장면은 잘 보이지 않았다. 메트로비오스가 공연하는 것과 같은 정통 희극은 배우들이 전부 가면을 쓰고 나왔고 여자가 등장하지 않았지만, 아텔라 지역에서 유래한 익살극은 여자 역할을 실제 여자가 연기했고 배우들은 가면을 전혀 쓰지 않았다. 때로는 옷조차 입지 않았다.

셋째 날의 연극은 플라우투스의 인기작 〈허풍선이 병사〉였다. 주연은 메트로비오스였다. 바보짓이었다! 그의 얼굴에서 술라가 볼 수 있는 것이라곤 기괴한 투구와 미소를 지을 때마다 우스꽝스럽게 위아래로 까닥이는 입가리개뿐이었으니까. 하지만 술라는 그의 손을 보았다.

그리스식 갑옷에 잘 어울리는 남자답고 날렵한 몸매 역시 잘 보였다. 물론 연극이 끝나자 배우들은 모두 가면을 벗고 허리를 숙여 관객들에게 인사했다. 그리고 술라는 마침내 지난 세월 메트로비오스가 어떻게 변했는지 볼 수 있었다. 변한 게 거의 없었다. 검은 곱슬머리에 새치가 멋스럽게 흩뿌려진 것과 그리스인 특유의 곧고 높은 콧대 양옆이 깊게 패인 것 외에는.

그는 거기서 울 수 없었다. 관객석 맨 앞줄 정중앙에 방석을 깔아 마련한 그의 목조 좌석에 앉아 울 수는 없었다. 하지만 울고 싶었다. 울지 않기 위해 스스로와 싸워야 했다. 얼굴이 너무 멀었다. 오르케스트라(고대 로마 극장 앞쪽의 합창단석으로 오늘날 '오케스트라'의 어원—옮긴이)의 반달형 빈 공간이 그들 사이를 갈라놓고 있어서 메트로비오스의 눈이 보이지 않았다. 아, 한 쌍의 검은 웅덩이만 보일 뿐 그 안이 보이지 않았다. 눈동자가 술라를 향해 있는지, 아니면 술라로부터 세 줄 뒤에 앉아 있는 지금의 애인을 보고 있는지조차 알 수 없었다. 마메르쿠스가 술라 옆에 있었다. 그는 사위에게 몸을 돌려 나직이 말했다.

"허풍선이 병사를 연기한 배우에게 이리 내려오라고 전해주겠나? 전에 알던 사람 같은데 기억이 확실치 않아. 어쨌거나 개인적으로 축하를 전하고 싶군."

관객들이 가설 목조 건물을 빠져나가기 시작했다. 정숙한 여자들은 남편이 있는 쪽을 향해 천천히 자리를 옮겼고 매춘부들은 일거리를 찾아 주변을 서성였다. 달마티카와 코르넬리아 술라가 크리소고노스의 세심한 안내를 받으며—그들을 알아보는 관객들을 아주 조심스럽게 피해—독재관과 마메르쿠스 곁으로 왔다. 그때 마침내 메트로비오스가 아직 갑옷 차림으로 술라 앞에 와서 섰다.

"연기가 아주 좋았네." 독재관이 말했다.

메트로비오스가 미소를 지었다. 티 없이 완벽한 치아는 예나 지금이나 여전했다. "관객석에 계신 것을 보고 무척 반가웠습니다, 루키우스 코르넬리우스."

"자네 한때 내 피호민이었지, 맞나?"

"네, 맞습니다. 미트리다테스와의 전쟁에 출정하실 때 저를 피호민 신분에서 해방시켜주셨습니다." 대답을 하는 배우의 눈빛에서는 아무것도 읽을 수 없었다.

"그래, 기억나네. 켄소리누스가 나를 기소할 거라고 자네가 미리 알려주었지. 그러고 나서 곧 내 아들이 죽었고." 술라의 흉측한 얼굴이 구겨졌다. 그는 애써 얼굴을 폈다. "내가 집정관이 되기 전 일이군."

"위험을 미리 알려드릴 수 있어서 기뻤습니다." 메트로비오스가 말했다.

"내게도 행운이었지."

"독재관께선 포르투나 여신의 선택을 받은 분이시니까요."

극장 안이 거의 다 비었다. 계속되는 식상한 대화가 싫어져서, 술라는 여자들과 마메르쿠스 쪽으로 고개를 돌렸다.

"집으로 가시오." 그가 불쑥 말했다. "옛 피호민과 잠시 담소를 나누고 싶소."

달마티카(며칠째 안색이 영 좋지 않았다)는 그리스인 배우에게 매료된 듯 그의 얼굴을 빤히 쳐다보며 서 있었다. 크리소고노스가 달마티카를 몽상에서 깨우자 그녀는 흠칫 놀라더니 몸을 돌려 게르만족 거인 한 쌍의 뒤를 따랐다. 독재관의 부인이 가는 곳이면 어디든 따라다니며 길을 터주는 자들이었다.

술라와 메트로비오스 둘만 남았다. 이제 두 사람은 어느 무리와도 일행으로 보이지 않을 정도로 다른 사람들로부터 멀리 떨어져 있었다. 보통 때 같으면 무언가 청원할 일이 있는 자나 피호민이 술라에게 접근했겠지만, 그날은 다행히 아무도 다가오지 않았다.

"잠깐만 걷자." 술라가 말했다. "그 이상은 바라지 않아."

"원하시는 게 뭐든 말씀하세요." 메트로비오스가 말했다.

술라가 걸음을 멈췄다. "여기 내 앞에 서봐, 메트로비오스. 세월과 질병이 내게 한 짓을 봐. 옛날이나 지금이나 내 입장은 바뀐 게 없어. 하긴 바뀌었다 해도, 너나 다른 누구한테든 내가 무슨 쓸모가 있겠니? 어리석고 불쌍한 저 여인네들말고는. 저 여자들은 지금도 나를—아니, 그 속을 누가 알겠어? 날 동정하는 거겠지. 그런 게 사랑일 리가 없어."

"당연히 사랑이지요!" 메트로비오스는 이제 술라 가까이에 서 있었다. 그의 두 눈에 전처럼 변함없이 애정이 담겨 있음을, 그가 자신을 여전히 부드러운 눈길로 바라보고 있음을 술라가 충분히 확인할 수 있을 정도로 가까웠다. 혐오나 역겨움 같은 건 없는 강렬한 관심이 두 눈에 어려 있었다. 테아눔 시디키눔에서 아우렐리아가 그를 바라보던 눈빛보다도 더 부드럽고 더 친밀한 눈빛이었다. "술라, 당신의 마법에 한번 빠진 사람은 절대 당신한테서 벗어날 수 없어요! 여자건 남자건 똑같아요. 당신은 특별해요. 당신을 알고 나면 모든 게 빛을 잃어요. 그건 도덕이나 선의 문제가 아니에요!" 메트로비오스가 미소를 지었다. "당신한텐 그 두 가지 모두 없지요! 어쩌면 위대한 자는 도덕적일 수 없는 거예요. 선할 수도 없고요. 아마 그러한 덕목을 갖춘 자들은 애초부터 위대한 자가 될 수 없는지도 모르죠. 플라톤에 대해 다 잊어버려서, 플라톤과 소크라테스가 이 문제에 대해 뭐라고 했는지 잘 모르겠어요."

술라는 고개를 돌리지 않은 채 한쪽 시선 끝으로, 달마티카가 고개를 돌려 자기 쪽을 바라보는 걸 느꼈다. 거리가 멀어서 표정은 알 수 없었다. 곧 그녀는 모퉁이를 돌아 시야에서 사라졌다.

"그렇다면 네 말은, 내가 지금의 짐을 내려놓을 수만 있다면 내가 죽는 날까지 나와 함께 살 수 있다는 뜻이냐? 살날이 점점 줄어들고 있지만, 적어도 그중 얼마간은 로마 생각은 하지 않고 온전히 나만을 위해 쓸 생각이야. 만일 네가 내 말년에 함께해준다면 어떤 식으로든 힘들게 살지 않도록 해주마. 적어도 경제적으로는 말이야." 독재관이 물었다.

웃음이 터져나오며 검정색 곱슬머리가 양쪽으로 흔들렸다. "오, 술라! 지난 30년 내내 당신 것이었던 걸 돈으로 산다고요?"

눈물이 차올랐다. 술라는 눈을 깜빡였다. "그러면 내가 은퇴할 때 나와 같이 가겠니?"

"네."

"때가 되면 사람을 보내마."

"내일이요? 아니면 내년?"

"오래 걸리진 않을 거야. 한 2년 정도. 기다리겠니?"

"기다릴게요."

술라는 완벽한 행복감 속에 한숨을 지었다. 너무 짧아, 너무 짧아! 그는 과거에 메트로비오스를 만날 때마다 사랑하는 사람이 죽었다는 사실을 떠올렸다. 율릴라. 아들. 이번엔 누가 될까? 상관없어. 그는 생각했다. 메트로비오스가 가장 중요하니까. 내 아들만 제외하면. 하지만 어차피 그애는 이미 죽었는걸. 그냥 코르넬리아 술라였으면. 아니면 쌍둥이든가. 달마티카만은 아니길! 술라는 이것이 그저 사소한 만남인 듯 메트로비오스를 향해 짧게 고개를 끄덕이고 뒤돌아 걸었다.

그 자리에 서서 점점 멀어져가는 술라를 지켜보는 메트로비오스의 마음은 행복으로 가득차 있었다. 이제는 기억 속에서 아련한 고향 아르카디아의 작은 토속신들이 했던 말은 과연 진실이었다. 무언가를 간절히 바라면 결국엔 이루어진다고. 그리고 대가가 쓰라리면 쓰라릴수록 그만큼 보상은 달다고. 술라의 모습이 완전히 사라진 후에야 그는 비로소 몸을 돌려 분장실로 향했다.

술라는 천천히 걸었다. 온전히 혼자서. 그 자체가 평소 술라로서는 누리기 힘든 사치였다. 메트로비오스를 기다릴 힘을 어떻게 찾을 수 있을까? 이제 메트로비오스는 소년이 아니지만, 그애는 늘 나만의 소년이었어.

멀리서 사람들 목소리가 들리자 술라는 발걸음을 더욱 늦췄다. 아직은 어느 누구에게도 자신의 얼굴을 보이고 싶지 않았다. 그의 심장은 앞으로 있을 기쁨을 알고 희망에 차 있었지만, 앞으로도 즐거움 없는 과업을 끝마쳐야 하는 데서 오는 분노와 이번에 죽을 사람이 달마티카일지 모른다는 두려움 역시 내면에 자리해 있었기 때문이다.

두 사람의 목소리가 더욱 크게 들려왔다. 한 사람의 목소리가 다른 사람보다 더 높았다. 잘 아는 목소리였다. 희한해. 사람 목소리는 서로 어쩌면 저렇게 다를까! 처음에는 얼핏 비슷하게 들려도, 음조나 강세를 벗겨내면 절대 똑같은 목소리는 없어. 지금 얘기하는 저치는 마니우스 아퀼리우스 글라브리오가 틀림없군. 내 의붓딸 아이밀리아 스카우라의 남편.

"이제 진짜로 도를 넘었어." 글라브리오가 말했다. 힘있고도 귀족적인 느릿한 말투였다. "공권박탈 조치로 국고에 들어온 돈이 겨우 만 3천 탈렌툼인데 그걸 자랑해! 부끄러워서 목을 매야 마땅하지! 그것의 열 배는 돼야 하잖아! 수백만 세스테르티우스 가치의 매물을 겨우 몇 천에 팔아치우고, 부인이란 여자는 5천만 세스테르티우스짜리 큰 땅을 5만 세스테르티우스에 샀다고 우쭐해한단 말이지. 수치스러운 일이야!"

"듣기로는 자네도 재미를 보았다던데, 글라브리오." 또다른 익숙한 목소리가 들려왔다. 카틸리나였다.

"그거야 푼돈이지. 원래의 내 몫을 넘지 않아. 무시무시하고 악독한 노친네! 뭐, 지난달의 칼렌다이를 끝으로 더는 공권박탈자가 없을 거라며 뻔뻔한 소리를 해? 지금도 자기 하수인이나 친인척이 캄파니아나 해안가에 좋은 땅을 노릴라치면 매번 로스트라에 이름이 줄줄이 올라가는데! 자네 아까 술라가 허풍선이 병사를 연기한 놈이랑 잠깐 얘기한다고 관객석에 남는 거 봤나? 무대에 올라가고 싶어 안달이 났지. 아니면 무대를 휘젓고 다니던 그 천박한 놈한테 안달이 났거나. 그래, 이건 그의 소싯적까지 거슬러가는 이야기야. 그때부터도 베누스 에루키나 신전 앞에서 몸을 파는 더러운 창녀와 하등 다를 게 없었거든! 남색하는 놈들을 모아놓고 어느 놈이 어느 놈 뒤에 있었는지 추려보면 그는 거기서도 웃음거리가 될 거야. 자네 그런 놈들이 데이지꽃 화관처럼 줄줄이 꿰인 거 본 적 있나? 술라는 그런 걸 수없이 봤다네!"

"입조심하게, 글라브리오." 카틸리나가 듣기 거북하다는 듯 말했다. "그러다 자네도 명단에 오르겠어."

하지만 글라브리오는 크게 웃어젖혔다. "나는 아니야!" 그가 유쾌하게 소리쳤다. "나는 술라의 집안사람이야. 달마티카의 사위라고! 제아무리 술라라 해도 자기 집안사람을 올릴 수는 없지."

두 사내가 멀어짐에 따라 목소리도 점차 사라졌지만, 술라는 여전히 모퉁이를 돌아가지 않은 채 있던 자리에 그대로 머물러 있었다. 모든 몸짓이 정지되었고, 얼음처럼 차가운 두 눈은 섬뜩한 빛을 뿜었다. 그러니까 사람들 하는 말이 그렇단 거지? 이렇게 여러 해가 지난 지금까지도……. 그래, 글라브리오는 다른 로마 사람들보다 많은 걸 알겠지. 하지만 이대로라면 머지않아 다른 로마 사람들 역시 글라브리오가 짐작하거나 아는 것들을 모두 접하게 될 터이다. 과연 얼마만큼을 소문으로 들었고 얼마만큼을 내가 매년 차곡차곡 모은 문서나 서류에서 읽은 걸까? 술라는 자기에 대해 글로 남겨진 증거자료를 있는 대로 다 긁어모으고 있었다. 은퇴하는 날까지 그렇게 할 작정이었다. 10년 전 카툴루스 카이사르가 그랬듯 그도 회고록을 집필할 생각이기 때문이었다. 따라서 술라의 저택 여기저기에 수많은 자료가 흩어져 있었고, 마음만 먹으면 대단한 수고를 들이지 않고도 그 자료들을 읽어볼 수 있었다. 글라브리오! 내 집에 허구한 날 드나드는 그놈을 내가 왜 생각 못했을까? 내 집에 자주 드나들 특권을 누리는 인간들이 다 코르넬리아 술라나 마메르쿠스같이 믿을 만한 건 아닌데 말이지! 글라브리오! 그놈 말고 또 누가?

메트로비오스를 곧장 가까이 둘 수 없다는 데 대한 분노의 등걸불은 이제 술라의 마음속에서 새롭게 더 큰 불을 지폈고, 불길은 이내 더 크고 더 가혹하게 타올랐다. 술라는 발걸음을 떼고 다시 걸으며 생각했다. 내가 집안사람을 공권박탈자 명단에 올릴 수는 없다? 그래, 안 돼. 그건 그놈 말이 맞아. 하지만 꼭 공권박탈일 필요가 있나? 달리 더 좋은 방법이 없을까?

모퉁이를 돌아 나오던 술라는 폼페이우스와 정면으로 부딪혔다. 두 사람 다 살짝 휘청대며 뒤로 한 걸음 물러섰다.

"아니, 마그누스, 자네 혼자인가?" 술라가 물었다.

"가끔은 혼자인 게 좋으니까요." 폼페이우스가 독재관 옆에 서며 말했다.

"전적으로 동감하네. 하지만 자네 설마 바로에게 싫증이 난 건 아니겠지!"

"바로와 너무 오래 있으면 간혹 똥구멍에 물집이 잡힌답니다. 감찰관 카토나 옛날 방식이나 돈이 진짜로 가치 있었던 시절 운운하기 시작할 땐 특히 더요. 그건 그나마 나아요. 눈에 보이지 않는 힘의 손가락 따위에 대해 실없는 소리를 늘어놓기도 하니까요."

"그렇군, 바로가 그 가엾은 늙은이 아피우스 클라우디우스와 친구 사이인 걸 잊고 있었어." 술라가 말했다. 지금 같은 기분으로 길을 걷는 중에 우연히 부딪힌 사람이 폼페이우스라는 사실이 조금은 기쁘게 느껴졌다. "그런데 우리가 왜 자꾸 아피우스 클라우디우스를 늙은이로 여기는지 잘 모르겠단 말이야?"

폼페이우스가 킬킬 웃었다. "그거야 그 사람은 태어날 때부터 늙은이였으니까요! 하지만 최근 동정에 어두우시네요, 술라! 요즘 아피우스 클라우디우스는 한물갔습니다. 최근의 화제 인물은 푸블리우스 니기디우스 피굴루스입니다. 정통 소피스트지요. 아니면 피타고라스학파라고 해야 하나요?" 폼페이우스가 가볍게 어깨를 으쓱했다. "아무려나요. 저는 철학자들 학파는 도무지 분간이 안 가서요."

"푸블리우스 니기디우스 피굴루스라! 참 구식에 무의미한 이름이로군. 어쨌든 로마에서 그런 이름을 쓰는 자는 본 적이 없는데. 시골 출신인가?"

"네. 뭐, 그렇다고 산촌의 고목처럼 조용한 인간은 아닙니다. 그보다는 콩이 절반 채워진 조롱박에 가깝지요. 때글때글 어찌나 시끄러운지……. 번개에서부터 간(肝)에 이르기까지 에트루리아식 점술에 있어 굉장한 전문가예요. 그자가 간엽에 대해 아는 게 제가 수사적 기법에 대해 아는 것보다 더 많을 겁니다."

"자네는 수사적 기법을 몇 개나 아나, 마그누스?" 기분이 나아진 술라가 물었다.

"두 개요, 아니 세 개인가?"

"말해보게."

"문채(color), 묘사(descriptio)."

"두 개로군."

"두 개네요."

그들은 잠시 말없이 걸었다. 둘 다 미소를 짓고 있었지만, 그 이유는 전혀 달랐다.

"그래, 이젠 극장에서 기사들한테 특별석이 할당되지 않지. 이럴 때 기사인 기분이 어떤가?" 술라가 추궁하듯 물었다.

"불만 없습니다." 폼페이우스가 태평스럽게 대꾸했다. "저야 원래 극장에 안 가니까요."

"아. 그러면 오늘은 어디에 있었나?"

"렉타 가도에 나가봤습니다. 그냥 산책이나 하려고요. 로마에 오면 늘 기운이 빠져요. 저는 이곳이 싫습니다."

"여기서는 혼자 지내나?"

"대체로 그렇죠. 아내는 피케눔에 두고 왔습니다." 그가 얼굴을 찌푸렸다.

"아내가 마음에 안 드는군, 마그누스?"

"아, 더 나은 여자를 얻기 전까진 데리고 있을 만합니다. 저를 무척 따르거든요! 하지만 충분히 훌륭하지는 않다, 뭐 그런 겁니다."

"그래, 그래! 조영관 집안 출신이지."

"저는 집정관 집안 출신입니다. 그러니 제 아내도 그 정도는 되어야지요."

"그러면 그 여자와 이혼하고 집정관 집안 여자를 얻게."

"이런저런 얘기를 하는 게 귀찮아서요. 여자한테든, 여자 아버지한테든."

그 순간 어떤 생각이 섬광처럼 술라의 머릿속을 스쳐갔다. 술라는 즉각 멈춰 섰다. 그곳은 벨라브룸 구역에서 팔라티누스 언덕 바로 아래 투스쿠스 구로 이어지는 길 한복판이었다. "그래!" 술라가 감탄하며 말했다. "바로 그거야!"

폼페이우스도 그를 따라 멈춰 섰다. "예?" 그가 정중하게 물었다.

"이보게, 친애하는 젊은 기사, 나한테 훌륭한 생각이 떠올랐네!"

"잘됐군요."

"아, 그런 식상한 대꾸는 집어치워! 내가 지금 생각중이잖아!"

폼페이우스는 더이상 아무 말도 하지 않았다. 술라의 양 입술이, 치아가 다 빠진 위아래 잇몸 사이로 해파리가 헤엄치듯 들락거렸다. 마침내 술라는 한 손을 내밀어 폼페이우스의 팔을 잡았다.

"마그누스, 내일 낮의 세번째 시각에 나를 만나러 오게." 술라는 이렇게 말하고 기분이 좋아서 한 발로 깡충 뛰더니 한달음에 그 자리를 떠났다.

폼페이우스는 양미간을 찌푸린 채 그 자리에 한동안 서 있다가, 잠시 후 마찬가지로 걷기 시작했다. 팔라티누스 언덕이 아닌 포룸 로마눔

방향이었다. 그의 집은 카리나이 지구에 있었다.

술라는 푸리 여신들에게 쫓기듯 서둘러 집으로 왔다. 신나는 일거리가 생긴 것이다!

"크리소고노스, 크리소고노스!" 그가 문간에서 우렁차게 소리쳤다. 걸어가는 그의 뒤로 천막이 무너지듯 토가 천이 스르륵 떨어졌다.

집사가 불안한 표정으로 나타났다. 집사 본인은 몰랐지만, 술라는 최근 들어 그가 이처럼 불안한 표정을 띨 때가 잦다는 걸 눈치채고 있었다.

"크리소고노스, 가마를 가지고 글라브리오의 집으로 가게. 아이밀리아 스카우라를 당장 이리로 데려와."

"루키우스 코르넬리우스, 릭토르들도 없이 오시다니요!"

"아, 연극 시작 전에 내가 해산시켰어. 가끔은 그놈들이 너무 성가셔서 말이야." 독재관은 아무렇지 않다는 듯 대꾸했다. "어서 가서 내 의붓딸을 데려와!"

"아이밀리아요? 왜 그애를 찾지요?" 달마티카가 방으로 들어오며 물었다.

"당신도 곧 알게 될 거요." 술라가 활짝 웃으며 말했다.

아내는 잠시 말없이 남편의 얼굴을 찬찬히 뜯어보았다. "루키우스 코르넬리우스, 예전에 아우렐리아와 대표단 사람들과 면담을 가진 후로 당신 좀 달라졌어요."

"어떤 면에서?"

대답하기 어려운 질문이었다. 아마도 남편의 심기를 거스르고 싶지 않아서였을 것이다. 그녀는 결국 대답했다. "당신 기분이요."

"좋은 쪽이오, 아니면 나쁜 쪽이오, 달마티카?"

"오, 좋은 쪽이죠. 당신, 행복해 보여요."

"그래, 그렇소." 그가 행복한 투로 말했다. "이제 앞으로 개인적인 삶은 없을 줄로만 알았는데, 아우렐리아가 내게 그걸 되찾아줬어. 아, 은퇴한 후에 난 멋진 시간을 보낼 거요!"

"오늘 만난 그 배우, 메트로비오스. 그 사람은 당신 친구죠."

아내의 눈빛에서 드러나는 무언가가 그를 멈칫하게 했다. 태평스럽던 기분이 사라졌다. 술라의 검을 배에 꽂은 채 누워 있던 율릴라의 모습이 그의 머릿속을 헤엄쳤고, 그 이미지에 가려 눈앞에 있는 달마티카의 얼굴이 얼룩덜룩하게 보였다. 남편이 다른 사람을 품는 걸 두고볼 수 없는 또하나의 아내인 건가? 설마! 그런데 어떻게 알았지? 무엇을 아는 걸까? 우리가 그런 냄새를 풍겼나?

"그가 소년일 때부터 아는 사이였소." 술라는 짤막하게 대답했다. 어조에서 더는 질문을 허용하지 않겠다는 뜻이 느껴졌다.

"그러면 왜 그가 무대에서 내려오기 전까지 그를 모르는 척했어요?" 그녀가 찌푸린 얼굴로 물었다.

"극이 끝날 때까지 가면을 썼지 않소!" 술라가 딱딱댔다. "그동안 여러 해가 지나서 잘 못 알아본 거지." 망했군! 그녀는 결국 그를 수세로 몰아붙였다. 술라는 이 상황이 마음에 들지 않았다.

"네, 그랬군요." 그녀가 천천히 되뇌었다. "그랬겠지요."

"물러가요, 달마티카, 어서! 아폴로 경기대회 이후 내가 너무 시간을 낭비했어. 날 기다리는 일이 많소."

그녀가 가려고 몸을 돌렸다. 아까보다 덜 못마땅한 얼굴이었다.

"한 가지 더." 술라가 아내 등에 대고 말했다.

"네?"

"당신 딸이 도착하면 당신도 있어야 하니, 어디 외출하거나 다른 일 하지 말고 얌전히 기다려요."

저이는 요즘 너무 이상해! 달마티카는 넓은 아트리움을 가로질러 주랑정원 건너편에 있는 자신의 거처로 가며 생각했다. 쉽게 화내고, 행복해하고, 불안정해. 금세 들떴다가 금세 가라앉고. 마치 어떤 결정을 내렸지만 즉시 실행할 수 없을 때처럼. 저이는 일을 미루는 걸 몹시 싫어하니까. 그리고 그 미남 배우……. 술라의 계획에서 그가 차지한 역할은 뭘까? 그는 중요한 존재였다. 다만 어떻게 중요한 건지를 알 수 없었다. 그 배우가 술라와 조금이라도 닮았다면 술라의 아들일 거라고 결론지었을 것이다. 이제는 남편을 아주 잘 아는 달마티카였지만, 술라에게서 느낀 것은 그 정도가 전부였다.

따라서 아이밀리아 스카우라가 도착했다고 크리소고노스가 알려왔을 때, 달마티카는 왜 술라가 딸애를 불렀는지 전혀 생각해보지 못한 터였다.

아이밀리아 스카우라는 이제 임신 4개월째로 피부에 윤기가 흐르고 눈빛도 또렷했다. 입덧 따위는 전혀 없었다! 안타깝게도 아버지를 닮아 키가 작고 땅딸막했지만, 얼굴은 어머니를 닮은 구석이 있었고 스카우루스의 아름답고 빛나는 푸른 눈을 그대로 물려받았다.

그리 영악하지 못한 그녀는 어머니가 술라와 결혼한 것을 지금까지도 좋게 받아들이지 못하고 있었다. 그녀는 술라가 무섭고 싫었다. 어머니의 재혼 초, 술라를 잠깐씩 보았을 때는 술라에 대한 어머니의 열정을 그의 잘생긴 외모 때문에라도 어느 정도 이해했지만 그때도 술라가 싫었다. 게다가 술라가 병을 앓고 외모가 저렇게 망가졌는데도 술라에 대한 어머니의 열정이 조금도 식지 않는 이유는 도무지 알 수 없었다. 이 세상 어떤 여자가 저렇게 지독하고 추한 노친네를 변함없이 사랑할 수 있을까? 물론 그녀는 생부의 모습 또한 기억하고 있었다. 생부 역시 늙고 추한 남자였다. 하지만 술라처럼 속이 썩어 있지는 않았다. 그녀에게는 술라의 썩어빠진 속을 묘사해낼 지각력도 기지도 없긴 했지만.

이제 그녀는 술라의 호출을 받고 그 앞에 와서 섰다. 워낙 서두르느라 집에서 나오는 길에 글라브리오에게 전갈도 남기지 못한 터였다. 의붓아버지는 그녀의 손등을 토닥거리며 방으로 맞더니 세심하게 배려하며 편안한 의자에 앉혀주었다. 그녀에게는 이런 행동 하나하나가 다 불편하고 두려웠다. 대체 무슨 일을 꾸미는 걸까? 술라는 한껏 신이 나 있었다. 그녀의 뱃속이 아이로 꽉 차 있듯, 그의 뱃속은 장난기로 꽉 차 있었다.

그녀의 어머니가 방에 들어서자 손등 토닥거림과 배려 넘치는 착석 매너가 한 차례 더 재연되었다. 아이밀리아 스카우라가 보기에, 술라는 그녀와 어머니가 어떤 기분이나 기대감을 갖도록 준비시켜서 그다음에 있을 사건을 그 자신에게 더 즐거운 것으로 만들려는 의도가 다분해보였다. 지금부터 벌어질 사건은 사소한 일이 아니다. 분명 중요한 일이다.

"그래, 꼬마 글라브리오는 잘 크고 있니?" 술라가 의붓딸에게 물었다. 부드러운 말씨였다.

"아주 잘 커요, 루키우스 코르넬리우스."

"예정일이 언제지?"

"연말께예요, 루키우스 코르넬리우스."

"흠! 곤란한데! 아직 멀었군."

"네, 루키우스 코르넬리우스, 아직 멀었어요."

술라는 의자에 앉더니 딱딱한 떡갈나무 등판을 손가락으로 따닥따닥 두드렸다. 입술은 굳게 다문 채였고, 시선은 먼 곳을 향해 있었다. 곧 그녀가 그토록 무서워하는 그의 두 눈이 그녀에게 붙박였다. 아이밀리아 스카우라는 몸을 부르르 떨었다.

"글라브리오와 사는 게 행복하니?" 그가 불쑥 물었다.

그녀가 소스라쳤다. "네, 루키우스 코르넬리우스."

"얘야, 진실을 말해라! 나는 진실을 원해!"

"행복해요, 루키우스 코르넬리우스, 정말로 행복해요!"

"할 수만 있다면 다른 자를 택하지 않았겠니?"

이 말에 그녀는 얼굴이 확 붉어지며 시선을 떨구었다. "무슨 뜻으로 하는 말씀인지는 확실히 모르겠지만, 저는 결혼 전에 따로 마음에 품었던 남자가 없어요, 루키우스 코르넬리우스. 마니우스 아킬리우스 정도면 충분히 만족스럽다고 생각했어요."

"지금도 그에게 만족하느냐?"

"네, 그럼요!" 그녀의 목소리에서 간절함이 묻어났다. "그런 걸 왜 자꾸 물으세요? 저는 행복해요! 행복하다고요!"

"안됐구나." 루키우스 코르넬리우스 술라가 말했다.

달마티카가 허리를 세워 앉았다. "여보, 그게 무슨 말이에요?" 그녀가 단호히 물었다. "무슨 말을 하려고 그런 걸 묻는 거죠?"

"내가 시사하려는 것은 말이오, 부인. 바로 당신의 딸과 마니우스 아킬리우스 글라브리오가 부부인 것이 내게 무척 못마땅하다는 거요. 그자는 자기가 내 인척이니까 나를 헐뜯고 다녀도 무사하다고 생각하고 있소." 술라는 노기가 등등하여 말했다. "이것은 내가 그자를 집안사람으로 두어선 안 된다는 신호요. 나는 그자를 당신 딸과 이혼시키겠소. 지금 당장."

두 여자 모두 헉하고 숨을 멈췄다. 아이밀리아 스카우라의 두 눈에 눈물이 고였다.

"루키우스 코르넬리우스, 저는 그 사람 아이를 임신했어요! 저는 그이와 이혼할 수 없어요!" 그녀가 울부짖었다.

"할 수 있어." 독재관이 가볍게 말했다. "너는 내가 시키는 대로 뭐든지 할 수 있어. 그리고 나는 지금 너한테 글라브리오와 당장 이혼하라는 거야." 술라가 손뼉을 쳐서 비서 플로스쿨로스를 부르자 그가 서류를 손에 들고 나타났다. 술라는 서류를 받아들고 고개를 끄덕여 비서를 내보냈다. "이리 와. 여기 서명하거라."

아이밀리아 스카우라가 펄쩍 뛰며 자리에서 일어섰다. "싫어요!"

달마티카도 같이 일어섰다. "술라, 이건 부당해요!" 그녀가 말했다. 입술이 가늘게 당겨졌다. "내 딸은 이혼을 원치 않아요."

예의 괴물이 모습을 드러냈다. "당신 딸이 뭘 원하는지는 내게 전혀 중요하지 않아." 그가 말했다. "너 이리 와! 여기 서명해."

"싫어요! 안 해요, 안 할 거예요!"

술라가 의자에서 일어났다. 너무 빨라서 두 여자 다 술라가 움직이는 걸 보지 못했을 정도였다. 술라는 오른손가락으로 아이밀리아 스카우라의 입을 바이스로 죄듯 꽉 움켜잡더니, 고통으로 악을 쓰며 미친 여자처럼 우는 그녀를 일으켜세워 질질 끌고 갔다.

"그만, 그만해요!" 달마티카가 술라의 손가락을 떼어내려 아둥대며 소리쳤다. "제발, 제발요! 딸아이를 놔줘요! 저앤 아기를 가졌어요. 저 애를 다치게 해선 안 돼요!"

손아귀는 더욱 죄어졌다. "서명해." 술라가 말했다.

아이밀리아 스카우라는 대답을 할 수 없었고, 그녀의 어머니는 아무 말도 입에서 나오지 않았다.

"서명해." 술라가 다시 부드럽게 말했다. "하지 않으면 내가 널 죽일 거야. 카르보의 보좌관들을 죽였을 때처럼 일말의 거리낌도 없이. 네 뱃속에 글라브리오의 쥐새끼가 들어 있는 걸 내가 신경쓸 것 같으냐? 그 쥐새끼가 떨어지면 나한테야 좋은 일이지! 이혼장에 서명해, 아이밀리아. 안 그러면 네년 젖가슴을 잘라내고 자궁을 도려낼 테다!"

그녀는 계속 비명을 지르며 서명했다. 술라가 멸시하듯 그녀를 내쳤다. "그래, 그래야지." 술라는 손에 묻은 침을 닦아냈다. "다시는 나를 화나게 하지 마라, 아이밀리아. 현명치 못한 짓이니까. 이제 가거라."

달마티카는 딸을 품에 안고 극도로 혐오하는 눈길로 술라를 바라보았다. 지금껏 그녀의 얼굴에 단 한 번도 나타난 적 없는 표정이었다. 술라는 그 표정을 봤지만, 무관심해 보였다. 그는 그들에게 등을 돌렸다.

자신의 거처로 돌아온 달마티카는, 극도의 흥분 상태인 딸아이와 마음속에서 일어나는 거대한 분노를 동시에 감당해야 한다는 걸 알아차렸다. 두 가지 다 진정되려면 시간이 필요할 것이었다.

"저이가 저럴 때가 있다는 말을 듣긴 했지만 내 눈으로 직접 보기는 이번이 처음이구나." 달마티카가 비로소 입을 열고 말했다. "아, 아이밀리아, 정말 미안해! 저이가 생각을 바꾸도록 내가 애써볼게. 저이를 마주볼 수 있을 만큼 마음이 진정되면 곧장 그렇게 하마. 지금 같아선 저 사람 눈을 다 뽑아버리고 싶구나."

하지만 딸은 정신이 번쩍 든 듯 한 손을 세차게 내저었다. "안 돼요! 안 돼요, 어머니, 안 돼요. 상황이 더 악화될 거예요."

"글라브리오가 대체 뭘 어쨌기에 저러는 거니?"

"그이가 해선 안 될 말을 했어요. 그이는 술라를 싫어해요. 그건 저도 알아요. 저한테도 자꾸 술라가 남자를 좋아한다는 말을 흘렸어요."

달마티카의 얼굴이 새하얗게 질렸다. "하지만 그건 말도 안 되는 소리야! 아, 아이밀리아, 글라브리오는 어쩌면 그렇게 어리석니? 남자들이 어떤지 너도 잘 알잖니! 그런 부당한 비방을 받으면 미친 사람처럼 군다는 걸 말이야!"

"부당한 비방인지는 잘 모르겠네요." 아이밀리아 스카우라가 차가운 수건을 얼굴에 갖다대며 말했다. 검붉던 손가락 자국이 점차 검푸른빛으로 바뀌어가고 있었다. "저는 늘 저 사람 안에 여자가 있다고 생각해왔어요."

"얘야, 나는 루키우스 코르넬리우스와 거의 9년째 부부로 살아왔어." 달마티카가 말했지만, 그녀의 몸은 움츠러들고 있었다. "그건 부당한 누명이라고 내가 분명하게 말할 수 있어."

"그래요, 알았어요, 어머니 좋을 대로 생각하세요! 새아버지가 어떻든 저한테는 아무 상관 없어요! 저는 단지 그가 미울 뿐이에요. 사악한 짐승 같으니라고!"

"내 마음이 좀 진정된 뒤에 노력해보마, 너에게 약속할게."

"괜히 새아버지 심기를 거스르지 마세요, 어머니. 마음을 바꾸지 않을 거예요." 아이밀리아 스카우라가 말했다. "제가 걱정하는 건 제 아기예요. 제게 중요한 건 아기라고요."

달마티카가 고통스러운 눈길로 딸을 바라보았다. "그건 나에게도 해당되는 말이로구나."

차가운 수건이 아이밀리아 스카우라의 무릎에 떨어졌다. "어머니!

어머니도 임신하셨어요?"

"그래. 안 지는 얼마 되지 않았지만, 확실해."

"어떻게 하실 거예요? 새아버지도 아세요?"

"그이는 몰라. 난 그 사람을 자극해서 이혼당할 짓은 하지 않을 거야."

"아일리아 이야기를 들으셨군요."

"그 이야기를 모르는 사람이 누가 있니?"

"아, 어머니, 그렇다면 얘기가 완전히 달라져요! 제가 잘 처신할게요! 제가 잘할게요! 절대 새아버지가 어머니와 이혼할 빌미를 주어선 안 돼요!"

"그렇다면 우리가 바랄 수 있는 최선은," 달마티카가 지친 목소리로 말했다. "그이가 너한테 했던 것보다는 좀더 친절하게 네 남편을 대해 주는 것뿐이겠구나."

"더 심하게 대하겠죠."

"꼭 그렇진 않을 거야." 술라를 잘 아는 그의 아내가 말했다. "넌 첫번째 희생양이었어. 술라는 대개 첫번째 희생양으로 만족한단다. 글라브리오가 와서 무슨 일인지 알 즈음이면 술라는 이미 차분해져서 그를 관대하게 대할 거야."

술라가 관대해질 정도로 차분해지지는 않았을지언정, 적어도 글라브리오의 경솔한 언행이 초래한 분노의 감정 중 가장 그악스러운 부분은 이미 쏟아내버린 후였다. 그리고 글라브리오는 이 상황에 엄포를 놓아봤자 자신의 처지가 더욱 위태로워질 뿐이라는 걸 알아챌 정도의 직관력은 갖고 있었다.

"이러실 필요 없습니다, 루키우스 코르넬리우스." 그가 말했다. "제가 장인어른의 심기를 거슬렀다면 그 원인을 제거하기 위해 최선을 다하겠습니다. 아내가 위험한 상황에 놓이지 않도록 하겠습니다. 반드시 그렇게 하겠습니다."

"아, 자네의 전 부인은 위험하지 않아." 술라가 억지미소를 지으며 말했다. "내 집안사람인 아이밀리아 스카우라는 아주 안전해! 하지만 장인을 헐뜯고 명백한 허위사실을 퍼트리고 다니는 작자와 혼인관계를 유지할 수는 없어."

글라브리오는 혀로 입술을 축였다. "제가 입단속을 못했습니다."

"듣자하니 자주 입단속을 못하더군. 그거야 물론 자네 마음대로야. 하지만 앞으로는 내 집안사람이라는 말로 스스로에게 보호막을 치진 못해. 이제 그런 소릴 발설하면, 다른 사람들처럼 스스로 위험을 감수해야 하는 거지. 나는 첫번째 공권박탈자 명단 이후로 원로원 의원은 명단에 올리지 않았어. 하지만 계속 그러지 말란 법은 없네. 자네는 다른 여러 빛나는 명문가의 자제들처럼 서른 살도 되기 전에 내게 직접 지명을 받아 원로원에 입성하는 명예를 누렸지. 뭐, 일단 자네 이름은 원로원에 그대로 둘 거고 로스트라 연단에 이름을 올리지도 않겠어. 하지만 내가 앞으로도 이렇게 온화하게 굴지는 글라브리오 자네한테 달렸어. 이제는 자네 자식이 내 친딸의 이부자매의 뱃속에서 자라고 있다는 것 정도가 자네에게 유일한 보호막이 되겠군. 애는 낳으면 자네한테 보내겠네. 이제 물러가."

글라브리오는 군소리 없이 떠났다. 그는 이렇듯 갑작스레 이혼하게 된 속사정을 가까운 사람들에게 알리지 않았다. 황급히 로마를 떠나 고향의 시골 땅으로 간 이유 역시 말하지 않았다. 아이밀리아 스카우라와의 부부생활이 그에게 정서적으로 그리 중요했던 것도 아니었다. 그녀는 그에게 그럭저럭 만족스러운 아내였을 뿐이었다. 출생, 지참금 등 모든 조건이 괜찮았으니까. 몇 년간의 부부생활 동안 서로 애정이 싹텄는지도 모른다. 하지만 이제 그것도 다 지난 일이 되었다. 간혹 그녀를 떠올리면 슬픈 생각에 가슴이 저렸지만, 사실 그것도 자기 아이가 어머니를 전혀 모르고 자랄 거란 생각 때문이었다.

그다음에 벌어진 일은 술라와 달마티카 사이에 벌어진 균열을 메우는 데 전혀 도움이 되지 않았다. 다음날 아침 폼페이우스는 지시받은 대로 독재관을 보러 왔다.

"자네에게 좋은 신붓감이 있네, 마그누스." 술라가 뜸 들이지 않고 말했다.

폼페이우스는 간혹 졸린 사자 같을 때가 있었다. 그에게 늘 유리하게 작용하곤 했던 그런 모습은, 지금처럼 그가 바라던 일이 실제로 일어났을 경우 말이나 행동을 보이기 전에 그에 대해 생각할 때 주로 나타났다. 폼페이우스는 방금 들은 정보를 시간을 들여 천천히 자기 것으로 소화했다. 표정을 숨기는 기색은 없었지만, 머릿속에서 무슨 일이 벌어지는지 전혀 겉으로 드러나지 않았다. 술라는 그를 찬찬히 뜯어보았다. 마치 가상의 햇볕 속에서 몸을 한쪽으로 휙 굴려 다른 쪽 배에도 따뜻하게 햇볕을 쪼여준 뒤, 수염에 붙은 한동안 잊고 있던 살점을 떼어내려고 혀를 날름대는 것 같은 모습이었다. 느릿느릿하지만 위험해. 그래, 이 녀석을 우리 가문에 묶어둬야 해. 이놈은 글라브리오와 달라.

"저를 이렇게 배려해주셔서 감사합니다!" 폼페이우스가 마침내 말했다. "그게 누구입니까?"

그가 무의식중에 뱉어낸 피케눔 사투리가 거슬렸지만, 술라는 겉으로 전혀 티를 내지 않았다. "내 의붓딸 아이밀리아 스카우라일세. 파트리키 귀족이야. 자네가 천년을 찾아다녀도 그애보다 좋은 출생은 찾아낼 수 없을걸. 지참금은 200탈렌툼. 아이도 잘 생겨. 글라브리오 아이를 임신하고 있거든. 두 사람은 어제 이혼했네. 다른 사내의 아이를 임신한 여자를 아내로 얻기가 다소 껄끄러울 수는 있지만, 부도덕한 관계로 생긴 아이는 아니니까. 좋은 여자일세."

폼페이우스가 그 사실을 알았다고 해서 마음이 달라졌다거나 불쾌해하지는 않는 게 명백했다. 그는 바보같이 해맑게 웃었다. "루키우스 코르넬리우스, 친애하는 루키우스 코르넬리우스! 정말 기쁩니다!"

"좋아!" 술라가 시원스레 말했다.

"따님을 만나봐도 될까요? 한 번도 본 적이 없는 것 같습니다!"

아이밀리아 스카우라 입 주변의 멍자국을 떠올리며 독재관의 얼굴에 희미한 웃음이 스쳐갔다. 그는 고개를 저었다. "장날이 두세 번 지나갈 정도의 시간을 두도록 하세, 마그누스. 그런 다음 다시 오면 자네를 그애와 결혼시켜주지. 그동안 그애를 내가 여기 데리고 있으면서 지참금도 다 돌려받아놓겠네."

"잘됐군요!" 폼페이우스가 좋아서 어쩔 줄 몰라하며 소리쳤다. "따님도 알고 있습니까?"

"아직은 모르네. 하지만 알면 무척 기뻐할 거야. 자네 개선식을 본 이후로 줄곧 자네한테 남몰래 반해 있었거든." 술라는 아무렇지 않게 거짓말을 했다.

이 말은 사자를 제대로 관통했다. "아, 잘됐어요!" 그는 이렇게 말하고, 진정으로 만족스러운 식사를 마친 사자의 표정을 띤 채 그 자리를 떠났다.

이제 술라에게 남은 건 아내와 그녀의 딸에게 이 소식을 알리는 일이었다. 그는 이 일이 전혀 거리끼지 않았다. 거의 9년간 이어져온 평온한 부부관계가 무너져버린 지금 달마티카는 술라를 이전과 다른 눈빛으로 바라보았다. 술라는 달마티카가 자기를 싫어하는 것이 싫었다. 따라서 그녀에게 상처를 주어야 했다.

달마티카의 거실에 함께 있던 두 여자는 예고도 없이 뚜벅뚜벅 걸어 들어오는 술라를 보고 얼음장처럼 굳어버렸다. 그의 첫번째 행동은 아이밀리아 스카우라의 얼굴을 살피는 것이었다. 멍이 심했고 코 밑이 부풀어 있었다. 그러고 나서야 그는 달마티카를 바라보았다. 이날 아침 그녀에게서는 분노나 혐오가 느껴지지 않았지만, 다소 차가운 그녀의 눈에는 그에 대한 미움이 담겨 있었다. 아파 보이는군, 하고 술라는 생각했다. 여자들은 감정적으로 문제가 생기면 진짜로 아파버리는 데서 도피처를 찾는단 말이야.

"좋은 소식이 있소!" 그가 쾌활하게 말했다.

둘 다 아무 대꾸도 하지 않았다.

"너의 새 남편감을 찾았다, 아이밀리아."

충격 속에 아이밀리아 스카우라가 고개를 들어 눈물로 붉어진 멍한 눈으로 그를 바라보았다. "누구요?" 그녀가 희미한 목소리로 물었다.

"나이우스 폼페이우스 마그누스다."

"오, 술라, 정말!" 달마티카가 딱딱한 말투로 쏘아붙였다. "도저히 믿을 수가 없어요! 스카우루스의 핏줄을 피케눔의 얼간이에게 시집보낸다고요? 카이킬리우스 메텔루스 혈통의 내 딸을요? 난 절대 동의할 수 없어요!"

"당신은 이 문제에 발언권이 없소."

"그렇다면 제발 스카우루스가 살아 있었다면 좋겠어요! 그 사람은 할말이 많을 거예요!"

술라가 웃었다. "그래, 그렇겠지. 왜 안 그렇겠소? 어쨌든 그렇다 해도 아무것도 달라지지 않아. 나는 마그누스와 그냥 감사하는 관계와 다른, 더 강한 유대를 맺을 필요가 있소. 그놈은 태어날 때부터 애당초 감사 따위는 모르는 놈이니까. 그리고 의붓딸인 너는 지금 내 가문에서 유일하게 결혼이 가능한 여자지."

달마티카의 그늘진 얼굴이 더욱 어두워졌다. "제발 이러지 마요, 루키우스 코르넬리우스! 제발요!"

"저는 뱃속에 글라브리오의 아기를 갖고 있어요." 아이밀리아 스카우라가 작게 말했다. "폼페이우스는 절대 저를 원하지 않을 거예요."

"누가, 마그누스가? 마그누스는 네가 지금까지 열여섯 번 결혼을 했고 육아실에 아이가 열여섯이래도 전혀 개의치 않을 거다." 술라가 말했다. "그는 좋은 매물을 곧바로 알아보지. 그리고 너는 지금 그에게 어떤 값을 치러서라도 반드시 사야 할 훌륭한 매물이야. 얼굴이 나아질 동안 스무날의 여유를 주겠다. 그러고 나서 그와 결혼해. 아이는 태어나면 내가 글라브리오에게 보내마."

울음이 또다시 터져나왔다. "제발, 루키우스 코르넬리우스, 제발 그러지 마세요! 아기는 제가 키우게 해주세요!"

"아이는 마그누스와 얼마든지 가질 수 있어. 어린애처럼 굴지 말고 현실을 직시해!" 술라의 시선이 달마티카에게로 향했다. "그건 당신도 마찬가지요, 부인."

달마티카가 딸애를 위로하도록 두고 술라는 방에서 나갔다.

이틀 후 폼페이우스는 자신의 아내와 이혼했으며 혼인식 날짜를 확정하기를 바란다고 편지로 알려왔다.

"내가 8월의 노나이까지 로마를 벗어나 있을 예정이네." 술라가 답장에서 말했다. "그러니 8월의 노나이로부터 이틀 뒤가 좋겠어. 그때 내 집에 오게. 그전엔 말고."

헤르쿨레스 인빅투스는 개선장군의 신으로, 그가 관할하는 영역은 포룸 보아리움이었다. 온갖 종류의 육류 시장이 서는 포룸 보아리움은 대경기장의 출발 지점 앞쪽으로 펼쳐져 있었다. 바로 이곳에 헤르쿨레스 인빅투스의 대제단과 신전과 조각상이 있었다. 여기 서 있는 그의 조각상은 평소에는 나신이었고 개선식 날에만 개선장군의 로브를 걸쳤다. 헤르쿨레스는 또한 올리브의 수호신이면서 거상(巨商)의 수호신이었으며 그에게 보호를 청하는 자들의 해상 운송을 수호하는 신이기도 했는데, 이렇듯 그의 여러 다른 면을 숭배하는 헤르쿨레스 신전들이 이곳 포룸 보아리움에 흩어져 있었다.

술라는 로마 시 전역에 내건 공포문을 통해 헤르쿨레스 인빅투스 신이 지금까지 그가 치른 모든 전쟁에서 승리를 안겨준 데 감사하는 의미로, 헤르쿨레스 인빅투스 축일에 사재의 10분의 1을 신에게 바치겠다고 선언했다. 이 소식에 파트리키와 평민 모두 기대에 한껏 들떴다. 그도 그럴 것이 헤르쿨레스 인빅투스 신전에는 금고가 없었기 때문에 그에게 기탁된 자금은 신전에 쟁여둘 수 없었고, 전액이 헤르쿨레스 인빅투스 또는 개선장군의 이름으로 로마의 모든 자유인에게 베푸는 공공 연회에 쓰였기 때문이다. 따라서 헤르쿨레스 인빅투스 축일인 8월의 이두스 전날, 배고픈 시민 100명이 마음껏 연회를 즐길 수 있는 잔칫상이 한꺼번에 5천 개나 차려질 것이었다(그렇다고 로마 내 자유인 남성의 수가 50만 명이었다는 뜻은 아니다. 그보다는 이 연회의 후원자가 먹성 좋은 할머니들, 작심하고 나타날 부인네들, 볼이 통통한 어린애들까지 모여드는 일을 막기 어려우리라는 점을 감안한 것이라고 보아야 할 터이다), 공포문에는 이들 5천 개의 잔칫상이 차려질 위치도 적혀 있었다. 실로 고도의 병참술이 요구되는 일이었다. 이날 찾아온 손님들이 대체로 자기 구역 내에 머무르도록 이날의 행사는 아주 세심하게 계획하고 실행되어야 했다. 그렇지 않으면 도로 곳곳이 막히거나, 몇몇 경쟁 지역에 사람들이 과도하게 몰려 싸움이나 소란, 연쇄 범죄, 폭동이 벌어질 수 있었다.

술라는 행사 준비를 지시해두고 미세눔의 빌라로 떠났다. 아내, 딸, 쌍둥이 자녀, 손주들, 의붓딸, 마메르쿠스와 함께였다. 달마티카는 아이밀리아 스카우라와 글라브리오의 이혼 후 줄곧 술라를 피했지만, 술라가 간혹 지나가다 그녀를 보면 그녀가 아프다는 것을 알 수 있었다. 바닷가에서의 휴식이 간절히 필요해 보였다. 술라의 수행단에는 그 밖에도 집정관 데쿨라—술라 법의 초안은 전부 그의 손에서 나왔다—와 언제나 술라를 따라다니는 크리소고노스가 있었다.

따라서 술라는 해변 생활을 시작하고 며칠이 지나서야 잠시나마 아내와 함께할 시간을 마련할 수 있었다. 아내는 아직도 그를 피하고 있었다.

"아이밀리아 일로 나를 못마땅하게 여기는 건 무의미한 짓이오." 그가 말했다. 이해를 구하고는 있었으나 사과조는 아니었다. "나는 내가 해야 할 일이 있으면 반드시 하오. 당신도 이젠 그걸 알아야지, 달마티카."

그들은 바다가 내려다보이는 로지아의 한쪽 구석에 호젓하게 앉아 있었다. 산들바람이 시원했고, 일렬로 세심하게 배치된 사이프러스 나무들이 그늘을 드리웠다. 빛이 다소 어두웠지만, 술라는 요 며칠간 건

강한 공기를 마신 것만으로 달마티카의 병색이 나아지지는 않았음을 알 수 있었다. 얼굴이 납빛으로 핼쑥하여 본래 나이인 서른일곱 살보다 훨씬 늙어 보였다.

"그건 나도 알아요." 달마티카는 술라의 화해 제안에 응하긴 했지만, 침착한 모습을 보이지는 못했다. "나도 그걸 받아들일 수 있으면 좋겠어요! 하지만 내 자식들이 얽힌 일만큼은 생각처럼 안 돼요."

"글라브리오는 제거되어야 했소." 그가 말했다. "그리고 그렇게 할 방법은 내 집안에서 떼어내는 것, 그것 하나밖에 없었소. 아이밀리아는 젊으니 이번 일로 인한 충격을 곧 이겨낼 거요. 폼페이우스는 그렇게 나쁜 사람이 아니오."

"그애보다 못한 남자예요."

"맞소. 하지만 그래도 나는 그자를 내게 묶어둘 필요가 있소. 게다가 그자와 아이밀리아가 혼인을 맺으면 글라브리오는 더더욱 감히 나를 헐뜯는 소리를 못하게 될 거요. 내가 스카우루스의 딸을 피케눔의 폼페이우스 가문에 시집보낼 수도 있는 권력자란 걸 깨달았을 테니까." 그가 얼굴을 찌푸렸다. "포기해요, 달마티카! 당신은 나한테 저항할 힘이 없소."

"나도 알아요." 달마티카가 나직이 말했다.

"당신 몸이 좋지 않소. 아무래도 아이밀리아 때문만은 아닌 듯한데." 아까보다 더 다정한 어조였다. "무슨 일이오?"

"내 생각에, 아무래도……."

"말해봐요!"

"애가 하나 더 생긴 모양이에요."

"세상에!" 술라는 입을 떡 벌렸지만, 이내 침착함을 되찾고 어두운 표정을 지었다.

"우리 두 사람 모두 지금 원할 일은 아니라는 거, 나도 동의해요." 그녀가 지친 목소리로 말했다. "난 나이가 들었으니까요."

"나는 나이가 너무 많이 들었고." 술라는 어깨를 으쓱하더니, 아까보다 밝은 표정을 지었다. "아, 뭐, 이미 벌어진 일이고, 우리 둘 다 똑같이 책임이 있으니까. 중절은 원치 않는 거요?"

"너무 늦었어요, 루키우스 코르넬리우스. 이미 5개월째인데 나한테 위험할 거예요. 미처 몰랐어요. 정말 몰랐어요."

"의사나 산파는 만나봤소?"

"아직요."

술라가 일어섰다. "곧장 루키우스 투키우스를 보내겠소."

달마티카가 움찔했다. "오, 술라, 제발 그러지 마요! 그 사람은 군의관 출신이잖아요. 여자에 대해선 전혀 몰라요!"

"당신이 아는 엉터리 그리스인들보다는 많이 알지!"

"환자가 남자일 때는 당신 말이 맞겠죠. 하지만 나는 네아폴리스나 푸테올리 출신의 여의사가 더 좋아요."

술라는 싸우길 단념했다. "누가 됐든 어서 만나보시오." 그는 짧게 말하고 로지아에서 나갔다.

몇몇 여의사와 산파가 와서 달마티카를 보고 갔다. 다들 그녀가 지쳐 있다면서도, 시간이 지나 아기가 자궁에 자리를 잡으면 괜찮아질 거라고 했다.

그리하여 8월의 노나이 날, 노예들이 빌라의 짐을 꾸렸고 말과 가마 행렬이 로마를 향해 출발했다. 달팽이처럼 느린 여자들의 가마를 천천히 따라가기가 답답했던 술라는 저만치 앞서 달렸다. 결국 그는 나머지 행렬보다 이틀이나 앞서 도착했고, 며칠 뒤 있을 헤르쿨레스 인빅투스 축일 잔치의 막바지 준비 상황을 살폈다.

"로마의 제빵사들이 전부 동원되어 빵과 케이크를 구울 것이고, 특별 주문한 밀가루도 벌써 도착했습니다." 크리소고노스가 의기양양하게 말했다. 그는 술라보다도 빨리 로마에 도착해 있었다.

"생선은 신선하겠는가? 날이 굉장히 더운데."

"다 잘 조치해뒀습니다, 루키우스 코르넬리우스, 믿으셔도 됩니다. 티베리스 강의 트리가리움 유역 상류에 그물을 쳐두어서, 그날 쓸 물고기들이 지금 그 안에서 헤엄치고 있습니다. 잔칫날 아침에 생선을 담당하는 노예 1천 명이 내장을 꺼내고 요리를 할 겁니다."

"고기는?"

"연회 준비자 조합에서 당일에 신선하고 고소하게 잘 굽겠다고 제게 약속했습니다. 젖먹이 돼지고기, 닭고기, 소시지, 새끼 양고기가 상에 오를 겁니다. 이탈리아 갈리아에서 일찍 수확한 사과와 배가 제시간에 도착할 거라는 전갈도 받았습니다. 지금 수레 500대가 2개 기병대의 호송을 받으며 플라미니우스 가도를 따라 내려오고 있습니다. 딸기는 지금 알바 푸켄티아에서 따서 피켈루스 산 얼음으로 포장하는 중입니다. 잔치 전날 밤 로마에 도착할 겁니다. 역시 호송군을 붙였고요."

"이 세상에서 제일 시답잖은 게 바로 음식 도둑이야!" 독재관이 말했다. 사실 젊은 시절에 그는 그들을 충분히 이해할 만큼 가난하고 배고팠지만, 늘 반대로 말을 했다.

"빵이나 죽이면 그다지 걱정할 필요가 없었겠지요, 루키우스 코르넬리우스." 크리소고노스가 주인어른의 비위를 맞추려고 말했다. "주로 맛이 특별하거나 제철에만 맛볼 수 있는 음식을 훔치려 들어서요."

"포도주는 충분하게 준비했겠지?"

"포도주나 음식이 떨어질 일은 없을 겁니다, 주인어른."

"시큼한 포도주는 없어야 하네!"

"하나같이 훌륭한 포도주입니다. 처음에는 산패된 포도주를 끼워 팔려던 자가 있었을지 모르겠지만, 이제는 자기한테 포도주를 사는 사람이 누구인지 잘 아니까요." 크리소고노스가 지난 일을 떠올리며 미소를 지었다. "시큼한 포도주가 든 암포라가 단 하나라도 나오면 로마 시민이건 아니건 간에 무조건 십자가형에 처하겠다고 판매상 모두에게 일러두었습니다."

"아무 탈이 없어야 해, 크리고소노스. 절대로!"

하지만 탈은 축일 잔치와 전혀 연관이 없는 데서—적어도 겉보기에는 그랬다—생겼다. 문제는 달마티카였다. 그녀는 코르넬리아 술라가 아피우스 가도 주변 마을에서 있는 대로 긁어모은 산파들을 전부 대동하고 로마에 도착했다.

"출혈이 있어요." 술라의 딸이 아버지에게 말했다.

술라의 얼굴에는 안도감이 완연했다. "애를 잃는 것이냐?" 그가 초조하게 물었다.

"다들 그렇게 생각해요."

"그편이 훨씬 나아."

"저도 달마티카가 아기를 잃는대도 슬퍼할 일은 아니라고 생각해요." 코르넬리아 술라가 말했다. 분노나 노여움으로 감정을 낭비하기에 그녀는 아버지에 대해서 너무 잘 알았다. "정말 걱정되는 건 바로 달마티카예요, 아빠."

"그게 무슨 뜻이냐?"

"생명이 위태로워요."

순간 어둡고 섬뜩한 무언가가 그의 눈에 나타났지만, 딸은 그게 딱히 무엇인지 알 수 없었다. 술라는 고통스러운 몸짓을 하며 격렬하게 고개를 흔들었다. "그는 죽음의 전조가 맞았어!" 그가 외쳤다. "늘 가장 큰 대가를 치르게 하는군! 그래도 난 상관없어, 상관없어!" 그러다 코르넬리아 술라의 얼굴에 놀란 기색이 떠오르자 술라는 원래 모습으로 돌아와 픽 하고 코웃음을 쳤다. "달마티카는 강한 여자야. 죽지 않아!"

"저도 그러길 바라요."

술라가 일어섰다. "전에는 그에게 진찰받기를 거부했지만, 이제는 받아야 해. 원하든 원치 않든 간에."

"누구한테요?"

"루키우스 투키우스."

군의관 출신 의사 루키우스 투키우스는 몇 시간 후 심각한 표정으로 술라의 서재에 들어왔다. 술라는 그 오랜 시간 동안 줄곧 혼자서 그를 기다리고 있었다. 메트로비오스를 만나면 늘 일어나는 듯한 사건에의 공포에서 시작된 그의 감정은 죄책감을 지나 이제 체념 상태에 들어선 터였다. 아직까지는 꼭 달마티카를 만나봐야 하는 건 아니니까. 술라는 그녀를 마주할 자신이 없었다.

"좋은 소식이 아니로군, 투키우스."

"그렇습니다, 루키우스 코르넬리우스."

"정확히 뭐가 잘못됐나?" 술라가 입술을 잡아당기며 물었다.

"전반적인 인상으로는 달마티카 부인이 임신을 하신 것처럼 보이고, 부인도 그렇다고 확신하고 계십니다만," 루키우스 투키우스가 말했다. "저는 진짜로 태아가 존재하는지 의심스럽습니다."

술라 얼굴의 진홍색 흉터가 평소보다 선명하게 두드러졌다. "태아가 아니면 뱃속에 뭐가 들었단 말인가?"

"산파들은 내출혈이라고 하나, 그렇게 보기에는 혈액이 체외로 배출되는 속도가 너무 느립니다." 왜소한 의사가 얼굴을 찡그리며 말했다. "뱃속에 피가 있는 것은 맞지만, 악취가 나는 어떤 물질이 한데 섞여 있습니다. 환자가 상해를 입은 군인이었다면 저는 그것을 고름이라고 했겠지요. 일종의 복강 내 화농증으로 진단합니다만, 루키우스 코르넬리우스께서 허락하신다면 좀더 지켜보며 확인했으면 합니다."

"무엇이든 필요한 대로 하게." 술라가 무뚝뚝하게 대답했다. "그리고 내일 나한테 조용히 와서 상태를 보고해주게. 내일 참석해야 할 혼인식이 있어. 아무래도 아내는 참석할 수 없겠지?"

"절대로 못합니다, 루키우스 코르넬리우스."

그리하여 전 남편의 아이를 임신한 지 5개월째인 아이밀리아 스카우라는, 자기를 사랑해주는 사람이 한 명도 참석하지 못한 가운데 술라의 집에서 나이우스 폼페이우스 마그누스와 혼인식을 올렸다. 타는 듯한 붉은색과 짙은 황색이 섞인 면사포 아래로 그녀는 비통한 눈물을 흘렸지만, 폼페이우스는 혼인식이 끝나자마자 온 마음을 다해 그녀의 기분을 달랬다. 그의 시도가 꽤 성공적이었던 까닭에, 그들이 떠나갈 즈음 그녀의 얼굴에는 미소가 흘렀다.

이러한 뜻밖의 반가운 결과를 달마티카에게 알려주어야 할 사람은 당연히 술라였지만, 그는 줄곧 아내의 거처를 방문할 수 없는 핑계거리만 찾아 헤맸다.

"아무래도," 술라의 의중을 전달하는 심부름꾼 역할을 맡게 된 코르넬리아 술라가 말했다. "아버지는 새어머니께서 이렇게 편찮으신 모습을 차마 볼 수 없으신가봐요. 아버지가 어떤 분인지 아시잖아요. 자신과 관련 없는 사람들에 대해서는 한없이 무심하지만 자신이 사랑하는 사람들에 관해서라면 상황을 직시하지 못하세요."

바람이 잘 드는 큰 방이었음에도 무언가 썩는 냄새가 났고, 그 냄새는 달마티카의 침대에 가까이 갈수록 더 강하게 풍겨왔다. 코르넬리아 술라는 그녀가 죽어가고 있음을 알았다. 루키우스 투키우스의 말이 옳았다. 그녀의 몸속에는 아기가 없었다. 그녀의 가련한 배를 거짓된 산고로 몰아넣은 게 과연 무엇인지 아무도 몰랐지만, 그것이 악성 질병이라는 것만은 분명했다. 역겨운 분비물이 꾸역꾸역 쉼 없이 흘러나왔고 아무리 약을 쓰고 간호를 해도 열이 내리지 않았다. 그런데도 그녀의 의식은 또렷했다. 두 개의 불덩이처럼 환히 빛나는 그녀의 눈이 의붓딸을 고통스럽게 주시했다.

"나는 상관없어." 달마티카는 땀으로 젖은 베개에 누인 고개를 옆으로 젖히며 말했다. "불쌍한 아이밀리아가 어떤지 알고 싶어. 많이 안 좋았니?"

"뜻밖에도 그렇지 않았어요." 코르넬리아 술라가 놀라움 어린 목소리로 말했다. "믿기지 않으시겠지만, 새집으로 떠날 즈음 아이밀리아 스카우라는 행복한 표정을 하고 있었어요. 폼페이우스 그 사람 남다르던데요. 전에는 멀리서만 봤고, 저 역시 명문가 사람인지라 그자에 대해 온갖 편견을 갖고 있었죠. 하지만 오늘 보니 굉장한 미남인데다가 아주 매력적이더라고요. 멍청한 글라브리오는 비교할 축도 못돼요! 그러니 처음에는 눈물을 줄줄 흘리던 아이밀리아 스카우라도, 폼페이우스가 자기더러 예쁘다면서 벌써부터 자기를 얼마나 사랑하는지 모르겠다고 떠들어대니 금세 절망에서 벗어났답니다. 제가 분명히 말씀드리는데 그자는 제가 생각했던 것 이상이에요. 자기 여자를 행복하게 만드는 능력이 있어요."

달마티카는 이 말을 믿는 것 같았다. "그자에 대해 전에 들은 얘기가 있지. 몇 년 전, 그러니까 그가 겨우 어린애에 불과했을 때 플로라와 교제를 했어. 누구 얘긴지 아니?"

"그 유명한 매춘부 말씀이세요?"

"그래. 그 여자도 이제 한창때가 좀 지났다만, 사람들 말로는 그 여자가 아직도 폼페이우스를 그리워한다는구나. 매번 그 여자 몸에 이빨자국을 남겨놓았다지. 이유는 알 수 없지만 아무튼 그 여자는 그게 좋았다나봐! 그러다 그 여자한테 싫증이 나서 자기 친구한테 넘겼다는데 그 때문에 그 여자 마음이 찢어질 듯 아팠다지. 어리석은 여자 같으니! 사랑에 빠진 매춘부처럼 우스운 건 없어."

"그렇다면 아마도 아이밀리아 스카우라는 결국엔 자기를 글라브리오로부터 해방시켜준 걸 아빠에게 고마워하겠네요."

"그이가 제발 나를 보러 와주었으면!"

8월의 이두스 전날이 돌아왔다. 무공훈장을 받은 사람이 포룸 보아리움 대제단에서 제물 의식을 치를 때 지켜야 할 관례에 따라 술라는 풀잎관을 쓰고 개선장군 의복을 갖춰 입었다. 릭토르들을 앞세우고 뒤로는 원로원 의원들의 행렬을 이끌며, 독재관은 자기 집에서 카쿠스 계단까지 비교적 짧은 거리를 걸은 뒤 계단을 따라 광장으로 내려갔다. 보통은 육류 시장이 서는 자리였다. 헤르쿨레스 인빅투스의 신상—오늘은 그 역시 개선장군의 복장을 완전히 갖춰 입었다—을 지날 때는 잠시 멈춰 서서 신께 인사를 올리고 기도를 했다. 이어 그는 대제단으로 갔다. 대제단 너머로 헤르쿨레스 인빅투스를 모시는 작고 둥근 신전이 있었다. 오래되고 소박한 이 도리스 양식 조형물 안에 저명한 비극 시인 마르쿠스 파쿠비우스가 완성한 프레스코화가 있어서 약간의 유명세를 누리는 곳이었다.

이날의 희생제물인 통통한 순백 암송아지가 포파와 쿨타리우스의 보호 아래 그들을 기다리고 있었다. 암송아지는 미리 약을 쳐둔 꼴을 씹으며, 장터에서 분주하게 연회를 준비하는 사람들을 부드러운 회색 눈으로 물끄러미 바라보았다. 술라는 풀잎관을 썼지만 그곳에 모인 나머지 사람들은 월계관을 쓰고 있었다. 수도 담당 법무관으로서 이날 의식의 관장을 맡은 돌라벨라가 헤르쿨레스 인빅투스에게 바치는 기도문을 외기 시작하자 모두들 쓰고 있던 관을 벗었다. 헤르쿨레스는 로마의 신성경계선 안에서 외국의 신이었다. 그에게 기도를 바칠 때는 그리스식 전통에 따라 머리에 아무것도 쓰고 있어서는 안 되었다.

모든 것이 흠잡을 데 없이 진행되었다. 희생제물 기증자이자 공공연회의 하례자인 술라가 헤르쿨레스만의 특별한 스키포스 잔에 암송아지의 피를 받으려고 허리를 굽혔다. 그러나 그가 몸을 굽혀 잔을 채우는 동안, 자그마하고 검은 형체가 최고신관과 쿨타리우스 사이로 그림자처럼 슬그머니 끼어들더니 자갈길에 점점 퍼져나가는 핏물 웅덩이에 주둥이를 박고 요란스럽게 핥기 시작했다.

술라는 공포에 질린 비명을 내뱉으며 뒤로 물러서 몸을 세웠다. 그의 힘 빠진 손에서 스키포스 잔이 떨어져 내리며 안에 담겼던 피가 모조리 쏟아졌다. 시든 풀로 엮인 풀잎관이 핏물에 굴러떨어졌다. 이 사태로 인한 충격은, 굶주린 검은 개가 핥아대는 진홍색 웅덩이의 표면에 일어나는 잔물결보다 더 빠르게 주변으로 퍼져나갔다. 사내들이 뿔뿔이 흩어졌다. 몇몇은 가느다란 비명소리를 냈고, 몇몇은 자기 월계관을 잽싸게 벗어들었으며, 몇몇은 머리털을 잡아뜯었다. 이 악몽을 어떻게 끝내야 좋을지 아무도 몰랐다.

그때 최고신관 메텔루스 피우스가 멍하게 서 있는 포파의 망치를 빼어들더니 바쁘게 움직이는 개의 머리통을 힘껏 내리쳤다. 개는 한 차례 날카로운 비명을 지르더니 이빨을 딱딱, 으드득거리며 제자리에서 빙글빙글 돌았다. 영원히 끝나지 않을 것 같은 시간이 지난 후 개가 바닥에 쓰러졌다. 뒤엉킨 사지에 경련이 일더니 서서히 잠잠해졌고, 죽어가는 개의 입에서 핏빛 거품이 폭포수처럼 쏟아져나왔다.

최고신관이 망치를 바닥에 떨어뜨렸다. 그는 술라보다도 더 창백했다. "의식이 부정을 탔습니다!" 그가 태어나서 가장 큰 목소리로 외쳤다. "수도 담당 법무관, 의식을 다시 시작해야 합니다! 원로원 의원 여러분, 모두 침착하십시오! 이곳에 개가 얼씬하지 못하게 했어야 할 헤르쿨레스의 노예들은 어디에 있느냐?"

포파와 쿨타리우스가 신전 노예들을 모아왔다. 노예들은 연회 잔칫상에 어떤 음식들이 올랐는지 구경하려고 의식이 시작되기 전부터 자리를 벗어나 있던 터였다. 가발이 옆으로 돌아간 술라는 마침내 힘겹게 몸을 구부려 피에 젖은 풀잎관을 집어들었다.

"집에 가서 목욕을 해야겠어." 그가 메텔루스 피우스에게 말했다. "지금 나는 불결해. 사실 지금은 우리 모두가 불결하니, 다들 집에 가서 목욕을 해. 한 시간 뒤에 다시 모이세." 그는 이어 작은 돌라벨라에게 더 엄한 목소리로 말했다. "노예들더러 이 난장판을 깨끗이 치우고 암송아지와 저 끔찍한 짐승의 사체를 강에 내다버리라고 하게. 그다음에 형무관들을 시켜 노예들을 어디 가둬두라고 해. 그러고 나서 십자가형에 처하도록. 다리는 부러뜨리지 말게. 며칠에 걸쳐 서서히 죽게 해. 헤르쿨레스 신이 잘 볼 수 있도록 이곳 포룸 보아리움에서. 헤르쿨레스 신은 저들을 원하지 않아. 저놈들은 헤르쿨레스 신께 바치는 희생제물을 개가 오염시키도록 방치했으니까."

불결해, 불결해, 불결해, 불결해. 술라는 황급히 집으로 돌아가며 수없이 뇌까렸다. 집에 도착한 술라는 깨끗이 씻고 옷을 입었다. 이번에는 토가 프라이텍스타였다. 개선장군 의복은 모두들 한 벌씩밖에 갖고 있지 않았다. 사실 그나마도 개선식을 치른 자들이나 갖고 있는 것이었다. 자기 손으로 풀잎관을 직접 씻었지만, 조심스러운 손길로도 관이 자꾸만 망가지자 그는 절망에 찬 눈물을 흘렸다. 마침내 그가 물기를 털어내려고 두터운 흰색 천에 얹고 보니 남은 것은 그저 낡아빠져 너덜너덜한 파편에 지나지 않았다. 내 풀잎관이 사라졌어. 나는 저주받은 거야. 내 운은 다했어. 나의 운! 그것 없이 앞으로 어떻게 살아갈 수 있을까? 지하 암흑세계에 다녀온 그 시커먼 개를 과연 누가 보냈을까? 이제는 가이우스 마리우스도 없는 마당에 누가 이날을 망쳤을까? 메트로비오스? 메트로비오스 때문에 난 달마티카를 잃게 생겼어! 아니야, 메트로비오스는 아니야…….

그리하여 술라는 다른 모든 사람들처럼 월계관을 쓴 채 헤르쿨레스 인빅투스의 대제단으로 돌아갔다. 겁에 질린 릭토르들은 잔칫상에 몰려드는 군중을 무자비하게 헤치며 길을 텄다. 길에 음식을 나르는 소달구지가 몇 대 남아 있었다. 신관들의 말과 마차가 다가오는 것을 보고 소달구지를 모는 인부들이 황급히 소들의 멍에를 풀어 길 밖으로 내모는 통에 다시 한바탕 소동이 벌어졌다. 만일 신관들이 지나는 길에 소가 똥을 싸놓기라도 하면, 신관들은 부정을 탄 것으로 간주되고 소의 임자는 채찍질을 당한 뒤 큰 벌금을 물어야 했기 때문이다.

크리소고노스는 첫번째 것처럼 좋은 암송아지를 다시 구해놓은 터였다. 마음 급한 집사가 목구멍에 억지로 약을 밀어넣은 탓에 소는 이미 몸이 축 늘어져 있었다. 의식은 처음부터 다시 시작되었다. 이번에는 끝날 때까지 모든 것이 순조로웠다. 자리에 참석한 원로원 의원 300여 명은 다들 의식에 온전히 집중하지 못하고, 다시 숨어드는 개가 없는지 단속하는 데 더 신경을 썼다.

카이사르가 카피톨리누스 언덕에서 바친 흰 황소처럼, 헤르쿨레스 인빅투스에게 바쳐진 희생제물도 대제단 옆에 준비된 장작더미에서 중도에 꺼낼 수 없었다. 암송아지가 다 탈 때까지 기다리는 동안, 이날 아침에 있었던 끔찍한 사건을 목격한 사람들은 서둘러 집으로 돌아갔다. 그러나 술라는 원래 계획대로 움직였다. 그는 시내를 돌며 잔치에 참석한 사람들에게 자신의 행운이 그들에게도 함께하기를 빌어주어야 했다. 하지만 검은 개로 인해 포르투나의 총애가 사라진 지금 그가 어떻게 남들에게 행운을 빌어준단 말인가?

가대에 판자를 얹어 만든 잔칫상 5천 개에 음식이 빽적지근하게 차려지고, 포도주가 전쟁터의 피보다도 빠르게 흘렀다. 대제단에서 벌어진 재앙에 대해 전혀 모르는 50만 이상의 남녀가 생선과 과일과 꿀빵으로 배를 불렸고, 미리 가져온 자루에다 집에 있는 이들 것까지—심지어 노예들 것까지—가득 채워넣었다. 그들은 신들에 대한 기도와 환호 속에 술라를 맞았고, 죽는 날까지 기도할 때 그를 기억하겠다고 굳게 약속했다.

마침내 술라가 팔라티누스 언덕의 집으로 돌아왔을 때는 이미 어둑한 밤이었다. 그는 집 앞에서 릭토르들을 해산시켰다. 그들의 노고를 치하하면서, 다음날 오르비우스 언덕길 모퉁이 여관 뒤에 자리한 릭토르들의 전용 구역에서 잔치가 있을 거라고 알려주었다.

코르넬리아 술라가 아트리움에서 그를 기다리고 있었다.

"아버지, 새어머니가 뵙기를 청해요." 딸이 말했다.

"지금은 너무 피곤해!" 그가 쏘아붙였다. 그는 다시는 아내를 마주볼 수 없음을 알았다. 아내를 사랑했다. 하지만 그 사랑의 크기가 충분하지는 않았던 것이다.

"제발요, 아버지, 제발 가보세요! 아버지 태도 때문에 새어머니가 바보 같은 생각을 하고 계세요. 아버지를 만날 때까지는 절대 그 생각을 버리지 않을 거예요."

"무슨 바보 같은 생각 말이냐?" 그는 이렇게 물으며 토가를 벗어젖혔다. 벽에 세워진 라레스와 페나테스 제단으로 걸어갔다. 제단 앞에 서서 고개를 숙이고 대리석 선반에 놓인 소금빵을 쪼갠 뒤 월계관을 벗어 위에 얹었다.

딸은 이 의식이 끝나기를 참을성 있게 기다렸다. 술라가 딸 쪽으로 다시 몸을 돌렸다.

"무슨 바보 같은 생각 말이냐?" 그가 재차 물었다.

"자기가 불결하다는 생각이요. 새어머니께서 자꾸 자기가 불결하대요."

술라는 제자리에서 돌처럼 굳어버렸다. 공포가 몸 안팎을 서서히 기어다니는 듯했다. 벌레떼가 기어다니는 것 같은 그 불쾌한 감각은 억누를 수도, 마냥 견딜 수도 없었다. 그는 몸을 홱 틀더니, 마치 눈앞의 암살자들을 물리치듯 양팔을 휘저으며 광기 어린 눈길로 딸을 바라보았다. 그녀가 아버지에게서 처음 보는 눈빛이었다.

"불결해!" 그가 소리 질렀다. "불결하다고!"

그는 집밖으로 뛰쳐나가 사라졌다.

코르넬리아 술라가 보낸 사람들이 횃불을 들고, 이제는 다리가 가뿐해진 잔칫상 5천 개 사이로 그를 찾아다녔다. 그가 그날 밤을 어디에서 지새웠는지 아무도 몰랐다. 하지만 날이 밝자 그는 튜닉만 걸친 채 아트리움으로 걸어들어왔고, 그를 아직도 기다리고 있는 딸을 발견했다. 크리소고노스가 허둥거리며 주인에게 다가갔다. 그 역시 밤새 걱정하며 코르넬리아 술라와 함께 그를 기다린 터였다.

"자네 여기 있군. 잘됐어." 술라가 무뚝뚝하게 말했다. "모든 신관들에게 사람을 보내게. 지위고하를 불문하고 전부! 한 시간 후에 포룸 로마눔의 카스토르 · 폴룩스 신전에서 내가 보자고 한다고 전하게."

"아버지?" 코르넬리아 술라가 어리둥절하여 물었다.

"오늘은 여자들은 상대하지 않겠다." 그는 이 말만을 남기고 자기 방으로 들어가버렸다.

술라는 구석구석 철두철미하게 몸을 씻고 자주색 단을 댄 토가를 입었다. 하인들이 준비해온 옷을 세 차례나 물리친 끝에 완벽하게 깨끗하다고 판단한 토가였다. 그는 릭토르들을 앞세우고(그중 네 명은 때 묻지 않은 토가로 갈아입고 오라는 명령을 받았다) 카스토르 · 폴룩스 신전으로 갔다. 신관들이 걱정스러운 얼굴로 그를 기다리고 있었다.

그는 서두를 생략했다. "어제, 나는 전 재산의 10분의 1을 헤르쿨레스 인빅투스 신께 바쳤습니다. 헤르쿨레스 인빅투스는 남자의 신, 오로지 남자만을 위한 신입니다. 헤르쿨레스 인빅투스의 대제단에 여자가 가까이 가서는 안 됩니다. 그리고 개는 지하세계에 다녀온 기억을 갖고 있는 존재이므로, 헤르쿨레스 인빅투스의 영역에 개가 들어와서도 안 됩니다. 개는 지하세계에 속한 존재입니다. 일체의 검은 생명체들도 그렇습니다. 헤르쿨레스는 스무 명의 노예가 섬깁니다. 그들의 가장 중요한 임무는 여자나 개나 검은 생명체가 헤르쿨레스의 영역을 더럽히지 못하게 하는 것입니다. 한데 어제 검은 개 한 마리가 나타나 내가 헤르쿨레스 인빅투스 신께 바친 첫번째 희생제물의 피를 마셨습니다. 이것은 모든 신들과 나에 대한 실로 지독한 모독입니다. 나는 자문했습니다. 내가 어떤 잘못을 저질렀기에 이런 일이 생겼을까? 독실한 마음으로 헤르쿨레스 인빅투스 신께 큰 선물을 바치고자 했습니다. 준비한 희생제물은 나무랄 데 없이 훌륭했습니다. 나는 독실한 마음으로 헤르쿨레스 인빅투스께서 내 선물과 희생제물을 받아주실 거라 기대했습니다. 한데 바로 대제단 아래에 검은 개가 나타나 암송아지의 피를 핥았습니다. 그리고 그 개가 들이키던 피에 내 풀잎관이 떨어져 더럽혀졌습니다."

술라의 지시하에 모인 아흔 명의 사내들은 미동도 없이 서 있었다. 그 지독한 신성모독을 떠올리기만 해도 온몸의 털이 쭈뼛해졌다. 카스토르 · 폴룩스 신전에 모인 사람들 모두 전날 의식에 참석한 터였다. 그날 그들은 공포로 온몸이 움츠러들었다. 날이 저물고 밤이 새도록 과연 무엇이 잘못된 것인지, 왜 신께서 로마의 독재관에게 그 같은 불쾌감을 쏟아낸 것인지 고민하고 또 고민한 터였다.

"시빌라의 예언서가 불탔으니 우리가 참고할 지침이 없습니다." 술라가 말을 이었다. 그는 청중의 머릿속을 훤히 들여다보고 있었다. "신의 전달자 역할은 내 여식에게 내려졌습니다. 그애는 신의 전달자로서의 자격에 모두 부합합니다. 그애는 말을 할 때 자기가 하는 말의 의미를 스스로 깨닫지 못했습니다. 또한 그애는 말을 할 때 헤르쿨레스 인빅투스 대제단 앞에서 벌어진 일에 대해 몰랐습니다."

술라가 말을 끊고 맨 앞줄의 신관들을 보았다. 그가 찾는 얼굴은 보이지 않았다. "최고신관, 앞으로 나오십시오!"

신관들이 움직이며 자리가 약간 뒤섞였다. 메텔루스 피우스가 앞으로 걸어나왔다. "여기 왔습니다, 루키우스 코르넬리우스."

"퀸투스 카이킬리우스 당신은 이번 일에 연관이 깊습니다. 당신 얼굴을 아무도 보면 안 되기 때문에 다른 사람들 앞으로 나오게 했습니다. 나도 같은 특권을 누릴 수 있다면 좋겠지만, 여러분 모두가 내 얼굴을 봐야 합니다. 내가 해야 할 말은 이것입니다. 내 아내 카이킬리아 메텔라 달마티카, 전 최고신관의 딸이자 현 최고신관의 사촌누이인 그녀는(술라는 잠시 숨을 깊게 들이쉬었다) 불결합니다. 딸이 내게 그 말을 한 바로 그 순간, 나는 그것이 진실임을 알았습니다. 내 아내는 불결합니다. 아내의 자궁은 썩어가고 있습니다. 그 사실을 안 지는 좀 되었습니다. 그러나 딸이 그 말을 하기 전에는 그 가련한 여인의 상태가 남자의 신들께 불경한 것이라고 생각지 못했습니다. 헤르쿨레스 인빅투스는 남자의 신입니다. 유피테르 옵티무스 막시무스도 남자의 신입니다. 나는 남자이고, 로마를 보살필 책임이 있습니다. 나는 남자이고, 로마가 지난 수년간 겪은 전쟁과 역경으로부터 회복하도록 도울 임무를 맡았습니다. 내가 누구이고 무슨 일을 하는지는 로마에 중요합니다. 따라서 내 삶의 어떤 부분도 불결해서는 안 됩니다. 심지어 내 아내도. 오늘 나의 판단은 그렇습니다. 최고신관 퀸투스 카이킬리우스, 나의 판단이 합당합니까?"

새끼 돼지가 정말 많이 컸군! 술라는 생각했다. 그는 지금 새끼 돼지의 얼굴을 쳐다볼 특권이 있는 유일한 사람이었다. 어제 의식을 주

관한 것도 새끼 똥돼지였고, 오늘의 이 상황을 온전히 이해하는 사람도 이 친구뿐이야.

"네, 루키우스 코르넬리우스." 메텔루스 피우스가 흔들림 없이 대답했다.

"오늘 여러분을 이 자리에 모은 이유는 조점을 치고 대책을 마련하기 위해서입니다." 술라가 말을 이었다. "나는 여러분에게 현재 상황을 알리고 내 생각을 밝혔습니다. 하지만 나 자신이 통과시킨 현행법에 따라, 나는 여러분과 상의 없이 단독적으로 어떠한 결정도 내릴 수 없습니다. 더구나 이 일로 가장 큰 영향을 받는 사람이 내 아내라는 사실을 감안하면 더더욱 그러합니다. 나는 아내를 버리려고 이 상황을 이용했다는 말은 절대 듣고 싶지 않습니다. 나는 아내를 버리고 싶지 않다는 점을 분명히 합니다. 여러분 모두에게, 그리고 여러분을 통해 로마의 모든 이들에게 이 점을 분명히 합니다. 그럼에도 불구하고 나는 아내가 불결하며, 남자를 관장하는 신들이 분노했다고 믿습니다. 우리 로마 종교의 수반이신 최고신관의 의견은 어떻습니까?"

"남자의 신들이 분노했다고 생각합니다." 메텔루스 피우스가 말했다. "독재관께서는 부인과 떨어져야 하고, 부인을 절대 쳐다봐선 안 되며, 부인이 독재관의 거처나 법적인 임무를 더럽히는 것을 그대로 방치해서는 안 된다고 봅니다."

술라의 얼굴에서 괴로움이 묻어났다. 이는 누가 봐도 분명했다. "나는 아내를 사랑합니다." 그가 가라앉은 목소리로 말했다. "내게 늘 충실하고 정숙한 아내였습니다. 내게 자식들을 낳아주었습니다. 나와 혼인하기 전에는 마르쿠스 아이밀리우스 스카우루스에게 충실하고 정숙한 아내였으며 그에게 자식들을 낳아주었습니다. 어찌하여 남자의 신들이 내게 이런 요구를 하는지, 혹은 어찌하여 내 아내가 그들에게 달갑지 않은 존재가 된 건지 정말 모르겠습니다."

"독재관님의 부인에 대한 애정은 논외의 문제입니다." 그녀의 사촌인 최고신관이 말했다. "남자의 신이건 여자의 신이건 그 어떤 신이건 간에, 꼭 둘 중 한 분이 신을 분노케 해서 이런 일이 벌어졌다고 할 수 없습니다. 그보다는 부인께서 독재관의 거처에 계시는 것이, 그리고 독재관의 삶의 일부로 존재하는 것이, 신의 은혜와 호의가 로마에 이르는 것을 어떤 알 수 없는 방식으로 간섭 혹은 왜곡하고 있다고 보는 게 합당합니다. 저는 제 동료 신관들을 대표하여 두 분께는 전혀 잘못이 없다고 말하겠습니다. 저희는 루키우스 코르넬리우스 당신이나 당신의 부인께 아무 잘못이 없다고 봅니다. 이것이 있는 그대로의 사실입니다. 이에 대해서는 더 언급이 필요치 않습니다."

그는 몸을 돌려 침묵하는 사람들을 보고 섰다. 그러고서 크고 단호하고 또박또박하게 선언했다. "저는 여러분의 최고신관입니다! 제가 지금 말을 더듬지 않는 것은 유피테르 옵티무스 막시무스께서 저를 그분의 말을 전하는 대리자로 쓰고 계신다는 증거입니다. 저는 지금 그분의 혀로 말하고 있습니다. 이 사람의 아내는 불결합니다. 그리고 그녀가 이 사람의 삶의 일부로, 그리고 이 사람의 집에 존재하는 것은 우리의 신들에 대한 모욕입니다. 그녀를 즉각 이 사람의 삶에서, 그리고 집에서 없애야 합니다. 저는 의결을 따로 요구하지 않겠습니다. 이의가 있는 분은 지금 말씀하십시오."

마치 아무도 없는 듯 침묵만이 감돌았다.

메텔루스 피우스가 다시 몸을 앞으로 돌려 독재관을 마주보았다. "우리는 당신에게 명합니다, 루키우스 코르넬리우스 술라. 하인들을 시켜서 아내 카이킬리아 메텔라 달마티카를 유노 소스피타 신전으로 옮기십시오. 그녀는 생을 마감할 때까지 그곳에 머물러야 합니다. 당신은 어떠한 이유로도 그녀를 봐서는 안 됩니다. 그리고 그녀를 집에서 들어낸 후, 유피테르 대제관을 대신해 제사장과 마르스 대제관이 루키우스 코르넬리우스의 집 정화 의식을 거행할 것을 명합니다."

그는 토가를 들어 머리를 덮었다. "오, 카스토르와 폴룩스 또는 디오스쿠로이 또는 페나테스 또는 원하시는 그 어떤 이름으로든 불리울 천상의 쌍둥이여. 당신들은 남성일 수도 있고 여성일 수도 있고 그 어떠한 성(性)도 취하지 않으실 수도 있나이다. 우리는 당신들의 아버지이실 수도 그렇지 않을 수도 있을 전능하신 유피테르 옵티무스 막시무스와 개선장군의 신 헤르쿨레스 인빅투스께 중재를 청하러 여기 이곳 당신들의 신전에 모였나이다. 부디 청하오니 저희가 진실됨을, 그리고 무엇이든 잘못된 것이 있다면 저희는 그것을 바로잡기 위해 노력했음을 당신들께서 모든 신들 앞에서 증언하여주옵소서. 레길루스 호수의 전투 때부터 이어져온, 당신께서 저희와 맺은 계약적 동의에 따라, 순백의 쌍둥이 망아지라는 귀한 제물을 구하는 즉시 당신께 바칠 것을 약속하나이다. 부디 간청하오니 지금까지 그래 오셨듯 앞으로도 저희를 보살펴주옵소서."

조점을 치니 최고신관의 판단을 승인하는 결과가 나왔다. 청명한 아침 햇살이 신전의 열린 문으로 들어와 내부를 환하게 비춰주었으나, 태양의 높이가 최고조에 이르면서 갑자기 주변이 어둑해지고 햇빛 대신 찬바람 한 줄기가 신전 안으로 휘익 불어들었다.

"마지막으로 한 가지 더." 술라가 말했다.

발걸음이 동시에 멈췄다.

"시빌라의 예언서를 교체해야 합니다. 베고이와 타게스의 예언서가 아폴로 신전에 안전하게 보관되어 있지만 이들 예언서는 헤르쿨레스 인빅투스 같은 외국의 신과 관련된 사안에는 전혀 도움이 되지 않습니다. 전 세계에 많은 시빌라들이 있고, 그중 일부는 오래전에 종려나무 잎에 쓰인 예언서를 타르퀴니우스 프리스쿠스 왕에게 전한 쿠마이의 시빌라들과 긴밀히 연관된 이들입니다. 최고신관, 전 세계를 찾아다니며 우리의 예언서에 담겨 있었던 문구들을 조사할 자를 정해 권한을 위임해주기 바랍니다."

"옳습니다, 루키우스 코르넬리우스. 반드시 해야 할 일입니다." 메텔루스 피우스가 엄숙하게 말했다. "그 일에 꼭 맞는 적임자를 찾겠습니다."

독재관과 최고신관은 함께 술라의 집으로 걸어갔다.

"딸이 이번 일을 고분고분 받아들이지 않을 거야." 독재관이 말했다. "하지만 자네를 통해 들으면 이번 일로 나를 탓하진 않을 것 같네."

"안타까운 상황이 벌어져 무척 유감입니다."

"나도 그렇네!" 술라가 참담하게 말했다.

코르넬리아 술라는 아버지의 말을 솔직히 받아들였다. 아버지 못지않게 그녀도 그런 자신에게 놀랐다.

"아버지 나름대로 새어머니를 사랑하신다고 생각해요. 아버지가 새어머니를 버리고 싶어하신다고 생각할 정도로 아버질 나쁘게 생각하진 않아요."

"정말 죽어가고 있습니까?" 메텔루스 피우스가 죄책감에 괴로워하며 물었다. 얼마나 긴 시간이 되건 간에 달마티카를 살아 있는 내내 유노 소스피타 신전에 머무르게 해야 한다고 한 것은 바로 그의 생각이었다.

"루키우스 투키우스가 얼마 남지 않았다고 했네. 몸속이 종양으로 꽉 찼다는군."

"그렇다면 어서 끝내야겠군요."

건장한 가마꾼 여덟 명이 달마티카를 병상에서 끌어냈다. 하지만 이는 기품 있는 침묵 속에 진행되지 않았다. 신관들의 결정을 통보받고 술라를 다시는 볼 수 없음을 깨달은 순간, 술라의 아내가 평생토록 보여온 인내심은 온데간데없이 사라졌다. 그녀는 가마꾼들이 데리고 나가는 내내 비명을 지르며 울었고 술라의 이름을 외치고 또 외쳤다. 서재에서 양손으로 귀를 틀어막고 앉아 있는 술라의 눈에서 눈물이 흘러내렸다. 또다시 대가를 치르는구나. 하지만 이것은 포르투나 여신을 위한 대가인가, 메트로비오스를 위한 대가인가?

세르비우스 성벽 바깥쪽으로 채소 시장에 신전 넷이 나란히 줄지어 서 있었다. 각각 피에타스 신전, 야누스 신전, 스페스 신전, 유노 소스피타 신전이었다. 유노 소스피타는 수태한 여성을 돌보는 주요 여신은 아니지만 페시노스의 마그나 마테르의 전사(戰士) 버전이자 라누비움의 뱀들을 위한 유노, 천상의 여왕이자 여성들의 구원자였다. 이중 마지막 역할 때문인지 몰라도, 로마에서 무사히 아이를 낳은 여자들은 태반을 가져가 유노 소스피타 신전에 제물로 바치는 오래된 관습이 있었다.

로마에 돈이 궁하여 신전 노예가 부족했던 이탈리아 전쟁 시절, 당시 아피우스 클라우디우스 풀케르의 아내였던 카이킬리아 메텔라 발레아리카의 꿈에 유노 소스피타가 나타나 신전이 너무 더러워서 도저히 거기 못살겠다고 불평을 쏟아냈다. 이에 발레아리카는 집정관 루키우스 카이사르를 찾아가 신전 안을 청소하는 걸 도와달라고 요구했다. 신전에는 썩은 태반만 있는 게 아니었다. 잡초가 무성했고 여자들 시체, 죽은 암캐, 아기들 시체, 죽은 쥐가 썩은 물이 흘렀다. 발레아리카는 임신한 몸으로 루키우스 카이사르와 이 역겨운 노동을 함께 끝마쳤고, 두 달 후 여섯번째 아이 푸블리우스 클로디우스를 낳고 죽었다.

그러나 그후로 유노 소스피타 신전은 늘 아름답게 유지되었다. 제물로 바쳐진 태반은 오물이 새지 않는 바구니에 보관해두었다가 정기적으로 밖에 내가서 유피테르 여제관(요즘에는 지명을 받은 대리인)이 정해진 의식에 따라 불에 태웠다. 안에서는 향긋한 냄새가 났고 바닥도 다른 어느 신전보다 깨끗했다. 코르넬리아 술라는 달마티카의 침상을 미리 준비해두었다. 남자의 몸으로 여자의 성소에 들어온 가마꾼들은 극도의 공포 속에 그녀를 침상으로 옮겼다. 달마티카는 여전히 절규하며 술라를 찾았지만, 죽음이 가까워서인지 목소리가 미약했고 주변 환경을 알아보지 못하는 듯했다.

유노 소스피타 여신의 채색된 조각상이 대좌 위에 서 있었다. 그녀는 앞코가 들린 신을 신고 창을 휘두르며 고개를 바짝 쳐든 뱀을 마주보고 있었다. 하지만 조각상에서 가장 눈에 띄는 것은 진짜 염소가죽이었다. 염소의 머리와 두 뿔이 여신의 암갈색 머리 위에 투구처럼 얹혀 있었고, 거기 이어진 가죽은 양어깨를 덮고 내려와 여신의 허리춤에 끈으로 고정되어 있었다. 이 기이한 신상 아래에 코르넬리아 술라와 메텔루스 피우스가 달마티카의 손을 한쪽씩 붙들고 앉아 고통과 상실이라는 인간적인 장벽을 넘는 그녀를 도왔다. 기다림은 한 시간 정도에 지나지 않았다. 육신보다도 영혼의 시련이었다. 가련한 여인은 죽는 마지막 순간까지 술라를 보게 해달라고 간청했다. 코르넬리아 술라와 메텔루스 피우스가 건네는 이성적인 대답은 그녀에게 들리지 않는 듯했다.

달마티카가 죽자 최고신관은 장의사들을 시켜 시신용 긴 의자인 렉투스 푸네브리스를 신전에 들였다. 달마티카를 집에 안치할 수 없기 때문이었다. 시신의 모습이 밖에 보여서도 안 되었다. 그녀의 몸은 관례대로 상체를 세워 앉혔으며 테두리가 황금으로 장식된 검은 천에 완전히 덮여 있었다. 전문 애도사들은 그녀를 둘러싸고 곡소리를 냈고, 그녀 뒤로 염소가죽과 고개를 쳐든 뱀과 창으로 장식된 기이한 여신이 배경처럼 서 있었다.

"사치법을 쓴 당사자라면 그 법을 무시할 수 있다." 술라는 이후에 말했다.

그리하여 카이킬리아 메텔라 달마티카의 장례식 비용은 무려 100탈렌툼에 달했다. 카이킬리우스 메텔루스 가문 외에도 다른 두 파트리키 가문, 아이밀리우스 스카우루스 가문과 코르넬리우스 술라 가문 조상들의 밀랍 가면을 쓴 배우들이 장례행렬 마차에 스무 명 넘게 올랐다. 그러나 플라미니우스 경기장(불결한 상태로 판정된 달마티카의 시신을 신성경계선 안으로 들이는 것은 신중치 않다는 결정이 내려졌다)에 길게 늘어선 군중의 눈에는 달마티카의 쌍둥이 자녀 파우스투스와 파우스타가 훨씬 이색적이었다. 검은 상복 차림의 두 아이는, 거대한 몸에 검은 꽃줄을 휘감아 장식한 먼 갈리아 출신 여인네의 품에 안겨 있었다.

9월의 칼렌다이에 법제 개혁이 본격화되었다. 어마어마한 규모의 맹공격에 전 원로원이 휘청거렸다.

"현 법정 제도는 규제가 까다롭고 시간 낭비가 많으며 비현실적입니다." 고관 의자에 앉은 술라가 말했다. "앞으로 어떠한 민회도 민사 또는 형사 사건을 처리할 수 없습니다. 민회의 재판 절차는 지나치게 오랜 시간이 소요되고 정치적 조작에 취약하며, 변호인은 물론 피고의 명성과 인기에 지나치게 영향을 많이 받습니다. 수천 명에 달하는 투표권자로 구성된 배심원단은 과도하게 비대할뿐더러 부적절합니다."

술라는 이렇게 민회로부터 재판권을 깔끔하게 도려낸 뒤 덧붙였다. "로마에 총 일곱 개의 상설 법정을 세우겠습니다. 반역 법정, 부당취득 법정, 횡령 법정, 뇌물수수 법정, 위조 법정, 폭행 법정, 살인 법정. 살인 법정을 제외한 나머지 여섯 개 법정은 모두 국가와 국고위원회에서 약간씩 관여할 것이며, 하급 법무관 여섯 명 중 추첨으로 선정된 한 명이 재판장을 맡습니다. 살인 법정에서는 살인, 방화, 주술, 독살, 위증 관련 사건을 담당합니다. 여기에 덧붙여 살인 법정에서 취급할 새로운 범죄 행위가 있습니다. 바로 법정이라는 기관을 도구로 삼아 타인을 추방하는 행위입니다. 나는 이것을 사법적 살인이라고 부르겠습니다. 살인 법정이 가장 단순하면서도 가장 일이 많을 겁니다. 살인 법정의 재판장은 아직 법무관이 되지 않았더라도 조영관에 재직한 적이 있는 자부터 맡을 수 있게 하겠습니다. 임명은 집정관들이 합니다."

호르텐시우스는 공포에 휩싸였다. 그가 지금껏 가장 큰 승리를 거둔 싸움터는 민회였다. 그가 민회에서 선보인 유창한 언변과 화술은 대규모 군중의 마음을 흔들었고 결국 그를 전설로 만들었다. 법정 배심원단의 규모는 그가 상대하기에 지나치게 조밀했다.

"진정한 변호가 설 자리를 잃겠습니다!" 그가 외쳤다.

"그게 무슨 문제입니까?" 술라가 놀란 표정으로 말했다. "훨씬 더 중요한 게 사법 절차입니다. 그리고 나는 그걸 민회에서 가져오겠다는 겁니다, 퀸투스 호르텐시우스. 그 점을 혼동하지 마시오! 그러나 나는 상설 법정 설립을 인가하는 법안을 트리부스회에서 통과시킬 겁니다. 이 법에 따라 트리부스회, 백인조회, 평민회는 사법 권한을 정식으로 새 상설 법정에 이양할 것입니다."

"탁월합니다!" 역사가 루키우스 코르넬리우스 시센나가 말했다. "따라서 법정에서 재판을 받는 사람은 누구나 민회의 동의하에 재판을 받는 셈이로군요! 다시 말해 법정에서 평결을 내린 후엔 피고가 민회에 항소할 수 없다는 뜻이죠."

"바로 그거요, 시센나! 항소 절차를 무효화하고, 더는 민회에서 사람들을 심판할 수 없게 하는 겁니다."

"어처구니없군요!" 카툴루스가 소리쳤다. "어처구니없을뿐더러 위헌입니다! 로마 시민은 누구나 항소할 권리가 있습니다!"

"항소권과 재판권은 동일한 것입니다, 퀸투스 루타티우스." 술라가 말했다. "그리고 둘 다 이미 로마의 새 법령에 포함되어 있습니다."

"이 문제와 관련해, 기존의 법령은 충분히 훌륭합니다!"

"이 문제와 관련해, 우리의 지난 역사를 되돌아보면 유죄판결을 받았어야 할 많은 자들이 기존의 법망을 빠져나갔습니다. 재판에서 내린 평결을 교묘한 웅변술에 현혹된 민회가 뒤집어버린 탓에 말입니다. 민회의 이러한 재판권과 항소권을 이용해 획득된 정치력이란 참으로 혐오스러운 것이었습니다, 퀸투스 루타티우스. 로마가 작은 마을이었을 때 고안된 관습과 절차에 빠져 허우적대기에 지금의 로마는 너무 크고 분주합니다. 나는 지금 공정한 재판을 받을 권리를 빼앗는 게 아닙니다. 오히려 재판의 공정성을 제고하고 절차를 간소화하는 겁니다."

"배심원은 어떻게 합니까?" 시센나가 물었다.

"전원 원로원 의원으로 구성합니다. 원로원 의원 수가 최소 400명 이상이어야 한다는 데는 이 이유도 있는 겁니다. 배심원 업무는 쉽지 않습니다. 게다가 법정이 일곱 개나 되면 더욱더 힘들어지겠지요. 하지만 배심원단 자체의 규모는 줄일 생각입니다. 총 51명으로 구성되는 기존 배심원단 제도는 반역죄와 같은 중죄를 다룰 경우에만 적용됩니다. 앞으로 배심원단 규모는 동원 가능한 사람 수에 따라 달라질 것이며, 배심원 수가 짝수인 경우에 동점은 무죄 처리됩니다. 원로원은 파트리키 의원이 조장을 맡는 십인조로 구성되어 있습니다. 그러니 이들 십인조들을 배심원단 구성의 기반으로 삼겠습니다. 단 어느 한 십인조가 특정 법정을 고정적으로 맡아서는 안 됩니다. 각 법정에서 진행되는 각 재판의 배심원단은 재판 날짜가 정해진 후 추첨으로 선정합니다."

"좋은데요." 작은 돌라벨라가 말했다.

"저는 싫습니다!" 호르텐시우스가 소리쳤다. "제가 재판에서 의뢰인의 변호를 맡고 있는데 제가 속한 십인조가 다른 재판의 배심원단에 선정되면 그땐 어떻게 합니까?"

"뭐, 그럴 땐 어떻게든 둘 다 해야지 어쩌겠나." 술라가 억지미소를 지으며 말했다. "매춘부들도 그렇게 한다네, 호르텐시우스! 자네도 할 수 있어."

"이봐, 퀸투스. 입 좀 다물게!" 카툴루스가 낮게 말했다.

"특정 배심원단의 구성원 수는 누가 결정합니까?" 작은 돌라벨라가 물었다.

"재판장이 결정합니다." 술라가 말했다. "하지만 미리 정해진 한도 내에서입니다. 결국 동원 가능한 십인조의 수에 따라 정해질 것입니다. 25명에서 35명 정도가 적절하지 않을까 싶습니다. 십인조 구성원 전원이 동시에 동원되지는 않을 겁니다. 그렇게 되면 배심원 수는 늘 짝수가 될 테니까요."

"하급 법무관 여섯 명이 추첨 결과에 따라 여섯 개 법정의 재판장을 맡게 되는군요." 메텔루스 피우스가 말했다. "그렇다면 수도 담당 법무관 직과 외인 담당 법무관 직을 배정하는 방식에 있어서는 기존 관행이 그대로 유지됩니까?"

"그렇지 않습니다. 득표수에서 1위를 한 자가 수도 담당 법무관을 맡고 2위를 한 자가 외인 담당 법무관을 맡는 관행은 폐지합니다." 술라가 말했다. "총 여덟 개 법무관 직위는 앞으로 순전히 추첨을 통해 배정합니다."

그러나 레피두스의 관심사는 어느 법무관이 무엇을 맡느냐가 아니었다. 그는 이미 답을 알고 있는 질문을 던졌다. 술라가 직접 그 말을 입 밖으로 꺼내게 만들려는 의도였다. "그러니까 기사들은 재판에 전혀 참여할 수 없게 하려는 겁니까?"

"그렇습니다. 가이우스 그라쿠스 시절 이래, 중간에 아주 짧은 기간을 제외하고 로마의 배심원단을 기사들이 독점해왔습니다. 더는 안 됩니다! 가이우스 그라쿠스는 부패한 기사 배심원의 기소를 가능케 하는 조항을 넣는 것을 빠뜨렸습니다. 분명 법적으로 배심원을 맡을 의무는 원로원 의원에 있습니다. 나는 이 점을 분명히 합니다!"

"그렇다면 수도 담당 법무관과 외인 담당 법무관은 무슨 일을 합니까?" 메텔루스 피우스가 질문했다.

"수도 담당 법무관과 외인 담당 법무관은 민사소송을 처리합니다." 술라가 말했다. "외인 담당 법무관은 비로마인들끼리의 형사소송도 처리합니다. 그러나 이들 법무관이 민사 사건에서 직접 재판관을 맡을 권리는 박탈됩니다. 이들 법무관은 원로원 의원과 기사로 구성된 위원회에서 추첨으로 단독 재판관을 선정하면 그에게 사건을 넘깁니다. 그러면 그때부터 이 단독 재판관이 해당 사건의 지표 역할을 합니다. 재판관의 결정사항은 해당 사건의 이해 당사자 전원에게 구속력이 있습니다. 이는 수도 담당 법무관이나 외인 담당 법무관이 해당 사건의 재판 절차를 계속 감독하게 되는 경우에도 마찬가지입니다."

호르텐시우스는 아까 술라가 자기를 조롱한 것 때문에 여전히 붉게 상기된 얼굴로 화가 나 있었다. 그가 더이상 질문하지 않자 카툴루스가 대신 물었다. "루키우스 코르넬리우스, 기존의 법률에 따르면 사형을 언도할 권한은 오직 합법적으로 소집된 민회에만 있습니다. 민회의 재판권을 전부 없애겠다는 말씀은 새 상설 법정에 사형을 언도할 권한까지 주겠다는 말씀입니까?"

"아니, 그렇지 않습니다, 퀸투스 루타티우스. 그 반대입니다. 더이상 사형 제도는 없습니다. 앞으로 형벌은 추방, 벌금, 재산의 일부 또는 전체를 몰수하는 것에 국한됩니다. 새 법의 조항에는 손해배상액을 결정하는 위원회의 활동에 대한 규정도 포함되어 있습니다. 손해배상액 산정 위원회는 추첨으로 뽑힌 2~5명의 배심원과 재판관으로 구성됩니다."

"아까 총 7개의 법정을 열거하셨습니다." 마메르쿠스가 말했다. "반역 법정, 부당취득 법정, 횡령 법정, 뇌물수수 법정, 위조 법정, 폭행 법정, 살인 법정. 하지만 플라우티우스법에 따라 공공폭행 사건을 다루는 상설 법정이 이미 하나 존재합니다. 제 질문은 두 가지입니다. 첫째, 이 법정은 어떻게 됩니까? 둘째, 신성모독죄는 어떻게 처리합니까?"

"플라우티우스법은 이제 필요하지 않습니다." 술라가 말했다. 그는 기분이 좋은 듯 등을 뒤로 기대어 앉았다. 형사 절차를 민회에서 가져오자는 제안을 원로원이 반기는 듯했다. "폭행 관련 범죄는 폭행 법정에서 다루고, 죄가 중할 경우 반역 법정에서 재판을 열면 됩니다. 신성모독죄는 상설 법정을 세울 정도로 자주 발생하지 않습니다. 필요한 경우 특별 법정이 열릴 것이고 전 조영관 정도의 자격을 갖춘 자가 재판장을 맡습니다. 그러나 상설 법정과 역할 차이는 없습니다. 역시 이 법정에서의 재판 결과를 민회에 항소할 권리는 주어지지 않습니다. 부정(不貞)을 저지른 베스타 신녀를 산 채로 매장하는 형벌은 앞으로도 유지됩니다. 그러나 베스타 신녀를 범한 죄인은 별개 법정에서 재판을 받으며 사형에 처해지지 않습니다."

술라는 목청을 가다듬고 이렇게 덧붙였다. "오늘 준비한 이야기는 이제 거의 다 했고, 몇 가지만 남았습니다. 일단 집정관 직에 관해서입니다. 양 집정관이 전쟁 때문에 모두 외국에 나가 있는 것은 로마에 좋지 않습니다. 현 집정관은 다름 아닌 로마와 이탈리아의 복지와 안녕을 직접적으로 책임져야 합니다. 이제 호민관들이 본래의 자리로 돌아가게 되었으니 집정관들은 법 제정에 더 적극적인 역할을 해주기 바랍니다. 둘째, 원로원 내 행동거지에 관해 덧붙이겠습니다. 앞으로는 발언 시 본인 의사에 따라 자리에서 일어나 발언할 수는 있으나 앞뒤로 걸어다니는 것은 허락되지 않습니다. 앉아서든 서서든 본인의 지정된 자리에서 발언해야 합니다. 소음을 내는 것도 용인하지 않겠습니다. 박수를 치거나 발을 구르는 행위는 금지되며, 이름을 외치거나 소리를 지르는 것도 금지됩니다. 원로원에서의 몸가짐에 관한 이 새 규정을 위반하는 자에게는 집정관들이 1천 데나리우스의 벌금을 부과할 것입니다."

술라가 회의를 해산한 뒤 원로원 의사당 계단 아래에 몇몇 의원들이 모여들었다. 일부(마메르쿠스나 메텔루스 피우스 같은 자들)는 뼛속까지 술라의 사람인 반면, 다른 이들(레피두스나 카툴루스 같은 자들)은 술라는 아무리 좋게 보아도 필요악에 지나지 않는다는 데 동의했다.

새끼 똥돼지가 말했다. "확실한 것은, 새 법정 제도 덕분에 입법 기관들의 부담이 크게 줄겠소. 재판을 하려면 특별 법정을 세워달라고 평민회를 설득하느라 하릴없이 시간을 흘려보냈지 않습니까. 이젠 그럴 필요가 없어요. 어느 기사 녀석이 뇌물을 받지는 않았나 걱정할 필요도 없고 말이오. 그래요, 분명 바람직한 개혁입니다."

"이보세요, 피우스. 당신 정도의 연배면 집정관 카이피오가 법정을 모조리 원로원으로 가져오고 몇 해 동안 우리가 어떻게 지냈는지 기억하잖습니까!" 필리푸스가 소리쳤다. "한시도 쉬지 못하고 여기저기에 배심원으로 불려 다녔지요. 심지어 여름에도 말입니다!" 그는 동료 감찰관 마르쿠스 페르페르나를 돌아보았다. "기억하시지요?"

"기억하다마다요." 페르페르나가 감정을 실어서 대답했다.

"두 분 참 문제가 많으십니다." 카툴루스가 말했다. "원로원이 배심원단을 장악하길 바라면서 정작 본인이 봉사할 차례가 오면 불평을 하시니까요. 우리 원로원 의원들이 재판 절차를 장악하기를 원한다면 그에 따르는 기쁨과 더불어 수고도 받아들일 각오를 해야지요."

"그때처럼 힘들지는 않을 겁니다." 마메르쿠스가 달래듯이 말했다. "의원 수가 더 많아졌으니까요."

"그래, 계속해보시오, 마메르쿠스. 위인의 사위랍시고 그저 시키는 대로 개처럼 짖고 양처럼 우는군!" 필리푸스가 딱딱댔다. "의원 수가 충분할 수 있겠소! 상설 법정이 생겼으니 중간에 시간이 지연될 일도 없고 말이오. 최소한 그때는 민회에서 장날이 몇 차례 바뀌도록 시간을 끄니까 우리는 일을 미루고 휴일을 보낼 수 있었지요. 이제 여러 법정의 재판장들이 동시에 배심원단을 채우려고 할 거요! 게다가 배심원을 언제 설지 알 수도 없으니 우리가 무슨 계획을 잡겠소. 술라가 재판 날짜가 정해지기 전에는 추첨을 하면 안 된다지 않소. 앞으로는 어떻게 될지 뻔해! 해변에서 여유로운 여름을 누리기 시작한 지 이틀도 안 되어서 로마로 불려와 그 망할 배심원석에 앉아야 하겠지!"

"배심원 의무를 분할했어야 합니다." 레피두스가 말했다. "중요한 법정들, 그러니까 부당취득 법정과 반역 법정은 원로원이 맡아야죠. 하지만 살인 법정은 기사들이 배심원을 서도 잘 돌아갈 겁니다. 사실 살인 법정은 배심원을 최하층민에서 뽑아도 잘만 돌아갈 겁니다!"

"지금 그 말씀은, 원로원 의원들을 심판하는 배심원단은 원로원 의원들로 구성해야 하는 반면 주술이나 독살 등의 혐의를 받는 나머지 세상 사람들을 심판하는 배심원단은 원로원 의원들이 나서기에 중요하지 않다는 뜻입니까?" 마메르쿠스가 신랄한 어조로 말했다.

"대충 그런 뜻이지요." 레피두스가 미소를 띠며 말했다.

새끼 돼지는 화제를 살짝 바꿀 때라고 생각했다. "내가 궁금한 것은 다음에 그가 또 어떤 법안을 들고 나올까 하는 것이오."

"뭐가 되었든 우리에게 득이 되는 법은 아니겠지요!" 호르텐시우스가 말했다.

"말도 안 됩니다!" 마메르쿠스가 말했다. 그는 술라의 꼭두각시라고 불린 것에 대해 전혀 불쾌해하지 않았다. "독재관께서 이제까지 하신 일들 덕분에 원로원의 영향력이 강화되었습니다. 하나같이 로마의 오래된 가치와 관습을 되살리기 위한 조치였습니다."

페르페르나가 깊이 생각한 듯 말했다. "오래된 방식과 관습으로 돌아가기에는 이제 어쩌면 너무 늦지 않았을까요. 독재관께서 폐지하거나 개정한 많은 것들은 그동안 너무 오랜 기간 우리와 함께했습니다.

어쩌면 이제 그 자체로 모스 마이오룸의 일부가 되어버렸어요. 요즘 평민회는 공기나 주사위 놀음이나 하는 놀이터가 되어버렸습니다. 하지만 이 상황이 오래 지속하지는 않을 겁니다. 오래 지속할 수가 없으니까요. 호민관들이 로마의 주요 입법 주체가 된 지 벌써 수백 년째입니다."

"네, 술라가 호민관 직에 가한 조치는 전혀 환영받지 못하고 있어요."

레피두스가 말했다. "그 말씀이 옳습니다. 평민회에 도입된 이 새로운 질서는 오래 지속될 수 없습니다."

10월의 칼렌다이에 독재관은 새로운 충격을 불러일으켰다. 로마의 신성경계선을 포룸 보아리움 근처에서 약 30미터(정확히 100피트—옮긴이) 밖으로 옮겨서 로마의 면적을 약간 키운 것이다. 로마에 왕들이 존재하던 시대 이래 어느 누구도 신성경계선에 손을 댈 생각을 하지 않았다. 이런 것은 왕이나 할 법한 일로, 전혀 공화정답지 않은 조치였다. 그렇다고 술라가 못했을까? 그는 전혀 개의치 않았다. 술라는 신성경계선을 옮기겠다고 발표했다. 그 자신이 루비콘 강을 이탈리아와 이탈리아 갈리아 사이의 공식적인 경계선으로 선포했다는 게 그 이유였다. 실질적으로는 루비콘 강이 이탈리아의 경계선으로 여겨진 지 오래되었음에도 마지막으로 확정된 정식 경계선은 메타우루스 강이었다. 따라서 그는 이 선포를 통해 이탈리아 내 로마의 영토를 확장한 셈이며, 이 사건을 기념해 로마의 신성경계선을 아주 살짝, 즉 30미터 바깥쪽으로 옮기겠다고 담담하게 말했다.

"내 입장에서는," 폼페이우스가 만삭이 된 새 아내에게 말했다. "환상적인 조치요!"

아이밀리아 스카우라는 어리둥절한 표정이었다. "왜요?"

그녀는 평소 질문이 많았다. 보통 남자라면 짜증을 냈을 법도 하지만, 자기에 대해 말하길 좋아하는 폼페이우스는 질문받는 걸 좋아했다.

"거대한 멜론을 통째로 삼킨 우리 귀여운 아가씨, 그 이유가 뭐냐면," 그는 그녀에게 윙크하더니 음흉한 미소를 띠며 그녀의 배를 간질였다. "아리미눔 남쪽 갈리아 땅이 거의 다 내 소유니까. 이제 그 땅이 공식적으로 움브리아에 편입되는 거요. 이제 나는 이탈리아 전역 최대 지주들 중 하나가 되었소. 어쩌면 내가 최대 지주일지도 모르고. 확실치는 않아요. 이탈리아 갈리아에 토지 소유권이 있는 사람들이 있거든. 우리 예쁜이의 아버님 쪽인 아이밀리우스 스카우루스 집안사람들이나 도미티우스 아헤노바르부스 집안사람들 말이오. 하지만 루킬리우스 가문의 루카니아 땅을 거의 다 내가 상속받은데다, 움브리아 땅과 북부 피케눔 땅에 더해 갈리아 땅의 남쪽 절반도 내 소유가 되니까 분명 이탈리아 본토 내에서 나를 능가할 땅 부자는 없을 거요! 독재관의 조치를 비난하고 다니는 치들이 많지만, 내 입장에서는 그를 비판할 거리가 전혀 없어요."

"당신 땅을 빨리 구경하고 싶어요." 그녀가 둥글게 부푼 배에 손을 얹으며 아쉬운 듯 말했다. "마그누스, 약속해요. 내가 여행할 수 있게 되면 바로 데려가주겠다고요."

두 사람은 긴 의자에 나란히 앉아 있었다. 그는 몸을 돌려 그녀를 부드럽게 밀어서 편안한 자세로 눕혔다. 손가락으로 그녀의 입술을 아프지 않게 꼬집고, 황홀한 표정을 띤 그녀의 얼굴에 키스를 퍼부었다.

"더해줘요!" 그가 키스를 마치자 그녀가 외쳤다.

그의 머리는 그녀 머리 위에 있었다. 믿기지 않을 정도로 푸른 그의 두 눈이 반짝 빛났다.

"그런데 이 욕심꾸러기 꼬마 돼지가 누구지? 이 욕심꾸러기 꼬마 돼지는 혼 좀 나야겠어, 안 그래?"

그녀가 까르르 웃음을 터뜨렸다. 그는 그 웃음소리가 너무 듣기 좋아서 그녀의 몸을 간질였다. 그러나 곧 그녀를 너무 원하게 되어서 자리에서 일어나 물러났다.

"아, 성가셔! 이 짜증나는 아기 때문에!" 그녀가 뾰로통해져 외쳤다.

"우리 귀여운 야옹이 아가씨," 그가 애써 밝게 위로했다. "우리 아기를 갖기 전에 글라브리오의 씨부터 내보냅시다."

폼페이우스는 죽 아내에 대한 성욕을 자제해왔다. 어느 누구도, 특히 아이밀리아 스카우라의 저 뻣뻣하고 오만한 카이킬리우스 메텔루스 가문 친척들이, 그가 그다지 사려 깊고 다정한 남편은 아니란 말을 입 밖에 꺼내지 못하게 할 작정이었다. 폼페이우스는 그 가문의 일원이 되기를 간질히 원했다.

폼페이우스는 한때 마리우스 2세가 프라이키아를 정부로 두었다는 말을 듣고 그 여자의 호화로운 집에 드나들기 시작한 터였다. 폼페이우스는 남이 남긴 음식을 맛보는 걸 특별히 자존심 상할 일로 여기지 않았다. 특히 그 사람이 유명인사거나 대단한 세력가거나 어마어마하게 지체 높은 귀족이라면 더더욱. 거기다 프라이키아는 폼페이우스를 성적으로 만족시킬 줄 알았다. 아이밀리아 스카우라는 자기 차례가 와도 폼페이우스를 그만큼 만족시키지 못할 것이다. 아내들이란 후사를 보는 진지한 작업을 위해 있는 것이다. 불쌍한 안티스티아에게는 그런 기쁨을 누릴 기회조차 주어지지 않았지만.

폼페이우스가 결혼생활을 좋아했다면—실제로 그랬다—아내가 자기에게 흠뻑 빠지도록 만드는 행복한 재주 때문이었다. 그는 아내에게 듣기 좋은 말을 쉬지 않고 늘어놓았다. 최고신관 메텔루스 피우스가 우연히 엿듣기라도 하면 얼마나 실없어 보일지는 개의치 않았다(메텔루스 피우스에게 들릴 만한 데서 그러지 않도록 무척 조심하긴 했다). 또한 그는 늘 즐겁고 다정한 태도를 유지함으로써 아내가 자기를 사랑할 수밖에 없게 만들었다. 반면—영리한 폼페이우스!—아내가 기분이 안 좋을 때면 전부 받아주었다. 소리내어 울거나, 사소한 일로 투덜거리거나, 그를 심하게 비난해도 전부 받아주었다. 안티스티아나 아이밀리아 스카우라는 자기가 남편을 조종한다고 생각했다. 자기가 남편에게 조종당하고 있다는 사실을 꿈에도 몰랐다. 어쨌거나 그대로가 모두에게 좋았다. 모두가 만족했고 불화가 일어날 여지는 없었다.

원로원 최고참 의원을 지낸 스카우루스의 딸을 자기에게 선사해준 술라에게 그는 무한한 감사를 느꼈다. 물론 그 스스로는 자신이 스카우루스의 딸에게 넘치게 좋은 남편감이라고 생각했다. 하지만 무려 술라 같은 사람이 그를 스카우루스의 딸과 맺어지기에 부족함이 없다고 여겼다는 사실은 그의 자부심을 한층 더 높여주었다. 물론 술라 입장에서는 그를 정략결혼으로 자기편에 묶어두는 게 유리하다는 것도 잘 알았다. 하지만 그러한 사실 역시 그의 자부심을 더더욱 높여주었다. 글라브리오 같은 로마 귀족도 독재관이 변덕을 부리면 내쳐지는 판국에, 독재관이 글라브리오에게서 빼앗은 여자를 그에게 줄 정도로 그를 중요하게 여긴 것이다. 술라는 스카우루스의 딸을 (이를테면) 친조카 푸블리우스 술라에게 줄 수도 있었고, 그가 총애해 마지않는 루쿨루스에게 줄 수도 있었다.

폼페이우스는 원로원에 들어가지 않기로 마음을 굳혔다. 하지만 그렇다고 해서 독재관 주변 무리들과 소원하게 지낼 생각은 없었다. 도리어 그는 새로운 목표를 꿈꾸었다. 공화정 역사상 최초로 원로원 의원이 아니면서 집정관급 지휘권을 거머쥐는 유일한 군사 영웅이 될 자신의 모습을 그렸던 것이다. 사람들은 불가능한 일이라고 했다. 사람들은 그를 비웃고 조롱하고 비아냥댔다. 감히 겁도 없이 나이우스 폼페이우스 마그누스에게 그런 태도를 보이다니! 몇 년 안에 그놈들 모두 한 명도 빠짐없이 고통을 느끼게 해주리라. 마리우스처럼 그들을 죽여서는 아니다. 술라처럼 그들의 공권을 박탈해서도 아니다. 그는 놈들에게 자기한테로 올 수밖에 없는 고통을 줄 것이다. 치밀한 술수로 놈들이 비굴해지게 만들 것이다. 그에게 잘 보여야 하는 고통으로 인해 자기모멸에 빠지게 만들어줄 것이다. 폼페이우스에게는 놈들이 죽는 꼴을 보기보다 이편이 훨씬 더 달콤했다!

따라서 폼페이우스는 이 매력 넘치는 아이밀리우스 가문 여자에 대한 욕망을 겨우겨우 자제했다. 대신 프라이기아를 자주 찾아가고, 아이밀리아 스카우라의 뱃속이 다시는 그의 씨가 아닌 것으로 채워질 일은 없으리라 다짐하며 스스로를 달랬다.

아이밀리아 스카우라의 출산 예정일은 12월 초였다. 그런데 10월 말 갑자기 심한 산고가 찾아왔다. 임신 기간을 무사히 보내온 터여서, 이렇게 늦은 시기에 일이 잘못되자 그녀의 주치의들을 포함해 모두가 큰 충격에 빠졌다. 너무 일찍 세상에 나온 탓에 뼈만 앙상했던 사내아이는 태어난 다음날 죽었고, 얼마 지나지 않아 아이밀리아 스카우라 역시 계속되는 출혈로 고통에 시달리다 영원한 망각의 강을 건넜다.

그녀가 죽자 폼페이우스는 가슴이 무너졌다. 그는 그만의 무조건적인 방식으로 진정 그녀를 사랑했다. 만일에 술라가 오직 폼페이우스를 기쁘게 하려는 일념만으로 온 로마를 뒤져 신붓감을 구했다 하더라도, 웃음기 많고 살짝 맹하고 천진하기 이를 데 없는 아이밀리아 스카우라보다 더 나은 여자는 찾을 수 없었을 것이다. 아버지가 도살자라 불렸고 그 자신도 꼬마 도살자라 불리던 폼페이우스는 살면서 죽음을 흔하게 접했다. 그는 연민이나 동정 따위에 쉽게 흔들리지 않았다. 누군가는 살고 누군가는 죽는다. 남자건 여자건 마찬가지다. 확실한 건 없다. 그는 어머니가 죽었을 때도 별로 울지 않았고, 아이밀리아 스카우라가 죽기 전까지는 단 한 번 아버지가 죽었을 때만 큰 충격을 받았을 뿐이었다.

그러나 아내의 죽음은 그에게 너무나 큰 고통이었으며, 아내의 장례식에서 그는 장작불에 뛰어들려고까지 했다. 그가 진심으로 그랬는지 아니면 부분적으로만 진심이었는지, 바로와 술라는 나중에도 확신할 수가 없었다. 그만큼 그는 미친 사람 같았고 슬픔으로 가득차 있었다. 솔직히 말하면 폼페이우스 스스로도 알 수 없었다. 그가 아는 것은 오직 포르투나 여신이 그를 어여삐 여겨 스카우루스의 딸이라는 귀한 선물을 내려줬지만, 그 기쁨을 누릴 수 있기도 전에 다시 낚아채 가버렸다는 사실이었다.

청년은 비참하게 흐느끼며 콜리나 성문을 통과했다. 가까운 이의 갑작스러운 죽음으로 인해 로마를 떠나는 두번째 경험이었다. 첫번째는 아버지의 죽음, 두번째는 아이밀리아 스카우라의 죽음. 이럴 때 북부 피케눔 출신의 폼페이우스에게 가능한 선택은 오직 하나, 귀향뿐이었다.

"현재 로마의 속주는 총 열 개입니다." 술라는 의붓딸의 장례식을 치른 다음날 원로원 의사당에서 말했다. 그는 원로원의 상복 규정에 따라 흰 토가에 원로원 의원의 넓은 자주색 띠가 아니라 기사의 좁은 자주색 띠가 둘린 튜닉을 입고 있었다. 아이밀리아 스카우라가 친딸이었다면 열흘 동안은 공적인 업무에 나서기가 어려웠겠지만 그는 망자와 혈연관계가 없으므로 그 규정은 무시될 수 있었다. 다행이었다. 술라는 일정이 바빴으니까.

"원로원 의원 여러분 앞에서 내가 열거해보겠습니다. 먼 히스파니아 속주, 가까운 히스파니아 속주, 알프스 너머 갈리아 속주, 이탈리아 갈리아 속주, 그리스가 포함된 마케도니아 속주, 아시아 속주, 킬리키아 속주, 키레나이카가 포함된 아프리카 속주, 시칠리아 속주, 코르시카가 포함된 사르디니아 속주입니다. 속주가 열 개이니 총독도 열 명이 필요합니다. 총독이 속주에 1년 이상 머무르지 않는다면 매년 초 속주 열 개에 파견될 총독 열 명이 필요합니다. 당해 임기를 마친 집정관 두 명과 법무관 여덟 명이 그 열 명이 되겠지요."

술라의 눈이 레피두스에게 멈추었다. 그를 쳐다보며 다음 발언을 하려는 것 같았다. 하지만 그냥 무작위로 걸렸다는 것 외에 별다른 이유는 없어 보였다. "앞으로 총독 한 명당 재무관 한 명이 할당됩니다. 시칠리아 속주만 예외적으로 시라쿠사이에 한 명, 릴리바이움에 한 명, 도합 두 명이 할당됩니다. 그러면 재무관 스무 명 중에 이탈리아와 로마에 남는 사람은 아홉 명입니다. 넉넉한 숫자지요. 또한 릭토르, 포고관, 필경사, 서기, 회계원 등 각 속주의 총독 업무에 필요한 공무원들을 일체 국가에서 지원합니다. 원로원은 국고위원회로부터 권고를 받아 각 총독에게 지급할, 이른바 교부금의 구체적인 액수를 정합니다. 이 교부금은 당해에 어떠한 이유로도 증액되지 않습니다. 그러니까 이는 총독의 급여에 해당하는 것으로서 속주에 파견되기 전에 미리 지급됩니다. 총독은 이 돈으로 직원의 급여를 지불하고 업무비를 지출해야 합니다. 1년간의 총독 임기를 마치면 정식 회계보고서를 제출합니다. 그러나 쓰지 않고 남은 돈은 국가에 반환할 의무가 없습니다. 교부금이 총독에게 지급되는 순간 그 돈은 총독 소유이며 그 돈을 어떻게 사용하느냐 또한 전적으로 총독의 재량에 따릅니다. 속주로 떠나기 전에 자기 명의로 로마에 투자하고 싶다면 그것도 가능합니다. 그러나 앞으로 더 들어오는 돈이 없다는 점은 명심해야 합니다! 이 점을 지금 좀더 경고해둘 필요가 있겠습니다. 총독에게 지급된 교부금은 총독 개인의 재산이 되므로, 신임 총독에게 부채가 있을 경우 채권자는 교부금이 지급되자마자 법적으로 그 돈에 선취특권을 행사할 수 있습니다. 따라서 경고하건대, 총독 자리에 오르기를 원하는 사람에게 부채가 있으면 공적인 이력을 쌓는 데 큰 어려움이 있을 겁니다. 무일푼으로 속주에 나가는 총독은 로마에 돌아왔을 때 중대한 형사 기소를 당할 테니까요!"

술라는 장내를 한차례 쏘아보고, 발언을 계속했다.

"전쟁, 속주, 여타 외교 관련 사안에 대한 발언권을 민회로부터 박탈합니다. 이제부터는 민회에서 전쟁이나 속주나 여타 외교 관련 문제를 논의하는 것이 금지됩니다. 민회에 앞서 열리는 집회에서도 마찬가지입니다. 이들 사안은 원로원 고유의 영역이 됩니다." 그는 또 한번 의원들을 쏘아보았다. "앞으로 민회에서는 법안을 통과시키고 선거를 엽니다. 다른 역할은 없습니다. 민회는 재판, 외교, 또는 여타 군사 관련 사안에 발언권이 없습니다."

작은 웅성거림이 일었다. 모두 술라의 뜻을 이해했다. 전통대로라면 술라의 말이 옳았다. 하지만 그라쿠스 형제 시대 이래로 민회는 군사 지휘권과 속주 관할권에 대한 장악력을 점점 넓혀왔다. 나중에는 원로원이 부여한 군사 지휘권과 속주 관할권을 민회가 박탈하는 경우까지 생겼다. 새끼 똥돼지의 아버지가 마리우스에게 아프리카 전쟁 지휘권을 빼앗겼고, 술라도 마리우스에게 미트리다테스 전쟁 지휘권을 빼앗겼다. 그러니 이 새 법안은 환영이었다.

술라는 눈길을 카툴루스에게로 옮겼다. "두 집정관들은 가장 불안정하고 위험하게 여겨지는 속주 두 곳에 파견되어야 합니다. 집정관과 법무관에게 할당되는 속주는 추첨으로 정합니다. 그리고 로마가 대외적인 명성을 유지하려면 특정 조약들은 반드시 준수되어야 합니다. 속주나 피호국 왕에게서 선박이나 함대를 징발했다면, 징발 비용을 당해 공세에서 제해주어야 합니다. 군인이나 군수품 징발에도 역시 같은 법이 적용됩니다."

오랫동안 겁먹은 생쥐처럼 웅크려 있던 마르쿠스 유니우스 브루투스가 용기를 냈다. "총독이 속주에서 한창 전쟁을 치르는 도중에 1년 임기가 끝날 수도 있을 겁니다. 그런 경우에도 총독 직에서 물러나야 합니까?"

"아닙니다." 술라가 대답했다. 그는 침묵하며 잠시 생각한 뒤 이어 말했다. "심지어 원로원이 당해 집정관들을 모두 외국과의 전쟁에 내보낼 수밖에 없는 경우도 있을 겁니다. 로마가 사방에서 공격받을 경우 그러한 상황을 피하기란 어려울 겁니다. 그럴 때는 외국과의 전쟁에 당해 집정관들을 내보내거나 총독 임기를 연장해야 하겠지만, 그 결정을 내리기에 앞서 다른 대안은 없는지 원로원이 매우 신중하게 고려해달라는 말씀을 드릴 수밖에 없겠습니다."

마메르쿠스가 발언하려고 손을 들자 다른 의원들이 귀를 쫑긋 세웠다. 그가 술라의 꼭두각시 질의자라는 것을 모르는 자는 없었다. 술라가 질의응답 형식을 통해 소개하는 게 가장 좋겠다고 생각한 내용을 질문하려는 모양이었다.

"가상의 상황을 상정해도 되겠습니까?" 마메르쿠스가 물었다.

"아무렴!" 술라가 시원스럽게 대답했다.

마메르쿠스가 자리에서 일어섰다. 그해 외인 담당 법무관으로서 고등 정무관에 속했던 그는 다른 고등 정무관 동료들과 함께 의사당 한쪽 끝에 놓인 단상에 앉아 있었다. 따라서 그가 일어섰을 때 모두가 그의 모습을 볼 수 있었다. 발언시 돌아다니는 것을 금지하는 술라의 새로운 법에 따라, 모든 의원들에게 모습이 보이는 것은 고등 정무관 단상에 앉은 자들뿐이었다.

"이런 해를 가정해봅시다." 마메르쿠스가 조심스럽게 말했다. "로마가 정말로 사방에서 공격을 받고 있습니다. 당해 집정관과 법무관 전부가 자기 임기 동안 싸우러 나갔다고 합시다. 또는 당해 집정관들이 전쟁에 내보내기에 군사적 능력이 부족할 수도 있겠습니다. 아니면 총독이 부족하다고 가정해봅시다. 총독 한두 명이 야만족에 살해되었거나 다른 이유로 때 이른 죽음을 맞이한 거지요. 그런데 원로원 내에 군사 지휘권이나 속주 관할권을 위임받을 의지나 여유가 있는 자가 한 명도 없다고 해봅시다. 민회는 이러한 사안과 관련해 논의를 하거나 결정을 내릴 권한이 박탈되었으니, 이 문제는 전적으로 원로원에서 해결해야 합니다. 원로원은 이럴 때 어떻게 해야 합니까?"

"오, 참으로 훌륭한 질문입니다, 마메르쿠스!" 술라는 마치 이 질문을 고안해낸 것이 자기가 아닌 양 크게 감탄했다. 그는 손가락을 꼽으며 질문을 차근차근 정리했다. "로마가 사방에서 공격을 받고 있습니다. 동원 가능한 현직 고등 정무관이 없습니다. 전직 집정관이나 전직 법무관도 없습니다. 경험과 능력이 충분한 다른 원로원 의원도 없습니다. 그러나 로마에는 군사령관이나 속주 총독이 추가로 필요합니다. 맞습니까? 내가 맞게 이해했습니까?"

"맞습니다, 루키우스 코르넬리우스." 마메르쿠스가 엄숙히 대답했다.

술라는 천천히 말했다. "그럴 때에는 적임자를 찾아 눈을 원로원 밖으로 돌려야 하겠지요, 안 그렇겠습니까? 그러한 상황은 통상적 방식으로 해결할 수 없습니다. 이례적 방식으로 해결책을 찾아야 하지요. 달리 말해서 이런 때 원로원의 임무는 로마를 샅샅이 뒤져서 특기할 만한 능력과 경험을 가진 자를 찾고, 군사 지휘권이나 속주 관할권을 위임받기 위해 필요한 모든 법적 권한을 그에게 주는 것입니다."

"심지어 그가 해방노예라도 말입니까?" 마메르쿠스가 놀라서 물었다.

"심지어 그가 해방노예라도 말입니다. 그보다는 기사나 백인대장일 가능성이 더 높겠지만요. 나는 백인대장 신분으로 아주 위태로운 상황에서 아군의 후퇴를 지시하고 풀잎관을 받은 자를 압니다. 그는 후에 고등 정무관이 되어 자주색 단을 댄 토가까지 입었습니다. 그의 이름은 마르쿠스 페트레이우스입니다. 그가 아니었다면 무수한 사람들이 목숨을 잃었을 것이고, 그가 속한 군대는 다시는 전쟁에 나갈 수 없었을 겁니다. 그는 원로원에 입성했고 이탈리아 전쟁 때 명예롭게 전사했습니다. 그의 아들은 내가 새로 임명한 원로원 의원들 중에 속해 있지요."

"그렇지만 원로원 의원이 아닌 자에게 군대를 지휘하거나 속주를 관할할 임페리움을 부여할 법적 권한은 원로원에 없습니다!" 마메르쿠스가 이의를 제기했다.

"내가 제정한 새 법에 따라 원로원에는 그러한 법적 권한이 부여될 것입니다. 이것은 사실 매우 합당한 조치입니다." 술라가 말했다. "이러한 방식으로 위임된 속주 관할권이나 군사 지휘권을 '특별 직권'이라고 부르겠습니다. 그리고 나는 이 특별 직권을 승인하는 데 필요한 권한을 원로원에 부여하겠습니다. 이 특별 직권에는 맡은 임무를 수행하기 위해 필요하다고 판단되는 등급의 임페리움이—얼마나 높은 등급이건 상관없이 무조건!—포함됩니다. 로마 시민이라면 누구나, 심지어 해방노예라도 특별 직권을 위임받을 수 있습니다."

"이건 또 무슨 꿍꿍이입니까?" 필리푸스가 원로원 최고참 의원 플라쿠스에게 투덜댔다. "이런 소리는 난생처음 듣습니다!"

"나도 궁금합니다. 전혀 모르겠어요." 플라쿠스가 속삭여 대답했다.

하지만 술라는 알고 있었다. 마메르쿠스도 짐작했다. 이것은 나이우스 폼페이우스 마그누스를 묶어두는 또다른 방법이었다. 그는 원로원에 들어오기를 거절했지만, 그의 부친 수하에서 복무했던 노련한 병사들은 여전히 무시해선 안 될 군사력이었다. 술라는 누구든 로마에 군대를 끌고 들어오는 것을 그냥 두고보지 않을 생각이었다. 그 전례는 자신이 마지막이 되도록 하겠다고 술라는 굳게 다짐했다. 따라서 시대가 바뀌어 폼페이우스가 위협이 되는 때가 오면, 책임 있는 법적 기관인 원로원이 폼페이우스의 상당한 재능을 합법적으로 이용할 통로가 열려 있어야 했다. 술라가 입법하려는 것은 더없이 상식에 준하는 내용이었다.

"반역죄를 정의하는 일이 남았습니다." 며칠 후 독재관이 말했다. "새 법정들이 수립되기 전에는, 반역죄가 페르두엘리오 대반역죄에서 경반역죄에 이르기까지 다양한 종류로 나뉘었습니다. 그러나 사실상 이

것들은 구분이 모호합니다. 앞으로 반역죄는 모두 새로 수립되는 상설 법정에서 처리합니다. 잠시 후에 설명하겠지만, 반역죄는 속주 관할권이나 외국과의 전쟁 지휘권을 수여받은 자에 한해 적용됩니다. 만일 로마의 민간인이 로마나 이탈리아에서 반역을 꾀했다면 그것은 민회에서 재판을 열어 죄인을 심판하는 유일한 경우가 될 것입니다. 죄인은 백인조회에서 페르두엘리오 유죄판결을 받고 구(舊)제도 형벌인 사형을 언도받습니다. 그리고 불운의 나무에 걸린 십자가에 매달립니다."

술라는 사람들이 자기 말을 충분히 이해할 수 있도록 잠시 기다렸다가 말을 이었다. "다음 사항을 위반하면 전부 반역죄에 해당합니다.

속주 총독은 관할 속주를 벗어날 수 없다.

속주 총독은 수하의 군대를 관할 속주의 경계 밖으로 내보낼 수 없다.

속주 총독은 먼지 전쟁을 일으킬 수 없다.

속주 총독은 원로원의 정식 인가 없이 피호국의 영토를 침범할 수 없다.

속주 총독은 타국의 정세에 영향을 끼치려는 목적으로 피호국의 왕 또는 그 어떤 외국 기관과도 모의를 꾀할 수 없다.

속주 총독은 원로원의 동의 없이 추가로 모병할 수 없다.

속주 총독은 원로원의 정식 동의 없이 관할 속주의 지위를 바꿀 결정을 내리거나 칙령을 발표할 수 없다.

속주 총독은 원로원이 지명한 후임자가 관할 속주에 도착한 뒤 그곳에 30일을 초과하여 머무를 수 없다.

이상입니다." 술라가 미소를 지었다. "다행인 점은 로마의 신성경계선을 넘기 전까지 총독의 임페리움이 유지된다는 것입니다. 이 사항은 늘 지켜져왔지요. 그 점을 이 자리에서 다시 한번 확인합니다."

"납득할 수 없습니다." 레피두스가 분개하여 말했다. "이런 세세한 규칙이나 조항이 왜 필요합니까!"

"오, 레피두스," 술라가 피곤하다는 듯 말했다. "지금 여기 앉아 있는 나를 보면서도 그런 말을 합니까. 나를 보시오! 내가 바로 그 금지 행위들을 숱하게 저지른 장본인이오! 내 경우엔 그게 정당했습니다! 내 정당한 임페리움과 지휘권을 박탈당했으니까! 나는 이 자리에서 타인의 정당한 임페리움과 지휘권을 박탈하지 못하게 하는 법을 세우는 겁니다! 따라서 내가 과거에 처했던 상황은 이제 다시는 벌어질 수 없습니다. 그러므로 앞서 내가 열거한 금지 조항 중 어느 하나라도 어기면 반역죄에 해당합니다. 어느 누구도 로마에 진군하거나 관할 속주에서 군대를 데리고 로마로 향하는 것을 고려해서는 안 됩니다. 그런 시절은 끝났습니다. 여기 앉아 있는 내가 살아 있는 증인입니다."

10월의 스물여섯번째 날 술라의 조카, 즉 술라 누이의 차남인 섹스투스 노니우스 수페나스가 훗날 연례 승전 경기대회로 자리잡게 될 빅토리아 경기대회를 최초로 개최했다. 행사는 콜리나 성문 전투 기념일인 11월의 첫번째 날에 대경기장에서 막을 내렸다. 전반적으로 나쁘지 않았지만 그리 대단할 것도 없는 행사였다. 단, 100여 년 만에 처음으로 열린 트로이아 경기만큼은 큰 화제를 불러일으켰다. 복잡한 승마 묘기를 귀족 혈통의 청년들이 선보인다는 것은 무척 새로운 개념이어서 관객들로부터 큰 사랑을 받았던 것이다. 그러나 그리스 쪽에서는 이 행사가 달갑지 않았다. 운동선수, 무희, 악사, 연희자를 수페나스가 싹 쓸

어간 탓에 비슷한 시기 올림피아에서 개최된 올림피아 경기대회가 그야말로 엉망이 되었기 때문이다. 그리고 화제의 추문이 있었다. 안토니우스 오라토르의 차남 가이우스 안토니우스 히브리다가 경주에서 직접 전차를 몬 사건을 두고 뒷말이 무성했던 것이다. 귀족이 트로이아 경기에 참가하면 사회적으로 찬사를 받았지만, 직접 전차를 모는 행동은 사회적으로 지탄을 받았다.

12월의 칼렌다이에 술라는 차기년도 정무관 명단을 발표했다. 그 자신이 수석 집정관이었고 퀸투스 카이킬리우스 메텔루스 피우스, 새끼 똥돼지가 차석 집정관이었다. 그동안의 충성은 마침내 보상을 받았다. 큰 돌라벨라는 관할 속주로 마케도니아를 받았고 작은 돌라벨라는 킬리키아를 받았다. 작은 돌라벨라는 추첨으로 가이우스 푸블리키우스 말레올루스를 재무관으로 할당받았는데도, 꼭 가이우스 베레스를 선임 보좌관으로 데려가겠다고 고집을 부렸다. 루쿨루스는 아시아 속주 총독인 테르무스의 수하에서 동방에 머물렀지만, 가이우스 스크리보니우스 쿠리오는 법무관 직을 할당받고 로마로 돌아왔다.

이제 술라로서는 가장 크고 어려운 사업을 시작해야 했다. 바로 자신의 퇴역병들에게 토지를 나눠주는 일이었다. 독재관은 앞으로 2년간 총 23개 군단에 속한 12만 명의 병사를 동원 해제할 생각이었다. 과거 그가 집정관이던 해에 이탈리아 전쟁이 끝나고 자기 퇴역병들에게 반란 도시 폼페이, 파이술라이, 하드리아, 텔레시아, 그루멘툼, 보비아눔의 토지를 나누어준 적이 있긴 했지만 그때 일은 이번에 비하면 아무것도 아니었다.

퇴역병 토지분배 사업은 꼼꼼하게 진행되었다. 복무 기간, 군대 계급, 무공에 따라 보상이 차등 지급되었다. 미트리다테스 전쟁 군단에 소속되었던 최고참 백인대장들은 무공훈장을 수두룩하게 받았을 뿐 아니라 노른자위 토지를 일인당 500유게룸씩 받은 반면, 카르보 수하의 군단에 속해 있다가 술라에게 투항한 일반 사병들은 가장 적은 수당에 만족해야 했다. 그들은 보잘것없는 토지 10유게룸을 받는 데 그쳤다.

술라는 몰수된 에트루리아 땅으로 시작했다. 볼라테라이와 파이술라이에 속했던 땅이었던 이들 지역은 이중으로 벌을 받은 셈이었다. 에트루리아에서는 술라에 저항하는 게 이제 일종의 전통이 되어버렸기 때문에, 처음에 그는 퇴역병들이 자기들끼리 마을을 이루도록 몇 군데에 모아두는 대신 광범위하게 흩어놓았다. 앞으로 있을 반란을 쉽게 진압하려는 계산에서였다. 그러나 이것은 실수였다. 볼라테라이가 거의 즉시 들고일어나 술라의 퇴역병들에게 린치를 가한 뒤 성문을 굳게 잠그고 포위전 대비에 돌입한 것이다. 볼라테라이는 깊은 협곡에 위치해 있었고, 협곡 중앙에 자리한 정상은 높고 평평했다. 볼라테라이 주민들은 장기전을 각오했다. 술라는 직접 가서 포위 장벽을 세웠지만, 석 달을 머무른 뒤 볼라테라이 진압이 얼마나 길고 지치는 싸움이 될 것인지 예감하고 로마로 돌아갔다.

하지만 그는 이번 일에서 교훈을 얻어 퇴역병 배치 방식을 바꾸었다. 현지에서 거센 반란이 일어날 경우 퇴역병들을 쉽게 소집할 수 있도록 몇 개 거류지에 집중 배치한 것이다. 해외에서는 코르시카 섬에서 이 방식이 최초로 시도되었다. 술라는 이곳에 퇴역병 거류지 두 군데를 조성해 코르시카 섬을 문명화하고 이 지역의 고질적인 문제인 강도질을 근절하고자 했다. 그러나 그것은 헛된 희망이었다.

새 법정들은 순조롭게 자리를 잡았다. 새로운 재판 방식은 법조계의 떠오르는 샛별 마르쿠스 툴리우스 키케로에게 완벽한 무대를 제공했다. 민회의 재판 환경에서 한창 잘나갔던 퀸투스 호르텐시우스는 소수만 참여하는 옥외 법정 환경에 적응하느라 고전했다. 반면 키케로에게 새 법정은 이상적인 공간이었다. 그해 말 키케로는 사전 심리에서 단독 변호인으로 출석했다. 재판장은 수도 담당 법무관인 작은 돌라벨라였다. 심리 목적은 해당 재판을 진행하기에 앞서 스폰시오, 즉 공탁금을 예치해야 하는지 여부를 판단하기 위해서였다. 키케로의 상대측 변호인단은 막강했다. 무려 호르텐시우스와 필리푸스였다. 그러나 키케로가 이겼고 호르텐시우스와 필리푸스는 졌다. 키케로는 법조계에서 가히 경쟁자가 없는 전성기를 구가하기 시작했다.

술라와 메텔루스 피우스가 각각 수석 집정관과 차석 집정관 자리에 오른 해 6월, 스물여섯 살의 파트리키 귀족 청년 마르쿠스 발레리우스 메살라 니게르는 좋은 동갑 친구 마르쿠스 툴리우스 키케로에게 자신의 친구이자 피호민인 한 남자의 변론을 맡아달라고 부탁했다.

"섹스투스 로스키우스 2세, 아메리아 사람이야." 메살라 니게르가 키케로에게 말했다. "부친 살해 혐의로 기소되었어."

"오!" 키케로는 깜짝 놀랐다. "친애하는 니게르, 자네도 실력 있는 변호인이니 직접 맡지그래? 살인 사건은 벌이가 좋은데다 아주 쉽잖아. 정치색이 없으니까."

"그건 자네 생각이지." 메살라 니게르가 단호히 말했다. "이건 정치적으로 매우 위험한 사건이야. 끝이 날카로운 창이 가득 꽂힌 함정이나 다름없어! 이번 건에서 승소를 이끌어낼 사람은 단 한 명, 마르쿠스 툴리우스 자네뿐이야. 호르텐시우스도 몸서리치며 거절했어."

키케로가 허리를 바짝 세우고 앉았다. 암갈색 눈동자에 흥미로운 빛이 반짝 스쳤다. 그는 평소 습관처럼 고개를 숙이고 눈썹 아래에서 니게르를 향해 날카로운 시선을 던졌다. "살인 사건이 그렇게 복잡하다니? 어째서?"

"누가 됐든 아메리아의 로스키우스 변호에 나서는 사람은 술라의 공권박탈 조치에 대한 정면 공격을 피할 수 없어." 메살라 니게르가 말했다. "로스키우스를 구하려면 필연적으로 술라와 그의 공권박탈 조치가 정치적으로 완전히 부패했음을 증명해야 해."

아랫입술이 두꺼운 커다란 입이 오므라들며 소리 없이 휘파람을 불었다. "맙소사!"

"그래, 맙소사야. 그래도 관심 있어?"

"글쎄……." 키케로는 인상을 찌푸렸다. 마음속으로 갈등하는 중이었다. 무엇보다도 목숨을 부지해야겠지만, 바로 이렇게 어려운 사건에서 승리를 거두어야 법조계에서 승리의 월계관을 차지할 수 있었다. "더 이야기해봐. 듣고 생각해볼게."

니게르는 키케로의 흥미를 더 자극하기 위해 영리하게 이야기를 꺼냈다. "섹스투스 로스키우스는 나와 동갑이고, 학창 시절부터 서로 알고 지냈어. 군대에서는 여섯 번의 전투를 함께 치렀지. 처음에는 루키우스 카이사르 밑에서, 그다음엔 캄파니아의 술라 밑에서. 로스키우스의 부친은 아메리아 땅을 대부분 소유하고 있었어. 티베리스 강변에 건물이 열세 채나 있는 대부호였지! 로스키우스는 그의 유일한 아들이었어. 그런데 사촌이 둘 있어. 큰아버지의 아들들이지. 바로 그들이 이 사건의 원흉들이야. 아버지 로스키우스는 연초 로마에 왔다가 살해되었어. 사촌들이 그랬는지 로스키우스가 그랬는지, 그건 나도 몰라. 둘 다가능성은 있지만 확실치는 않아." 메살라 니게르는 얼굴을 찡그렸다. "확실한 건 로스키우스의 부친이 살해되었다는 소식을 아메리아에 전한 게 사촌들의 정보원이라는 거야. 사실 그게 이 사건에서 가장 의구심이 드는 부분이기도 한데, 이상하게도 그 정보원이 로스키우스에게는 아무 말이 없었단 말이지! 그 소식을 사촌들한테만 전했다고. 그리고 그 사촌들은 내 친구 로스키우스의 전 재산을 빼돌릴 궁리를 하기 시작했지."

"내막이 슬슬 보이는군." 키케로가 말했다. 그의 두뇌는 사내들의 배신을 둘러싼 범죄 사건에서 비상한 재주를 발휘했다.

"볼라테라이가 막 반란을 일으킨 터라 술라가 그곳에 가서 초기 작전을 수행하고 있었지. 크리소고노스도 그를 동행했고."

크리소고노스라는 인물에 대해 키케로에게 따로 설명할 필요는 없었다. 로마인이라면 누구나 이 악명 높은 관리를 잘 알았다. 술라의 공권박탈 조치와 관련된 모든 명단과 서책과 자료를 관할하는 자였다.

"로스키우스의 사촌들은 말을 몰아 볼라테라이에 가서 크리소고노스와 면담을 했어. 크리소고노스는 기꺼이 거래를 맺었지. 물론 엄청난 대가를 받아 챙겼고. 그는 과거에 발표된 공권박탈자 명단을 위조해서 죽은 로스키우스 부친의 이름을 넣어주기로 했어. 그러고는 마치 살인사건 보고서를 '우연히' 보고 그 이름이 명단에 있는 것을 '우연히' 떠올린 척해주기로. 일이 그렇게 된 거야. 무려 600만 세스테르티우스에 달했던 로스키우스 부친의 건물들은 즉각 크리소고노스의 주관하에 경매에 부쳐졌고 크리소고노스가 직접 그 부동산을, 세상에, 겨우 2천에 사들였지."

"악당 같으니, 정말 대단하군!" 키케로가 소리쳤다. 포수의 사냥개처럼 신이 난 모습이었다.

"천만에! 난 그자를 혐오해!" 메살라 니게르가 말했다.

"그래, 맞아, 혐오스러운 인간이지! 그래서 다음에 어떻게 되었지?"

"이 모든 일이 로스키우스가 부친이 돌아가신 걸 알기도 전에 일어났지. 그가 처음 이 소식을 접하게 된 건 사촌 2가 크리소고노스의 공권박탈 조치 교서를 들고 나타나 그를 아버지 건물에서 쫓아내면서였어. 크리소고노스는 건물 열세 채 중에 열 채를 자기가 챙기고 사촌 2를 그 건물들의 입주 관리자로 두었어. 나머지 세 채는 이 일에 대한 대가로 곧바로 사촌 1한테 주었지. 그러니까 불쌍한 로스키우스에게는 두 가지 불운이 한꺼번에 닥친 거야. 부친이 몇 달 전에 공권박탈자 명단에 올랐을 뿐만 아니라 얼마 전에 살해되었단 사실을 그제야 안 거지."

"로스키우스는 그 거짓말을 전부 믿었어?"

"그대로 믿었지. 어떻게 안 믿겠어? 돈깨나 있는 사람은 로마에 살건 아메리아에 살건 누구나 자기 이름이 공권박탈자 명단에 오르리라고 생각했어. 그러니 로스키우스는 그대로 믿었지! 그리고 아버지 건물에서 나갔어."

"그러면 수상한 냄새를 누가 맡았나?"

"마을 장로들." 메살라 니게르가 말했다. "아들은 아버지의 인간됨이나 진가를 결코 아버지의 친구들만큼 알지 못해. 당연한 이치야. 친구는 부자관계에 흔히 수반되는 정서적인 왜곡 없이 그 사람을 있는 그대로 보잖아."

"맞는 말이야." 키케로가 말했다. 그 역시 자기 아버지와 잘 지내지 못했다.

"그래서 로스키우스 부친의 친구들이 회의를 열었고, 그의 집안은 마리우스나 킨나나 카르보와 전혀 관계가 없음을 확인했지. 그들은 볼라테라이로 가서 술라와 직접 면담하기로 의견을 모았어. 공권박탈자 명단에서 로스키우스 부친의 이름을 삭제하고 로스키우스가 부친의 재산을 상속받게 해달라고 간청하기로 한 거야. 그렇게 증거를 잔뜩 들고 즉시 길을 나섰지."

"두 사촌 중에 누가 그들과 같이 갔나?" 키케로가 예리하게 물었다.

"그래, 맞아." 메살라 니게르가 빙긋 웃으며 말했다. "사촌 1이 그들과 함께 갔어. 대담하게도 자기가 되레 앞장을 섰지! 그러는 동안 사촌 2는 전속력으로 볼라테라이로 말을 몰아가 크리소고노스에게 상황을 알렸고. 그래서 그 사람들은 술라를 전혀 만나보지 못했어. 크리소고노스가 도중에 그들을 불러세우고 자초지종을 들었지. 잔뜩 들고 온 증거도 그가 다 가져갔고 말이야! 그러고는 자기가 직접 독재관을 만나서 공권박탈자 명단에서 그를 지워주겠다고 약속했어. 걱정 붙들어 매라며 큰소리쳤지! 자기가 다 바로잡아서 로스키우스가 선친의 재산을 상속받게 하겠다고."

"그 말을 지껄이는 사람이 그 열세 채 중 열 채의 진짜 소유주일 수 있단 걸 아무도 생각지 못했단 말이야?" 키케로가 믿을 수 없다는 듯 물었다.

"아무도 생각 못했어, 마르쿠스 툴리우스."

"이 시대의 징후를 보여주는 일화로군, 안 그래?"

"안타깝게도 그래."

"계속해줘."

"그러고 두 달이 지났어. 로스키우스 부친의 친구들은 깜빡 속았다는 걸 깨달았지. 공권박탈 조치 교서 취소장도 내려오지 않았고, 사촌 1과 사촌 2는 압수된 건물에서 그곳이 마치 자기들 집인 양 산다는 걸 안 거야. 조사를 좀 해보니 사촌 1이 건물 세 채를 직접 소유하고 있고, 나머지 열 채는 크리소고노스 것이었지. 모두가 겁에 질렸어. 이 흉악한 범죄에 술라도 연루되어 있으리라고 추측한 거야."

"자네도 그렇게 생각해?" 키케로가 물었다.

메살라 니게르는 오랫동안 생각하더니 결국 고개를 저었다. "아니, 키케로, 그럴 것 같진 않아."

"왜?" 타고난 변호인 키케로가 물었다.

"술라는 냉정한 사람이야. 솔직히 나는 그가 무서워. 그는 젊었을 때 돈을 노리고 여자들을 살해했다고도 하고, 그 여자들의 시체를 넘어 원로원에 입성했다는 소문도 있어. 하지만 나는 군대에 있을 때 술라를 직접 봤어. 물론 계급이 낮았으니까 그리 가까이서 본 건 아니지. 하지만 그는 늘 분주하게 돌아다니면서 손에서 일을 놓지 않았어. 나는 그가 귀족적인 양심을 지닌 사람이라고 판단했어. 내 말이 무슨 뜻인지 알겠어?"

키케로는 얼굴이 살짝 붉어지는 것을 느꼈지만 아무렇지 않은 척했다. 파트리키 귀족 마르쿠스 발레리우스 메살라 니게르가 귀족적인 양심이라는 말을 무슨 뜻으로 하는지 아느냐고? 알고말고! 신진 세력인 키케로보다 그 말을 더 잘 이해하는 사람은 없으리라. 그는 메살라 니게르나 술라 같은 파트리키들을 늘 선망했다.

"알 것 같아." 그가 말했다.

"술라에게는 어두운 면이 있어. 그는 필요하다면 자네나 나까지도 거리낌없이 죽일걸. 하지만 설사 그가 우리를 죽이더라도 그건 뭔가 파트리키다운 이유가 있어서일 거야. 티베리스 강변의 화려한 건물 열세 채 따위가 탐이 나서는 아닐 거라고. 물론 그도 기분이 내키면 공권박탈자 몰수 재산으로 열리는 경매에 참석해서 부동산을 헐값에 사들이기도 하겠지. 그가 그러지 않을 거란 말은 아니야. 그렇다고 해서 그가 다른 무엇도 아닌 자신의 정치적 명성을 위태롭게 하면서까지 불명예스러운 방법으로 자기나 자기 해방노예의 배를 불릴 궁리를 한다? 아니, 난 그러진 않을 거라고 봐. 술라에게는 명예가 중요해. 나는 그걸 그의 법에서 느꼈어. 아주 명예로운 법들이야. 호민관의 권력을 모두 제거해버린 것에는 전적으로 동의할 수 없지만, 입법 절차 자체는 합법적이고 공개적이었어. 그는 로마의 파트리키 귀족이야."

"그러니까 술라는 전혀 모를 것이란 말이지." 키케로가 생각에 잠긴 듯 말했다.

"나는 그게 진실일 거라 믿어."

"이야기를 마저 해줘, 미르쿠스 발레리우스."

"아메리아의 마을 장로들이 술라가 음모에 연루되어 있다고 생각하게 되었을 무렵, 내 친구 로스키우스가 좀더 자기 목소리를 내기 시작했어. 그 불쌍한 친구는 정말이지 몇 달 동안 아무 말도 못하고 있었거든. 무슨 말이든 꺼내기까지 꽤 긴 시간이 걸렸지. 그런데 로스키우스가 목소리를 내기 시작한 후 그 친구에 대한 살해 시도가 몇 차례 있었어. 그래서 로스키우스는 두 달 전 로마로 피신해서, 부친의 오랜 친구로 이제는 은퇴한 베스타 신녀인 메텔라 발레아리카를 찾아갔어. 자네도 알지. 메텔루스 네포스의 누이 말이야. 다른 누이는 아피우스 클라우디우스 풀케르와 결혼했잖아. 그리고 그 섬뜩한 괴물 같은 아이 푸블리우스 클로디우스를 낳고 죽었지."

"계속해, 니게르." 키케로가 부드럽게 말했다.

"로스키우스가 메텔루스 네포스나 카이킬리아 메텔루스 가문의 은퇴한 베스타 신녀 같은 유명인사들과 알고 지낸다는 사실에 두 사촌은 밤잠을 설쳤나봐. 그 둘은 로스키우스가 이제 곧 술라를 직접 만나겠구나 생각했어. 하지만 감히 로스키우스를 죽일 엄두는 내지 못했지. 카이킬리우스 메텔루스 가문에서 조사를 요구해 자기들 죄가 발각될까봐 두려웠거든. 그래서 사촌들은 로스키우스의 평판에 흠집을 내야겠다고 마음먹고 그가 아버지를 죽였다며 범죄 증거를 조작했어. 자네 에루키우스라는 자 알지?"

키케로의 얼굴이 경멸로 일그러졌다. "그자를 누가 모르겠어? 전문 고발꾼이잖아."

"응. 에루키우스가 나서서 로스키우스를 부친 살해 혐의로 고소했어. 죽은 부친의 노예들을 목격자로 내세웠지. 물론 그 노예들은 선친의 재산과 함께 크리소고노스에게 팔린 자들이야. 그러니 그들이 진실을 말할 리가 있겠어? 에루키우스는 실력 있는 변호인이 로스키우스의 변론에 나설 리 없다고 확신하고 있어. 변호인들이 하나같이 겁에 질렸으니 어떻게 감히 술라 앞에서 공권박탈 조치를 비난할 수 있겠냐고 생각하는 거지."

"그렇다면 에루키우스는 각오를 단단히 해야겠군." 키케로가 당당한 기세로 말했다. "내가 흔쾌히 자네 친구 로스키우스의 변호를 맡겠네."

"술라의 심기를 거스를까봐 걱정되지 않아?"

"흥, 말도 안 되는 소리! 어떻게 하면 될지 정확히 알아. 내게 맡겨둬! 솔직히 술라는 나한테 고마워하게 될걸." 키케로가 태평스럽게 말했다.

새로운 살인 법정에서 이미 몇 건의 재판이 치러졌지만, 아메리아 출신의 섹스투스 로스키우스 존속살해 사건은 단연 큰 화제를 불러일으켰다. 술라의 법 규정에 따르면 이 사건 재판은 전 조영관이 맡아야 했지만, 그해에는 법무관 마르쿠스 판니우스가 재판장을 맡았다. 키케로는 대담하게도 1차 공판에서 로스키우스의 이야기를 공개하고, 자신의 주요 변론은 술라의 공권박탈 조치의 부정부패를 파헤치는 데 있을 것임을 배심원과 방청객 모두에게 분명히 했다.

그리고 최종 재판일이 왔다. 키케로가 배심원단 앞에서 최종 연설을 하는 날이었다. 그날 법정의 판사석 옆에 놓인 상아 대좌에는 루키우스 코르넬리우스 술라가 앉아 있었다.

독재관이 왔다는 사실에도 키케로는 일말의 동요가 없었다. 아니, 오히려 그 사실이 그때까지 꿈도 꾸지 못했던 수준의 화려하고 유창한 웅변술을 이끌어냈다.

"이 추악한 사건의 범인은 총 세 명입니다." 열렬히 웅변하는 키케로의 눈길은 배심원단이 아닌 술라를 향해 있었다. "피고의 사촌 티투스 로스키우스 카피토와 티투스 로스키우스 마그누스는 죄가 뚜렷하지만, 그들은 주범이 아닙니다. 그들이 한 짓은 공권박탈 조치가 없다면 불가능했습니다. 이 사건의 주범은 루키우스 코르넬리우스…… 크리소고노스입니다." 그가 말했다. 두번째와 세번째 이름 사이에 너무 길게 쉬는 바람에, 메살라 니게르조차 그가 '술라'라고 말하려는 줄 알았다.

키케로가 변론을 계속했다. "이 '황금동자' 크리소고노스는 정확히 어떤 사람입니까? 제가 말씀드리겠습니다! 그는 그리스인입니다. 그 점이 수치스러울 것은 없지요. 그는 과거에 노예였습니다. 그 점에도 수치스러울 것이 없습니다. 그는 해방노예입니다. 그 점에도 수치스러울 것이 없습니다. 그는 루키우스 코르넬리우스 술라의 피호민입니다. 그 점에도 수치스러울 것이 없습니다. 그는 돈 많은 부자입니다. 그 점에도 수치스러울 것이 없습니다. 그는 힘있는 권력자입니다. 그 점에도 수치스러울 것이 없습니다. 그는 공권박탈 조치의 총괄 책임자입니다. 그 점에도 수치스러울 것이 없습니다, 어이쿠! 어이쿠, 어이쿠! 고명하신 원로원 의원 여러분께, 용서를 구합니다! 수사학적 반복을 지나치게 오래 구사하다보면 무슨 일이 벌어지는지 다들 보셨습니다! 그냥 가던 대로 휩쓸려 가버린다니까요! 이러다가는 몇 시간째 '그 점에도 수치스러울 것이 없습니다'만 줄줄 읊었겠습니다! 오, 제 스스로 파놓은 수사학의 깊은 계곡에 말려들 뻔했어요!"

인상적으로 서두를 연 키케로는 잠시 말을 끊고, 자신이 지금 이 순간을 한껏 즐기고 있음을 느꼈다. "다시 말해보겠습니다. 그는 공권박탈 조치의 총괄 책임자입니다. 그리고 바로 그 점에 실로 무시무시한, 광대한, 천상의 신들을 분노케 할 수치스러움이 있습니다! 여러분 모두는 고관 의자에 앉은 이 걸출한 분이 보이십니까. 로마의 모든 미덕의 훌륭한 모범, 대적할 자 없는 뛰어난 장군, 국정 운영을 새로운 단계로 끌어올린 법률가, 코르넬리우스 가문이라는 화려한 영관에 박힌 빛나는 보석! 여러분은 보이십니까? 여기 세속에 초연한 제우스 신처럼 차분히 앉아 있는 이분이 보이십니까? 모두 이분을 눈여겨보십시오!"

이제 키케로는 술라로부터 시선을 거두고, 눈썹 아래에서 배심원단을 향해 날카로운 시선을 던졌다. 나무막대같이 앙상한 그는 심지어 토가를 갖춰 입고도 말라 보였다. 그러나 그는 탑처럼 높아 보였고, 헤르쿨레스의 근육과 아폴로의 위엄을 지닌 듯했다.

"몇 해 전 이 훌륭한 분께서는 노예를 하나 샀습니다. 그리고 집사로 삼았지요. 일을 시켜보니 집사로서 아주 뛰어났습니다. 지금은 고인이 된, 이 훌륭한 분의 부인이 로마에서 그리스로 피해야 했을 때 그 집사가 부인을 돕고 위로했지요. 우리의 위대한 루키우스 코르넬리우스 술라께서 이탈리아 반도를 거인처럼 활보할 때 그의 집사는 그의 식솔들, 그러니까 이분의 부인, 자녀, 손주, 하인까지 모두를 책임졌습니다. 위인은 집사를 신뢰했고, 집사는 신뢰를 저버리지 않았습니다. 그리하여 집사는 노예 신분에서 해방되고 그 위대한 이름의 일부를 물려받았습니다. 루키우스 코르넬리우스. 관습에 따라 세번째 이름은 자신의 본래 이름대로 했지요. 크리소고노스. 황금동자. 그는 영예와 신뢰와 책임을 한몸에 받았습니다. 그는 단지 한 위대한 가정의 해방노예 출신 집사일 뿐만 아니라 국가의 중요한 사업을 감독하고 관리하고 집행하는 자가 되었습니다. 이 국가사업에는 두 가지 중요한 목적이 있었습니다. 첫째로 마리우스를 추종했거나 킨나를 추종했거나 심지어 벌레 같은 카르보를 추종한 국가의 반역자들에게 정당하고 합당한 벌을 내리는 것, 둘째로 반역자들의 재산을 곤궁에 빠진 로마가 다시 번영에 불타오르게 할 불쏘시개로 활용하는 것이었습니다."

키케로는 마르쿠스 판니우스의 재판정 앞쪽 빈 공간을 왔다갔다 걸어다녔다. 왼팔로 왼쪽 어깨에 얹힌 토가 천을 잡고 오른팔은 옆에 축 늘어뜨린 채였다. 아무도 움직이지 않았다. 모두의 눈길이 그에게 고정되어 있었다. 사람들은 스스로 숨을 쉬고 있다는 사실을 의식하지도 못한 채 얕은 숨을 내쉬었다.

"그래서 이 크리소고노스가 어떻게 했습니까? 자신의 고용주이자 보호자에게는 온화한 얼굴로 느끼한 미소를 지어 보이면서, 뒤돌아서는 자신을 모욕한 자, 자신을 방해한 자에게 복수를 가했습니다. 은밀한 밤이면 보호자의 신임을 등에 업고 손에 불이 나도록 위조범의 펜을 굴려 탐나는 자산을 가진 자들의 이름을 여기저기 끼워넣었습니다. 비열한 기생충들과 공모하여 자기 배를 살찌우며 자신의 보호자에게 해를 끼치고 로마에 해를 끼쳤습니다. 아, 배심원 여러분, 그러나 그는 치밀했습니다! 자신의 범죄를 숨기고자 그가 꾸민 계략이 얼마나 치밀했는지 아십니까? 그가 자신의 보호자 앞에서 얼마나 아첨하고 알랑댔는지 아십니까? 자기 밑의 포주와 뚜쟁이 군단을 얼마나 치밀하게 조종했는지 아십니까? 고귀하고 영예로운 그의 보호자는 그가 무슨 일을 벌이고 다니는지 전혀 알지 못했을 정도로, 그는 그토록 '근면성실하게' 일을 처리했습니다! 그렇게 된 겁니다. 그는 자신이 받은 신임과 권한을 가장 저열하고 가장 야비한 방식으로 남용했습니다."

눈물이 흘러나왔다. 키케로는 크게 흐느껴 울면서, 고통을 참기 힘들다는 듯 두 손을 세게 맞잡고 허리를 구부렸다. "오, 루키우스 코르넬리우스 술라! 저는 차마 당신을 볼 수가 없습니다. 왜 저여야 합니까. 라티움 시골 출신의 초라하고 평범한 저. 촌놈, 시골뜨기, 초야 출신의 얼뜨기 변호인. 당신이 거짓으로부터 눈을 뜨게 하는 역할을 왜 하필 제가 맡아야 합니까. 당신이 가장 신임했던 피호민 루키우스 코르넬리우스 크리소고노스가 저지른 이 배신행위를 형용할 단어가 과연 있기는 할까요? 야비한 배신! 추잡한 배신! 비열한 배신! 아, 그 어떤 형용사로도 이 더러운 행위를 제대로 묘사할 길이 없습니다!"

그는 얼굴의 눈물을 닦았다. "왜 저여야 했습니까? 다른 사람일 수도 있었습니다! 여러분의 최고신관이나 여러분의 기병대장일 수도 있었습니다! 모두 위대하고 영예로운 분들입니다! 하지만 그 일은 제게 주어졌습니다. 제가 원치 않았더라도 제게 주어졌습니다. 저는 그 일을 받아들여야 합니다. 왜냐하면, 배심원 여러분이라면 어떻게 하겠습니까? 크리소고노스의 배신에 대해 침묵함으로써 저 위대한 루키우스 코르넬리우스 술라에게 번민을 끼치지 말아야 할까요? 아니면 아버지를 살해했다는 누명을 뒤집어쓴 무고한 사내의 목숨을 살리는 쪽을 택할까요? 네, 옳습니다! 우리는 영예롭고 훌륭하고 전설적인 인물의 공개적인 수모를 택해야 합니다. 왜냐하면 죄가 없는 자에게 유죄판결을 내릴 수는 없기 때문입니다." 그는 몸을 반듯이 일으켜세웠다. "배심원 여러분, 이것으로 제 변론을 마칩니다."

평결은 뻔했다. 압솔보(무죄). 술라는 자리에서 일어나 키케로에게 유유히 걸어갔다. 키케로 주변에 몰려 있던 군중들이 눈 녹듯 옆으로 물러났다.

"잘했네, 말라깽이 젊은 친구." 독재관이 말했다. 그가 손을 내밀었다. "배우가 됐어도 잘했겠어!"

키케로는 너무나 들뜬 기분에 마치 발이 공중에 떠 있는 것 같았다. 그는 활짝 웃으며 술라의 손을 열렬히 움켜쥐었다. "제가 뛰어난 배우란 말씀인가요! 사건을 훌륭히 재연해내는 것보다 더 좋은 변호가 있겠습니까?"

"그렇다면 자네는 곧 술라 상설 법정의 테스피스(그리스의 비극시인—옮긴이)가 되겠군."

"제가 이번 변론에서 제멋대로 한 행동들을 용서해주시기만 한다면, 루키우스 코르넬리우스께서 원하시는 게 무엇인들 마다하겠습니까."

"오, 용서하다마다!" 술라가 대수롭지 않게 말했다. "한 편의 좋은 연극을 관람할 수만 있다면 용서하지 못할 게 없지. 최근에 본 딱 한 편을 제외하면, 이건 지금까지 내가 본 아마추어 무대 중 최고였어. 게다가,

안 그래도 어떻게 해야 크리소고노스를 제거할 수 있을지 전부터 궁리하던 차였지. 내가 그렇게 바보는 아니거든. 단지 가끔 해결이 까다로울 경우가 있지." 독재관이 주변을 둘러보았다. "섹스투스 로스키우스는 어디 있지?"

사람들이 섹스투스 로스키우스를 데려왔다.

"섹스투스 로스키우스, 자네의 땅과 명예를 회복하고, 고인이 되신 선친의 명예도 회복하게." 술라가 말했다. "내가 신임했던 자의 부패와 타락으로 자네가 고초를 겪어서 무척 미안하네. 그자는 응분의 대가를 치를 거야."

"제 변호인의 뛰어난 변론 덕에 일이 잘 끝났습니다, 루키우스 코르넬리우스." 섹스투스 로스키우스가 벌벌 떨며 말했다.

"아직 에필로그가 남았군." 독재관이 이렇게 말하고, 릭토르들 쪽으로 고개를 홱 돌리더니 팔라티누스 언덕으로 오르는 계단을 향해 뚜벅뚜벅 걸어갔다.

다음날, 코르넬리우스 트리부스 소속의 로마 시민 루키우스 코르넬리우스 크리소고노스는 타르페이아 바위에서 거꾸로 내던져졌다.

"다행인 줄 알거라." 앞서 그에게 술라가 말했다. "네놈 시민권을 박탈해버리고 채찍으로 매질한 뒤에 십자가에 매달 수도 있었어. 네가 로마인으로서 죽게 해주는 건 힘든 시기에 내 식솔들을 잘 돌보았기 때문이다. 이것이 내가 너에게 해줄 수 있는 전부야. 애초에 내가 너를 산 것은 네가 비열한 두꺼비임을 알아봤기 때문이다. 단지 내가 너무 바빠져서 네놈을 제대로 감시하지 못하게 될 것을 미리 계산에 넣지 못했지. 하지만 꼬리가 길면 잡히는 법. 잘 가거라, 크리소고노스."

로스키우스의 두 사촌 카피토와 마그누스는 체포해서 재판에 세우기 전 아메리아에서 완전히 종적을 감추었다. 한편 키케로는 갑자기 큰 명성을 얻고 영웅이 되었다. 공권박탈 조치를 공격해서 이긴 자는 키케로 말고 아무도 없었다.

대제관 직에서 풀려나 아시아 속주 총독인 마르쿠스 미누키우스 테르무스 밑에서의 군 복무 수행을 명령받은 가이우스 율리우스 카이사르는 열아홉번째 생일을 한 달 앞두고 동방으로 떠났다. 새 하인 둘과 게르만족 출신 해방노예 가이우스 율리우스 부르군두스가 그를 동행했다. 아시아 속주에 갈 때는 흔히들 배를 탔지만 카이사르는 육로를 택했다. 에그나티우스 가도를 따라 마케도니아 서부 아폴로니아에서 헬레스폰트 해협의 칼리폴리스까지 1천300여 킬로미터에 달하는 거리였다. 이탈리아에는 그리도 흔한 여관이나 역사(驛舍)가 아시아로 가는 길에는 통 찾아보기 힘들었던 탓에 밤에는 노숙을 해야 했지만, 달력상으로나 계절상으로나 여름이어서 여행에 큰 불편은 없었다.

유피테르 대제관에겐 여행이 허락되지 않았으므로 카이사르는 이제껏 머릿속으로만 여행을 해야 했다. 외국을 배경으로 한 책을 닥치는 대로 읽으며 세상이 어떻게 생겼을지 혼자 그려보곤 했다. 얼마 지나지 않아 실제와 상상은 다르다는 것을 깨달았지만, 사실 그에게는 실제가 상상보다 훨씬 만족스러웠다! 여행이라는 행위에 관해서라면, 그토록 말재간이 뛰어난 카이사르도 이를 묘사할 단어를 찾을 수 없었다. 그의 내면에는 타고난 여행가가 있었다. 그는 모험을 좋아했고 호기심이 강했으며 세상의 모든 것을 경험해보고 싶어했다. 여행중에 그는 양치기에서 장사꾼, 일을 찾는 용병에서 마을 족장까지 온 세상과 대화했다. 그는 훌륭한 아티케식 그리스어를 구사했지만, 어머니의 인술라에 사는 다양한 세입자들 덕분에 아기 때부터 배워온 갖가지 희귀한 언어 역시 쓸모를 발휘했다. 그런 언어를 구사하는 사람을 재수좋게 직접 만난 건 아니지만, 그의 영리한 두뇌 덕분에 특이한 단어나 억양을 잘 알아들었던 것이다. 그는 특이한 그리스어 방언을 이해했고 기본 그리스어에 섞인 외국어 단어도 잘 구분해냈다. 바로 이러한 능력이 그를 훌륭한 여행가로 만들었다. 의사소통 수단에 관해서라면 그는 전혀 문제가 없었으니까.

물론 부케팔로스를 타고 왔으면 멋졌겠지만, 젊고 믿음직스러운 노새 팔랑귀도 생긴 것 빼고는 절대 얕보일 게 없었다. 거친 지대에서도 발을 헛디디는 법이 없어서 가끔은 녀석한테 발굽 대신 갈퀴가 달렸나 싶을 정도였다. 부르군두스는 항상 그랬듯 니사이아 말을 탔고, 두 하인도 아주 좋은 말을 몰았다. 카이사르 스스로 절대 팔랑귀가 아니면 안 된다고 고집하는 것이었다면 사람들은 그가 참 별나다고 생각할 수밖에 없었을 것이다. 하인들이 탄 말들은 뛰어난 품종이었으니 그가 돈이 없어 노새를 타는 게 아니라는 것도 이해했으리라. 교활한 술라 같으니! 카이사르가 속이 쓰라린 것은 바로 그래서였다. 카이사르에게는 번듯한 외양이 중요했다. 만나는 사람마다 그를 보기가 눈부셔 어쩔 줄 몰라해야 했다. 노새를 타고서는 쉽지 않은 일이었다!

에그나티우스 가도는 초반이 무척 험하고 힘들었다. 도로 측량은 잘

되어 있었지만 비포장인데다가 칸다비아 산악지대로 이어지는 오르막 길인 탓이었다. 알렉산드로스 대왕 시절 훨씬 이전부터 별로 변한 게 없을 듯한 높은 산들이 겹겹이 서 있었다. 드물게 보이는 양떼와 멀리에서 딱 한 번 본 말 탄 전사 무리—아마도 스코르디스키족인 듯했다—가 이곳에도 사람이 살고 있음을 알려주었다. 마케도니아의 에데사에 이르자 강 주변으로 비옥한 골짜기와 평원지대가 나타났다. 사람이 살기에 더없이 좋은 자연조건이었다. 행인이 더 자주 눈에 띄었으며, 정착촌들은 더 크고 서로 더 가까이 붙어 있었다. 카이사르는 테살로니카에서 그곳의 총독 관저를 찾아가 하룻밤 묵었다. 더운물로 목욕할 수 있는 반가운 기회였다. 아폴로니아를 떠난 후로는 강이나 호수에서밖에 씻지 못했고 여름인데도 물이 몹시 찼다. 총독은 더 있으라고 권했지만, 카이사르는 딱 하루만 머물고 다시 여행길에 올랐다.

필리피는 수차례 명예로운 전투의 현장이었고, 최근에도 미트리다테스 왕의 아들에게 점령당했던 곳이었다. 필리피의 역사는 물론, 팡가이오스 산의 여러 자락에 걸쳐져 있는 이곳의 전략적 위치 역시 카이사르에겐 흥미로웠다. 특히 그가 눈여겨본 곳은 군사적 활용 가능성이 엿보이는 필리피 동부의 도로였다. 처음에는 줄곧 좁은 길이 이어지다가 이내 평평한 전원지대가 펼쳐지며 다시 지세가 완만해졌다. 마침내 카이사르는 멜라스 만에 당도했다. 산으로 둘러싸여 있지만 연안의 토질은 비옥했다. 멜라스 만 너머에 있는 산등성이 뒤로 헬레스폰트 해협이 시야에 들어왔다. 헬레스폰트 해협은 그냥 좁은 바닷길 이상이었다. 황금 양에 타고 있던 헬레가 그곳에 굴러떨어져 죽으며 자신의 이름을 주었고, 아르고호(號)를 침몰시킬 뻔한 '충돌하는 바위'가 그곳에 있었으며, 크세르크세스에서 미트리다테스에 이르기까지 여러 동방 군주가 아시아에서 트라키아로 보낸 수천 대군이 끝없이 쏟아져나오던 곳이었다. 헬레스폰트 해협은 진정한 동서의 교차로였다.

칼리폴리스에서 마침내 배를 탔다. 나머지 여정은 해로를 이용할 것이었다. 배에는 말들과 노새, 짐 나르는 짐승들을 태울 공간이 충분했다. 페르가몬 직항이었다. 미틸레네에서 봉기가 일어나 포위전을 치르고 있다는 말이 들렸지만, 그가 술라로부터 받은 명령은 페르가몬에 가서 보고를 하라는 것이었다. 일단 페르가몬에 도착하면 거기서 전투지대에 배치되기를 바라는 것말고는 별다른 도리가 없었다.

하지만 아시아 총독 마르쿠스 미누키우스 테르무스는 카이사르에게 다른 임무를 배정해둔 터였다. "이번 반란은 기필코 제압해야 해." 그는 새로 온 하급 참모군관에게 말했다. "이번 반란은 독재관이 아시아 속주 지역에 새로 도입한 조세 제도 때문에 일어났어. 레스보스나 키오스 같은 도서 국가들은 미트리다테스 치하에서 워낙 잘 지냈으니 로마의 멸망을 쌍수 들어 반길 거야. 육지 쪽 국가들 정서도 비슷해. 그러니 미틸레네가 일 년 넘게 버텨내면 다른 데서도 들고 일어날 공산이 크지. 미틸레네를 제압하기 힘든 이유 중 하나는 그곳의 이중구조식 항구야. 우리 군에는 제대로 된 함대가 없어. 그러니 가이우스 율리우스 자네가 비티니아의 니코메데스 왕을 찾아가서 함대를 징발해오게. 함대를 입수하면 곧장 레스보스로 끌고 가서 현재 포위전을 책임지고 있는 내 보좌관 루쿨루스에게 넘겨."

"견문이 짧음을 양해해주십시오, 마르쿠스 미누키우스." 카이사르가 말했다. "함대 구성에 시간이 얼마나 걸릴까요? 선박은 어떤 종류로 몇 대가 필요하십니까?"

"시간은 무한정 걸릴 거야." 테르무스가 진력이 난 듯 말했다. "배는 왕이 최대한 긁어모아주는 만큼 가져오는 거고. 더 정확하게 말하자면 왕이 못 이기는 척 겨우 내주는 만큼이겠지. 니코메데스는 다른 동방 군주들과 별반 다르지 않아."

이 대답이 마음에 들지 않았던 열아홉 살 청년은 인상을 찌푸렸고, 이어 테르무스에게 자신이 엄청나게 도도한 (그러면서도 매력적인) 태도의 소유자임을 드러내 보였다. "그건 곤란합니다." 그가 말했다. "로마가 원하는 건 반드시 가져야죠."

테르무스가 참지 못하고 웃음을 터트렸다. "오, 카이사르, 자네 한참 더 배워야겠군!"

카이사르는 심사가 불편해졌다. 그가 입술을 꽉 오므렸다. 그 모습이 언뜻 모친과 흡사해 보였다(테르무스는 아우렐리아를 몰랐다. 그녀를 알았더라면 그는 카이사르를 더 잘 이해했을 것이다). "마르쿠스 미누키우스, 그냥 생각하시는 최적의 인도일과 최적의 함대 구성을 말씀해 주십시오." 그가 도도하게 말했다. "그러면 제가 최적의 인도일에 최적의 함대를 데려오겠습니다."

테르무스의 입이 딱 벌어졌다. 그는 잠시 동안 뭐라고 답해야 좋을지 몰랐다. 이 지나친 자기 과신에 짜증이 난다기보다는 흥미가 동했다. 이제는 이 젊은이의 오만함에 웃음이 나지도 않았다. 테르무스가 볼 때 카이사르는 자기한테 그렇게 할 능력이 있다고 진심으로 생각하고 있었다. 아마 시간이 지나고 니코메데스 왕을 막상 만나보면 앞서의 오판을 바로잡겠지만, 카이사르가 그에게 건넨 술라의 편지에 비춰보면 정말로 해낼 수도 있을 것 같아서 그는 흥미로운 기분이 들었다.

이 젊은이는 나와 인척관계일세. 내 처조카야. 하지만 나는 그가 특별대우 받기를 원치 않는다는 점을 분명히 하고 싶네. 아니, 특별대우는 절대 금물이야! 힘든 임무를 주고 힘든 자리를 맡기게. 배짱이 있고 두뇌가 비상하니 일을 굉장히 잘할 거야.

그렇지만 나와 있었던 두 차례의 면담에서 보인 뛰어난 처신을 제외하곤, 지금까지 그 청년이 쌓아온 이력은 대단치 않아. 그간 유피테르 대제관 신분이었던 탓이지. 이제는 법적으로나 종교적으로나 대제관 신분에서 완전히 벗어났지만, 군복무 경험은 일천하니 그 대단해 보이는 배짱도 말뿐일 가능성이 있어.

그러니 그를 시험하게, 마르쿠스 미누키우스. 친애하는 루쿨루스에게도 그렇게 전해. 그리고 그 청년이 실패하면 마음껏 가혹한 벌을 내리게. 그렇지만 만일 성공하면 응당한 대우를 해주게.

마지막으로, 좀 이상해 보이겠지만 한 가지 부탁이 있네. 혹시 카이사르가 노새말고 다른 더 좋은 짐승을 타고 있는 걸 목격하면 즉시 그에게 창피를 주어 로마로 돌려보내게.

편지를 다 읽은 테르무스는 아까의 황당했던 기분에서 빠져나와 차분한 어조로 일렀다. "좋아, 가이우스 율리우스. 기일과 규모를 알려주지. 11월의 칼렌다이에 미틸레네 북부 아나톨리아 쪽 해변에 위치한 루쿨루스의 병영에서 그에게 함대를 인도하게. 그때까지는 늙은 니코메데스한테서 한 척도 뜯어내지 못했겠지만, 자네가 인도일을 달라고 했으니까. 이상적인 날짜는 11월의 칼렌다이야. 그러면 겨울이 오기 전에 양 항구 모두 차단할 수 있을 테고, 반란군은 힘든 겨울을 보내겠지. 다음은 규모. 총 마흔 척에 최소한 절반은 갑판식 3단 노선 이상으로 구성하게. 이것도 서른 척이나 구할 수 있으면 다행일 거야. 갑판식

3단 노선은 잘해야 다섯 척이나 될 거고."

테르무스가 엄격한 표정을 지었다. "하지만 카이사르, 먼저 말을 꺼낸 건 자네니까, 미리 경고해두어야겠어. 기일을 놓치거나 함대 규모가 요구에 미달할 경우, 로마에 보내는 보고서는 자네에게 불리하게 쓸 수밖에 없을 거야."

"당연합니다." 카이사르가 주눅들지 않고 대답했다.

"당분간 이곳 관저의 방을 쓰게." 테르무스가 친절하게 말했다. 술라는 그를 특별히 대하지 않아도 된다고 했지만, 독재관의 친인척과 불편한 관계를 맺을 생각은 없었다.

"아니요, 오늘 비티니아로 떠나겠습니다." 카이사르가 문쪽으로 걸어가며 말했다.

"그렇게 무리할 이유는 없네, 가이우스 율리우스!"

"그렇겠지요. 하지만 바로 떠날 이유는 충분합니다." 카이사르는 이렇게 말하고 곧장 떠났다.

테르무스는 끝없는 서류작업을 재개하기에 앞서 잠시 생각에 잠겼다. 비범한 청년이야! 카이사르는 명문가 출신의 파트리키 귀족이 아니면 도저히 흉내낼 수 없는 훌륭한 예의범절을 갖추고 있었다. 어디로 보나 타인에게 우호적이고 스스로를 남보다 우월하게 여기지 않는 자세. 하지만 카이사르는 동시에 자신이 다른 모든 사람들보다 우월함을 알고 있었다. 파비우스 막시무스 집안사람 정도나 예외가 될까. 딱히 규정할 수는 없지만 파트리키 귀족들, 특히 율리우스 가문이나 파비우스 가문의 사람들 태도가 그랬다. 게다가 또 얼마나 잘생겼는지! 그는 동성애 취향은 아니었지만 카이사르의 외모에 대해 잠시 생각해보았다. 카이사르 같은 외모의 남자들은 성적 대상으로 남자를 선호하는 경향이 있었다. 그렇지만 그가 보기에 카이사르에겐 행동이나 말투를 지나치게 꾸미는 기색이 없었다.

눈앞에 쌓인 서류 더미가 조용히 나무라자 테르무스는 그의 일로 돌아갔다. 그리고 얼마 지나지 않아 가이우스 율리우스 카이사르와 실현 불가능한 함대에 대해서는 까맣게 잊어버렸다.

페르가몬에서 카이사르는 육로로 출발했다. 자신의 작은 수행단이 페르가몬의 여인숙에서 하룻밤 묵어가는 것조차 허락하지 않았다. 그는 카이코스 강의 물줄기를 따라 그 수원지까지 가서 높은 산등성을 하나 넘은 뒤 마케스토스 강 계곡을 따라 내려왔다. 마케스토스 강이 바다와 가까워지는 지점부터는 린다코스 강으로 알려져 있었는데, 여러 지역 주민들 말을 취합해볼 때 린다코스 강변으로는 가지 않는 편이 나을 듯했다. 따라서 그는 린다코스 강에서 방향을 틀어 프로폰티스 해안선과 나란히 이동해 프루사로 갔다. 누군가가 니코메데스 왕이 자신의 왕국에서 두번째로 큰 도시인 그곳에 방문중일 수도 있다고 했기 때문이었다. 정상이 눈으로 덮인 웅장한 산괴의 자락에 자리한 프루사는 무척 카이사르의 마음을 끌었지만, 왕은 거기에 없었다. 이번에는 상가리오스 강으로 노새를 몰아 강의 서쪽을 향해 달리다보니 얼마 안 있어 왕의 주요 거처인 니코메디아 왕궁에 도착했다. 왕궁은 길쭉한 만 뒤편으로 폭 안겨 꿈꾸듯 솟아올라 있었다.

이탈리아와 어찌나 다른지! 카이사르가 본 비티니아 왕국은 기후가 뜨겁지 않고 온화했고, 강이 연달아 있어 토질이 감탄스러울 정도로 비옥했다. 연중 이 시기에 비티니아는 이탈리아보다 강류가 세찼다. 분명 이곳의 왕은 부유한 국가를 통치하고 있었고, 그의 백성들은 요구가 없었다. 프루사에서 가난에 시달리는 사람은 한 명도 없었으며 니코메디아에서도 마찬가지였다.

도시의 한가운데 낮은 둔덕에 세워진 왕궁은 거대한 벽에 둘러싸여 있었다. 제일 먼저 눈에 띈 것은 일단 이곳이 순수하게 그리스 계통의 국가라는 것, 즉 그리스풍 색채와 그리스풍 무늬였다. 그다음은 어마어마한 부였다. 비티니아 왕이 로마에 피신했던 몇 년간 미트리다테스의 치하에 있었는데도 왕궁은 여전히 부유해 보였다. 카이사르는 로마에서 니코메데스 왕을 본 기억이 없었다. 당연한 일이었다. 로마는 외국의 군주가 신성경계선을 건너는 것을 허락하지 않았으므로, 니코메데스는 임대료가 말도 못하게 비싼 핑키우스 언덕의 빌라에서 원로원과의 모든 협상을 벌였다.

왕궁의 대문 앞에서 나이를 짐작할 수 없는 한 사내가 카이사르를 맞았다. 깜짝 놀랄 정도로 여성스러운 외모를 지닌 그는 군침이 돈다는 듯 카이사르를 위아래로 훑어보더니, 역시 여성스러운 외모의 다른 사내를 불러 카이사르의 하인들과 함께 말과 노새를 마구간에 매어두라며 보냈다. 그는 이어 카이사르를 대기실로 안내하더니, 왕에게 소식을 전하고 숙소가 결정될 때까지 거기서 기다리라고 했다. 카이사르가 왕과 곧바로 접견을 할 수 있을지는 그(알고 보니 집사였다)도 분명히 말할 수 없다고 했다.

카이사르가 왕을 기다린 작은 방은 쾌적하고 아름다웠다. 벽은 프레스코화 대신 회반죽을 발라 만든 패널들로 분할되어 있었고, 금박을 입힌 천장 돌림띠 장식은 패널 가장자리와 붙임기둥의 장식에 맞추어져 있었다. 패널 안쪽은 부드러운 연분홍, 바깥쪽은 자줏빛이 도는 짙은 빨강이었다. 대리석 바닥은 자주와 분홍이 어른어른 섞여 있었으며, 아마도 왕궁의 정원인 듯한 곳이 내려다보이는 창문 밖으로 덧문이 달려 있어서 바깥의 아름다운 계단식 뜰과 분수대와 꽃이 만발한 관목이 마치 액자 속 풍경화처럼 보였다. 흐드러지게 핀 꽃의 진한 향기가 방안까지 스며들었다. 카이사르는 꽃향기를 들이마시며 눈을 감았다.

카이사르가 눈을 반짝 떴다. 한쪽 벽의 반쯤 열린 문 너머로 사람들의 목소리가 들려온 탓이었다. 남자는 혀 짧은 고음을 냈고, 여자의 목소리는 우렁찬 저음이었다.

"뛰어!" 여자가 말했다. "영차, 일어나!"

"헛소리!" 남자가 말했다. "그러면 못써!"

"우쭈쭈쭈쭈!" 여자는 이렇게 말하고, 이내 박장대소를 터트렸다.

"저리 가!" 남자가 말했다.

"어이구, 예쁘다!" 여자가 말했다. 또 웃음이 터졌다.

카이사르는 귀에 들리는 것을 눈으로 확인하기 좋은 위치로 옮겼다. 예의에 어긋난 행동이겠지만 개의치 않았다. 옆방(개인 응접실 같았다)에서 진기한 광경이 펼쳐지고 있었다. 엄청나게 늙은 남자와 그보다 열 살 정도 젊어 보이는 덩치 큰 여자, 그리고 역시 늙어 보이는 통통하고 자그마한 개가 있었다. 개의 품종은 분간이 가지 않았다. 개는 묘기를 부리고 있었다. 뒷다리로 서기도 하고, 드러누워 몸을 꿈틀대기도 하고, 공중에 네 다리를 쳐들고 죽은 척하기도 했다. 묘기를 부리는 내내 개는 여자에게 시선을 고정하고 있었다. 여자가 개의 주인인 게 분명했다.

늙은 남자는 화가 나 있었다. "저리 가, 저리 가, 저리 가라고!" 그가 소리쳤다. 머리에 하얀색 디아데마를 두른 것을 보아 니코메데스 왕일 거라고 옆방의 관찰자는 추론했다.

여자(역시 디아데마를 두르고 있었으므로 왕비가 분명했다)가 개를 안아올리려고 몸을 앞으로 구부렸다. 개는 잡히지 않으려고 서둘러 발을 딛고 일어서더니 여자 뒤로 돌아가 펑퍼짐한 엉덩이를 깨물었다. 이 광경을 보고 왕은 데굴거리며 폭소했고, 개는 다시 다리를 쳐들고 죽은 척했으며, 왕비는 화를 내야 할지 웃어야 할지 몰라 엉덩이만 문질렀다. 왕비는 결국 웃음을 터트리고 말았다. 하지만 그전에 개의 항문과 고환 사이를 발로 정확히 걷어차주었다. 개가 깽깽거리며 도망치자 왕비가 뒤를 바짝 쫓았다.

혼자만 남자, 왕의 웃음은 서서히 잦아들었다(그는 분명 옆방에 사람이 있는 줄 몰랐고, 카이사르가 왔다는 것도 아직 전해 듣지 못했을 터였다). 그는 의자에 앉아 한숨을 내쉬었다. 만족감에서 나온 한숨소리였다.

마리우스와 율리아가 이 왕의 선친을 처음 봤을 때 깜짝 놀랐듯, 카이사르 역시 경악에 찬 눈길로 니코메데스 3세를 바라보았다. 큰 키에 마르고 가냘픈 몸매의 그는 금실 자수에 진주가 달린 티로스 자주색 로브를 바닥까지 길게 늘어뜨려 입고 있었다. 진주 장식이 촘촘한 얇은 금색 샌들 속에 금박을 입힌 발톱이 보였다. 가발을 쓰지는 않았지만(밝은 잿빛 머리를 바싹 짧게 자르고 있었다), 얼굴에 새하얀 크림과 분가루를 공들여 발랐고, 새까만 색으로 세심하게 눈썹을 그리고 속눈썹을 칠했으며, 양볼을 인위적으로 분홍빛으로 물들이고, 주름진 늙은 입술에는 새빨간 연지를 짙게 바르고 있었다.

"왕비께서 응분의 대가를 치르셨군요." 카이사르가 방으로 유유히 걸어들어오며 말했다.

비티니아 왕의 눈이 휘둥그레졌다. 그의 앞에 외출복 차림의 로마인 청년이 서 있었다. 무늬 없는 가죽 판갑과 프테루게스를 입은 그는 키가 크고 어깨가 떡 벌어져 있었지만 다른 부분은 날씬해 보였다. 근육이 잘 발달된 허벅지 아래 부드러운 곡선의 발목 위로 군화를 매어신고 있었다. 풍성한 밝은색 금발이 화관처럼 얹힌 그의 머리는 다소 이율배반적이었다. 두개골은 구근같이 크고 둥근 반면 얼굴형은 길고 뾰족했다. 얼굴은 어찌나 잘생겼는지! 야위어 뼈가 드러나 보였지만 골격의 생김새가 눈부시게 아름다웠다. 그 위로 덮인 매끄럽고 흰 피부와 양쪽으로 시원스럽게 떨어지고 깊게 들어가 박힌 커다란 두 눈. 날렵한 금빛 눈썹과 두껍고 긴 금빛 속눈썹. 하지만 왕이 보기에 그의 눈동자에는 보는 사람을 불안하게 하는 데가 있었다. 하늘색 홍채를 검은색에 가까울 정도로 짙은 청색이 감싸고 있어서 한가운데의 검은 동공이 더욱 날카롭게 도드라졌지만, 그가 유쾌한 표정을 띠자 곧바로 부드러워졌다. 그러나 왕의 개인적 취향을 가장 만족시킨 건 청년의 입매였다. 도톰하면서도 다부진 입술은 양 끝부분이 옴폭 들어가 있어 당장에라도 입맞춰주고 싶었다.

"아, 반갑군!" 왕이 말했다. 그는 서둘러 허리를 세워 앉으며 유혹하듯 고개를 치켜들었다.

"오, 그만두십시오!" 카이사르는 이렇게 말하며 왕의 맞은편에 놓인 의자에 몸을 집어넣었다.

"남자를 좋아하지 않기엔 너무 아름다운데." 왕은 이렇게 말하더니 구슬픈 표정을 지었다. "하다못해 내가 10년만 더 젊었더라면!"

"얼마나 늙으셨는데요?" 카이사르가 물었다. 그가 미소를 짓자 희고 고른 치아가 드러났다.

"자네한테 주고 싶은 걸 주기엔 너무 늙었지!"

"제대로 말씀해보세요. 연세 말씀입니다."

"여든이네."

"남자는 절대 늙지 않는다고 하던데요."

"볼 때는 그렇지. 할 때는 아니야."

"이 경우엔 안 서는 걸 다행으로 여기십시오." 카이사르가 여전히 여유로운 미소를 머금은 채 말했다. "만약 그랬다면 내가 귀 왕을 힘껏 후려갈겨야 했을 테니까요. 그러면 외교적 사건으로 비화했겠지요."

"말도 안 돼!" 왕이 코웃음 쳤다. "자넨 여자들이 차지하기엔 너무 아름다워!"

"비티니아에서는 모르겠군요. 로마에서는 절대 아닙니다."

"유혹을 받은 적도 없나?"

"네."

"실로 안타까운 낭비로구먼!"

"제가 아는 수많은 여자들은 그렇게 생각하지 않습니다."

"분명 자넨 그들 중 아무도 사랑하지 않을걸."

"저는 제 아내를 사랑합니다." 카이사르가 말했다.

왕은 상심한 표정이었다. "정말이지 로마인들은 이해가 안 돼!" 그가 소리쳤다. "로마인들은 다른 세상 사람들더러 야만인이라지만, 진짜 문명화되지 않은 건 바로 당신네들이야."

카이사르가 의자 팔걸이에 다리 하나를 걸치더니 발을 까딱까딱 흔들었다. "저도 호메로스와 헤시오도스 정도는 압니다."

"그런 건 새들도 가르치면 안다네."

"저는 새가 아닙니다, 니코메데스 왕."

"새라도 됐으면 좋겠군! 황금 새장에 넣고 바라볼 수 있게."

"애완동물을 더 들이시게요? 그러면 저는 왕비말고 귀 왕을 물어뜯을 겁니다."

"해보게!" 왕이 앙상한 목을 드러내 보이며 말했다.

"아니요, 사양하겠습니다."

"이거야 원 의미 없는 말장난뿐이로구먼!" 왕이 뿌루퉁해져 말했다.

"교훈을 제대로 터득하셨군요."

"누구신가?"

"제 이름은 가이우스 율리우스 카이사르, 아시아 속주 총독 마르쿠스 테르무스의 군대 소속 하급 참모군관입니다."

"공식 임무를 띠고 오셨나?"

"물론이지요."

"테르무스로부터 전갈을 받지 못했는데?"

"포고관이나 전령보다 제가 더 빠르니까요. 귀 왕의 집사가 왜 아직 저에 대해 알리지 않았는지는 지도 모르겠습니다." 카이사르가 여전히 발을 까딱대며 말했다.

그때 집사가 방에 들어왔다. 그는 방문객이 왕과 함께 있는 것을 보고 소스라치게 놀랐다.

"자네가 먼저 차지할 줄 알았지, 응?" 왕이 물었다. "사르페돈, 희망을 버리게! 남자를 좋아하지 않는다는군." 왕이 호기심 어린 눈빛으로 다시 카이사르에게 고개를 돌렸다. "율리우스라, 파트리키인가?"

"그렇습니다."

"가이우스 마리우스한테 죽은 집정관 루키우스 율리우스 카이사르의 친척인가?"

"그분과 제 부친은 사촌지간이었습니다."

"그렇다면 자네는 유피테르 대제관이 아닌가!"

"얼마 전까지만 해도 그랬지요. 로마에 꽤 오래 계셨군요."

"너무 오래 있었지." 문득 집사가 아직 방안에 있음을 깨닫고 왕이 인상을 찌푸렸다. "귀빈께서 묵으실 곳은 봐두었나, 사르페돈?"

"네, 전하."

"그러면 밖에서 기다리게."

집사가 수차례 절을 하고 뒷걸음질로 물러났다.

"여기는 어쩐 일로 오셨는가?" 왕이 카이사르에게 물었다.

다리가 내려왔다. 카이사르는 왕을 똑바로 보고 앉았다. "함대를 가지러 왔습니다."

왕의 눈에는 별다른 기색이 나타나지 않았다. "흠! 함대라고? 어떤 종류로 몇 척을 구하는가?"

"기한도 물으셔야지요." 까다로운 손님이 말했다.

"덧붙이지. 기한은?"

"총 마흔 척입니다. 그중 절반은 갑판식 3단 노선 이상이어야 하고요. 귀 왕께서 편한 항구에 10월 중순까지 준비해주십시오." 카이사르가 말했다.

"두 달 반 만에? 오, 그냥 내 두 다리를 잘라 가시지?" 왕이 고함치며 자리에서 벌떡 일어났다.

"요구대로 준비가 안 되면, 그렇게 하겠습니다."

왕이 다시 앉았다. 초점이 또렷한 눈빛이었다. "분명히 말해두지, 가이우스 율리우스. 여기는 내 왕국이지, 로마의 속주가 아니야." 왕이 말했다. 우스꽝스럽게 새빨간 연지를 바른 입술로는 역시 분노가 제대로 표현되지 않았다. "내가 되는 날짜에 내가 줄 수 있는 만큼을 줄 거야!

부탁을 해야지! 요구가 아니라."

"친애하는 니코메데스 왕," 카이사르가 다정스럽게 말했다. "귀 왕께선 길 한복판에 붙들린 생쥐입니다. 그 길을 코끼리 두 마리가 거닐고 있지요. 로마와 폰토스 말입니다." 그의 눈에서 미소가 싹 가셨다. 돌연 술라가 연상되어 니코메데스는 오싹한 기분이 들었다. "선왕께서 지나치게 고령에 서거하신 탓으로 귀 왕 역시 고령에 권좌를 물려받았습니다. 권좌를 물려받은 이래 귀 왕의 자리는 자주 위태로웠지요. 로마에 피신해 있는 시간이 이 왕궁에 머문 시간만큼 길었습니다. 지금 이 자리에 있는 것도 가이우스 스크리보니우스 쿠리오가 로마의 명을 받고 귀 왕을 다시 권좌에 앉혀준 덕분 아닙니까. 로마는 비티니아보다 폰토스에서 훨씬 더 멀리 떨어져 있지요. 그런 로마가 미트리다테스 왕이 여전히 위협적인 존재일뿐더러 아직 팔팔한 젊은이라는 사실을 자각하고 있다면, 비티니아에서도 그러한 사실을 똑똑히 알고 있어야 합니다. 비티니아는 프루시아스 2세 때부터 로마 인민의 우호동맹으로 불리어왔고, 귀 왕 스스로도 로마와 떼려야 뗄 수 없는 관계를 유지해왔습니다. 귀 왕은 피신중일 때보다 이곳을 통치하면서 더 안락한 생활을 누리고 계시지요. 그러면 귀 왕께선 로마와 로마의 요청에 반드시 협조해야 합니다. 그렇지 않으면 폰토스의 미트리다테스가 걸어오고 맞은편에서 로마가 걸어오는 사이, 당신네 불쌍한 생쥐 비티니아는 이쪽 아니면 저쪽 발밑에 깔려 납작하게 으스러지겠지요."

왕은 새빨간 입술을 멍하니 벌린 채 둥그레진 눈으로 할말 없이 앉아 있었다. 숨이 막힌 듯 꽤 한참을 가만히 있더니, 별안간 헉하고 숨 들이마시는 소리를 냈다. 왕의 두 눈에 눈물이 가득 고였다. "이건 부당해!" 그는 목놓아 엉엉 울어대기 시작했다.

카이사르는 극도의 짜증을 느끼며 자리에서 일어났다. 판갑의 팔 구멍에 손을 넣어 손수건을 꺼낸 다음, 울고 있는 왕에게 걸어가 아무렇게나 손수건을 들이밀었다. "진정하고 체통을 지키세요! 격식을 무시하고 시작하긴 했지만, 이것은 비티니아의 국왕과 로마의 정식 대표자와의 면담이 아닙니까. 그런데도 귀 왕께선 이렇게 야한 무희처럼 치장하고 앉아서 있는 그대로의 진실 앞에서 어린애처럼 징징대십니까! 덕망 있는 연로한 분을, 더구나 로마의 피호국 군주를 애 다루듯 훈계하는 것은 제가 배우고 자란 예의범절에 맞지 않습니다만, 지금 귀 왕의 처신이 그러합니다. 니코메데스 왕이여, 어서 가서 얼굴을 씻으세요. 돌아오시면 그때 다시 시작하겠습니다."

비티니아의 왕은 순한 아이처럼 일어나 나갔다.

잠시 후 왕이 화장을 깨끗이 지우고 돌아왔다. 하인 몇이 다과를 들고 따라왔다.

"키오스산 포도주라네." 왕이 앉으며 말했다. 카이사르를 향해 활짝 웃는 얼굴에 언짢은 기색은 없어 보였다. "20년산이지!"

"감사합니다만, 저는 물을 마시겠습니다."

"물?"

카이사르의 눈이 다시 미소를 띠었다. "송구스럽지만 그렇습니다. 저는 포도주를 좋아하지 않습니다."

"그 또한 다행이로군. 비티니아는 물이 좋기로 유명하니까." 왕이 말했다. "다과는 무엇을 들겠는가?"

카이사르가 무심히 어깨를 으쓱했다. "아무거나 상관없습니다."

니코메데스 왕은 이제까지와 다른 눈빛으로 손님을 바라보았다. 미남자에 대한 취향과 별개로 카이사르를 관찰하기 시작한 것이다. 그러자 그에게서 몇 겹 아래 감춰진 진실, 성적 매력 이상의 것이 보였다.

"올해 나이가 몇인가, 가이우스 율리우스?"

"카이사르로 부르십시오."

"자네가 그 풍성한 머리숱을 유지하는 동안은 그러도록 하지." 왕은 과거 로마에 체류한 기간이 길었던 만큼 라틴어를 꽤 안다는 사실을 드러냈다.

카이사르가 웃었다. "말씀대로, '풍성한 머리숱'이라는 뜻을 지닌 코그노멘을 쓰기란 쉽지 않지요! 나이가 들수록 머리털이 빠지는 아우렐리우스 가계보다 늙어도 숱이 많은 카이사르 가계 쪽을 닮았기를 바랄 뿐입니다." 그가 말을 잠시 쉰 후 덧붙였다. "올해로 열아홉 살입니다."

"내 포도주보다도 젊군!" 왕이 놀란 목소리로 말했다. "아우렐리우스 가문의 피도 이어받았는가? 오레스테스 집안인가, 코타 집안인가?"

"모친이 아우렐리우스 코타 집안 출신입니다."

"얼굴은 모친을 닮은 건가? 자네는 루키우스 카이사르나 카이사르 스트라보와 별로 닮지 않았어."

"양친을 두루 닮았습니다. 제게서 카이사르 집안의 특징을 찾으시려 한다면 루키우스 카이사르의 동생 분보다는 그분의 형님인 카툴루스 카이사르를 떠올리시는 편이 좋을 겁니다. 기억하시겠지만 세 분 모두 가이우스 마리우스의 손에 돌아가셨지요."

"그렇군." 니코메데스가 생각에 잠긴 얼굴로 키오스산 포도주를 홀짝이더니 말했다. "지금까지 만난 로마인들은 왕족을 특별하게 대하더군. 그들은 공화정 체제의 철학을 사랑하는 듯하면서도 왕정에 경도되는 경향이 있었어. 하지만 자네는 털끝만큼도 그런 인상을 주지 않는군."

“로마에 왕이 있었다면 지금쯤 제가 왕이겠지요, 전하.” 카이사르가 예사롭게 말했다.

“자네가 파트리키라서?”

“파트리키라서라고요?” 카이사르는 귀가 의심스럽다는 표정이었다. “천만에요! 제가 율리우스 가문 사람이기 때문입니다. 저희 가문의 조상은 아이네아스까지 거슬러올라가지요. 그분의 아버지는 인간이었으나, 어머니는 베누스 그러니까 아프로디테 여신이셨습니다.”

“그러면 자네가 아이네아스의 아들 아스카니우스의 후손이란 말인가?”

“로마에서는 아스카니우스를 율루스로 부르지요.” 카이사르가 말했다.

“아이네아스와 크레우사 사이에서 난 아들 말인가?”

“혹자는 그렇게 말하기도 하지요. 크레우사는 트로이아의 화염 속에서 최후를 맞았지만 그녀의 아들은 아이네아스와 앙키세스와 더불어 그곳을 탈출해 라티움에 정착했습니다. 한데 아이네아스는 라티누스 왕의 딸 라비니아와의 사이에서도 아들을 낳았습니다. 그 아들 역시 아스카니우스 또는 율루스로 불렸습니다.”

“그러면 자네는 아이네아스의 두 아들 중 어느 쪽 후손인가?”

“둘 다입니다.” 카이사르가 진지하게 답했다. “저는 사실 아들이 한 명뿐이었다고 믿습니다. 문제는 그 아들의 진짜 어머니가 누구냐지요. 아버지는 아시다시피 아이네아스고요. 율루스를 크레우사의 아들로 보는 게 낭만적이긴 하겠으나 저는 그분이 라비니아의 아들이었을 거라고 생각합니다. 아이네아스가 돌아가시고 율루스는 자라서 알바누스 산에 알바롱가 시를 세우셨습니다. 보빌라이 위쪽이지요. 율루스는 거기서 돌아가셨고 뒤에 통치를 이어갈 가계를 남기셨습니다. 그게 바로 율리우스 가문입니다. 그러니까 우리는 알바롱가의 왕족이었습니다. 알바롱가가 로마의 세르비우스 툴리우스 왕에게 점령당하자 우리 알바롱가 사람들은 로마 최고의 시민으로 추대되었지요. 우리는 지금도 여전히 로마 최고 시민의 지위를 지키고 있습니다. 우리 가문에서 대대로 유피테르 라티아리스의 신관 직을 맡고 있다는 점만 보아도 알 수 있지요. 유피테르 라티아리스의 역사는 유피테르 옵티무스 막시무스보다도 훨씬 더 오래전으로 거슬러올라갑니다."

"그 종교의식은 집정관들이 치르는 줄 알았는데." 니코메데스 왕이 로마에 대한 지식을 좀더 드러냈다.

"연례행사만 그렇습니다. 그건 로마에 양보했지요."

"율리우스 가문이 그토록 존엄하다면, 공화정의 지난 수백 년 역사 동안 왜 별다른 활약을 보이지 않았나?"

"돈 때문이죠." 카이사르가 말했다.

"오, 그래, 돈!" 왕이 알겠다는 듯이 소리쳤다. "거참 어려운 문제이지, 카이사르! 나도 그렇다네. 자네한테 내줄 함대가 없어. 비티니아는 파산 상태야."

"비티니아는 파산 상태가 아닙니다. 그리고 우리의 생쥐 왕께서는 함대를 내주시게 될 겁니다! 안 그러면, 찍! 코끼리 발에 으스러지겠지요."

"내주고 싶어도 배가 없단 말일세!"

"그러면 여기 앉아 이렇게 시간 낭비를 해서야 되겠습니까?" 카이사르가 일어섰다. "잔을 내려놓으십시오, 니코메데스 전하. 어서 나가봅시다!" 그가 왕의 팔꿈치에 손을 갖다댔다. "어서 일어나십시오! 항구로 가서 배가 있나 찾아봅시다."

왕이 격분하여 손을 뿌리쳤다. "내게 이래라저래라 명령하지 말게!"

"그러니까 어서 하십시오!"

"할 거야, 한다고!"

"지금 하십시오. 한번 지나간 시간은 결코 되돌아오지 않습니다."

"내일."

"내일이면 언덕 위에 미트리다테스 왕이 나타날지도 모릅니다."

"내일은 안 와! 그는 지금 콜키스에 있지. 그의 병사 3분의 2가 죽었어."

카이사르는 흥미가 동한 얼굴로 자리에 앉았다. "자세히 말씀해주십시오."

"콜키스를 습격한 카우카소스 야만인들의 버릇을 고쳐준다고 그곳에 25만 대군을 이끌고 갔지. 그놈다운 짓이야! 그 대군을 데리고 질 리가 없다고 생각했겠지. 하지만 야만인들은 싸우러 나올 필요도 없었어. 고산지대의 추위가 그들 대신 일을 처리해주었거든. 폰토스 군인의 3분의 2가 체온 저하로 죽었네." 니코메데스가 말했다.

"로마는 이 사실을 모릅니다." 카이사르가 얼굴을 찌푸렸다. "왜 집정관들에게 알리지 않았지요?"

"그냥 그렇게 된 거니까. 그리고 내가 그런 걸 로마에 일일이 보고해야 하는 건 아니야!"

"비티니아는 우호동맹국이니 당연히 보고하셔야지요. 미트리다테스에 관해 로마가 들은 마지막 소식은 그가 흑해 북쪽 점령지를 재편하러 킴메리아에 갔다는 것이었습니다."

"그랬지. 술라가 무레나더러 폰토스를 내버려두고 로마로 돌아오라고 하자마자." 니코메데스가 고개를 끄덕였다. "하지만 콜키스가 그동안 공세를 순순히 내지 않으니까 한마디하려고 가는 길에 들렀는데, 그때 야만인들의 습격에 대해 알게 된 거야."

"흥미롭군요."

"그러니 자네도 알겠지. 코끼리는 없어."

카이사르의 눈빛이 반짝였다. "아니요, 그렇지 않습니다! 로마라는 더 큰 코끼리가 있지요."

비티니아의 왕은 더이상 참지 못하고 웃음을 터트렸다. 그가 배꼽을 쥐며 폭소했다. "내가 졌네, 졌어! 함대를 주겠네!"

오라달티스 왕비가 뒤에 개를 데리고 방에 돌아와보니 늙은 남편이 분칠을 지운 얼굴로 눈물을 찔끔대며 웃어젖히고 있었다. 왕에게서 한참 떨어진 자리에 로마인 청년이 앉아 있었다. 생김새로는 니코메데스 왕에게 바싹 붙어 있어야 할 얼굴이었다.

"오, 부인, 여기는 가이우스 율리우스 카이사르요." 왕이 조금 진정하고 말했다. "아프로디테 여신의 후손으로 우리보다 훨씬 더 고귀한 출생이라오. 나를 이리저리 휘두르더니 결국 내가 일류 대형 함대를 내주게 만들었소."

왕비가 기품 있게 고개를 옆으로 기울였다(그녀는 니코메데스에 대해 속속들이 알고 있었다). "나라를 내주지 않은 게 신기하군요." 그녀는 포도주를 잔에 따른 뒤 케이크를 집어들고 의자에 앉았다.

개가 비틀대며 카이사르에게 가더니 그의 발에 올라서서 사랑스러운 눈길로 올려다보았다. 카이사르가 상체를 숙이고 토닥거려주자, 녀석은 그대로 주저앉더니 몸을 옆으로 굴려 카이사르더러 긁어달라는 듯 살찐 배를 내보였다.

“이름이 뭐죠?” 카이사르가 개를 좋아하는 티를 내며 물었다.

“술라.” 왕비가 말했다.

아까 샌들을 신은 왕비의 발가락이 술라의 은밀한 부위를 걷어차 올리던 모습이 카이사르의 눈앞에 생생히 떠올랐다. 이번에는 그가 배꼽을 쥐며 폭소할 차례였다.

만찬 자리에서 그는 니사의 처지에 대해 듣게 되었다. 왕과 왕비 내외의 유일한 자식이자 비티니아의 왕위 후계자였다.

“딸애는 올해 쉰이고 자식도 없어요.” 오라달티스가 애처롭게 말했다. “당연히 우리는 미트리다테스가 우리 딸과 결혼하려는 걸 허락하지 않았어요. 그랬더니 우리가 다른 데서도 남편감을 구하지 못하게 미리 손을 써버렸죠. 슬픈 일이에요.”

“제가 떠나기 전에 한번 따님을 만나뵐 수 있을까요?” 카이사르가 물었다.

“우리 능력 밖의 일일세.” 니코메데스가 한숨을 쉬었다. “내가 지난번 로마로 피신했을 때 미트리다테스가 비티니아를 침략해왔어. 나는 니사와 오라달티스를 여기 니코메디아에 남겨두었지. 그랬더니 미트리다테스가 우리 딸을 인질로 잡아가버렸어. 아직도 그가 딸을 데리고 있네.”

“그러면 그자가 따님과 결혼을 했습니까?”

“그러진 않은 것 같아요. 그애는 예쁜 것과는 거리가 먼데다가, 그때도 이미 애를 갖기에 너무 늦은 나이였죠. 딸애가 공공연히 반항을 했으면 아마 그애를 살려두지 않았을 거예요. 하지만 마지막으로 들은 바로는 그애가 아직 살아 있고 카베이라에 감금되어 있다고 해요. 미트리다테스가 결혼하지 않으려 하는 딸이나 누이를 가둬두는 곳이죠.” 왕비가 말했다.

"그러면 니코메데스 전하께서는 다음번에 두 코끼리가 충돌할 때 로마 코끼리가 이기길 바라야겠군요. 그때 만일 제가 직접 전쟁에 개입해 있지 않더라도, 누구든 지휘를 맡은 자가 니사 공주의 행방을 반드시 찾아내도록 하겠습니다."

"그때쯤이면 나는 이 세상 사람이 아니겠지." 왕이 솔직한 심정으로 말했다.

"따님을 되찾기 전에는 돌아가실 수 없지요!"

"딸애가 돌아온다고 해도 그애는 이미 폰토스의 꼭두각시가 되어 있을 걸세. 그게 현실이야." 니코메데스가 씁쓸하게 말했다.

"그렇다면 전하께서는 비티니아를 로마에 유증하시는 게 좋겠군요."

"아탈로스 3세가 아시아를 넘기고, 프톨레마이오스 아피온이 키레나이카를 넘긴 것처럼? 절대 안 돼!" 비티니아의 왕이 단언했다.

"그러면 비티니아는 폰토스 손에 떨어집니다. 폰토스는 로마 손에 떨어지고요. 비티니아는 결국 로마 것이 됩니다."

"안 돼, 내가 어쩔 수 없으면 몰라도."

"어쩔 수 없으십니다." 카이사르가 진지하게 말했다.

이튿날 왕은 카이사르를 항구로 안내하고 그곳에 군용 선박이 전혀 없음을 끊임없이 확인시켰다.

"여기에 해군을 두진 않겠지요." 카이사르는 왕의 잔꾀에 넘어가지 않았다. "칼케돈으로 가시지요."

"내일 가세." 왕이 말했다. 그는 시간이 갈수록 이 까다로운 손님에게 더욱 매료되어갔다.

"오늘 출발할 겁니다." 카이사르가 단호하게 말했다. "여기서 거리가 얼마나 되지요? 한 60킬로미터? 말로 한번에는 못 가겠네요."

"배로 가야지." 왕이 말했다. 그는 여행을 끔찍이 싫어했다.

"아니요, 육로로 갈 겁니다. 저는 땅의 기운을 느끼는 게 좋아요. 제게 고모부셨던 가이우스 마리우스도 가능하면 꼭 육로로 여행을 해야 한다고 하셨어요. 그래야 나중에 거기서 전투를 치를 때 그곳의 지세를 안다고요. 아주 유용하지요."

"그러니까 마리우스와 술라 둘 다 자네 고모부로군."

"연줄이 남다르지요." 카이사르가 엄숙한 어조로 말했다.

"자네는 모든 걸 가졌군, 카이사르! 실력자 인척들에 고귀한 출생, 뛰어난 지력과 체력, 아름다운 용모까지. 내가 자네가 아니라서 다행이야."

"왜죠?"

"자네한테는 적이 끊이지 않을 테니까. 복수의 여신들이 가련한 오레스테스를 늘 따라다녔듯, 질투가 자네를 늘 따라다닐걸. 질투 혹은 선망, 뭐가 됐든 남이 가진 것을 탐하는 마음. 누군가는 자네의 아름다운 용모를 선망할 것이고, 누군가는 체력을, 누군가는 훤칠한 키를, 누군가는 출생을, 누군가는 지력을 탐내겠지. 자네가 더 높이 오를수록 질투도 더 커질 거야. 자네는 어디서나 적에 둘러싸이고 친구는 없겠지. 남자건 여자건 아무도 믿지 못하게 될 거야."

카이사르는 진지한 표정으로 이 말을 들었다. "네, 합당한 말씀으로 여겨집니다." 그가 신중한 태도로 말했다. "제가 어떻게 하면 좋을까요?"

"로마를 왕들이 다스리던 시절 브루투스라는 이름의 로마인이 있었네.” 왕이 로마에 대한 지식을 더 드러냈다. “브루투스는 아주 영리했지. 하지만 그 사실을 숨겼어. 그리고 늘 짐승처럼 아둔한 척했지. 브루투스라는 코그노멘이 그런 뜻이잖아. 그래서 타르퀴니우스 수페르부스 왕이 전방위로 사람들을 죽일 때 브루투스는 죽일 생각을 못했네. 나중에는 결국 브루투스 그가 왕을 축출하고 새 공화정 체제의 초대 집정관이 되었지.”

“그리고 자신의 아들들이 추방된 타르퀴니우스 수페르부스 왕을 로마에 도로 데려와서 왕정복고를 시도하자 그들을 처형시켰지요.” 카이사르가 말했다. “흥! 브루투스를 동경해본 적은 없어요. 그를 따라서 바보 흉내를 내지도 않을 겁니다.”

“그렇다면 어떤 위험이든 감수해야지.”

“그럴 겁니다. 어떤 위험이든 감수할 거예요!”

“오늘 칼케돈으로 떠나기는 너무 늦었네.” 왕이 짓궂은 얼굴로 말했다. “이른 저녁식사나 들면서 이렇게 흥미진진한 대화를 더 나눈 연후에, 새벽에 말을 타세.”

“아, 새벽에 말을 타야죠.” 카이사르가 명랑하게 말했다. “출발지는 여기가 아니겠지만요. 저는 한 시간 후에 칼케돈으로 떠나겠습니다. 같이 가고 싶다면 서두르셔야 합니다.”

니코메데스는 황급히 행장을 꾸렸다. 이유는 두 가지였다. 첫째, 시종일관 독단적으로 구는 카이사르를 엄격히 감시할 필요가 있었고, 둘째, 남자에게 전혀 취미가 없다는 이 청년을 이미 마음 깊이 사랑하게 되었기 때문이었다.

카이사르는 왕이 보는 앞에서 노새의 안장에 올랐다.

“이건 노새 아닌가?”

“노새 맞습니다.” 카이사르가 도도한 표정으로 대꾸했다.

“왜지?”

“제 개성입니다.”

“자네는 노새에 타고, 자네 해방노예는 니사이아 말을 탄단 말인가?”

“보시는 대로입니다.”

왕은 한숨을 쉬고 주변의 부축을 받으며 이륜마차에 조심스레 올라탔다. 카이사르와 부르군두스가 평보로 그 뒤를 따랐다. 그러나 하룻밤을 묵어가기 위해 들른 어느 귀족(그는 너무 늙어서 죽기 전에 군왕을 다시 볼 수 없으리라 생각한 터였다)의 집에서 카이사르는 니코메데스에게 정중히 사과했다.

“죄송합니다. 제 모친은 저더러 잠시 멈춰 생각할 줄 모른다고 나무라셨지요. 전하께서 몹시 지치셨습니다. 배를 탔어야 해요.”

“내 육신은 쇠할 대로 쇠했지. 그건 맞아.” 니코메데스가 미소를 띠며 말했다. “하지만 자네와 함께 있으니 다시 젊어지는 것 같군.”

칼케돈의 왕궁에 도착한 다음날 아침, 조반을 들러 나온 왕은 확실히 활기찼고 말도 많았으며 충분히 잘 쉰 듯했다.

“이제 자네도 알겠지.” 왕이 칼케돈 항구를 에워싼 거대한 방파제에 올라서서 말했다. “내 해군은 규모가 작아. 3단 노선 열두 척, 5단 노선 일곱 척, 비갑판식 선박 열네 척. 여기는 이게 전부이고, 크리소폴리스와 다스킬리온에 좀더 있네.”

“비잔티온이 보스포로스 해협 통행세의 일부를 가져가지 않습니까?”

“요즘에는 아니야. 비잔티온이 통행세를 징수하던 때가 있긴 했지. 그때는 세력이 강성해서 해군 규모가 로도스와 맞먹을 정도였어. 하지만 그리스가 몰락하고 그다음에 마케도니아까지 망하고 난 뒤로는 트라키아 지역 야만족들 때문에 육군이 더 중요하게 됐어. 지금도 그들의 침략을 자주 받지. 비잔티온으로서는 육군과 해군을 둘 다 크게 유지할 여력이 있겠나. 통행세는 모두 비티니아 것이 되었지."

"그렇게 해서 비티니아는 해군을 작게 유지하게 되었고요."

"그리고 그건 내가 이 작은 해군을 꼭 보유해야 하는 이유도 되지! 로마에는 여기나 다른 데서 모은 것으로 3단 노선 열 척과 5단 노선 다섯 척, 그리고 비갑판식 선박 열 척을 제공할 수 있네. 자네 함대를 채울 나머지 배는 임대를 해오겠네."

"임대라고요?" 카이사르가 멍한 표정으로 물었다.

"당연하지. 해군 규모를 키울 때 달리 무슨 방법을 쓸 것 같나?"

"우리 로마인들처럼 배를 짓겠죠!"

"그건 낭비야. 자네 나라 사람들은 늘 낭비를 하네만." 왕이 말했다. "배를 안 쓸 때 물에 띄워두려면 돈이 들잖아. 그리스어를 사용하는 아시아와 에게 해 사람들은 함대 관리비를 최소한으로 유지하지. 배가 급하게 더 필요하면 빌리면 돼. 이번에도 나는 그렇게 할 거야."

"배를 어디서 빌린단 말씀입니까?" 카이사르가 어리둥절하여 물었다. "에게 해 연안에 배가 있다면 테르무스가 벌써 징발해 갔을 텐데요."

"당연히 에게 해 연안은 아니지!" 니코메데스가 비웃듯 대꾸했다. 그는 유달리 총명한 이 청년에게 자기가 무언가를 가르쳐주고 있다는 사실이 퍽 즐거웠다. "파플라고니아와 폰토스에서 빌릴 거야."

"미트리다테스 왕이 자기 적에게 배를 빌려준단 말씀입니까?"

"안 그럴 이유가 무엇인가? 지금 배가 죄다 놀고 있는데다 유지비까지 나가는데. 그 배에 다 태울 군인도 없고, 올해 안으로 비티니아나 로마의 아시아 속주를 침략할 계획도 없을걸. 아마 내년도 마찬가지일 테고!"

"그렇다면 우리는 미틸레네가 그토록 연합하고 싶어하는 왕궁의 배로 미틸레네 땅을 포위하는 셈이로군요." 카이사르가 머리를 흔들며 말했다. "대단해요!"

"예삿일이야." 니코메데스가 기분좋게 말했다.

"임대는 어떤 식으로 진행하십니까?"

"대행인을 쓸 거야. 내가 가장 신뢰하는 자가 바로 이곳 칼케돈에 있네."

문득 카이사르는, 만일 로마가 쓸 배를 비티니아의 왕이 임대한다면 그 비용을 로마가 치르는 것이 맞지 않나 하는 생각이 들었다. 그러나 니코메데스는 지금의 상황을 통상적인 일로 여기는 듯했기에 카이사르는 슬기롭게 잠자코 있었다. 일단 그에게는 돈이 없는데다 다른 데서 조달해 올 권한도 없었기 때문이다. 그러니 지금 상황을 있는 그대로 받아들이는 게 최선이었다. 하지만 그는 로마가 왜 자꾸 속주나 피호국 왕들과 문제를 겪는지 이유를 알 것 같았다. 테르무스와의 대화에서 그는 로마가 이 함대의 비용을 추후 어느 시점에 비티니아에 치를 것으로 짐작했었다. 이제 보니 비티니아가 그 돈을 받으려면 정확히 얼마나 오랜 시간을 기다려야 할지 짐작할 수 없었다.

"흠, 함대 문제는 다 처리됐군." 엿새 뒤 왕이 말했다. "자네들 로마력 기준으로 10월의 열다섯번째 날, 아비도스 항에 함대가 준비될 거야. 약 두 달 남았군. 자네는 물론 그동안 나와 함께 시간을 보낼 것이네."

"배가 모이는 것을 지켜봐야 합니다." 카이사르가 이렇게 말한 건 왕을 피하고 싶어서가 아니라 그게 자기 임무라고 믿어서였다.

"그건 안 돼." 니코메데스가 말했다.

"왜 안 됩니까?"

"일이 그런 식으로 돌아가지 않아."

그들은 니코메디아로 돌아갔다. 카이사르로서는 전혀 싫을 것이 없었다. 노인과 함께하면 할수록 그가 더 좋아졌다. 그의 부인도. 그리고 그녀의 개도.

한가로이 보낼 수 있는 시간이 두 달 정도 생겼고 해서 카이사르는 페시노스, 비잔티온, 트로이아로 여행을 계획했다. 유감스럽게도 왕이 비잔티온에 따라간다고, 또 반드시 배를 타야 한다고 고집하는 통에 페시노스나 트로이아는 아예 가지도 못했다. 배로 이틀이나 사흘이면 되는 거리를 가는 데 무려 한 달 남짓이 걸렸다. 군왕의 행차는 몹시 느리고 지루하며 의례적이었다. 왕은 작은 어촌마을까지 빠짐없이 방문하며 자신의 영예로운 모습을 주민들이 볼 수 있게 했다. 하지만 카이사르를 존중해 화장은 하지 않았다.

비잔티온은 자연환경으로 보나 사람들로 보나 모든 게 그리스풍이었다. 트라키아 보스포로스 해협의 구릉성 반도 끝부분에 600년 전부터 존재해온 이곳은 북쪽으로 뿔피리 모양의 만에 항구가 하나 있고 남쪽으로 좀더 개방된 곳에 항구가 또하나 있었다. 성벽을 높이 쌓아 요새화한 이곳은 사설이건 공설이건 건물이 하나같이 크고 아름다워서 한눈에 봐도 몹시 부유한 도시였다.

트라키아 보스포로스 해협 연안은 앞서 본 헬레스폰트 해협보다도 더 아름답고 웅장했다. 니코메데스 왕이 이곳 비잔티온의 종주(宗主)임은 왕의 바지선이 선착장에 도착하자마자 알 수 있었다. 각계의 주요 인사가 벌떼처럼 몰려와 그를 맞이했던 것이다. 그러나 카이사르는 몇

몇 사람들이 그를 향해 음험한 눈빛을 보내오는 것을 놓치지 않았다. 몇몇은 비티니아의 왕이 로마인과 잘 지내는 게 탐탁지 않은 듯도 했다. 카이사르는 또다른 딜레마에 빠졌다. 이제까지 그가 니코메데스 왕과 공공연히 어울려 다닌 것은 비티니아에서였고, 왕을 잘 아는 그곳 백성들은 그를 인간적으로 사랑하고 이해했다. 그러나 비잔티온은 달랐다. 이곳 사람들은 얼마 지나지 않아 카이사르를 비티니아 왕의 애인으로 지레짐작했다.

마음만 먹으면 억측을 반박하기는 쉬웠을 것이다. 이런저런 자리에서 어리석은 노친네들이 어리석은 망발을 한다고, 함대 좀 얻자고 어리석은 노친네와 흥정하려니 귀찮기 짝이 없다고 몇 마디 떠벌려주면 충분했을 것이다. 하지만 카이사르는 차마 그럴 수 없었다. 그는 비잔티온이 짐작하는 바와 다른 방식으로 니코메데스를 진심으로 아끼고 사랑하게 된 터였다. 그 자신이 자존심에 가장 큰 상처를 입었지만, 가련한 노인의 자존심 역시 다치게 할 수는 없었다. 하지만 카이사르에게는 상황을 있는 그대로 밝혀야 할 필요가 있었다. 어느 무엇보다도 거기에 그 자신의 미래가 걸려 있었던 것이다. 그는 자신이 나아갈 곳을 알았다. 그는 가장 높은 자리를 향해 가고 있었다. 자기 본성을 숨기며 정상에 오르기란 쉽지 않을 터이다. 하지만 자신이 부당한 오해를 받고 있음을 알면서 정상에 오르기를 시도하기란 그보다 훨씬 더 힘든 일이다. 만약에 왕이 좀더 젊었더라면 그는 직접적인 호소를 결심했을지 모른다. 니코메데스는 동성애를 용인하지 않는 로마인들은 헬레니즘에 반하며 심지어 야만적이라고 비난했지만, 타고난 따뜻하고 다정한 성품으로 결국에는 오해를 불식시켜주었을 테니까. 하지만 왕은 고령이었다. 이 요구가 초래할 상처가 너무 심각하지 않을지 카이사르는 미처 알 수 없었다. 간단히 말해서, 인생은 간혹 딱히 이렇다 할 만한 정답이 없는 난제들을 던져주었다. 철저한 보호와 폐쇄 속에 보낸 청소년기의 끝자락에 카이사르가 깨달은 사실이었다.

비잔티온 사람들의 로마인들에 대한 적개심은 물론 4년 전 핌브리아와 플라쿠스가 비잔티온을 점령했을 때 시작되었다. 당시 킨나 정부로부터 지명받은 그들은 그리스로 가서 술라와 싸우는 대신 아시아로 가서 미트리다테스와 싸울 것을 택했다. 그뒤 핌브리아가 플라쿠스를 살해했고 이어 술라는 핌브리아가 응분의 대가를 치르게 했지만, 그러한 사실은 비잔티온 사람들에게 중요치 않았다. 중요한 건 그들의 도시가 고통을 받았다는 사실이었다. 그리고 여기 그들의 종주가 또다른 로마인의 비위를 맞추며 알랑대고 있었다.

그렇게 여러 가지를 고려한 끝에 마침내 결론에 도달한 그는 손상된 자존심을 최대한 회복하기 위해 비잔티온 사람들에게 자신의 이미지를 새로이 각인시키는 작업에 착수했다. 그의 지성과 교양은 큰 도움이 되었지만, 어머니가 그토록 개탄해마지않던 그의 타고난 매력에 대해서는 확신이 서지 않았다. 그의 매력은 비잔티온 유력 시민들의 마음을 얻는 데는 분명 도움이 되었고, 플라쿠스나 핌브리아같이 상스럽고 야수적인 자들로 인해 그들이 갖게 된 로마인에 대한 부정적 감정을 완화하는 데에도 역시 큰 도움이 되었다. 하지만 끝에 가서는 그 매력이 그의 성적 정체성에 대한 선입견을 더 공고하게 굳히고 말 거라는 결론을 피할 수 없었다. 이성애자 남성은 외모가 매력적이어서는 안 되었다.

그리하여 카이사르는 정면공격으로 맞섰다. 1단계는 남자들이 그에게 던지는 추파를 거칠게 거절하는 것이었고, 2단계는 비잔티온에서 가장 이름난 고급 매춘부가 누군지 알아내어 그 여자가 항복을 외칠 때까지 사랑을 나누는 것이었다.

"당나귀같이 크고 염소같이 음탕하다니까요." 그녀는 만나는 친구나 정기적인 잠자리 손님 누구에게나 피로한 표정으로 말했다. 그러고서는 미소 띤 얼굴로 한숨을 내쉬며 관능적으로 두 팔을 내뻗었다. "오, 하지만 정말 대단해요! 그런 남자랑 자본 게 대체 몇 년 만인지!"

수법은 통했다. 니코메데스 왕에게 상처를 주지 않고서, 이 젊은 로마인에 대한 왕의 헌신이 있는 그대로 비치게 되었다. 그저 왕의 이룰 수 없는 욕망으로.

카이사르는 니코메디아로 돌아갔다. 오라달티스 왕비와, 술라로 불리는 개와, 지나치게 많은 시동과, 끝없이 말싸움을 벌이는 재미있는 수행원들이 가득한 이상한 궁전으로.

"떠나야 해서 참으로 유감입니다." 카이사르는 왕 내외와의 마지막 만찬 자리에서 말했다.

"떠나보내는 우리 마음만 할까요." 오라달티스 왕비가 걸걸한 목소리로 말하며 한 발로 개를 건드렸다.

"미틸레네가 진압된 후에 다시 올 텐가?" 왕이 물었다. "우린 자네가 그래주면 참 좋겠네."

"다시 올게요. 약속 꼭 지키겠습니다." 카이사르가 말했다.

"좋아!" 니코메데스가 흡족한 표정을 지었다. "그러면, 자네, 내가 늘 궁금해하던 라틴어 수수께끼의 답을 좀 가르쳐주겠나? 왜 '쿤누스(여자 성기를 가리키는 라틴어 속어—옮긴이)'는 남성형이고, '멘툴라(남자 성기를 가리키는 라틴어 속어—옮긴이)'는 여성형인가?"

카이사르가 눈을 깜빡였다. "모르겠습니다!"

“분명 까닭이 있을 거야.”

“솔직히 한 번도 생각해보지 않았습니다. 하지만 그 말씀을 들으니 저도 궁금해지는군요. 이상해요, 그렇죠?”

“‘쿤누스’가 아니라 ‘쿤나’가 되어야지. 그래야 여자 성기지. ‘멘툴라’는 ‘멘툴루스’라야 남자의 음경이고. 자네들 로마인은 사내들이 그렇게 허세를 부려대면서도 실상 앞뒤가 완전히 뒤바뀌었어! 로마에서는 부녀자가 사내고 사내가 부녀자야.” 왕이 편안하게 앉으며 환히 웃었다.

“그 부분에 대해 점잖은 표현을 택하지 않으셨군요.” 카이사르가 진지하게 말했다. “‘쿤누스’나 ‘멘툴라’는 속된 표현입니다.” 그는 줄곧 진지한 표정을 짓고서 말을 이었다. “어쨌거나 제가 보기에 답은 명백합니다. 해당 성기가 어느 성별과 짝지어지는지 가리키는 겁니다. 음경은 여성의 성기를 찾아가고, 질은 남자의 성기를 맞아들이니까요.”

“말도 안 돼!” 왕의 입술이 파르르 떨렸다.

“궤변이에요!” 왕비의 어깨가 부들부들 떨렸다.

“술라는 이 문제를 어찌 생각하는고?” 니코메데스가 개에게 물었다. 그는 카이사르가 온 이후로 개와 훨씬 잘 지내는 터였다. 아니, 어쩌면 요즘 오라달티스가 개를 데리고 영감한테 그리 짓궂은 장난을 치지 않기 때문이지도 몰랐다.

카이사르가 웃음을 터트렸다. “로마에 가면 제가 그분에게 꼭 여쭤보겠습니다!”

카이사르가 떠나자 왕궁이 텅 빈 듯했다. 두 늙은이들은 어찌할 바를 모르고 이곳저곳을 느릿하게 거닐었고, 개조차도 끙끙 앓는 소리를 냈다.

"그애는 우리가 못 가졌던 아들이오." 니코메데스가 말했다.

"아니요!" 오라달티스가 강하게 부인했다. "우린 절대 그런 아들을 가질 수 없어요. 절대로."

"내 가문의 동성애 내력 때문에?"

"그게 아니에요! 우리는 로마인이 아니기 때문이죠. 그는 로마인이에요."

"그보다 그는 그 자신이라 말하는 편이 옳겠소."

"그가 정말 다시 올까요, 니코메데스?"

이 질문에 왕은 힘이 솟는 듯했다. 그가 굳세게 말했다. "그래요, 그는 올 거요."

10월의 이두스에 카이사르가 아비도스에 도착해보니 약속대로 함대가 정박해 있었다. 거대한 폰토스 16단 노선 두 척, 5단 노선 여덟 척, 3단 노선 열 척, 튼튼하지만 군용으로는 보이지 않는 갤리선이 스무 척이었다.

"해상전이 아니라 포위전에 쓰려는 것이니," 왕이 카이사르에게 쓴 편지에서 말했다. "소형 선박 스무 척은 자네가 부탁한 비갑판식 군용 갤리선이 아닌 뱃머리가 넓고 개조된 갑판식 상선으로 준비했네. 겨울 동안 미틸레네 사람들이 항구에 접근하는 것을 차단하려면 가벼운 갤리선보다 튼튼한 선박이 유용할 거야. 폭풍이 불 때도 연안에 버티고 서 있어야 하니까. 개조된 상선은 아무도 배를 띄울 엄두를 내지 못할 만큼 강풍이 부는 날도 이겨낼 수 있어. 폰토스의 16단 노선도 유용할 거야. 다른 건 몰라도 일단 겉보기에 어마어마하고 위협적이니까. 이런 배로는 아무리 튼튼한 쇠사슬도 끊을 수 있으니 항구를 공격할 때 쓸모가 있을 거야. 시노페의 항만장은 선박 임대료로 선원들(1척당 500명일세)의 식대와 급료만 치르면 된다고 했어. 그자에 따르면 폰토스 왕이 당장으로서는 그들을 데리고 할 게 아무것도 없다는군. 청구서는 별지에 작성해서 동봉하겠네."

헬레스폰트 해협의 아비도스에서 미틸레네 북부 레스보스 섬의 아나톨리아 쪽 해변까지 거리는 약 160킬로미터였다. 카이사르가 일등항해사에게 물어보니 날씨가 좋고 모든 배가 항해에 적합한 상태라면 가는 데 닷새에서 열흘이 걸릴 거라고 했다.

"그렇다면 상태를 전부 점검해보는 게 좋겠군." 카이사르가 말했다.

원정을 나가기 전에 선박 전량을 철저히 점검해야 한다고 고집하는 제독(카이사르는 레스보스 섬에 닿을 때까지 자신의 지위를 그렇게 암시했던 것이다) 밑에서 일하는 데 익숙지 않았던 일등항해사는 아비도스의 조선공 셋을 불러다 배를 한 척 한 척 면밀히 검사했다. 카이사르는 그들 어깨 너머에서 한시도 쉬지 않고 질문을 쏟아냈다.

"뱃멀미는 없으십니까?" 일등항해사가 기대를 걸고 물었다.

"아직까지는 한 번도 없었소." 카이사르가 두 눈을 반짝이며 말했다.

11월의 칼렌다이 열흘 전, 40척 함대가 헬레스폰트 해협에서 출항했다. 늘 흑해에서 에게 해 방향으로 흐르는 이곳의 해류가 함대를 안정된 속도로 해협의 남단에 데려다주었다. 트라키아 쪽으로는 마스투시아 곶이, 아시아 쪽으로는 스카만드로스 강어귀가 있는 곳이었다. 스카만드로스 강을 따라 내려가면 그리 멀지 않은 곳에 트로이아가 있었다. 전설의 일리움. 그 자신의 선조인 아이네아스가 쫓아오는 아가멤논을 피해 불길을 뚫고 도망쳐나온 도시. 저 경이로운 장소를 방문하지 못하는 게 못내 아쉽군, 하고 카이사르는 생각했다. 하지만 이내 어깨를 으쓱했다. 다시 기회가 있겠지.

날씨는 좋았다. 함대는 한 척도 뒤처지지 않고서 레스보스 섬의 북단에 예상보다 엿새 앞서 도착했다. 카이사르는 단 하루도 틀림없이 정확히 11월의 칼렌다이에 도착할 계획이었으므로, 일등항해사와 다시 상의를 하고 구부린 손바닥 모양의 키도니아 반도 안쪽 항구에 함대를 가지런히 세워두었다. 레스보스 섬에서 보이지 않는 자리였다. 레스보스 섬의 적군은 개의치 않았다. 카이사르는 도시를 포위한 로마군을 놀래주고 싶었다. 그리고 테르무스를 비웃어주고 싶었다.

"운이 억세게 좋으십니다." 11월의 칼렌다이 전날 일등항해사가 함대를 다시 몰고 나가며 말했다.

"어떤 면에서 말이오?"

"연중 이맘때에 이 정도로 항해하기 좋은 날씨를 본 적이 없습니다. 게다가 앞으로 며칠은 더 이렇겠는데요."

"그러면 해거름에 레스보스 섬에서 어디든 정박하기 좋은 만을 찾아서 일단 함대를 세워둡시다. 내가 내일 새벽에 빠른 거룻배를 타고 나가서 로마군을 찾겠소." 카이사르가 말했다. "사령관이 함대를 어디에 배치할지도 모르면서 전 함대를 데려가는 건 무의미하니까."

카이사르는 다음날 해가 뜨고 얼마 안 되어 로마군을 발견했다. 그는 뭍에 올라 테르무스건 루쿨루스건 그곳의 사령관을 찾아갔다. 사령관은 루쿨루스였다. 테르무스는 아직 페르가몬에 있었다.

두 사람은 루쿨루스가 미틸레네 시가 위치한 좁은 구릉성 만 건너편에 포위 장벽을 세우고 해자를 파는 현장을 감독하던 장소 아래에서 만났다.

동
26°
27°
41°
40°
39°
북
트라키아
헤브로스강
도리스코스
스텐토리스 호
압신토스강
아이노스
에그나티우스가도
멜라스강
멜라스 만
칼리폴리스
프로콘네소스 섬
오피우사 섬
할로네 섬
프리아포스
람프사코스
세스토스
아비도스
레소스강
임브로스섬
다르다노스
그라니코스강
헬레스폰트
트로이아(일리움)
미시아
아이세포스강
테네도스 섬
스카만드로스강
스켑시스
아소스
아드라미티온
메팀나
레스보스섬
아시아 속주
키도니아
페르가몬
카이코스강
피라
미틸레네
피타네
에게 해

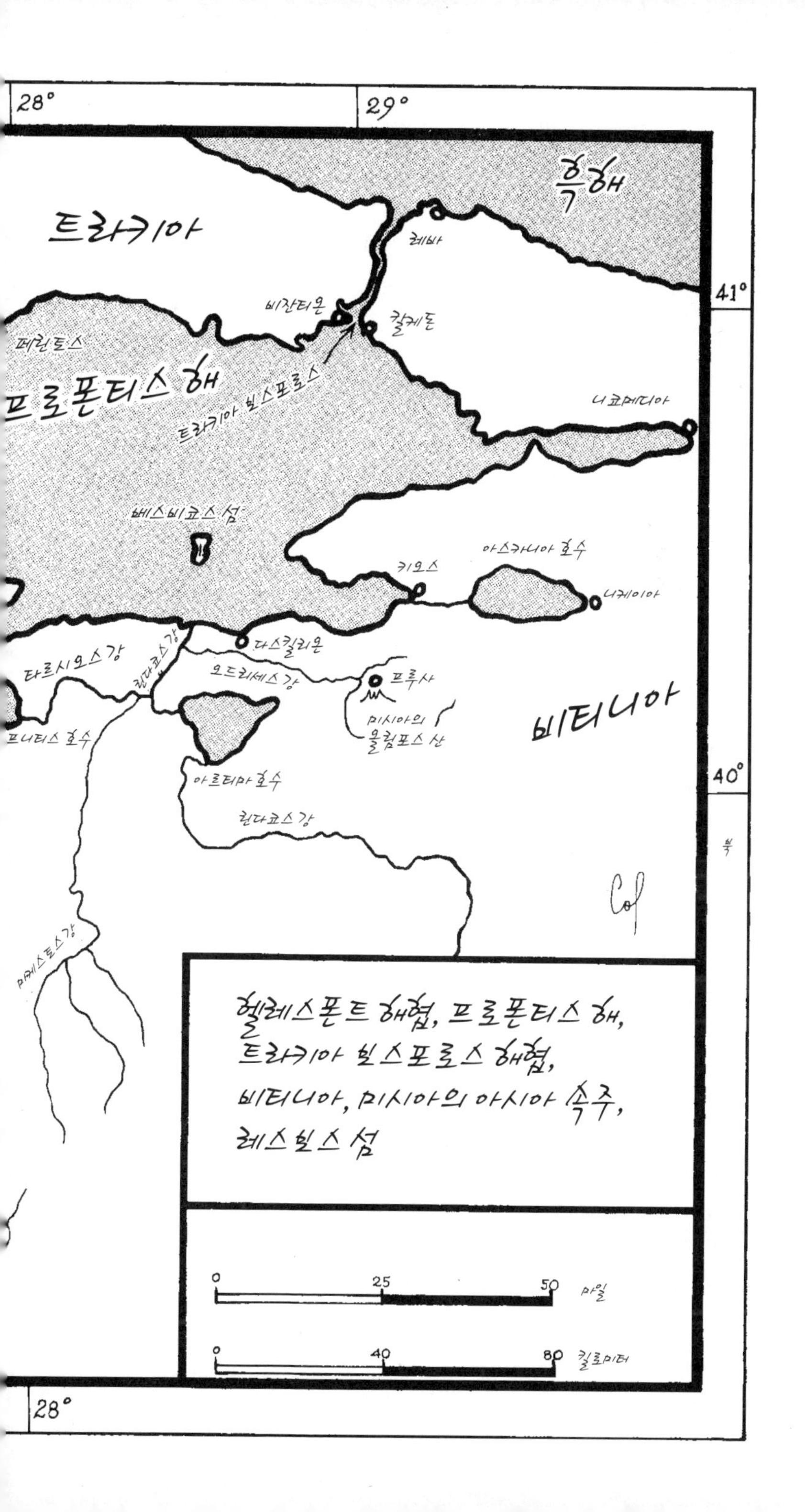
28°
29°
흑해
트라키아
레바
41°
비잔티온
칼케돈
페린토스
프로폰티스 해
트라키아 보스포로스
니코메디아
베스비코스 섬
아스카니아 호수
키오스
니케이아
다스킬리온
타르시오스 강
린다코스 강
오드리세스 강
프루사
비티니아
미시아의
올림포스 산
프니티스 호수
40°
아르티마 호수
린다코스 강
마케스토스 강
헬레스폰트 해협, 프로폰티스 해,
트라키아 보스포로스 해협,
비티니아, 미시아의 아시아 속주,
레스보스 섬
0
25
50
마일
0
40
80
킬로미터
28°

호기심 어린 쪽은 당연히 카이사르였다. 루쿨루스는 퉁명스러웠다. 그는 평소 자기가 모르는 하급 군관은 죄다 귀찮은 존재로 여겼고, 이날도 어느 낯선 군관이 그에게 면담을 청한다는 말만 들은 터였다. 지난 몇 해 동안 그는 로마에서 큰 명성을 얻었다. 루쿨루스는 술라의 충직한 재무관이었으며, 술라가 집정관이던 해에 처음으로 로마 진군을 감행했을 때 유일하게 그를 따른 보좌관이었다. 루쿨루스는 그후로 변함없이 술라의 사람이었고, 술라는 그가 아직 법무관 직을 역임하지 않았음을 감안하면 다소 파격적인 임무들을 그에게 맡겼다. 루쿨루스는 미트리다테스 왕을 상대로 전쟁을 치렀고, 술라가 로마로 돌아간 뒤에 그를 대신해 아시아 속주에 머물렀으며, 아시아 속주 총독인 무레나가 로마의 승인 없이 카파도키아 영토에 가서 미트리다테스와 전쟁을 치르느라 분주한 동안에 술라를 위해 그곳을 지키고 있었다.

카이사르의 눈에 비친 루쿨루스는 몸이 탄탄하고 날씬했으며 키는 평균보다 컸다. 걸음걸이가 조금 뻣뻣해 보였는데, 뼈에 문제가 있어서라기보다는 경직된 심사 때문인 듯했다. 미남이랄 수는 없지만 분명 흥미로운 인상이었다. 얼굴은 길고 창백했으며, 머리칼은 흔히 회갈색이라고 부르는 애매한 색깔의 뻣뻣한 고수머리였다. 충분히 가까워졌을 때 눈을 들여다보니 눈동자는 밝고 선명하고 차가운 회색이었다.

사령관이 양미간을 좁히며 인상을 썼다. "뭔가?"

"저는 하급 군관 가이우스 율리우스 카이사르입니다."

"총독이 보냈지?"

"네."

"그래서? 무슨 일로 왔나? 나는 지금 바쁘네."

"사령관님 함대를 가져왔습니다, 루키우스 리키니우스."

"내 함대라고?"

"비티니아에서 징발해 오라고 총독께서 명령하신 함대 말입니다."

차가운 눈동자가 카이사르에게 붙박였다. "세상에!"

카이사르는 잠자코 기다렸다.

"하, 이거 정말 희소식이군! 테르무스가 비티니아에 군관을 두 명이나 보낸 줄은 몰랐어." 루쿨루스가 말했다. "자네는 언제 보낸 군관인가? 4월?"

"제가 알기로 파견된 군관은 저 하나입니다."

"카이사르, 카이사르……. 7월 말에 보낸 군관이 자네일 리가 없잖아!"

"제가 맞습니다."

"그런데 함대를 벌써 구해왔단 말인가?"

"네."

"그렇다면 돌아가야 하겠군, 군관. 니코메데스 왕이 쓰레기를 긁어모아줬을 테니까."

"이 함대에 쓰레기는 없습니다. 40척 모두 항해에 적합한지 제가 직접 점검을 마쳤습니다. 16단 노선 두 척, 5단 노선 여덟 척, 3단 노선 열 척, 개조된 상선 스무 척입니다. 니코메데스 왕은 동절기 포위작전에는 경량의 비갑판식 군용 갤리선보다 개조된 상선이 더 적합하다고 했습니다." 카이사르가 말했다. 그는 기쁨을 마음속에 감추고 밖으로 조금도 새어나오지 않게 했다.

"세상에!" 루쿨루스는 눈앞에 서 있는 하급 군관을 곡마단 괴물을 구경하듯 자세히 들여다보았다. 치켜져 있던 왼쪽 입술 끝이 희미하게 내려오며 눈가의 냉기가 살짝 사그라졌다. "어떻게 해낸 건가?"

"저는 설득에 능합니다."

"왕한테 말을 어떻게 했는지 궁금하군! 니코메데스는 세상에 또 없을 수전노란 말일세."

"염려 마십시오, 루키우스 리키니우스. 왕이 청구서를 보내왔습니다."

"루쿨루스라고 부르게. 이곳에 루키우스 리키니우스가 최소 여섯 명은 넘어."

지휘관은 몸을 돌려 해변을 향해 걸었다. "당연히 청구서를 가져왔겠지! 16단 노선은 얼마를 달라고 하는가?"

"선원들 식대와 급료만 치르면 된답니다."

"세상에! 그 마법의 함대는 지금 어디 있나?"

"헬레스폰트 해협 쪽으로 1.6킬로미터 위쪽에 정박해두었습니다. 일단 제가 와서 사령관님께 함대를 이곳에 정박시킬지 아니면 미틸레네 항구로 보내 곧바로 포위 작전을 시작할지 여쭤보는 게 좋겠다고 판단했습니다."

루쿨루스의 걸음걸이가 조금 부드러워졌다. "작전에 곧바로 투입하세, 군관." 그는 양손을 맞비볐다. "미틸레네에 엄청난 충격이겠어! 이번 겨울 동안 식량을 더 조달할 수 있을 걸로 판단했겠지."

두 사람은 거룻배 앞에 다다랐고 루쿨루스가 날렵하게 배에 올랐다. 카이사르는 머뭇거렸다.

"뭔가, 군관? 같이 안 가나?"

"사령관님 뜻에 따르겠습니다. 저는 군대 예법에 익숙지 않습니다. 혹시라도 실수를 저지르고 싶지 않습니다." 카이사르가 솔직하게 말했다.

"타게! 어서 타라고!"

양쪽에 절반씩 갈라 앉은 스무 명의 노잡이가 갑판 없는 작은 배의 방향을 북쪽으로 돌리고 몇 차례 크고 여유 있게 노를 젓자 배가 앞으로 나아갔다. 그동안 말이 없던 루쿨루스가 다시 입을 열었다.

"군대 예법에 익숙지 않다고? 열일곱 살은 훨씬 넘어 보이는데, 아닌가? 아까 수습군관이라고 하지는 않았잖아?"

카이사르는 올라오는 한숨을 억누르며(더이상 설명이 필요 없어지기 전까지 지겹도록 이 얘기를 반복해야 하리라는 걸 깨달았다) 사무적인 어조로 말했다. "올해로 열아홉 살입니다만 이번이 처음 출정한 군사작전입니다. 저는 올 6월까지 유피테르 대제관이었습니다."

하지만 루쿨루스는 장황한 설명을 듣고 싶어하지 않았다. 그는 머리가 좋고 바쁜 사람이었다. 그는 고개를 끄덕이면서, 보통 사람이라면 꼬치꼬치 캐묻는 것들을 모두 당연한 듯 받아들였다. "카이사르라……. 자네 고모가 술라의 첫 부인이었지?"

"그렇습니다."

"술라가 자네를 특별히 대우하겠군."

"아직까지는 그렇습니다."

"대답 잘했네! 군관, 나는 그분의 가장 충성스러운 추종자야. 자네가 그분 인척인 걸 고려해 미리 경고해두지. 나는 어느 누구라도 그분을 비난하는 걸 용납하지 않아."

"제게서 그분에 대한 비난을 들을 일은 없을 겁니다, 루쿨루스."

"좋아."

침묵이 내려앉았다. 노잡이 스무 명이 동시에 노를 물에 담그며 똑같게 내뱉는 신음 소리만 간간히 들렸다. 그러다 루쿨루스가 재미있다는 표정으로 다시 말을 시작했다.

"어떻게 그렇게 대단한 함대를 니코메데스 왕한테서 우려냈는지 아직도 궁금한데."

그러자 이제까지 숨겨왔던 기쁨이 카이사르의 얼굴에 반짝 떠올랐다. 그는 이런 때 어떻게 감정을 가다듬어야 하는지 아직 터득하지 못한 터였다. 그래서 그만 아직 잘 모르는 사람 앞에서 경솔한 말을 내뱉고 말았다. "총독님의 태도 때문에 좀 화가 났던 덕분이라고 해두죠. 총독께선 제가 총 40척의 배를, 그중 절반은 갑판식으로, 11월의 칼렌다이까지 대령해올 수 있으리란 걸 도무지 믿지 않으셨습니다. 자존심이 상한 저는 반드시 그렇게 하겠다고 약속했습니다. 그리고 결국 해냈습니다! 약속한 것은 지킬 능력이 제게 있다는 걸 총독께서 좀처럼 믿질 않으시니 저는 무조건 해내야 했습니다."

이 대답은 루쿨루스의 귀에 몹시 거슬렸다. 자기 군대에 어느 계급이건 교만한 자가 있는 것을 몹시 싫어하던 그에게 이는 가증스럽도록 오만방자한 대답이었다. 그는 이 교만한 애송이에게 제 분수를 알려주기로 마음먹었다. "얼굴에 분칠을 하고 다니는 그 늙은 동성애자 니코메데스는 나도 아주 잘 알지." 그의 목소리는 얼음장처럼 차가웠다. "그래, 자네는 아주 예쁘장하게 생겼고 왕은 아주 악명이 높아. 왕이 자넬 무척 마음에 들어 했겠군?" 카이사르에게 대답할 기회를 줄 생각이 전혀 없었던 그는 곧장 이어 말했다. "그래, 당연히 마음에 들어 했겠지! 오, 훌륭한 일을 해냈어, 카이사르. 로마인이라고 다 로마를 위해 자신의 몸을 팔 정도로 고귀한 목적의식을 지니진 않았으니까. 자네의 그 얼굴이 배 40척을 끌고 왔다고 해야겠군. 아니면 그 엉덩이라고 해야 하나?"

카이사르의 내면에서 분노가 빠르게 불타올랐다. 두 팔을 양 옆구리에 붙이고 있으려 안간힘을 쓰는 바람에 손톱이 손바닥을 파고들었다. 침착함을 잃지 않으려고 이토록 힘들게 싸워보기는 태어나서 처음이었다. 그러나 그는 침착성을 지켰다. 앞으로 결코 잊지 못할 대가를 치르면서. 카이사르는 부릅뜬 눈으로 루쿨루스를 노려보았다. 그런 눈빛을 예전에도 여러 번 본 적이 있던 루쿨루스는 얼굴빛이 새하얗게 질렸다. 어디라도 물러날 곳이 있었다면 카이사르를 피해 뒷걸음질 쳤을 것이다. 대신 그는 제자리를 지켰다. 하지만 그러기가 쉽지는 않았다.

"제가 처음으로 여자를 경험한 건," 카이사르가 단호한 목소리로 말했다. "열네 살 생일 즈음해서였습니다. 그후로 헤아릴 수 없이 많은 여자들과 잤습니다. 제가 여자를 그만큼 잘 안다는 뜻입니다. 루키우스 리키니우스 루쿨루스, 제가 썼다고 당신이 주장하는 그 수법은 여자들이나 쓰는 겁니다. 여자들은 말입니다, 루키우스 리키니우스 루쿨루스, 원하는 걸 얻기 위해—또는 그들의 남자가 원하는 걸 대신 얻어주기 위해—상대와의 잠자리 말곤 다른 무기가 없습니다. 제가 목적을 이루기 위해 그런 수단에 기댈 수밖에 없는 날이 온다면, 저는 그날 할복을 할 겁니다. 루키우스 리키니우스 루쿨루스, 당신은 자랑스러운 이름을 갖고 있습니다. 하지만 그러한 당신의 이름도 제 이름에 비하면 티끌만도 못합니다. 조금 전 당신은 제 존엄을 깎아내렸습니다. 저는 그 오점을 지우기 전까지 한시도 쉬지 않을 겁니다. 제가 함대를 어떻게 얻었는지는 당신이 상관할 바가 아닙니다. 그리고 테르무스도 물론! 하지만 명심하십시오. 저는 함대를 명예로운 방법으로 얻었고 그 과정에서 왕과 잠자리를 할 필요는 없었습니다. 왕비와도 마찬가집니다. 이용당하는 쪽의 성별은 중요치 않습니다. 중요한 건 저는 그런 방법으로 목적을 이루지 않는다는 겁니다. 저는 지력으로 목적을 이룹니다. 그리고 이 정도의 지력을 타고난 자는 흔치 않지요. 따라서 저는 높이 뻗어갈 겁니다. 아마도 당신보다 높이."

말을 마친 카이사르는 등을 돌리고 멀어져가는 공성 보루를 바라보았다. 공성 보루가 미틸레네 외곽을 엉망으로 망가뜨리고 있었다. 루쿨루스는 숨이 막히는 듯했다. 대화가 라틴어로 이루어졌다는 게 감사할 뿐이었다. 안 그랬다면 노잡이들이 방금 있었던 이야기를 사방팔방으로 퍼뜨릴 테니까. 오, 참으로 감사하군요, 술라! 이곳 포위전이 너무 지루할까봐 드센 말벌 한 마리를 보내신 모양입니다! 미틸레네 병사 천 명보다 더 큰 골칫거리가 되겠군요.

이후 배가 목적지에 닿기까지 굳은 침묵이 이어졌다. 카이사르는 자기 내면에 침잠해 있었고, 루쿨루스는 위신을 잃지 않으면서 자기 권위를 되찾을 방법을 생각해내려고 머리를 쥐어짰다. 이번 전쟁을 책임지는 사령관인 그가 하급 참모군관에게 허리를 굽혀 사과한다는 건 그로서는 생각조차 할 수 없는 일이었다. 아무리 궁리해도 만족스러운 해결책은 도무지 떠오르지 않았고, 배가 금세 목적지에 도착하자 루쿨루스는 카이사르가 옆에 없는 척 굴며 제일 가까운 16단 노선 갑판에 놓인 사다리를 올랐다.

갑판에 발을 단단히 붙이고 우뚝 선 그는 오른손을 쫙 내뻗으며 카이사르가 사다리에 오르는 것을 저지했다.

"자넨 올 필요 없네, 군관." 그가 차갑게 말했다. "우리 군 병영으로 돌아가서 자네 숙소를 찾아가. 자넬 보고 싶지 않아."

"제 하인들과 말을 찾아서 데려가도 됩니까?"

"물론이다."

세상 어느 누구보다 자기 주인을 잘 알았던 부르군두스는, 카이사르가 함대를 떠나 있는 동안 뭔가가 단단히 틀어졌음을 직감했다. 하지만 지혜로웠던 그는 루쿨루스의 병영을 향해 함께 육로로 출발하면서 카이사르의 초췌하고 멍한 표정에 대해 별다른 언급을 하지 않았다.

병영까지 어떻게 갔는지, 병영의 배치는 어땠는지 카이사르는 전혀 기억나지 않았다. 보초병은 신임 하급 참모군관에게 프링키팔리스 가도를 가리키며 우측 두번째 벽돌 건물이 그의 숙소라고 알려주었다. 아직 정오도 되지 않았는데 천 시간은 지난 듯했다. 카이사르는 이제껏 한 번도 느껴보지 못한 피로감을 느꼈다. 암울하고 두렵고 눈앞이 아득했다.

내년 봄까지는 부술 계획이 없는 영구 진지여서 가죽 천막보다 더 견고하고 편안했다. 사병들은 끝없이 줄지어 세워진 튼튼한 통나무집에 한 채당 여덟 명씩 머물렀고, 지휘관들은 저택이라 불러도 좋을 만큼 제대로 된 큰 집에서 지냈으며, 중간 계급 군관들은 흙벽돌로 지은 5층짜리 사각형 건물을 썼다. 하급 참모군관들의 건물은 그와 비슷하되 단지 크기가 더 작았다.

열린 문 안쪽에서 목소리가 들렸다. 카이사르는 머뭇거리며 건물에 들어섰다. 하인들과 짐승들은 뒤쪽 길가에서 그를 기다렸다.

처음에는 안이 잘 보이지 않았지만, 그의 눈은 밝기 변화에 재빨리 적응했다. 그리하여 그는 다른 사람들이 자기를 보기에 앞서 방안 풍경을 확인했다. 방 한가운데에 큰 나무 탁자가 놓여 있었고, 젊은이 일곱 명이 군화 신은 발을 탁자에 얹고 둘러앉아 있었다. 카이사르는 그들이 누군지 몰랐다. 오랫동안 유피테르 대제관으로 살아온 탓이었다. 그때 탁자 저편에 앉은 건장한 체구의 호남형 청년이 문 앞에 선 카이사르를 봤다.

"안녕!" 그가 쾌활하게 말했다. "누군지 모르겠지만, 들어와!"

루쿨루스의 부당한 비난으로 인한 감정의 흔적이 아직 얼굴에 남아 있었지만, 카이사르는 실제 기분보다 훨씬 더 자신감 있는 태도로 들어갔다. 일곱 청년은 그에게서 살아 있는 완벽한 아폴로를 보았다. 탁자에서 발들이 서서히 내려왔다. 처음의 환영 인사 이후 아무도 말이 없었다. 모두가 그를 멀거니 쳐다보기만 했다.

그때 예의 호남형 청년이 자리에서 일어서서 탁자를 돌아 나와 손을 뻗었다. "나는 아울루스 가비니우스야." 그가 말하고 웃었다. "누군지 모르겠지만 그렇게 거만한 표정 짓지 마! 거만한 놈들은 지금도 차고 넘치니까."

카이사르가 손을 맞잡고 세차게 흔들었다. "가이우스 율리우스 카이사르야." 그가 말했다. 하지만 웃음에는 화답하지 않았다.

"내 임시 숙소가 여기인 것 같아. 나는 하급 참모군관이야."

"조만간 여덟번째 동료가 올 줄 알고 있었어." 가비니우스가 다른 사람들 쪽으로 고개를 돌리며 말했다. "우리도 다 하급 참모군관이야. 지휘관들에게는 눈엣가시 같은 인간쓰레기들이지. 뭐, 우리도 종종 일을 해! 하지만 우리는 급료를 받지 않으니까 지휘관이 강요할 수는 없지. 방금 저녁식사를 들어서 남은 음식이 좀 있어. 하지만 그전에 우리의 고통받는 동료들과 인사를 나눠."

다른 사람들도 일어섰다.

"가이우스 옥타비우스." 근육질 체구에 단신인 가이우스 옥타비우스는 갈색 머리에 적갈색 눈동자를 한 다소 그리스풍의 미남이었다. 귀만은 예외였는데 마치 물병 손잡이처럼 바깥쪽으로 쫑긋 솟아 있었다. 악수하는 손길이 신중하고 단호했다.

"이쪽은 푸블리우스 코르넬리우스 렌툴루스. 평범한 렌툴루스야." 한눈에 척 보기에도 거만하다는 놈들 중 하나가 분명했다. 전형적인 코르넬리우스 가문 사람으로, 머리나 피부색이 전반적으로 갈색에 못생긴 얼굴이었다. 뭔가 어려움이 있지만 그럼에도 끝까지 잘 해내겠다고 결심한 느낌이었다. 불안하면서도 투지가 강해 보였다.

"이쪽은 화려한 렌툴루스지. 루키우스 코르넬리우스 렌툴루스 니게르. 다들 니게르라고 불러." 또다른 거만한 놈. 또다른 전형적인 코르넬리우스 가문 사람. 소박한 렌툴루스보다 더 오만한 놈이었다.

"루키우스 마르키우스 필리푸스 2세. 우리는 리푸스라고 불러. 영락없는 달팽이거든." 부당한 별명이었다. 리푸스의 눈빛은 흐리멍덩하지 않았다. 시원스럽게 크고 검은 감미로운 눈이었고 아버지 필리푸스보다 훨씬 더 미남이었다. 클라우디우스 가문 출신의 조모를 닮은 덕분이었다. 무난하고 편안한 성격 같았고, 악수하는 손길은 부드러웠지만 유약한 느낌은 아니었다.

"마르쿠스 발레리우스 메살라 루푸스. 붉은 루푸스로 알려져 있지." 지체 높은 가문 출신이지만 거만해 보이지 않았다. 붉은 루푸스는 빨갰다. 머리카락도 빨갛고 눈동자도 빨갰다. 그렇지만 성격이 과격해 보이지는 않았다.

"그리고 머리통이 우리 시야에 없어서 늘 마지막에야 보게 되는 친구, 마르쿠스 칼푸르니우스 비불루스."

가장 오만한 자였다. 아마도 몸집이 유난히 왜소하고 키와 체격이 작은 탓인 듯했다. 생김새에서 자연스럽게 우월한 인상이 드러났다. 날카로운 광대뼈, 로마인 특유의 울퉁불퉁한 코, 불만스러운 입매, 살짝 돌출된 창백한 잿빛 눈 위로 반듯하게 그어진 눈썹. 머리카락과 눈썹은 금빛이 하나도 없이 흰색이어서 본래 나이인 스물한 살보다 더 나이들어 보였다.

첫 만남부터 서로를 싫어하게 되는 건 무척 흔한 일이다. 그러한 감정은 사실이나 논리 면에서 아무런 근거도 없는 본능적인 것이며 절대로 사라지지 않는다. 가이우스 율리우스 카이사르와 마르쿠스 칼푸르니우스 비불루스가 처음으로 눈빛을 교환하자마자 그들 사이에 불타오른 혐오가 그랬다. 니코메데스 왕은 내가 살면서 만날 적들에 대해 얘기했지. 여기 그 적이 있군. 카이사르는 확신했다.

가비니우스가 벽 쪽에서 여덟번째 의자를 끌어와 자신과 옥타비우스의 의자 사이에 끼워넣었다.

"여기 앉아서 먹어." 그가 말했다.

"고마워. 자리에 앉긴 하겠지만 음식은 사양할게."

"술도 있어. 포도주라도 좀 마셔!"

"술은 입에 안 대."

옥타비우스가 낄낄댔다. "오, 여기서 아주 잘 지내겠는데!" 그가 외쳤다. "여기서는 사람들이 벽마다 술을 먹고 토해놓거든."

"너는 유피테르 대제관이지!" 필리푸스의 아들이 소리쳤다.

"한때 유피테르 대제관이었지." 카이사르가 말했다. 그는 이야기를 거기서 끝내려 했지만, 생각을 고치고 말을 이었다. "지금 좀더 자세히 말해야 앞으로 다시 묻지 않겠지." 그는 요점만 추려서 말했다. 그가 구사하는 어휘가 무척 뛰어나서, 나머지 청년들—그들 중에 학자는 없었지만—은 이 신임 군관이 학자까지는 아니어도 상당한 지성을 지녔음을 금세 알아챘다.

“대단한 이야기로군.” 카이사르가 말을 마치자 가비니우스가 말했다.

“그러니까 넌 지금까지도 킨나의 딸과 결혼한 사이라는 거지.” 비불루스가 말했다.

“그래.”

“그리고,” 옥타비우스가 크게 웃음을 터트리며 말했다. “이제 우리는 해묵은 전쟁에 꼼짝없이 붙들렸어, 가비니우스. 카이사르가 들어오면서 파트리키 귀족이 네 명이 되었잖아! 목숨을 건 전쟁이 시작되겠지!”

나머지 청년들이 그를 쏘아보자 그는 조용해졌다.

“로마에서 바로 왔겠네?” 루푸스가 말했다.

“아니, 비티니아에서 왔어.”

“비티니아에는 왜 갔지?” 평범한 렌툴루스가 물었다.

“미틸레네 포위전에 쓸 함대를 구하러.”

“늙은 동성애자 니코메데스 왕이 아주 좋아했겠군.” 비불루스가 코웃음쳤다. 방안에 있는 대부분 사람들이 불쾌해할 무례한 말임을 그도 알았기에 그 말은 하지 않으려고 했다. 하지만 어째서인지 그의 혀가 말을 듣지 않았다.

“사실, 그랬어.” 카이사르가 태연하게 말했다.

“그래서 함대를 구했어?” 비불루스가 압박했다.

“자연스러운 일이지.” 카이사르가 비불루스와는 비교도 안 되게 오만한 표정으로 말했다.

비불루스의 얼굴만큼이나 날카로운 웃음소리가 방안에 퍼졌다. “자연스러운 일? ‘부자연’스러운 일이 아니고?”

그다음에 무슨 일이 벌어졌는지는 솔직히 아무도 보지 못했다. 여섯 쌍의 눈이 제대로 초점이 맞춰졌을 때 카이사르는 이미 탁자를 돌아가서 한 손으로 비불루스의 몸을 들어올린 뒤였다. 비불루스의 두 발이 공중에 동동 떠 있었다. 우습고 희극적인 풍경이었다. 비불루스는 카이사르의 미소 띤 얼굴을 향해 거칠게 양팔을 휘둘렀지만 카이사르에게 닿기에 그의 팔은 너무 짧았다. 마치 즉흥 익살극에서 튀어나온 한 장면 같았다.

카이사르가 말했다. "네놈이 벼룩만큼 보잘것없는 놈이 아니었다면 나는 당장 밖으로 나가서 네놈 얼굴을 자갈밭에 내리쳤을 거야. 유감스럽게도 풀렉스('벼룩'이라는 뜻의 라틴어 — 옮긴이), 그건 살인 행위가 될 테지. 너는 너무 보잘것없어서 내가 곤죽으로 만들어줄 가치도 없어. 그러니 내 앞에서 꺼져, 이 벼룩아!" 카이사르는 비불루스를 공중에 든 채로 적당한 물건을 찾아 주변을 두리번거렸다. 그는 2미터 가량 높이의 수납장을 발견하고, 그다지 큰 힘을 들이는 기색 없이 비불루스를 수납장 위로 휙 던져올렸다. 그 와중에도 비불루스는 군홧발을 카이사르에게 내질렀지만 카이사르는 우아하게 발길질을 피했다. "그 위에서 한참 동안 발차기나 하시지, 풀렉스."

그러고 카이사르는 건물 밖 길가로 나가버렸다.

"풀렉스라니, 너한테 딱 어울려, 비불루스!" 옥타비우스가 웃으며 말했다. "이제부터 너를 풀렉스라고 불러야겠어. 넌 그런 말을 들어도 싸니까. 어때, 가비니우스? 너도 재를 풀렉스로 부를 거지?"

"포덱스('똥구멍'이라는 뜻의 라틴어 — 옮긴이)가 낫겠어!" 가비니우스는 화가 나서 벌게진 얼굴로 딱딱댔다. "뭐에 씌어서 그런 말을 내뱉은 거야, 비불루스? 정말 지나친 말이었어. 너 때문에 우리 모두 질 낮은 사람들이 됐잖아!" 그는 다른 사람들을 노려보았다. "너희들이야 어쩌든 상관

없지만, 나는 나가서 카이사르가 짐을 푸는 걸 돕겠어."

"나 좀 내려줘!" 비불루스가 수납장 위에서 말했다.

"난 싫어!" 가비니우스가 경멸조로 말했다.

결국 아무도 나서지 않았다. 바닥에 몸을 내동댕이치는 수밖에 없었다. 수납장이 너무 엉성해 손으로 잡고 내려오다가는 무너질 것 같았기 때문이다. 이루 말할 수 없는 분노가 치솟았지만 한편으로는 당혹감과 수치심이 들었다. 뭐에 씌어서 그런 소리를 했을까? 결국 그는 스스로를 막돼먹은 사람으로 만들었을 뿐이었다. 동료들의 신의도 잃었다. 이날의 대결에서 이겼다고 스스로를 위안할 수도 없었다. 그는 졌다. 카이사르는 쉽게—그리고 명예롭게—자기보다 작은 사람을 때리지 않고 그저 상대의 왜소함을 부각시킴으로써 대결에서 이겼다. 비불루스는 그저 남들의 큰 키와 건장한 체격에 분개하는 편이 옳았을 것이다. 그는 키가 작고 체격도 왜소했다. 세상은 크고 풍채 좋은 사내들의 것임을 그는 잘 알았다. 카이사르는 외모만으로—얼굴, 체격, 키—그를 자극하기에 충분했다. 게다가 그 모든 신체적 우월함도 모자라 유창하고 화려한 언변까지! 불공평하다!

누가 더 증오스러운지 알 수 없었다. 자기 자신인지 혹은 가이우스 율리우스 카이사르인지. 모든 걸 가진 자. 길가에서 왁자한 웃음소리가 흘러들었다. 비불루스는 못 들은 척하고 싶었지만 그러기엔 궁금증이 너무나 일었다. 그는 조용히 출입구 옆으로 살살 걸어가 몰래 밖을 엿보았다. 동료 군관 여섯이 포복절도하며 서 있는 가운데, 모든 걸 가진 자가 노새에 올라타 있는 게 아닌가! 뭐라고 하는지 들리진 않지만 분명 재치 있고 즐겁고 멋지고 유쾌한, 매력 넘치고 환상적이고 흥미롭고 탁월하며 매혹적인 말이겠지.

"흥." 비불루스는 혼자 자기 방으로 들어가며 중얼댔다. "저놈은 이 벼룩을 절대로, 절대로, 절대로 떼어내지 못할걸!"

겨울로 접어들자 미틸레네 포위전은 차차 정적인 국면으로 접어들었다. 로마군은 그냥 자리를 지키고 앉아 미틸레네 사람들이 굶어죽기만을 기다렸다. 루키우스 리키니우스 루쿨루스는 그제야 친애하는 술라에게 편지를 쓸 시간이 났다.

봄이면 이곳 일이 끝날 가능성이 높아 보입니다. 이곳 상황에 매우 놀라운 변화가 생겨서입니다만 그 이야기는 잠시 후 드리겠습니다. 그보다 우선 한 가지 청이 있습니다. 만일 제가 정말 봄에 이쪽 일을 마치면 로마로 돌아가도 될까요? 로마를 떠나온 지 오래되었으니, 친애하는 루키우스 코르넬리우스, 로마가 돌아가는 상황을 좀 봐야 될 것 같습니다. 물론 독재관님도 뵙고요. 제 아우 바로 루쿨루스는 고등 조영관이 되기에 이제 나이나 경험이 충분하니까 아우와 제가 공동으로 조영관 선거에 출마할까 합니다. 형제가 공동 역임할 수 있는 공직은 조영관 직뿐입니다. 저희가 얼마나 멋진 경기대회를 열지 상상이 되십니까! 굉장히 즐거운 자리가 될 겁니다. 저는 올해로 서른여덟이고 제 아우는 서른여섯입니다. 법무관이 되어야 마땅한 나이입니다만 아직 조영관 자리에도 오르지 못했습니다. 저희 정도 가문이면 조영관 자리는 떼어 놓은 당상이지요. 부디 저희가 조영관 직에 오르는 걸 허락해주십시오. 그리고 조영관 직을 마치면 가능한 한 빨리 법무관이 될 수 있게 허락해주십시오. 하지만 제 판단이 현명치 못하다거나 제가 아직 자격이 부족하다고 생각하신다

해도, 저는 당연히 그 뜻을 이해할 겁니다.

테르무스는 아시아 속주에서 잘 지내는 듯합니다. 저를 바쁘게 만들어서 자기를 귀찮게 하지 못하게 하려는지 미틸레네 포위전 지휘는 완전히 저한테 맡겼어요. 괜찮은 사람입니다. 아시아 속주민들은 다들 테르무스를 좋아하지요. 주민들이 공세를 낼 여력이 없다며 늘어놓는 이야기를 인내심을 갖고 끝까지 들어주거든요. 저도 테르무스가 좋습니다. 그처럼 인내심 있게 이야기를 다 들은 뒤에 그래도 공세는 불가피하다고 역설하니까요.

제가 이곳 미틸레네에 데리고 있는 2개 군단 병사들은 상당히 거칩니다. 무레나가 카파도키아와 폰토스에서 거느렸던 병사들이고 그전에는 핌브리아 수하에 있었지요. 제가 아주 싫어하는 독립적인 사고방식을 갖고 있어서 그 버릇을 제대로 잡아놓으려고 합니다. 놈들은 핌브리아의 플라쿠스 살해를 용인한 벌로 다시는 이탈리아에 돌아가지 못하게 한 독재관님의 칙령에 당연히 반발하고 있습니다. 저한테 정기적으로 대표단을 보내서 그 칙령을 취소해달라고 요청하고 있어요. 놈들은 아무것도 얻지 못할 거고, 이 일을 통해서 저에 대해서도 충분히 알게 될 겁니다. 뭐라도 꼬투리만 잡히면 제가 놈들을 십분형에 처하리란 것을요. 로마의 군인이면 로마의 명령에 따라야 합니다. 사병들이나 하급 참모군관들이 자기한테도 발언권이 있다고 생각하는 걸 보면 화가 치밉니다. 지금은 발언권 정도지만 나중에는 그 정도로 만족하지 않을 겁니다.

지금 단계에서 판단하건대, 미틸레네가 손봐줄 상태가 될 때까지 기다려서 봄에 정면 공격을 감행할까 합니다. 공성탑을 수 군데 세웠으니 반드시 성공할 겁니다. 여름 전에 항복을 받아내면 아시아 속주의 나머지 지역도 고분고분해질 겁니다.

제가 이렇게 자신감이 넘치는 이유는 저희 군이 일류급 함대를 손에 넣었기 때문입니다. 누구한테서 났는지 짐작이 가십니까! 바로 니코메데스입니다! 7월 말에 테르무스가 니코메데스한테 함대를 받아오라고 독재관님의 처조카 가이우스 율리우스 카이사르를 보냈습니다. 테르무스가 편지로 제게 이 사실을 알려줬지만 저나 테르무스나 내년 3월 전에는, 심지어 4월 전까지도 함대를 받으리라고 기대하지 않았지요. 그런데 보아하니 카이사르가 자기가 함대를 속히 구해오겠다고 호언장담했고 테르무스는 이 말을 호탕하게 웃어넘겼나 봅니다. 그러자 카이사르는 정색하고 최적의 함대 규모와 최적의 인도일을 알려달라고 테르무스에게 요구했고요. 테르무스는 이 오만한 청년에게 총 40척을 구해오되 그중 절반은 갑판식 5단 혹은 3단 노선으로 11월의 칼렌다이에 인도하라고 명령했답니다.

그런데 이게 말이 됩니까? 카이사르가 11월의 칼렌다이에 최상급 함대를 제 병영으로 끌고 온 겁니다. 어느 로마인이라도 니코메데스 같은 자한테서 그렇게 좋은 함대를 얻어내긴 힘들 겁니다. 16단 노선을 두 척이나 끌고 왔습니다. 이 배들의 임대료로 선원들 급료와 식대만 치르면 된다는군요! 청구서를 보고 깜짝 놀랐습니다. 비티니아에 이익이 남긴 하겠지만 터무니없는 정도는 아니었습니다. 도의상 미틸레네가 함락되면 곧바로 함대를 돌려보내야 하겠습니다. 청구액도 치러야 하겠고요. 전리품으로 다 치를 수 있다면 좋겠지만 혹시 전리품이 생각보다 적을 땐 제게 특별 지원금이 지급되도록 독재관께서 국고위원회를 설득해주시겠습니까?

함대를 인계할 당시 카이사르의 태도가 오만하고 무례했음을 꼭 덧붙여야겠습니다. 저로선 그놈 분수를 깨우쳐줄 필요가 있었죠. 그런 최상급 함대를 늙은 동성애자 니코메데스에게서 그렇게 빨리 뜯어냈다면 방법은 빤하지 않습니까. 왕과 잠자리를 한 것이지요. 그래서 제가 그렇게 말했습니다. 그놈 분수를 깨우쳐주려고요. 그런데 그놈에게 분수를 깨우칠 방법이 세상에 있기나 한지 모르겠습니다! 저를 향해 코브라처럼 고개를 빳빳이 쳐들더니 여자들이나 쓰는 수법을 자기는 쓸 필요가 없다더군요! 그럴 바엔 차라리 할복을 하겠다고요. 녀석을 어떻게 바로잡을지 한참 궁리했습니다. 제가 이런 문제로 고민하다니 흔치 않은 일입니다. 최종적으로 든 생각은 놈의 하급 참모군관 동료들이 제 대신 그 일을 해줄지도 모르겠다는 겁니다. 독재관께서도 그놈들을 아실 겁니다. 녀석들이 입대하기 전에 로마에서 분명 보셨을 테니까요. 가비니우스, 렌툴루스 가문 청년 둘, 옥타비우스, 메살라 루푸스, 비불루스, 필리푸스의 아들입니다.

듣기로는 난쟁이 비불루스가 시도를 해보았답니다. 그 결과 큰 수납장 위에 얹혔고요. 하급 군관들 숙소가 편이 갈렸습니다. 카이사르 편에는 가비니우스, 옥타비우스, 필리푸스의 아들이 있고—루푸스는 중립이랍니다—렌툴루스 가문의 두 청년과 비불루스는 카이사르를 싫어하는 쪽입니다. 포위전중에는 젊은 애들이 늘 문제를 일으킵니다. 물론 지루해서지요. 이 젊은 악당들을 채찍질해서 뭐라도 하게 만들기가 보통 일이 아닙니다. 심지어 저한테도요. 이 모든 걸 감안하더라도 이 카이사르라는 놈이 일으키는 말썽은 보통 수준을 훨씬 뛰어넘습니다. 이렇게 낮은 계급 녀석들 때문에 골치를 썩고 있는 게 짜증이 납니다만 몇몇 사건들에서는 저로서도 도저히 어쩔 도리가 없더군요. 카이사르는 통제불능입니다. 지나치게 곱상하게 생긴데다, 지나치게 자만심이 강하고, 자신의 지력이 대단하다는 걸 스스로 지나치게 잘 알고 있습니다.

그렇지만 공정하게 말해서 카이사르는 성실한 일꾼입니다. 쉬는 법이 없어요. 어찌된 연유인지 모르겠지만 병영 내 거의 모든 병사가 녀석을 압니다. 게다가 불행히도 다들 녀석을 좋아하고요. 늘 녀석이 주장이 됩니다. 일을 처리하는 방식이 자기 생각과 다르면 명령을 따르지 않는 탓에 제 보좌관들은 이제 아예 녀석을 피합니다. 그런데 답답하게도 녀석이 내세우는 방식이 실제로 늘 더 낫습니다! 처음부터 끝까지 머릿속으로 계산을 해본 뒤에야 첫 방을 날리든 부하에게 뭘 시키든 하는 녀석입니다. 결국 제 보좌관들은 무안함에 얼굴이 벌게져서 끝나기 일쑤이고요.

지금까지 놈의 자만심을 조금이나마 꺾어놓을 수 있었던 유일한 방법은 그 대단한 함대를 니코메데스 영감에게서 싸게 구해온 비결에 대해 언급하는 것뿐이었습니다. 효과는 있습니다. 아주 머리끝까지 화가 치미나봅니다. 그렇다고 놈이 제가 원하는 반응을 보일까요? 그러니까 저를 물리적으로 공격해서 제가 녀석을 군사재판에 회부할 구실을 줄까요? 아니요! 놈은 그러기에 너무도 영리하고 자제력이 강합니다. 당연한 얘기지만 저는 그놈이 싫습니다. 독재관께선 그렇지 않습니까? 그놈은 건방지게도 저더러 자기에 비하면 출생이 티끌만도 못하답니다!

하급 참모군관들 이야기는 그만하겠습니다. 더 높은 계급의 부하들—그러니까 선임 보좌관들—에 대해서도 몇 자 적어야 할 텐데, 안타깝게도 그들에 대해서는 할말이 마땅히 떠오르지 않는군요.

듣자 하니 독재관께서 요즘 혼인 중매도 하시고, 꼬마 도살자 폼페이우스에게 그보다 신분이 훨씬 뛰어난 신붓감을 소개해주셨다고 요. 시간이 되면 제 신붓감도 좀 찾아봐주십시오. 서른번째 생일을 지낸 이래로 줄곧 로마를 떠나 있었더니, 이제 법무관을 지낼 나이인데 대를 이어줄 아들은 고사하고 아내조차 없습니다. 문제는 제가 리키니우스 루쿨루스 집안사람과 결혼해야 마땅한 여자보다도 좋은 포도주와 좋은 음식과 좋은 모임을 선호한다는 것입니다. 게다가 저는 아주 어린 여자가 좋은데, 아무리 조들린대도 누가 열세 살짜리 딸을 제게 줄까요? 그래도 혹시 떠오르는 사람이 있으면 부디 알려주십시오. 제 아우는 한사코 중매는 안 서려 하니, 독재관께서 맡아주신다고만 하면 제가 얼마나 기뻐할지 익히 짐작하시겠지요.

친애하는 루키우스 코르넬리우스, 사랑합니다. 그리고 그립습니다.

3월 말 페르가몬에서 온 마르쿠스 미누키우스 테르무스는 미틸레네를 치자는 루쿨루스의 말에 동의했다. 그는 카이사르의 비티니아 함대 이야기를 자세히 듣고 한바탕 크게 웃었다. 하지만 루쿨루스는 여전히 그 일이 조금도 웃기지 않았다. 버릇없이 굴며 자꾸만 싸움을 벌이는 하급 참모군관들에 대한 불만이 지휘 계통 인사들한테서 거듭거듭 보고되어 올라와 성가셔 죽을 지경이었다.

하지만 군대에는 아주 오래된 불문율이 있었다. 끊임없이 분란을 일으키는 자가 있으면 그를 전투에서 죽음을 피할 수 없는 자리에 배치하는 것. 미틸레네 공격 계획을 세우면서 루쿨루스는 이 오래된 군율을 따르기로 굳게 결심했다. 카이사르는 죽어야 할 것이다. 이번 전투의 지휘 전권은 그에게 있었다. 테르무스는 참관인에 지나지 않았다.

지휘관이 전 계급 군관을 소집해 최종 전투 회의를 여는 것은 본래 특별한 일이 아니지만 루쿨루스로서는 드문 일이었기에, 이런저런 말이 나왔다. 그러나 하급 참모군관들이 참석한 것을 이상하게 보는 사람은 아무도 없었다. 지휘관으로서 루쿨루스는 구제불능의 말썽꾼인 그들을 분명 신임하지 않았다. 하급 참모군관들은 주로 소속 군단의 참모군관들 밑에서 전령 역할을 했고, 회의가 끝날 때까지 루쿨루스가 세세하게 지시한 내용도 그와 다르지 않았다. 그러나 카이사르만은 예외였다. 루쿨루스는 차가운 목소리로 그에게 이렇게 말했다.

"이 똥구멍의 종기 같은 놈, 하지만 평소에 일을 열심히 하더군. 그래서 너에게 특별 대대의 지휘권을 주기로 했다. 핌브리아 밑에 있던 놈들 중에 최고 악질만 골라 구성한 대대다. 일단 대기 상태에 두었다가 저항이 가장 격렬한 지점이 파악되면 곧바로 해당 구역에 투입하겠다. 너는 지휘관으로서 그들을 데리고 그곳의 전세를 뒤집는 임무를 맡는다."

"넌 이제 죽은 목숨이야." 회의가 끝나고 하급 참모군관들이 숙소로 돌아와 자리에 앉는데 비불루스가 느긋한 목소리로 말했다.

"천만에!" 카이사르가 유쾌하게 말했다. 그는 장검을 들어 머리카락 한 올을 자르고 단도를 꺼내 또 한 올을 잘랐다.

카이사르를 굉장히 좋아하는 가비니우스는 걱정스러운 표정이었다. "참 대단한 멘톨라가 납시었구나." 그가 말했다. "그냥 입 다물고 얌전히 지내면 혼자 튀지 않잖아. 이건 하급 군관한테 맡겨선 안 되는 임무야. 더구나 넌 전에 군사 작전에 투입된 경험도 없어. 루쿨루스 휘하 병사들은 전부 핌브리아가 거느리던 자들이고 죄다 영구 추방형을 받았어. 그런데 그중에서도 추방형에 제일 분개하는 자들을 모아놓고 너더러 맡으라니! 너한테 대대 지휘권을 줄 거면 대대병들을 테르무스 군단에서 모아줬어야지."

"나도 다 알아." 카이사르가 참을성 있게 말했다. "네가 나더러 대단한 멘툴라래도 어쩔 수 없고 말이야. 병영 여자들 누구나 그렇게 말을 하니까."

이 말에 몇 명은 킥킥댔고, 몇 명은 어두운 표정을 지었다. 그해 겨울 카이사르는 병영 여자들 사이에서 이름을 날리며 주변의 부러움을 샀고, 그를 증오하는 사람들은 이로 인해 그를 더욱 미워했다. 카이사르가 선택한 행운의 여인은 몸에 광이 날 정도로 깨끗이 씻어야 해서 여자들은 그를 더더욱 새롭고 흥미로운 상대로 여겼다.

"너는 걱정도 안 되니?" 붉은 루푸스가 물었다.

"전혀." 카이사르가 말했다. "내게는 재능뿐만 아니라 행운도 있어. 두고봐." 그는 장검과 단도를 각각의 검집에 조심스레 밀어넣은 뒤 자기 방으로 가려고 일어섰다. 카이사르가 비불루스를 지나치며 그의 턱 밑을 간질였다. "겁내지 마, 꼬마 풀렉스." 그가 말했다. "넌 너무 작아서 적들 눈에 띄지도 않을 테니까."

"자만심이 조금만 덜해도 저렇게까지 밉살스럽진 않을 텐데." 자기들 방을 찾아 위층으로 올라가며 평범한 렌툴루스가 렌툴루스 니게르에게 말했다.

"그놈도 언젠가 콧대가 꺾일 날이 올 거야." 니게르가 대꾸했다.

"그 꼴을 꼭 봤으면 좋겠어." 평범한 렌툴루스는 이렇게 말하고 문득 몸을 떨었다. "내일은 아주 끔찍한 하루가 될 것 같아, 니게르."

"카이사르에게나 그렇겠지." 니게르는 뒤틀린 만족감에 찬 미소를 지었다. "루쿨루스가 놈을 사지로 몰아넣었으니까."

미틸레네 성벽 둘레에 세워진 공성탑의 개수는 총 여섯 개였다. 전부 병사 수백 명이 지나갈 정도로 컸다. 성벽 위로 곧장 건너가 도시 방어군과 싸워 그들을 밑으로 떨어뜨릴 수 있는 구조였다. 루쿨루스에게는 안타까운 사실이지만, 미틸레네 시 방어군은 밖에서 쳐들어오는 적의 공격을 막는 것보다 직접 성벽 밖으로 나가 총력전을 벌이는 것이 자기들에게 더 유리하다는 점을 잘 알고 있었다.

한밤중에 루쿨루스는 급한 소식에 잠에서 깨었다. 도시 성문이 전부 열리며 거기서 적군 6만 명이 쏟아져나와 미틸레네 성벽과 루쿨루스의 포위 장벽과 해자 사이에 전투 대형을 구축했다는 것이었다.

나팔과 북과 뿔피리 소리가 요란하게 울려퍼졌다. 루쿨루스가 병사들에게 전투 준비 명령을 내리자 로마군 병영이 정신없이 바쁘게 움직였다. 테르무스가 이곳에 자기 휘하 2개 군단을 데리고 왔기 때문에, 이제 루쿨루스는 자기 휘하에 아시아에 주둔한 4개 군단을 모두 거느린 터였다. 테르무스가 데려온 2개 군단은 과거에 핌브리아 군대에 속하지 않았으므로 테르무스의 총독 임기가 끝나면 그와 함께 로마로 돌아갈 것이었다. 따라서 이곳 미틸레네 포위군 병영에서 테르무스 군단의 존재는 핌브리아 군단 출신 병사들에게 자신들의 영구 추방된 처지를 더욱 서글프게 상기시키며 새로이 더 큰 불만을 야기했다. 총력전이 불가피해진 지금 상황에서 루쿨루스는 행여 핌브리아 군단 병사들이 싸우지 않겠다고 버티진 않을까 두려웠다. 그러니 가장 공격적이고 불만에 찬 놈들로만 구성된 카이사르의 대대를 나머지 군대로부터 반드시 멀리 떨어뜨려놓아야 했다.

미틸레네의 6만 군사에 대적할 루쿨루스의 군사는 2만 4천 명이었다. 그러나 포위군에 둘러싸인 도시가 주민들을 전쟁에 동원할 때 으레 그렇듯, 미틸레네의 숙련된 전사들 사이에는 노인이나 소년이 다수 섞여 있을 것이었다.

"제가 어리석었습니다. 왜 이걸 예상 못했을까요!" 루쿨루스가 화를 내며 테르무스에게 말했다.

"그것보다, 우리가 내일 공격하리란 걸 저들이 어떻게 알았을까?" 테르무스가 물었다.

"첩자들이겠죠. 병영 여자들일 겁니다." 루쿨루스가 말했다. "나중에 모조리 죽일 겁니다." 하지만 그는 당장 해결해야 할 일로 돌아왔다. "지금 제일 큰 문제는 아직 밖이 너무 캄캄해서 적의 진형이 보이지 않는다는 겁니다. 일단 적을 저지하면서 작전을 세워야겠습니다."

"자네는 탁월한 전술가야, 루쿨루스." 테르무스가 말했다. "시작은 이렇게 되었지만, 결국엔 잘될 걸세."

새벽이 되자 루쿨루스는 로마군의 포위 장벽을 따라 세운 탑에 올라서서 적군의 진형을 살펴보았다. 로마군 병사들은 이미 무인지대에서 해자 가장자리를 따라 모여 서 있었다. 해자 안에 박아두었던 끝이 뾰족한 말뚝 수십만 개는 급히 뽑아낸 터였다. 루쿨루스는 만에 하나 그의 군대가 뒤로 밀려날 경우 병사들이 말뚝 끝에 찔려 죽길 원치 않았다. 오늘의 이 전투에 한 가지 좋은 점이 있다면, 병사들이 죽을 각오로 싸울 수밖에 없는 전투라는 점이었다. 루쿨루스의 포위 장벽은 병사들이 전장에서 도망치는 것을 막아줄 터였다. 그는 예상하지 못했던 사실이었지만, 핌브리아 군단 출신 병사들은—일단 전의를 가다듬으면—그가 지금까지 지휘해온 여느 군대들 못지않게 잘 싸울 수 있었다.

동트기 직전에는 루쿨루스 역시 무인지대에 서 있었다. 지휘 계통 인사들이 그의 주변을 둘러싸고 서서 명령을 들었다.

"내 목소리가 안 들릴 테니까 내가 병사들을 직접 지휘하는 건 불가능하다." 그가 잠시 입술을 꽉 다물었다. "그러니 자네들이 지금 내 말을 잘 듣고 무조건 그대로 따르는 데 이번 전투의 승패가 달려 있다. 우리의 기준점은 미틸레네 성벽의 북대문이다. 우리 작전 영역의 정중앙에 위치해 있다. 우리 군은 좌우 양익이 앞쪽으로 튀어나온 초승달 형태를 유지할 것이다. 하지만 북대문 맞은편에 위치할 초승달 가운뎃부분 역시 말뚝처럼 뾰족하게 튀어나와 있을 거야. 이 말뚝 부분이 북대문을 향해 평보로 전진해 다른 부분보다 앞서 걷는다. 내가 계획한 전술은 중앙의 말뚝 부분을 이용해 적군을 절반으로 가른 뒤, 두 동강 난 적군을 초승달의 좌우 양익이 각각 한 토막씩 에워싸서 포위하는 것이다. 이게 가능하려면 진형이 절대 흐트러져서는 안 되고, 특히 좌우 양익의 끝이 중앙의 말뚝 부분과 거의 일직선상에 있어야 한다. 우리 군에는 기병대가 없으니 초승달의 양익 끝부분에 위치한 병사들이 기병대 구실을 해야 한다. 빠르고 육중해야 돼."

루쿨루스는 모두가 잘 보이게 작은 단상에 올라서 있었다. 대략 일흔 명 정도가 그를 둘러싸고 있었다. 군관들뿐만 아니라 백인대장들도 그 자리에 있었다. 그는 잔뜩 찌푸린 표정으로 카이사르와, 그가 애초에 화살받이로나 생각했던 골칫덩이 대대의 최고참 백인대장을 바라보았다. 루쿨루스는 그 최고참 백인대장의 이름을 어렵지 않게 기억해냈다. 마르쿠스 실리우스. 핌브리아 군단 출신 병사들이 그에게 정기적으로 대표단을 보내 청원할 때 매번 앞장서 대장 노릇을 하던 공격적이고 무례하고 건방진 놈이었다. 하지만 지금은 복수심을 앞세울 때가 아니었다. 지금 그에게 필요한 건 철저하게 합리적인 판단이었다. 그리고 그가 지금 판단할 것은 이 대대를 정중앙의 말뚝 끝에 둘 것인가—

최후의 한 명도 살아남지 못하리라—아니면 초승달의 양익 뒷부분을 좀더 두텁게 하는 것 말고는 별 쓸모가 없는 곳에 둘 것인가였다. 그는 판단을 내렸다.

"카이사르와 실리우스. 자네들 대대는 정중앙의 머리 부분을 맡아 북대문으로 전진한다. 북대문에 다다르면 적들이 뭘 쏟아붓건 무조건 자리를 지켜." 그리고 그는 나머지 구역의 배치 명령을 내렸다.

"신들이 우리를 도우시어, 저 루쿨루스 망할 새끼가 우리 지휘관으로 예쁜 아기를 내려주시는구먼." 루쿨루스의 말이 끝나기를 기다리는 동안 실리우스가 카이사르를 향해 작게 내씹었다.

노련한 백인대장이 비아냥대는 말에 카이사르는 크게 기분 나빠하지 않았다. 되레 그는 웃었다. "가이우스 마리우스의 무릎에서 두 해 동안 전쟁을 배운 예쁜 아기를 택하겠소, 아니면 겉만 그럴싸하지 군대에 관해서라면 앞뒤도 구분 못하는 보좌관을 택하겠소?"

가이우스 마리우스! 그것은 모든 로마 군인의 심장에 기쁨의 종소리를 울리는 이름이었다. 실리우스는 고개를 돌려 자신의 지휘관을 찬찬히 살펴보았다. 벌써 표정이 살짝 누그러든 듯했다. "가이우스 마리우스와 어떤 관계셨습니까?"

"내게 고모부셨소. 그리고 그분은 나를 신뢰하셨소."

"하지만 이번이 첫 출정이지 않습니까? 전투도 이번이 처음이고!" 실리우스는 이의를 제기했다.

"모르는 게 없으시군, 실리우스. 하나 한 가지 더 알아두시오. 나는 당신과 당신의 병사들을 절대로 실망시키지 않을 거요. 하지만 당신들이 날 실망시키면 당신들 모두 채찍맛을 보게 될 거요."

"좋습니다." 실리우스는 재깍 이렇게 대답하고, 하급 백인대장들에게 지시를 내리러 자리를 빠져나갔다.

루쿨루스는 시간을 허비하지 않는 장군이었다. 군관들에게 지시사항이 전달되고 병사들의 전투 진형이 완성되자 그는 즉시 진격을 외쳤다. 그가 보기에 적군은 실질적인 전투 계획이 없는 게 분명했다. 성벽을 따라 땅바닥에 거대하게 무리 지어 서서 기다리기만 할 뿐 로마군이 그들을 향해 걷기 시작해도 아무런 공격을 해오지 않았다. 상대가 먼저 공격을 가하면 그제야 방패를 들고 싸우리라. 자기들이 머릿수가 많으니 반드시 이길 거라고 확신하는 것이었다.

한편 반항적인 만큼 상황 판단도 빨랐던 실리우스는 그의 병사 600명 모두에게 빠짐없이 말을 전했다. 그들의 예쁘장하고 앳된 지휘관이 가이우스 마리우스의 처조카이며, 가이우스 마리우스는 저자를 신뢰했다고.

카이사르는 홀로 대대 깃발에 앞서 걸었다. 커다란 사각형 방패를 왼팔에 들었고, 검은 금속 검집에서 아직 꺼내지 않은 채였다. 마리우스는 적과 교전하기 전에 절대 검을 미리 꺼내지 말라고 강조했었다. 그는 이렇게 말했다.

"진격을 할 때는 걷거나 달리거나 발밑까지 볼 여유가 없어." 그는 마비가 오지 않은 쪽 입술을 들썩이며 웅얼거렸다. "검집에서 꺼내서 오른손에 들고 다니다 발이 구덩이에 빠지거나 돌에 걸려 몸이 고꾸라지면 네 검에 네가 베이는 거야."

카이사르는 마음속 가장 은밀한 곳에서조차 전혀 두렵지 않았고, 죽는다는 생각도 들지 않았다. 그때 문득 그의 병사들의 노랫소리가 귓가에 들려왔다.

핌브리아군이 여기에 있다!
우리 핌브리아군을 조심하라!
폰토스의 왕을 잡은 우리!
최고의 군대가 여기에 있다!

환상적이로군, 카이사르는 생각했다. 그들을 기다리며 무리 지어 서 있는 미틸레네 사람들이 점점 가까워지고 있었다. 핌브리아가 죽은 지 분명히 4년도 더 됐고, 그 4년 동안 지휘관으로 리키니우스 가문 사람을 둘이나 두었잖아. 처음엔 무레나, 그다음에는 루쿨루스. 핌브리아는 늑대 같은 놈이었어. 그런데도 저들은 여전히 스스로를 핌브리아군으로 생각해. 리키니우스군으로는 생각하지 않는 거야. 앞으로도 그럴 일은 절대 없겠지. 무레나 밑에서는 어땠는지 모르겠지만, 루쿨루스는 다들 정말 싫어하니까! 하긴 누가 그를 좋아할까? 엉덩이에 힘이 잔뜩 들어간 거만한 귀족. 병사들로부터 사랑받으면 그게 장군에게 얼마나 유용한지 이해하지 못해. 그는 틀렸어.

카이사르는 정확한 때를 기해 나팔수에게 '투창(投槍)' 신호를 지시했다. 창 천여 개가 머리 위를 두 차례 휙 하고 날아갔지만 카이사르는 침착했고 머리를 숙이지도 않았다. 미틸레네 사람들은 극심한 두려움과 불안에 떨기 시작했다. 이제 가자!

그는 검을 뽑아 높이 쳐들어보였다. 이어 병사들의 검 600개가 검집에서 뽑히며 특유의 금속음이 귓가에 울렸다. 그는 포룸 로마눔의 군중을 향해 걸어가는 원로원 의원처럼 적진 속으로 조용히 걸어들어갔다. 방패로 앞을 가린 채, 등뒤에서 무슨 일이 벌어지는지는 조금도 신경쓰지 않았다. 날카로운 양날 단검 글라디우스는 머리 위까지 들어올려

휘두르는 무기가 아니었다. 카이사르는 글라디우스를 본래의 용도대로 정확히 사용했다. 사타구니 높이에서 날을 빗변으로 유지한 채 시퍼런 칼끝을 위로, 밖으로 뻗었다. 찌르고 쑤셨고, 쑤시고 찔렀다.

소중한 국부를 겨냥하는 이런 식의 공격을 적이 좋아할 리가 없었다. 하지만 핌브리아의 골칫덩이 대대는 그저 계속 전진할 뿐이었고, 미틸레네 병사들이 긴 검을 머리 위까지 들어올릴 만한 공간을 주지 않았다. 미틸레네 병사들은 공포에 차 뒷걸음질 쳤다. 로마인들의 거센 압력에 한참 동안 뒤로 밀리던 그들은 문득 루쿨루스의 말뚝이 초승달의 중간 부분을 빠져나와 적진에 깊숙이 파묻혀 있는 것을 보았다.

이를 본 미틸레네군은 용기를 내고 어떻게든 싸워보려 전의를 불태웠다. 그들은 모두 로마를 증오했다. 그들이 사랑하는 미틸레네가 또다시 로마의 손아귀로 떨어지는 것을 막을 수만 있다면 죽음도 불사할 것이었다.

카이사르는 깨달았다. 중요한 건 배짱이었다. 상대가 나타났을 때 절대 겁을 내거나 물러서선 안 된다. 기 싸움에서 지면 죽을 확률은 훨씬 더 커진다. 공격, 공격, 공격만이 살길이다. 무적의 군대로 보여야 한다. 그러면 항복을 하는 것은 적군이다. 빠른 반사신경과 비상하게 좋은 시력을 타고난 그는 오로지 지금 이 순간에 몰입한 채, 자기 뒤에서 무슨 일이 벌어지고 있는지는 조금도 신경쓰지 않고 한참 동안 싸움을 지속했다.

그러나 역시 뜨거운 격전의 와중에도 그는 생각할 틈을 찾았다. 그는 이 대대의 지휘관이면서도 그동안 자기 대대의 존재를 까맣게 잊고 있었다. 하지만 잠시만 방심해도 칼에 찔릴 텐데 어떻게 고개를 돌려 주변을 본단 말인가? 한눈에 상황 파악이 가능한 좋은 지점이 없을까?

그는 줄곧 검을 낮게 휘둘렀고 검의 무게 역시 가벼웠지만 팔이 살짝 욱신거려왔다. 하지만 훨씬 더 무거운 무기를 휘두르는 적은 그보다 훨씬 더 큰 피로를 느끼는 게 분명했다. 시간이 갈수록 거칠게 대충 휘두르는 게 보였다.

그의 옆으로 죽은 적군 병사들의 시체 더미가 쌓여 있었다. 아직 살아서 싸우는 자들의 거센 몸부림에 그리로 밀쳐진 터였다. 카이사르는 전력을 쏟아 일진광풍처럼 한차례 세찬 공격을 퍼붓고, 잠시 생긴 틈을 타서 시체 더미 위로 뛰어올랐다. 잠깐 다리가 위험에 노출되긴 했지만 허리 위는 안전했고, 시체 더미가 워낙 넓게 쌓여 있어서 일단 정상에 오르고 난 뒤에는 다리 쪽을 걱정하지 않고 주변을 살펴볼 수 있었다.

대대병들이 그를 보고 환호성을 터뜨렸다. 그의 마음에 기쁨이 몰려왔다. 하지만 그 순간 그가 눈으로 확인한 것은 자기 대대가 본진과 연결이 끊겼다는 사실이었다. 루쿨루스의 선봉대는 제 임무를 다했지만, 후방의 지원은 충분치 못했다. 우린 적군 한가운데에 고립된 섬이 되었구나, 하고 그는 생각했다. 망할 루쿨루스 덕분에. 하지만 우리는 버틸 거야, 우리는 죽지 않아! 그는 적군을 혼란시키며 시체 더미에서 사납게 뛰어내려와 실리우스 옆에 자리를 잡고 병사들을 지휘했다.

기수 옆에서 싸우고 있는 나팔수에게 카이사르가 말했다. "우리 대대는 고립됐다. '방진(方陣)' 나팔을 불어라."

가공할 정확성과 속도로 대형이 완성되었다. 그들은 뛰어난 군대였다! 카이사르와 실리우스는 대열 속으로 들어가 가장자리를 돌며 병사들을 독려하고 약한 지점을 보강했다.

"내 노새가 있으면 전체 상황을 파악할 수 있을 텐데." 카이사르가 실리우스에게 말했다. "하지만 겨우 대대를 맡는 하급 참모군관들은 전장에서 말을 타지 않지. 잘못된 관례야."

"해결책은 간단합니다!" 실리우스가 말했다. 이제 그는 카이사르를 존경에 가득찬 시선으로 바라보고 있었다. 그는 휘파람으로 가까이 서 있던 예비 인력 여남은 명을 불렀다. "저희가 방패를 써서 몸으로 단상을 만들겠습니다."

잠시 후 카이사르는 머리 위로 방패를 든 네 명의 병사들 위에 우뚝 섰다. 오를 때는 인간 계단을 이용했다.

"적들의 창을 조심하십시오!" 실리우스가 그에게 외쳤다.

카이사르가 보니 여전히 전투는 승패를 가르기 힘든 상태였다. 그러나 루쿨루스의 전술은 기본적으로 옳았다. 적들은 가차 없이 그들을 조여오는 로마군의 양 날개에 조만간 완전히 에워싸일 듯했다.

"대대 깃발을 이리로!" 카이사르가 소리 질렀다. 그는 기수가 공중으로 던져준 깃발을 낚아채 루쿨루스가 있는 방향으로 높이 흔들었다. 백마를 탄 루쿨루스는 쉽게 눈에 띄었다. "그래, 이렇게 했으니 장군이 최소한 우리가 아직 살아 있고 명령에 따라 자리를 지키고 있단 걸 알겠지." 그는 실리우스에게 이렇게 말하고, 헛방을 놓은 적군의 창수(槍手)들에게 모욕적인 손짓을 하며 인간 단상에서 뛰어내렸다. "단상을 만들어주어 고맙소. 어느 쪽이 이길지 알 수 없겠어."

그로부터 얼마 지나지 않아 미틸레네 병사들은 카이사르의 방진 대열에 전면 공격을 퍼붓기 시작했다.

"우린 절대 끝까지 못 버틸 겁니다." 실리우스가 말했다.

"우린 반드시 버틸 거요, 실리우스! 전원 물고기 똥구멍처럼 대형을 꽉 조이라 명하시오." 카이사르가 말했다. "어서, 실리우스, 빨리!"

그는 병사들을 헤치고 적의 공격이 가장 맹렬한 지점을 찾아갔다.

실리우스가 그를 따랐다. 그는 좌우로 적군을 무찔렀다. 적은 이제 죽기 살기로 덤벼들고 있었다. 그들은 이 고립된 로마군 대대를 반드시 섬멸해 이 전장에 참여한 모든 이에게 본보기로 삼으려 했다. 그때 누군가가 카이사르 옆에 불쑥 나타났다. 실리우스가 헉하고 숨을 들이마시는 소리가 들리며, 그와 동시에 긴 검이 위에서 내리쳐지는 게 보였다. 순간 카이사르는 방패로 적의 칼을 막았다. 실리우스의 머리통이 두 동강 날 뻔한 순간이었다. 어떻게 공격을 막아냈는지 나중에 카이사르조차도 생각이 나지 않았다. 그저 자기도 모르게 그렇게 했고 이어 단도로 그 사내를 죽였다. 팔에는 여전히 방패가 들려 있었다.

이 사건이 이 전투에서 하나의 분수령이 되었다. 카이사르의 대대는 이후 서서히 적의 저항이 약해지는 것을 느꼈고 잠시 후 진격을 재개했다. 이윽고 굳게 잠긴 북대문에 다다랐다. 단단한 방진 대형의 껍질 속에서 핌브리아군은 저멀리 떨어져 있는 로마군 포위 장벽을 향해 몸을 돌렸다. 그들은 기쁨에 도취해 있었다. 이제는 어느 무엇도 그들을 물리칠 수 없었다!

실제로 그랬다. 미틸레네는 해 지기 한 시간 전쯤 항복했다. 전장에서 죽은 병사 수는 3만 명으로 대부분 노인이나 소년이었다. 가차 없이 강직한 성품의 루쿨루스는 로마군 병영 쪽 레스보스 여인들은 한 명도 빠짐없이 처형했지만, 미틸레네 병영 쪽 여자들에게는 전쟁터에서 시신들을 추슬러 매장하는 것을 허락했다.

카이사르가 지켜보니 전투가 끝나고 뒷정리에 꼬박 한 달이 걸렸다. 전투는 준비보다 뒷마무리가 더 힘들었다. 카이사르의 대대는—그는 이제 늘 그들과 어울려 다녔다—그에게 가이우스 마리우스의 총애를 받을 자격이 충분하며(물론 그는 마리우스의 총애 덕분에 대제관 직의 굴레를 쓸 뻔한 이야기는 하지 않았다) 그들의 지휘관은 카이사르라고 인정했다. 사령관 루쿨루스와 총독 테르무스의 무공훈장 수여식이 있기 며칠 전, 최고참 백인대장 마르쿠스 실리우스는 그들을 찾아가 카이사르가 전투중에 개인적으로 자신의 목숨을 구했으며 전투가 끝날 때까지 그 자리에서 한 발짝도 물러서지 않았다고 정식으로 맹세했다. 또한 그들의 대대를 죽을 위기에서 구출한 것은 카이사르라는 말도 빼놓지 않았다.

"군단이었으면 풀잎관을 받았을 거야." 테르무스가 카이사르의 유난히 큰 황금빛 머리에 떡갈잎 화관이 잘 맞도록 관의 양 끝부분을 벌리며 말했다. "그냥 대대였으니 로마가 자네에게 줄 수 있는 최고의 상은 시민관이로군." 그는 잠시 생각하더니 말을 이었다. "그러고 보니, 가이우스 율리우스, 이렇게 시민관을 받았으니 자네는 자동으로 원로원에 들어가겠군. 우리 공화국의 새 법에 따라 자네에게 다른 특별한 혜택들도 주어질 거야. 유피테르 옵티무스 막시무스는 자네를 꼭 원로원에 두고 싶었던 모양이야! 유피테르 대제관 직을 그만두면서 잃었던 원로원의 의석을 이렇게 되찾다니."

미틸레네 전투에서 이렇게 높은 훈장을 받은 사람은 카이사르밖에 없었다. 그리고 유일하게 그의 대대만이 대대 깃발을 장식할 팔레라이를 받았다. 실리우스는 아홉 개짜리 금 팔레라이 한 벌을 받아 자랑스럽게 자신의 가죽 판갑 앞면에 매달았다. 그는 전에도 아홉 개짜리 은 팔레라이를 한 벌 받은 적이 있었고(이제 판갑 뒷면으로 옮겨 달았다), 넓은 아르밀라 은팔찌가 다섯 개였으며, 금 토르퀘스 두 개를 끈에 매달아 양어깨에 늘어뜨렸다.

"술라에 대해서도 인정할 건 인정해야겠네요." 실리우스가 카이사르에게 말했다. 그들은 훈장을 받은 다른 병사들과 더불어 단상에 서서 군대의 경례를 받고 있었다. "비록 우리한테 고향으로 돌아갈 기회를 주진 않지만, 공정한 사람이라서 우리 훈장까지 뺏어가진 않았어요." 그는 카이사르의 떡갈잎 화관을 경건하게 우러러보았다. "진짜 군인이십니다, 예쁜 아기님." 그가 말했다. "제가 본 최고의 군인이세요."

그것은, 그날 카이사르를 축하하고자 열린 연회에서 루쿨루스나 테르무스나 여러 보좌관들이 그에게 던진 그 어떤 상투적인 축하 인사말들보다 훨씬 값진 찬사였다고 카이사르는 이후에 혼자 생각했다. 가비니우스, 옥타비우스, 리푸스, 루푸스는 이날 몹시 기뻐했다. 렌툴루스 가문의 두 청년은 별말이 없었다. 딱히 겁을 내서가 아니라 전투 내내 평범한 연락책 임무만 맡았던 탓에 아무 훈장도 받지 못한 비불루스는 그냥 잠자코 있지 못했다.

"난 진작에 알고 있었지만," 그가 분하다는 듯 말했다. "우리도 재수 좋게 그런 상황에 처했으면 다 그렇게 할 수 있었어. 네놈은 참 운이 좋아. 모든 면에서 말이야."

카이사르는 유쾌하게 웃으며 비불루스의 턱밑을 쓰다듬었다. 이제는 그게 버릇이 된 듯했다. 비불루스의 말에 반박하고 나선 것은 가비니우스였다.

"그건 훌륭한 행동을 정당하게 인정하지 않는 태도야." 그가 분개하여 말했다. "카이사르는 겨울 동안 우리들 중 누구보다도 열심히 일했고, 전장에서 우리들 중 누구보다도 힘든 일을 해냈어! 운이라고? 운하고는 하등 상관없었어, 이 속 좁고 멍청한 열등감 덩어리야!"

"아, 가비니우스, 그 녀석 말에 신경쓰지 마." 카이사르가 말했다. 그는 품위를 지킬 여유가 있었고, 그것이 눈물을 쏙 뺄 만큼 비불루스를 열받게 하리란 것도 잘 알았다. "행운은 늘 중요한 요소지. 특별한 행운! 행운은 포르투나 여신의 선택을 뜻하니까 우월한 능력을 지닌 자에게만 따르는 거야. 술라는 늘 운이 따라. 지금으로서는 최고로 운이 따르는 자라 할 수 있겠지. 하지만 두고봐! 카이사르의 운은 훗날 온 인구에 회자될 테니까."

"그리고 비불루스의 운은 전무하다시피 하겠지." 가비니우스가 아까보다는 차분히 말했다.

"그렇겠지." 카이사르가 대꾸했다. 그런 건 관심도 없고 궁금하지도 않다는 말투였다.

테르무스, 루쿨루스, 그들의 보좌관, 관리, 군관 모두 6월 말에 로마로 돌아왔다. 가이우스 클라우디우스 네로가 아시아 속주의 신임 총독으로 페르가몬에 도착해 자리를 인계받았다. 술라는 루쿨루스에게 로마로 돌아와도 좋다고 허락을 내리며 그와 그의 아우 바로 루쿨루스는 이듬해에 고등 조영관이 될 것이라고 알려온 터였다.

"자네가 로마로 돌아올 즈음이면," 술라는 편지를 이렇게 끝맺었다. "자네를 고등 조영관으로 뽑는 선거가 이미 마무리되었을 거야. 하지만 중매쟁이 노릇은 사절일세. 지금쯤이면 자네도 들었겠지만 폼페이우스의 새 아내는 세상을 떠났어. 게다가 자네가 어린애들 취향이면, 친애하는 루쿨루스, 본인의 궂은일은 본인이 직접 하게. 어린 딸년을 기꺼이 내놓겠단 가난뱅이 귀족이 조만간 한 명쯤은 나타날 거야. 하지만 시간이 지나 그 여자애가 크면 어쩔 텐가? 세상에 나이를 안 먹는 여자는 없어!"

사실 로마에 도착하자마자 혼인 문제로 바빠진 사람은 마르쿠스 발레리우스 메살라 루푸스였다. 아끼는 누이가 느닷없이 이혼을 당했다며 그에게 눈물로 얼룩진 편지를 보내왔던 것이다. 그녀는 여전히 숨을 쉬는 매 순간 전 남편을 지극히 사랑한다고 썼지만, 갑작스레 이혼을 통보한 것으로 보아 그는 그녀를 조금도 사랑하지 않는 게 분명했다. 아무도 이유를 알지 못했다. 발레리아 메살라는 아름답고 똑똑하며 교양 있고 전혀 지루하지 않은 여성이었다. 남의 뒷얘기를 즐겨하지도 않았고, 낭비벽도 없었으며, 외간 남자에게 추파를 던진 적도 없었다.

로마의 어느 대부호가 6월 말에 세상을 떠나자 두 아들이 선친을 기려 포룸 로마눔에서 성대한 경기대회를 열었다. 은제 장식 갑옷을 입고 결투를 벌일 검투사 수가 무려 스무 쌍이었다. 관례대로 한 번에 한 쌍씩 싸우는 것이 아니라 한 번에 열 쌍씩 두 차례에 걸쳐 결투를 벌일 예정이었다. 트라키아와 갈리아의 대결로 구성되었는데, 검투사의 출신 민족이 아니라 전투 방식에 따른 구분이었다. 당시 검투사들은 이 두 가지 방식으로 훈련을 받았다. 무대에 오를 전사들은 카푸아의 최고 검투사 양성소에서 고용한 자들이었다. 기분전환이 간절했던 술라는 이 대회를 몹시 반겼고, 죽은 부호의 아들들은 북향의 맨 앞줄 가운데 자리에 독재관이 주변 사람들에게 부딪히지 않고 편안하게 관람할 수 있을 좌석을 마련하느라 고심했다.

이번 경기대회는 여자가 관람을 하거나 남자들 사이에 끼어 앉는 것이 관습상 전혀 문제되지 않았다. 당시 로마에서 장례 경기대회는 극장 공연과 다르게 여겨졌다. 얼마 전에 키케로에게 아메리아 출신 로스키우스의 변론을 맡겨 큰 승리를 이끌어낸 마르쿠스 발레리우스 메살라 니게르는, 이혼으로 상심해 있는 불쌍한 친척 누이 발레리아 메살라의 기운을 북돋아주려고 그녀를 검투사 경기장에 데려갔다.

두 사람이 경기장에 도착했을 때 술라는 자신을 위해 마련된 명예석에 편안하게 자리를 잡은 터였다. 좌석은 거의 다 관중으로 채워져 있었다. 톱밥을 깔아 조성한 원형 무대에 첫번째 검투사 열 쌍이 서서 연습으로 근육을 풀고 있었다. 곧 있으면 행사를 주최한 형제들이 개회 지시를 내리고 이어 그들이 선친을 기리며 정성껏 마련한 희생제물이 기도와 함께 바쳐질 터였다. 하지만 이런 행사에서 지체 높은 사람들과의 친분은 퍽 유용했다. 은퇴한 베스타 신녀이자 메텔루스 발레아리쿠스의 딸인 아주머니가 있는 것은 특히 더 그랬다. 전 베스타 신녀 카이킬리아 메텔라 발레아리카는 오빠 메텔루스 네포스와 그의 아내 리키니아 그리고 그들의 재종형제인 메텔루스 피우스 새끼 똥돼지(그는 그해 집정관으로 어마어마한 명사였다)와 나란히 앉아 있었고, 전 베스타 신녀 카이킬리아 메텔라 발레아리카가 맡아둔 그들 옆의 두 빈 자리는 아무도 넘볼 엄두를 내지 않았다.

그 두 자리를 향해 메살라 니게르와 발레리아 메살라는 둘째 줄에 이미 자리를 잡고 앉아 있는 사람들, 그러니까 독재관의 좌석 바로 뒷줄을 지나 조심스럽게 발걸음을 옮겼다. 독재관은 누가 보나 활기차고 즐거운 모습이었다. 그간 공권박탈 조치로 내내 꺼림칙했던 기분이 키케로의 기지와 노련함 덕분에 상당히 해소된—또한 크리소고노스를 타르페이아 바위 밑으로 던져버림으로써 문제 하나가 해결된—까닭인 듯했다. 포룸 로마눔에 인파가 넘쳤다. 평범한 사람들은 지붕이나 계단에 걸터앉았고, 사회적으로 힘깨나 쓰는 사람들은 무대 주변에 놓인 목재 관람석에 앉아 있었다. 무대는 한 변의 길이가 12미터인 사각형 형태로 밧줄이 쳐져 있었다.

행사에 늦은 사람들이 먼저 와서 편안하게 앉아 있는 사람들을 밀치고 지나가다 심한 욕설을 듣지 않는다면 그곳은 로마가 아닐 것이다. 메살라 니게르는 누가 뭐라던 전혀 개의치 않았지만, 불쌍한 발레리아는 한 걸음 옮길 때마다 죄송하다는 말을 연거푸 읊조렸다. 그러다 이윽고 로마의 독재관 뒤를 지나가야 할 때가 오자 발레리아는 행여나 독재관을 밀치지 않을까 그의 뒤통수와 어깨에서 눈을 떼지 않았다. 독재관은 여느 때처럼 우스운 가발을 쓰고 자주색 단을 댄 토가 프라이텍스타를 입고 있었다. 릭토르 스물네 명은 맨 앞줄 앞바닥에 쭈그려 앉아 있었다. 발레리아가 지나가는데 술라의 왼쪽 어깨 위로 흰색 토가의 주름에 통통한 자주색 양모 보풀이 눈에 띄었다. 그녀는 아무 생각 없이 보풀을 떼어냈다.

술라는 군중 앞에서 단 한 번도 공포를 드러낸 적이 없었다. 그는 늘 공포를 초월한 듯했고 위험을 모르는 사람 같았다. 그러나 그는 방금 전의 가벼운 접촉에 움찔 놀라서 자리에서 벌떡 일어나 잽싸게 뒤를 돌아보았다. 놀란 발레리아가 물러서며 누군가의 발을 밟았다. 눈에서 공포의 기운이 다 가시기 전에 술라가 발견한 것은, 잔뜩 겁에 질려 서 있는 빨간 머리와 푸른 눈의 젊고 아름다운 여성이었다.

“죄송합니다, 루키우스 코르넬리우스.” 발레리아가 겨우 소리를 내어 말했다. 그녀는 혀로 입술을 적시며 방금 한 행동을 해명할 말을 찾았다. 그녀가 애써 밝은 표정으로 손을 내밀어 자주색 보푸라기를 보이며 말했다. “보이세요? 이게 독재관님의 어깨에 있었어요. 이걸 집으면 독재관님의 행운이 제게 조금 전해지리라고 생각했답니다.” 갑자기 눈에 눈물이 차오르자 그녀는 결연히 눈을 깜빡이며 눈물을 참았다. 사랑스러운 입술이 가늘게 떨렸다. “제게도 운이 좀 있었으면 해서요!”

술라는 입술을 다문 채 그녀에게 미소를 지어 보였다. 그는 부드러운 손길로 그녀가 내민 손을 잡고 그녀의 손가락을 접어, 그에게 그토록 큰 공포를 불러일으킨 결백한 보풀을 그녀의 손에 쥐여주었다. "간직하십시오. 그것으로 당신에게 행운이 깃들기 바랍니다." 그는 이렇게 말하고 뒤돌아서 다시 자리에 앉았다.

하지만 그는 검투 경기 내내 연신 몸을 틀어 발레리아가 앉아 있는 쪽을 쳐다봤다. 그녀 옆으로 메살라 니게르와 메텔루스 피우스 및 일행 모두가 한데 모여 앉아 있었다. 그녀는 그가 자기 쪽을 빤히 쳐다보는 걸 몹시 의식해, 긴장한 얼굴로 그를 향해 미소를 지어 보이다 얼굴을 붉히며 고개를 돌리곤 했다.

"그 여자는 누군가?" 술라가 새끼 돼지에게 물었다. 성대했던 볼거리에 한껏 만족한 군중들이 서서히 흩어지고 있었다.

당연히 일행들 모두가 (주변의 여러 사람들도) 눈치를 챘던 터라 메텔루스 피우스는 굳이 모르는 척하지 않았다. "발레리아 메살라입니다." 그가 말했다. "니게르와 친척지간이고, 미틸레네 포위전을 마치고 로마로 돌아오는 중인 루푸스의 누이입니다."

"아!" 술라가 고개를 끄덕였다. "고귀한 출생 못지않게 미모도 출중하더군. 최근에 이혼했지?"

"굉장히 뜻밖이었지요. 특별한 이유도 없었습니다. 사실 발레리아가 그 일로 몹시 상심해 있습니다."

"불임인가?" 같은 핑계로 아내와 이혼한 적이 있는 사내가 물었다.

새끼 돼지의 입술이 말려올라가며 경멸의 빛을 띠었다. "그건 아닐 것 같습니다, 루키우스 코르넬리우스. 그보다 관계 자체를 잘 갖지 않았을 겁니다."

"흠!" 술라가 잠시 멈춰 생각하더니 불쑥 말했다. "내일 만찬에 불러야겠네. 니게르와 메텔루스 네포스도 함께 오라고 이르게. 자네도 당연히 오고. 하지만 여자들은 부르지 말게."

그렇게 해서 하급 참모군관 마르쿠스 발레리우스 메살라 루푸스는 로마에 오자마자 독재관 앞에 불려갔다. 독재관은 말을 돌려서 하는 사람이 아니었다. 그는 루푸스의 누이에게 반했으며 그녀와 결혼하길 바란다고 말했다.

"내가 무슨 말을 할 수 있었겠어?" 루푸스가 친척인 니게르에게 물었다.

"그저 기쁘다고 했길 바라네." 니게르가 건조하게 대꾸했다.

"기쁘다고 했지."

"잘했어!"

"하지만 불쌍한 발레리아는 기분이 어떨까? 그는 너무 늙었고 얼굴도 흉하잖아! 발레리아한테 미처 물어볼 기회가 없었어, 니게르!"

"좋아할 거야, 루푸스. 얼굴은 흉측해도 그는 사실 로마의 왕이나 다름없잖아. 게다가 크로이소스만큼 부자이고! 발레리아한테도 부당하게 이혼을 당하고 얻은 마음의 상처에 위안이 되지 않겠어?" 니게르가 열심히 설득했다. "이 혼사가 우리들한테 얼마나 득이 될지는 두말할 필요도 없지! 독재관이 나한테는 대신관, 자네한테는 조점관 정도 자리를 생각하고 있을걸. 가만히 입 다물고 감사한 줄이나 알게."

루푸스는 누이가 술라를 멋있고 매력적인 상대로 생각하고 있으며 그와의 결혼을 진심으로 원한다는 걸 확인한 후, 사촌의 올바른 조언을 받아들였다.

혼인식에 초대된 폼페이우스는 독재관과 잠시 둘이서 이야기를 나눌 기회가 생겼다.

"독재관님 운의 절반만 있어도 좋겠네요." 청년은 우울하게 말했다.

"그러게나 말일세. 자네는 아내 운은 별로 없었어, 그렇지 않은가?" 술라가 말했다. 그는 이날의 혼인식 연회를 한껏 즐기고 있었다. 세상의 거의 모든 것에 대해 호의적인 기분이 들었다.

"발레리아는 정말 훌륭한 여자입니다." 폼페이우스가 축하 인사를 했다.

술라가 눈알을 굴렸다. "자네 낙담해 있나, 폼페이우스?"

"네, 당연하지요!"

"로마에는 아름다운 귀족 여자들이 차고 넘친다네. 한 명 골라서 아버지를 찾아가보지 그러나?"

"저는 그런 쪽엔 영 소질이 없습니다."

"말도 안 되는 소리! 자네는 젊고, 돈도 많고, 잘생겼고, 유명하잖아." 술라가 손가락을 꼽으며 말했다. 그가 평소 즐기는 버릇이었다. "물어보게, 마그누스! 그냥 가서 물어봐! 여간 까다로운 아비가 아니고선 자넬 거절하지 않을걸."

"저는 그런 쪽엔 영 소질이 없습니다." 폼페이우스가 되풀이했다.

술라는 눈알을 굴리던 것을 멈추고 청년을 예리하게 주시했다. 그는 폼페이우스가 그렇게 하지 않는 이유를 잘 알았다. 폼페이우스는 이런저런 파트리키 여자와 맺어지기에 그의 출생이 처진다는 말을 들을까봐 두려웠던 것이다. 그의 야망은 늘 최고를 원했다. 스스로 평가하기에 그는 최고를 가져야 마땅했다. 하지만 그는 피케눔 출신의 폼페이우스 집안사람이 남들 눈에 그다지 좋게 비치지 않는다는 생각에 자꾸만 움츠러들었다. 간단히 말해서, 폼페이우스는 누군가의 아버지가 그에게 먼저 물어오길 바랐다. 하지만 어느 누구의 아버지도 그에게 먼저 물어오지 않았다.

어떤 생각이 술라의 머릿속에 불쑥 떠올랐다. 로마에 말더듬이 최고 신관을 선사한 것과 비슷한 종류의 생각이었다.

"과부여도 상관없나?" 그가 다시 눈알을 굴리며 물었다.

"우리 공화국만큼 늙은 여자만 아니면요."

"스물다섯 살쯤 되었을 것 같군."

"그 정도면 괜찮습니다. 저와 동갑이네요."

"지참금은 없네."

"저한테는 재산보다 출생이 훨씬 더 중요합니다."

"그 여자 출생이라면," 술라가 신이 나서 말했다. "양친 다 화려하지. 평민이긴 하지만 화려한 가문이야!"

"누군데요?" 폼페이우스가 몸을 앞으로 숙이며 물었다. "누군데요?"

술라가 몸을 둥글게 구부리며 긴 의자에서 내려와 일어서더니 약간 술에 취한 사람처럼 폼페이우스를 쳐다보았다. "내 결혼 휴가가 끝날 때까지 기다리게, 마그누스. 그때 다시 와서 묻게나."

카이사르에게 있어 이번 귀환은 그가 생각하기에 앞으로 다시는 없을 최고의 개선행차였다. 그는 자유를 얻었을 뿐만 아니라 자신의 능력을 증명해 보였다. 그는 중요한 무공훈장을 받았다.

술라는 즉시 사람을 보내 그를 불렀다. 독재관은 온화해 보였다. 이날의 면담은 혼인식 직전에 이루어진 것이었다. 혼인식으로 온 로마가 떠들썩했지만 모두 비공식적인 얘기였다. 따라서 카이사르는 자리에 앉으라는 말을 들은 뒤에도 혼인식에 대해서는 언급하지 않았다.

"흠, 자네, 자신의 능력 이상을 해냈어."

어떤 내용을 전해 들은 걸까? 루쿨루스한테처럼 또 속마음을 드러내선 안 돼! "그렇지 않기를 바랍니다, 루키우스 코르넬리우스. 이번에 최선을 다한 건 맞습니다만, 저는 이보다 더 큰 일도 해낼 수 있습니다."

"여부가 있겠나. 자네 얼굴만 봐도 그렇다는 걸 알겠네." 술라가 능글맞은 눈빛을 보냈다. "내 듣기로 어디에 내놓아도 손색없는 훌륭한 함대를 비티니아에서 구해 왔다던데."

카이사르는 더이상 태연하게 굴 수 없었다. 그의 얼굴이 붉어졌다. "지시받은 임무를 그대로 수행한 것입니다." 그는 이렇게 대답하고 이를 악물었다.

"뭔가 찔리는 게 있군, 그렇지?"

"제가 몸을 팔아서 그 함대를 얻었다는 비방은 부당합니다."

"내 말 들어보게, 카이사르." 독재관이 말했다. 주름지고 처진 얼굴이었지만 카이사르가 1년 전쯤 보았을 때보다 더 매끄럽고 젊어진 듯했다. "우리는 둘 다 가이우스 마리우스로부터 피해를 봤어. 그래도 최소한 자네는 그에게서 완전히 벗어난 게 몇 살이지? 스무 살?"

"정확히 그렇습니다." 카이사르가 말했다.

"나는 쉰 살이 넘어서야 벗어날 수 있었어. 그러니 자네는 운좋은 줄 알게. 게다가 이 말이 위로가 될진 모르겠지만, 로마를 위해 훌륭한 일을 하는 사람이라면 나는 그가 누구와 동침을 하건 전혀 개의치 않네."

"아니요, 전혀 위로가 되지 않습니다!" 카이사르가 딱딱댔다. "로마를 위해서도, 독재관님을 위해서도, 가이우스 마리우스를 위해서도! 저는 결코 제 명예를 팔지 않을 겁니다."

"로마를 위해서도 말인가?"

"로마가 제게 그런 걸 요구한다면 그것은 제가 믿는 로마가 아닙니다."

"그래, 현명한 대답이로군." 술라가 고개를 끄덕이며 말했다. "하지만 안타깝게도 세상일은 그런 식으로만 돌아가지 않아. 자네도 차차 알게 되겠지만, 로마도 여느 누구 못지않은 매춘부가 될 수 있다네. 지금까지 자넨 쉬운 인생을 살지 않았어. 그래도 나만큼은 아니었지. 하지만 카이사르 자넨 나를 닮았어. 그게 내 눈엔 보여! 자네 모친도 그렇게 말하더군. 그 비방은 현실이야. 앞으로도 자네를 따라다닐 거고. 자네 이름이 높아질수록 자네 존엄이 높아질수록, 사람들은 그 비방을 더 자주 입에 올리겠지. 사람들이 내가 원로원에 들어가려고 여자들을 살해했다며 수군대는 것처럼 말이야. 자네와 나는 본질적으로 같아. 하지만 각자가 추구하는 야망에는 차이가 있지. 나는 그저 집정관에 오르고 그 다음에는 전직 집정관, 그다음에는 감찰관에 오르길 원했어. 정당한 내 몫이었지. 나머지는 억지로 떠맡은 거야. 대부분 가이우스 마리우스 때문에."

"저 또한 그 이상을 원하지 않습니다." 카이사르가 놀라서 말했다.

"내 뜻을 오해하는군. 나는 지금 현실적인 공직이 아닌 야망에 대해 얘기하고 있네. 카이사르 자네는 스스로 완벽하길 원해. 자네를 불완전하게 만들 일은 어느 무엇도 일어나선 안 돼. 자네는 지금 그 소문이 부당해서 신경을 쓰는 게 아니야. 자네가 괴로운 건 그 소문이 자네의 완벽함을 손상시키기 때문이야. 적절한 시기에 모든 면에서 모든 방식으로, 완벽한 명예, 완벽한 출세, 완벽한 전력, 완벽한 명성. 그리고 자네가 스스로에게 완벽을 요구하듯 자네는 주변 사람들에게도 완벽을 요구할 거야. 완벽에서 벗어난 자는 사정없이 내치겠지. 생득권에 대한 내 집착이 날 갉아먹었듯, 완벽함에 대한 집착이 자네를 갉아먹을 거야."

"저는 제 자신을 완벽하게 여기지 않습니다!"

"나는 그렇게 말하지 않았어. 잘 듣게! 나는 자네가 스스로 완벽하길 원한다고 했어. 최고 수준의 수리적 정밀성을 갖췄달 정도로 치밀하길 원하지. 그건 변하지 않을 거야. 자네는 변하지 않아. 하지만 자네는 해야 하는 일은 무엇이든 할 거야. 그리고 완벽에 미치지 못할 때마다 그 일에, 그리고 자네 스스로에게 염증을 느끼겠지." 술라는 종이 한 장을 집어들었다. "여기 이 칙령을 내일 로스트라 연단에 붙이겠네. 자네는 시민관을 받았어. 내가 제정한 법에 따라 이제부터 자네는 원로원 의석을 차지하고, 극장이나 경기장에서 특별석을 할당받으며, 시민관을 쓰고 나타날 때마다 기립박수를 받을 거야. 원로원이나 극장이나 경기장에서는 시민관을 반드시 착용해야 해. 다음 원로원 회의는 보름 후에 열리네. 그때 원로원 의사당에서 보세."

면담은 그렇게 끝났다. 하지만 집에 돌아와보니 술라가 내린 포상이 한 가지 더 있었다. 다리가 긴 젊고 훌륭한 밤색 종마였다. 말갈기에 쪽지가 붙어 있었다. "노새는 이제 그만 타고 다녀도 되네, 카이사르. 이제부터 이 말을 타는 걸 허락하겠네. 하지만 이 녀석은 완벽하지 않아. 녀석의 발부리를 보게."

카이사르는 밑을 내려다보고 웃음을 터트렸다. 이 종마는 발굽이 말끔한 통짜가 아니었고 소 발굽처럼 두 갈래로 나뉘어 있었다.

루키우스 데쿠미우스가 몸을 떨었다. "당장 그놈 목을 베!" 그가 말했다. 데쿠미우스는 이것을 농담으로 보지 않았다. "이런 걸 가까이 두어선 안 돼!"

"그 반대예요." 카이사르가 눈물을 찔끔대며 말했다. "이 말은 자주 탈 수 없고, 발굽에 편자를 박지도 못해요. 하지만 저는 전투에 나갈 때마다 이 젊은 '발부리'를 타겠어요! 전투에 나가지 않을 때는 제 보빌라이 땅에 기르는 암말들과 짝짓기를 시킬 거고요. 루키우스 데쿠미우스, 이 말은 행운의 말이에요! 늘 '발부리'를 한 마리씩 데리고 다니겠어요. 그러면 전투에서 절대 지지 않을 걸요."

어머니는 아들이 달라졌음을 알아챘다. 그리고 아들이 왜 슬퍼 보이는지 궁금했다. 모든 일이 참으로 잘 풀렸지 않은가! 아들은 시민관을 받고 돌아왔고, 긴급 공문들은 그를 화려하게 격찬했다. 심지어 아들은 그녀가 걱정했던 것만큼 지출이 크지 않았다고 했다. 니코메데스 왕이 황금을 주었고, 시민관 덕분에 미틸레네의 전리품을 원래 몫보다 많이 받았다는 것이다.

"이해가 안 돼." 가이우스 마티우스가 말했다. 그는 채광정 아래의 꽃밭에 앉아 깍지 낀 두 손을 무릎에 얹은 채 카이사르를 바라보고 있었다. 카이사르도 비슷한 자세로 땅바닥에 앉아 있었다. "네 명예가 의심받고 있는데도 늙은 왕이 주는 황금 주머니를 받았단 거잖아. 그건 잘못됐지 않아?"

다른 사람이 이런 질문을 해왔다면 참지 못했겠지만, 마티우스는 아주 어릴 적부터 친한 친구였다.

카이사르의 표정은 몹시 울적해 보였다. "그 비방이 있고 나서 황금을 받은 건 사실이야." 그가 말했다. "그 불쌍한 늙은이가 내게 준 황금은 손님에게 주는 단순한 선물이었어. 정확히 말하자면 피호국 왕이 보호국 로마에서 파견된 공식 사절에게 주는 선물이지. 보호국에 바치는 공세처럼, 그가 로마의 사절에게 바치는 선물 역시 받아도 아무 문제가 없어." 카이사르는 어깨를 으쓱했다. "나는 감사한 마음으로 선물을 받았어, 부스럼. 병영에서 생활하는 데는 돈이 많이 들어. 내 취향이 딱히 고급스러워서가 아니라 주변의 다른 사람들이 함께하자고 요구하는 보통의 식사, 특별 만찬이나 연회, 사치품 따위에 끝없이 비용을 분담해야 하거든. 포도주도 최상품이어야 하고, 음식도 말도 안 되게 비싼 것만 먹지. 내가 평범한 음식에 만족한다 해도 소용없어. 그러니 황금은 내게 요긴했어. 루쿨루스가 나한테 그런 말을 한 뒤에 황금을 돌려보낼까도 생각했지. 하지만 그렇게 하면 왕에게 상처를 줄 수 있다는 걸 깨달았어. 루쿨루스와 비불루스가 한 말을 내가 왕한테 전할 수는 없잖아."

"그래, 알겠어." 마티우스가 한숨을 쉬었다. "공작새, 나는 원로원 의원이나 정무관이 될 필요가 없어서 참 다행이야. 그냥 평범한 하급 기사로 사는 게 훨씬 나아!"

하지만 카이사르는 그 말을 도무지 납득할 수 없어서 아무 대꾸도 하지 않았다. 그는 다시 니코메데스 이야기로 돌아갔다. "나는 약속을 지키기 위해 비티니아에 다시 가야 해." 그가 말했다. "그런데 그렇게 하면 소문은 더욱 무성해지겠지. 유피테르 대제관이던 시절에 나는 하급 참모군관 같은 사람들의 처신엔 아무도 관심이 없을 줄 알았어. 하지만 그렇지 않아. 모두가 뒤에서 수군대! 비불루스가 나더러 니코메데스 왕과 그렇고 그런 사이라고 떠들면서 바쁘게 만나고 다니는 사람이 몇이나 되는지는 신들이 아셔. 분명 루쿨루스도 그러고 다닐 거야. 렌툴루스 가문 형제들도 마찬가지고. 술라는 그 내용을 속속들이 알고 있었어."

"술라는 너를 총애하잖아." 마티우스가 사려 깊게 말했다.
"그래. 이유는 잘 모르겠지만 말이야."
"네가 모르는데 난들 알겠냐!" 철두철미한 정원사 마티우스는 새로 움튼 잡초의 작은 잎사귀 두 장을 발견했다. 그는 잔디 사이의 침입자를 땅에서 파내기 시작했다. "어쨌거나 카이사르, 내 생각엔 조용히 잊힐 때까지 기다리는 수밖에 없을 것 같아. 시간이 지나면 잊힐 거야. 소문이란 건 다 그래."
"술라는 그러지 않을 거래."
마티우스가 콧방귀를 뀌었다. "자기 이야기가 잊히지 않았다고 그러는 거야? 야, 카이사르! 그 사람은 나쁜 사람이잖아. 너는 아니야. 넌 그렇게 될 리 없어."
"나도 살인을 저지를 수 있어, 부스럼. 남자라면 다 그래."
"네가 살인을 저지를 수 없다고는 하지 않았어, 공작새. 다른 점은 술라는 나쁜 사람이고 너는 아니라는 거야."
가이우스 마티우스는 끝까지 이런 입장을 지켰다.

술라의 혼인식이 있었다. 신혼부부는 로마를 떠나 미세눔의 별장으로 여행을 갔다. 하지만 독재관은 다음 원로원 회의가 열리기 전에 돌아왔다. 그가 카이사르에게 참석하라고 한 회의였다. 카이사르는 스무 살의 나이에 술라의 신임 원로원 의원이 되었다. 갓 스무 살에 벌써 두 번째로 원로원 의원이 되다니!
이날은 그의 인생에서 가장 멋진 날이 되어야 했다. 떡갈잎 화관을 머리에 쓰고 의원들로 가득 채워진 원로원 의사당을 걸어들어가는 가운데, 전 원로원이—최고참 의원 플라쿠스나 마르쿠스 페르페르나같이 덕망 높은 전직 집정관들까지—기립하여 열띤 박수를 보냈다. 이 경우만큼은 술라가 원로원 의원들의 몸가짐에 관련해 정한 새 규정이 살짝 무시될 수 있었다.

그러나 청년은 소문이 얼마나 퍼졌을까, 누가 자기를 깔보나 싶은 마음에 혹시라도 있을 조롱과 경멸의 기미를 찾아 자기도 모르게 이 얼굴 저 얼굴을 살폈다. 자리까지 걸어가기가 큰 고역이었다. 그가 평의원들이 앉는 맨 뒷줄—그는 당연히 그곳을 자기 자리로 생각했다—에 올라가 앉자, 전쟁 영웅들이 앉는 중간 자리로 내려오라고 술라가 고래고래 소리를 지르며 상황을 더 고역스럽게 만들었다. 자연스레 몇몇 의원들이 피식 웃음을 흘렸다. 그의 쑥스러운 기분을 이해하는 너그러운 미소였다. 그러나 그는 그것마저도 비웃음으로 들었고, 가장 멀리 떨어진 깜깜한 구석으로 기어들어가고 싶었다.

그러나 그는 그 모든 일을 겪으면서도 절대 눈물을 보이지 않았다.

지루한 회의가 끝나고 집에 돌아오니 어머니가 응접실에서 기다리고 있었다. 이것은 그녀의 평소 버릇이 아니었다. 그녀는 늘 바빠서 낮 시간에는 사무실을 떠나 있는 법이 없었다. 이날 그녀는 산란한 마음을 누르고 조용히 앉아 아들이 오기를 기다렸다. 아들이 이야기하고 싶어하지 않는 게 분명한 주제를 어떻게 꺼내야 할지 도무지 감이 잡히지 않았다. 평소에 말이 많은 사람이면 이야기를 꺼내기가 훨씬 더 수월했을 것이다. 그러나 아우렐리아에게는 도무지 적당한 말이 떠오르지 않았고, 그녀는 아들이 말없이 토가를 벗는 모습을 쳐다보기만 했다. 그리고 그가 서재로 들어가려는 자세를 취한 순간 그녀는 당장 무슨 말이든 꺼내지 않으면 아들이 그녀를 떠나리라는 생각이 들었다. 그러고 나면 이 골치 아픈 문제를 다시는 꺼낼 수 없으리라.

"카이사르." 그녀가 아들을 부르고 기다렸다.

아들이 성인용 토가를 입기 시작한 이래로 줄곧 그녀는 아들을 코그노멘으로 불렀다. 그녀에게 '가이우스 율리우스'는 남편을 부르는 이름이었고 그것은 남편이 죽은 뒤에도 변하지 않았다. 또한 그녀는 아들이 늘 낯설었다. 아들에 대한 염려 때문에 그에게 따뜻하고 다정한 어머니가 되지 못하고 늘 일정한 거리를 두며 지내온 탓이었다.

아들이 한쪽 눈썹을 치키며 걸음을 멈췄다. "네, 어머니?"

"앉아라. 할 얘기가 있어."

그가 앉았다. 어머니에게 무슨 대단한 이야깃거리가 있을까 싶어 살짝 궁금한 표정이었다.

"카이사르, 동방에서 무슨 일이 있었니?" 그녀가 단도직입적으로 물었다.

살짝 궁금증을 띠고 있던 얼굴에 흥미로운 기색이 더해졌다. "제 임무를 완수하고 시민관을 받아서 술라를 흡족하게 했지요." 그가 대답했다.

어머니의 아름다운 입술이 양쪽으로 반듯이 당겨졌다. "얼버무리는 건 너답지 않아."

"얼버무리는 게 아니에요."

"내가 알고자 하는 걸 말하지 않잖니!"

아들의 마음이 닫히고 있었다. 서늘하던 눈빛에 차가운 냉기가 감돌았다. "제가 모르는 걸 말씀드릴 순 없어요."

"아까보다 좀더 자세하게는 말해줄 수 있잖니."

"뭐에 대해서요?"

"네 문제에 대해서."

"무슨 문제요?"

"네 모든 행동, 네 모든 표정, 네 모든 얼버무림 속에 보이는 바로 그 문제."

"아무 문제도 없어요."

"있어."

그가 양 허벅지를 내리치며 가려고 일어섰다. "어머니께서 무슨 생각을 하시는지 모르겠지만 아무 문제도 없어요."

"앉아!"

그는 가볍게 한숨을 내쉬며 다시 앉았다.

"카이사르, 나는 어떻게든 알게 될 거야. 단지 다른 사람이 아닌 네게서 직접 들었으면 해."

그는 고개를 갸우듬히 기댄 채 기다란 손가락을 꽉 맞잡고 두 눈을 감았다. 그리고 한번 더 한숨을 내쉬고 어깨를 으쓱했다. "저는 비티니아의 니코메데스 왕한테서 아주 훌륭한 함대를 구해왔어요. 그야말로 유례가 없는 대단한 성과였죠. 사람들은 제가 왕과 성관계를 가져서 그 함대를 얻어냈다고 했어요. 그 결과 저는 용맹함이나 실력이나 하다못해 꾀도 아닌, 제 목적을 이루려고 몸을 판 걸로 유명해져서 로마에 돌아왔어요." 그가 여전히 눈을 감은 채 말했다.

그녀는 동정심에 젖어들지도, 공포로 경악하지도, 분개심이 차오르지도 않았다. 아들이 다시 눈을 뜨고 그녀를 바라볼 때까지 그저 아무 말 없이 앉아 있을 뿐이었다. 두 사람은 대등한 시선을 교환했다. 만만치 않은 이 두 인물은 서로에게서 위로가 아닌 고통을 보았지만, 두 사람 다 어려움을 헤쳐나갈 준비가 되어 있었다.

"심각한 문제로구나." 그녀가 말했다.

"부당한 비방이에요."

"물론 그렇지."

"반박을 할 수가 없어요, 어머니!"

"해야 해, 아들아."

"어떻게요!"

"방법은 너도 알잖니, 카이사르."

"솔직히 잘 모르겠어요." 그가 확신 없는 표정으로 냉철히 말했다. "무시하려고도 해봤어요. 하지만 다른 사람들이 어떻게 생각하는지를 뻔히 알면서 그러기란 정말 어려워요."

"소문의 진원지가 어디니?"

"루쿨루스요."

"오, 그래……. 그 사람 말이면 다들 믿겠구나."

"네, 다들 믿어요."

꽤 오랜 시간 동안 그녀는 깊은 생각에 잠긴 눈빛으로 침묵을 지켰다. 아들은 어머니를 바라보며 그녀가 보이는 절제력에, 사적인 감정을 개입시키지 않은 채 일정한 거리를 두고 사태를 바라보는 능력에 다시금 감탄했다. 이윽고 그녀가 입을 열고 아주 천천히 신중하게 단어 하나하나를 힘주어 말했다.

"일단 넌 그 비방을 무시해야 해. 그 문제로 논쟁을 벌이기 시작하면 너는 수세로 몰리게 돼. 결국은 네가 그 비방을 신경쓴다는 걸 스스로 드러내는 꼴이 되지. 생각해봐, 카이사르. 너의 정치적 미래에 비추어 볼 때 이건 아주 심각한 모략이야. 넌 그 사실을 잘 알지만 절대 네가 그렇게 생각하는 걸 다른 사람이 알게 해선 안 돼! 그러니까 너는 죽는 날까지 철저히 그 비방을 무시해야 해. 그래도 다행스러운 점은 그게

10년 뒤가 아닌 지금 나왔다는 거야. 서른 살에 그런 비방을 받으면 대처하기가 훨씬 더 까다롭지. 그 점에 대해서는 감사하게 생각하거라. 네겐 앞으로 10년 동안 숱한 일이 있을 거야. 한데 그런 소문이 다시 나도는 일만은 절대 벌어져선 안 돼. 아들아, 넌 최선을 다해서 그 소문을 떨쳐내야 해." 그녀의 아름다운 눈에 보일 듯 말 듯 희미한 미소가 어렸다. "이제까지 넌 평범한 수부라 여자들과만 정을 통했지. 카이사르, 이제 눈높이를 높여야겠다. 난 이유를 모르겠지만 여자들 사이에서 네 평판이 대단하더구나! 이제부터는 네 정치 동료들도 네 능력을 알아야 해. 내 말 뜻은 이제부터 중요하고 잘 알려진 여자들에게 집중하라는 거야. 프라이키아 같은 매춘부들이 아닌 귀족 여성들 말이다. 신분이 높은 여자들."

"도미티우스나 리키니우스 가문 여자애들을 유혹하란 말씀이세요?" 그가 활짝 웃으며 물었다.

"아니!" 그녀가 날카롭게 대답했다. "처녀들말고! 절대 처녀들은 안 돼! 내가 말하는 건 중요한 인사들의 부인네들이야."

"세상에!" 아들이 외쳤다.

"맞불 작전이다, 카이사르. 방법은 그것밖에 없어. 네 연애사가 공공연히 알려지지 않으면 사람들은 네가 남자들과 어울린다고 생각할 거야. 그러니 네 애정행각은 세간에 큰 화제가 되어야 해. 로마 최고의 바람둥이로 명성을 쌓아라. 그렇지만 상대를 신중히 골라야 해." 그녀는 알 수 없다는 표정으로 고개를 가로저었다. "한때 술라는 여자들이 자기한테 바보처럼 빠져들게 하는 재주가 있었지. 그런데 딱 한 번 그 때문에 쓰디쓴 대가를 치렀어. 달마티카가 스카우루스의 어린 신부였을 때야. 술라는 달마티카를 철저하게 피했는데도 스카우루스는 술라에게 벌을 내렸고 그 결과 그는 법무관 선거에서 떨어졌어. 스카우루스 때문에 법무관이 되기까지 6년을 허비했지."

"제가 적을 만들 거란 말씀을 하시는 거죠."

"그런가?" 그녀가 곰곰이 생각했다. "아니, 그보다는 스카우루스를 바보로 만들지 않아서 술라가 곤란에 처했다는 말을 하려는 거야. 만일 술라가 스카우루스를 웃음거리로 만들었더라면 그가 술라에게 복수하기 훨씬 힘들었을걸? 웃음거리가 되어버린 사내가 훌륭하게 보일 수는 없잖아. 그래, 그냥 불쌍해 보이겠지. 그때 스카우루스가 술라를 이긴 이유는 술라가 스카우루스를 고상한 사람처럼, 그러니까 이해심 많은 남편으로 보이게 만들었기 때문이야. 그래서 스카우루스가 고개를 빳빳이 들고 다닐 수 있었지. 그러니까 너는 여자를 고를 때 남편을 바보로 만들 여자를 골라야 해. 너더러 티베리스 강에 뛰어들라고 할 여자를 골라선 안 돼. 그리고 절대로 네가 휘둘릴 정도로 똑똑한 여자를 골라선 안 돼. 너더러 티베리스 강에 '공개적으로' 뛰어들라고 말할 정도로 너를 이리저리 휘두를 여자는 안 돼."

그는 마음속에서는 물론 표정에도 새로운 존경심을 깊이 드러내며 그녀를 빤히 바라보았다. "어머닌 정말 대단한 여자세요! 어떻게 이런 걸 다 아세요? 그라쿠스 형제의 어머니 코르넬리아처럼 바르고 정숙하신 분이 다른 한편으로 자기 아들에게 이렇게 속된 충고를 하시다니요!"

"난 수부라에서 오래 살아왔지." 그녀가 기분이 좋아져서 말했다. "그리고 중요한 건 이거야. 아들인 네가 중상모략에 빠졌어. 나는 널 위해서라면 다른 어느 누구를 위해서도, 심지어 내 딸들을 위해서라도 하지 않을 일을 할 거야. 필요하다면 널 위해 살인도 불사할 거다. 하지만 지금은 우리 문제를 그것으로 해결할 수 없어. 그러니 남들의 평판을 희생시키는 걸로 대신하자. 받은 만큼 돌려주자꾸나."

순간 그는 어머니를 두 팔에 안아올릴 뻔했지만, 몸에 밴 습관이 그를 막았다. 그 대신 그는 자리에서 일어나 그녀의 손을 잡고 입을 맞췄다. "어머니, 고맙습니다. 저 역시 어머니를 위해서라면 응당 살인도 불사할 거예요." 그때 한 가지 생각이 머릿속을 스치자 그는 신이 나서 온몸을 부르르 떨었다. "아, 루쿨루스가 빨리 결혼했으면! 똥자루 비불루스도요!"

다음날 카이사르의 삶에 또다시 여자들이 등장했다. 하지만 호색가 차원에서는 아니었다.

"율리아가 우리를 찾는구나." 포룸 로마눔의 동정을 살피러 집밖을 나서려는 아들에게 아우렐리아가 말했다.

사랑하는 고모님을 아직 찾아뵙지 못했음을 스스로도 알고 있었기에 카이사르는 아무 저항도 하지 않았다.

해가 쨍쨍했지만 아직 이른 시간이어서, 수부라 지구에서 퀴리날리스 언덕까지 가는 길은 상쾌했다. 카이사르와 아우렐리아는 말룸 푸니쿰 구를 걸어올랐고 곧 알타 세미타 길의 퀴리누스 신전에 닿았다. 퀴리누스 신전의 아름다운 경내에는 스키피오 아프리카누스가 카르타고를 상대로 거둔 승리를 기념하여 심은 무화과나무가 있었다. 무화과나무 옆으로 나란히 아주 오래된 도금양나무 두 그루가 자라고 있었다. 한 그루는 파트리키를, 다른 하나는 평민을 위한 것이었다. 하지만 이탈리아 전쟁에 이어 벌어진 파란을 겪는 사이 파트리키들의 도금양나무가 시들기 시작하더니 이제 아예 고사할 지경에 이르러 있었다. 반면 평민들의 도금양나무는 여전히 잘 자랐다. 이것이 마치 파트리키 계급의 종언을 의미하는 것 같아 카이사르는 앙상한 나뭇가지들을 보고 있기가 언짢았다. 왜 누가 파트리키 도금양나무를 새로 심지 않았을까?

술라는 율리아가 100탈렌툼을 간직하도록 허락해주었고, 율리아는 그 돈으로 알타 세미타와 세르비우스 성벽 사이에 난 길에 자리한 꽤 안락한 주택을 구했다. 지은 지 얼마 되지 않은 상당히 넓은 집이었다. 율리아의 수입은 이 집을 꾸릴 노예들을 부리기에 충분했고 생활에 필요한 물품을 구입하는 데도 부족함이 없었다. 심지어 며느리 무키아 테르티아를 데리고 사는 데도 문제가 없었다. 하지만 갑작스레 바뀐 율리아의 처지를 가엾게 여기는 카이사르나 아우렐리아에게 이런 것들은 별 위로가 되지 않았다.

율리아는 나이가 거의 쉰 살이 다 되어갔지만 별로 변한 게 없어 보였다. 퀴리날리스 언덕으로 이사하면서 옷감 짜거나 양모를 잣는 취미는 없어진 대신 다른 좋은 일들을 하고 있었다. 퀴리날리스 언덕은 가난한 동네는 아니었지만 — 주택도 드문드문했다 — 여기서도 과다한 음주나 병 따위로 도움이 필요한 가정을 찾아냈던 것이다. 주제넘게 굴거나 서툰 여자였다면 문전에서 박대를 당했겠지만 율리아에게는 요령이 있었다. 이제는 퀴리날리스 언덕 주민 누구나 문제가 생기면 어디로 가야 할지 알았다.

하지만 율리아는 오늘은 선행을 베풀러 나가지 않았다. 율리아와 무키아 테르티아는 아우렐리아와 카이사르를 애타게 기다리고 있었다.

"술라에게서 편지를 받았어요." 무키아 테르티아가 말했다. "저더러 재혼을 하래요."

"하지만 그건 자기가 입안한 공권박탈자의 과부에 관한 법에 위배되잖아요!" 아우렐리아가 딱 잘라 말했다.

"자기가 만든 법이라면 그 법을 어기기란 어렵지 않아요, 어머니." 카이사르가 말했다. "어떤 피상적인 이유를 들어서 특별법을 만들겠죠. 그러면 돼요."

"누구와 결혼을 하라는 거예요?" 아우렐리아가 물었다.

"바로 그게 문제예요." 율리아가 찌푸린 얼굴로 말했다. "술라는 불쌍한 이 아이에게 그 문제에 대해 언급하지 않았어요. 편지로만 봐서는 이 아이 상대로 누군가를 염두에 두고 있는 건지 아니면 그냥 남편감을 알아서 찾으라는 건지 도통 알 수가 없어요."

"제가 좀 볼게요." 카이사르가 이렇게 말하며 손을 뻗었다. 그는 한눈에 편지를 훑어보고 다시 건네주었다. "아무런 암시도 없군요, 그렇죠? 그냥 재혼하라고만 했어요."

"나는 재혼하고 싶지 않아요!" 무키아 테르티아가 소리쳤다.

잠시 침묵이 내려앉았다. 카이사르가 입을 열었다. "술라에게 편지로 그렇게 쓰세요. 아주 정중하면서도 단호한 어조로요. 그러고 나서 그가 어떻게 하는지 보세요. 뭔가 더 알아낼 수 있을 겁니다."

무키아가 부르르 몸을 떨었다. "난 못해요."

"할 수 있어요. 술라는 사람들이 자기한테 맞서면 좋아해요."

"남자들한테나 그렇겠죠. 마리우스 2세의 과부한테는 아닐 걸요."

"제가 어떻게 해드리면 좋을까요?" 카이사르가 율리아에게 물었다.

"나도 모르겠어." 율리아가 솔직하게 답했다. "그저 네가 우리 가문에 유일하게 남은 남자이니까 너에게 말을 해야 할 것 같았어."

"정말 재혼을 원치 않으십니까?" 그가 무키아에게 물었다.

"정말이에요, 카이사르. 난 재혼하고 싶지 않아요."

"그렇다면 가장인 제가 술라에게 편지를 쓰겠습니다."

바로 그때 늙은 집사 스트로판테스가 질질 끄는 걸음으로 방에 들어왔다. "마님, 손님이 왔습니다." 그가 율리아에게 말했다.

"하필 이런 때에!" 그녀가 소리쳤다. "지금은 만날 수 없다고 하게, 스트로판테스."

"손님께서 특별히 무키아 마님을 뵙길 청하십니다."

"손님이 누구신가?" 카이사르가 날카롭게 물었다.

"나이우스 폼페이우스 마그누스입니다."

카이사르의 표정이 딱딱해졌다. "남편 후보로군!"

"하지만 저는 폼페이우스를 만나본 적조차 없어요!" 무키아 테르티아가 외쳤다.

"저 역시 그렇습니다." 카이사르가 말했다.

율리아가 카이사르를 향해 몸을 돌렸다. "어떻게 할까?"

"아, 같이 만나봐야지요, 율리아 고모." 카이사르는 이렇게 말하고 늙은 집사를 향해 고개를 끄덕였다. "그를 데려오게."

집사가 다시 아트리움으로 갔다. 방문객은 성급한 기운과 장미 향유 냄새를 풍기며 서 있었다.

"저를 따라오십시오, 나이우스 폼페이우스." 스트로판테스가 숨을 식식거리며 말했다.

술라의 혼인식이 끝난 이래 폼페이우스는 줄곧 독재관이 그를 위해 생각해두었다는 미지의 신부가 누군지 알게 되기만을 기다렸다. 술라가 신혼여행에서 돌아왔다는 말을 들었을 때 그는 술라의 부름을 기대했지만 술라로부터는 아무 소식도 없었다. 결국 인내심이 한계에 도달한 그는 술라를 찾아가 일이 어떻게 진척되었으며 결과는 어떤지 다짜고짜 물었다.

"뭐가 말인가?" 술라는 영문을 몰라 물었다.

"잘 아시지 않습니까!" 폼페이우스가 으르렁댔다. "제가 결혼할 사람을 생각해두었다고 하셨잖아요!"

"그랬지! 그랬어!" 술라가 몹시 즐거워하며 웃었다. "이런, 이런, 청년의 조급함이란!"

"나를 고문하는 사악한 영감님, 이제는 말씀해주시겠습니까?"

"독설이로군, 마그누스! 독재관에게 독설은 금물일세!"

"대체 어느 여자입니까?"

술라는 더 버티지 못하고 그에게 손들었다. "마리우스 2세의 과부 무키아 테르티아일세." 그가 말했다. "최고신관을 지낸 스카이볼라와 크라수스 오라토르의 누이 리키니아 사이에서 난 딸이지. 리키니우스 크라수스 가문보다 무키우스 스카이볼라 가문의 피를 훨씬 많이 물려받았어. 그 여자 외조부와 친조부가 친형제였거든. 그러니 조점관을 지낸 스카이볼라의 여식들인 무키아 프리마와 무키아 세쿤다와도 가까운 혈연관계일세. 그래서 그 여자 이름이 '무키아 테르티아'가 된 거야(라틴어로 프리마는 첫째, 세쿤다는 둘째, 테르티아는 셋째를 의미한다 — 옮긴이). 그 둘과 무키아 테르티아는 무려 쉰 살 넘게 차이가 나지만. 무키아 테르티아의 모친은 물론 아직 살아 있네. 메텔루스 네포스와의 외도로 스카이볼라에게 이혼당하고 그와 재혼했지. 그래서 무키아 테르티아에게는 카이킬리우스 메텔루스 가문의 이부남동생이 둘 있어. 네포스 2세와 켈레르. 무키아 테르티아는 친인척들이 아주 화려해, 그렇지 않은가, 마그누스? 공권박탈 조치로 죽은 남편의 과부로만 여생을 살기에는 배경이 너무 화려하지! 그 여자 친척인 친애하는 새끼 똥돼지도 나한테 그 문제로 불평을 하더군." 술라가 의자에 기대앉으며 물었다. "어때, 마그누스, 그 여자 정도면 되겠나?"

"그 여자 정도면 되겠냐고요?" 폼페이우스가 숨을 헐떡였다. "되고말고요!"

"오, 아주 좋아." 책상에 산처럼 쌓인 일거리가 그를 불렀다. 술라는 고개를 숙이고 서류를 자세히 살폈다. 잠시 후 고개를 들어보니 폼페이우스가 아직 어리둥절한 표정으로 서 있었다. "그 여자에게 재혼하라고 편지를 써 보냈네, 마그누스. 그러니 두 사람 결혼에 걸림돌이 될 건 없어." 그가 말했다. "이제 나 좀 내버려두겠나? 나한테 청첩장 보내는 것 잊지 말고."

폼페이우스는 한달음에 집으로 달려가 깨끗이 목욕하고 옷을 갈아입었다. 그동안 하인들은 무키아 테르티아가 요즘 어디에 사는지 알아내느라 정신없었다. 폼페이우스는 율리아의 집으로 직행했다. 그가 만나는 사람들마다 새하얀 토가에 눈이 부셔했고, 그가 지나간 길에는 장미 향유 냄새가 진동을 했다. 스카이볼라의 딸이라니! 크라수스 오라토르의 질녀라고! 카이킬리우스 메텔루스 가문 주요 인사들의 친척이라! 즉 그녀가 그에게 낳아줄 아들들은 그 모두와 혈연관계를 맺는다는 뜻이었다! 오, 그는 그 여자가 마리우스 2세의 과부인 건 털끝만큼도 상관치 않았다! 그 여자가 쿠마이의 시빌라처럼 못생겼대도 상관없을 것이었다!

못생겼다고? 그녀는 전혀 못생기지 않았다! 아주 특이하고 예뻤다. 빨간 머리와 초록 눈동자 모두 색이 짙었고 백옥 같은 피부는 잡티 하나 없었다. 저 눈동자! 세상에 저런 눈이 또 있을까! 아, 사랑스러운 여인이여! 폼페이우스는 말 한마디 걸어보기도 전에 첫눈에 그녀를 미친 듯이 사랑하게 되었다.

그러니 그가 방안에 들어오고 심지어 인사를 나눈 후에도 다른 사람들이 누가 있는지 전혀 의식하지 못한 것은 그다지 이상한 일이 아니었다. 그는 무키아 테르티아 옆으로 의자를 끌어가 앉더니 두려워하는 그녀의 손을 덥석 잡았다.

"술라 말이 당신은 나와 결혼할 거랍니다." 그가 그녀를 향해 하얀 치아를 드러내며 웃었다. 그의 푸른 눈이 밝게 빛났다.

"저로선 처음 듣는 말이에요." 그녀가 말했다. 이유는 설명할 수 없었지만 그에 대한 반감이 점차 사그라지고 있었다. 그는 행복해 보였다. 또 아주 매력적이었다.

"아, 그래요. 술라가 당신한테는 그랬군요." 그가 말했다. 그는 기쁨으로 목이 메어와 잠시 숨을 골랐다. "그래도 술라가 마음속으로는 늘 모든 이들에게 마음을 쓴다는 건 당신도 인정해야 할 거예요."

"댁이야 그렇게 생각하겠죠." 율리아가 얼음장처럼 차가운 목소리로 말했다.

"무슨 불평을 하시는 겁니까? 그래도 다른 공권박탈자 과부들에 비하면 당신한테는 술라가 그리 심하게 하지도 않았잖아요?" 사랑에 빠진 눈치 없는 남자가 예비 신부를 바라보며 말했다.

율리아는 술라 때문에 하나밖에 없는 아들이 죽었다고 대답하려다 이내 생각을 고쳤다. 이 아둔한 사내는 술라의 사람으로 유명했다. 그런 그가 술라의 이면을 깨닫기를 기대하는 것은 무리였다.

한편 카이사르는 방 한구석에 앉아 그날 처음 본 나이우스 폼페이우스 마그누스를 찬찬히 뜯어보았다. 일단 외모로 봐서 진정한 로마인 혈통이 아님은 뚜렷했다. 코가 넓적하고 얼굴이 넓고 턱 끝이 갈라진 걸로 보아 갈리아인의 피가 살짝 섞인 피케눔 출신이 확연했다. 말하는 모양새를 보아도 진정한 로마인은 아니었다. 그건 너무도 분명했다. 언변이 어찌 저리 투박한지 놀라울 따름이었다. 꼬마 도살자. 누군지 이름 한번 잘 붙였다.

"그 사람 어땠니?" 아우렐리아가 한낮의 열기 속에 수부라 지구로 느릿느릿 걸어 돌아가던 중에 카이사르에게 물었다.

"그보다 무키아는 그가 어땠대요?"

"오, 그 사람이 굉장히 마음에 드나봐. 마리우스 2세 때보다 훨씬 더 좋아하는 것 같던걸."

"안 그러는 게 이상하겠죠, 어머니."

"그렇겠지."

"율리아 고모께서 앞으로 적적하시겠어요."

"그래. 하지만 그 대신 일을 더 하시겠지."

"손주라도 있으면 좋았을 텐데."

"그 문제라면 마리우스 2세를 탓해야지!" 아우렐리아가 톡 쏘아붙였다.

그들이 파트리키 구에 거의 다다랐을 즈음 카이사르가 다시 입을 열었다. "어머니, 저 비티니아에 다시 가봐야겠어요."

"비티니아에? 아들아, 그건 현명치 못해!"

"저도 알아요. 하지만 왕과 약속을 했어요."

"술라가 제정한 새로운 법에 따르면 원로원 의원은 이탈리아를 떠나기 전에 허가를 받아야 하지 않니?"

"맞아요."

"그러면 잘됐다." 아우렐리아가 말했다. 만족한 목소리였다. "목적지를 전 원로원 의원들에게 투명하게 알려야 해. 그리고 부르군두스뿐만 아니라 에우티코스도 같이 데려가거라."

"에우티코스를요?" 카이사르가 걸음을 멈추고 어머니를 바라보았다. "어머니의 집사잖아요! 에우티코스 없이 인술라 운영이 쉽지 않으실 텐데요. 왜 제가 그를 데려가요?"

"나는 에우티코스 없이도 잘할 수 있어. 아들아, 그는 비티니아 출신이란다. 원로원에 네 집사이자 해방노예인 그가 사업차 비티니아에 가야 할 일이 있다고 해. 그리고 너는 그의 보호자로서 그와 동행해야 한다고 해."

카이사르가 웃음을 터트렸다. "술라 말이 맞아요! 어머니는 남자로 태어나셨어야 해요. 게다가 정말 로마인다우세요! 교묘하시네요. 그리스에 가는 척했다가 비티니아에 있는 걸 들키기보다 처음부터 목적지를 아예 대놓고 밝히라는 말씀이시죠. 거짓말은 늘 들키기 마련이니까요." 그의 머릿속에 다른 생각이 떠올랐다. "교묘함에 관해서라면, 폼페이우스라는 친구는 그 부분이 결여되어 있었어요, 그렇죠? 그자가 불쌍한 율리아 고모께 말하는 꼬락서니를 보고 한 대 칠 뻔했다니까요. 게다가, 세상에, 어찌나 자기 자랑을 하는지!"

"끝없이 늘어놓더구나." 아우렐리아가 말했다.

"그자를 만나봐서 다행이에요." 아들이 냉정히 말했다. "그를 보니 제가 이번에 중상모략에 빠진 게 어쩌면 잘된 일일 수도 있을 것 같아요."

"무슨 뜻이니?"

"그자는 제 분수를 깨달을 만한 일을 겪어보지 못했어요. 그자가 타고난 분수는 스스로 생각하는 것만큼 대단하지 않거든요. 그저 주변 상황이 잘 맞아떨어진 덕분에 스스로에 대해 부풀려 생각하게 되었고 결국 도저히 참아줄 수 없을 정도로 오만한 사람이 된 거예요. 이제까지 그자는 자기가 원하는 건 늘 손에 넣었어요. 심지어 자기보다 훨씬 나은 신부까지도. 그러니 앞으로도 영원히 그런 식으로 살아갈 거라고 생각하고 있죠. 하지만 물론 그렇지 않을 거예요. 어느 날 모든 게 지독히 틀어지겠죠. 그는 그 교훈을 도저히 받아들이지 못할 거예요. 하지만 적어도 저는 이미 그 교훈을 얻었어요."

"너 정말 무키아가 그자에 비해 낫다고 생각하니?"

"어머닌 아니세요?" 카이사르가 놀라서 물었다.

"응, 난 아니라고 봐. 이제 그애 신분은 대단치 않아. 그애는 마리우스 2세의 아내였어. 그애 아버지가 그애를 그야말로 신진 세력의 아들에게 주었기 때문에 그렇게 되었지. 술라는 그런 걸 잊어버리지 않아. 용서하지도 않고. 그는 그 순진해 빠진 청년에게 그애의 출생 신분에 대해 크게 떠벌렸겠지. 반면에 그애를 자기보다 출생이 천한 남자에게 보내버리는 이유에 대해서는 충분히 설명하지 않았을 거야."

"교활하긴!"

"술라는 여우야. 울릭세스 이래로 빨간 머리 남자는 다 그랬어."

"그렇다면 역시 저는 로마를 떠나 있는 게 좋겠네요."

"술라가 독재관 자리에서 물러난 후에도?"

"술라가 독재관 자리에서 물러난 후에도요. 술라는 내후년 집정관 선거를 자기가 관장할 거래요. 그 선거라는 걸 7월에 치른다니 아마 11개월 후가 되겠죠. 내년도 집정관은 세르빌리우스 바티아와 아피우스 클라우디우스가 될 거예요. 하지만 내후년 집정관으로 누굴 생각하는지는 저도 몰라요. 아마 카툴루스가 되겠죠."

"술라는 자리에서 물러나고도 안전할까?"

"그럼요." 카이사르가 말했다.

4장

CHAPTER FOUR
Oct. 80 B.C. ~ May. 79 B.C.

기원전 80년 10월부터
기원전 79년 5월까지

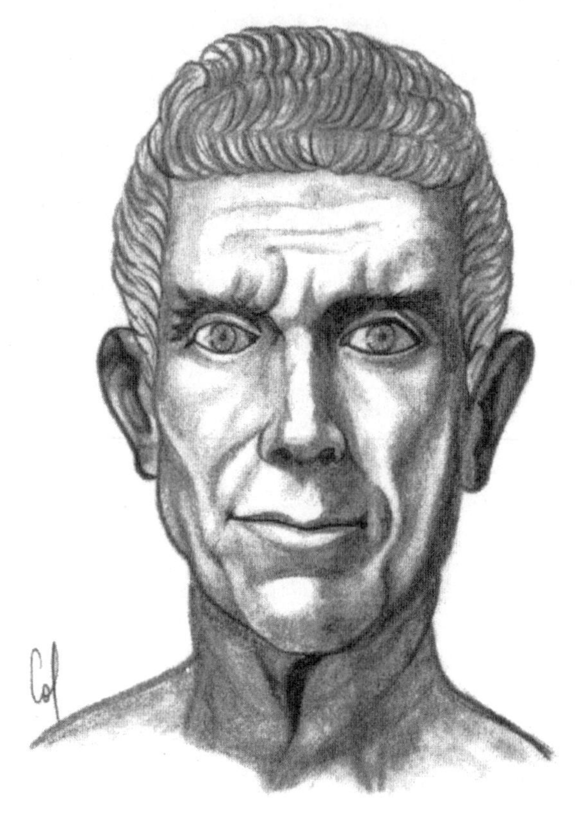

루키우스 리키니우스 루쿨루스

“자네 히스파니아에 가야겠네.” 술라가 메텔루스 피우스에게 말했다. “퀸투스 세르토리우스가 그쪽 땅을 빠르게 장악하고 있어.”

메텔루스 피우스는 다소 힐문하듯 상관을 쳐다보았다. “그럴 리가 있습니까!” 그가 타당한 이유를 꼽으며 말했다. “세르토리우스가 루, 루, 루시타니족 사람들과 친분이 있고 바이티스 강 서쪽에 강, 강, 강성한 세력을 구축한 건 사실이지만, 히스파니아의 양 속주에 부임한 총독들은 둘 다 유능하지 않습니까.”

“정말 그럴까?” 술라의 입꼬리가 축 처졌다. “이제는 아닐세! 방금 듣기로 루키우스 푸피디우스가 멍청하게 세르토리우스에게 먼저 싸움을 걸어 참패했다네. 4개 군단을 데리고서! 병사 7천으로 맞선 세르토리우스에게 졌단 말이지! 그중에 로마인은 겨우 3분의 1밖에 되지 않았는데!”

“세르토리우스가 지, 지, 지난봄에 마우레타니아에서 로마인들을 데려가긴 했지요.” 메텔루스 피우스가 말했다. “나머지는 루시타니족이었습니까?”

"야만인들이었어, 친애하는 새끼 똥돼지! 로마 병사의 군화 밑창에 징으로 박을 가치도 없는 놈들이었다고! 그런데도 푸피디우스를 꺾은 거야."

"오…… 저런!"

새끼 똥돼지와는 무관하게 그저 이 유쾌하고 가벼운 감탄사에 자극을 받아 술라는 한바탕 발작적인 웃음을 터트렸다. 그는 한참 웃고 나서야 비로소 평정을 되찾고 퀸투스 세르토리우스라는 성가신 문제로 돌아갔다.

"이봐, 새끼 똥돼지. 나는 퀸투스 세르토리우스를 안 지 오래됐어. 자네도 그렇지! 만일 카르보가 그를 이탈리아에 계속 잡아둘 수 있었다면 아마 나는 콜리나 성문에서 승리를 거두지 못했을 거야. 성문에 가보기도 전에 패배했을걸. 세르토리우스는 최소 가이우스 마리우스만큼 강한 상대이고 히스파니아는 전부터 그에게 익숙한 무대야. 작년에 루스쿠스가 그를 히스파니아에서 몰아냈을 때 나는 그 골치 아픈 녀석이 마우레타니아에서 용병 노릇이나 하면서 다시는 우리를 귀찮게 하지 않기를 바랐지. 하지만 내가 놈을 너무 얕잡아봤어. 놈은 팅기스에서 아스칼리스 왕을 쫓아내고 파키아누스를 죽인 후에 로마 군대를 강탈했어. 이제는 먼 히스파니아로 돌아가 루시타니족을 정예 로마군으로 탈바꿈시키고 있지. 반드시 자네가 먼 히스파니아 총독으로 가야 해. 그것도 봄이 아니라 연초에." 그는 종이 한 장을 집어들고 메텔루스 피우스에게 즐겁게 흔들어 보였다. "자네 수하의 군단이 8개야! 토지를 나눠줄 걱정을 해야 할 군단이 8개 줄어드는 것이지. 그리고 12월 말에 떠나면 해로를 이용해서 가데스로 직행할 수 있어."

"막대한 지휘권이군요." 최고신관이 정말 만족스러워하며 말했다. 그는 장기 군사작전으로 로마를 떠나 있는 것이—심지어 그것이 세르토리우스와의 싸움을 뜻한다 해도—전혀 싫지 않았다. 종교 의식을 주관하지 않아도 되고, 혀가 꼬여 말실수를 할까봐 근심하느라 잠 못 이루는 밤도 없을 테니까. 사실 로마를 벗어나자마자 말더듬증은 말끔히 사라질 것이었다. 늘 그랬다. 그럴 때마다 그는 늘 자기가 다른 사람이 된 것 같았다. "가까운 히스파니아에는 누굴 보내실 겁니까?"

"마르쿠스 도미티우스 칼비누스를 생각하고 있어."

"쿠리오가 아니고요? 쿠리오는 조, 조, 좋은 지휘관입니다."

"쿠리오는 아프리카로 보낼까 해. 중요한 군사작전에서 자네를 보조하기엔 칼비누스가 나을 걸세, 친애하는 새끼 돼지. 쿠리오는 지나치게 독자적으로 판단할 가능성이 있어." 술라가 말했다.

"무슨 말씀인지 알겠습니다."

"칼비누스 수하에는 6개 군단을 둘 거야. 총 14개 군단일세. 그 정도면 세르토리우스를 길들이기에 충분하겠지!"

"그거야 시간문제죠!" 새끼 돼지가 열렬히 호응했다. "거, 거, 걱정 마십시오, 루키우스 코르넬리우스! 히스파니아는 안, 안, 안심해도 됩니다!"

술라가 다시 웃음을 터트렸다. "내가 무슨 걱정이겠나? 지금도 내가 왜 걱정하는지 모르겠어, 새끼 돼지. 솔직히 그래! 자네가 돌아왔을 땐 나는 이미 이 세상 사람이 아닐 텐데."

깜짝 놀란 메텔루스가 그런 소리 말라는 듯 두 손을 번쩍 내밀었다. "아닙니다! 그럴 리가요! 아직 그리 나이들지 않으셨잖아요!"

"나는 명성과 권력이 정점에 이르렀을 때 죽을 거라는 예언을 들었어." 술라가 말했다. 두려움이나 회한은 없어 보였다. "나는 내년 7월에 자리에서 물러날 거야. 그리고 미세눔에서 마지막으로 한바탕 실컷 즐길 걸세. 긴 시간은 못 되겠지만 매 순간순간을 온전히 즐길 거야!"

"예언을 믿는 건 로마인답지 않습니다." 메텔루스 피우스가 숙연하게 말했다. "예언은 맞을 때보다 틀릴 때가 더 많습니다."

"그 예언은 확실해." 술라가 단호히 말했다. "칼데아 사람이 예언했어. 파르티아 왕실의 전속 예언가였지."

이 이야기는 여기서 그만두는 게 현명하다 싶었던 메텔루스 피우스는 히스파니아 군사작전에 대한 본격적인 논의에 들어갔다.

사실 술라의 일은 이제 딱히 할 게 없는 상태로 접어들고 있었다. 끝이 없을 듯했던 법제 개혁은 마무리되었고, 새 법령은 그가 물러난 뒤에도 잘 유지될 듯했다. 심지어 그의 퇴역병들에게 토지를 배분하는 문제조차도 이제는 그가 손을 떼도 되는 단계에 이르렀고, 볼라테라이는 드디어 함락되었다. 오직 이탈리아 도시들 중 최고의 숙적인 놀라만이 여전히 로마에 대항해 버텼다.

그는 역량껏 최선을 다해 일했고 간과한 것은 거의 없었다. 원로원은 그에게 고분고분했고, 민회들은 유명무실했으며, 호민관들은 허수아비에 불과했다. 새 법정들은 호응이 좋았을 뿐만 아니라 성공적으로 기능을 발휘했고, 미래의 속주 총독들은 함부로 처신할 수 없었다. 국고는 가득찼고, 국고위원회 관리들은 회계 관행을 똑바로 준수해야 했다. 기사계급은 술라의 공권박탈 조치로 기사 1천600명을 잃었지만, 술라는 그것으로는 부족하다고 느꼈는지 공마를 소유한 기사들로부터 사회적 특혜를 일체 박탈한 데 이어 기사가 배심원으로 참여한 재판에서 추방형을 받아 국외로 쫓겨난 자들을 전부 다시 로마로 불러들였다.

물론 다소 괴벽스러운 정책들도 있었다. 여자들이 또 한번 괴롭힘을 당했는데, 간통을 한 여자는 재혼을 금지당했다. 평소 도박을 혐오했던 술라는 권투와 경보(競步) 외의 종목에서 도박을 전면 금지했다. 그는 물론 이 두 종목에 관중이 거의 없다는 사실을 잘 알고 있었다. 그러나 그가 가장 유별스럽게 취급한 이들은 공무원들이었다. 그는 공무원들을 기강이 해이하고 무능하며 게으르고 부패한 집단으로 보았다. 따라서 로마의 비서관, 서기관, 필경사, 회계사, 포고관, 릭토르, 전령, 신관들의 사환 칼라토르, 상관을 따라다니며 만나는 사람들의 이름을 일러주는 역할을 하는 노멘클라토르, 이름만 그럴듯할 뿐 실제로는 딱히 하는 일이 없던 일반 공무원 아파리토르의 업무를 세세히 규정했다. 그리고 앞으로는 새 정무관들이 취임할 때 어느 공무원이 누구를 상관으로 모시게 될지 알 수 없었다. 즉 정무관들은 공무원들을 직접 선임할 수 없었다. 세 해 앞서 추첨으로 정했고, 또 특정한 집단이 같은 직책의 정무관을 연달아 모실 수 없었다.

앞서 원로원 회의중에 시끄러운 소리로 찬성이나 반대 의사 표시하는 행위를 금지시키고 의원들의 발언 순서를 바꿔버린 바 있는 술라는 원로원의 심기를 건드릴 새로운 방법을 생각해냈다. 그가 제정한 새 법으로 인해, 돈이 급한 원로원 의원들은 수입에 큰 타격을 입게 되었다. 속주에서 파견된 대표단이 전임 총독의 공적을 칭송한답시고 로마에 와서 뿌리는 돈에 상한선을 정한 것이다. 이는 속주 대표단이 (과거의 관행과 달리) 돈이 궁한 특정 의원에게 돈을 줄 수 없음을 의미했다.

실로 전면적인 법제 개혁이었다. 로마인들의 공적 영역을 속속들이 통제하는 것은 물론 그때까지 사적 영역으로 여겨져 왔던 것들도 상당부분 아울렀다. 이제 사람들은 스스로 운신의 폭을 잘 알았다. 돈을 얼마나 쓸 수 있는지, 얼마나 벌 수 있는지, 국고위원회에는 얼마를 납부해야 하는지, 어떤 사람과 결혼할 수 있는지, 어디서 재판을 받을지, 무슨 죄를 저지르면 재판을 받는지. 이처럼 어마어마한 규모의 사업이 사실상 한 사람의 주도하에 이루어졌다. 기사들은 한없이 내려가고 전쟁 영웅들은 한없이 올라갔다. 평민회와 호민관들은 한없이 내려가고 원로원은 한없이 올라갔다. 공권박탈자와 가까운 사람들은 한없이 내려가고 폼페이우스 마그누스 같은 자들은 한없이 올라갔다. 민회에서 실력을 발휘하던 (퀸투스 호르텐시우스 같은) 자들은 한없이 내려가고, 소수만 참여하는 법정에서 실력을 발휘하는 (키케로 같은) 사람들은 한없이 올라갔다.

"로마가 이렇게 휘청거리는 게 이상할 것도 없지. 그런데도 술라에게 안 된다고 외치는 목소리는 어디서도 들리지 않아." 신임 집정관 아피우스 클라우디우스 풀케르가 동료 집정관 푸블리우스 세르빌리우스 바티아에게 한 말이었다.

"그 이유랄 것 중 하나는," 바티아가 말했다. "술라가 제정한 법의 상당 부분이 사리에 맞아서가 아니겠나. 참 대단한 사람이야!"

아피우스 클라우디우스가 건성으로 고개를 끄덕였다. 그렇지만 바티아는 동료의 냉담한 태도를 곡해하지 않았다. 동료는 그간 사정이 좋지 않았다. 그 지겹도록 끝나지 않는 놀라 포위전을, 중간에 몇 번 쉬기도 했지만 그래도 꼬박 10년에 걸쳐 감독하고 돌아온 이후로 죽 그래왔다. 게다가 그는 달린 혹이 여섯이나 되는 홀아비였다. 그의 자식들은 버릇이 없는데다 걸핏하면 공공장소에서 난폭하고 위험한 싸움을 벌인다고 소문이 자자했다.

바티아는 그를 안쓰럽게 여겨 등을 도닥거리며 격려했다. "이보게,

아피우스 클라우디우스, 앞날을 좀더 밝게 보게! 힘든 시기가 길었긴 하지만 이제 조금씩 끝이 보이잖아."

"우리 집안의 재산을 회복하기 전까진 끝난 게 아니지." 아피우스 클라우디우스가 맥없이 말했다. "사악한 필리푸스 놈이 내 전 재산을 킨나와 카르보에게 갖다 바쳤는데, 술라는 그 돈을 아직 내게 돌려주지 않았어."

"자네가 술라한테 언급을 했어야지." 바티아의 분별 있는 조언이었다. "자네도 알듯이 늘 할 일이 많은 분이잖아. 공권박탈 조치 때 매물을 양껏 사들이지 그랬나?"

"자네가 기억할지 모르겠지만 그때 난 놀라에 있었어." 불행한 사내가 말했다.

"내년에 속주 총독으로 파견되면 그때 다 바로잡을 수 있을 거야."

"그때까지 내가 건강하게 살아 있을지나 모르겠군."

"아, 아피우스 클라우디우스! 맥빠지는 소리 좀 그만하게! 자네는 잘될 거야!"

"글쎄, 난 잘 모르겠어." 역시 비관적인 대답이 돌아왔다. "나같이 운이 지지리도 없는 인간은 먼 히스파니아 속주에 가서 피우스의 자리나 이어받겠지."

"그렇지 않을 걸세, 내가 약속하네." 바티아가 달랬다. "자네가 직접 루키우스 코르넬리우스에게 말을 못하면 내가 해주지! 자네한테는 마케도니아를 달라고 내가 부탁하겠네. 거기선 다들 황금 주머니를 몇 개씩 챙겨오고 중요한 지역 도급 계약도 흔하잖아. 어디 그뿐인가. 돈 많은 그리스인들한테 시민권을 팔 수도 있지."

"거기에 그런 사람들이 있겠나." 아피우스 클라우디우스가 말했다.

"부자들은 어디에나 있다네. 심지어 아주 가난한 나라에도 부자가 있지. 돈을 버는 사람은 어디서건 돈을 벌어. 정치적 이상주의자들인 그리스인들조차도 부자를 없애는 법을 만들진 못했어. 플라톤의 공화국에도 부자는 있을걸, 내가 장담해!"

"크라수스 같은 자들 말이군."

"그것참 훌륭한 예로군! 여느 사람이라면 술라의 눈 밖에 나고 여지없이 바닥에 고꾸라지지만 우리의 크라수스께서는 그렇지 않다, 이 말씀일세!"

그들이 대화를 나누고 있는 곳은 새해 첫날 취임식 회의가 열리고 있는 원로원 의사당 안이었다. 유피테르 옵티무스 막시무스 신전은 아직 재건되지 않았고, 한껏 불어난 원로원 의원들이 한데 모여 편안하게 회의를 열고 그뒤에 있을 연회까지 갖기에 유피테르 스타토르 신전이나 카스토르 신전은 공간이 너무 협소했다.

"쉿!" 아피우스 클라우디우스였다. "술라가 발언하는군."

"자, 원로원 의원 여러분," 독재관이 입을 열었다. 목소리가 쾌활했다. "기본적으로는 이제 다 마무리되었습니다. 전에 공언했다시피 저의 의도는 로마를 제자리로 돌려놓고 모스 마이오룸이 요구하는 바를 충족시키기 위해 필요한 새 법을 제정하는 것이었습니다. 저는 그렇게 했습니다. 하지만 7월까지는 독재관으로 남아 있겠습니다. 그때 내년도 정무관 선거를 열겠습니다. 여러분도 이미 다 아는 사실이지요. 그렇지만 여러분 중 몇몇은 이렇게 큰 권력을 손에 쥔 자가 어리석게도 스스로 자리를 내놓겠냐고 생각할 겁니다. 따라서 다시 한번 선언합니다. 저는 7월에 열리는 선거가 끝나면 독재관 직에서 물러납니다. 따라서 내년도 정무관들은 제가 직접 선택하는 마지막 정무관들입니다. 앞으로 모든 선거는 자유롭게 치러지며 후보자 수에도 제한이 없습니다. 이중에는 독재관이 정무관들을 고르고 후보도 직책당 한 명씩만 올리는 것을 시종일관 못마땅하게 바라봐온 분들이 있습니다. 하지만—제가 늘 주장해왔듯이!—독재관은 그에게 전심으로 협력할 준비가 되어 있는 사람들과 일해야 합니다. 유권자들이 반드시 최상의 인물을 뽑아주리라고 기대할 수는 없으니까요. 또는 해당 직책을 맡기에 나이가 좀 많더라도 계급이나 경륜에 따라 그 자리를 맡을 자격이 되는 인물 말입니다. 그래서 저는 독재관으로서 함께 일하고 싶은 동시에 도덕적으로나 윤리적으로 그 자리에 적합한 사람을 골라왔다고 자부합니다. 지금은 이 자리에 없으나 제가 친애하는 최고신관 퀸투스 카이킬리우스 메텔루스 피우스가 그러한 예입니다. 그는 줄곧 제 선택이 부끄럽지 않게 잘 일해왔습니다. 지금은 벌써 먼 히스파니아에 가는 여정에 올랐지요. 그는 그곳에서 무법자 퀸투스 세르토리우스와 맞설 겁니다."

"말이 두서가 없군." 카툴루스가 빈정거렸다.

"할말이 없으니까." 호르텐시우스가 말했다.

"7월에는 반드시 자리에서 내려오겠다는 것 말곤."

"그래, 그건 이제야 조금씩 사실로 믿어지는군."

그러나 퍽 상서롭게 시작된 새해 첫날은 알렉산드리아에서 뒤늦게 당도한 비보로 마무리되었다.

작년, 그러니까 술라의 독재관 재위 2년 초에 마침내 프톨레마이오스 알렉산드로스 왕자의 시대가 왔다. 병아리콩 프톨레마이오스 소테르가 죽어서 베레니케 왕비가 이집트를 단독 통치하고 있다는 소식이 알렉산드리아로부터 날아들었던 것이다. 그러나 이집트 국법에 따르면 왕권이 베레니케 왕비를 통해 이어졌더라도 왕 없이 그녀 혼자서는 나라를 다스릴 수 없었다. 그리하여 이집트 사절단이 알렉산드리아에서 술라를 찾아와 황송한 말씀을 아뢰었다. 루키우스 코르넬리우스 술라께서 이집트에 아들 프톨레마이오스 알렉산드로스를 왕으로 선사해 주시지 않겠는가?

"내가 그 청을 거절하면 어찌되오?" 술라가 물었다.

"이집트는 미트리다테스 왕과 티그라네스 왕의 손에 떨어지겠지요." 사절단 대표가 말했다. "왕위는 반드시 프톨레마이오스 왕조에서 이어야 합니다. 프톨레마이오스 알렉산드로스 왕자께서 왕위에 올라 파라오가 되지 않으면, 저희는 미트리다테스와 티그라네스에게 사람을 보내어 그들이 데리고 있는 두 서자들 중 장자인 프톨레마이오스 필라델포스를 모셔 와야 합니다. 목소리가 피리 소리 같아서 아울레테스로 불리던 왕자 말씀입니다."

"서자가 왕위를 이을 수 있을지는 몰라도 합법적으로 파라오까지 될 수 있소?" 술라는 자신이 그간 이집트 군주제에 대해 공부해왔음을 드러냈다.

"평민 여자에게서 태어났다면 당연히 안 됩니다. 그러나 아울레테스와 그의 아우는 프톨레마이오스 소테르와 아르시노에 사이에서 태어났습니다. 아르시노에는 왕가 태생의 첩으로 본디 나바테아 왕의 적통 장녀입니다. 아라비아와 팔레스티나의 소(小)왕조 군주들은 예로부터 장녀를 이집트 파라오에게 첩으로 보내는 것을 풍습으로 삼았습니다. 다른 소왕조국가에 시집가는 것보다 더 고귀하고 영광된 운명이기 때문이지요. 또 덕분에 부친들은 훨씬 더 안정된 왕권을 확보하게 됩니다. 아라비아 만 위쪽이나 여러 사막을 횡단해 무역활동을 할 때 이집트의 협조가 절실하니까요."

"그러니까 당신 말은 이집트와 이집트의 수도 알렉산드리아 둘 다 프톨레마이오스 왕조의 서자를 왕으로 받아들일 거란 뜻이오? 그의 모친이 왕족이니까?"

"저희가 프톨레마이오스 알렉산드로스 왕자님을 데려갈 수 없다면 필히 그렇게 됩니다, 루키우스 코르넬리우스."

"미트리다테스와 티그라네스의 허수아비 왕이 되겠지." 술라가 생각에 잠기며 말했다.

"두 왕자의 부인들이 미트리다테스의 여식들이니 그것 역시 피할 수 없겠지요. 저희가 그 두 왕자께 지금의 부인들과 이혼하시라 간언하기에는 티그라네스가 이집트 국경선에 지나치게 가까이 있습니다. 그는 미트리다테스를 대신해 이집트를 공격해올 겁니다. 그러면 이집트는 무너지겠지요. 저희는 그 정도 규모의 전쟁을 감당할 정도로 군사력이 강하지 않습니다. 게다가 문제의 부인들도 프톨레마이오스 왕조의 혈통을 일부 물려받았습니다. 왕위를 이을 후손을 생산하기에 충분하지요." 사절단 대표가 정중하게 말했다. "그런데 프톨레마이오스 소테르가 이두메아 왕녀인 첩에게서 얻은 여식이 있습니다. 절반이 프톨레마이오스 혈통인 이 여식이 자라서 아울레테스의 부인이 되지 못할 경우를 말하는 것입니다만."

술라가 돌연 분주한 사업가 같은 표정을 띠며 말했다. "내가 알아서 할 테니 이 문제는 내게 맡기시오. 아르메니아와 폰토스가 이집트를 좌지우지하게 둘 수는 없지!"

이 문제에 대한 결론은 사실 벌써 오래전에 내린 터였기에, 술라는 지체 없이 핑키우스 언덕의 빌라에 찾아가 프톨레마이오스 알렉산드로스와 면담을 가졌다.

"왕자의 날이 도래했소." 독재관이 자신의 인질에게 말했다. 왕자도 이제 나이가 서른다섯 살로 그리 젊지 않았다. "병아리콩이 죽었나요?" 프톨레마이오스 알렉산드로스가 간절한 목소리로 물었다.

"죽어서 묘에 안치되었지. 베레니케 왕비가 혼자 통치하고 있소."

"그렇다면 내가 가야지요!" 프톨레마이오스 알렉산드로스가 흥분해서 꽥 소리쳤다. "가야 해! 허비할 시간이 없어요!"

"내가 가도 좋다고 해야 가는 것이지, 그보다 한시도 빨리는 안 되오." 술라가 냉정하게 말했다. "전하께선 자리에 앉아 내 말 잘 들으시오."

전하께서 자리에 앉자 긴 옷자락이 핀에 찔린 말불버섯처럼 힘없이 펴졌다. 눈 가장자리를 따라 위아래 전부 스티비움으로 굵고 진한 선을 긋고 양 눈꼬리에서 관자놀이 쪽으로 길게 뽑아 그렸기 때문에 눈이 무척 괴이해 보였다. 아주 유서 깊은 '이집트의 눈' 우제트를 흉내낸 것이었다. 눈썹은 굵고 검게, 양미간 사이는 희게 칠했으며 눈두덩에도 검은 선을 그려놓아서 술라는 프톨레마이오스 알렉산드로스의 진짜 눈이 정확히 어디 있는지 도무지 분간이 가지 않았다. 화장은 전반적으로 불길한 분위기를 풍겼다. 아마 왕자의 실제 의도도 그랬을 것이다.

"왕에게 하대를 해선 안 되지요." 전하께서 뻣뻣하게 말했다.

"이 세상에 내게 아랫사람이 아닌 왕은 없어." 술라가 경멸하듯 대꾸했다. "나는 로마를 통치해! 따라서 나는 대서양에서 인더스 강에 이르는 온 세상의 최고 권력자야. 그러니 전하께서는 내 말을 끊지 말고 잘 들으란 말이지! 왕자는 이제 알렉산드리아로 가서 왕위에 올라도 좋소. 하지만 몇 가지 조건이 있소. 내 말 알겠소?"

"무슨 조건이죠?"

"유언장을 작성해서 이곳 로마의 베스타 신녀들에게 맡기시오. 간단하게 쓰면 돼. 적손을 남기지 못하고 죽을 경우 이집트 왕국을 로마에 유증한다는 내용으로."

프톨레마이오스 알렉산드로스가 헉 소리를 냈다. "난 그럴 수 없어요!"

"전하께선 내가 하라는 것은 뭐든 할 수 있어. 알렉산드리아에 가서 나라를 다스리길 원한다면 말이지. 그게 당신이 치를 대가야. 적손을 남기지 않고 죽을 경우 이집트를 로마에 넘기는 것."

돋을새김처럼 화장을 한 두 눈이 이리저리 불안하게 움직였다. 새빨간 연지를 잔뜩 칠한 두툼하고 음탕한 입술이 움직이는 모양을 보며 술라는 필리푸스를 떠올렸다. "좋아요, 동의하지요." 프톨레마이오스 알렉산드로스는 어깨를 으쓱했다. "이집트 전통 종교에 대한 믿음도 없는 내가 죽은 뒤에 벌어질 일을 뭣하러 걱정하겠어요?"

"탁월한 생각이오!" 술라가 기분좋게 말했다. "내가 비서를 데려왔으니 지금 여기서 유언장을 작성할 수 있소. 왕실 인장이나 개인 명판이 있으면 당연히 다 찍도록. 당신이 죽고 난 뒤에 알렉산드리아 사람들과 입씨름하고 싶지 않으니까." 그는 손바닥을 마주쳐서 프톨레마이오스 알렉산드로스의 하인을 부르고는 자신의 비서를 데려오라고 시켰다. 비서를 기다리는 동안 술라가 툭 말을 던졌다. "사실 조건이 하나 더 있소."

"뭐지요?" 프톨레마이오스 알렉산드로스가 경계하며 물었다.

"티로스의 은행에 당신 조모 클레오파트라 3세가 당신 앞으로 금 2천 탈렌툼을 예치해둔 것으로 알고 있소. 조모가 코스 섬에 맡긴 돈은 미트리다테스가 가져갔지만 티로스에 예치한 돈은 그대로 두었지. 티그라네스는 아직 페니키아 도시들까지 장악하진 못했고. 그자는 유대인들을 상대하느라 바쁘거든. 그 황금 2천 탈렌툼을 로마에 넘기시오."

그가 술라의 얼굴을 쳐다보니 이것 역시 좋다 싫다할 문제가 아니었다. 그는 다시 한번 어깨를 으쓱하고 고개를 끄덕였다.

비서 플로스쿨로스가 들어왔다. 프톨레마이오스 알렉산드로스는 자신의 하인을 보내 인장과 명판을 가져오게 했고 곧바로 유언장을 작성해 증인들이 보는 앞에서 서명까지 마쳤다.

"내가 당신 대신 유언장을 맡기겠소." 술라가 일어서며 말했다. "당신은 신성경계선을 넘어 베스타 신녀를 만나러 갈 수 없으니까."

이틀 후 프톨레마이오스 알렉산드로스는 사절단과 함께 로마를 떠나 푸테올리에서 아프리카행 배를 탔다. 시기상 일단 지중해를 가로질러 아프리카 속주로 간 다음 아프리카 연안을 따라 키레나이카로 가서 알렉산드리아로 가는 여정이 더 수월했다. 사실 이집트의 새 왕은 미트리다테스나 티그라네스 근처에는 한사코 가고 싶지 않았고, 자신의 운을 믿지도 않았다.

봄이 되자 알렉산드리아에서 긴급한 전갈이 왔다. 로마의 정보원(무역상으로 위장한 로마인)이 편지로 프톨레마이오스 알렉산드로스가 큰 변고를 당했음을 알려온 것이다. 긴 여정 끝에 무사히 고국에 도착한 그는 곧장 이부누이이자 사촌인 베레니케 왕비와 혼인을 맺었다. 그는 정확히 열아흐레 동안 이집트의 왕으로 재위했는데, 그 열아흐레 동안 서서히 아내에 대한 증오를 키워갔던 모양이었다. 그는 이 여인을 별 볼 일 없는 존재로 생각했던지 그의 짧은 재위 기간 초반에 아내이자 누이이자 사촌인 마흔 살의 왕비를 죽이고 말았다. 하지만 그녀는 아버지인 병아리콩 프톨레마이오스 소테르와 함께 오랫동안 나라를 다스린 터였고, 알렉산드리아 시민들은 그녀를 깊이 흠모했다. 결국 프톨레마이오스 알렉산드로스의 재위 기간 열아흐레 중 마지막날, 알렉산드리아 시민들은 왕궁에 들이닥쳐 왕을 납치해서는 문자 그대로 갈기갈기 찢어 죽였다. 모두를 위한 광장의 난투극 축제였다. 이집트는 왕도 왕비도 없는 혼돈 상태에 빠졌다.

"훌륭해!" 술라는 정보원이 보낸 편지를 읽고 외쳤다. 그는 원로원 의원들을 모아 사절단을 꾸리고 전직 집정관이자 전직 감찰관인 마르쿠스 페르페르나를 사절단 대표로 임명해 프톨레마이오스 알렉산드로스의 최종 유언장을 들려 알렉산드리아로 보냈다. 사절단은 또한 로마로 돌아오는 길에 티로스에 들러 황금을 들고 오라는 명령도 받았다.

그후로 술라 재위 3년의 새해 첫날인 이날까지 알렉산드리아로부터 통 소식이 없던 터였다.

"여행 내내 불운이 끊이지 않았습니다." 페르페르나가 말했다. "크레타 섬 부근에서 배가 난파되어 해적들에게 인질로 붙잡혔습니다. 펠로폰네소스 반도의 그리스 도시들이 저희의 몸값을 모아올 동안 두 달을 기다려야 했지요. 그런 다음에 키레네로 갔다가 리비아 해안을 따라 항해해서 알렉산드리아에 도착했습니다."

"해적선을 타고 말이오?" 술라가 물었다. 그는 이것이 심각한 이야기임을 알면서도 터져나오는 웃음을 참을 수 없었다. 페르페르나는 몹시 늙고 쭈글쭈글하고 겁먹은 듯 보였다.

"예리하게 짐작하셨듯이, 네, 해적선을 타고요."

"그래, 알렉산드리아에 가서는 어떻게 되었소?"

"좋은 일이라곤 없었습니다, 루키우스 코르넬리우스. 단 하나도요!"

페르페르나가 깊은 한숨을 내쉬었다. "알렉산드리아 사람들은 행동이 빠르고 효율적이더군요. 그들은 프톨레마이오스 알렉산드로스 왕이 살해된 뒤 정확히 어디로 사람을 보내야 할지 알고 있었습니다."

"사람을 보냈다고, 페르페르나?"

"병아리콩 프톨레마이오스 소테르의 두 서자를 데려올 사람을 보낸 겁니다, 루키우스 코르넬리우스. 그들은 저희가 당도하기 훨씬 전에 시리아의 티그라네스 왕에게 두 서자를 모두 보내달라고 청했습니다. 장남은 이집트를 다스리고 차남은 키프로스 섬을 다스리도록 말입니다."

"영리하군. 하지만 전혀 예상치 못한 바는 아니지." 술라가 말했다. "계속하시오."

"저희가 도착했을 때는 이미 프톨레마이오스 아울레테스가 왕위에 오른 뒤였고 미트리다테스 왕의 딸인 그의 아내는 클레오파트라 트리파이나 왕비가 되어 있었습니다. 그의 아우는 키프로스 섬에서 섭정을 하고 있었습니다. 알렉산드리아 사람들은 그를 키프로스의 프톨레마이오스라고 부르더군요. 미트리다테스 왕의 다른 딸인 아내도 그를 따라갔고 말입니다."

"그 여자 이름은?"

"미트리다티디스 니사입니다."

"죄다 법에 어긋나." 술라가 얼굴을 찌푸리며 말했다.

"알렉산드리아 사람들은 그렇지 않다더군요!"

"계속, 페르페르나, 계속! 어서 최악의 소식을 얘기하시오."

"흠, 물론 저희는 유언장을 내놓았습니다. 그리고 알렉산드리아 사람들에게 이집트 왕국을 로마 제국의 속주로 정식 합병시키러 왔다고 통보했습니다."

"그랬더니 그들이 뭐라고 했소, 페르페르나?"

"저희를 비웃더군요, 루키우스 코르넬리우스. 그쪽 변호인들은 온갖 방법을 동원해서 그 유언장이 무효라고 증명하더니, 그들의 왕과 왕비를 가리키며 자기들은 적법한 후계자를 찾았다고 하더군요."

"적법한 후계자가 아니잖소!"

"로마법으로만 그렇답니다. 그리고 로마법은 이집트에 적용되지 않는다는군요. 이집트법—주로 알렉산드리아 사람들의 생각을 뒷받침하기 위해 그때그때 즉흥적으로 만든 법 같았습니다—에 따르면 자기들 왕과 왕비는 합법적이랍니다."

"그래서 어떻게 했소, 페르페르나?"

"제가 뭘 할 수 있었겠습니까, 루키우스 코르넬리우스? 알렉산드리아에는 군인이 바글바글합니다! 우리는 그저 살아서 무사히 이집트를 빠져나온 것을 우리 로마 신들께 감사할 따름입니다."

"그렇군." 술라가 말했다. 평소 애먼 사람에게 분풀이를 하는 데 거리낌이 없는 그였다. "그렇지만 그 유언장은 엄연히 유효해. 이집트는 이제 로마 소유요." 그는 손가락 끝으로 책상 위를 타닥타닥 두들겼다. "불행하게도 현재로선 로마가 할 수 있는 일이 별로 없어. 히스파니아에 퀸투스 세르토리우스를 상대할 14개 군단을 보낸 지금, 세상 정반대편에서 또다른 군사작전을 벌이려고 국고에 추가 부담을 지울 수는 없으니까. 더군다나 티그라네스가 시리아 전역을 휩쓸고 돌아다니는 데다 페르시아 왕국에서는 왕위 계승권자들이 내전을 벌이고 있어 그 주변이 시끄러우니 말이오. 유언장은 다시 갖고 왔소?"

"아, 네, 루키우스 코르넬리우스."

"그렇다면 그간 있었던 일을 내일 내가 원로원에 통보하고, 유언장을 다시 베스타 신녀들에게 맡기겠소. 로마가 무력으로 이집트를 합병시킬 수 있는 날까지. 이것이 우리 유산을 손에 넣을 유일한 방법인 것 같군."

"이집트는 엄청난 부국입니다."

"그걸 누가 모르오, 페르페르나! 프톨레마이오스 왕조는 세계 최대의 보물과 세계 최고의 부국을 깔고 앉아 있는 거요." 술라는 이제 얘기가 끝난 듯한 표정이었다. 하지만 잠시 후 갑자기 생각났다는 듯 이렇게 덧붙였다. "그렇다면 티로스에서 황금 2천 탈렌툼도 가져오지 못했소?"

"아, 그건 문제없이 받아왔습니다, 루키우스 코르넬리우스." 페르페르나가 소스라치게 놀라 대답했다. "저희가 은행에 유언장을 보이자마자 바로 내주더군요. 지시하신 대로 로마로 돌아오는 길에 들렀습니다."

술라가 크게 웃음을 터트렸다. "아주 잘했소, 페르페르나! 알렉산드리아에서 본 낭패까지 거의 다 용서가 되는군!" 그는 일어나 신이 나서 두 손을 비볐다. "국고에 반가운 추가 수입이야. 분명히 원로원도 그렇게 생각할 거요. 이로써 최소한 불쌍한 로마가 적절한 수익도 없이 사절단 파견 비용을 치러야 하는 상황은 면했군."

동방의 왕들은 죄다 골칫거리였다. 미트리다테스와 티그라네스를 영구히 무력화하려면 술라가 동방에 길게 머물러야 하지만, 로마의 내부 권력 다툼으로 인해 그럴 수 없었으니 이는 로마가 감수해야 할 불이익이었다. 상황이 그러했던 탓에 미트리다테스는 술라가 배를 로마로 돌리자마자 또다시 카파도키아 강제 합병을 시도했고, 이에 당시 아시아 및 킬리키아 속주 총독이었던 루키우스 리키니우스 무레나는—술라에게 사전에 통지하거나 허락을 구하지 않은 채—다르다노스 조약을 위반하고 즉각 미트리다테스와 전쟁을 일으켰다. 무레나는 처음에는 굉장히 잘 싸웠지만, 이후 자만심이 지나치게 높아져 폰토스 영토까지 가서 싸우다 미트리다테스에게 수차례 참패를 당하고 말았다. 술라는 어쩔 수 없이 큰 아울루스 가비니우스를 보내어 무레나가 자기 속주로 돌아오게 했다. 술라는 분별없이 만용을 부린 무레나에게 벌을 내리려고 생각했지만 때마침 폼페이우스를 상대해야 할 일이 생겼고, 일단 폼페이우스의 버릇부터 고쳐놓기 위해 무레나가 로마에 돌아와 개선식을 치르도록 허락할 수밖에 없었다.

한편 티그라네스는 지난 6년간 자신의 아르메니아 왕국을 동으로 서로 확장해갔다. 파르티아 왕국의 땅과 급속히 와해되어가는 시리아 왕국의 땅을 부지런히 잠식해 들어간 것이다. 그리고 그에게 기회가 보이기 시작했다. 파르티아 왕국의 노왕 미트리다테스가 그동안 계획해온 시리아 침략을 실행할 수 없을 지경으로 병환이 위중하다는 소식을 전해 들은 것이다. 마사게타이라 불리는 야만족이 파르티아 왕국의 북쪽과 동쪽 영토를 송두리째 차지해도, 아들 고타르제스가 바빌로니아에서 왕위를 찬탈해도, 늙은 미트리다테스 왕은 몸져누운 채 그저 속수무책이었다.

늙은 미트리다테스 왕이 죽고 나자, 티그라네스가 예상했던 대로 파르티아 왕국에서는 왕위 계승권을 둘러싼 내전이 벌어졌다. 선왕이 정실 왕비를 셋이나 두어서 후계 구도가 더욱 복잡해진 탓이었다. 두 왕비는 선왕의 이부누이들이었고 세번째 왕비는 다름 아닌 티그라네스의 딸 아우토마였다. 세 어미에게서 나온 여러 아들들이 남은 파르티아 왕국의 땅을 놓고 싸움을 벌이는 동안 또다른 주요 지방 태수 하나가 분리 독립 선언을 했다. 티그리스 강의 동쪽 지류인 코아스페스 강과 파시티그리스 강이 물을 대주는 풍요로운 도시 엘리마이스였다. 이로써 파르티아 왕국은 티그리스 강·에우프라테스 강 삼각주 동쪽에서 토사 유동이 없는 항구들을 몽땅 잃었고, 왕궁이 있는 도시들 중 하나인 수사 역시 잃었다. 그런데도 늙은 미트리다테스 왕의 아들들은 그저 전쟁에 여념이 없었다.

티그라네스도 전쟁에 열중했다. 첫번째 행보(가이우스 마리우스가 죽은 해에 시작되었다)는 군소 왕조 국가인 소페네, 고르디에네, 아디아베네, 오스로이네를 연달아 침략하는 것이었다. 티그라네스는 이 네 개의 소국을 정복함으로써 에우프라테스 강의 동쪽 둑과 접한 영토를 위로는 토미사에서 밑으로는 에우로포스까지 전부 손에 넣었다. 대도시 아미다, 에데사, 니시비스가 그의 것이었고, 에우프라테스 강 주변에서 거둬들이는 통행세도 모조리 그의 것이었다. 하지만 그는 통행세 징수 사업을 아르메니아 자국민들에게 맡기는 대신, 스케니테스 아라비아인들을 살살 자기편으로 끌어들여 그들의 영토를 지나는 모든 대상(隊商)들에게 통행세를 뜯어냈다. 스케니테스 아라비아인들은 에우프라테스 강과 티그리스 강 사이의 오스로이네 남쪽에 위치한 건조지대를 장악한 베두인족으로, 본디 유목민이었다. 하지만 티그라네스는 그들을 에데사와 카라이로 옮겨 사모사타와 제우그마 지역의 에우프라테스 강 유역 통행세 징수도 맡겼다. 이 지역의 왕은 압가르 왕조 출신으로 이제 티그라네스의 피호민이 되었고, 아르메니아 왕이 장악한 도시에 거주하는 그리스어 사용자들은 아직까지 그리스어가 전파되지 않은 아르메니아 지역들로 강제 이주되었다. 티그라네스는 헬레니즘 왕국을 다스리는 세련된 군주가 되기를 간절히 원했다. 자기 왕국을 헬레니즘 문명국가로 만드는 데 왕국 안에 그리스어 사용자 거류지들을 심는 것보다 더 좋은 방법이 있을까?

티그라네스는 어린 시절 파르티아 왕에게 인질로 잡혀 아르메니아에서 멀리 떨어진 티그리스 강변의 셀레우케이아에서 한동안 살았다. 선왕이 죽었을 때 그는 살아남은 유일한 자식이었지만, 파르티아의 왕은 어린 티그라네스를 풀어주는 대가로 어마어마한 몸값을 요구했다. 아르메니아에서 가장 부유한 지대인 메디아 아트로파테네의 계곡 70개였다. 이제 티그라네스는 메디아 아트로파테네로 진격하여 빼앗겼던 70개 계곡을 되찾고 그곳의 황금, 청금석, 터키석과 비옥한 목초지를 차지했다.

하지만 그는 자꾸만 늘어가는 철갑 기병들을 태울 니사이아 말이 부족한 것을 깨달았다. 이들 철갑 기병은 특이하게도 머리부터 발끝까지, 심지어 그들이 타는 말에도 강철 사슬 갑옷을 덮었기 때문에 갑옷의 무게를 감당하려면 말이 커야 했다. 따라서 티그라네스는 이듬해에 아예 니사이아 말의 본산지인 메디아로 쳐들어가 역시 아르메니아에 합병시켜버렸다. 파르티아 왕이 여름에 머무는 도시이자 더 거슬러올라가면 알렉산드로스 대왕을 비롯한 메디아와 페르시아의 왕들이 여름 동안 머물던 도시인 엑바타나가 전소되었고, 그곳의 웅장한 궁전도 약탈을 당했다.

3년이 지났다. 술라가 서서히 이탈리아 반도를 진군해 오르는 동안 티그라네스는 관심을 서쪽으로 돌려 에우프라테스 강을 건너 콤마게네로 갔다. 그는 아무런 저항에도 마주치지 않고 아마노스 산맥에서 리바노스 산맥까지 북부 시리아를 모조리 차지했다. 강성한 도시 안티오

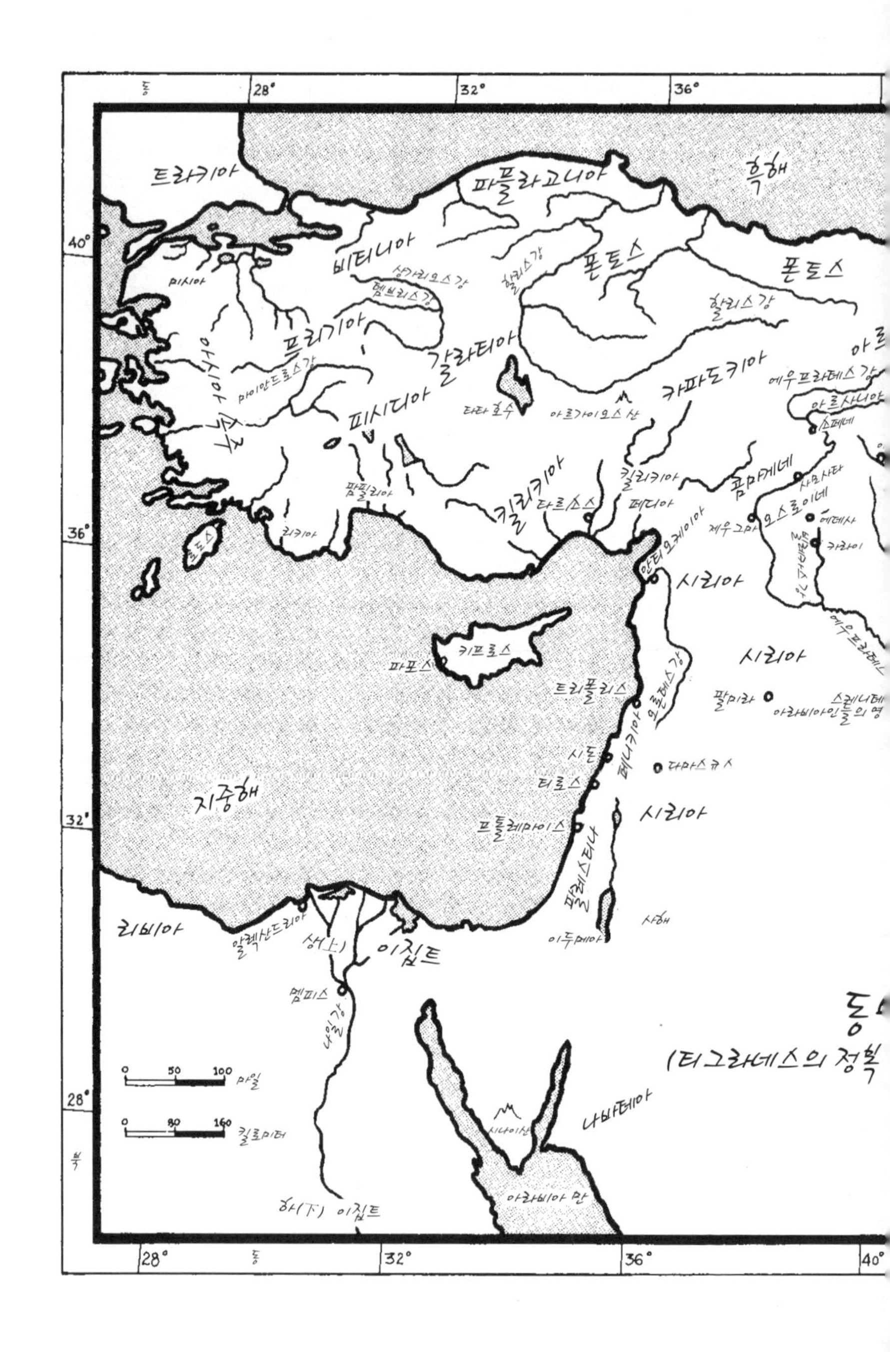
28°
32°
36°
40°
동
북
트라키아
파플라고니아
흑해
비티니아
폰토스
폰토스
미시아
상가리오스강
템브리스강
할리스강
할리스강
프리기아
갈라티아
아시아 속주
마이안드로스강
카파도키아
에우프라테스강
아르사니아
소페네
피시디아
타타 호수
아르가이오스 산
팜필리아
킬리키아
킬리키아
타르소스
페디아
콤마게네
사모사타
제우그마
오스로이네
에데사
카라이
리키아
로도스
안티오케이아
시리아
키프로스
파포스
시리아
트리폴리스
오론테스강
팔미라
페니키아
다마스쿠스
시돈
티로스
시리아
지중해
프톨레마이스
팔레스티나
사해
리비아
알렉산드리아
상(上)
이집트
이두메아
멤피스
나일강
0 50 100 마일
0 80 160 킬로미터
시나이산
나바테아
아라비아 만
하(下) 이집트

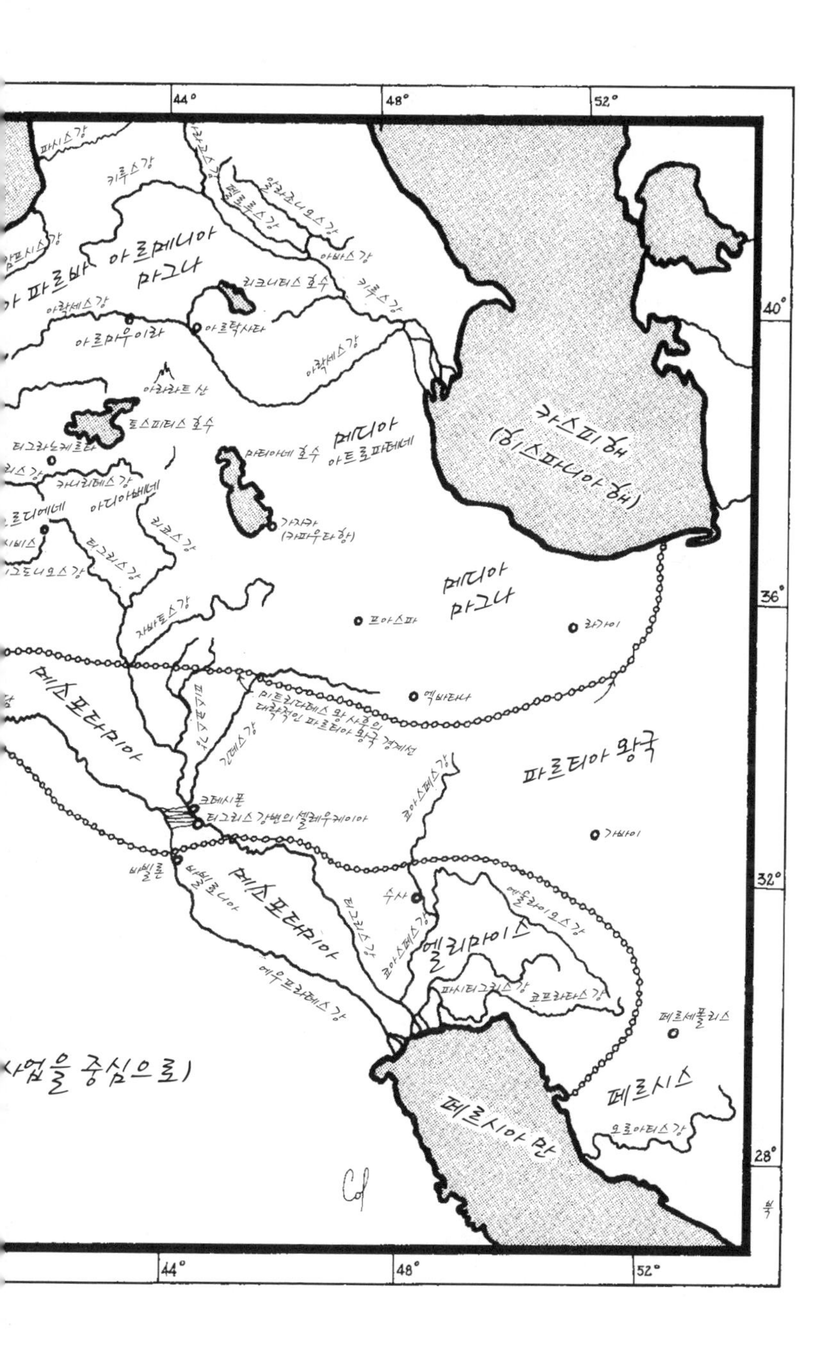
44°
48°
52°
40°
36°
32°
28°
파시스강
키루스강
알라조니오스강
아바스강
아르메니아 마그나
리크니티스 호수
아락세스강
아르마우이라
아르탁사타
아라라트 산
토스피티스 호수
메디아 아트로파테네
마티아네 호수
가자카 (카파우타 항)
카스피 해 (히스파니아 해)
카니리테스강
아디아베네
티그리스강
자바토스강
메디아 마그나
프아스파
라가이
엑바타나
메소포타미아
미트리다테스 왕 사후의 대략적인 파르티아 왕국 경계선
파르티아 왕국
크테시폰
티그리스 강변의 셀레우케이아
코아스페스강
가바이
바빌론
바빌로니아
수사
엘리마이스
에울라이오스강
파시티그리스강
에우프라테스강
페르세폴리스
페르시스
페르시아 만
오로아티스강
사업을 중심으로)

케이아와 오론테스 강 유역 평야의 저지대쪽 절반이 포함된 땅이었다. 심지어 킬리키아 페디아 땅의 일부—이소스 만 동쪽 연안을 에워싼 지대—도 그에게 함락되었다.

시리아는 진정한 헬레니즘 국가였다. 국민들은 모두 그리스어를 사용했고 그리스 풍습을 열심히 따랐다. 티그라네스는 시리아에서 권력을 잡자마자 이 불운한 그리스어 사용자들을 가족까지 마을 단위로 들어내 아르메니아의 새로운 수도 티그라노케르타로 이주시켰다. 그가 가장 선호한 부류인 장인(匠人)들은 시리아에 한 명도 남겨두지 않았다. 한편 왕은 이 그리스 문명권 사람들을 메디아어권 자국민들로부터 보호할 조치가 필요하다는 것을 잘 이해했다. 그는 자국민에게 새 시민들을 조심스럽게 친절히 대하라고 지시하면서, 이를 어길 시 사형에 처하겠다고 엄포를 놓았다.

그리고 술라가 스스로 로마의 독재관 자리에 오르던 때 티그라네스는 평생 갈망해온 칭호를 정식으로 채택했다. 왕 중의 왕. 그동안 셀레우코스 왕조 남편들을 통해 시리아를 통치해온 클레오파트라 셀레네 왕비—병아리콩 프톨레마이오스 소테르의 여동생이자 전처—는 안티오케이아에서 에우프라테스 강변 시골 마을의 허름한 집으로 쫓겨났고, 태수 마가다테스가 왕 중의 왕 티그라네스를 대신해 안티오케이아의 왕궁을 차지했다.

왕 중의 왕이라, 술라는 냉소했다. 동방 전제군주들은 하나같이 제 자신을 왕 중의 왕으로 여기지. 심지어 미트리다테스 왕의 딸들을 데리고 이집트와 키프로스를 다스리는 병아리콩 프톨레마이오스 소테르의 두 서자도 그럴걸. 하지만 죽은 프톨레마이오스 알렉산드로스의 유언장은 진짜였다. 이 사실을 술라보다 더 잘 아는 사람은 없었다. 그가 중인이니까. 조만간 이집트는 로마의 소유가 될 것이었다. 아직은 프톨레마이오스 아울레테스가 알렉산드리아에서 왕권을 잡고 있게 둬야 하리라. 하지만 미트리다테스와 티그라네스의 허수아비인 그놈은 단 하루도 편할 날이 없을 거야! 술라는 다짐했다. 로마 원로원은 정기적으로 알렉산드리아에 사신을 보내고, 프톨레마이오스 아울레테스는 이집트의 진짜 주인 로마를 받들어 왕위에서 물러나라고 요구할 테니까.

폰토스의 미트리다테스 왕—카우카소스 산맥에서 추위로 20만 병사를 잃다니, 흥미로운 일이었다—에 관해서라면, 카파도키아를 제 나라에 합병시키려는 놈의 시도는 다시 한번 좌절될 것이었다. 미트리다테스는 술라에게 편지를 보내어 무레나가 할리스 강 연안의 마을 400여 곳을 약탈하고 불태웠다고 항의하더니, 할리스 강의 카파도키아 쪽 강둑을 차지한 터였다. 그는 이것이 정당한 조치인 것처럼 눈속임하려고 자신의 딸 하나를 카파도키아의 아리오바르자네스 왕에게 새 신부로 주었다. 술라는 이 딸이 열네 살밖에 되지 않은 소녀임을 알고 나서 미트리다테스에게 다시 한번 전령을 보내어, 신부가 있건 없건 당장 카파도키아에서 물러나라고 로마의 이름으로 명령했다. 전령은 신속히 돌아왔다. 전령이 들고 온 답장에서 미트리다테스는 명령대로 하겠다면서, 로마에 곧 사절단을 보낼 테니 다르다노스 조약이 물샐틈없는 적법성을 갖추도록 비준해달라고 술라에게 통보했다.

"네놈 사절단은 꾸물거리지 않는 게 좋을 것이다." 술라는 동방의 왕들에 대한 이 모든 회상을 끝내고 아내를 찾아가며 혼잣말로 중얼거렸다. 그는 벌써 아내에게 가까이 온 터였으므로, 그가 마지막으로 한 말은 아내에게도 들렸다. "조금이라도 꾸물거렸다간 여기서 네놈들을 상대하는 건 내가 아닐 테니까. 어디 그래, 원로원과 얘기가 얼마나 잘될지 두고보자!"

"무슨 말씀이에요, 여보?" 발레리아가 깜짝 놀라서 물었다.

"아무것도 아니오. 키스해주시오."

키스는 충분히 좋았다. 발레리아 메살라가 충분히 좋은 여자였듯이. 이 네번째 결혼은 지금까지 꽤 만족스러웠다. 그러나 자극은 부족했다. 어느 정도는 자신의 나이와 질병 탓이라는 걸 그도 알았다. 그러나 더 큰 이유는 로마 귀족 여성들에게 관능적이고 육감적인 매력이 부족하기 때문이었다. 그들은 도무지 침대에서 적절히 긴장을 풀고 독재관이 갈구해 마지않는 격렬한 섹스에 빠져들지 못했다. 그의 기량은 녹슬어가고 있었다. 그는 자극을 필요로 했다! 왜 여자들은 남자를 미치도록 사랑할 수 있으면서도 남자의 성적 욕구에는 온전히 응하지 못할까?

"제 생각에 여자들은 수동적인 그릇입니다, 루키우스 코르넬리우스." 불행하게도 이 질문을 받은 당사자인 바로가 말했다. "여자들은 남자의 성기부터 아기까지 무언가를 품고 있도록 만들어졌어요. 무언가를 품는 존재는 수동적입니다. 수동적이어야 하죠! 안 그러면 안정되게 품지 못할 테니까요. 동물도 마찬가지입니다. 수컷은 적극적입니다. 필요 이상의 욕구를 다른 여러 암컷들과 관계를 맺음으로써 해소해야 합니다."

바로가 술라를 찾아온 이유는, 조만간 폼페이우스가 짧게 로마를 방문할 예정이라고 알리고 그를 만날 생각이 있는지 술라의 의향을 타진하기 위해서였다. 면담을 청한 사람은 그인데 막상 와보니 그가 상담을 해주는 처지가 되어버린 것이다. 그는 정작 자기가 할 질문은 아직 입 밖에 꺼내지도 못한 터였다.

침울한 기색을 띠고 있던 술라의 눈썹이 생기 있게 꿈틀거렸다. "친애하는 바로, 자네 말은 떳떳하게 혼인을 한 남자가 로마 여성의 절반과 관계를 맺어야 한다는 건가?"

"아니요, 아니요, 당연히 아닙니다!" 바로는 숨을 헐떡였다. "세상 모든 여자가 수동적이니 결국 만족을 찾을 수는 없다는 말이지요!"

"그렇다면 자네 말은, 남자가 자신의 육체적 욕망을 지고의 수준으로 충족시키고자 한다면 성적 대상을 남자들 중에서 찾아야 한다는 건가?"

"앗! 어이구! 음!" 바로가 끙끙댔다. 그는 한복판에 핀이 박힌 지네처럼 온몸을 꿈틀거렸다. "아니요, 루키우스 코르넬리우스, 당연히 아닙니다! 결코 그런 뜻은 아닙니다!"

"그러면 떳떳하게 혼인을 한 남자는 어떻게 해야 하는가?"

"제가 자연현상을 공부하는 사람인 건 맞지만, 그런 건 제 자격이나 능력 밖의 질문입니다!" 바로는 이렇게 횡설수설하면서 애초에 이 불편하고 당혹스러운 사람을 찾아온 자기 자신을 원망했다. 하지만 엉망이 되어가던 술라의 얼굴에 그가 정성껏 연고를 발라준 이래로 술라는 그에게 크나큰 애정을 드러냈고, 그가 인사하러 들르지 않으면 서운해하곤 했다.

"진정하게, 바로. 장난 좀 친 거야!" 술라가 웃었다.

"정말이지 종잡을 수 없는 분이십니다, 루키우스 코르넬리우스." 바로는 혀로 입술을 적시며, 폼페이우스가 온다는 소식을 최대한 호의적인 분위기로 전달하기 위해 머릿속으로 말을 골랐다. 폼페이우스에 대한 독재관의 감정이 이중적임을 눈치 빠른 바로가 모를 리가 없었다.

눈앞의 상대가 머릿속으로 문장을 뽑아내느라 열심히 머리 굴리는 것을 모른 채 술라가 말했다. "듣기로는 바로 루쿨루스가 입양으로 맺어진 누이동생을 이제야 겨우 떼어냈다던데. 그 누이가 자네와 가까운 친척이지?"

"테렌티아 말씀이십니까?" 바로의 얼굴이 밝아졌다. "네! 기막히게 운이 좋았죠!"

"참 오랜만에 보는 일이야." 술라의 얼굴에 미소가 떠올랐다. 그는 요즈음 남들 이야기라면 다 좋아했다. "테렌티아같이 돈 많은 여자가 남편감을 구하지 못해 애를 먹다니."

"상황이 그것과는 약간 다릅니다." 바로가 뜸을 들이며 말했다. "돈 많은 여자와 결혼하려는 남자는 사방에 널렸지요. 문제는 집안에서 구해다주는 남편감을 테렌티아—단언컨대 로마에서 제일 성질 더러운 여자일 겁니다!—가 번번이 퇴짜를 놓은 겁니다."

술라의 미소는 어느새 환한 웃음이 되었다. "시집을 안 가고 바로 루쿨루스나 못살게 구는 쪽이 더 좋았나보군."

"그랬나봅니다. 오라비를 무척 따르는 것 같긴 하지만요. 타고난 천성 탓입니다. 날 때부터 그렇게 생겨먹은 걸 스스로도 어쩔 도리가 있겠습니까?"

"그런데 무슨 일이 생긴 건가? 누구한테 첫눈에 반하기라도 했나?"

"그건 아닙니다. 우리 사기꾼 친구 티투스 폼포니우스가 만남을 주선했습니다. 그 친구는 요즘 아테네를 좋아해서 아티쿠스라는 별명이 붙었지요. 마르쿠스 툴리우스 키케로와 오래전부터 알고 지낸 사이인가봅니다. 아티쿠스는 루키우스 코르넬리우스께서 독재관 자리에 오르신 뒤부터 적어도 일 년에 한 번은 로마에 들어옵니다."

"나도 알고 있네." 술라가 말했다. 크라수스의 경우와 달리, 그는 다만 돈벌이에 열심이라는 이유로 아티쿠스를 나쁘게 보지는 않았다. 크라수스는 공권박탈 조치를 악용해 돈을 벌다가 술라의 눈 밖에 난 것이었다.

"그건 그렇고, 법조계에서 키케로의 명성은 하늘 높이 치솟았어요. 덩달아 그의 야망도 치솟았지요. 하지만 주머니가 텅 비었잖아요. 돈 많은 상속녀와 결혼해야 했죠. 우리의 그다지 건강하지 못하신 재산가들께서 참 많이도 만들어내는 별 볼 일 없는 아가씨들 중 하나라 해도 말입니다. 그때 아티쿠스가 그에게 테렌티아를 제안했어요." 바로가 잠시 말을 끊고 궁금한 표정으로 술라를 바라보았다. "그런데 마르쿠스 툴리우스 키케로를 아십니까?"

"키케로가 어릴 때 아주 잘 알았지. 죽은 내 아들이 지금도 살아 있다면 동갑일 거야. 아들녀석과 친하게 지냈어. 그때 키케로는 신동 소리를 들었지. 하지만 아들이 죽은 후 최근에 아메리아의 섹스투스 로스키우스 사건이 있기 전까지는, 이탈리아 전쟁중에 캄파니아에서 수습군관으로 내 개인 참모진에 있을 때만 봤어. 나이가 들어도 변한 게 없더군. 자기 천성에 꼭 맞는 분야를 찾았어. 현학적이고 말 많고 제 잘난 맛에 사는 모습은 여전하니까. 그런 것들이야말로 좋은 변호인이 될 최고의 자질이 아닌가! 하지만 그의 언변이 빼어나다는 점은 내 기꺼이 인정해. 정신도 똑바르고! 단지 가이우스 마리우스와 연고가 있다는 게 가장 큰 약점이야. 둘 다 아르피눔 출신이거든."

바로가 고개를 끄덕였다. "바로 루쿨루스는 아티쿠스의 제안을 받고 키케로와 테렌티아의 혼사를 추진해보기로 했습니다. 그런데 놀랍게도 테렌티아가 키케로를 직접 만나보고 싶다고 한 거죠! 그의 법정 활약상을 들은 적이 있다면서, 자기는 훗날 대단한 명성을 떨칠 남자와 결혼할 작정이라고요. 키케로가 그런 남자일 것 같다고 했답니다."

"지참금이 얼마인가?"

"어마어마하죠! 200탈렌툼입니다."

"구혼자들이 담장 밖까지 줄을 섰겠군! 분명 개중에는 반반하니 잘생긴 인물들도 있었을 테고. 테렌티아가 존경스러워지는데! 돈이라면 눈에 불을 켜고 달려드는 로마 최고의 전문 사냥꾼들의 유혹에도 끄떡없었다니." 술라가 말했다.

바로가 느릿하게 말했다. "테렌티아는 못생기고 심술 맞고 성질 사납고 아주 깐깐한 여잡니다. 올해로 스물한 살인데 아직도 혼자예요. 여자들은 응당 가장에게 순종하고 정해주는 대로 시집을 가야 하건만, 이 세상에 테렌티아에게 싫다는 일을 억지로 시킬 수 있는 사람은 아무도 없을 겁니다. 산 사람이건 죽은 사람이건!"

"게다가 바로 루쿨루스는 점잖은 사람이고 말이지."

"네, 그렇지요."

"그래서 테렌티아가 키케로를 만나봤나?"

"네, 만났지요. 그러곤 놀랍게도 결혼에 동의했어요. 누가 후 하고 입김만 불어도 저희 모두 다 벌렁 뒤로 나자빠졌을 겁니다!"

"행운아 키케로! 포르투나 여신의 선택을 받았군. 테렌티아의 재산 덕 좀 보겠어."

"그렇게 생각하셨겠지만," 바로가 단호히 말했다. "테렌티아는 직접 혼인계약서를 작성했어요. 자기 재산은 온전히 자기 소관인 것으로요. 나중에 딸이 생기면 딸애 지참금으로 쓰고 아들이 생기면 아들이 입신하는 데 필요한 돈도 대주겠다더군요. 하지만 키케로에 대해선, 그는 테렌티아를 이길 사람이 못 됩니다!"

"키케로는 요즘 개인적으로는 어떻게 지내나, 바로?"

"유쾌하게 지냅니다. 내면은 부드러운 사람이죠. 하지만 허세가 지나쳐요. 보기 거슬릴 정도로 자기 머리를 과신하고 자기보다 잘난 사람이 없다고 믿지요. 신분 상승 욕구가 대단합니다……. 가이우스 마리우스의 먼 친척이라는 말을 무척 거북해하지요! 만일에 테렌티아가 그냥 우리의 그다지 건강하지 못하신 재산가들께서 참 많이도 만들어내는 별 볼 일 없는 아가씨들 중 하나였더라면 키케로는 쳐다보지도 않았을 걸요. 테렌티아의 모친은 퀸투스 파비우스 막시무스와 혼인한 적이 있는 파트리키 귀족입니다. 그러니까 테렌티아는 베스타 신녀 파비아와 이부자매지간이지요. 아시겠지만 테렌티아는 '그냥 괜찮은' 정도가 아닙니다." 바로가 얼굴을 찡그렸다. "키케로는 이카로스입니다, 루키우스 코르넬리우스. 태양 가까이 날아가려고 해요. 돈 없는 신진 세력에겐 위험한 꿈이죠."

"아르피눔의 터가 그런가보군. 그런 종자를 만들어내는 뭔가가 있는 모양이야." 술라가 말했다. "이 신진 세력가가 군대 쪽으로는 재능이 없으니 로마로서는 참으로 다행이군!"

"듣기로 그쪽과는 거리가 영 멀다고 하더군요."

"아, 내가 잘 알지! 내 수하의 수습군관으로 있는 동안 비서 노릇을 했으니까. 검을 보기만 해도 얼굴이 잿빛이 되더군. 하지만 그렇게 일 잘하는 비서는 본 적이 없어! 결혼식은 언젠가?"

"바로 루쿨루스는 일단 자기 형님과 함께 9월에 로마 경기대회부터 치러야 합니다." 바로가 웃었다. "두 사람은 지금 금세기 최고의 경기대회를 기획하는 것 외엔 아무것도 안중에 없습니다!"

"그때 내가 로마에 없는 것이 아쉽군." 술라가 말했다. 하지만 표정은 그리 서운해 보이지 않았다.

잠시 침묵이 내려앉았다. 바로는 술라가 다른 주제를 생각해내기 전에 잽싸게 먼저 말을 꺼냈다. "루키우스 코르넬리우스, 혹시 나이우스 폼페이우스 마그누스가 로마에 잠깐 들어오는 걸 아십니까?" 그가 조심스럽게 물었다. "독재관님을 찾아뵙고 싶어하는데, 늘 바쁘신 걸 그 친구도 아니까요."

"아무리 바쁘다고 마그누스를 만날 시간이 없겠나!" 술라가 유쾌하게 말했다. 그는 바로에게 예리한 눈빛을 던졌다. "여전히 펜과 종이를 들고 그 친구 주변을 따라다니면서 시답잖은 행적을 시시콜콜히 기록하느라 바쁜가보군, 바로?"

바로의 얼굴이 새빨갛게 달아올랐다. 술라를 상대할 때는, 본인에게 아무 잘못이 없는 일이라도 술라가 그걸 어떻게 생각할지 도무지 알 수 없었다. 그러니까 예를 들어 술라가 방금 한 말은 바로가 루키우스 코르넬리우스 술라의 훌륭한 (혹은 시답잖은) 행적을 기록하는 데 시간을 써야 한다는 뜻일까? 그래서 바로는 자기를 무척 낮추어 이렇게 말했다. "이따금 그럴 때도 있습니다. 전쟁이 터졌을 때 같이 지내다 우연히 시작된 인연입니다. 저는 폼페이우스의 열정에 감명을 받았지요. 그는 제가 자연사가 아닌 역사를 기록해야 한다더군요. 예, 제가 하는 일은 그겁니다. 절대로 폼페이우스의 전기 작가 노릇을 하는 게 아닙니다!"

"훌륭한 대답이군!"

그러고서 팔라티누스 언덕의 독재관 저택을 나선 바로는 잠시 멈춰 얼굴에 흐르는 땀을 닦아내야 했다. 사람들은 술라 안에 사자와 여우가 있다고 수군덕거렸다. 그러나 바로의 생각에 술라 안에 도사린 최악의 동물은 한 마리의 예사로운 고양이였다.

그래도 일은 잘 처리했다. 폼페이우스가 아내와 로마로 와서 카리나이 언덕의 저택에 짐을 풀자, 바로는 그를 찾아와 술라가 기꺼이 폼페이우스를 만날 의향이 있으며 함께 편안한 담소를 나눌 시간을 떼어놓을 것이라고 전해줄 수 있었다. 그러나 술라가 즐겨 쓰는 이 표현에 약간의 냉소가 담겨 있음을 바로는 알고 있었다. 술라와의 편안한 담소는 언제라도 타오르는 석탄 위를 가로지르는 위태로운 줄타기로 바뀔 수 있으니까.

아, 그러나 청년의 자신감과 자만이란! 스물일곱번째 생일을 아직도 몇 달이나 앞둔 폼페이우스는 아무 거리낌 없이 단박에 술라를 보러 갔다.

"그래, 신혼 재미는 어떤가?" 독재관이 덤덤하게 물었다.

폼페이우스가 싱글벙글 웃었다. "좋아요! 대단히 즐겁습니다! 어떻게 그런 신부를 찾아주셨어요, 루키우스 코르넬리우스! 아름답고 지적이고 예뻐요. 지금 임신했습니다. 올해 안으로 제 첫아들을 낳을 겁니다."

"아들이라고? 아들일 거라 확신하나, 마그누스?"

"확실합니다."

술라가 껄껄 웃었다. "그래, 마그누스, 자네는 포르투나의 선택을 받은 자니까 물론 아들이겠지. 나이우스 2세라……. 도살자와 꼬마 도살자에 이어 아기 도살자로군."

"좋은데요!" 폼페이우스가 외쳤다. 그는 전혀 기분 나빠하지 않았다.

"자네가 가문의 전통을 세우고 있군." 술라가 진중하게 말했다.

"네, 그렇습니다. 삼대째예요!"

폼페이우스는 기분좋게 몸을 기대앉았다. 술라는 폼페이우스의 크고 푸른 눈에 아까와 다른 빛이 떠오르고 있음을 알아챘다. 폼페이우스가 머릿속에 새로운 주제를 꺼내들면서 아까의 행복감은 달아나고 어떤 조심스럽고 신중한 계산이 그 자리를 차지하고 있었다. 술라는 폼페이우스가 먼저 얘기를 꺼낼 때까지 말없이 기다렸다.

"루키우스 코르넬리우스……."

"음?"

"지난번에 공포하신 법 말씀입니다. 원로원 의원 중에 군 사령관감이 없을 경우 원로원 밖에서 적임자를 물색하기로 한……."

"특별 직권 조항 말인가?"

"네, 그것 말입니다."

"그게 왜?"

"그 조항이 제게도 적용됩니까?"

"그럴 수 있지."

"하지만 사령관을 맡겠다고 자원하는 원로원 의원이 없을 경우에 한해서지요."

"좀 달라, 마그누스. 사령관으로 충분한 능력과 경험을 갖추고 있으면서 자원하는 원로원 의원이 없을 경우지."

"그 자격을 누가 판단합니까?"

"원로원이지."

다시 침묵이 내려앉았다. 잠시 후 폼페이우스가 짐짓 무심한 투로 말했다. "원로원 내에 피호민을 여럿 두는 게 좋겠군요."

"그건 늘 그렇다네, 마그누스."

폼페이우스가 다시 주제를 바꾸는 게 훤히 들여다보였다. "내년에는 누가 집정관이 됩니까?" 그가 물었다.

"한 자리는 카툴루스. 수석 자리를 줄지 차석 자리를 줄지는 아직 못 정했어. 한 해 전이었다면 재고의 여지가 없었겠지만, 지금으로선 결정이 쉽지 않군."

"카툴루스는 메텔루스 피우스랑 비슷합니다. 너무 깐깐해요."

"그럴지도. 하지만 안타깝게도 피우스만큼 나이가 많지도 현명하지도 않지."

"메텔루스 피우스가 세르토리우스를 꺾으리라 보십니까?"

"처음엔 좀 힘들겠지." 술라가 빙긋 웃으며 말했다. "하지만 우리 새끼 돼지를 얕잡아보지 말게, 마그누스. 그 친구는 처음에 속도를 내기까지 시간이 좀 걸리지만 일단 감을 잡으면 썩 잘한다네."

"쳇! 그 사람은 꼭 할망구 같아요!" 폼페이우스가 경멸조로 내뱉었다.

"나는 소싯적에 짱짱한 할망구를 여럿 보았네, 마그누스."

폼페이우스는 아까의 주제로 돌아왔다. "남은 집정관 자리는 누구에게 주실 겁니까?"

"레피두스."

"레피두스요?" 폼페이우스의 입이 쩍 벌어졌다.

"자네 생각엔 별로인가?"

"별로라곤 하지 않았습니다, 루키우스 코르넬리우스. 솔직히 좋은 결정이라고 생각합니다! 그저 독재관께서 그를 선호하지 않으실 것 같아서요. 그동안 독재관께 고분고분하지 않았으니까요."

"자네 생각이 그런가? 흔쾌히 내 뒤를 닦아주는 놈들한테만 내가 큰 자리를 내준다?"

폼페이우스의 편에 공정하게 말하자면, 그는 전혀 두려워하지 않았다. 내심 이 상황을 즐기고 있는 술라를 향해 그가 말했다. "그건 아닙니다. 하지만 그동안 독재관님의 정책을 적극 찬성하지 않는 레피두스 같은 자들에게 큰 자리를 주지 않으신 건 사실입니다."

"내가 왜 그래야 하나!" 술라가 놀란 표정으로 물었다. "나를 깎아내릴 자들에게 큰 자리를 주다니 내가 바보인가?"

"그렇다면 왜 레피두스입니까?"

"나는 그가 취임하기 전에 은퇴할 거야. 그리고 레피두스는," 술라가 찬찬히 말했다. "높은 데 뜻을 두고 있어. 내가 아직 살아 있을 때 집정관이 되는 게 더 낫다는 생각이 들었네."

"그는 좋은 인물입니다."

"나한테 공개적으로 문제제기를 해서? 아니면 그럼에도 불구하고?"

하지만 '그는 좋은 인물입니다'까지가 폼페이우스에게 준비된 대답이었다. 솔직히 레피두스를 임명하겠다는 결정이 술라의 평소 성격에 비추어 의외인 건 사실이었지만 거기에 크게 관심이 가진 않았다. 그의 주된 관심은 술라의 특별 직권 조항에 있었다. 처음 그 조항에 대해 들었을 때 자신과 관계가 있지 않을까 하는 궁금증이 일었지만, 당시는 술라에게 그런 질문을 하기가 곤란한 처지였다. 그 법이 통과된 지 2년여가 지난 지금 그는 다짜고짜 묻기보다 상의를 구하는 게 더 적절하겠다고 생각했다. 독재관의 말은 옳았다. 원로원 의원인 자도 원로원에서 소기의 목적을 달성하기가 어렵다. 더군다나 원로원 의원이 아닌 자가 원로원에서 소기의 목적을 달성하기란 극도로 어려울 것이다.

그리하여 술라와 헤어져 집으로 걷는 폼페이우스는 깊은 상념에 빠졌다. 우선 무엇보다도 원로원 내에 당파를 형성해야 했다. 그런 다음—물론 대가를 전제로 하고—변함없이 그의 편에 서서 적극적으로 음모를 꾸미고 심지어는 불법적인 활동에까지 서슴없이 가담해줄 작은 집단을 꾸려야 한다. 그런데 일단 누구로 시작해야 할지?

반지장이의 계단을 절반쯤 내려갔을 무렵, 폼페이우스는 발걸음을 멈추고 뒤돌아 한 번에 두 칸씩 가뿐하게 뛰어 다시 빅토리아 언덕길을 올랐다. 토가 차림으로는 쉽지 않은 일이었다. 필리푸스! 필리푸스로 시작하자.

루키우스 마르키우스 필리푸스는 오래전 가이우스 마리우스의 바닷가 별장을 찾아간 날 이래 먼길을 걸어왔다. 그때 필리푸스는 막 호민관으로 선출되었다며, 자기가 무엇을 해주면 좋겠느냐고 그 만만치 않은 사내 마리우스에게—당연히 대가를 전제로 한—제안을 건넸었다. 그날 이후로 필리푸스가 마음속에서 토가를 이리 뒤집었다 저리 뒤집기를 몇 번 했는지는 오직 그 자신만이 알았다. 분명한 건 그가 늘 어떻게든 살아남았으며 심지어 평판도 더 높아졌다는 사실이었다. 폼페이우스가 찾아간 이때 그는 전직 집정관이자 전직 감찰관으로서 원로원에서 연장자의 위치를 누리고 있었다. 숱한 사람들이 그를 경멸했고, 그를 진심으로 좋아하는 사람은 거의 없었지만, 그럼에도 그는 권력자였다. 어쨌거나 그의 주변 사람들은 대부분 그를 중요하고 영향력 있는 인물로 여기고 있었다.

폼페이우스와의 면담은 흥미로웠고 머릿속에 많은 생각을 떠올리게 했다. 그로서는 지금까지 이 술라의 애완견과 볼일이 전혀 없긴 했지만, 평소 폼페이우스를 보며 로마가 낳은 주목할 만한 젊은이라고 생각해온 터였다. 게다가 필리푸스는 요즘 다시 재정적으로 쪼들리는 처지였다. 오, 그렇다고 예전만큼은 아니었다! 술라의 공권박탈 조치는 재산을 증식할 수 있는 굉장한 호기였고, 그 역시 수백만 세스테르티우스짜리 부동산을 겨우 수천 세스테르티우스로 손에 넣었다. 그러나 필리푸스 부류의 인간들이 으레 그렇듯 그는 재산 관리에 통 재주가 없었다. 돈은 모으기가 바쁘게 술술 새나가는 듯했다. 그에게는 지방의 사업체들을 감독하는 능력도 부족했고 믿을 만한 직원들을 뽑는 재주 역시 없었다.

"간단히 말해서, 나이우스 폼페이우스, 나는 마르쿠스 리키니우스 크라수스 같은 사람들과 정반대의 인물일세. 그런 사람들은 처음 손에 넣은 1세스테르티우스를 끝까지 움켜쥔 채 그 돈으로 수백, 수천을 만들지 않나. 그 사람들 밑에 있는 자들은 그들 앞에서 벌벌 떨지만, 내 밑의 사람들은 내 앞에서 교활한 미소를 띠지."

"크리소고노스 같은 자가 필요하시군요." 젊은이가 말했다. 큼지막한 푸른 눈과 개방적이고 솔직한 느낌을 주는 매력적인 얼굴이었다.

늘 쉽게 살찌는 체질이었던 필리푸스는 나이가 들면서 더 둥글고 비대해져 있었다. 갈색 눈은 위쪽의 부은 눈두덩과 눈 밑의 불룩한 살 사이에 파묻힐 지경이었다. 그의 두 눈이 놀라움과 경계의 빛을 띤 채 젊은 조언자에게로 향했다. 필리푸스는 누가 자기를 가르치려 드는 데 익숙지 않았다.

"크리소고노스는 결국 타르페이아 바위에서 떨어져 날카로운 돌에 찔려 죽었잖은가!"

"그렇지만 그는 살아 있을 때 술라에게 굉장히 유용한 하인이었습니다." 폼페이우스가 말했다. "그가 죽임을 당한 건 공권박탈 조치로 자기 배를 불렸기 때문이지요. 자기 주인의 돈을 직접 빼돌려서 배를 불린 게 아니란 말씀입니다. 그는 술라 밑에서 여러 해 일했고 지칠 줄 몰랐죠. 제 말을 믿으십시오, 루키우스 마르키우스, 의원님에겐 그런 자가 꼭 필요합니다."

"흠, 그렇다손 치더라도 어디서 그런 자를 구하겠나."

"원하신다면 내가 한 명 구해드리지요."

두툼한 살 속에 파묻혀 있던 두 눈이 튀어나왔다. "오? 그런데 자네가 무슨 이유로 내게 그런 수고를 해준단 말인가, 나이우스 폼페이우스?"

"마그누스로 부르십시오." 폼페이우스가 성급히 말했다.

"마그누스."

"왜냐하면 의원님이 날 위해 일해주셨으면 하니까요, 루키우스 마르키우스."

"필리푸스로 부르게."

"필리푸스."

"내가 자네를 위해 무슨 일을 할 수 있겠나, 마그누스? 자네는 갑부 중의 갑부가 아닌가. 짐작건대 크라수스도 부러워할 정도의 재력을 가졌지! 자네 나이가 몇인가? 이십대 중반이지? 그런데 벌써 군사령관으로 이름을 떨쳤고, 술라에게 총애를 받고 있지 않은가. 술라의 총애를 구하기란 쉽지 않은 일이지. 나 역시 노력해봤지만 절대 구해지지 않더군."

"술라는 곧 물러납니다." 폼페이우스가 신중한 태도로 말했다. "그리고 그가 물러나면 나는 다시 사람들 기억에서 사라지겠지요. 특히 카툴루스나 돌라벨라 형제 같은 인간들이 득세한다면 더더욱. 나는 원로원 의원이 아닙니다. 그렇게 되고 싶지도 않고요."

"그 점이 궁금했어." 필리푸스가 생각에 잠기듯 말했다. "기회가 있었지 않나. 술라가 첫번째로 신임 의원 명단을 발표할 때 자네 이름을 맨

윗줄에 적어넣었지. 그런데 자네가 퇴짜를 놓았어."

"내 나름의 이유가 있습니다."

"그렇겠지!"

폼페이우스는 의자에서 일어나 필리푸스의 서재 뒤쪽 열린 창문으로 걸어갔다. 빅토리아 언덕길이 굽어지는 곳 가까이 세워진 필리푸스의 집은 건물 구조가 독특해 서재에서 주랑정원이 아닌 포룸 로마눔의 낮은 구역과 그 너머로 저멀리 카피톨리누스 언덕의 절벽이 내다보였다. 그리고 거기 웅장한 12신 조각상을 모신 주랑식 아케이드 위쪽으로 초대형 건축 공사의 기초 작업이 이루어지는 것이 보였다. 로마의 법령을 새긴 판과 회계문서를 전부 모아둘 거대한 기록보관소가 될 술라의 타불라리움이었다. 폼페이우스는 혼자 도도하게 생각했다. 다른 사람이라면 회당이나 신전이나 주랑건물을 짓겠지. 하지만 술라는 로마 관료정치의 기념비를 지어올린다 이 말이야! 술라는 상상력이 없어. 그의 약점이지. 파트리키 귀족 특유의 실용주의.

"내게 크리소고노스 같은 자를 구해주면 물론 고맙겠지만, 마그누스." 필리푸스가 긴 침묵을 깨며 말했다. "나는 술라가 아니란 게 문제지! 그런 자를 내가 제대로 다룰 수나 있겠는가."

"의원님은 외모 빼고 물렁한 데가 전혀 없습니다, 필리푸스." 아첨꾼 폼페이우스가 말했다. "일단 내가 딱 맞는 사람을 구해드리면 잘 다루실 겁니다. 그저 사람을 뽑는 재주가 없으신 겁니다."

"그런데 내게 그런 호의를 베푸는 이유는 무엇인가, 마그누스?"

"오, 내가 드릴 건 그뿐만이 아닙니다!" 폼페이우스가 창문에서 얼굴을 돌렸다. 그는 만면에 미소를 띠고 있었다.

"정말인가?"

"지금 겪고 계신 가장 큰 문제는 현금 부족인 것 같군요. 검투사 양성소를 몇 군데 운영하시고 자산을 상당히 많이 보유하고 있잖습니까. 하지만 효율적으로 운영되는 게 하나도 없어서 당연히 누려야 할 수입을 못 누리고 계시죠. 크리소고노스 같은 자가 와서 다 바로잡아줄 겁니다! 하지만 자산과 양성소에서 수입이 늘어난다고 해도 여전히 종종 부족하다고 느끼게 될 가능성이 높습니다. 취향이 고급스럽기로 소문이 난 분이시니까요."

"감탄스러우리만치 잘 파악하셨군!" 필리푸스가 말했다. 이제 그는 이 면담이 굉장히 즐거워졌다.

"내가 수입을 올려드리겠습니다. 1년에 100만 세스테르티우스를 희사하죠." 폼페이우스가 차분하게 말했다.

필리푸스는 자기도 모르게 숨을 헐떡였다. "100만?"

"네, 맞습니다. 그 돈을 벌 용의가 있으시다면."

"내가 그 돈을 벌려면 뭘 해야 하는 건가?"

"원로원 내에 나이우스 폼페이우스 마그누스 당파를 세우십시오. 내가 언제 무엇을 원하든 내 뜻대로 다해줄 수 있을 정도의 세력을 갖고 있어야 합니다." 폼페이우스는 흔들림 없이 필리푸스의 눈을 똑바로 응시했다. 태어나서 지금껏 단 한 번도 수줍음을 타거나, 죄책감을 느끼거나, 어떠한 종류의 자기비하를 해본 적이 없는 그였다.

"왜 그냥 원로원에 들어가서 직접 하지 않고? 그편이 더 싸게 먹힐 텐데!"

"나는 원로원에 속하기를 거부하는 사람이니 그건 불가능합니다. 어쨌거나 이건 불가피한 일입니다. 설혹 내가 원로원에 들어간다 해도 막후에서 일이 진행되는 편이 훨씬 유리하니까요. 나는 로마의 진정한 애국 기사들의 이익 이상의 것에 관심 있는 척하며 원로원에 앉아 있을 생각이 없습니다."

"오, 생각이 깊으시구만!" 필리푸스가 알겠다는 듯 외쳤다. "술라는 자네의 이런 면을 다 알고 있나?"

"흠, 내 생각이지만 술라가 '군사 지휘권 및 속주 관할권에 관한 법'에 '특별 직권' 조항을 넣은 건 나를 감안해서죠."

"자네가 원로원에 들어가기를 거부하니까 술라가 특별 직권 조항을 만들어냈다 이 말인가?"

"나는 그렇게 생각합니다."

"그래서 원로원 내에 자네 당파를 세우기 위해서 나한테 돈을 두둑이 치르겠다는 것이로군. 다 좋네. 단, 당파를 세우려면 나한테 치르는 것보다 훨씬 더 많은 돈이 들 걸세, 마그누스. 나는 다른 사람들에게 지출할 돈을 내 주머니에서 치를 생각이 없으니까. 자네가 내게 치르는 돈은 고스란히 내 돈일세."

"좋습니다." 폼페이우스가 동요하지 않고 말했다.

"원로원 말석의 평의원들 중에는 돈이 궁한 사람이 많아. 그 사람들한테 필요한 건 투표권이 전부니 그들을 매수하는 데는 큰돈이 들지 않지. 하지만 앞자리의 입심 좋은 의원들도 필요하네. 중간 줄에서도 몇 명이 있어야 하고." 필리푸스는 생각에 잠긴 표정이었다. "가이우스 스크리보니우스 쿠리오는 돈이 별로 없네. 입양된 코르넬리우스 렌툴루스, 그러니까 나이우스 코르넬리우스 렌툴루스 클로디아누스도 그렇고. 두 사람 모두 집정관 자리에 오르고 싶어 안달인데 수입이 부족하지. 숱한 렌툴루스 분가 사람들 중에 렌툴루스 클로디아누스가 장자일세. 그는 뒷자리 평의원들 중에서 렌툴루스 가문의 피호민인 자들의 표를 장악하고 있어. 쿠리오는 그 자체로 힘있는 자일세. 흥미로운 인물이지. 하지만 두 사람을 돈으로 매수하려면 상당한 금액이 들 걸세. 아마 한 사람당 100만 정도. 쿠리오가 쉽게 돈을 받을지도 미지수이고. 충분한 금액을 제시하면 넘어오긴 하겠지만, 그런 뒤에도 맹목적이거나 온전한 협조를 기대하긴 어려울 걸세. 반면 루키우스 겔리우스 포플리콜라는 100만이면 자기 아내와 부모와 자식들까지 팔아넘기겠지."

폼페이우스가 말했다. "의원님한테처럼 매년 나누어 지급할까 합니다. 네, 일인당 100만이면 되겠지요. 그런데 매년 25만씩 정기적인 수입이 생긴다면 그들도 더 반길 것 같습니다. 4년이면 100만이 되죠. 하지만 나는 물론 그들이 4년 이상 필요합니다."

"관대하군, 마그누스. 적어도 누군가는 어리석게도 그리 말하겠지."

"나는 절대 바보가 아닙니다!" 폼페이우스가 딱딱댔다. "나는 그 금액에 상응하는 대가를 바랄 테니까!"

한동안 그들은 돈을 어떻게 옮길 것인지, 그리고 폼페이우스에게 기꺼이—아니 열렬히!—한 표를 던질 뒷자리 의원들에게 얼마를 줄지 의논했다. 그러다 필리푸스가 문득 의자에 뒤로 기대앉으며 인상을 찌푸리더니 입을 다물어버렸다.

"뭡니까?" 폼페이우스가 약간 불안해하며 물었다.

"반드시 필요한 사람이 한 명 있네. 문제는 그에겐 돈이라면 이미 어디다 써야 할지 모를 정도로 많다는 것이지. 따라서 돈으로는 살 수 없는데, 그는 또 그러한 사실을 자기에게 유리하게 잘 이용한다네."

"케테구스 말이로군요."

"그렇네."

"어떻게 하면 그를 얻을 수 있겠습니까?"

"짐작 가는 바가 없군."

폼페이우스가 분주하게 일어섰다. "그러면 내가 가서 만나보겠습니다."

"안 돼!" 필리푸스가 소리쳤다. "케테구스는 코르넬리우스 가문의 파트리키 귀족일세. 세련되고 감상적인 사람이니까 자네가 직접 찾아갔다간 오히려 원한을 사게 될 거야. 그 사람한테는 그렇게 직접적으로 접근해선 안 돼. 내게 맡겨두게. 내가 케테구스의 의사를 타진해서 원하는 게 뭔지 알아내지."

이틀 후 폼페이우스는 필리푸스로부터 쪽지를 받았다. 쪽지에는 단 한 문장이 담겨 있었다. "프라이키아를 주면 자네 사람이 되겠다네."

폼페이우스는 등잔불에 쪽지를 태웠다. 그의 몸이 분노로 떨렸다. 그래, 케테구스는 그런 놈이었다! 그가 요구한 대가는 미래의 자기 보호자가 치욕을 맛보는 것이었다. 그는 폼페이우스에게 포주 노릇을 요구했던 것이다.

폼페이우스가 무키아 테르티아에게 접근하는 방식은 아이밀리아 스카우라(이 문제에 관해서라면 안티스티아 역시)를 다룰 때 쓰던 기교와 아주 달랐다. 세번째 아내는 1, 2번과 차원이 아예 달랐다. 첫째, 무키아 테르티아에게는 지성이 있었다. 둘째, 그녀에겐 신비로운 느낌이 있었다. 그녀가 무슨 생각을 하는지 그는 전혀 짐작할 수 없을 것이었다. 셋째, 그녀는 침대에서 뛰어났다. 어찌나 놀랐는지! 다행스럽게도 그는 처음부터 다짜고짜 그녀를 우리 예쁜 아가씨 또는 군침 도는 꿀단지 아가씨라 부르는 우를 범하지 않았다. 사실 그런 말이 자꾸 혀끝에 맴돌았지만, 무키아 테르티아의 얼굴을 보면 왠지 도로 쏙 들어가버리곤 했다. 그는 마리우스 2세를 별로 좋아하지 않았지만 과거에 그녀가 그의 아내였다는 건 분명 중요한 사실이었다. 또한 그녀는 스카이볼라의 딸이고 크라수스 오라토르의 질녀였다. 6년 동안 율리아와 함께 살았다는 사실도 어쩐지 중요한 것 같았다. 따라서 폼페이우스는 본능적으로 무키아 테르티아를 소유물이 아닌 자기와 동등한 인격체로 대우해야 한다고 느꼈다.

따라서 그는 그날 무키아 테르티아를 찾아냈을 때 평소 하던 그대로 했다. 무언가를 탐색하듯 혀로 천천히 키스하면서 한쪽 젖꼭지를 가볍게 음미하듯 매만졌다. 그러고 나서 뒤로 물러나 아내의 얼굴이 마주보이는 의자에 앉아서, 사랑과 헌신의 미소를 머금은 채 곧장 대화에 들어갔다.

"한때 내가 로마에 정부를 두었던 거 알고 있었소?" 그가 물었다.

"어느 여자 말이에요?" 무키아 테르티아가 진지하고 사무적인 어조로 대답했다. 그녀는 여간해서는 미소를 짓지 않았다.

"그러니까 당신은 그 여자들을 다 알고 있단 뜻이군요." 그가 편안하게 말했다.

"소문이 제일 나빴던 두 명, 플로라와 프라이키아만요."

폼페이우스는 그동안 플로라의 존재를 아예 잊고 있었던 게 분명했다. 잠시 멍한 표정을 짓더니 양손을 앞으로 뻗으며 웃음을 터트렸다. "플로라? 오, 언제였는지 기억도 안 나!"

"프라이키아는," 무키아 테르티아가 별다른 감정의 동요 없이 말했다. "내 첫 남편의 정부이기도 했어요."

"그래요, 나도 알고 있었소."

"그 여자한테 접근하기 전에요? 후에요?"

"전에."

"개의치 않았나보죠?"

원래 대답을 망설이는 법이 없었던 그는 곧바로 대꾸했다. "그의 과부를 아내로 얻을 때도 개의치 않았는데 정부라고 뭐 달랐겠소?"

"그렇네요." 그녀는 가느다란 양모 실타래 몇 개를 불빛에 가까이 가져다대고 유심히 살폈다. 그녀의 허벅지 위에 작업중인 자수 천이 놓여 있었다. 마침내 다양한 밝기의 자주색 실 중에 가장 연한 색을 고르더니, 실을 길게 뽑아 잘라서 한쪽 끝을 침으로 적신 뒤 손가락 사이에 넣고 비볐다. 그리고 실을 바늘귀에 꿰어넣었다. 그녀는 이 동작이 끝난 뒤에야 폼페이우스에게로 주의를 돌렸다. "프라이키아에 대해 할말이 있나요?"

"난 원로원 내에 당파를 세우는 중이오."

"현명하군요." 그녀가 바늘을 거친 자수 천에 찔러넣었다. 양모 색실의 복잡한 패턴이 완성되어가고 있었다. 바늘은 밑에서 들어가 위로 나온 뒤 다시 밑으로 빠져나갔다. 작업이 끝나면 실이 바뀐 지점을 찾아낼 수 없을 것이다. "누구로 시작했나요, 마그누스? 필리푸스인가요?"

"정답! 당신은 정말 대단해요, 무키아!"

"그냥 경험으로 아는 거죠." 그녀가 말했다. "늘 정치 이야기에 둘러싸여 자랐으니까요."

"당파 세우는 일은 필리푸스가 맡아주기로 했소." 폼페이우스가 말을 이었다. "그런데 그가 돈으로 사지 못하는 인물이 하나 있어요."

"케테구스." 이번에는 소용돌이 모양을 메우기 시작하며 그녀가 대꾸했다. 테두리 부분은 진한 자주색 실로 미리 수를 놓은 터였다.

"이번에도 정답이오. 케테구스."

“그 사람은 꼭 필요해요.”

“필리푸스도 그렇게 말했소.”

“케테구스가 요구하는 대가가 뭔데요?”

“프라이키아.”

“아, 알겠네요.” 소용돌이가 빠른 속도로 메워지고 있었다. “그러니까 필리푸스가 당신에게 뒷자리 의원들의 왕께 프라이키아를 갖다바치는 임무를 주었군요?”

“그런 것 같소.” 폼페이우스가 어깨를 으쓱했다. “프라이키아가 나를 좋게 얘기하는 모양이오. 안 그랬으면 필리푸스는 그 일을 다른 사람한테 시켰을 텐데.”

“그 여자는 가이우스 마리우스 2세보다 당신한테 더 후한 점수를 줬죠.”

“정말?” 폼페이우스의 얼굴이 환해졌다. “아, 기분 좋은데!”

자수 천과 바늘이 내려갔다. 무키아 테르티아의 짙은 녹색을 띤 두 눈은 마치 사슴의 눈처럼 유난히 사이가 벌어져 있었다. 그녀는 그 두 눈에 알 수 없는 표정을 띠고 자신의 가장을 바라보았다. “아직도 그 여자를 만나나요, 마그누스?”

“아니요, 그럴 리가 있소!” 폼페이우스가 분개하며 말했다. 잠깐의 감정 분출이 사그라지자 그는 그녀를 확신 없는 표정으로 바라보았다. “내가 그렇다고 대답했다면 서운했겠소?”

“아니요, 당연히 아니죠.” 바늘이 다시 일을 시작했다.

그의 얼굴이 붉어졌다. “질투가 나지 않는단 말이오?”

“네, 당연히 안 나죠.”

“그러면 당신은 날 사랑하지 않는 거잖소!” 그가 소리쳤다. 그는 바닥을 박차고 일어서더니 조바심 내며 방안을 이리저리 걷기 시작했다.

"앉아요, 마그누스. 어서요."

"당신은 날 사랑하지 않소!" 그가 다시 소리쳤다.

그녀가 한숨을 쉬며 자수 천을 내려놨다. "앉아요, 나이우스 폼페이우스, 어서요! 당연히 당신을 사랑해요."

"당신이 날 사랑한다면 당연히 질투가 나야죠!" 그는 딱딱대는 소리로 외치고서 의자에 털썩 주저앉았다.

"난 누구를 질투하는 사람이 아니에요. 질투심이 있는 사람이 있고 그렇지 않은 사람이 있는 거예요. 왜 내가 질투하기를 바라지요?"

"질투가 난다는 건 날 사랑한다는 뜻이니까."

"아니요, 그건 그냥 내가 질투심 많은 사람이란 뜻이죠." 그녀가 감탄스러울 정도로 논리적으로 말했다. "난 아주 불화가 많은 집안에서 자랐다는 사실을 잊지 말아요. 아버진 어머니를 너무나 사랑했고 어머니도 아버질 몹시 사랑하셨죠. 하지만 아버지는 늘 질투가 심하셨어요. 어머니는 그 때문에 화를 많이 내셨고요. 결국 어머니는 아버지의 질투심 때문에 메텔루스 네포스에게 가버리셨어요. 그분은 질투심 없는 분이었죠. 그리고 어머닌 행복해지셨어요."

"지금 나더러 질투하지 말라고 경고하는 거요?"

"그건 아니에요." 그녀가 평온한 목소리로 말했다. "나는 내 어머니가 아니니까요."

"당신 날 사랑하오?"

"네, 아주 많이."

"마리우스 2세도 사랑했소?"

"아뇨, 전혀요." 연한 자주색 실은 자수 천 속으로 사라졌다. 그녀는 새로 실을 잘라냈다. "가이우스 마리우스 2세는 애처가가 아니었어요. 당신은 애처가라서 좋아요. 아내를 아끼는 건 사랑받을 만한 자질이죠."

폼페이우스는 다시 기분이 좋아져서 원래 주제로 돌아갔다. "문제는, 무키아, 내가 어떻게 그런 일을 하고 돌아다닌단 말이오? 내가 조달자 노릇을, 오, 이딴 일을 이렇게 돌려 말할 필요가 뭐 있겠소? 이건 포주 노릇이란 말이야!"

그녀가 싱긋 웃었다. 그녀가 웃다니! 기적 중의 기적이었다. "당신 입장이 얼마나 난처한지 잘 알겠어요, 마그누스."

"내가 어쩌면 좋겠소?"

"당신 타고난 성격대로 해요. 그냥 붙잡고 해치워버려요. 남들 눈에 어떻게 보일지 신경쓰며 머뭇거리다간 상황이 제멋대로 돌아가기 일쑤예요. 그러니까 고민하지 말아요. 남들 눈에 어떻게 비칠지도 걱정하지 말고요. 그러다 일을 그르쳐요."

"그냥 무조건 그 여자한테 가서 부탁하란 말이지요."

"맞아요." 실이 바늘귀에 꿰어졌다. 그녀는 고개를 들고 눈에 또다시 보일 듯 말 듯 엷은 미소를 띤 채 그를 바라보았다. "하지만 오늘 내 조언에는 대가가 있어요, 여보."

"대가가 있다니요?"

"네, 프라이키아와의 면담이 어떻게 진행되는지 나한테 전부 얘기해줘야 해요."

사실 알고 보면 협상 타이밍은 이보다 더 좋을 수 없었다. 마리우스 2세도 폼페이우스도 없는 이때 프라이키아는 자극도 흥미도 없이 무기력에 빠져든 터였다. 그녀는 이미 물질적으로 안락했고, 독립된 삶을 유지하기로 결심했으며, 휘몰아치는 육체적 열정에 사로잡히기엔 나이가 너무 많았다. 그녀보다 덜 유명하지만 마찬가지로 사랑을 이용해 먹고사는 이들 대부분이 그렇듯, 프라이키아도 속임수에 능했다. 그녀는 또한 사람의 됨됨이를 예리하게 파악했고 굉장히 영리했다. 따라서 성관계에서 늘 우위를 차지하려 했고, 상대를 만족시키는 자신의 능력에 대해 확신하고 있었으며, 먹잇감을 잘 알아보았다. 그녀는 여자들과 별로 관련이 없는 남자들만의 세계에 참견하기를 좋아했다. 그중에서도 제일 좋은 건 정치에 참견하는 일이었다. 그것은 그녀의 지성과 타고난 기질에 더할 나위 없이 잘 맞았다.

폼페이우스가 왔다는 말을 듣고서도, 그녀는 그가 자기와의 관계를 다시 시작하러 왔을 거라고 지레짐작하는 실수를 범하진 않았다. 하지만 물론 그의 아내가 임신했다던 말이 머릿속에 얼핏 스치긴 했다.

"아, 사랑하는 나의 마그누스!" 그가 서재에 들어서자 그녀는 사근사근한 목소리로 말하며 그를 향해 두 손을 내밀었다.

그는 양쪽 손에 번갈아 가볍게 입맞추고, 그녀가 비스듬히 누워 있는 긴 의자에서 몇 걸음 떨어진 의자로 가 앉아 반갑다는 듯 한숨을 내쉬었다. 그러나 표정이 지나치게 인위적이었던 탓에 프라이키아는 미소를 지었다.

"음, 마그누스?"

"음, 프라이키아! 그래, 여전히 모든 게 완벽하군! 이제껏 세상 어느 누구라도 당신이나 당신 집이 완벽하지 않은 때를 본 자가 있을까? 아무리 갑작스레 찾아온다 해도?"

프라이키아의 서재—남자들처럼 그녀도 이 방을 서재라 불렀다—

는 하늘색과 크림색 그리고 금박 장식이 과하지 않게 섞여 아름답게 조화를 이루고 있었다. 그녀 자신도 매일같이 긴 시간 철저하게 몸을 치장한 뒤 마치 완성된 예술작품 같은 자태로 등장했다. 오늘 그녀는 결이 고운 연녹색 천을 여러 겹 두르고 밝은 금발머리는 수렵의 여신 디아나처럼 단장했다. 넝쿨처럼 흘러내리는 머릿결을 가지런히 쌓아 올린 모습은 거울을 보며 한참 동안 잡아 튼 것처럼 보이지 않고 더할 나위 없이 자연스러웠다. 아름다운 뺨은 언뜻 분칠을 하지 않은 듯 보였다. 물론 나이가 마흔 살에 접어든 지금도 행운의 여신은 여전히 프라이키아에게 친절했지만, 그렇다고 영악한 그녀가 남에게 맨얼굴을 드러낼 리는 없었다.

"그동안 어떻게 지냈소?" 폼페이우스가 물었다.

"몸은 건강하지만 마음은 그렇지 못하죠."

"마음이 왜?"

그녀가 어깨를 으쓱하곤 입술을 삐쭉 내밀었다. "제 마음을 달랠 길이 어디 있어야죠? 당신이 날 찾지 않잖아요! 달리 관심 보이는 사람도 없고요."

"나는 다시 결혼했소."

"아주 이상한 여자와 말이죠."

"무키아가 이상해? 그래, 그렇지. 하지만 난 아내가 좋아."

"그러시겠죠."

그는 어떻게 말을 꺼낼지 열심히 궁리했지만 적당한 말을 찾지 못해 잠자코 앉아 있었다. 프라이키아는 반쯤 앉고 반쯤 누운 자세로 그런 그를 놀리듯이 바라보았다. 그녀의 두 눈—몹시 크고 눈부시게 파란 눈은 그녀의 신체에서 가장 아름다운 부분으로 여겨졌다—은 이렇듯 분명한 조롱의 빛을 띤 채 춤추듯 움직였다.

“에라, 모르겠다!” 폼페이우스가 별안간 소리쳤다. “나는 밀사 자격으로 왔소, 프라이키아. 내 볼일이 있어서가 아니라 다른 사람 볼일을 대신 봐주러 온 거야.”

“그것참 흥미로운 일이군요!”

“당신을 눈여겨본 사람이 있어.”

“날 눈여겨보는 사람은 많아요.”

“이 사람은 좀 달라.”

“뭐가 그렇게 다를까요? 하긴 나를 알선해줄 사람으로 무려 당신을 보낸 것만 봐도 다르긴 다르지만!”

폼페이우스의 얼굴이 붉게 달아올랐다. “짜증나게 오도 가도 못하게 중간에 낀 처지야! 나는 그가 필요한데 그자는 나한테 아쉬운 게 없어. 그래서 이렇게 그자 볼일을 대신 봐주러 왔어.”

“그 얘긴 이미 했어요.”

“혀에서 가시 좀 뽑아내시지! 안 그래도 충분히 괴로우니까. 그는 케테구스야.”

“케테구스! 아하!” 프라이키아가 교태를 부리듯 낮게 웅얼거렸다.

“아주 부자고 아주 제멋대로에 아주 심술맞은 인간이지.” 폼페이우스가 말했다. “지금도 제 스스로 할 일을 굳이 나한테 시키는 데서 재미를 보고 있잖아.”

“그가 대가로 당신한테 포주 노릇을 요구했군요.” 그녀가 말했다.

“맞아, 그렇소.”

“당신한테 그 사람이 꼭 필요한가봐요.”

“얼른 대답이나 하시오! 수락할 거요, 말 거요?”

"당신은 나와는 정말 끝난 건가요, 마그누스?"

"그래."

"그렇다면 수락할게요."

폼페이우스가 일어섰다. "난 당신이 수락하지 않을 줄 알았어."

"상황이 지금과 달랐으면 수락하기 싫었겠죠. 하지만 솔직히 요즘 지루해서 말이죠, 마그누스. 케테구스는 원로원의 유력인물이고, 난 권력자들과 어울리는 게 좋아요. 게다가 나 스스로 권력을 쥘 기회도 보이는 걸요. 케테구스에게 청탁하려면 나를 통해야 되게끔 만들 거예요. 아, 멋져!"

"으음!" 폼페이우스는 신음하고 자리를 떠났다.

그는 케테구스를 직접 만날 자신이 서지 않아서 대신 루키우스 마르키우스 필리푸스를 만났다.

"프라이키아가 수락했습니다." 그가 짧게 내뱉었다.

"거 잘됐군, 마그누스! 한데 표정이 왜 그런가?"

"그는 나를 포주로 만들었어요."

"오, 그런 사적인 의도는 절대 없었어!"

"퍽이나 그랬겠습니다!"

그해 봄 놀라는 함락되었다. 캄파니아에 자리한 삼니움족 도시 놀라는 근 12년에 걸쳐 로마와 술라에 맞섰고, 그해 차석 집정관 아피우스 클라우디우스 풀케르가 주로 지휘한 포위전을 수차례 견뎌냈다. 그러니 술라는 놀라의 항복을 수락할 사람으로 당연히 아피우스 클라우디우스를 내려 보냈고, 당연히 그는 술라가 놀라에 내린 유례없이 혹독한 처분을 그곳 정무관들에게 통지하며 크나큰 희열을 느꼈다. 카푸아, 파이술라이, 볼라테라이처럼 놀라도 모든 영토가 압수되어 로마의 공유지로 귀속되었다. 놀라 사람들은 시민권도 받지 못했다. 이 지역의 관할권은 독재관의 친조카 푸블리우스 술라에게로 돌아갔다. 작년에 폼페이에서 발생했던 복잡한 문제를 해결하러 갔을 때 그가 내린 비정한 처사로 오히려 그곳 상황이 더 악화되었던 일을 떠올려보면, 이 역시 노기 서린 처분이었다.

하지만 놀라의 항복은 술라에게 하나의 신호였다. 그가 풀잎관을 받은 도시는 이제 더이상 존재하지 않지만, 그는 자신의 행운을 고스란히 간직한 채 떠날 수 있었다. 그리하여 5월과 6월에 그의 재산은 빗물이 새듯 꾸준히 미세눔으로 자리를 옮겼고, 그의 미세눔 빌라에서는 건설 노동자들이 의뢰받은 공사를 마치기 위해 고되게 일했다. 소극장, 수풀이 우거진 골짜기와 폭포와 분수가 있는 멋진 공원, 크고 깊은 연못, 한눈에 봐도 파티나 연회를 열기 위한 목적으로 설계된 방 여러 개. 특히, 화려하기 이를 데 없는 스위트룸 6개에 대해서는 온 미세눔이 떠들썩하게 이야기꽃을 피웠다. 술라는 여기서 누구를 접대할 요량일까? 파르티아의 왕?

그리고 7월에는 술라의 허울뿐인 가짜 선거가 마지막으로 열렸다. 카툴루스의 입장에서는 분하게도, 그는 차석 집정관이었다. 수석 집정관 자리는 마르쿠스 아이밀리우스 레피두스에게 돌아갔다. 술라가 독재관 자리에 앉은 이래로 레피두스가 원로원에서 줄곧 독립적인 노선을 유지해왔다는 사실을 감안할 때, 어느 누구도 예상치 못했던 결과였다.

그달 초 발레리아 메살라는 쌍둥이들을 데리고 캄파니아의 지방 도시 미세눔으로 떠났다. 빌라에는 모든 게 구비되어 있었다. 로마 사람들은 앞으로의 일은 빤하다고 생각했다. 술라는—자리에 오를 때도 그랬고 권력을 쥔 동안에도 그랬듯—떠날 때도 품위와 격식을 갖추어 떠나리라. 로마는 120년 만에 처음으로 등장한 독재관, 역사상 최초로 6개월 넘게 집권한 독재관과의 결별을 목전에 두고 있었다.

술라의 까마득한 조상에 의해 최초로 열렸던 아폴로 경기대회가 치러졌다. 선거도 치러졌다. 고등 정무관 선거가 열린 이튿날 포룸 로마눔의 낮은 구역에는 엄청난 수의 군중이 술라가 스스로에게 지웠던 짐을 내려놓는 모습을 지켜보기 위해 모였다. 그는 이 의식을 원로원 의사당이 아닌 공개된 장소에서 치르고 싶어했다. 의식은 동트기 한 시간 전에 로스트라 연단에서 시작되었다.

그는 이날 의식에 엄숙한 자세로 임했고 감동적일 만큼 위엄이 넘쳤다. 먼저 릭토르 스물네 명을 해산하면서, 극도로 예를 갖춘 태도로 (술라가 주는 것치고) 값비싼 하사품을 내렸다. 그다음으로는 로스트라 연단에서 군중에게 연설한 뒤 유권자들과 마르스 평원으로 함께 걸어가서, 자신을 독재관으로 임명한 원로원 최고참 의원 플라쿠스의 법이 폐지되는 것을 지켜보았다. 백인조회가 해산하자 그는 임페리움과 공직자로서의 권위를 잃은 평범한 시민의 신분으로 집에 돌아갔다.

"그래도 여러분 중 몇은 내가 로마를 떠날 때 배웅을 해주었으면 합니다." 그는 그해 집정관인 바티아와 아피우스 클라우디우스, 그리고 카툴루스, 레피두스, 케테구스, 필리푸스를 향해 말했다. "내일 동트기 한 시간 전까지 카페나 성문으로 오시오. 반드시 자리를 지키시오! 와서 로마에 작별을 고하는 나를 지켜보시오."

물론 그들은 지시를 따랐다. 술라가 이제 정무관으로서의 권력을 모두 잃은 평범한 시민이긴 했어도, 그는 너무 긴 시간 동안 독재관을 지낸 사람이었다. 그가 진짜로 권력 없는 자라고 믿는 사람은 아무도 없었다. 술라는 살아 있는 한 언제나 위험한 인물이었다.

그리하여 카페나 성문에 나오라는 명을 받은 사람들은 한 명도 빠짐없이 그곳에 왔다. 하지만 술라가 가장 총애한 세 인물 루쿨루스, 마메르쿠스, 폼페이우스는 로마에 없었다. 루쿨루스는 9월에 열릴 경기대회 준비차 출타중이었고, 마메르쿠스는 쿠마이에 가 있었으며, 폼페이우스는 피케눔으로 돌아가 첫아이가 태어나기를 기다리고 있었다. 나중에 폼페이우스는 이날 카페나 성문에서 벌어진 일을 전해 듣고 자신은 그 자리에 없었던 것을 천만다행으로 여겼지만, 루쿨루스와 마메르쿠스가 받은 느낌은 그와 정반대였다.

성문 안쪽 시장은 각자의 일로—팔고, 사고, 행상을 다니고, 가르치고, 구경하고, 추파를 던지고, 먹느라—분주한 사람들로 북적였다. 그 가운데, 똑같이 자주색 단을 댄 토가를 입고 서 있는 사내들 무리는 당연히 주변의 눈길을 끌었다. 으레 그렇듯 상류 계층 사람들을 비하하는 욕설이 사방에서 시끄럽게 쏟아졌지만, 고위 원로원 의원들은 그런 소리를 처음 듣는 것도 아니어서 전혀 개의치 않았다. 그들은 성문의 웅장한 아치형 구조물 가까이 모여 한담을 나누며 기다렸다.

그러다 얼마 지나지 않아 음악 소리가 들려왔다. 피리, 작은북, 구성진 플루트 소리가 빚어내는 선율은 의심의 여지없이 주흥을 돋우는 곡조였다. 시장의 군중이 술렁였다. 사람들이 어리벙벙한 표정으로 양쪽으로 갈라지며, 팔라티누스 언덕 방향에서 모습을 드러낸 행렬이 지나갈 수 있게 길을 내주었다. 제일 먼저 등장한 이들은 꽃으로 치장한 매춘부들이었다. 밝은 주황색 토가를 입은 그들은 손목에 건 탬버린을 찰랑이면서 불룩한 토가 주름에서 장미꽃잎을 한 움큼씩 꺼내어 행렬이 지나는 길에 흩뿌렸다. 그다음으로는 기형 인간들과 난쟁이들이 나타났다. 얼굴이 납작하게 눌렸거나 분칠을 한 그들 중 몇몇은 종이 주렁주렁 매달린 뿔 장식 가면을 쓴 채 기형적인 다리로 뛰어다녔고 무지개처럼 알록달록한 조각보를 이어 만든 어릿광대 의상을 걸치고 있었다. 다음은 악사들이었다. 몇몇은 나신에 꽃 장식만 달고 있었고, 다른 이들은 뒷다리로 깡충대는 사티로스나 기상천외한 내시 분장을 하고 있었다. 그들 한가운데에, 술 취한 뚱뚱한 당나귀 한 마리가 까르륵거리며 춤을 추는 어린아이들에 둘러싸여 비틀대며 걸었다. 굽에는 금박을 입혔고 목에는 장미꽃 화환을 걸쳤으며, 역시 화환이 얹힌 챙 넓은 모자 양옆에 난 구멍으로 처량하게 처진 두 귀가 삐져나와 있었다. 당나귀 등에 덮인 자주색 담요에 똑같이 술 취한 술라가 앉아 있었다. 손에 든 황금 술잔에서 포도주가 연신 흘러넘쳤다. 금실로 수놓은 티로스 자주색 튜닉을 걸친 그는 목 둘레와 머리에 화환을 걸고 있었다. 당나귀 옆에 무척 아름답긴 하지만 여장남자가 분명한 미인이 걷고 있었다. 숱 많고 검은 머리카락에 흰 새치가 드문드문 섞여 있었고, 반쯤 비치는 샛노란 여성용 드레스를 그다지 여성적이지 않은 몸에 걸치고 있었다. 그는 커다란 황금 술병을 들고 걷다가, 술라가 오른손에 든 술잔을 자기 쪽으로 기울일 때마다 자주색 내용물을 가득 채워주었다.

성문으로 가는 길이 내리막이었던 탓에 어느새 행진 속도는 제어가 안 될 만큼 빨라졌다. 성문의 아치형 입구가 갑자기 눈앞으로 다가오자 술라는 혀 꼬인 소리로 멈추라고 외치기 시작했고, 행진하던 사람들 모두가 꺅 하고 이리저리 나동그라졌다. 여자들의 다리가 공중으로 쳐들려 길게 째진 붉은 외음부와 주변의 털이 훤히 보였다. 당나귀도 비틀거리다 분수대 벽면에 세게 부딪혔다. 술라의 몸이 세차게 흔들렸지만,

곁에서 술병을 들고 걷던 여장남자가 탄탄한 팔로 그를 천천히 쓰러뜨려 안았다. 독재관은 자세를 갖춰 서더니, 얼빠진 표정으로 서 있는 고위 원로원 의원들 쪽으로 걸어가기 시작했다. 하지만 가던 도중 허공에서 마구 흔들리는 예쁘고 미끈한 두 다리를 지나치면서 허리를 숙이고 여자의 음부에 손가락을 넣어 휘저었고, 여자는 절정의 환희에 겨운 듯 요란을 떨었다.

술라의 호송대가 자리에서 일어나 대열을 정비했다. 노래와 연주와 춤은 여전히 그치지 않은 채였다. 주변에 모여든 군중은 그저 이 상황이 즐겁기 짝이 없었다. 술라가 집정관들 앞에 다다랐다. 그는 자신을 부축하고 선 아름다운 여장남자에게 한 팔을 두르고 서서 큰 몸짓으로 술잔을 흔들며 인사를 해 보였다.

"그만!" 술라가 춤꾼들과 악사들을 향해 소리 질렀다. 그들은 즉시 조용해졌다. 다른 사람들 역시 침묵을 지킨 채 그대로 있었다.

"그래, 드디어 여기까지 왔군!" 그가 소리쳤다. 누구에게 하는 말인지 아무도 알 수 없었다. 하늘에 대고 하는 소리 같기도 했다. "나의 첫번째 자유의 날!"

황금 술잔이 공중에 빙글빙글 원을 그렸다. 짙게 화장한 입술이 벌어지며 잇몸이 훤히 드러났다. 지극히 환하고 행복한 미소였다. 우스꽝스러운 붉은 가발 아래의 얼굴이 새하얬다. 얼굴 전체를 괴사되지 않은 부분의 피부처럼 하얗게 칠해서 검푸른 흉터 자국은 보이지 않았다. 하지만 전체적인 인상은 그가 의도한 것과 달랐다. 코 밑에서 시작해 턱을 지나 다시 입술과 만나는 주름 속으로 붉은 입술연지가 깊게 스며들어서 마치 얼굴에 붉은 자상(刺傷)을 입은 것처럼 보였다. 붉은색 바느질 자국을 듬성듬성하게 이어놓은 듯한 형태의 붉은 자상은 웃고, 웃고, 또 웃었다. 술라는 취했고 아무것도 개의치 않았다.

그는 멍하게 서 있는 바티아와 아피우스 클라우디우스에게 말했다. "30년이 넘는 세월 동안 나는 자신의 본성을 부인해왔어. 나 스스로 애정과 쾌락을 거부하며 살아왔지. 처음에는 나 자신의 명성과 야망을 위해, 그리고 그것들이 자리잡기 시작한 뒤로는 로마를 위해. 하지만 이제 끝났어. 끝, 끝, 끝이야! 이로써 나는 로마를 그대들에게 돌려주겠어. 하찮고 주제넘고 머릿속이 구더기로 가득찬 그대들에게로! 그대들은 이제 그대들의 가련한 나라를 못살게 굴 자유를 다시 얻은 거야. 엉뚱한 놈을 뽑고, 나랏돈을 멍청하게 날려먹고, 당장 내일의 일과 잘나빠진 자기 자신만을 바라보며 살아가겠지. 네놈들과 그뒤를 이어받을 놈들은 로마를 겨우 30년 한 세대 만에 구제불능의 지경으로 몰아넣고 말 거야!"

술라는 손을 들어 자신을 부축하고 선 사내의 얼굴을 아주 다정하고 애틋하게 매만졌다. "극장에 다니는 사람이라면 다들 이게 누군지 알겠지? 메트로비오스. 나의 소년. 한결같고 영원한 나의 소년!" 그는 몸을 옆으로 돌리고 메트로비오스의 검은 머리를 아래로 잡아당겨 진하게 입을 맞췄다.

술라는 딸꾹질을 하고 낄낄 웃더니 부축을 받아 술 취한 당나귀에 다시 올라탔다. 휘황찬란한 행진 대열이 다시 줄을 맞추어 성문을 통과했고 라티나 가도와 아피우스 가도의 공유 도로를 따라 내려갔다. 시장에 모여 있던 군중 절반이 환호하며 그 뒤를 따랐다.

원로원 의원들은 줄곧 눈을 어디에 두어야 할지 몰랐다. 특히 바티아가 요란하게 울음을 터트린 후에는 더욱 그랬다. 어쩔 줄 몰라하던 그들은 하나둘 흩어져 걷기 시작했다. 아피우스 클라우디우스는 충격에 빠진 바티아를 위로했다.

"도저히 내 눈을 못 믿겠군!" 케테구스가 필리푸스에게 말했다.

"하지만 믿어야지." 필리푸스가 말했다. "그러라고 우리를 이 우스꽝스러운 행렬에 부르지 않았겠나? 이 방법이 아니면 어떻게 그가 우리를 떼어낼 수 있었겠냐는 말일세."

"우리를 떼어내다니? 그게 무슨 뜻인가?"

"자네도 들었잖아. 30년 넘게 자기 본성을 부인해왔다지 않아. 그에게 속았어. 우리 모두 속았어. 오늘 그는 자신의 망가진 유년기에 대해 통쾌한 복수를 한 거야! 이제까지 괴짜가 로마를 통제하고 지도하고 치유해왔어. 우린 지금까지 사기꾼과 동침해왔단 말일세. 그동안 속으로 얼마나 웃었을까!"

그는 웃었다. 그는 꽃가마를 타고 미세눔으로 가는 길 내내 웃었다. 메트로비오스가 그의 곁을 지켰고 주변에서 사람들이 왁자지껄 취흥을 돋우었다. 그들 모두 미세눔 빌라에 각자 원하는 만큼 오래 머무르라고 초청을 받은 터였다. 희극배우 로스키우스, 유명 익살극 배우 소렉스, 또 그들만큼은 아니어도 꽤 중요한 극장가 인사 다수가 그들 무리에 합류했다.

그들은 새로 보수한 술라의 빌라에 당도했다. 한때 그라쿠스 형제의 어머니 코르넬리아에게 완벽했던 집이었던 이 빌라의 신성한 대문으로 불경하기 짝이 없는 그들이 쏟아져 들어갔고, 그 한가운데에서 술라가 술 취한 당나귀에 앉아 있었다.

"리베르 파테르!" 그들은 술라를 이렇게 부르며 인사의 뜻으로 손등에 입맞춤을 날려 보내고 피리로 짧게 트릴을 연주했다. 그러면 그는 거나하게 취해 반쯤은 의식이 없는 상태로 빙그레 웃거나 기분좋게 신음하거나 즐거운 함성 소리를 냈다.

파티는 장날이 돌아오는 주기인 한 주, 즉 여드레 동안 계속되었다. 엄청난 양의 음식과 포도주가 소비되었고, 주변의 다른 빌라와 마을에서 어마어마한 수의 손님들이 초대도 받지 않고 찾아왔다. 파티 주인은 신나서 떠들고 흥청망청 먹고 마시며, 찾아오는 손님들을 기꺼이 맞아들였고 그들 대부분이 그제까지 듣도 보도 못했던 성적 환락의 세계로 안내했다.

오직 발레리아만이 전적으로 자신의 선택에 따라 이 모든 것과 떨어져 지냈다. 남편이 도착했을 때의 모습을 보고 그녀는 누가 볼세라 자기 거처로 얼른 도망쳐 들어가서 문을 걸어 잠그고 혼자 울었다. 하지만 메트로비오스가 찾아와 문을 열라고 어렵사리 설득한 뒤 이렇게 말했다.

"항상 이렇게 심하진 않을 거예요. 그분은 너무나 긴 세월 이런 날을 기다려왔으니 뜻대로 하게 두셔야 해요. 며칠 못 가서 대가를 치르실 거예요. 조만간 몸이 지독하게 아파서 파티에서 주인공 노릇도 못하시겠죠."

"당신은 그분과 연인 사이죠." 그녀가 말했다. 느껴지는 거라곤 캄캄하고 절망적인 혼란뿐, 그 이상은 아무것도 없었다.

"당신이 해를 본 세월보다 더 긴 세월을 그분 애인으로 살아왔어요." 메트로비오스가 다정하게 말했다. "저는 그분의 것이에요. 언제나 그래왔어요. 하지만 당신 역시 그분의 것이에요."

"남자들끼리의 사랑이라니 역겨워요!"

"어리석은 생각이에요. 당신의 아버지와 오라버니와 사촌형제 모두가 그렇게 말하겠죠. 하지만 당신이 어떻게 알죠? 발레리아 메살라, 당신은 로마 귀족여성에게 허락되는 고립되고 끔찍이 제한된 삶 이상을 본 적이 있나요? 제가 여기 있다고 해서 당신이 그분께 불필요한 존재가 되는 건 아니에요. 또 당신이 있다고 해서 제가 불필요한 존재가 되는 것도 아니고요. 당신이 이곳에 머무르길 원한다면 술라의 인생에는 과거에도 현재에도 수많은 사랑이 있다는 사실을 받아들여야 해요."

"사실 내겐 선택권이 별로 없어요." 그녀가 혼잣말하듯 읊조렸다. "다시 오빠 집으로 가거나 아니면 이 소란스러운 집에 적응하거나, 둘 중 하나죠."

"그렇군요." 그는 이렇게 말하고 이해심과 애정이 우러난 미소를 짓더니, 몸을 숙여 그녀의 목덜미를 쓰다듬었다. 파트리키 귀족으로서의 자존심을 지키기 위해 고개를 빳빳이 들려고 애쓰느라 그곳이 아파오는 것을 눈치챈 모양이었다.

"당신은 그분께 과분하리만치 좋은 사람이네요." 그녀가 말했다. 자기가 한 말에 그녀 스스로도 놀랐다.

"지금의 제가 있는 건 전부 그분 덕인 걸요." 메트로비오스가 진중하게 말했다. "그분이 아니었으면 저는 그냥 배우로 사는 데 그쳤을 거예요."

"음, 이 서커스에 동참하는 것 말고 다른 대안은 없는 것 같군요. 하지만 당신이 괜찮다면, 분위기가 한풀 꺾이고 나서요. 내겐 이렇게 환락적인 파티에 걸맞은 활기도 경험도 없어요. 당신이 보기에 그분한테 내가 필요한 것 같으면 말씀해주세요."

이야기는 그렇게 끝났다. 그리고 메트로비오스가 예상한 대로, 매일같이 술판을 벌인 지 여드레 정도 지나자 술라 안에 잠복해 있던 병증이 다시 모습을 드러냈고 취객들은 모두 집으로 돌려보내졌다. 익살극 배우 소렉스와 희극배우 로스키우스는 각자의 스위트룸으로 슬금슬금 들어가 처박혔고, 발레리아와 메트로비오스와 루키우스 투키우스는 병의 재발로 생긴 끔찍한 증상들과 씨름했다. 술라는 때로는 고마워했고 때로는 도와주기 무척 힘들게 굴었다.

그러나 전 독재관은 마침내 평온과 건강을 미미하게나마 되찾자 회고록 집필에 몰두했다. 그가 발레리아와 메트로비오스에게 알려주길 이 회고록은 로마와 카툴루스 카이사르—그리고 그 자신—같은 사람들에 대한 찬가이자 가이우스 마리우스, 킨나, 카르보, 그리고 그들의 추종자들에 대한 은유적 암살이 될 거라고 했다.

묵은해가 끝나고 바티아와 아피우스 클라우디우스의 집정관 임기가 끝날 무렵 미세눔에서는 술라의 식이요법이 자리를 잘 잡아나가고 있었으며 빌라 전체가 술라의 신체 주기에 맞추어 꽤 평온하게 지냈다. 술라는 한동안은 회고록을 써내려가며, 그의 펜에서 가이우스 마리우스를 유난히 잘 묘사한 신랄한 논평이 나올 때마다 빙그레 미소를 지었다. 유구르타 전쟁에 관한 부분을 쓸 때는 유구르타를 생포해 온 자신의 업적 덕분에 전쟁에서 이겼음을, 또한 마리우스가 이 사실을 의도적으로 은폐해왔음을 이제 자기 자신의 말로써 인정한다는 생각을 하며 짜릿한 희열에 들떴다. 그러고 나서 또 한동안은 펜과 종이를 옆에 치워두고, 비공개로 열띤 희극과 익살극 무대를 벌이거나 어마어마한 규모의 파티를 여드레 동안 열었다. 그는 놀이판을 벌일 때마다 매번 변화를 주었다. 그의 상상력은 그칠 줄을 몰랐다. 벌거벗은 소년소녀들을 사냥감으로 삼는 가짜 사냥 놀이, 누가 가장 기괴한 체위로 성교하는지를 가리는 대회, 어떤 의상이나 소도구도 사용할 수 있는 동작 알아맞히기 놀이. 그는 농담 파티와 달밤의 누드 파티를 열었다. 낮시간에는 흰색 대리석으로 만든 대형 수영장 옆에서 파티가 열렸고, 사람들은 나신의 젊은 남녀가 물속에서 펼치는 묘기를 바라보며 흥분에 떨었다. 술라는 끝없이 새로운 파티를 고안해냈다. 새로운 성적 유희를 갈구하는 그의 열정은 식을 줄을 몰랐다. 하지만 주목할 만한 건 그가 잔인한 행위나 짐승이 개입되는 놀이에는 탐닉하지 않았다는 점이었다. 그런 성향을 보이는 손님이 발견되면 술라는 즉각 그를 집에서 쫓아냈다.

하지만 의심의 여지없이 그는 육체적으로 건강이 악화되고 있었다. 새해가 밝자 성적 능력이 심각하게 저하되었다. 2월 말 즈음하여서는 그를 자극할 수 있는 것이 아무것도 없게 되었다. 상태가 여기에 이르자 그의 기분과 정서는 갈수록 나빠지기만 했다.

그가 미세눔으로 떠나온 뒤 귀족 태생의 로마인 친구들 중에서는 오직 한 사람만이 찾아왔다. 루쿨루스였다. 그는 7월 한 달간 아우와 함께 아프리카에 머무르며 9월 초에 그들이 주최할 경기대회에 쓸 동물들을 포획하는 것을 감독했다. 8월 중반에 아프리카에서 돌아와보니 아직도 온 로마가 미세눔 빌라에서의 문란한 사건들에 대한 새로운 소식으로 연일 들끓고 있었다. 또한 사람들은 술라의 행동거지에 분개하며 장황한 이야기를 쏟아냈다.

"그분을 비난하는 당신들 모두 자기 자신부터 돌아보시오." 루쿨루스가 뻣뻣하게 말했다. "그분은 자기가 선택한 대로 살 자격이 있습니다."

하지만 그는 9월에 로마 경기대회가 끝나고 이레가 지나서야 비로소 술라를 방문할 시간을 낼 수 있었다. 마침 술라의 정신이 또렷한 때였다. 회고록 작업중이었던 그는 마리우스의 명성과 업적에 흠집을 내는 일로 한창 신이 나 있었다.

"자네밖에 없군, 루쿨루스." 술라가 말했다. 아파 보이는 축축한 두 눈에 그 옛날 모습의 흔적이 깜빡 나타났다 사라졌다.

"어느 누구에게 비난할 권리가 있겠습니까!" 루쿨루스가 코를 틀어쥐며 말했다. "로마를 위해 모든 걸 포기하셨잖아요."

"맞아, 그랬지. 그리고 그게 힘들었다는 것도 부인하지 않아. 하지만 이보게, 그 모든 세월 동안 나 자신을 부인하며 살지 않았더라면, 이 방탕한 시간이 지금의 절반만큼도 즐겁지 않았을걸!"

"이 생활의 즐거움이 어디에 있는지 한눈에 알겠군요." 루쿨루스는 이제 막 사춘기에 접어든 아름다운 소녀가 빙글빙글 도는 모습에 눈길을 주며 말했다. 소녀는 창문 밖에서 햇빛을 받으며 술라를 위해 나체로 춤을 추고 있었다.

"그래, 자네는 어린애들을 좋아하지, 안 그런가?" 술라가 빙그레 웃으며, 몸을 숙여 루쿨루스의 팔을 붙잡았다. "여기 더 머무르며 저 아이 춤을 끝까지 구경하게. 그러고 나서 저애를 데리고 산책이나 다녀와."

"어미들은 어떻게 하신 겁니까?"

"아무것도 할 필요 없었어. 어미들한테서 샀어."

루쿨루스는 머물렀다. 그리고 또 종종 찾아왔다.

하지만 3월에 술라는 활기를 완전히 잃었고, 심지어 메트로비오스와 발레리아로서도 다루기가 극도로 힘들어졌다. 두 사람은 이제 한 조가 되어 그를 돌보았다. 그런데 어찌된 일인지—도무지 경위를 알 수 없었지만—발레리아는 자신이 임신했음을 알게 되었다. 그녀는 술라의 아이이길 바랐다. 하지만 술라에게는 아무 말도 할 수 없었고, 임신한 티가 날까봐 전전긍긍했다. 그 일은 해가 바뀌던 날 루쿨루스가 아프리카에서 가져왔다는 이상한 버섯을 꺼냈을 때 벌어졌다. 술라와 가까운 사람들이 모여 그 버섯을 같이 먹었는데 그중에는 발레리아도 있었다. 어떤 악몽 같은 기억 속에서 그녀는 어렴풋이 그날 그 자리에 함께 있었던 모든 남자가, 그러니까 술라부터 소렉스, 심지어 메트로비오스까지도 그녀를 범했던 것을 떠올렸다. 그것만이 임신이 될 만한 유일한 사건이었다. 그녀는 이 일이 빚어낼 무시무시한 결과를 깨닫고 공포에 떨었다.

술라의 분노 발작은 더더욱 심해졌다. 몇 시간이고 끝없이 고함을 치며 욕설을 퍼부었다. 이런 때는 술라 앞으로 잘못 지나가는 사람들을 해치지 못하게 그를 꽉 붙들어야 했다. 그가 친구들을 위한 노리개로 삼던 어린애들부터, 빨래와 청소를 도맡아 하던 나이든 여자들까지 모두 위험했다. 술라는 부하들을 늘 곁에 두었다. 술라의 행동을 저지하던 그들은 자기들도 언제든 위험에 처할 수 있다는 사실을 잘 알았다.

"그분이 사람들을 죽이도록 놔둘 순 없어요!" 메트로비오스가 소리쳤다.

"오, 그분이 자신의 상태를 인식할 수만 있으면 얼마나 좋을까요!" 발레리아가 흐느꼈다.

"당신 안색이 좋지 않군요."

다정한 목소리로 그렇게 말해주다니, 경솔한 짓이었다. 발레리아는 메트로비오스에게 임신 이야기를 털어놓았다. 그도 그날을 기억했다.

"누가 아버지일지 무슨 수로 알겠어요?" 그가 기뻐하며 웃었다. "내가 아직 아이를 임신시킬 수 있는 건지도 모르겠군요! 확률은 넷 중 하나예요."

"다섯이죠."

"넷이에요, 발레리아. 술라의 아이일 순 없어요."

"그가 알면 날 죽일 거예요!"

"하루하루 잘 보내고 술라에게는 아무 말도 하지 말아요." 배우는 단호히 말했다. "앞날은 어느 누구도 몰라요."

이 일이 있고 난 직후 술라는 간 부위에 통증이 생겨 한시도 편안한 때가 없었다. 그는 아트리움의 긴 공간을 낮이고 밤이고 왔다갔다 걸었다. 앉지도 못하고 눕지도 못하는 통에 거의 쉴 수가 없었다. 그의 방 가까이 설치된 흰색 대리석 욕조 안에 몸을 띄우고 있으면 잠깐이나마 숨을 돌릴 수 있었지만, 얼마 지나지 않아 다시 아트리움을 왔다갔다 걷고 또 걸어야 하는 때가 찾아왔다. 그는 눈물을 쏟으며 짜증을 내고 꺼이꺼이 흐느껴 울었다. 감당키 힘든 고통으로 종종 벽에 머리를 찧으려고 해서 주변에서 그를 말려야 했다.

"루키우스 코르넬리우스의 요강을 비우는 멍청한 하인 녀석이, 벌레가 그분의 속을 갉아먹는다며 헛소문을 퍼트리고 있습니다." 의사 투키우스가 메트로비오스와 발레리아에게 말했다. 그의 얼굴에 드러난 것은 경멸 그 자체였다. "솔직히 말씀드리면 인체가 어떻게 작동하는지, 질병을 구성하는 것이 무엇인지에 대한 일반인들의 무지로 돌아버릴 지경입니다! 루키우스 코르넬리우스께선 이번 통증이 시작되기 전까지 변소를 이용하셨습니다. 하지만 이제 별수 없이 요강을 쓰고 있고 그분의 요강에는 벌레가 가득합니다. 하지만 벌레는 자연스러운 것이고 누구나 몸속에 벌레가 있으며 우리는 평생 벌레를 창자 속에 데리고 산다고 제가 하인들에게 설명한들 그들이 제 말을 믿을 것 같습니까? 천만에요!"

"벌레가 우리 몸을 먹진 않나요?" 발레리아가 백묵처럼 하얗게 질려서 작게 내뱉었다.

"우리 몸속으로 들어간 음식물만 먹습니다." 투키우스가 말했다. "다음번에 로마에 가면 십중팔구 거기서도 그 이야기를 들을 겁니다. 하인들이란 세상에서 소문을 가장 잘 나르는 존재들이니까요."

"말씀을 들으니 안심이 되는군요." 메트로비오스가 말했다.

"안심해도 된다는 뜻은 아닙니다. 그저 두 분이 하인들의 얘기를 들을 경우를 대비해 오해를 바로잡으려는 것이지요. 사실 상황이 심각한 건 맞습니다. 그분 소변에서 꿀보다 단맛이 납니다. 피부에서도 상한 사과 냄새가 나고요."

메트로비오스가 눈살을 찌푸렸다. "직접 맛을 보신 건가요?"

"네, 하지만 그전에 제가 어릴 적 어느 산파가 보여준 오래된 수법으로 미리 손을 썼지요. 소변을 접시에 담아 밖에 내놓았더니 온갖 곤충들이 몰려와서 먹었습니다. 지금 루키우스 코르넬리우스의 소변은 고농축 꿀이나 다름없습니다."

"몸무게가 눈에 띄게 줄고 있어요." 메트로비오스가 말했다.

발레리아가 헉하고 놀라며 입에 손을 갖다댔다. "곧 돌아가시나요?"

"아, 그렇습니다." 루키우스 투키우스가 말했다. "꿀 같은 소변이 아니더라도—곧 돌아가실 거라는 것 외에 거기 다른 무슨 뜻이 있는지는 모르겠군요—간이 병들었습니다. 과음이 지나쳤어요."

검은 눈동자가 물기로 반짝였다. 메트로비오스는 눈을 깜빡여 눈물을 떨쳐내고, 떨리는 입술로 한숨을 쉬었다. "예상했던 일이에요."

"우린 어떻게 해야 하죠?" 술라의 아내가 물었다.

"그저 지켜보는 수밖에 없지요." 두 사람은 루키우스 투키우스가 환자를 향해 타닥타닥 걸어가는 모습을 함께 바라보았다. 문득 메트로비오스가 슬픈 기색이 느껴지지 않는 목소리로 슬픈 말을 했다. "오랜 세월 그를 사랑해왔어요. 한번은 아주 오래전에 저를 데리고 살아달라고 간청한 적이 있었죠. 안락한 생활을 버리고 힘들게 살아야 한대도 상관없다고 했어요. 하지만 그분은 거절했어요."

"당신을 너무도 사랑해서였겠죠." 발레리아가 감상적이 되어 말했다.

"아니요! 그분은 자신이 파트리키 귀족 태생이라는 사실을 사랑했던 거예요. 자신의 목표가 있었고, 저보다는 그 목표가 훨씬 더 중요했던 거죠." 그는 고개를 돌려 그녀의 얼굴을 들여다보고 눈썹을 치켰다. "사랑의 의미가 사람들마다 다르다는 걸 아직도 모르세요? 그리고 사람들은 받은 사랑을 늘 그대로 되돌려주는 것도 아니라는 것을요? 저는 단 한 번도 그분을 원망하지 않았어요. 그분 안에 제가 없는데 제가 어떻게 그걸 탓하겠어요? 그리고 마침내, 그렇게 오랜 세월 저를 멀리한 뒤에야 그분은 동료들 앞에서 저를 인정했어요. '나의 소년!' 그분이 바티아나 레피두스 같은 사람들 앞에서 그렇게 말씀하시는 걸 듣기 위해서라면, 그 모든 인내의 시간을 처음부터 다시 겪는대도 좋아요."

"내 아이를 보지 못하시겠죠."

"배가 불러오는 것도 못 보실 거예요."

한바탕 병치레가 지나갔다. 하지만 새로운 문제가 꼬리를 물고 나타났다. 다름 아닌 푸테올리 시의 재정적 곤란이었다. 미세눔에서 그리 멀지 않은 곳에 위치한 푸테올리는 그라니우스 가문의 세가 강한 곳이었다. 이 지역의 은행가와 해운 거물 들은 대대로 그라니우스 가문 출신이었고 스스로를 푸테올리의 주인으로 여겼다. 술라의 병증은 고사하고 그의 기행이 어느 정도인지도 전혀 모르는 푸테올리의 고위직 관리 하나가 술라를 찾아와 면담을 청했다. 집사가 술라에게 전달한 그 관리의 불만은, 퀸투스 그라니우스라는 자가 푸테올리 시에 상당한 금액을 빚졌는데 돈을 갚으려 하질 않는다는 것이었다. 혹시 술라가 도움을 줄 수 있을지?

가이우스 마리우스 다음으로 술라의 귀에 가장 거슬리는 이름이 바로 그라니우스였다. 아르피눔의 마리우스 가문, 그라티디우스 가문, 툴리우스 가문, 그리고 푸테올리의 그라니우스 가문 사이에는 혈연과 혼인으로 이어진 끈끈한 유대 관계가 있었다. 가이우스 마리우스의 첫번째 아내 역시 그라니우스 가문의 여자였다. 그래서 공권박탈 조치 때 그라니우스 가문 사람들도 몇 명 명단에 올랐고, 명단에 오르지 않은 이들도 행여 술라가 그들을 떠올릴까봐 숨죽여 지냈다. 그렇게 목숨을 부지한 사람들 중 한 명이 이 퀸투스 그라니우스였다. 술라의 부하들이 그의 신병을 확보해 미세눔 빌라에 끌고 와서는 술라 앞에 대령했다.

"저는 시에 빚을 지지 않았습니다." 퀸투스 그라니우스가 단호히 말했다. 태도를 보아하니 조금도 물러서지 않을 기세였다.

고관 의자에 앉은 술라는 토가 프라이텍스타를 입고 로마인의 위엄을 잔뜩 갖춘 채 그를 무섭게 노려보았다. "푸테올리 정무관들의 명령을 따르라! 빚을 갚아!"

"싫습니다, 나는 그렇게 하지 않겠습니다. 푸테올리 시더러 나를 법정에 세우고 적법한 절차에 따라 재판을 치르라 하십시오!" 퀸투스 그라니우스가 말했다.

"갚아, 그라니우스!"

"싫습니다!"

술라의 불안정한 기분이 폭발했다. 요즈음 그의 기분은 민들레 홀씨 다발처럼 쉽게 부스러졌다. 그는 분노로 몸을 부들부들 떨며 두 주먹을 꽉 쥔 채 자리에서 일어섰다. "갚아, 그라니우스, 안 그러면 널 이 자리에서 당장 목 졸라 죽이라고 명령할 테다!"

"한때는 로마의 독재관이셨는지 모르겠지만, 지금은 나나 당신이나 신분이 똑같으니 당신이 내게 이래라저래라 명령할 권한은 없습니다! 하던 대로 다시 흥청망청 술이나 마시고, 푸테올리 일은 푸테올리에서 알아서 하게 내버려두시지요!" 퀸투스 그라니우스가 경멸하듯 말했다.

술라는 그라니우스를 교살하라는 명령을 외치려고 입을 열었지만 목소리가 나오질 않았다. 갑자기 어지러움과 욕지기가 몰려오며 몸이 휘청 기울었다. 몸을 바로 세우기가 쉽지 않았다. 한참 후 어렵사리 자세를 바로잡은 그는 옆에 대기하고 있던 부하들의 대장에게 몸을 돌렸다. "저놈을 교살해!" 그가 작게 내뱉었다.

대장이 지시를 따르려는데 술라의 입이 다시 열렸다. 엄청난 양의 피가 쏟아져나왔다. 술라가 서 있는 곳에서 수 미터 떨어진 데까지 피가 튀었고, 놀란 비명소리가 사방에서 터졌다. 이윽고 마지막에는 남은 피가 눈처럼 하얀 옷 주름 위로 그의 가슴팍에 뚝뚝 떨어졌다. 그러고 나서 분출이 또 시작되려는지, 그는 지독하게 헛구역질을 해대더니 결국 다시 한번 검붉은 피를 토해냈다. 피는 서서히 그의 무릎을 적시며 흘러내렸다. 겁에 질린 사람들이 소리를 지르며 사방으로 달려나갔다. 그러나 아무도 술라 앞으로는 오지 않았다. 사람들은 벌레가 그를 먹어치우고 있다고 굳게 믿었다.

잠시 후 투키우스가 왔다. 메트로비오스도 왔고, 발레리아도 얼굴이 새하얗게 질린 채로 왔다. 술라는 끔찍한 피바다에 누운 채 계속 피를 토했다. 그의 연인이 머리를 받쳐주었고 그의 아내는 초조함 속에 몸을 떨며, 무엇을 어찌해야 할지 몰라 그저 옆에 쭈그리고 앉아 있었다. 투키우스가 큰 소리로 지시를 내리자 하인들이 양팔 가득 수건을 들고 들어왔다. 방안 상태와 주인어른의 처참한 모습을 본 하인들의 눈이 휘둥그레졌다. 그는 연방 캑캑대며 구역질하면서도 무언가를 말하려 했고, 그의 두 손은 피로 뒤덮인 메트로비오스의 팔을 바이스처럼 꽉 붙들고 있었다.

퀸투스 그라니우스는 아무도 자기를 보지 않는 틈을 타 즉시 자리를 떴다. 술라의 부하들은 겁을 먹고 움츠러들었고, 대장이 어떻게든 그들이 정신을 차리게 하려는 사이 푸테올리 출신의 은행가는 방에서 저벅저벅 걸어나갔다. 대문을 통과해 한길로 나가서 자기 말이 서 있는 곳에 도착했다. 그는 말에 올라 고삐를 당겨 멀리 달렸다.

긴 시간이 흐른 뒤에야 술라의 끔찍한 출혈이 멎었다. 메트로비오스는 그를 팔에 안고 바닥에서 들어올려 피로 엉망이 된 방에서 옮겼다. 그의 몸은 놀랍도록 가벼웠다. 술라의 부하들도 도망을 쳤다. 겁에 질린 하인들만 방에 남아 참혹한 난장판을 치웠다.

술라에게 최악은—그는 의식을 잃지 않았고 무슨 일이 벌어지고 있는지도 다 알았다—피 때문에 자꾸 기도가 막힌다는 사실이었다. 피가 계속해서, 심지어 헛구역질이 없을 때조차 목구멍 가득 차올랐다. 끔찍해! 두려워! 극도의 공포와 절망 속에 그는 바다 한가운데서 지푸라기를 잡는 심정으로 메트로비오스를 꽉 붙들었다. 그는 사랑하는 연인의 어두운 얼굴을 애타는 간절함과 괴로운 호소를 담은 눈길로 뚫어지게 바라보았다. 피가 파도처럼 쉼 없이 쏟아져나와 오직 눈빛만이 마음을 전할 수단이었다. 시야의 가장자리에 하얗게 질린 발레리아의 얼굴이 보였다. 파란 눈동자가 놀랍도록 생생했다. 그 옆으로 의사의 굳은 표정이 보였다.

이게 죽는 건가? 그는 스스로에게 물었고 그것이 현실임을 깨달았다. 하지만 나는 이렇게 죽고 싶지 않아! 피를 내뿜고 숨을 헐떡이며, 더러워진 몸을 가누지도 못하는 채로. 로마인의 존엄에 걸맞게, 훌륭하게 절제된 분위기 속에 생을 마감해야 해. 나는 로마의 왕관 없는 왕이었어. 놀라에서 풀잎관을 받았지. 나는 대서양에서 인더스 강에 이르는 온 세상에서 가장 위대한 인물이었어. 내 죽음은 이 모든 것에 걸맞아야 해! 이렇듯 아무 말도 할 수 없는 피와 공포의 악몽이어선 안 돼!

그는 홀로 피를 쏟으며 죽은 율릴라를 떠올렸다. 피는 덜 흘렸을지라도 더 큰 고통 속에서 죽은 니코폴리스를 떠올렸다. 목과 뼈가 부러진 채 죽은 클리툼나를 떠올렸다. 시뻘게진 얼굴로 숨막혀하던 메텔루스 누미디쿠스를 떠올렸다. 나는 그게 얼마나 끔찍한 건지 몰랐어! 유노 소스피타 신전에서 그의 이름을 외치던 달마티카. 그의 아들, 그의 삶의 빛, 율릴라가 낳은 아들, 세상 누구보다도 소중했던…… 그애 역시 숨을 쉬지 못한 채 죽었다.

두려워. 너무 두려워! 죽는 게 이렇게 두려울 거라곤 한 번도 생각하지 않았어. 이건 숙명이야. 피할 수 없어. 곧 있으면 끝난다. 그리고 나는 다시는 보지도 듣지도 느끼지도 생각하지도 못하겠지. 나는 아무도 아니게 된다. 무(無). 그 운명에는 고통이 없다. 꿈조차 꾸지 않는 무지(無智)의 운명. 영원한 잠. 왕관 대신 놀라의 풀잎관을 쓴 로마의 왕이었던 나, 루키우스 코르넬리우스 술라는 사람들의 기억 속에서만 존재하게 된다. 그것이 유일한 불멸의 길이다. 살아 있는 자들의 세상에서 기억되는 것. 나는 회고록을 거의 마쳤어. 다 쓰지 못한 분량은 겨우 한

권 정도다. 그 정도면 미래의 역사가들이 나에 대해 판단하고도 남을 것이다. 그리고 가이우스 마리우스를 영원히 죽이고도 남지. 가이우스 마리우스는 회고록을 쓰지 못하고 죽었어. 나는 썼어. 그러니 내가 이길 거야. 내가 이겼어! 지금까지 내가 거둔 모든 승리 중에 가이우스 마리우스에 대한 승리가 내겐 가장 중요해.

출혈은 한 시간쯤 무참히 계속되며 술라를 모진 고통 속에 몰아넣은 뒤 이윽고 멈추었고 그는 좀더 편히 쉴 수 있었다. 의식이 여전히 붙어 있어서, 메트로비오스와 발레리아와 투키우스가 최근 몇 달간 가장 또렷하게 보였다. 최후의 순간에 이렇듯 예리한 감각을 되찾은 것은, 자신이 떠나는 모습을 가장 잘 아는 사람들의 얼굴로 거울처럼 비춰볼 수 있기 위해서인 것 같았다. 그는 힘들게 입을 열었다.

"내 유서. 루쿨루스를 불러와. 내가 죽으면 루쿨루스가 내 유서를 봐야 돼. 그가 내 유서 집행자이자 내 아이들의 후견인이야."

"이미 사람을 보냈어요, 루키우스 코르넬리우스." 그리스인 배우가 부드럽게 말했다.

"너한테 내가 충분히 주었나, 메트로비오스?"

"언제나요, 루키우스 코르넬리우스."

"나는 사랑이란 게 어떤 건지 모르겠어. 아우렐리아는 내가 이미 알고 있다고, 안다는 사실을 모를 뿐이라고 했지. 그런데 잘 모르겠어. 일전에 율릴라와 아들 꿈을 꿨어. 아들이 나더러 어머니한테 오라고 간청했지. 그때 알았어야 했는데, 몰랐어. 나는 그냥 울기만 했지. 그애를 난 정말 사랑했지. 나 자신보다도 사랑했어. 아, 그애가 얼마나 보고 싶은지!"

"그 상처는 이제 곧 치유될 거예요, 사랑하는 루키우스 코르넬리우스."

"죽음을 기다릴 이유가 하나는 생겼군."

"지금 원하는 건 없으세요?"

"오직 평화. 완성…… 했다는 느낌."

"이미 완성하셨어요."

"내 시신."

"당신 시신이요, 루키우스 코르넬리우스?"

"코르넬리우스 가문에선 매장을 해. 하지만 나는 매장하지 마, 메트로비오스. 유서에 이미 썼지만, 그게 분명한 내 뜻이라고 루쿨루스에게 꼭 확인시켜줘. 만일 내 시신이 무덤 속에 누워 있으면 가이우스 마리우스의 재가 날아와서 거기 머무를지도 몰라. 나는 그의 재를 그냥 버렸어. 그러지 말았어야 했는데. 그 재가 나를 더럽히려고 어디서 스멀스멀 다가올지 누가 알겠어? 나는 그 재를 아니오 강물에 흘려보냈어. 강물의 소용돌이에 뿌려지는 걸 내가 봤지. 얼룩진 거미줄 모양이었어. 그런데 바람이 불어서 아직 젖지 않은 위쪽 재가 공중으로 날아가버렸지. 그러니 확신할 수 없어. 나는 반드시 화장을 해야 해. 루쿨루스에게 그게 내 뜻이라고 전해. 나를 화장하고, 공기가 통하지 않는 덮개 천을 씌운 채로 재를 잘 모아서 단지에 담고 밀랍으로 단단히 봉하라고 해. 가이우스 마리우스가 절대 들어오지 못하게. 나는 코르넬리우스 가문에서 유일하게 화장을 한 사람이 될 거야."

"그렇게 할게요. 약속해요."

"화장해, 메트로비오스! 루쿨루스더러 꼭 화장하라고 해!"

"그렇게 할게요, 루키우스 코르넬리우스. 반드시."

"사랑이 어떤 건지 알고 싶어!"

"알고 계세요. 당연히 알고 계세요! 사랑하니까 당신의 본성을 부인하고 스스로를 로마에 주었잖아요."

"그게 사랑이라고? 그런 게 사랑일 리는 없어. 먼지처럼 건조하잖아. 건조해, 내 재처럼. 나는 매장이 아닌 화장을 한 유일한 코르넬리우스 가문 사람이 될 거야."

피가 몰려 파열된 식도 아래쪽 혈관에서의 출혈은 끝난 게 아니었다. 잠시 후 선혈을 홍수처럼 쏟아내는 구토가 새로 시작되었고, 이번에는 거의 쉬지 않고 수 시간째 이어졌다. 그는 기진해가고 있었다. 생명력을 반절 이상 잃었고 정신이 맑은 때가 점차 줄었다. 말을 할 수 있을 때마다 가이우스 마리우스의 재가 자기의 잔해를 절대 건드리지 못하게 해달라고 메트로비오스에게 애원하고 또 애원했고, 사랑은 어떤 것이냐며 자기는 왜 그것을 모르느냐고 묻고 또 물었다.

루쿨루스가 임종에 맞춰 도착했지만, 술라는 아무 말도 하지 못했고 그가 왔다는 사실조차 알지 못했다. 그의 기묘한 옅은 색 눈, 바깥쪽의 어두운 테두리와 한가운데 새까만 동공은 평소의 위협적인 빛을 잃고 기운 없이 피로해 보였다. 호흡이 너무도 얕아 거울을 입술에 대봐야만 확인할 수 있었고, 피를 많이 흘린 탓에 원래도 하얀 피부가 더는 하얘질 수 없을 만큼 하얗게 보였다. 하지만 오디색 흉터 자국은 불처럼 이글거렸고, 머리가 다 빠진 두피는 바람에 흔들리는 바다처럼 흐물흐물 주름져 있었으며, 입은 위턱뼈와 아래턱뼈에 걸린 채 축 늘어져 있었다. 그러다 그의 눈에 변화가 나타났다. 동공이 점차 넓어지더니 홍채를 뒤덮고 바깥쪽의 어두운 테두리에 합쳐졌다. 곁을 지키던 사람들은 술라의 빛이 꺼지는 것을 보았고, 이어 벌어진 두 눈 위로 황금빛 광휘가 퍼져나가는 믿기지 않는 광경을 목격했다.

투키우스가 몸을 숙여 눈을 감겨주었다. 메트로비오스는 양쪽 눈썹에 주화를 하나씩 얹었다. 루쿨루스는 뱃사공 카론에게 주는 뱃삯으로 술라의 입안에 데나리우스 주화 하나를 밀어넣었다.

"힘들게 가셨군." 루쿨루스가 감정이 억제된 뻣뻣한 태도로 말했다.

메트로비오스가 흐느꼈다. "루키우스 코르넬리우스는 살면서 모든 게 힘들었어요. 쉽게 돌아가시는 건 그분께 어울리지 않았을 거예요."

"국장을 치러야 하니 시신을 로마로 호송해 가겠소."

"그분도 그러길 원하실 거예요. 단 화장을 하셔야 해요."

"화장되실 거요."

슬픔으로 멍해진 채 느릿느릿 방에서 걸어 나온 메트로비오스는 발레리아를 발견했다. 그녀는 같이 임종을 기다리기엔 마음이 너무 약했던 것이다.

"다 끝났어요." 그가 말했다.

"나는 그분을 사랑했어요." 그녀가 작은 목소리로 말했다. "로마 사람들이 모두 내가 그분과 결혼한 게 그분의 권세 때문이었다고, 그분 덕에 가문 사람들이 출세하는 걸 보기 위해서였다고 생각한다는 걸 알아요. 하지만 그는 위대한 인물이셨고 내게 무척 잘해주셨어요. 나는 그를 사랑했어요, 메트로비오스! 진심으로 그를 사랑했어요!"

"믿어요." 메트로비오스가 말했다. 그는 그녀 가까이 앉아 그녀의 손을 잡고 멍하니 쓰다듬고 있었다.

"이제 어떻게 할 거예요?" 그녀가 물었다.

그는 멍한 기분에서 깨어나 그녀의 손을 내려다보았다. 손가락이 길었고 살결은 곱고 하얬다. 술라의 손과 비슷했다. 그래, 두 사람 다 로마의 파트리키 귀족이지. "난 떠날 거예요." 그가 말했다.

"장례식이 끝나고요?"

"아뇨. 저는 장례식에 참석할 수 없어요. 제가 상제들 사이에 나타나면 루쿨루스 표정이 어떻겠어요?"

"하지만 당신이 루키우스 코르넬리우스에게 어떤 의미인지 루쿨루스는 알잖아요! 그는 알아요! 누구보다도 잘 안다고요!"

"이건 국장이에요, 발레리아. 품위를 깎아내릴 만한 건 아무것도 없어야 해요. 그런데 뒤가 닳고 닳은 그리스인 배우라니요." 씁쓸한 어조였다. 메트로비오스는 어깨를 으쓱했다. "솔직히 루키우스 코르넬리우스도 제가 그 자리에 있길 바랄 것 같지 않아요. 루쿨루스에 관해서라면, 그는 대단한 귀족이에요. 하지만 이곳 미세눔에서의 분위기에 휩쓸려 자신의 바람직스럽지 못한 욕구에 탐닉할 수 있었지요. 어린아이들을 범하는 걸 좋아하더군요." 메트로비오스의 어두운 얼굴에 역겨운 빛이 스쳤다. "술라의 비행은 적어도 평범한 것들이었어요! 그분은 루쿨루스의 비행을 눈감아주긴 했지만 자기 스스로 그런 짓을 하지는 않았죠."

"어디로 가세요?"

"키레나이카로요. 이 세상의 외딴 황금빛 땅."

"언제요?"

"오늘밤에요. 루쿨루스가 술라에게 마지막이 될 여행길에 나서고 이 집이 조용해지면요."

"키레나이카까지는 어떻게 가요?"

"푸테올리에서 출발해요. 지금 봄이니까 아프리카 하드루멘툼행 배가 있을 거예요. 거기서 적당한 교통편을 빌려 탈 거고요."

"여비는 있어요?"

"아, 그럼요. 술라가 유서에는 제게 아무것도 남기지 않았지만, 생전에 충분하고도 남을 돈을 주셨어요. 아시죠? 그분은 참 이상해요. 구두쇠였지만 자기가 사랑하는 사람들에게는 후했어요. 그게 제일 슬퍼요. 그런데도 마지막 순간까지 자기한테 남을 사랑할 능력이 있는지를 의심했으니까요." 그는 그녀의 손에서 얼굴로 눈길을 옮겼다. 어떤 생각들이 그의 머릿속을 헤엄치기 시작하면서 그의 눈에 어두운 그림자가 드리웠다. "당신은요, 발레리아? 당신은 어떻게 할 거예요?"

"나는 로마로 돌아가야 해요. 장례식이 끝나면 오빠의 집으로 돌아가겠죠."

"그건 좋은 생각이 아닌 것 같아요. 제게 더 좋은 생각이 있어요."

발레리아의 눈물에 젖은 푸른 두 눈에 잔꾀 따윈 없었다. 그녀는 진심으로 어리둥절한 표정으로 그를 바라보았다. "뭔데요?"

"나와 같이 키레나이카로 가요. 당신 아이를 낳고 나를 아이 아버지라고 해요. 당신을 임신시킨 게 누구든—루쿨루스든, 소렉스든, 로스키우스든, 나든—내겐 아무 상관없어요. 방금 문득 생각났어요. 루쿨루스는 그날의 네 명 중 하나였고, 술라는 당신 아이 아버지가 될 수 없다는 걸 그 사람도 잘 알고 있어요. 당신은 로마에 가면 화를 겪을 거예요, 발레리아. 루쿨루스가 당신을 모함할 거예요. 그래야 사람들이 당신 말을 신뢰하지 않을 테니까. 명심하세요. 그와 동등한 귀족 출신들 중에 당신만이 유일하게 그의 비행을 알아요. 그가 자기 동료들이 힐난할 만한 비행을 저질렀다는 사실을요."

"맙소사!"

"당신은 나와 같이 가야 해요."

"사람들이 내가 가도록 내버려두지 않을 거예요!"

"사람들 모르게 가면 돼요. 루쿨루스에게 당신 몸이 너무 아파서 술라의 장례행렬을 따라갈 수 없다고 할게요. 제가 국장 전까지는 로마로 보내겠다고요. 루쿨루스는 지금 너무 바빠서 나중에 자기 입장이 곤란해질 것까지는 생각하지 못해요. 당신 뱃속 아기에 대해서도 모르고요. 그러니까 그 사람으로부터 도망치려면 기회는 지금뿐이에요, 발레리아."

"당신 말이 맞아요. 그는 분명히 나를 모함할 거예요."

"당신을 죽일 수도 있어요."

"오, 메트로비오스!"

"나랑 가요, 발레리아. 루쿨루스가 출발하면 같이 이 집에서 곧바로 나가요. 아무도 우리가 가는 걸 못 볼 거예요. 당신한테 무슨 일이 있었는지 아무도 영원히 알아내지 못할 거고요." 메트로비오스가 뒤틀린 미소를 지었다. "어쨌거나 난 기껏해야 술라의 애인이었을 뿐이니까. 발레리아 메살라 당신은 그의 부인이었어요. 나보다 훨씬 고귀하죠!"

하지만 그녀는 자기가 메트로비오스보다 고귀하다는 생각 따윈 들지 않았다. 몇 달 전부터 그녀는 그를 사랑하게 된 터였다. 자신이 준 사랑을 그가 돌려줄 수 없으리라는 것을 잘 알면서도. 그래서 그녀는 대답했다. "갈게요."

그는 잡고 있던 손을 기쁜 마음으로 다독인 뒤 그녀의 무릎에 올려주었다. "좋아요! 일단은 여기 있어요. 루쿨루스가 당신을 보면 안 되니까. 물건을 몇 가지 챙기되, 너무 많으면 안 돼요. 나귀에 다 실을 수 있는 정도여야 해요. 어두운 단색 옷만 챙기고 망토는 모자가 달린 걸로 가져가요. 이제부턴 루키우스 코르넬리우스 술라의 아내가 아닌 내 아내로 보여야 하니까요."

그가 방에서 나간 뒤 발레리아 메살라는 홀로 자신의 미래를 그려보았다. 술라의 장례식이 끝나면 펼쳐지리라 예상한 것과는 판이하게 다를 터였다. 자기가 루쿨루스에게 위협이 될 거라는 생각을 꿈에도 하지 못했던 그녀로서는 메트로비오스에게 감사할 이유가 충분했다. 메트로비오스와 같이 간다는 것은 그의 사랑을 간절히 바라면서도 그가 남자를 사랑하는 걸 지켜봐야 하는 고통을 의미할지 모른다. 하지만 그는 그녀의 아이를 자기 자식처럼 여길 것이고, 그녀는 그에게 가정을 갖게 해줄 수 있을 것이다. 그리고 그도 언젠가는 술라가 아닌 다른 남자들과 갖게 될 얕은 관계들보다 자기와의 생활을 더 감사히 여기리라. 그래, 그를 다시는 보지 못하는 고통을 겪느니보다 이쪽이 훨씬 나을 거야! 혹은 죽음을 맞는 것보다는. 그녀는 차갑고 오만한 루쿨루스를 딱히 이렇다 할 이유 없이 이제까지 늘 두려워해왔다. 그 직감은 옳았던 것이다.

그녀는 자리에서 일어서서 사치스러운 옷가지가 든 장롱들을 뒤져 가장 단조롭고 어두운 옷들을 골라냈다. 돈은 없지만 대신 화려한 보석들이 있었다. 메트로비오스에게 돈이 많은 것 같으니 이 보석들은 그녀의 지참금이 되어줄 것이다. 앞으로 있을 힘든 시간에 그녀를 지켜줄 든든한 울타리가 되리라. 키레나이카! 이 세상의 외딴 황금빛 땅. 그 말은 퍽 근사하게 들렸다.

술라의 장례식이 있은 후, 앞서 열렸던 그의 개선식은 아무것도 아니게 되어버렸다. 몰약과 유향과 계피와 발삼과 감송(甘松) 등의 향료—로마 여성들의 선물이었다—를 가득 실은 탓에 삐걱거리는 가마 210대를 검은 상복을 입은 가마꾼들이 옮겼다. 술라의 시신은 심한 출혈로 쪼그라들어 미라처럼 되어버린 탓에 사람들에게 내보일 수 없었으므로, 조각가들이 계피와 유향으로 제작한 술라의 모형을 관대(棺臺)에 앉혔다. 같은 향료로 만든 릭토르 한 명도 그 앞에 있었다. 평판이 좋지 않은 첫 서른세 해와 역시 평판이 좋지 않은 마지막 몇 개월을 제외하고 그의 인생 모든 장면을 묘사한 그림들도 있었다. 그림 속에서 그는 놀라의 성벽 앞에서 백인대장으로부터 풀잎관을 받았고, 몸을 웅크린 미트리다테스 왕 앞에 엄한 표정으로 서서 다르다노스 조약서에 서명을 받았으며, 전투를 승리로 이끌고, 법을 제정하고, 유구르타를 생포하고, 콜리나 성문 전투가 끝난 뒤 카르보 수하의 포로들을 처형시켰다. 특별 차량 하나에는 전 세계의 도시와 부족과 군왕과 국가가 그에게 바친 순금 화관과 화환이 2천 개 이상 전시되었다. 멋진 검은 말들이 끄는 금박 장식의 검은 전차를 술라 선조들의 가면을 쓴 검은 상복 차림의 사람들이 몰았고, 통통한 다섯 살배기 쌍둥이 파우스투스와 파우스타가 상제들 사이에서 함께 걸었다.

날씨는 숨막힐 듯 습했고 구름이 잔뜩 낀 하늘은 줄기차게 비를 쏟아냈다. 로마가 이제까지 본 가장 성대한 장례행렬은 대경기장을 내려다보는 술라의 집에서 시작해 벨라브룸 구역을 지나 포룸 로마눔에 도착했다. 루쿨루스—강렬하기로 이름난 연설가였다—는 그곳의 로스트라 연단에서 추도 연설을 했다. 옆에 놓인 정교한 관대에 유향과 계피로 만든 술라가 허리를 반듯이 펴고 앉아 있었고, 그 앞에 역시 향료로 만든 그의 릭토르가 있었다. 쭈글쭈글하게 시들어버린 그의 늙은 시신은 저 아래 특별 칸막이 안에 눕혀져 있었다. 로마는 지난 3년 사이 부모를 연달아 여읜 쌍둥이들을 보고 눈물을 흘렸다. 루쿨루스가 자신이 그 아이들의 후견인이며 앞으로 아이들이 절대 부족함 없이 자라게 하겠다고 선언하자 온 로마가 박수갈채를 보냈다. 모두의 촉촉한 눈에 슬픔이 어렸다. 그렇지 않았더라면 로마는 파우스투스와 파우스타가 이제 부쩍 자라서, 명성이 대단했으나 그리 잘생기지는 않았던 외숙조부 퀸투스 카이킬리우스 메텔루스 누미디쿠스의 체격과 얼굴과 피부색을 닮아가고 있다는 사실을 알아차렸을 것이다. 아이들의 아버지가 똥돼지라 부르던 사내. 아이들의 아버지가 아우렐리아에게 거부당한 뒤 찾아가 홧김에 죽여버린 사내.

마치 어떤 마법이 작용하는 듯, 장례행렬이 다시 출발하자 비가 그쳤다. 이번에는 아르겐타리우스 언덕길을 오르고 폰티날리스 성문을 지나—그 성문 너머에 한때 가이우스 마리우스가 살던 저택이 있었다—마르스 평원으로 내려갔다. 거기 라타 가도의 널찍한 외딴자리에 술라의 묫자리가 있었다. 백인조회가 열리는 공터 옆이었다. 낮의 아홉 번째 시각, 공기가 잘 통하도록 헐겁게 쌓은 거대한 장작더미 위로 관대가 놓였다. 불쏘시개와 통나무 장작 사이사이에 가마 210대로 실어온 향료가 흩뿌려졌다. 술라의 바람대로, 시신이 태워질 때 그에게서는 살아생전 그 어느 때보다도 향긋한 냄새가 피어날 것이었다.

횃불들이 장작더미 주변 불쏘시개에 날름거리자 때마침 큰 바람이 일었다. 작은 산처럼 솟아 있는 장작더미에 확 불이 붙었다. 불길이 하늘 높이 맹렬히 타오르자 주변에 모여 서 있던 조문객들이 뒷걸음질을 치며 손으로 얼굴을 가렸다. 불길이 잦아들고 나자 마침내 다시 비가 내렸다. 폭우였다. 석탄 조각이 굉장히 빨리 식어서 술라의 재를 짧은 시간에 긁어모을 수 있었다. 황금과 보석으로 장식된 아름다운 설화석고 단지에 술라의 잔해가 전부 쏟아져 들어갔다. 루쿨루스는 술라가 부탁한 대로 덮개 천을 씌워서 가이우스 마리우스의 길 잃은 작은 입자가 술라의 잔해를 오염시키지 못하게 했다. 어차피 비가 그치지 않고 계속 내렸으므로 공기중에 길 잃은 입자 따위가 떠 있을 수는 없을 터였다.

단지는 묘에 조심스럽게 안치되었다. 건축공과 석공과 조각가 들이 나흘에 걸쳐 여러 빛깔의 대리석으로 완성한 술라의 묘는 둥근 모양이었고, 세로로 홈이 난 기둥들로 지붕을 떠받쳤으며, 주두 장식은—술라가 코린토스에서 들여와 큰 유행을 불러일으킨 새로운 양식을 따라—섬세한 아칸토스 잎 문양이었다. 대로에 보이는 석판에 이름과 직책과 행적이 새겨져 있었고, 그 아래에 간단한 묘비명이 있었다. 술라는 이 묘비명을 직접 지었다.

최고의 친구·최악의 적

"흠, 끝나서 홀가분하구나." 루쿨루스가 아우에게 말했다. 두 사람은 폭풍을 헤치며 집으로 힘들게 걸어가고 있었다. 온몸이 다 젖었고 추위로 몸이 덜덜 떨렸다.

루쿨루스는 걱정에 싸여 있었다. 발레리아 메살라가 로마에 오지 않은 것이다. 그녀의 오빠 루푸스, 사촌 니게르와 메텔루스 네포스, 전 베스타 신녀인 그녀의 아주머니 메텔라 발레아리카는 하나같이 그에게 근심에 찬 질문을 해오기 시작했다. 루쿨루스는 발레리아를 찾으려고 미세눔에 사람을 보냈다고만 말해왔는데, 전령은 숨이 턱끝까지 차오른 말을 타고 녹초가 된 표정으로 도착해서 그녀가 없어졌다고 말했다.

그로부터 거의 한 달이 지나서야 루쿨루스는 광란의 수색을 중단시켰다. 빌라의 북쪽과 남쪽으로 해안선 수 킬로미터를 이 잡듯 샅샅이 뒤졌고, 네아폴리스와 시누에사 사이의 크고 작은 숲도 모두 살핀 뒤였다. 술라의 마지막 아내는 사라졌다. 그리고 그녀의 보석도.

"절도범에게 살해되었군요." 바로 루쿨루스가 말했다.

형(사랑하는 동생에게도 말하지 않은 비밀이 있었다)은 아무 대답도 없었다. 나도 술라 못지않게 운이 좋은가보군, 하고 그는 혼자 되뇌었다. 장례식 당일까지도 그는 발레리아가 자기에게 얼마나 위험한 존재인지 미처 깨닫지 못했다. 하지만 그녀는 그에 대해 너무 많이 알고 있는 반면 그는 그녀에 대해 사실상 아는 게 아무것도 없었다. 그는 그녀를 죽여야 했을 것이다. 그런데 누군가 그 일을 대신해주었다니 이것은 천우신조가 아닌가! 포르투나 여신이 그를 선택한 것이다.

메트로비오스가 사라진 것은 그에게 전혀 걱정거리가 되지 않았다. 아니, 사실 루쿨루스는 그에 대해 생각조차 하지 않았다. 로마에는 메트로비오스의 빈자리를 메울 비극 주연배우가 충분했다. 로마의 극장가는 그런 배우들로 차고 넘쳤다. 지금 루쿨루스에게 훨씬 중요한 것은 어미 없는 어린 여자애들을 무한정 품을 수 있었던 시절이 끝났다는 사실이었다. 아, 그는 미세눔을 얼마나 그리워할는지!

5장

CHAPTER FIVE
Aug. 80 B.C. ~ Aug. 77 B.C.

기원전 80년 8월부터
기원전 77년 8월까지

가이우스 율리우스 카이사르

카이사르는 이번엔 배를 타고 동방으로 갔다. 어머니의 집사 에우티코스(사실상 그의 집사였으나 카이사르는 결코 그렇게 생각하는 오류를 범하지 않았다)는 수년간 거의 한곳에 머물러 살면서 편히 생활했던 터라, 가이우스 율리우스 카이사르와의 여행은 그에게 결코 만만치 않았다. 육로로 이동할 때, 특히 아피우스 가도처럼 길 상태가 좋은 지역에서 카이사르는 하루 60킬로미터를 갔고, 그 속도를 못 따라가는 사람은 그대로 뒤처졌다. 에우티코스는 오로지 아우렐리아를 실망시킬까 두려운 마음에 간신히 버텼다. 특히 처음 며칠간 집사의 물렁물렁한 다리와 보드라운 엉덩이는 그야말로 어마어마한 통증 덩어리가 되었다.

"말 몸살이 났군!" 베네벤툼 근처 여인숙에서 여장을 푼 뒤 처량하게 울고 있는 에우티코스를 본 카이사르는 동정하는 기색도 없이 웃으며 말했다.

"다리가 제일 아파요." 에우티코스가 훌쩍거렸다.

"당연하지! 말에 타고 있으면 그 무게를 받쳐줄 게 아무것도 없으니까. 두 다리는 그저 엉덩이 끝에 매달린 채로 이리저리 덜렁거리거든.

특히나 자네 다리라면 더하겠지, 에우티코스! 그렇지만 기운 내게! 브룬디시움에 도착할 때쯤이면 다리 상태가 한결 나아질 테고, 자네 기분도 그럴 거야. 로마에서 너무 편한 생활만 해서 그래."

브룬디시움에 도착할 생각을 해도 집사의 기분은 조금도 나아지지 않았다. 오히려 거대하게 물결칠 이오니아 해를 떠올리며 또다시 눈물을 터뜨렸다.

"카이사르가 좀 짓궂죠." 거처가 깨끗한지 확인하러 카이사르가 나간 뒤 부르군두스가 씩 웃으며 말했다.

"그는 괴물이야!" 에우티코스가 울부짖었다. "하루에 60킬로미터라니!"

"당신은 운이 좋은 거예요. 이건 시작에 불과하니까. 지금은 상당히 봐주고 있는 거라고요. 주로 당신 때문에요."

"난 집에 가고 싶어!"

부르군두스는 손을 뻗어 집사의 어깨를 어설프게 토닥였다. "집에 갈 순 없어요, 에우티코스. 잘 아시잖아요." 그는 몸을 떨며 얼굴을 찡그렸다. 커다랗고 조금은 멍해 보이는 두 눈에 두려움이 가득했다. "자요, 그만 눈물 닦고 좀 걸어봐요. 힘들어도 카이사르와 있는 게 집에 돌아가서 그의 어머니를 대면하는 것보단 낫잖아요, 으으! 게다가 카이사르는 당신 생각처럼 무정하진 않아요. 바로 지금도 당신의 아픈 궁둥이에 좋으라고 더운 목욕물을 준비하고 있잖아요."

어쨌든 에우티코스는 살아남았다. 항해 후에도 무사할 수 있을지는 의문이었지만. 카이사르와 몇 안 되는 그의 일행은 아흐레 만에 로마에서 브룬디시움까지 550킬로미터를 갔다. 브룬디시움에 도착하자마자 이 무지막지한 청년은 일행 중 누가 며칠만 좀 쉬다 가자고 호소할 틈도 주지 않고 자신의 불쌍한 무리를 배 위로 몰았다. 그들은 아름다운 케르키라 섬에서 다시 배를 갈아타고 에페이로스의 부트로톤으로 간 뒤, 육로로 말을 타고 아카르나니아와 델포이를 거쳐 아테네로 갔다. 그 길은 로마식 도로가 아니라 그리스의 염소 길이었다. 높다란 산을 따라 오르락내리락했고 사이사이 습기로 미끄러운 숲이 있었다.

"확실히 우리 로마인들조차도 이런 길로 군대를 이동시키진 않아." 일행이 멋들어진 델포이 계곡에 들어섰을 때 카이사르가 말했다. 계곡은 들어앉은 대산괴의 무릎께에 놓인 정원에 가까워 보였다. 카이사르가 주변 풍경을 바라보며 감상할 수 있으려면 먼저 생각부터 마무리해야 했다. "이건 기억해둘 만해. 병사들에게 결연한 의지가 있다면 군대가 이 길로 이동할 수도 있을 거야. 하지만 아무도 그랬다고는 믿지 않을 테니 아무도 알 수가 없겠지. 흐음."

카이사르는 아테네를 좋아했고 아테네도 그를 좋아했다. 당대의 귀족들과 달리 그는 어디에서도 큰 저택이나 사유지를 소유한 이들에게 환대를 구하지 않았다. 여관이 있으면 거기서 묵고 그조차 없으면 길가의 야영지로 만족했다. 그랬기에 아테네에서도 아크로폴리스 동쪽 편 아래에서 썩 괜찮아 보이는 여인숙을 찾아내어 그곳을 거처로 정했다. 그런데 바로 직후 티투스 폼포니우스 아티쿠스의 대저택으로 오라는 청이 들어왔다. 당연히 카이사르는 그와 모르는 사이였다. 다만 (로마 사람이라면 모두 그랬듯이) 가이우스 마리우스가 죽은 다음해에 아티쿠스와 크라수스가 겪었던 저 유명한 재정 파탄 사건의 전말에 대해서는 알고 있었다.

"부디 우리집에 묵으시죠." 세정에 밝고 세련된 사내가 말했다. 아티쿠스는 (오판의 전적이 있기는 했지만) 동년배들을 보는 눈이 대단히 예리했다. 카이사르를 딱 보자마자 그는 풍문으로 짐작했던 것이 사실임을 간파했다. 장차 중요한 인물이 될 사람이 여기 있구나.

"대단히 친절하시군요, 티투스 폼포니우스." 카이사르가 환히 웃으며 말했다. "하지만 나는 지금까지처럼 혼자 알아서 지내는 편이 좋습니다."

"아테네에서 혼자 알아서 지내다간 식중독과 더러운 침대만 얻게 되실 텐데요." 아티쿠스가 대답했다.

청결광은 마음을 고쳐먹었다. "고맙습니다, 그럼 댁으로 가지요. 일행이 많지는 않습니다. 해방노예 둘과 하인 넷인데, 이들이 묵을 방도 있을지 모르겠군요."

"방은 충분하고도 남습니다."

그리하여 묵을 곳이 마련되었다. 각종 만찬과 관광 여행도 덤으로 따라왔다. 카이사르 앞에 갑자기 펼쳐진 새로운 아테네는 예상보다 긴 체류를 요구했다. 세간에는 사치를 즐기는 쾌락주의자로 알려졌지만 정작 아티쿠스는 나약한 사람이 아니었다. 그리하여 역사적으로 유명한 절벽과 산등성이를 힘들게 기어오르고 마라톤 평원을 전속력으로 달릴 기회가 넘쳐났다. 그들은 말을 타고 코린토스로 내려갔다가 테베로 올라갔으며, 술라가 미트리다테스 군대와의 전투에서 두 차례 결정적인 승리를 거뒀던 오르코메노스 호숫가의 습지를 구경했다가, 테르모필라이 고개에서 감찰관 카토가 적군을 포위할 수 있게 해주었던—또한 적군이 레오니다스가 이끈 최후의 저항군을 포위할 수 있게 해주었던—산길을 답사했다.

"낯선 이여, 스파르타인들에게 가서 전해주오. 그들의 명에 따라 우리는 여기 잠들었다고." 카이사르가 용맹한 최후의 저항군을 기리는 비문을 읽었다. 그는 아티쿠스 쪽으로 고개를 돌렸다. "온 세상 사람들이 이 비문을 인용하지만, 이곳 현장에서 보니 종이쪽에 적힌 걸 읽었을 때와는 다른 울림이 있군요."

"당신은 이런 식으로 기억되는 것에 만족하겠습니까, 카이사르?"

기름한 흰 얼굴이 바짝 다가왔다. "그럴 리가요! 그건 멍청하고 헛된 행동이었고, 용감한 군인들을 낭비한 겁니다. 나는 이름을 남길 겁니다, 아티쿠스. 하지만 멍청함이나 헛된 행동으로 남기지는 않습니다. 레오니다스는 스파르타의 왕이었지요. 나는 로마 공화국의 파트리키입니다. 레오니다스의 삶에 진짜 의미가 있었다면 그건 그가 삶을 버린 방식뿐입니다. 내 삶의 의미는 내가 살아 있는 사람으로서 하는 일에 있을 겁니다. 내가 어떻게 죽느냐는 중요하지 않아요. 로마인답게 죽기만 한다면."

"당신은 그러리라 믿습니다."

카이사르는 학자 기질을 타고난데다 교육도 잘 받았기에, 지적이고 다방면에 취미가 있는 아티쿠스와 공통점이 많다고 느꼈다. 두 사람은 문학과 예술작품 취향이 비슷하다는 것을 알게 되었고, 메난드로스의 희곡이나 페이디아스의 조각을 두고 몇 시간씩 깊은 대화를 나누었다.

"한데 그리스에는 훌륭한 그림이 별로 남아 있지 않아요." 아티쿠스가 슬프게 고개를 저으며 말했다. "뭄미우스가 코린토스를 약탈한 뒤에—아이밀리우스 파울루스가 피드나를 약탈한 뒤는 말할 것도 없고요!—로마로 가져가버리지 않아 그나마 남아 있던 것들도 몇십 년 사이 감쪽같이 사라졌지요. 세계 최고의 그림을 보고 싶다면 로마의 마르쿠스 리비우스 드루수스 저택으로 가야 할 겁니다, 카이사르."

"지금은 크라수스 소유라고 알고 있습니다."

아티쿠스의 얼굴이 일그러졌다. 과거 투기에 같이 손을 댄 사이긴 했어도 그는 크라수스를 싫어했다. "그림들은 십중팔구 어디 지하실 먼지 더미 속에 던져놨겠지요. 그 그림들이 정식교육을 받은 매매용 노예나 싸게 매입한 인술라보다도 더 값어치 나간다고 누군가 슬쩍 귀띔해주기 전까지는 내내 거기 처박아둘 테고."

카이사르는 빙긋 웃었다. "자자, 아티쿠스, 모든 사람이 교양 있고 고상할 수는 없잖습니까! 크라수스 같은 사람이 있을 자리도 있는 거지요."

"내 집에는 없습니다!"

"결혼을 하지 않으셨군요." 아테네에서의 체류 일정이 끝나갈 무렵 카이사르가 말했다. 아티쿠스가 왜 결혼이라는 복잡한 관계를 피했는지 나름 짐작하는 바가 있기는 했지만, 카이사르가 말한 방식은 결코 무례하지 않았다. 적나라한 답을 요하는 말이 아니었기 때문이다.

금욕적이면서 다소 근엄해 보이는 아티쿠스의 기름한 얼굴이 살짝 찡그러지며 희미한 반감을 드러냈다. "그래요, 카이사르. 결혼할 의향도 없고요."

"반면에 나는 열세 살 때 결혼했습니다. 어린아이였던 신부는 지금까지도 침대에 데려갈 만큼 나이가 차지 않았지요. 별난 운명이에요."

"대부분의 사람들보단 별나지요. 킨나의 작은딸이었죠. 당신이 유피테르 옵티무스 막시무스를 위해서조차 이혼하지 않으려 했던."

"술라를 위해서조차, 라는 말씀이겠죠." 카이사르가 웃으며 말했다. "아주 운이 좋았습니다. 나는 가이우스 마리우스의 올가미에서 벗어나 유피테르 대제관 직을 그만두었지요. 술라의 적극적인 방조 아래!"

"결혼 얘기가 나왔으니 말인데, 마르쿠스 툴리우스 키케로를 아십니까?" 아티쿠스가 물었다.

"아니요. 물론 들어본 적은 있습니다."

"당신들은 잘 어울릴 만하지만, 어쩐지 그럴 것 같지가 않군요." 아티쿠스가 생각에 잠겨 말했다. "키케로는 자신의 지적 능력에 대해 민감하고 경쟁자들을 싫어합니다. 그런데 필시 당신이 그보다 지적으로 한 수 위겠지요."

"이 얘기가 결혼과 무슨 관계가 있습니까?"

"내가 막 그의 아내감을 찾았거든요."

"아주 잘됐군요." 카이사르는 무심히 대꾸했다.

"테렌티아예요. 바로 루쿨루스의 의붓누이지요."

"끔찍한 여자라고들 하더군요."

"사실입니다. 하지만 사회적 기준으로는 그에게 넘치는 상대죠."

카이사르는 마음을 정했다. 초대한 주인이 두서없는 대화에나 빠져든다면 떠날 때가 된 것이다. 그게 누구의 탓인지, 손님은 알고 있었다. 자진해서 추방생활중인 이 로마인 부호에 대한 그의 판단은, 아티쿠스가 소년들을 좋아하는 성적 취향을 지녔다는 것이었다. 이로 인해 카이사르는 평소의 사교적인 천성에 어울리지 않게 얼마간 말수가 줄 수밖에 없었다. 애석한 노릇이었다. 그렇지 않았다면 이 첫 만남에서 깊고도 지속적인 우정이 싹텄을 지도 모를 일이니.

아테네를 출발한 카이사르는 로마가 건설한 군용도로를 따라 북쪽으로 이동했다. 아티케에서 보이오티아, 테살리아를 거쳐 템페 계곡의 고갯길로 갔다. 일행이 카이사르의 무자비한 속도로 말을 타고 저멀리 올림포스 산 정상을 지나쳐갈 때 제우스 신에게 슬쩍 경례하는 것도 잊지 않았다. 바로 너머 디온에서 그들은 다시 배에 올랐고 이 섬 저 섬을 지나 헬레스폰트 해협에 다다랐다. 거기서부터 니코메디아까지 항해하는 데는 사흘이 걸렸다.

니코메디아 궁정에서 카이사르는 열광적인 환영을 받았다. 늙은 왕과 왕비는 카이사르가 테르무스, 루쿨루스와 함께 로마로 돌아갔다는 소식을 미틸레네에서 전해 들은 후로 그를 다시 볼 수 있으리라는 희망을 거의 버리고 있던 참이었다. 그러나 카이사르의 등장이 자아낸 기쁨을 온전히 표출하는 것은 애완견 술라의 몫이 되었다. 개는 멍멍, 왈왈 짖어대며 궁 안을 정신없이 휘저었고, 카이사르를 향해 뛰어올랐다가 왕과 왕비 쪽으로 쏜살같이 달려가 누가 왔는지 알리더니 다시 카이사르에게 달려왔다. 개가 부리는 재롱으로 인해 국왕 부처의 포옹과 입맞춤까지 무색해질 지경이었다.

"이러다 말까지 하겠는데요." 개한테서 겨우 놓여나 의자에 앉을 수 있게 되자 카이사르가 말했다. 개는 너무 숨이 찬 나머지 연거푸 쌕쌕 소리를 내며 카이사르의 발치에 딱 붙어 앉아 있는 데 만족했다. 카이사르는 몸을 굽혀 개의 배를 쓰다듬어주었다. "어이, 술라, 네 못생긴 얼굴이 이렇게 반가울 줄 몰랐어!"

그날 밤 늦게 자기 방으로 돌아간 카이사르는 알몸으로 침대에 누워 자신의 부모를 떠올리며 생각에 잠겼다. 그들은 항상 거리감이 느껴지는 존재였다. 좀처럼 집에 없었던 아버지는, 그나마 집에 있을 때도 자식들과 살가운 관계를 맺기보다 아내를 상대로 일종의 선전 포고 없는 전쟁을 치르는 데 더 열중하는 듯 보였다. 어머니는 한결같이 올발랐고 가차없이 비판했으며 애정 표현을 할 줄 몰랐다. 뭐라 설명할 순 없지만 공공연하게 드러났던 아버지의 아내를 향한 반감은 아마도 어머니의 그런 성품—육체적 냉담함, 무관심한 태도—탓이 컸으리라, 하고 카이사르는 현재 그의 관점에서 생각했다. 물론 이 청년이 미처 알지 못한 것이 있었으니, 아버지가 불만을 갖게 된 진짜 원인은 아내가 건물주 일을 더없이 좋아하는 데 있었다는 것이다. 그는 그 일이 아내에게 전혀 맞지 않는 하찮은 일이라고 여겼다. 그런데 카이사르와 그의 누나들이 알고 있던 아우렐리아는 언제나 건물주였으므로, 어머니의 이런 측면이 아버지를 화나게 한다고는 짐작도 하지 못했다. 대신에 이들 남매는 아버지의 태도를 포옹과 입맞춤에 굶주린 자신들의 결핍과 동일시했다. 그들의 부모가 함께 보낸 밤들이 얼마나 즐거웠는지 아이들은 알 도리가 없었으므로. 아버지의 죽음이라는 끔찍한 소식을—그의 유골을 들고 온 심부름꾼을 통해서—전해 들었을 때, 카이사르의 즉각적인 반응은 어머니를 꼭 껴안고 위로하는 것이었다. 그러나 어머니는 그의 품에서 몸을 빼내고는 딱 부러지는 말투로 네가 누구인지 명심하라고 말했다. 카이사르는 처음엔 상처를 받았으나, 이내 어머니로부터 물려받은 객관성이 발휘되면서 어머니에게서 그것말고 무슨 행동을 기대하겠냐는 생각이 들었다.

아마도 이건 주변에서 늘 보아서 알고 있던 어떤 사실의 증거에 지나지 않겠지, 하고 현재의 카이사르는 생각했다. 아이들은 항상 부모가 줄 의향이 없거나 줄 수 없는 것을 부모로부터 받고 싶어한다는 사실. 그의 어머니는 값을 매길 수 없이 귀한 진주 같은 사람이었다. 그도 잘 알고 있었다. 자신이 어머니를 얼마나 사랑하는지, 그리고 그의 내면 어디에 약점이 있는지 끊임없이 지적해준—놀랍도록 현실적이며 어머니답지 않은 충고를 해준 것은 물론이고—어머니에게 얼마나 큰 빚을 졌는지 잘 알고 있듯이.

그래도, 그렇다 해도…… 누군가가 포옹과 입맞춤과 무조건적인 애정으로 나를 맞아준다는 것은 얼마나 기분좋은 일인가. 니코메데스와 오라달티스가 오늘 그랬던 것처럼. 하지만 카이사르는 의식적으로 자신의 부모가 니코메데스 부부와 비슷했으면 하는 바람까지 품지는 않았다. 그저 그들이 자기 부모였으면 좋겠다고 생각했을 뿐이다.

이런 기분은 그리 오래가지 않았다. 다음날 아침 국왕 부부와 조반을 드는 자리에서 햇빛이 비쳐와 그의 바람이 얼마나 터무니없었는지 훤히 드러내 보여준 것이다. 앉은 자리에서 니코메데스 왕을 쳐다보던 카이사르는, 왕의 얼굴(왕은 카이사르를 생각해서 얼굴에 분칠을 하지 않고 있었다)에 친아버지의 얼굴을 겹쳐보다가 그만 웃음을 터뜨리고 싶어졌다. 오라달티스로 말하자면, 그녀가 왕비일지는 몰라도 왕족다운 위엄은 아우렐리아의 10분의 1에도 미치지 못했다. 부모님이 아니야, 하고 카이사르는 그제야 생각했다. 할아버지 할머니지.

카이사르가 니코메디아에 도착한 때는 10월이었고 그는 서둘러 떠날 계획이 없었다. 국왕 부부는 더없이 기뻐하며, 고르디온이든 페시노스든 프로콘네소스 섬의 대리석 채석장이든 그들의 손님이 가고 싶어하는 곳은 어디든 맞춰주려 애를 썼다. 그러나 비티니아에 머문 지 두 달이 지난 12월, 카이사르는 아주 까다롭고 묘하게 흘러가는 어떤 일을 맡아야 할 상황에 처했다.

그해 3월, 킬리키아의 신임 총독이 된 작은 돌라벨라는 다른 로마 귀족 두 명과 관리들로 구성된 수행단과 함께 로마를 떠나 담당 속주로 향했다. 동행한 귀족 둘 중에 더 중요한 인물은 그의 선임 보좌관인 가이우스 베레스였고, 덜 중요한 인물은 추첨을 통해 그의 수하로 배정된 재무관 가이우스 푸블리키우스 말레올루스였다.

술라 체제에서 재무관 선출을 통해 새로 원로원 의원이 된 말레올루스는 결코 신진 세력이 아니었다. 그의 가문은 집정관을 여럿 배출했고 그의 집 아트리움에는 이마고들이 보관되어 있었다. 그러나 그의 집안은 돈이 궁했다. 그나마 공권박탈 조치 때 헐값에 나온 매물을 운좋게 좀 사들인 덕분에 이 집안은 서른 살 된 말레올루스에게 온통 희망을 걸어볼 수 있게 되었고, 말레올루스는 집정관 직에 올라 가문의 옛 지위를 되찾을 의무를 짊어졌다. 어머니와 누이들은 그의 봉급이 얼마나 보잘것없을지, 작은 돌라벨라의 생활방식을 유지하는 데 얼마나 돈이 많이 들지 예상하고는 자신들의 장신구를 팔아 말레올루스의 돈주머니를 두둑이 채워주었다. 말레올루스 역시 담당 속주에 도착하면 그 돈주머니를 더욱 빵빵하게 채워볼 심산이었다. 여자들은 또 집안에 내려온 최고의 가보인 화려한 금은 식기 세트를 그에게 막무가내로 안겨주었다. 총독을 위한 연회를 열 때 가문(家紋)이 새겨진 그 식기를 쓰면 그의 격이 높아질 거라면서.

불행히도 가이우스 푸블리키우스 말레올루스에게는 그의 가문 선조들만한 머리가 없었다. 그는 다소 아둔하며 순진한 기질이 있었고, 이는 작은 돌라벨라의 수행단 중 선두 자리에서 살아남기에는 좋은 징조가 되지 못했다. 그에 반해 머리가 곧잘 도는 선임 보좌관 가이우스 베레스는 일행이 타렌툼에 닿기도 전에 말레올루스를 정확히 간파했다. 어찌나 매력을 발산하고 알랑거리며 재무관을 구워삶았던지, 이내 말레올루스는 베레스를 더없이 좋은 친구로 여기게 되었다.

그들은 동방으로 가는 또다른 총독 일행과 함께 이동중이었다. 그 총독은 아시아 속주에 새로 부임한 가이우스 클라우디우스 네로였다.

그는 파트리키 클라우디우스 씨족의 일원으로, 인물을 많이 배출하기로 유명한 파트리키 클라우디우스 풀케르 분가에 비해 재산은 더 많았으나 지성은 훨씬 뒤처졌다.

베레스는 또다시 배가 고팠다. 물론 베네벤툼 인근의 대형 지주와 유력자 들을 (그 일대에 대한 사전지식 덕에) 공권박탈자 명단에 올리면서 크게 한몫 챙기긴 했지만, 베네벤툼은 미술품을 향한 그의 진정한 열정을 채워주지 못했다. 베네벤툼의 공권박탈자들은 대개가 못 배운 자들이라, 감상적인 님프들이 떼로 등장하는 유치한 네아폴리스산 복제품에도 프락시텔레스나 미론의 작품만큼 만족해했다. 처음에 베레스는 저 악명 높은 섹스투스 페르퀴티에누스의 손자가 공권박탈자 명단에 오르기를 예의 주시하며 기다렸다. 페르퀴티에누스는 미술에 대한 식견으로는 기사계급 사이에서 거의 견줄 데 없이 평판이 자자했으며 아시아에서 징세청부업자로 활약한 덕분에 그의 소장품은 어쩌면 마르쿠스 리비우스 드루수스의 소장품보다도 훌륭한 수준이었다. 그런데 알고 보니 그 손자는 술라의 조카였던 게 아닌가. 페르퀴티에누스의 재산은 그렇게 영원히 안전해졌다.

베레스는 명문가 출신은 아니었지만—그의 부친은 원로원 뒷자리의 평의원으로, 베레스 가문 최초로 원로원에 진출한 자였다—돈 나올 곳을 잘 찾아가는 타고난 감과 일부 유력인사들에게 자신의 가치를 납득시킬 줄 아는 수완에 힘입어 그때까지 놀라운 성공을 거두었다. 그는 카르보는 수월히 속였지만 술라는 한 번도 속여넘기지 못했다. 그래도 술라는 그를 이용해 삼니움을 파괴하는 데는 아무 거리낌이 없었다. 안타깝게도 베네벤툼과 마찬가지로 삼니움에는 위대한 미술품이라곤 없었다. 베레스의 만족을 모르는 탐욕스러운 성격에서 이쪽 측면은 그렇게 여전히 채워지지 않은 채였다.

갈 곳은 동방뿐이야. 베레스는 마음의 결정을 내렸다. 그리스화된 그쪽 세계에는 알렉산드리아부터 올림피아, 폰토스, 비잔티온에 이르기까지 말 그대로 어디에나 조각상과 그림이 즐비했다. 그랬기에 술라가 이듬해 총독들을 추첨으로 뽑았을 때, 베레스는 자기가 가진 기회를 저울질해보고 작은 돌라벨라와 친분을 쌓는 쪽을 택했다. 그의 사촌형인 돌라벨라도 미술품으로는 알찬 마케도니아 속주에 가 있었지만 큰 돌라벨라는 쉽지 않은 사람인데다 자기만의 목표가 있었다. 아시아 속주로 가는 클라우디우스 네로는 옳고 그름을 다소 엄하게 따지는 사람이었다. 이렇게 되니 남는 사람은 킬리키아의 다음 총독인 작은 돌라벨라였다. 그는 베레스 같은 자에게 꼭 맞는 인물이었다. 욕심 많고 부도덕했으며, 더럽고 냄새나는 가장 천박한 부류의 여자들과 성적 자극을 높여주는 약물이 포함된 온갖 비행에 은밀히 가담하고 있었던 것이다. 동방으로 출발하기 이미 한참 전에 베레스는 돌라벨라가 그의 비밀스러운 비행을 계속해나가는 데 없어서는 안 될 사람이 되었다.

운이 따르는군, 하고 베레스는 승리감에 취해 생각했다. 포르투나 여신이 나를 선택한 거야! 사실 작은 돌라벨라 같은 사람이 많지도 않거니와, 그런 자들은 그처럼 높은 자리에 오르지 못하는 게 보통이었다. 사촌형 돌라벨라가 군사적으로 술라에게 도움이 되지 않았다면 사촌동생 돌라벨라가 법무관 직과 속주를 얻어낼 일은 절대 없었을 것이다. 당연히 법무관 직과 속주를 와락 움켜잡긴 했지만 작은 돌라벨라는 끝없이 전전긍긍했다. 그 때문에 베레스가 수완도 좋고 자신에게 동조적으로 나오자 돌라벨라는 안도의 한숨을 내쉬었다.

일행이 클라우디우스 네로와 함께 이동하는 동안, 베레스는 비유적으로 말해 근질거리는 두 손을 양 옆구리에 꽉 묶어놓고 그리스인들의 성소와 아고라에서 이런저런 미술품을 잡아채 가고 싶은 충동을 억눌렀다. 아테네에서는 사방에 진귀한 것들이 널려 있어 특히나 참기가 힘들었다. 그러나 아테네를 뒤덮은 로마의 거미줄 한가운데에는 티투스 폼포니우스 아티쿠스라는 거대한 거미가 떡하니 앉아 있었다. 그의 재정 감각과 카이킬리우스 메텔루스 가문과의 혈연관계, 그가 아테네에 안겨준 풍성한 선물 탓에 아티쿠스는 건드려서는 안 될 사람이었고, 그가 미술품을 강탈하는 로마인들을 규탄한다는 것은 익히 알려진 사실이었다.

그러나 배편으로 아테네를 떠날 즈음 클라우디우스 네로는 길을 달리했다. 빨리 페르가몬으로 가고 싶었던데다 본디 그리스 문화에 열광하지도 않았기 때문이다. 그리하여 클라우디우스 네로가 탄 배는 아시아 속주를 향해 전속력으로 달린 반면, 돌라벨라의 배는 작디작은 델로스 섬으로 항해했다.

9년 전 미트리다테스가 아시아 속주와 그리스를 침략하기 전까지 델로스는 전 세계 노예무역의 중심지였다. 거대 노예상인들이 모조리 이곳에서 사업을 벌였으며, 지중해 동단에 대부분의 노예를 공급한 해적들도 이곳으로 왔다. 그 옛날 델로스에서는 하루에 무려 2만 명의 노예가 새로운 주인의 손으로 넘어갔다. 그렇다고 해서 깔끔하고 너른 '상인의 항구'가 노예를 잔뜩 싣고 온 끝없는 선박 행렬로 꽉 찼다는 뜻은 아니다. 노예에 대한 소유권 이전에서 금액 지불까지, 거래는 서류 몇 장으로 이루어졌다. 특별한 노예들만 직접 델로스로 수송되었을 뿐, 섬은 순전히 중간상인들을 위한 공간이었다.

원래 이곳에는 이탈리아인과 로마인이 대규모로 거주했고 다수의 알렉산드리아인과 상당수 유대인도 있었다. 델로스에서 가장 큰 건축물은 로마인들이 세운 아고라였는데, 델로스에서 사업하는 로마인과 이탈리아인 들이 거기에 사무소를 차렸다. 요즘 이 아고라는 비바람에 고스란히 노출된 채 거의 텅 비어 있었다. 날씨가 비교적 좋아 대부분의 주택이 모여 있던 섬의 서쪽 지역도 황량하긴 마찬가지였다. 킨토스 산비탈의 계단식 대지(臺地)에는 델로스가 이집트 프톨레마이오스 왕조와 시리아 셀레우코스 왕조의 보호 아래 있던 때에 이곳으로 유입된 신들의 성역과 신전이 있었다. 아폴론 신의 동생인 아르테미스 여신의 성소는 두 항구 중에 더 작은 '신성한 항구'와 가장 가까이 붙어 있어, 이 항에는 순례자들이 타고 온 배만 정박했다. 여기를 지나 북쪽으로 더 가면 웅장하고 멋들어진 아폴론 성역이 있었는데, 거대하고 아름다운 신전은 널리 알려진 최고의 미술품들로 채워져 있었다. 그리고 아폴론 신전과 신성한 호수 사이에는 그 둘을 잇는 참배의 길 양옆으로 낙소스의 흰 대리석 사자상들이 줄지어 서 있었다.

베레스는 미친듯이 기뻐 날뛰었다. 그는 도무지 답사를 끝낼 줄 모르고 이 신전에서 저 신전으로 돌아다녔다. 축 늘어진 빈약한 젖가슴처럼 황소 고환이 잔뜩 달린 에페소스의 아르테미스 상에 경탄했고, 코마나의 마 여신이나 시돈의 헤카테, 알렉산드리아의 세라피스를 보고 놀라워했으며, 황금 조각상이나 금과 상아로 된 조각상, 원래 그 자리를 차지했던 사람이 분명 책상다리를 하고 앉았을 것으로 보이는 보석 박힌 동방식 옥좌를 보며 그야말로 침을 질질 흘렸다. 하지만 그가 도저히 유혹을 뿌리칠 수 없었던 조각상 둘을 발견한 곳은 아폴론 신전 내부였다. 하나는 통나무 피리를 불고 있는 사티로스 마르시아스와 그 앞에서 황홀해하는 미다스 왕과 격노한 아폴론 신을 묘사한 군상이었고,

다른 하나는 금과 상아로 장식한 신성한 아기들을 안고 있는 레토의 상으로 금과 상아 조각의 대가인 페이디아스가 제작했다고 알려진 작품이었다. 이 두 조각품은 마침 크기가 작았다. 베레스와 시종 네 명은 돌라벨라가 출항하기로 예정된 전날 한밤중에 신전으로 몰래 잠입했다. 조각상들을 대좌에서 떼어내 조심조심 모포로 감싼 뒤, 배의 짐칸에서 베레스의 소지품을 놓아둔 곳에 실었다.

"아르켈라오스가 이곳을 약탈했던 게 참 다행이야. 그뒤를 이은 술라도 그렇고." 동틀 무렵 베레스는 흡족한 기분으로 말레올루스에게 말했다. "델로스에서 노예 매매가 여전히 성행했다면 사람들 눈에 띄지 않고 돌아다니면서 물건을 슬쩍하기가 훨씬 힘들 테니까. 야간 행군중에라도 말이지."

조금 흠칫한 말레올루스는 베레스가 무슨 뜻으로 그런 말을 한 걸까 의아했지만, 어딘가 비뚤어진 아름다움을 풍기는 그 벌꿀색 얼굴을 보고 있자니 물어볼 엄두가 나지 않았다. 그러나 반나절이 지나지 않아 그 이유를 알게 되었다. 갑작스레 거세진 바람 때문에 돌라벨라가 출항을 못하고 있었는데, 바람이 잦아들기 전에 아폴론 성역의 신관들이 돌라벨라를 찾아온 것이다. 신관들은 아폴론 신이 가장 아끼는 보물 두 점을 도둑맞았다며 아우성치더니, (베레스가 얼마나 오래 그 주변을 배회하며 조각상들을 쓰다듬고 아랫부분을 잡고 흔들어대고 눈대중으로 살폈는지 언급하면서) 베레스를 범인으로 지목했다. 순간 말레올루스는 그 주장이 사실임을 깨닫고 소름이 끼쳐왔다. 그는 베레스를 좋아했으므로 돌라벨라에게 가서 베레스가 했던 말을 전하기가 여간 난처한 게 아니었으나, 그럼에도 자신의 본분을 다했다. 결국 돌라벨라는 베레스에게 조각품들을 돌려줘야 한다고 강경하게 말했다.

"이곳은 아폴론 신의 탄생지야!" 돌라벨라가 몸을 부르르 떨며 말했다. "여기서 약탈은 안 될 일이네. 우리 모두 병에 걸려 죽게 될 거야."

베레스는 멈칫거리더니 강렬한 분노에 휩싸여, 조각품들을 선체 측면 너머 돌투성이 해변으로 아무렇게나 던져버림으로써 '돌려'주었다. 말레올루스가 대가를 치르게 하겠노라는 맹세와 함께. 그러나 맹세는 마음속으로만 했다. 말레올루스로서는 참으로 놀랍게도, 베레스는 자신의 그 같은 행동을 막아준 데 대해 고마움을 표했다.

"나는 미술품 욕심이 너무 많아서 그게 참 골칫거리라네." 이렇게 말하는 베레스의 황금빛 눈동자는 따스하고 촉촉했다. "고맙네, 고마워!"

그러나 그의 욕심이 또다시 저지되는 일은 없었다. 테네도스(돌라벨라는 트로이아와의 전쟁에서 이 섬이 맡았던 역할 때문에 여기에 들르고 싶어했다)에서 베레스는 테네스 왕의 조각상을 훔쳐 제 것으로 삼았다. 그 조각은 아름다운 목제품으로 워낙 오래전에 만들어져서 멀찌감치 떨어져서 봐야만 사람의 형상으로 보였다. 베레스의 새로운 수법은 솔직하게 말하고 변명하지도 않는 것이었다. 그가 "저걸 갖고 싶소, 반드시 가져야겠소!"라고 말하기가 무섭게 미술품이 배의 짐칸으로 들어갔고, 그러면 돌라벨라와 말레올루스는 필연적으로 긴밀하게 맺어져서 오랜 기간 지속될 유대관계에 괜한 균열을 일으키고 싶지 않은 마음에 그저 한숨을 쉬며 고개를 내저었다. 키오스 섬과 에리트라이에서도 또다시 약탈이 자행되었다. 돌라벨라와 말레올루스를 위한 베레스의 유용한 봉사도 그와 동시에 이루어졌다. 베레스로 인해 돌라벨라는 이미 거부할 수 없게 된 타락의 길에, 이제는 말레올루스까지 서서히 끌려들어가고 있었다. 그리하여 사모스 섬의 헤라 신전과 성역에서 미술품이란 미술품은 모조리 훔칠 마음을 먹었을 때, 베레스는 돌라벨라를 구슬려 배 한 척을 추가로 빌릴 수 있었다. 게다가 5단 노선의 지휘를 맡고 있던 키오스 섬 출신의 카리데모스에게 신임 킬리키아 총독의 소함대를 타르소스까지 가는 남은 여정 동안 호위하게 하는 명령까지 얻어낼 수 있었다. 그 어떤 해적이라도 점점 불어나는 이 보물을 차지하게 할 수는 없으니까! 할리카르나소스는 프락시텔레스가 만든 조각상 몇 점을 잃었다. 아시아 속주에서 베레스가 마지막으로 급습한 그곳은 지금 성난 말벌떼처럼 들끓고 있었다. 그러나 팜필리아는 아스펜도스의 멋진 하프 연주자 조상과 페르게의 아르테미스 신전에 있던 보물 대부분을 도둑맞았다. 이곳 신전에서 베레스는 여신상의 만듦새가 영 형편없다고 판단하여 도금된 황금만 벗겨낸 뒤 녹여서 들고 가기 좋게 금괴로 만드는 것으로 만족했다.

그리하여 마침내 그들은 타르소스에 당도했다. 돌라벨라는 자신의 관저에 자리잡게 되어 기뻤고, 베레스는 자기가 지내려고 징발한 빌라에 약탈해 온 보물들을 눈요기용으로 진열할 수 있게 되어 기뻤다. 작품들의 진가를 알아보는 마음은 진짜였으므로 그는 단 한 점도 팔 생각이 없었다. 한마디로, 베레스 안에서 광적인 수집가의 집착과 무도덕함은 전에 없던 정점에 다다랐다.

가이우스 푸블리키우스 말레올루스 또한 키드노스 강가에 아담한 거처를 찾게 되어 기뻤다. 그는 금은 식기 세트와 돈주머니를 짐꾸러미에서 꺼냈다. 적법한 경로로 돈을 빌릴 수 없는 이들에게 엄청난 이율로 돈을 빌려주어 재산을 늘릴 요량이었기 때문이다. 그는 베레스가 자신에게 대단히 호의적이고 대단히 유익한 사람이라고 생각했다.

그즈음 돌라벨라는 육욕이 모두 채워진 무기력 상태에 빠져 있었다. 베레스가 구해다준 곤충 가루로 만든 미약과 여타 최음제로 인해 머릿속은 시종일관 흐릿한 상태가 되어, 속주의 통치는 선임 보좌관과 재무관이 알아서 하도록 기꺼이 맡겨두었다. 베레스는 타르소스의 미술품은 건드리지 않을 만한 분별을 보이면서 보복에 전념했다. 이제 말레올루스를 손봐줘야 할 때였다.

그는 모든 로마인에게 매우 중요한 주제, 그러니까 유언장 작성 문제를 꺼냈다.

"나는 떠나기 직전에 새로 하나 만들어서 베스타 신녀들에게 맡겼다네." 베레스가 말했다. 부드럽게 고불거리는 머리칼이 장식등 불빛 아래 낡은 금빛으로 보여 유난히 더 매력적인 모습이었다. "자네도 똑같이 해두었겠지, 말레올루스?"

"음, 아뇨." 말레올루스는 당황하여 대답했다. "실은 그 생각은 전혀 해보지 않았습니다."

"여보게, 그건 미친 짓이야!" 베레스가 외쳤다. "객지에 나온 사람은 무슨 일이 생길지 모르는 법이네. 해적을 만날 수도 있고 병에 걸리거나 배가 난파될 수도 있고 말이야. 25년 전 귀국길에 익사한 세르빌리우스 카이피오를 보게. 그 사람도 바로 자네처럼 재무관이었잖은가!" 베레스는 말레올루스의 아름다운 금도금 잔에 강화 포도주를 넘치게 따랐다. "필히 유언장을 작성하게!"

그렇게 일이 진행되었다. 말레올루스가 점점 더 취해가던—그리고 베레스는 취하는 것처럼 보이던—와중이었다. 돌라벨라의 어리석은 재무관이 너무 정신없이 취해서 자기가 무엇에 서명하는지 읽지도 못할 지경이 되었다고 판단하자, 베레스는 종이와 펜을 달라고 해서 말레올루스가 불러주는 유증 내용을 받아 적고는 말레올루스가 서명날인하는 것을 도왔다. 유언장은 말레올루스의 서재에 있던 서류함으로 들어갔고 그 즉시 작성자의 기억에서 사라졌다. 말레올루스는 그로부터 나흘이 채 지나지 않아 원인불명의 병으로 죽었다. 타르소스인 의사들은 마침내 식중독이라는 쪽으로 결론을 내렸다. 그런 뒤 유언장을 꺼내 보이던 중, 가이우스 베레스는 친구였던 재무관이 가문의 금은 식기까지 포함해 전 재산을 자신에게 남겼다는 사실을 알고는 놀라서 넋을 잃었다.

"끔찍한 일이에요." 그는 돌라벨라에게 슬피 말했다. "아주 멋진 유산이긴 하지만, 그보단 가엾은 말레올루스가 여기 함께 있었으면 좋겠습니다."

최음제로 정신이 몽롱한 와중에도 돌라벨라는 어딘가 위선의 냄새를 맡았다. 하지만 입 밖으로 꺼낸 말은 어떻게 로마에서 다른 재무관을 급히 불러올지에 관한 얘기뿐이었다.

"그럴 필요 없습니다!" 베레스가 쾌활하게 대꾸했다. "저는 카르보의 재무관이었습니다. 일을 꽤나 잘해서, 그가 이탈리아 갈리아 총독으로 갈 때도 재무관 권한대행으로 직무기한이 연장되었지요. 저를 재무관 권한대행으로 임명하시죠."

그리하여 킬리키아의 공무는—킬리키아의 공공 자금은 말할 것도 없고—가이우스 베레스의 수중으로 넘어갔다.

그해 여름 내내 베레스는 부지런히 일했다. 다만 킬리키아의 공익을 위해서는 아니었다. 득을 본 건 그의 개인 활동, 특히 그가 말레올루스로부터 넘겨받은 고리대금업이었다. 그래도 미술품 수집에는 더이상의 변화가 없었다. 아무리 베레스라도 공직 경력의 이 시점에서 킬리키아 내 도시와 신전에서 물건을 훔침으로써 자기 터를 더럽힐 만큼 대담하지는 못했다. 또한—적어도 클라우디우스 네로가 그곳 총독으로 있는 한—아시아 속주에서 약탈을 재개할 수도 없었다. 앞서 사모스 섬에서는 분개한 대표단을 페르가몬으로 파견하여 헤라 여신의 성역에서 일어난 약탈에 대해 클라우디우스 네로에게 항의했다가, 유감스럽지만 다른 총독의 보좌관을 처벌하거나 징계하는 것은 클라우디우스 네로의 권한 밖이므로 사모스 주민들은 로마의 원로원에 항의를 전달해야 할 것이라는 말만 들었다.

베레스에게 기발한 생각이 떠오른 때는 느지막한 9월이었다. 그는 지체 없이 생각을 현실로 옮기는 작업에 착수했다. 비티니아와 트라키아 두 곳 다 보물이 널려 있으니, 비티니아와 트라키아를 희생시켜서 소장품 목록을 늘리면 되지 않을까? 돌라벨라는 베레스의 말에 넘어가 그를 특사로 임명하고 비티니아의 니코메데스 왕과 트라키아계 오드리사이족의 사달라 왕 앞으로 소개장을 발급해주었다. 그리하여 10월 초 베레스는 육로를 통해 아탈레이아에서 출발해 헬레스폰트 해협으로 갔다. 이 경로라면 아시아 속주를 피할뿐더러, 어쩌면 가는 도중의 여러 신전에서 탐나는 미술품까진 아닐지라도 약간의 금은 얻을 수 있을지도 몰랐다.

사절단은 전원 망나니들로 이루어져 있었다. 베레스는 정직하고 고결한 인물과 함께 가길 원치 않았던 것이다. 심지어 (법무관 권한대행 자격으로 베레스에게 배정된) 릭토르 여섯 명까지도 자신이 하는 부정한 행위를 방조할 만한 자들로 세심하게 신경써서 골랐다. 그의 핵심 조수는 돌라벨라 참모단의 서기장인 마르쿠스 루브리우스라는 자였다. 베레스와 루브리우스는 이미 돌라벨라의 더럽고 냄새나는 여자들을 조달하는 일부터 해서 여러 뒷거래를 함께 도모해본 사이였다. 베레스의 노예들은 무거운 조각상을 들어 나를 덩치 큰 자들과 잠긴 방안으로 기어들어갈 자그마한 자들이 섞여 있었고, 그의 필경사들은 오로지 그가 훔친 물건들의 목록을 작성할 용도로 따라왔다.

육로 여행은 실망스러웠다. 피시디아와 베레스가 횡단한 프리기아 지역은 9년 전 미트리다테스 휘하의 장군들이 철저하게 약탈한 뒤였던 탓이다. 베레스는 상가리오스 강 쪽으로 더 넓게 빙 돌아가며 페시노스에서 뭔가 슬쩍할 수는 없을까 머리를 굴렸지만 결국은 헬레스폰트 해협 기슭의 람프사코스로 곧장 가기로 결정했다. 여기라면 아시아 속주의 군함 중 하나를 호위선으로 징발하여, 비티니아 해안을 따라 항해하며 찾아내어 마음에 든 것들을 죄다 튼튼한 화물선에 싣고 갈 수 있을 터였다.

헬레스폰트 해협은 작은 중립지대였다. 엄밀히 따지면 아시아 속주에 속했지만 미시아의 산줄기가 육지 쪽에서 해협을 가로막고 있었으며 페르가몬보다 비티니아와 더 가까운 관계를 맺고 있었다. 람프사코스는 좁은 해협의 아시아 쪽 주요 항구로, 트라키아의 칼리폴리스와 거의 마주보는 위치였다. 헬레스폰트 해협을 건너온 다양한 군대는 바로 여기서 아시아 땅에 상륙했다. 그 결과 람프사코스는 크고 붐비는 항구가 되었다. 하지만 이곳의 경제적 번영에는 도시 배후지에서 풍부하게 생산되는 질 좋은 포도주가 큰 부분을 차지했다.

명목상으로는 아시아 속주 총독의 관할하에 있었지만 람프사코스는 오래도록 독립을 누렸고, 로마는 공세를 받는 것으로 만족했다. 지중해 해안 지역의 번성한 정착지들이 으레 그렇듯이 여기도 영구 거주하는 로마 상인 무리가 있었지만, 람프사코스의 통치와 대부분의 부는 원래부터 이곳에 살던 포카이아 출신 그리스인들이 맡고 있었다. 이 그리스인들은 모두 로마 시민권을 보유하지 않은 동맹시민이었다.

베레스는 그가 가는 경로에서 보물이 있을 만한 곳은 죄다 부지런히 조사해둔 터였으므로, 사절단이 람프사코스에 도착했을 때는 이 도시의 상황과 이곳 저명인사들의 상황을 훤히 꿰고 있었다. 뒤편 구릉지를 통해 이 항구도시로 들어온 로마인 기마행렬은 곧바로 공황상태에 가까운 동요를 불러일으켰다. 릭토르 여섯 명을 앞세우고 온 이 로마의 중요 인사는 하인 스무 명과 킬리키아인 기병대 100명까지 대동하고 있었다. 그런데도 이들이 올 거라는 통보는 받은 적이 없었고, 이들이 무슨 목적으로 람프사코스에 온 건지 아무도 알지 못했다.

그해의 최고 행정장관은 야니토르라는 사람이었다. 대규모 로마 사절단이 아고라에서 그를 기다리고 있다는 소식에 야니토르는 도시의 다른 원로 몇몇과 함께 황급히 그곳으로 갔다.

"얼마나 오래 머물게 될지는 모르겠소만," 훤칠한 외모의 베레스가 고압적이고 적잖이 거만한 태도로 말했다. "나와 수하들이 묵을 적당한 거처가 필요하오."

다 같이 지낼 수 있을 만큼 큰 집을 찾기는 불가능하다고 야니토르는 머뭇거리며 말했다. 그렇지만 특사는 릭토르와 시종 들과 함께 당연히 자기 집으로 모실 것이며, 나머지는 다른 가정집에 나눠서 거처를 마련하겠다고 했다. 이어서 야니토르는 함께 온 다른 원로들을 소개했는데, 그중에는 술라가 와 있던 시기에 람프사코스의 최고 행정장관을 지냈던 필로다모스라는 사람도 있었다.

"듣자 하니," 호위를 받으며 야니토르의 저택으로 향하는 길에 서기장 루브리우스가 베레스에게 나직이 속삭였다. "저 필로다모스 영감에게 더없이 미모가 빼어나고 정숙한 여식이 있어서 집안에 꽁꽁 숨겨둔다고 합니다. 이름은 스트라토니케라고 하고요."

육욕에 관한 한 베레스는 돌라벨라와 달랐다. 조각상이나 그림을 볼 때와 마찬가지로 그는 자신의 여자들이 순결하고 완벽한 예술작품, 말하자면 생명을 얻은 갈라테이아(피그말리온이 만든 아름다운 조각상으로 아프로디테 여신이 그의 소원을 듣고 사람으로 만들어주었다 — 옮긴이)이길 원했다. 그러다보니 로마를 떠나 있을 때면 성욕을 채우지 않고 장기간 버티기가 예사였다. 설령 프라이키아같이 유명한 매춘부라 하더라도, 질 낮은 여자로는 만족하지 못할 게 뻔했기 때문이다. 그때껏 그는 독신으로 지냈으며, 결혼을 한다면 화려한 혈통과 절세의 미모를 지닌 당대의 아우렐리아 같은 신부를 얻을 작정이었다. 이번 동방 여행은 그의 재산을 단단히 불려서, 가령 카이킬리우스 메텔루스 가문이나 클라우디우스 풀케르 가문의 콧대 높은 여자와 혼인을 맺어 맞춤한 동맹을 성사시킬 수 있게 해줄 터였다. 율리우스 가문의 여자가 단연 최고였겠지만 그쪽 여식들은 모두 임자가 있었다.

그리하여 베레스는 벌써 수개월째 성적 흥분을 맛보지 못했고, 람프사코스에서 그런 재미를 보리라 기대하지도 않았다. 그런데 루브리우스는 사절단이 도시에 입성하자마자 무생물인 미술품말고 베레스의 다른 약점을 찾아내는 일에 시종일관 매달려서는, 남 말하기 좋아하게 생겼다 싶으면 아무나 붙잡고 속닥속닥 귀엣말을 했다. 그러던 중 필로다모스에게 아프로디테 여신에 필적할 만한 스트라토니케라는 딸이 있음을 알게 된 것이었다.

"더 알아보게." 베레스는 퉁명스레 대꾸하고는 야니토르의 집 문간에 이르자 가장 매력적인 거짓 미소를 지어 보였다. 최고 행정장관은 직접 마중나와 기다리고 있었다.

루브리우스는 고개를 까딱한 뒤 자리를 떠나 자기 숙소로 가는 시종을 뒤따라갔다. 그의 숙소는 훨씬 초라한 곳이었다. 어쨌든 그는 사절로서의 자격도 없는 말단 관리에 불과했으므로.

그날 오후 식사를 마친 후 루브리우스는 야니토르의 저택에 다시 나타나 베레스와의 은밀한 면담을 청했다.

"여긴 지내기 편하십니까?" 루브리우스가 물었다.

"뭐 그럭저럭. 그래도 로마의 빌라 같지는 않네. 람프사코스에 사는 로마 시민 중에 최고 부유층이 하나도 없는 게 유감이야. 그리스인들로 대충 만족해야 하다니 정말 마음에 안 드는군! 너무 간소해서 영 내 취향에 안 맞거든. 이 야니토르라는 자는 오로지 물고기만 먹고 산다네. 식탁에 달걀 한 알, 새고기 하나 내놓지를 않더라니까! 그래도 포도주는 훌륭하더군. 스트라토니케 일은 어찌 진행되고 있나?"

"대단히 까다롭습니다, 가이우스 베레스. 그 여자는 온갖 미덕의 귀감인 것 같더군요. 하지만 아무래도 그 아비와 오라비가 그 여자를 지키고 있어서 그런 듯합니다. 티그라네스가 자기 하렘에서 여자들을 지키듯이 말이죠."

"그렇다면 내가 필로다모스의 집으로 만찬을 들러 가야겠군."

루브리우스는 단호히 고개를 저었다. "그렇게 하셔도 여자가 나오지는 않을 겁니다, 가이우스 베레스. 이곳은 철저하게 포카이아계 그리스인 사회입니다. 집안 여자들은 손님에게 내보이지 않지요."

벌꿀빛 금발과 잿빛 흑발의 두 머리가 바짝 맞닿았고, 오가는 말소리는 속삭임으로 작아졌다.

"내 조수인 마르쿠스 루브리우스의 거처가 형편없다는군요." 루브리우스가 가고 난 뒤 베레스는 야니토르에게 이렇게 말했다. "그 사람에게 나은 숙소를 내주셔야겠소. 내 듣기에 당신 다음으로는 필로다모스라는 사람이 가장 중요 인사라더군요. 내일 당장 마르쿠스 루브리우스의 거처를 필로다모스의 저택으로 옮겨주셨으면 하오."

"그 버러지를 내 집에 들일 순 없소!" 야니토르가 베레스의 요구사항을 전하자 필로다모스가 쏘아붙였다. "마르쿠스 루브리우스라는 자가 대체 뭐란 말이오? 고작 추잡한 로마 서기잖소! 내가 공직에 있던 시절에는 로마의 집정관과 법무관이 내 집에 묵었소. 지난번 헬레스폰트 해협을 건넜을 때 저 위대한 루키우스 코르넬리우스 술라까지도 말이오! 실상 내가 들인 손님 중에 가이우스 베레스처럼 별 볼 일 없는 자도 한 사람도 없었단 말이오! 결국 그자가 뭐요, 야니토르? 킬리키아 총독의 보좌역에 불과하잖소!"

"제발, 필로다모스, 부탁이오!" 야니토르는 애걸했다. "날 봐서라도! 우리 도시를 봐서라도! 가이우스 베레스는 아주 고약한 잡니다, 확실히 그런 느낌이 들어요. 게다가 그자는 기병 100명을 데리고 있지 않소. 우리가 람프사코스를 다 뒤져도 유능한 직업군인을 그 절반만큼도 못 모을 겁니다."

이 말에 필로다모스가 마지못해 양보했고, 루브리우스는 그의 집으로 거처를 옮겼다. 그러나 양보한 것이 실수였음을 필로다모스는 이내 깨달았다. 루브리우스는 그의 집에 들어서기가 무섭게 소문난 미모의 딸을 보여 달라고 요구하더니, 그 영광스런 기회를 거절당하자 딸을 찾겠다고 필로다모스의 넓은 저택을 이리저리 뒤지기 시작했다. 아무 소득이 없자 루브리우스는 필로다모스를 그의 집안에서 마치 자신의 하인이기라도 한 양 자기 앞으로 불러들였다.

"오늘 오후에 가이우스 베레스를 위한 만찬을 여시오. 그리고 줄줄이 생선만 내지 말고 다른 걸 차려내시오! 생선도 그것대로 괜찮긴 하나 사람이 생선만 먹고 살 수는 없는 법이오. 그러니 양고기, 닭고기, 다른 새고기, 충분한 달걀과 최상급 포도주를 준비하시오."

필로다모스는 화를 꾹 참았다. "쉽지는 않더구나." 그는 아들 아르테미도로스에게 이렇게 말했다.

"저들은 스트라토니케를 노리는 겁니다." 아르테미도로스가 크게 분노하며 말했다.

"내 생각도 그렇다만, 저들이 워낙 발빠르게 루브리우스 놈을 내게 떠맡기는 바람에 그애를 빼돌릴 틈이 없었다. 이제는 그리할 수도 없어. 앞문이나 뒷문이나 로마인들이 얼쩡거리며 지키고 있으니."

아르테미도로스는 베레스를 위한 만찬에 참석하겠다고 했지만, 아들의 험악한 얼굴을 본 아버지는 아들이 그 자리에 있으면 상황을 악화시키리라 직감했다. 한참을 어르고 달랜 후에야 청년은 급히 집을 떠나 다른 데서 식사를 하기로 합의했다. 스트라토니케에 관해서는, 아버지와 아들이 할 수 있는 최선은 그녀를 자기 방에 가둬놓고 힘센 하인들을 함께 들여놓는 게 고작이었다.

베레스는 릭토르 여섯 명과 함께 도착했다. 릭토르들은 집 앞에 배치된 한편 일단의 기병들은 뒷문으로 보내 경계를 서게 했다. 로마인 특사는 이윽고 긴 의자에 편히 자리를 잡자마자 필로다모스에게 그의 딸을 불러오라고 요구했다.

"그건 안 되겠소, 가이우스 베레스." 노인이 완고하게 말했다. "이곳은 포카이아인들의 도시요. 그 말인즉슨 우리 부녀자들은 절대 낯선 사람과 한 방에 들이지 않소."

"당신 여식이 우리와 같이 식사를 하도록 청하는 게 아니오, 필로다모스." 베레스는 참을성 있게 말했다. "그저 당신네 포카이아인들 사이에 소문이 자자한 절세미인을 한번 봤으면 하는 것뿐이오."

"소문이 자자하다니 이유를 모르겠군요. 마을 사람들도 그 아이를 본 적이 없긴 마찬가진데 말이오." 필로다모스가 말했다.

"당연히 당신 하인들이 떠든 게 아니겠소. 어서 딸을 데려오시오!"

"그럴 수 없소, 가이우스 베레스."

루브리우스와 그의 동료 서기 넷 등 다른 손님 다섯 명도 그 자리에 참석해 있었다. 그들은 필로다모스가 딸을 보여주길 거절하자마자 일제히 보여달라며 소리를 질러댔다. 필로다모스가 거부하면 할수록 그들의 고함소리도 더 커졌다.

첫번째 요리가 들어오는 틈을 타서 필로다모스는 식당을 빠져나갔고, 하인 하나를 아르테미도로스가 식사중인 곳으로 보내 집으로 와서 아버지를 도와달라는 부탁을 전하도록 했다. 하인이 떠나자마자 필로다모스는 로마인들이 있는 식당으로 돌아가서 자기 딸을 보여줄 수 없다며 완강하게 버텼다. 루브리우스와 그의 동료 둘은 자리에서 일어나 딸을 찾으려 했고 필로다모스는 그들 앞을 막아섰다. 문 가까이 화로에는 끓는 물 한 주전자가 놓여 있었는데, 언제든 그릇에 그 물을 부어 조리실에서 나온 작은 그릇에 담긴 음식을 다시 데울 수 있도록 준비해 둔 것이었다. 그런데 루브리우스가 주전자를 획 움켜잡더니 필로다모스의 머리 위에 끓는 물을 부어버렸다. 겁에 질린 하인들은 부리나케 도망치고, 노인의 비명소리는 줄지어 스트라토니케를 찾아다니며 질러대는 로마인들의 고함과 야유 소리와 한데 뒤섞였다.

이 아수라장 속에 또다른 소리가 끼어들었다. 아르테미도로스와 그의 친구 스무 명이 아버지 집 현관 밖에 도착했지만 베레스의 릭토르들이 들어가지 못하게 막아선 것이었다. 십인대의 대장을 맡고 있던 코르넬리우스라는 자는 릭토르로서 자신이 불가침한 존재라는 확신을 갖고 있었다. 그러니 아르테미도로스 무리가 폭력을 써서 자신들을 문 앞에서 몰아낼 거라고는 한순간도 생각지 못했다. 아르테미도로스가 화상을 입은 아버지의 참담한 비명소리를 듣지 않았다면 아마 그랬을지도 모른다. 람프사코스인들은 한 덩어리로 움직였다. 릭토르 몇몇은 가벼운 상처만 입었지만 코르넬리우스는 목이 부러져 죽었다.

아르테미도로스와 친구들이 손에는 곤봉을 들고 얼굴에는 살기를 띤 채 식당으로 뛰어들어오자 만찬 참석자들은 황급히 흩어졌다. 그러나 베레스는 겁쟁이가 아니었다. 경멸하듯 무리를 한쪽으로 밀쳐낸 뒤 루브리우스를 비롯한 서기들과 함께 집에서 나온 그는, 릭토르 하나가 죽어 길에 널브러져 있고 다른 릭토르들 다섯 명이 잔뜩 겁을 먹은 채 그 주위를 빙 둘러싸고 있는 것을 발견했다. 코르넬리우스의 시체가 릭토르들 가운데 축 늘어져 있는 와중에 특사는 그들을 길 위쪽으로 마구 재촉했다.

이때쯤에는 이미 주민들 모두가 동요하기 시작했고, 야니토르는 자기 집의 열린 정문 앞에 서 있었다. 로마인들이 들고 온 게 뭔지 보고 그는 가슴이 철렁 내려앉았으나 그럼에도 그들을 집안으로 들였으며 신중하게 대문 빗장을 걸어 잠갔다. 아르테미도로스는 아버지의 상처를 돌보느라 집에 남았지만, 친구 두 명이 나머지 청년 무리를 이끌고 도시 광장으로 가서 다른 이들에게 합류할 것을 촉구했다. 그리스인들은 다들 가이우스 베레스라면 진절머리가 날 지경에 이르렀기에, 그 도시에서 가장 명망 높은 로마인 거주자인 푸블리우스 테티우스의 열렬한 연설조차 보복하겠다는 그들의 뜻을 꺾지 못했다. 주민들은 테티우스와 그의 집에 손님으로 묵고 있던 가이우스 테렌티우스 바로를 아예 무시해버리고 야니토르의 집 쪽으로 우르르 몰려갔다.

도착한 그들은 들여보내달라고 요구했다. 야니토르가 거절하자 주민들은 임시로 만든 공성망치로 문을 두드려댔으나 아무 효과가 없었다. 그러자 이번에는 집을 태우기로 결정했다. 불쏘시개와 통나무 더미가 건물 앞 벽에 쌓이고 불이 붙여졌다. 테티우스와 테렌티우스 바로, 그리고 람프사코스에 거주하는 다른 로마인 몇몇이 때마침 도착해서 간신히 대참사를 막을 수 있었다. 이 로마인들이 간곡히 호소한 덕분에 불같이 흥분했던 사람들은 웬만큼 냉정을 되찾았고, 로마인 특사를 불에 태워 죽였다가는 스트라토니케가 더럽혀지는 것보다 더 심각한 결과를 낳을 것이라는 데까지 생각이 미쳤다. 그리하여 (야니토르의 집 앞쪽으로 이미 상당히 번져 있던) 불은 곧바로 꺼졌고 람프사코스 청년들은 집으로 돌아갔다.

베레스가 조금이라도 덜 오만한 사람이었다면, 떠나기에 안전하겠다고 판단되는 즉시 뜨겁게 들끓는 이 그리스인 도시에서 달아났을 것이다. 그러나 베레스는 전혀 달아날 마음이 없었다. 달아나기는커녕 결코 더러운 아시아의 그리스인 둘에게 당하지 않겠노라 결의를 다지면서, 차분히 책상 앞에 앉아 아시아 속주 총독 클라우디우스 네로에게 편지를 썼다.

"즉시 람프사코스로 오셔서 동맹시민 두 명, 필로다모스와 아르테미도로스를 로마 특사의 수석 릭토르 살인죄로 재판해주십시오." 그는 이렇게 적었다.

이 편지는 페르가몬까지 아주 신속하게 전해지긴 했지만, 테티우스와 테렌티우스 바로가 총독에게 공동 전달한 상세한 보고서만큼 빠르지는 못했다.

"나는 절대 람프사코스로 가지 않을 거요." 클라우디우스 네로가 베레스에게 보낸 답신의 내용이었다. "내 선임 보좌관이자 당신보다 직급이 훨씬 높은 가이우스 테렌티우스 바로로부터 진상을 전해 들었소. 어쩌면 당신이 불에 타 죽지 않은 게 유감이군. 당신은 딱 그 이름다운 인간이오, 베레스, 이 돼지 같은 작자야."

베레스의 가슴속에 차오른 분노는 다음 편지를 쓸 때 그의 펜 끝에 독기와 힘을 실어주었다. 이번 편지는 타르소스에 있는 돌라벨라 앞으로 보내는 것이었고, 채 이레도 되지 않아 타르소스에 도착했다. 편지의 배달을 맡고 잔뜩 겁에 질린 기병은, 늑장을 부렸다간 베레스가 자신에게 무슨 짓을 할지 너무나 두려웠던 탓에 몇 시간마다 새 말을 구하기 위해서라면 살인도 마다하지 않을 각오가 되어 있었던 것이다.

"지금 당장, 한달음에 페르가몬으로 가십시오." 베레스는 의례적인 인사나 경의의 표시도 없이 자신의 상관에게 지시했다. "한시도 지체 말고 클라우디우스 네로를 람프사코스로 보내서 내 수석 릭토르를 살해한 동맹시민 놈들을 재판하고 처형하게 하십시오. 그리하지 않는다면 나는 로마에서 누군가의 난행과 약물에 대해 입을 열게 될 겁니다. 빈말이 아닙니다, 돌라벨라. 그리고 클라우디우스 네로가 람프사코스로 와서 이 추악한 그리스 놈들에게 유죄 판결을 내리지 않는다면 내가 그자 또한 부정행위로 고발할 것이라고 전하십시오. 나는 이 고발들을 끝까지 관철시킬 겁니다, 돌라벨라. 내가 못할 거라고 생각지 마십시오. 그 때문에 죽는 한이 있어도 기어이 관철시키고 말 테니까."

람프사코스 사건에 관한 소식이 니코메데스 왕의 궁정에 당도할 즈음 그곳 상황은 교착상태에 이르러 있었다. 베레스는 여전히 야니토르의 집에 머물면서 도시를 자유로이 활보하고 다녔고, 아니토르는 베레스가 지금 있는 곳에 계속 머물 거라고 람프사코스의 원로들에게 통보하라는 지시를 받았으며, 다들 클라우디우스 네로가 부자를 재판하기 위해 페르가몬에서 오고 있다는 것을 알았다.

"내가 할 수 있는 일이 있으면 좋으련만." 왕이 걱정스러운 목소리로 카이사르에게 말했다.

"람프사코스는 비티니아가 아니라 아시아 속주 관할 지역이에요." 카이사르가 대꾸했다. "왕께서 어떤 식으로든 행동을 취하신다면 겉으로는 외교적인 구실을 대야 할 텐데, 그렇게 해서 저 불운한 두 동맹시민에게 도움이 될 것 같지는 않습니다."

"가이우스 베레스는 순 늑대 같은 무뢰한이야, 카이사르. 금년 초에도 아시아 속주 도처의 성소에서 보물을 도둑질하더니, 뒤이어 아스펜도스의 하프 연주자 조상과 페르게의 아르테미스 여신의 황금 피부까지 훔쳐갔다네."

"그러니 로마가 속주들에게 퍽이나 사랑받는 거겠죠." 카이사르는 경멸스러운 듯 입술을 치켜올렸다.

"그자 앞에서는 그 무엇도 안전하지 않아. 이제 보니 유력한 그리스인 동맹시민의 고결한 딸들조차 예외가 아닌 것 같군그래."

"그나저나 베레스는 람프사코스에서 뭘 하는 겁니까?"

니코메데스는 몸을 부르르 떨었다. "나를 보러 오는 게야, 카이사르! 그자는 나와 트라키아의 사달라 왕 앞으로 된 소개장을 갖고 있네. 돌라벨라 총독이 그자에게 특사 지위를 부여해준 거지. 그자의 진짜 목적은 우리 왕국의 조각상과 그림을 훔치려는 것일 게야."

"제가 여기 있는 동안은 감히 그럴 수 없을 겁니다, 니코메데스." 카이사르가 왕을 달랬다.

늙은 왕의 얼굴이 밝아졌다. "내가 하려던 말이 그거야. 자네가 내 특사 자격으로 람프사코스에 가서, 비티니아가 사태를 주시하고 있음을 가이우스 클라우디우스 네로가 알 수 있게 해주지 않겠나? 내가 직접 갈 엄두는 나지 않거든. 내가 가면 호위대를 데려가지 않더라도 무력을 행사하려는 위협으로 비칠지 모르니 말이야. 아시아 속주의 군대보다 내 군대가 람프사코스와 훨씬 가까우니까."

카이사르는 니코메데스가 말을 마치기 전부터 그 말이 자신에게 어떤 난관을 의미할지 알았다. 만일 그가 비티니아 왕의 공식 대리인으로서 사태를 관측하러 람프사코스에 간다면 로마인 모두 실제로 그가 니코메데스와 그렇고 그런 사이라고 추측하게 될 것이다. 하지만 그곳으로 가는 걸 어떻게 피할 수 있단 말인가? 왕의 청은, 외견상으로는 합당한 것인데.

"제가 전하를 대리하는 것으로 비쳐서는 안 됩니다." 카이사르가 심각한 어조로 말했다. "그 두 동맹시민의 운명은 순전히 아시아 속주 총독의 손에 달려 있어요. 그런데 관직도 없이 일개 로마 시민에 불과한 스무 살짜리가 비티니아 왕의 대리인이라 주장하며 와 있는 것을 달가워할 리 없습니다."

"하지만 나는 과장하지 않을 정도로 객관적이되 자동적으로 그리스인들 편이 되진 않을 만큼 로마와 가까운 사람에게서 람프사코스 상황을 전해 들어야 한단 말이네!" 니코메데스가 항변했다.

"가지 않겠다고 한 적은 없습니다. 갈 거예요. 하지만 순수하게 로마의 일개 시민 자격으로 가는 겁니다. 어쩌다 근처에 왔다가 호기심을 이기지 못한 사람이 되는 거죠. 그리하면 비티니아가 결부되었다는 사실을 전혀 들키지 않으면서도 돌아왔을 땐 왕께 상세한 보고를 드릴 수 있습니다. 그때 가서 필요하다 판단되시면 로마 원로원에 공식 항의를 제기하실 수 있고, 그럼 제가 증언하겠습니다."

카이사르는 다음날 출발했다. 육로로 말을 타고 갔으며 부르군두스와 하인 넷 외에는 누구도 동행하지 않았다. 그렇게 하면 어디서 왔고 어디로 가는 길이라 한들 이상할 게 없을 터였다. 말을 탈 때 즐겨 입는 복장인 가죽 판갑과 프테루게스를 입고 갔지만, 주도면밀하게 토가와 튜닉과 원로원 의원용 신발을 따로 챙겼으며 떡갈잎으로 시민관을 새로 만들어줄 수 있도록 고용한 노예를 데려갔다. 니코메데스 왕의 이름으로 자신을 과시하기는 싫었어도 본인 이름으로 자신을 과시할 의향은 충분했던 것이다.

카이사르가 베레스가 이용했던 바로 그길로 람프사코스에 들어선 때는 12월의 끝자락이었다. 아무도 그의 존재에 주목하지 않았다. 그곳 사람들은 전부 부두로 몰려가 클라우디우스 네로와 돌라벨라가 대규모 함대를 정박하는 광경을 구경하고 있었다. 두 총독 중 어느 쪽도 기분이 좋지 않았다. 돌라벨라는 영영 베레스의 손아귀에 잡혀버린 괴로움 때문이었고, 클라우디우스 네로는 돌라벨라의 무분별한 행동으로 이제 자신의 입지마저 위태로워진 때문이었다. 적절한 숙소에 묵을 수 없다는 것을 알게 되자 두 총독의 굳은 얼굴은 펴질 줄을 몰랐다. 베레스가 여전히 야니토르의 집에서 지내고 있었고, 그 외에 람프사코스에서 유일하게 넓은 저택은 피의자인 필로다모스 소유였기 때문이다. 결국 테티우스가 나서서 이 문제를 해결했다. 자기 집에서 동료 하나를 내보낸 뒤 클라우디우스 네로와 돌라벨라가 그곳을 나눠쓰도록 내준 것이다.

베레스를 맞이한(총독이 도착할 무렵 그는 벌써부터 징발된 주택에 가서 기다리고 있었다) 클라우디우스 네로는, 자신이 재판을 주재하기를—또한 베레스를 원고측 책임자이자 증인이자 배심원단의 일원이자 람프사코스에서 발생한 사건에도 불구하고 법무관 권한대행이라는 공식 자격이 온전히 보장된 특사로서 인정하기를—상대가 바라고 있음을 알게 되었다.

"말도 안 되는 소리!" 그는 돌라벨라와 테티우스, 보좌관 테렌티우스 바로가 듣는 자리에서 베레스에게 말했다.

"무슨 뜻입니까?" 베레스가 따지듯 물었다.

"로마의 사법제도는 널리 알려져 있소. 그런데 당신이 제안한 것은 억지스러운 가짜요. 나는 지금껏 내 속주에서 제대로 실력을 발휘했소! 현상황을 봤을 때 나는 봄에 다른 후임으로 대체될 공산이 크오. 당신 상관인 나이우스 돌라벨라도 마찬가지고. 돌라벨라는 어떨지 모르겠으나"—클라우디우스 네로는 침묵을 지키고 있던 돌라벨라를 흘낏 보았으나 돌라벨라는 그의 시선을 피했다—"나는 내 속주에 재임했던 괜찮은 총독 중 하나였다는 평판을 지키면서 직위에서 물러날 작정이오. 아마 이번 사건이 내가 맡는 마지막 주요 사건이 될 터인데, 이렇듯 억지스러운 법 해석을 용납할 순 없소."

베레스의 잘생긴 얼굴이 돌처럼 굳었다. "빨리 유죄판결이 나야 한단 말입니다!" 그가 외쳤다. "저 그리스인 동맹시민 두 놈은 태형을 받고 참수되어야 합니다! 그들은 직무 수행중이던 로마의 릭토르를 살해했습니다! 그들이 이런 짓을 저지르고도 빠져나가게 둔다면, 여전히 미트리다테스 왕의 통치를 갈망하는 속주에서 로마의 권위가 더욱 약화되고 맙니다."

썩 훌륭한 논거였다. 하지만 이것이 클라우디우스 네로가 결국 굴복하고 만 이유는 아니었다. 그가 굴복한 것은 정면 대결에서 베레스에게 저항할 힘이나 기개가 없었기 때문이었다. 베레스는 람프사코스에 파견되어 거주하는 로마인들을 테티우스와 그의 손님 테렌티우스 바로를 제외하고 모조리 자기편으로 회유하는 데 성공했고, 그들의 감정을 자극해 이후 오랜 기간 동안 이 도시의 평화를 위협하는 지경까지 몰아갔던 것이다. 이제 로마인 대 그리스인이라는 맹렬한 대립 구도가 형성되었다. 클라우디우스 네로는 자신에게 가해지고 있던 압력에 도저히 저항할 수가 없었다.

그사이 카이사르는 부둣가의 작은 여인숙에 어렵사리 숙소를 정했다. 허름한 외관만큼 지저분한 그곳은 주로 뱃사람들을 상대했는데, 유일하게 카이사르를 받아주겠다고 한 곳이었다. 이 지역에서 그는 미움받는 로마인이었던 것이다. 날씨가 지금처럼 춥지만 않았으면 카이사르는 기꺼이 노숙을 했을 것이다. 계속 독자적으로 지내겠다는 결심만 아니었다면 로마인 거주민의 집에 묵기를 청했을지도 모른다. 하지만 상황이 상황이니만큼 항구 옆의 그 여인숙밖에 답이 없었다. 카이사르와 부르군두스가 분명 형편없을 것으로 짐작되는 저녁식사에 앞서 산책하러 나가 있던 동안에도, 람프사코스의 포고관들은 다음날 장터에서 필로다모스와 아르테미도로스의 재판이 열릴 예정이라며 큰 소리로 외치고 다녔다.

다음날 카이사르는 전혀 서두르지 않았다. 그는 공판에 사람들이 모두 모인 후에 그 현장에 화려하게 등장하기를 원했다. 실제로 도착했을 때 그의 존재는 작은 반향을 일으켰다. 로마 귀족에 원로원 의원이자 전쟁 영웅인데다 그 자리에 참석한 로마인 누구에게도 충성할 필요가 없는 인물이었기 때문이다. 로마인들 중 누구도 바로 이름을 떠올릴 정도로 그의 얼굴을 잘 아는 사람이 없었다. 지금의 카이사르는 라이나와 아펙스 차림이 아니라, 오른쪽 어깨에 원로원 의원을 상징하는 넓은 자주색 띠가 있는 튜닉에 새하얀 토가를 입고 발에는 원로원 의원의 적갈색 가죽신을 신고 있었기에 더더욱 그랬다. 그 차림에 더해 머리에 떡갈잎관까지 쓰고 있었으므로, 두 총독을 비롯한 모든 로마인은 카이사르의 출현에 부득이 자리에서 일어나 박수를 보내야 했다.

"나는 독재관 루키우스 코르넬리우스 술라의 처조카인 가이우스 율리우스 카이사르입니다." 카이사르는 클라우디우스 네로에게 툭 터놓고 자신을 밝히며 오른손을 내밀었다. "그저 지나던 길에 이 소란에 대해 듣게 되었어요! 혹시 배심원단에 사람이 하나 더 필요하시진 않을까 해서 직접 와보는 게 좋겠다고 생각했습니다."

당연히 사람들은 그 이름을 바로 알아보았다. 미틸레네 공성전 때문이라기보다는 유피테르 대제관 직 때문이었다. 그들은 루쿨루스가 귀국했을 때 로마에 없었으므로 미틸레네의 투항에 관한 내용도 자세히 몰랐다. 배심원이 되겠다는 제안은 정중히 거절당했지만, 카이사르는 전쟁 영웅일 뿐 아니라 독재관의 처조카이기도 한 이를 위해 급히 마련된 의자에 자리를 얻었다.

재판이 시작되었다. 배심원 역할을 맡을 로마 시민이라면 그 자리에 충분히 많았는데, 돌라벨라와 클라우디우스 네로가 휘하의 하급 관리 여러 명과 페르가몬의 로마인 병사 1개 대대 전체를 함께 데려온 때문이었다. 핌브리아군이었던 그 병사들은 카이사르를 바로 알아보고 기쁘게 환호하며 그를 맞았다. 두 총독 모두 카이사르가 그 자리에 앉아 있는 것을 탐탁지 않아한 또다른 이유였다.

베레스가 원고측을 조직하긴 했지만 실제 기소인 역할은 현지 주민인 한 로마인이 맡았다. 고리대금업자였던 그는 체납 고객들로부터 돈을 받아내려면 클라우디우스 네로의 릭토르들이 필요했고, 기소하는 데 동의하지 않으면 그 릭토르들이 더이상 나서주지 않으리라는 것을 잘 알고 있었다. 람프사코스의 그리스인들은 죄다 재판장 주변에 모여서 낮은 소리로 투덜거리며 쏘아보다가 이따금씩 주먹을 휘둘렀다. 하지만 그런 태도에도 불구하고 그들 중 누구도 자진해서 필로다모스와 아르테미도로스를 옹호하고 나서지 않았으므로, 두 부자는 생소한 법제 아래에서 자신들의 소송을 직접 처리할 수밖에 없었다.

이건 순 억지군, 하고 무표정한 얼굴로 카이사르는 생각했다. 명목상으로 재판장인 클라우디우스 네로는 법정을 운영하려는 시도를 전혀 하지 않고 말없이 앉아 베레스와 루브리우스가 하는 대로 내버려두었다. 돌라벨라는 배심원석에 앉아 시종일관 큰 소리로 베레스를 옹호하는 발언을 쏟아냈으며, 마찬가지로 배심원석에 있던 베레스도 자신에 대한 옹호 발언을 했다. 그리스인 구경꾼들이 필로다모스와 아르테미도로스에게 자신을 변호할 시간이 제대로 주어지지 않으리라는 것을 눈치채자, 개중 몇몇은 욕설을 퍼붓기 시작했다. 그러나 광장에는 무장한 핌브리아 병사 500명이 주둔해 있었다. 군중이 폭동을 일으킨다 해도 상대가 되지 않을 규모였다.

드디어 나온 평결은 '평결 없음'이었다. 배심원단이 재심을 명한 것이다. 이것이야말로 배심원 대다수가 베레스의 폭풍 같은 분노를 사지 않으면서도 이 막돼먹은 소송에 대한 불찬성을 표명할 수 있는 유일한 방법이었다.

베레스는 재심 명령이 나오는 것을 듣고 공황상태에 빠졌다. 필로다모스와 아르테미도로스가 죽지 않고 살아남으면 분개한 마을 사람들 전체를 등에 업고 로마에서 자신을 기소할 수도 있다는 사실을 별안간 깨달았던 것이다. 어쩌면 전쟁 영웅인 로마 원로원 의원이 그들에게 유리한 증언을 할 수도 있다. 베레스는 가이우스 율리우스 카이사르가 자기편이 아니라는 인상을 뚜렷이 받은 터였다. 이 청년은 표정이나 발언으로는 아무것도 내비치지 않았지만 그것 자체가 반대 의사를 드러내고 있었다. 더구나 그는 로마의 독재관 술라와 인척관계가 아닌가! 베레스가 로마 안의 로마인 법정에서 재판받게 되면 클라우디우스 네로가 용기를 되찾을 가능성도 무시할 수 없었다. 그렇게 되면 베레스가 클라우디우스 네로의 개인적인 행동에 대해 무슨 혐의를 제기하더라도 핵심 증인의 신용을 떨어뜨리려는 인신공격처럼 들릴 터였다.

클라우디우스 네로가 꼭 같은 생각을 하고 있다는 사실은 그가 재심 일정을 초여름으로 잡겠다고 발표하는 순간 명백히 드러났다. 그때가 되면 필시 아시아 속주의 총독이 바뀌어 있을 테고 킬리키아에도 새 총독이 와 있을 것이다. 로마의 릭토르가 죽었음에도 불구하고, 갑자기 필로다모스와 아르테미도로스에게는 자유롭게 풀려날 수 있는 절호의 기회가 생겨났다. 그리고 만약 풀려난다면 그들은 로마로 가서 베레스를 기소할 것이다. 그 이유를 필로다모스는 배심원단 앞에서 이렇게 밝힌 참이었다.

“우리 동맹시민들은 우리가 로마의 관리를 받고 있으며 총독과 그의 보좌관 및 관리들에게, 또 그를 통해 로마의 원로원과 인민에게 우리의 행동에 대해 설명해야 한다는 것을 알고 있습니다. 우리가 로마의 통치를 기꺼이 받아들이려 하지 않는다면 반드시 응분의 보복이 따를 것이고 우리 중 다수가 처벌받게 되리라는 것도 잘 알고 있습니다. 그러나 총독의 한낱 보좌역에 불과한 자가 우리 아이들에게 욕정을 느끼고 자신의 사악한 목적을 위해 우리에게서 아이들을 강탈해 가도록 로마가 용납한다면 로마의 외국인 신민인 우리는 어찌해야 합니까? 아들과 나는 그저 우리의 누이와 딸을 사악한 자로부터 지켰을 뿐입니다! 어느 누구도 사람을 죽일 의도는 없었고, 먼저 공격을 시작한 것도 그리스인이 아니었습니다. 나는 내 딸에게 고통과 치욕을 안기려는 가이우스 베레스 일행을 저지하려던 중에 내 집에서 뜨거운 물에 화상을 입었습니다. 아들과 친구들이 나타나지 않았더라면 내 딸은 실제로 고통과 치욕을 당했을 것입니다. 가이우스 베레스는 문명국민의 문명화된 일원답게 행동하지 않았습니다. 그는 그야말로 야만인처럼 행동했습니다."

재판 내내 돌라벨라와 베레스가 본분을 다하여 유죄를 선고하라고 큰 소리로 촉구했던, 전원 로마인으로 구성된 배심원단이 재심 평결을 내렸다는 사실에 그리스인 군중은 대담해졌다. 그들은 조롱과 거센 야유와 성난 몸짓으로 클라우디우스 네로와 그의 법정이 서둘러 장터에서 나가도록 재촉했다.

"재심 일정을 내일로 잡으십시오." 베레스가 클라우디우스 네로에게 말했다.

"내년 여름이오." 클라우디우스 네로가 머뭇거리며 대꾸했다.

"집정관이 되고 싶다면 그러지 마십시오." 베레스가 말했다. "내가 아주 기쁘게 당신을 무너뜨릴 테니까요. 못할 거라는 의심은 접어두시죠! 돌라벨라가 다치면 당신도 다칩니다. 이번에 내 말대로 하지 않으면 대가를 치를 각오를 해두십시오. 필로다모스와 아르테미도로스가 살아서 나를 로마에서 기소하게 된다면, 그 그리스 놈들이 로마에 도착하기 훨씬 전에 내가 당신과 돌라벨라를 기소할 테니까. 기필코 당신들

둘 다 부당취득죄로 유죄를 선고받게 할 겁니다. 둘 중 누구도 내게 불리한 증언을 할 수 없게 말이죠."

재심은 재판 이튿날에 열렸다. 뇌물 받기를 마다하지 않는 배심원들에게는 뇌물을 먹이고 마다하는 배심원들은 협박하고 다니느라 베레스는 한숨도 자지 못했다. 베레스를 따라 억지로 끌려다닌 돌라벨라 역시 마찬가지였다.

이 철야 작업이 국면을 바꿔놓았다. 배심원들의 근소한 표차로, 필로다모스와 아르테미도로스는 로마 릭토르 살인죄로 유죄를 선고받았다. 클라우디우스 네로는 그들의 즉결 사형을 지시했다. 그리스인 군중은 핌브리아 대대 병사들의 저지로 멀찍이 떨어진 채 부자가 옷이 벗겨지고 태형을 당하는 모습을 속절없이 지켜보았다. 아버지는 머리가 어깨에서 잘려나갈 때 의식이 없었으나, 마지막 순간까지도 정신을 놓지 않았던 아르테미도로스는 자신이나 아버지의 운명 때문이 아니라 천애고아가 된 누이의 운명 때문에 눈물을 흘렸다.

처형이 끝날 무렵 카이사르는 빽빽이 모여 있는 람프사코스의 그리스인 주민들 속으로 겁도 없이 걸어들어갔다. 그들 모두 이제는 분노를 넘어 충격 속에 울고 있었다. 다른 로마인 중에는 누구도 그들 가까이 가는 사람이 없었다. 클라우디우스 네로와 돌라벨라는 핌브리아 병사들의 호위를 받으며 아까부터 소지품들을 부두로 옮기고 있었다. 그러나 카이사르에게는 목적이 있었다. 그는 오래지 않아 군중 속에서 유력 인사들을 가려냈고 그 사람들에게 다가갔다.

"람프사코스는 반란을 일으킬 수 있을 만큼 큰 도시가 아닙니다." 카이사르가 말을 꺼냈다. "하지만 복수는 가능합니다. 이 한심한 무리들만 보고 로마인 전체를 판단하지 마시고, 노여움을 참으십시오. 내가 로마에 돌아가면 돌라벨라 총독을 고발하고 반드시 베레스의 법무관 당선을 막겠다고 약속드리지요. 선물 때문도, 명예 때문도 아닙니다. 단순히 내 만족을 위해서 하는 겁니다."

그런 뒤 카이사르는 야니토르의 집으로 찾아갔다. 베레스가 람프사코스를 떠나기 전에 그를 만나기 위해서였다.

"어이쿠, 전쟁 영웅이 오셨군요!" 베레스가 안으로 들어오는 카이사르를 보고 쾌활하게 외쳤다.

그는 자신의 짐을 싸는 것을 감독하고 있었다.

"그 딸을 취할 생각입니까?" 의자에 편안히 자리를 잡으며 카이사르가 물었다.

"물론이오." 베레스는 이렇게 대답하더니, 그에게 검사를 맡으러 작은 조각상을 들고 온 노예에게 고개를 끄덕여 보였다. "그래, 마음에 들어. 상자에 담아." 이어서 그는 다시 카이사르에게로 주의를 돌렸다. "이 모든 야단법석을 초래한 주인공을 어서 만나보고 싶은 게로군요?"

"궁금해서 미칠 지경입니다. 헬레네를 능가할 테지요."

"그럴 것 같소."

"금발머리일까요? 나는 늘 헬레네가 금발이었을 거라고 생각했거든요. 노란 머리가 확실히 유리하죠."

베레스는 카이사르의 풍성한 머리칼을 감탄하듯 쳐다보다가 한 손을 들어올려 자기 머리카락을 쓰다듬었다. "당신이나 나나 잘 아는 바지요!"

"람프사코스를 떠나면 어디로 갈 작정입니까, 가이우스 베레스?"

황갈색 눈썹이 치켜올라갔다. "당연히 니코메디아지요."

"나라면 그러지 않겠습니다." 카이사르가 부드럽게 말했다.

"그래요? 이유가 뭐요?" 베레스가 무심한 척 가장하며 되물었다.

카이사르는 시선을 아래로 내려 자기 손톱을 유심히 살폈다. "내가 로마로 돌아가는 즉시 돌라벨라는 몰락할 겁니다. 금년이나 내년 봄쯤이 되겠지요. 내가 직접 그를 기소할 겁니다. 그리고 당신도 기소할 겁니다. 당장 킬리키아로 돌아가지 않는다면 말이죠."

카이사르는 푸른 두 눈을 위로 들었다. 베레스의 벌꿀색 눈이 그 눈과 마주쳤다. 한참 동안, 두 사람 다 움직이지 않았다.

이윽고 베레스가 입을 열었다. "당신이 누굴 상기시키는지 알았소. 술라."

"그런가요?"

"당신 눈 때문이오. 술라의 눈만큼 색이 옅진 않지만 눈빛이 똑같군. 당신도 술라만큼 높이 올라갈 것 같소?"

"그것은 신들의 소관이지요. 굳이 말하자면, 술라만큼 높이 올라갈 수밖에 없도록 나를 떠미는 사람이 없기를 바랍니다."

베레스는 어깨를 으쓱했다. "이런, 카이사르, 나는 가이우스 마리우스가 아니에요. 그러니 나는 아닐 거요."

"당연히 당신은 가이우스 마리우스가 아니죠." 카이사르가 차분히 동의했다. "정신이 무너지기 전까지만 해도 그분은 위대한 인물이었으니까요. 람프사코스를 떠나 어디로 갈지 마음은 정했습니까?"

"돌라벨라와 같이 킬리키아로 갈 거요." 베레스는 또 한번 어깨를 으쓱하며 말했다.

"오, 아주 현명한 결정이군요! 항구로 사람을 보내 돌라벨라에게 소식을 전하게 해드릴까요? 그가 당신을 두고 배를 출발시키면 안 되니까요."

"맘대로 하시오." 베레스가 무심히 대꾸했다.

카이사르는 자리를 떠나 부르군두스를 찾아서 돌라벨라에게 전할 말을 일러주었다. 그가 안쪽 문을 통해 방으로 돌아올 때 마침 야니토르가 천으로 완전히 감싸인 모습의 누군가를 거리 쪽에서 문 안으로 데려오고 있었다.

"스트라토니케요?" 베레스가 들뜬 소리로 물었다.

야니토르는 뺨에서 눈물을 훔쳤다. "그렇습니다."

"여자만 두고 나가시오, 그리스인."

야니토르는 도망치듯 나갔다.

"적당히 떨어진 거리에서 그녀의 모습을 한 번에 전체적으로 음미할 수 있도록 내가 베일을 벗겨드릴까요?" 카이사르가 물었다.

"내가 직접 하겠소." 베레스가 여인 옆으로 다가가며 대답했다. 그녀는 아무 소리도 내지 않았고, 달아나려 하지도 않았다.

여자가 걸친 두꺼운 망토의 모자가 얼굴 위로 내려와 있어 도무지 얼굴을 볼 수가 없었다. 마치 청동 주물이 어떻게 나왔는지 확인하고 싶어 안달하는 미론처럼, 베레스는 떨리는 손으로 그녀에게서 망토를 홱 잡아당겼다. 그러고는 빤히 쳐다보고, 또 쳐다보았다.

침묵을 깬 쪽은 카이사르였다. 그는 고개를 뒤로 젖히고 눈물이 날 정도로 크게 웃었다. "왠지 이럴 것 같았어!" 겨우 진정이 된 카이사르가 손수건을 더듬어 찾으며 말했다.

여자의 몸은 볼품없는 덩어리였다, 가엾은 스트라토니케. 눈은 가늘게 째진 구멍 같고 들창코는 얼굴 전면에 넓적하게 퍼져 있었으며, 뒤통수가 납작한 두상에 나 있는 불그스름한 머리털은 반(半)대머리 수준으로 듬성듬성했다. 양쪽 귀는 겨우 흔적만 남아 있고 입술은 심하게 갈라진 언청이였다. 사고할 줄 아는 능력은 거의 없다시피 했다. 가엾은 스트라토니케.

얼굴이 시뻘게진 채, 베레스는 휙 돌아서 나가버렸다.

"배 놓치지 마세요!" 카이사르가 그의 뒤통수에 대고 외쳤다. "이 이야기의 결말을 온 로마에 퍼뜨리려니 유감입니다, 베레스!"

베레스가 사라지자마자 카이사르는 진지한 모습으로 돌아갔다. 가만히 서 있는 여자에게 말없이 다가가서, 바닥에 떨어진 망토를 주워 다정하게 그녀의 몸에 걸쳐주었다.

"걱정 마, 불쌍한 아가씨." 그녀가 자기 말을 알아듣는지조차 의심스러워하며 그는 말했다. "넌 이제 안전해." 곧이어 야니토르를 부르자 그가 바로 들어왔다. "당신은 알고 있었지요, 행정장관?"

"그렇소."

"그렇다면 도대체 왜 그들 부자가 입을 다물고 있었을 때 당신이라도 나서서 밝히지 않은 겁니까? 그들은 아무 의미 없이 죽었습니다!"

"그들이 죽은 건, 죽는 쪽이 더 낫다고 선택했기 때문이오." 야니토르가 말했다.

"그러면 저 불쌍한 여자는 이제 어떻게 되는 겁니까?"

"우리가 잘 보살필 거요."

"당신들 중 몇이나 알고 있었습니까?"

"지역 원로들만 알았소."

뭐라 대꾸할 말을 찾지 못한 채 카이사르는 야니토르의 집을 나섰고, 그렇게 람프사코스를 떠났다.

베레스는 비틀거리며 황급히 항구로 갔다. 놈들이 어떻게 감히, 저

멍청하고 멍청한 그리스 놈들! 끔찍한 고르곤 년을, 트로이아의 헬레네라도 되는 양 줄곧 숨겨놓다니.

돌라벨라는 베레스의 온갖 상자와 여행 가방을 싣느라 출발이 늦어지는 게 영 못마땅했다. 클라우디우스 네로는 벌써 떠났고 핌브리아 병사들도 그와 같이 가버린 터였다.

"아무 말 마세요!" 어여쁜 스트라토니케는 어디 있느냐고 묻는 상관의 말에 베레스가 으르렁거리듯 내뱉었다. "람프사코스에 두고 왔습니다. 서로 딱 어울리는 것들이니까."

그의 상관은 자극적인 성관계에 점점 의존하게 된 터였고, 한동안 그걸 하지 못해 절박한 상태에 놓여 있었다. 그러다보니 얼마 안 가 또다시 돌라벨라로부터 호감을 사게 된 베레스는 람프사코스에서 페르가몬까지 항해하는 동안 이런저런 계획을 구상했다. 돌라벨라를 평소 상태로 되돌려놓고 타르소스에서 그의 남은 임기 동안 총독의 봉급을 다 써버리면서 보내야겠어. 그래, 카이사르가 기소를 하겠단 말이지? 글쎄, 그럴 기회는 없을걸. 나 베레스가 먼저 치고나갈 테니까! 돌라벨라가 로마로 귀국하자마자 나 베레스가 명망 높은 기소인을 찾아내고 증언을 해서 돌라벨라를 영원히 추방시켜버릴 테니까. 그러면 내가 국고위원회에 제출할 장부에 이의를 제기할 사람은 아무도 없는 거지. 비티니아와 트라키아에 못 간 건 유감이지만, 이만하면 지금까지 아주 잘했어.

"제가 알기로," 페르가몬을 뒤로하고 출발한 후 베레스는 돌라벨라에게 말했다. "밀레토스에서 나는 양모가 세계 최고라더군요. 보기 드문 양질의 양탄자와 태피스트리는 말할 것도 없고요. 밀레토스에 잠깐 들러서 손에 넣을 만한 게 없을지 살펴보시지요."

"그 두 동맹시민이 아무 의미 없이 죽었다는 사실을 도저히 납득할 수가 없어요." 카이사르는 니코메데스와 오라달티스에게 말했다. "왜입니까? 대체 왜 그들은 그 여자를 데려다가 베레스에게 본모습을 보여주지 않은 겁니까? 그랬으면 만사 해결이었는데요! 도대체 왜 베레스가 놀림감이 되는 희극으로 끝났을 일을 소포클레스가 쓸 법한 엄청난 비극으로 바꿔놓으려고 고집한 겁니까?"

"자존심 탓이 크겠지요." 오라달티스가 눈물을 글썽이며 말했다. "명예심 때문이기도 할 테고요."

"그녀가 어렸을 땐 남 앞에 보일 정도는 됐었다면 그나마 납득이 갔을지도 모르겠어요. 하지만 그들은 그녀가 태어난 순간부터 어땠는지 알았잖습니까. 왜 그녀를 내보이지 않은 걸까요? 아무도 그랬다고 해서 그들을 비난하진 않았을 텐데요."

"카이사르, 자넬 이해시킬 수 있었을지도 모를 유일한 사람은 람프사코스 장터에서 죽고 말았네." 니코메데스가 말했다. "분명 그럴만한 이유가 있었을 거야, 적어도 필로다모스의 마음속에는. 어느 신에게 맹세를 했을 수도 있고, 부인이자 어머니가 완강히 아이를 지키려 했을 수도 있고, 스스로 고통을 자초했을 수도 있고……. 누군들 알겠나? 우리가 답을 다 안다면 수수께끼 같은 인생도 없겠지. 비극도 없을 테고."

"그 여자를 봤을 때 눈물을 흘릴 뻔했습니다. 하지만 전 우는 대신 숨이 넘어갈 듯 웃었습니다. 그 여자는 뭐가 뭔지 분간하지 못해도 베레스는 알 테니까. 그래서 저는 웃었어요. 수년이 지나도 그자는 머릿속에서 그 웃음소릴 들을 것이고 저를 두려워할 겁니다."

"그자가 아직 우리를 찾아오지 않은 게 놀랍구먼." 왕이 말했다.

"그자를 보실 일은 없을 겁니다." 카이사르가 조금은 뿌듯해하며 말했다. "가이우스 베레스는 하려던 짓을 접고 슬그머니 킬리키아로 돌아갔거든요."

"어째서?"

"제가 그렇게 요청했으니까요."

왕은 이 발언에 대해서는 더 캐묻지 않기로 하고 그 대신 다른 말을 했다. "그 비극을 막기 위해 뭐라도 할 수 있었더라면 하는 마음이야."

"당연하지요. 가만히 물러서서 멍청이들이 로마의 이름으로 깽판 치는 꼴을 보고만 있어야 하는 건 정말로 괴로운 노릇입니다. 하지만 맹세하건대, 니코메데스, 저는 나이가 들고 권력이 생겼을 때도 절대 그런 짓을 하지 않을 겁니다!"

"맹세할 필요 없어. 자넬 믿으니까."

왕에게 이런 보고를 한 직후 카이사르는 여행중에 얻은 끔찍한 말썽거리를 없애기 위해 자기 방으로 갔다. 유난히 참기 힘든 존재였다. 부듯가 여인숙에서 묵었던 사흘 동안, 카이사르가 아침에 일어날 때마다 어김없이 벌거벗은 매춘부가 그의 위에 올라타 있었다. 그의 몸에 달린 출입구 속의 배신자 녀석은 분별이라고는 없이 그가 자는 사이 이성의 통제에서 벗어나 한껏 재미를 보았다. 그 결과 카이사르에게 사면발니가 잔뜩 옮아왔다. 자기 몸에 작은 해충들이 우글거린다는 걸 알게 된 순간의 공포와 역겨움은 말도 못하게 컸다. 그때부터 음식은 먹는 족족 다 토했으며, 오로지 미심쩍은 약물이 생식기에 어떤 영향을 미칠지를 민감하게 따지는 분별력 덕분에 그놈들을 죽인다는 아무 약물이나 잡고 보는 짓은 피할 수 있었다. 람프사코스에서 니코메디아로 오는 중간에 얼어붙도록 차가운 물웅덩이가 나올 때마다 몸을 담갔지만, 그놈들은 여전히 살아남아 있었다. 따라서 카이사르는 늙은 왕과 대화하는 내내 그 끔찍한 생명체들이 무성하게 뒤엉킨 체모 속을 기어다니는 것을 의식하고 있었다.

마침내, 이를 악물고 두 주먹을 꽉 쥔 채로 그는 불쑥 자리에서 일어났다. "그만 물러나겠습니다, 니코메데스. 몰아내야 할 불청객이 있어서요." 그가 애써 가벼운 어조로 말했다.

"사면발니 말인가?" 뭐든 좀처럼 놓치는 법이 없는 왕이 물었다. 오라달티스와 애완견은 아까 전에 나가고 없었으므로 거침없이 얘기할 수 있었다.

"미칠 것 같습니다! 역겹고 소름 끼치는 놈들이에요!"

니코메데스는 카이사르와 함께 방에서 걸어나왔다.

"여행할 때 해충이 옮는 걸 피하는 길은 딱 한 가지뿐이야. 처음 할 땐 특히 아프긴 한데 확실히 효과는 있지."

"뜨거운 석탄 위를 걸어야 한대도 상관없어요. 말씀해주시면 뭐든 하겠습니다!" 카이사르가 열의를 띠며 말했다.

"자네가 속한 사회에서는 자넬 여자 같다고 비난하는 사람들도 있을 텐데!" 니코메데스가 짓궂게 놀렸다.

"어떤 운명이 닥친다 해도 이 해충들보단 낫습니다. 말해주세요!"

"몸에 있는 털을 모조리 뽑는 거라네, 카이사르. 겨드랑이와 사타구니, 가슴에 털이 있으면 거기도. 원한다면 나와 오라달티스를 시중드는 사람을 보내주지."

"당장 그리해주십시오, 당장!" 카이사르의 손이 자신의 머리 쪽으로 올라갔다. "머리에 난 털은 어떡하죠?"

"거기에도 불청객이 있나?"

"그런 것 같진 않아요. 하지만 온몸이 근질거립니다."

"거기는 다른 종류의 불청객이고 침대에서 살아남지 못해. 자넨 워낙 키가 크니까 그놈들이 옮을 일은 없을 것 같군. 그놈들은 위로 올라가질 못해서, 다른 사람한테서 그 해충이 옮은 이들을 보면 예외 없이 처음 옮겼던 사람과 키가 같거나 더 작지." 니코메데스는 소리내어 웃었다. "부르군두스 정도나 자네한테 옮기겠지, 다른 사람은 거의 불가능할걸. 람프사코스의 매춘부들이 자네와 머리를 맞대고 같이 잤다면 또 모르지만."

"람프사코스 매춘부들이 자는 동안 저를 덮치긴 했지만, 확실한 건 제가 깨자마자 바로 쫓겨났다는 겁니다!"

정말 이상한 대화였다. 그러나 훗날 카이사르가 두고두고 자신의 행운에 감사하게 될 대화이기도 했다. 몸의 털을 뽑아서 이 끈질기고 끔찍한 것들을 없앨 수만 있다면 그는 뽑고, 뽑고, 또 뽑을 작정이었다.

니코메데스가 보내준 노예는 그야말로 전문가였다. 그는 전형적인 동성애자였으므로, 다른 상황이었다면 카이사르가 그에게 그토록 은밀한 작업을 맡겼을 리 만무했다. 그러나 상황이 이렇고 보니 카이사르는 어서 빨리 그의 솜씨를 느껴보고 싶은 마음이 간절했다.

"매일 조금씩만 제거하겠습니다." 데메트리오스가 혀 짧은 소리로 말했다.

"오늘 전부 다 뽑도록 하게." 카이사르의 어조는 단호했다. "목욕하면서 보이는 족족 다 물에 빠뜨려 죽였지만 알은 그대로 붙어 있는 것 같아. 여태껏 그놈들을 다 없애지 못한 게 바로 그 때문인 듯하네. 허 참!"

데메트리오스는 기겁하며 꺄악 소리를 질렀다. "불가능해요! 아무리 제가 작업한다 해도 끔찍스럽게 아픈 걸요!"

"오늘 전부 다." 카이사르가 말했다.

그리하여 데메트리오스가 작업을 계속하는 동안 알몸으로 누운 카이사르는 겉으로는 전혀 괴로워 보이지 않았다. 그는 자제력과 불굴의 용기를 지닌 사람이었기에, 움찔하거나 신음 소리를 내거나 울거나 어떤 식으로든 괴로워하는 티를 낼 바엔 죽는 편을 택했을 것이다. 이윽고 고난의 과정이 끝나고 통증이 잦아들 만큼 충분한 시간이 지나자 그는 너무나 기분이 좋아졌다. 니코메데스 왕이 왕실 주빈용 특별실에 마련해둔 커다란 은거울에 비친 자신의 털 없는 몸도 무척 마음에 들었다. 매끈하고 당당하며 놀랍도록 적나라한 모습. 그리고 어쩐지 사내다움이 덜해지기보다 오히려 더해진 느낌이었다. 이런 희한한 일이!

그는 노예 상태에서 벗어난 듯한 해방감을 느끼며 그날 저녁 식당으로 갔다. 자기 자신에 대한 새로운 만족감으로 얼굴과 두 눈에 특별한 빛이 더해져 있었다. 니코메데스 왕은 그런 그를 보고 헉하는 소리를 냈다. 카이사르는 눈을 찡긋하며 화답했다.

열여섯 달 동안 카이사르는 비티니아 주변에 머물렀다. 이때의 전원생활은, 훗날 그가 쉰세 살이 되어 그보다도 더 멋진 나날을 맞이하기 전까지 그의 삶에서 가장 멋진 시기로 기억될 터였다. 그는 트로이아에 들러 자신의 조상인 아이네아스에게 경의를 표했고 페시노스에도 몇 번을 갔다가 다시 비잔티온으로 돌아왔으며, 그 밖에도 페르가몬과 타르소스를 제외하고는 가지 않은 곳이 거의 없을 정도였다. 페르가몬과 타르소스에서는 클라우디우스 네로와 돌라벨라가 결국 한 해 더 머물고 있었다.

여전히 그에게는 더없이 만족스럽고 보람된 경험이 된 니코메데스와 오라달티스와의 관계를 제외하면, 그 기간에 누린 최고의 즐거움은 그가 거의 기억조차 못하고 있던 한 사내를 찾아간 일이었다. 바로 외외종조 할아버지인 푸블리우스 루틸리우스 루푸스였다.

가이우스 마리우스와 같은 해에 태어나 이제 일흔아홉 살에 접어든 루푸스는 수년째 스미르나에서 명예로운 추방생활을 하고 있었다. 고령에도 불구하고 쉰 살 된 사람 못지않게 활동적이었고 소년처럼 발랄했으며, 예전과 다름없이 정신이 기민했다. 유머 감각 또한 친구이자 동료였던 원로원 최고참 의원 마르쿠스 아이밀리우스 스카우루스의 그것 못지않게 뛰어났다.

"그 친구들 전부 앞세우고 나만 남았지." 루푸스는 멋지게 자란 종손자의 모습을 두 눈과 머리로 기분좋게 확인한 뒤 아주 흐뭇해하며 말했다.

"그 때문에 의기소침해지시진 않으시고요, 외외종조 할아버지?"

"그게 왜? 외려 힘이 나면 났지! 술라는 계속 편지를 보내 나더러 로마로 돌아오라고 사정사정을 하고, 그가 여기로 파견한 총독이나 다른 관리들도 전부 직접 찾아와서 간청하거든."

"그래도 가지 않으시겠죠."

"안 가지. 예전에 입던 토가보다 요즘 입는 클라미스와 그리스식 슬리퍼가 훨씬 마음에 들기도 하고, 로마에 있을 때보다 이곳 스미르나에서 훨씬 큰 신망을 누리고 있으니까. 거긴 사람 고마운 줄 모르는 흉포한 곳이란다, 카이사르—어쩜 그리 아우렐리아를 빼다박았니! 그앤 어찌 지내냐? 오스티아의 개펄에서 찾아낸 나의 진주…… 항상 이렇게 그앨 불렀었지. 그나저나 과부가 됐다지? 애석한 일이야. 내가 그애와 네 아버지를 이어줬단다. 그리고 너는 잘 모르겠지만, 네가 기저귀도 채 떼기 전일 때 마르쿠스 안토니우스 니포를 가정교사로 구해줬지. 다들 네가 신동이라고 생각했거든. 그런데 어느새 스물한 살로 장성해서, 한 번도 아니고 두 번씩이나 원로원에 들어가고 술라가 가장 아끼는 전쟁 영웅이 되었구나! 허허, 참!"

"술라가 가장 아끼는 전쟁 영웅까지는 무리인 것 같은데요." 카이사르가 웃으며 말했다.

"아니야, 정말 그래! 내가 잘 알아! 나는 여기 스미르나에 앉아서도 온갖 소식을 다 듣는단다. 술라가 편지를 보내주거든. 꾸준히 그랬어. 게다가 아시아 속주 문제를 해결하던 중에는 종종 날 찾아오기도 했지. 그의 아시아 속주 재정비 방안을 제안한 것도 나였어. 스카우루스와 내가 수년 전에 고안해냈던 계획서를 토대로 해서 말이야. 술라가 병에 걸리다니, 참으로 안됐어. 그래도 그 친구가 로마 일에 참견하는 걸 막지는 못한 것 같더구나!"

루푸스의 이런 태도는 여러 날 계속되었다. 소탈한 성품에서 비롯된 쾌활함과 타고난 수다꾼다운 관심으로 이 얘기 저 얘기를 넘나드는 그는 흐르는 세월이 무색하리만치 깃털이나 높이 날아오르는 능력을 고스란히 간직한, 팔팔한 늙은 새 같았다. 그가 특별히 좋아한 화제가 있다면 바로 아우렐리아였다. 카이사르는 품위 있는 말을 고르고 명백한 사랑을 담아 아우렐리아에 관해 루푸스가 전해 듣지 못한 부분을 채워주었으며, 그 대신 어머니에 대해 미처 몰랐던 많은 것들을 알게 되었다. 그러나 루푸스는 아우렐리아와 술라와의 관계에 대해서만큼은 말할 거리도 별로 없었고 억지로 추측하려 하지도 않았다. 다만 그의 어느 조카딸이 빨간 머리 남자와 관계해서 빨간 머리 아들을 낳았느냐를 두고 한바탕 혼란이 빚어졌더라는 얘기로 카이사르의 웃음보를 터뜨렸다.

“가이우스 마리우스와 율리아는 아우렐리아와 술라일 거라고 확신했더랬지. 하지만 그건 당연히 리비아 드루사와 마르쿠스 카토 얘기였어.”

“아, 맞아요, 할아버지 부인이 리비우스 가문 출신이셨죠.”

“그리고 내 누이 둘 중 큰누이는 톨로사의 황금을 훔쳤던 집정관 카이피오의 아내였지. 너는 세르빌리우스 카이피오 가문과도 혈연관계에 있단다.”

“그 가문에 대해서는 전혀 아는 바가 없어요.”

“루틸리우스 쪽 피를 아무리 섞어도 답이 없는 따분한 족속들이지. 자, 이제 가이우스 마리우스와 그가 네게 억지로 맡긴 대제관 직에 대해 말해다오.”

스미르나에 며칠만 있을 생각이었던 카이사르는 결국 두 달간 그곳에 머물렀다. 루푸스에게는 듣고 싶은 얘기도, 해주고 싶은 얘기도 너무나 많았던 것이다. 마침내 노인에게 작별을 고할 순간이 왔을 때 카이사르는 눈물을 흘렸다.

“절대 못 잊을 거예요, 푸블리우스 할아버지.”

“다음에 또 오너라! 그리고 편지를 써다오, 카이사르, 꼭. 내 인생에 남아 있는 모든 낙 중에서도, 진정으로 글을 쓸 줄 아는 사람과 다채롭고 진솔한 편지를 주고받는 낙만 한 건 없거든.”

그러나 목가적 생활에도 항상 끝이 있게 마련이었으니, 카이사르의 휴가는 술라가 죽던 해 4월에 타르소스에서 온 편지를 받는 순간 끝났다. 그때 그는 니코메디아에 있었다.

"지난해 집정관을 지낸 푸블리우스 세르빌리우스 바티아가 킬리키아 총독으로 파견되었답니다." 카이사르가 국왕 부부에게 말했다. "그가 제게 하급 보좌관 직을 맡아달라고 요청하는군요. 술라가 친히 저를 추천한 것 같아요."

"그러면 꼭 가야 하는 건 아니겠네요." 오라달티스가 잔뜩 기대하며 말했다.

카이사르는 미소를 지었다. "로마인은 누구든 무언가를 억지로 할 필요가 없어요. 그건 최고층부터 최하층까지 똑같이 해당되는 사실이지요. 어떤 기관에 복무하든 자발적으로 하는 겁니다. 그러나 그 직무가 명목상으로는 자발적인 것이라 해도, 우리 결정에 영향을 미치는 몇 가지 고려사항이 있어요. 가령 공직 경력을 쌓고 싶다면 열 차례 전투에 참여하거나 만 6년간 지속적으로 전장에 있어야 합니다. 그 누구도 내가 로마의 불문법을 교묘히 피해갔다고 비난할 수 없게 할 겁니다."

"하지만 자넨 이미 원로원 의원이잖아!"

"오로지 제 군 경력 때문이죠. 다시 말해 앞으로도 군 경력을 지속해야 한다는 의미이고요."

"그렇다면 반드시 가야겠구먼." 왕이 말했다.

"당장 가야죠."

"내가 배편을 알아보겠네."

"아니에요. 말을 타고 킬리키아 관문을 통해 육로로 갈 겁니다."

"그럼 카파도키아의 아리오바르자네스 왕 앞으로 소개장을 써주지."

왕궁이 바쁘게 돌아가기 시작했고, 개는 슬피 울었다. 불쌍한 술라는 카이사르가 곧 떠날 조짐을 알아챈 것이다.

다시 한번 카이사르는 자신도 모르게 돌아오겠다고 약속해버렸다.

두 늙은이들은 약속을 받아낼 때까지 그를 졸라대더니, 제모사 데메트리오스를 하사하여 그의 마음을 누그러뜨렸다.

그러나 떠나기 전에 카이사르는 또다시, 왕의 사후 비티니아에 최선의 길은 로마의 속주가 되는 것이라고 니코메데스 왕을 설득하려 시도했다.

"생각해보겠네." 니코메데스는 이렇게만 말했다.

이제 카이사르는 늙은 왕이 로마에 유리한 결정을 내리리란 희망을 거의 품지 않게 되었다. 람프사코스에서 일어난 사건이 모든 비로마인의 머릿속에 너무도 생생히 남아 있는 판국에, 니코메데스 왕이 자신의 왕국을 가이우스 베레스 같은 부류에게 넘겨준다는 생각을 도저히 받아들일 수 없다 한들 누가 그를 탓할 수 있겠는가?

집사 에우티코스는 로마에 있는 아우렐리아에게 돌려보내고, 카이사르는 (제모사 데메트리오스까지 포함해) 하인 다섯 명과 부르군두스와 함께 강행군에 나섰다. 그는 상가리오스 강을 건너 먼저 갈라티아에서 가장 큰 도시인 앙키라로 말을 달렸다. 거기서 흥미로운 사내를 한 명 만났는데, 톨리스토보기족 분파를 이끄는 데이오타로스라는 자였다.

"요즘 우리 부족은 다들 상당히 젊습니다." 데이오타로스가 말했다. "20년 전 미트리다테스 왕이 갈라티아 부족 전사들을 모조리 살해하는 바람에 우리 모두 부족장을 잃게 되었지요. 다른 나라들 같았으면 그로 인해 민족이 와해되기 십상이었겠지만, 우리 갈라티아인은 예로부터 느슨한 연합 체제를 선호했습니다. 그 덕에 부족장들의 어린 아들들이 장성할 때까지 존속한 것이지요."

"미트리다테스가 또다시 당신들에게 덫을 놓진 않을 겁니다." 카이사르가 말했다. 그는 이 갈리아인이 영리한 것 못지않게 상당히 교활하다는 생각을 했다.

"어쨌든 내가 여기 있는 한은 그러지 못할 겁니다." 데이오타로스의 어조는 단호했다. "적어도 나는 로마에서 3년간 지내봤다는 이점이 있으니 내 부친에 비해 절대 순진하지 않죠. 부친께선 대학살 때 돌아가셨습니다."

"미트리다테스는 재차 시도할 텐데요."

"나도 그러리라 생각합니다."

"그럼 유혹을 느끼지 않겠소?"

"전혀요! 그는 여전히 원기 왕성하고 앞으로도 통치할 날이 많이 남아 있지만, 내가 분명히 아는 사실을 도통 깨닫지 못하는 것 같단 말이죠. 종국에는 로마가 반드시 승리할 거라는 사실 말입니다. 나는 로마로부터 우호동맹이라 불릴 위치에 서는 편을 택하겠습니다."

"바람직한 생각이로군요, 데이오타로스."

카이사르는 계속해서 할리스 강 쪽으로 이동하여, 유유히 흐르는 그 붉은 강줄기를 따라 아르가이오스 산이 하늘 위로 우뚝 솟은 곳까지 갔다. 거기서부터 에우세베이아 마자카까지는 할리스 강 유역의 넓고 얕은 경사지 너머 북쪽으로 60킬로미터만 가면 되었다.

당연히 그는 이 지역에 대해 가이우스 마리우스가 해준 수많은 이야기를 기억하고 있었다. 거대한 사화산 기슭에 자리한 선명하게 색칠된 마을이며 눈부시게 푸른 궁전과 폰토스의 미트리다테스 왕과 만났던 이야기까지. 그러나 최근 들어 미트리다테스는 시노페에 틀어박혀 있었고, 아리오바르자네스 왕이 카파도키아 왕좌를 어느 정도는 굳건하게 지키고 있었다.

굳건하다기보다는 약한 쪽이라고, 왕을 만나본 후에 카이사르는 생각했다. 누구도 그 이유를 알아내진 못했지만, 희한하게도 폰토스의 왕들은 강했던 반면 카파도키아의 왕들은 하나같이 약했다. 아리오바르자네스 역시 예외가 아니었다. 그는 빤히 보일 정도로 미트리다테스를 두려워하고 있었으며, 폰토스가 자신의 궁전과 수도에서 문에 박힌 황금못 하나까지 남김없이 모든 보물을 싹쓸이해 갔다고 카이사르에게 토로했다.

"그러나 필시," 카이사르가 심약한 왕에게 말했다. 왕은 체구가 작고 외모에서 시리아인의 분위기가 살짝 풍겼다. "카우카소스 산에서 20만 병사를 잃은 일로 미트리다테스는 향후 수년간 꼼짝없이 발이 묶일 겁니다. 군대를 이끄는 누구라도 그처럼 많은 병사를 잃으면 타격을 받지 않을 수 없지요. 더군다나 제대로 훈련되었을 뿐 아니라 주요 전투에 참전한 병사들이었으니까요. 그렇지 않습니까?"

"맞소. 그 전해 여름에 미트리다테스에게 킴메리아와 흑해 북쪽 지역을 되찾아주는 전투를 했던 병사들이었지요."

"성공적이었다고 들었습니다."

"그렇소. 그의 아들 마카레스가 판티카파이온에 남아 그곳 태수가 됐어요. 탁월한 선택이지. 그의 주된 과제는 자기 아버지를 위해 새로운 군대를 모집하는 것일 테지요."

"미트리다테스 왕은 스키타이인과 록솔라니인 병력을 선호하고요."

"확실히 그들이 용병보다 우수하기 때문이오. 폰토스와 카파도키아 둘 다 자국민들이 뛰어난 병사가 아니라는 점에서 운이 없는 나라지요. 아직까지도 나는 시리아인과 유대인 용병들에 의존할 수밖에 없는 처지인데, 미트리다테스는 거의 30년째 호전적인 야만인 군단을 마음껏 이용하고 있소."

"현재 군대를 갖고 있지 않습니까, 아리오바르자네스 왕?"

"지금 당장은 필요가 없소."

"미트리다테스가 예고 없이 들이닥치면 어찌됩니까?"

"그러면 나는 또 한번 왕위에서 쫓겨나겠지요. 카파도키아는 매우 가난하다오, 가이우스 율리우스. 너무도 가난해서 상비군을 둘 형편이 못 돼요."

"귀 왕에게는 다른 적도 있지요. 티그라네스 왕 말입니다."

아리오바르자네스는 기분이 상한 듯 얼굴을 찌푸렸다. "그 이름은 꺼내지도 마시오! 그가 시리아에서 승승장구하는 바람에 나는 최고의 병사들을 빼앗겼소. 유대인들이 모두 고향에 머물면서 그에게 저항하고 있으니까."

"그러면 최소한 할리스 강과 에우프라테스 강 쪽은 경계해야 한다고 생각지 않으십니까?"

"돈이 없소." 왕이 고집스레 대답했다.

카이사르는 절레절레 고개를 저으며 말을 타고 떠났다. 나라의 군주가 전쟁이 시작되기도 전에 자신의 패배를 인정해버리는데 도대체 뭘 할 수 있겠는가? 재빨리 주변을 훑어본 그의 눈은 아리오바르자네스에게 침략군을 덮칠 엄청난 기회를 제공해줄 수많은 천혜의 자연조건을 간파해냈다. 우뚝 솟은 눈 덮인 산봉우리들로 채워져 있지 않을 때의 이 지역 풍광은 더없이 기묘한 협곡들로 잘게 나뉘어, 가이우스 마리우스가 해줬던 얘기와 꼭 맞아떨어졌던 것이다. 경치가 아름다울 뿐 아니라 군사적으로도 훌륭한 곳이지만, 왕에게는 그저 혈거인들이 바로 들어가 살 수 있는 주거지로밖에 보이지 않는구나.

"이렇게 훨씬 더 큰 세상을 보고 난 소감이 어때, 부르군두스?" 하늘 높이 치솟은 소나무와 노호하며 쏟아지는 폭포를 양쪽에 두고 킬리키아 관문 깊숙이 난 험한 길을 조심조심 통과하던 도중에, 카이사르는 자신의 덩치 큰 해방노예에게 물었다.

"로마와 보빌라이, 카르딕사와 제 아들들이 어느 폭포나 산보다도 멋지다는 생각요." 부르군두스가 대답했다.

"집으로 돌아갈래, 친구? 기꺼이 로마로 보내줄게."

그러나 부르군두스는 금발로 덮인 커다란 머리를 세차게 흔들었다. "아뇨, 카이사르, 여기 있을 겁니다." 그는 싱긋 웃더니 다시 덧붙였다. "혹시라도 주인님께 무슨 일이 생기게 했다간 카르딕사가 절 죽이려 들 거예요."

"나한텐 아무 일도 안 생길 거야!"

"어디 카르딕사한테 그렇게 말해보세요."

4월 말이 못 되어 카이사르가 도착했을 즈음, 푸블리우스 세르빌리우스 바티아는 타르소스의 총독 관저에 어찌나 수월하게 자리를 잡고 있었던지 마치 예전부터 쭉 그 자리에 있던 사람처럼 보였다.

"그분이 오셔서 우리 모두 진심으로 기뻐하고 있답니다." 킬리키아 총독 호위대 대장이자 타르소스의 행정장관을 맡고 있는 모르시모스가 말했다.

카파도키아까지 가이우스 마리우스와 동행한 때로부터 어느덧 20년이 흘러 검던 머리가 희끗해진 모르시모스는 카이사르를 맞이하러 벌써부터 나와 있던 참이었다. 이 킬리키아인은 그저 로마 총독인 사람보다 카이사르에게 더 큰 충성심을 느끼고 있었다. 그의 영웅인 가이우스 마리우스와 루키우스 코르넬리우스 술라 두 사람의 처조카가 여기 왔으니, 이 청년에게 도움이 된다면 무엇이든 해주리라.

"돌라벨라와 베레스 치하에서 킬리키아가 큰 어려움을 겪었다지요." 카이사르가 말했다.

"끔찍했지요. 돌라벨라는 거의 내내 약에 취해 제정신이 아니었고, 그 덕에 베레스는 자기가 원하는 대로 휘젓고 다닐 수 있었고요."

"티그라네스를 동쪽 페디아에서 몰아내기 위한 조치는 전혀 없었고요?"

"전혀요. 베레스는 고리대금업과 갈취에 완전히 정신이 팔렸으니까요. 없어져도 눈치 못 채겠다 싶은 신전 미술품을 좀도둑질한 건 말할 필요도 없고요."

"귀국하는 즉시 돌라벨라와 베레스를 고발할 생각입니다. 그러니 증거를 모으는 걸 도와주셨으면 합니다."

"당신이 귀국할 때쯤이면 돌라벨라는 아마 추방되고 없을 겁니다." 모르시모스가 대꾸했다. "로마에서 총독께 보내온 소식에 의하면, 마르쿠스 아이밀리우스 스카우루스와 달마티카 부인의 아들이 지금 이 순간에도 돌라벨라를 상대로 소송을 준비중이고 가이우스 베레스는 청년 스카우루스에게 가진 증거를 전부 제공함으로써 영예를 한몸에 안고 있다고 합니다. 법정에서 베레스가 증언을 할 거라는군요."

"약아빠진 놈 같으니! 그 말은 곧 내가 그자를 건드릴 수 없다는 뜻이군요. 돌라벨라에 관해서는, 그가 응분의 벌을 받기만 한다면 누가 기소하든 상관없을 것 같습니다. 내가 하지 못해서 유감이라고 한다면, 내가 대제관 직 덕분에 법정 진출이 늦어졌고 돌라벨라와 베레스를 상대로 승소했다면 유명세를 얻게 되었으리라는 점 때문이겠죠." 카이사르는 잠시 멈췄다가 한마디를 덧붙였다. "바티아는 티그라네스 왕을 공격할 생각이 있습니까?"

"아닐 겁니다. 이곳에 온 주목적은 해적 소탕이니까요."

이 말은 카이사르가 청한 면담에서 바티아 본인의 입으로 재차 확인되었다. 바티아는 새끼 돼지 메텔루스 피우스와 정확히 동갑으로(둘은 가까운 친척이기도 했다) 올해 나이 쉰 살이었다. 원래는 9년 전에 술라가 나이우스 옥타비우스 루소와 함께 바티아를 집정관 직에 올리려 했으나 킨나가 그를 누르고 당선되었고, 그 바람에 바티아는 메텔루스 피우스와 마찬가지로 태어날 때부터 자기 것이었던 집정관 자리를 얻기까지 오랜 시간을 기다려야 했다. 술라를 향한 변함없는 충성의 대가는 킬리키아 총독 직이었다. 그는 전직 집정관에게 할당되는 다른 속주인 마케도니아보다 이 속주를 선호했고, 결과적으로 마케도니아는 함께 집정관을 지냈던 그의 동료 아피우스 클라우디우스 풀케르에게 돌아갔다.

"그는 마케도니아 땅을 밟지도 못했지." 바티아가 카이사르에게 말했다. "가는 도중 타렌툼에서 병이 나서 로마로 돌아갔다네. 다행히 큰 돌라벨라가 마케도니아를 떠나기 전에 터진 일이라서, 그에게 아피우스 클라우디우스가 교대할 수 있을 만큼 회복될 때까지 자리를 지키라는 지시가 떨어졌지."

"아피우스 클라우디우스는 무슨 병인 겁니까?"

"오랜 고질병이라는 것 말고는 아는 게 없네. 우리가 집정관을 지낼 때도 건강한 편이 아니었지. 내가 무슨 말을 해도 기운 내는 법이 없었다니까! 그런데도 워낙 형편이 곤궁해서 총독 직을 맡아야만 한다네.

그렇지 않으면 재산을 복구할 수가 없으니까."

카이사르는 눈살을 찌푸렸으나 생각을 밖으로 드러내지는 않았다. 그는 사실상 속주를 다스리도록 파견된 사람이 관료로서 범죄 이력을 쌓을 수밖에 없게 만드는 체제에 내재된 한계에 대해 생각을 곱씹고 있었다. 총독이 시민권과 계약서, 기본 세금과 십분의일세에 대한 면제권을 팔아서 수익금을 자신의 홀쭉한 돈주머니에 챙겨넣을 권리는 전통적으로 신성시되었다. 원로원과 국고위원회 역시 로마가 지불해야 하는 비용을 낮추기 위해 이 같은 행태를 은근슬쩍 묵인했는데, 이런 관행이야말로 원로원 의원들로 구성된 배심원단으로 하여금 속주 총독에게 직무상 부당취득으로 유죄를 선고하게 하기가 그토록 어려운 이유 중 하나였다. 그러나 착취당한 속주는 곧 로마를 향한 증오를 의미했으니, 언젠가 그 대가를 치를 날이 조금씩 다가오는 셈이었다.

"우리가 해적을 상대로 전쟁을 벌일 예정인 게 맞습니까, 푸블리우스 세르빌리우스?" 카이사르가 물었다.

"맞네." 서류 더미에 둘러싸인 총독이 대답했다. 한눈에 봐도 그는 자신의 직무 중 사무관리 쪽을 즐기는 듯했다. 하지만 그는 특별히 욕심 많은 사람도 아니었고, 굳이 속주를 수탈해서 재산을 늘릴 필요도 없었다. 무엇보다도, 해적 소탕전을 벌이게 되면 그들이 부정하게 얻은 이득이 킬리키아 총독에게 합법적인 전리품을 넉넉히 제공해줄 터였다.

"유감스럽게도," 바티아가 말을 계속했다. "전임자의 부정행위로 내 속주의 재정이 궁핍해진 탓에 전투를 미뤄야 하는 상황이네. 금년은 내정에만 집중해야 할 걸세."

"그런데 제가 필요하십니까?" 카이사르가 물었다. 군대 경력을 책상머리에 앉아서 보낸다는 생각을 반기기엔 그는 너무 젊었다.

“필요하고말고.” 바티아가 힘주어 말했다. “자네가 할 일은 함대를 모아오는 것이네.”

카이사르는 움찔하며 놀랐다. “그 일이라면 경험이 좀 있습니다.”

“알고 있네. 자네를 원한 것도 그 때문이야. 우수한 함대여야 하고, 필요시에는 몇 개의 소함대로 나눌 수 있을 만큼 규모도 커야 하네. 해적들이 헤미올리아나 미오파로 같이 작은 개방형 배를 타고 다니던 시절은 이미 옛말이 되었어. 요즘은 갑판이 완전히 깔린 2단 노선이나 3단 노선—심지어 5단 노선까지!—을 타고, 해적 두목—그놈들은 스트라테고스(장군)라고 부르지—의 지휘하에 여러 선단으로 떼를 지어 다닌다네. 그놈들은 해군이라도 되는 양 곳곳의 바다를 돌아다니고, 기함은 금박과 자주색으로 장식해놓았지. 자기네들의 비밀 기지에 자유인들을 쇠사슬로 묶어놓고 원하는 걸 시키며 왕처럼 생활한다네. 종류별로 무기를 다 구비해놓고 로마의 부자도 탐낼 만한 온갖 사치품까지 갖춰놓았지. 루키우스 코르넬리우스는 왜 나를 킬리키아처럼 외지고 중요하지 않은 곳으로 보내는지 원로원에 확실히 밝힌 바 있네. 해적들이 바로 이곳에 중심 기지를 뒀으니, 그들의 소탕 작전을 시작하는 곳도 바로 이곳이 되어야 하는 것일세.”

“해적의 근거지가 있는 위치를 찾아내는 쪽으로 도움을 드릴 수 있을 것 같은데요. 함대를 모으면서 이 일까지 전혀 문제없이 해낼 수 있습니다.”

“그럴 필요는 없네, 카이사르. 가장 큰 근거지들은 이미 위치가 파악됐으니까. 코라케시온은 악명이 높지. 다만 자연적으로나 인공적으로나 워낙 요새화가 잘되어 있어서 내가 됐든 다른 누가 됐든 과연 거길 탈취할 수 있을지 의문이야. 그래서 나는 내 통치지역의 제일 끝 쪽, 다시 말해 팜필리아와 리키아에서부터 시작할 작정이네. 거기에 아탈레이아를 포함해 팜필리아 만 전역을 지배하는 제니케테스라는 해적왕이 있지. 로마의 분노를 제일 먼저 맛보는 건 그자가 될 거야."

"내년입니까?" 카이사르가 물었다.

"아마도. 하지만 빨라도 늦여름은 되어야 할 거야. 킬리키아의 통치가 다시 정상화되고 우세한 육해군 병력이 갖춰졌다는 확신이 서기 전까지는 대해적전에 나설 수 없으니까."

"몇 년간 임기가 연장될 거라 보시는군요."

"독재관과 원로원 모두 내게 서두르지 않아도 된다고 확약해주었네. 앞으로 몇 해가 되었든 필요한 만큼 보장받게 될 거야. 물론 루키우스 코르넬리우스는 이제 공직에서 물러났지만, 원로원이 그의 의도를 거스를 거라고는 생각지 않네."

카이사르는 함대를 모으러 떠났지만 그다지 열의는 없었다. 전투가 벌어지려면 앞으로 일 년도 더 지나야 할 테고, 그가 파악한 인물됨으로 미루어 바티아는 실제 전쟁이 시작되었을 때 그 전투가 필요로 하는 만큼의 속도와 결단력이 없을 터였다. 루쿨루스에 대해 애정이라곤 없었음에도 불구하고, 카이사르는 자신이 두번째로 모시고 있는 이 장군이 자질로나 능력으로나 루쿨루스와 상대가 되지 않는다고 마음속으로 확신했다.

그래도 이번 임무로 더 많은 곳을 다닐 기회가 생겼고, 그것으로 얼마간 보상이 되었다. 이곳 지중해의 동단에서 독보적인 해군력을 자랑하는 곳은 로도스였다. 그래서 카이사르는 5월에 로도스로 갔다. 로도스는 변함없이 로마에 충성했으므로(9년 전에도 미트리다테스 왕의 공격에 끝까지 저항한 바 있었다), 곧 있을 바티아의 군사작전에 선박과 지휘관과 선원을 지원할 것으로 믿을 수 있었다. 단, 이곳에서 해병을 지원받을 수는 없었다. 로도스인들은 적선에 올라타서 지상 싸움 형태로 해전을 하지 않았기 때문이다.

다행히도 베레스가 로도스 섬에 들를 틈은 없었던지라, 이곳은 카이사르를 반가이 맞아주었고 전쟁 지도자들도 기꺼이 대화에 응했다. 이 군사적 흥정에서 핵심적으로 대두된 내용은 로도스가 참여했을 때 로마가 그만한 대가를 지불할 것이냐는 문제였는데, 그건 영 가망 없는 일이었다. 바티아는 선박 지원 요청을 받은 동맹 도시와 섬, 공동체 중 어느 곳이라도 어떤 식으로든 돈을 지급받을 권리가 없다고 여겼다. 그가 내세운 논거는 모든 원조 주체가 해적 소탕에 따른 혜택을 직접적으로 입게 될 터이므로 무상으로 도움을 제공해야 한다는 것이었다. 따라서 카이사르는 상관이 정해놓은 이 한계 내에서 협상을 진행해야만 했다.

"이렇게 생각해보십시오." 그가 설득력 있게 말했다. "이 전쟁에서 이기면 해적의 습격에서 벗어날 뿐 아니라 막대한 전리품도 얻게 됩니다. 로마가 여러분께 돈을 지불할 수는 없지만 전리품을 나눌 때 여러분에게도 몫이 돌아갈 것이고, 바로 그것이 여러분이 참여하는 데 든 비용을 지불하고 얼마간 수익을 올려줄 겁니다. 로도스는 로마 인민의 우호 동맹입니다. 그 지위를 위태롭게 할 까닭이 무엇입니까? 사실상 선택지는 참여하거나 참여하지 않거나, 이 두 가지뿐입니다. 이제 둘 중 어느 쪽을 택할지 결정하셔야 합니다."

로도스는 굴복했다. 카이사르는 이듬해 여름까지 사용하기로 약속하고 배를 얻어냈다.

로도스를 떠난 그는 키프로스로 향했다. 그를 스쳐지나가며 로도스 항구로 들어간 배가 로마의 귀한 짐을 싣고 있다는 사실은 전혀 모른 채로. 그 짐은 다름 아닌 마르쿠스 툴리우스 키케로였다. 그는 테렌티아와의 일 년간 결혼생활과, 동생 퀸투스가 티투스 폼포니우스 아티쿠스의 누이와 결혼했을 때 그가 아테네에서 잘 매듭지었던 까다로운 협상으로 심신이 지쳐 있었다. 키케로 본인의 결혼에서는 얼마 전에 딸 툴리아가 태어났는데, 그 덕에 아내가 아기를 돌보는 데 전념한다는 걸 알고 안심하며 로마를 떠날 수 있었다. 로도스에는 세계적으로 가장 유명한 수사학 교사인 아폴로니오스 몰론이 살고 있었으며 키케로가 찾아가는 곳은 바로 그의 학교였다. 키케로에게는 로마로부터, 법정으로부터, 테렌티아로부터, 현재의 삶으로부터의 휴가가 필요했다. 그는 목소리가 망가진 상태였고, 아폴로니오스 몰론은 웅변가의 발성기관과 신체기관이 그의 정신적 기능에 필적해야 한다고 설파하는 것으로 잘 알려져 있었다. 여행이라면 질색인데다 잠시라도 로마를 떠나 있다간 법정 경력에 해가 될지 모른다는 우려에도 불구하고 키케로는 친구들과 가족으로부터 멀리 떠나는 이 자진 유배를 잔뜩 고대하고 있었다. 이제는 쉴 시간이었다.

한편 카이사르에게는 쉴 시간이 없었다. 카이사르의 기질상 휴식이 필요한 것은 아니었지만. 그는 키프로스의 통치자이자 이집트의 새 국왕 프톨레마이오스 아울레테스의 동생인 키프로스의 프톨레마이오스가 사는 파포스에서 하선했다. 보잘것없는 사람이라기보다 놈팡이에 가까운 섭정왕 프톨레마이오스는 카이사르와 첫 면담을 하는 동안 미트리다테스와 티그라네스의 궁정에 오래 체류했던 흔적을 여실히 드러냈다. 그는 아무것도 이해를 못할 뿐 아니라 뭐라도 이해해보려는 생각조차 없었다. 교육은 아예 받지 못한 것 같았고, 잠재된 성적 취향은 두 왕들의 관리에서 벗어나자마자 곧바로 발현되어 그의 궁정은 늙은 니코메데스 왕의 궁정과 다르지 않았다. 한 가지 차이가 있다면 키프로스의 프톨레마이오스는 호감 가는 인물이 아니라는 점이었다. 그러나 알렉산드리아인들은 그가 자신의 형, 그리고 둘의 아내와 함께 처음 알렉산드리아에 도착했을 때 그 인물됨을 정확히 판단했다. 알렉산드리아인들은 그가 키프로스의 섭정에 임명되는 것에는 반대하지 않았지만 유능한 관료 여남은 명을 그에게 딸려 파견했던 것이다. 카이사르가 간파했듯이, 키프로스의 주인인 이집트를 대신해 실제로 이 섬을 통치하는 주체는 바로 이 관료들이었다.

카이사르는 키프로스의 프톨레마이오스가 접근해 오는 것을 교묘히 피하면서 알렉산드리아인 관료들에게 전력을 기울였다. 그들은 상대하기 쉽지 않은데다 로마를 좋아하지도 않았다. 바티아가 벌일 전투에서 키프로스에 득이 될 점도 전혀 찾지 못했으며, 바티아가 스물한 살짜리 하급 보좌관을 청원자로 보낸 것 때문에 불쾌해하는 기색이 역력했다.

"내가 젊다는 사실은 중요하지 않습니다." 카이사르는 도도한 태도로 관료들에게 말했다. "나는 훈장을 받은 전쟁 영웅이고, 통상적으로는 원로원 입회가 허용되지 않는 나이에 원로원 의원이 된 사람이며, 푸블리우스 세르빌리우스 바티아의 핵심 군사 보좌관입니다. 여러분은 내가 이렇게 들러준 것을 행운으로 여겨야 할 겁니다!"

이 발언은 예상대로 주목을 받았지만 그래도 관료들의 태도는 크게 나아지지 않았다. 정치꾼처럼 한껏 주장을 펼쳤음에도, 카이사르는 그들을 상대로 아무런 진전을 보지 못했다.

"키프로스 또한 해적질로 악영향을 받고 있습니다. 해적들에게 약탈당하는 지역들이 다 같이 그들을 몰아내기 위한 자금을 분담해야만 해적의 위협을 제거할 수 있음을 왜 모르십니까? 푸블리우스 세르빌리우스 바티아의 함대는 그물망처럼 작동할 수 있을 정도로 대규모여야 합니다. 그 앞에 나타난 해적들을 빠져나갈 길 없는 지점으로 한꺼번에 몰아넣는 식으로 말이죠. 전리품도 막대할 것이고, 키프로스는 지중해 교역시장에 다시 합류할 수 있게 됩니다. 잘 아시다시피 지금은 킬리키아와 팜필리아 해적들이 키프로스를 차단하고 있지 않습니까."

"키프로스는 지중해 교역시장에 참여할 필요가 없소." 알렉산드리아인 우두머리가 말했다. "키프로스에서 생산하는 것은 모두 이집트 소유이고 거기로 보내지지요. 우리는 키프로스와 이집트 사이 해상에서 그 어떤 해적도 용납하지 않소."

카이사르는 섭정왕 프톨레마이오스에게로 돌아가 두번째 면담을 가졌다. 하지만 이번에는 카이사르에게 운이 돌아왔다. 섭정왕이 부인인 미트리다티디스 니사를 대동하고 나타난 것이다. 카이사르가 미트리다테스 왕가 사람들의 신체적 특징을 알고 있었다면, 골격이 크고 노란색 머리카락에 초록빛 도는 황금색 눈의 이 숙녀가 전형적인 그 집안 사람이라는 것을 알아차렸을 터였다. 그녀의 매력은 진정한 미모라기보다도 신체의 색채와 풍만한 몸매에서 나왔지만, 카이사르는 곧바로 그녀의 매력을 알아보았다. 그녀 역시 카이사르의 매력을 알아보았음이 확연히 드러났다. 이윽고 키프로스의 프톨레마이오스와의 시답잖은 면담이 끝나자, 그녀는 남편의 손님과 팔짱을 끼고 산책을 나가서 아프로디테 여신이 바다 거품에서 솟아올라 지상의 대혼란 속에 처음으로 발을 들였던 장소를 그에게 보여주었다.

"내 39대조 할머니시지요." 해안의 나머지 구역과 구분되도록 여신의 공식 탄생지에 둘러놓은 하얀 대리석 난간에 기댄 채 카이사르가 말했다.

"누가요? 설마, 아프로디테 이야기는 아니겠죠!"

"그 설마가 맞습니다. 저는 그분의 아들인 아이네아스의 후손입니다."

"정말로요?" 살짝 돌출된 두 눈이, 충격적이리만치 고귀한 이 혈통을 나타내는 어떤 흔적을 찾기라도 하려는 듯 그의 얼굴을 찬찬히 살폈다.

"정말로 맞습니다, 공주."

"그렇다면 당신은 사랑의 일족이로군요." 미트리다테스의 딸은 기분 좋은 듯 속삭이더니 주걱 모양의 긴 손가락 하나를 뻗어 햇볕에 그은 카이사르의 오른팔을 쓰다듬었다.

티를 내지는 않았지만, 그 손길은 그를 자극했다. "그렇게 표현하는 건 처음 들어보지만 일리가 있군요." 그는 웃으며 말하고는 짙푸른 바다가 옅은 청록색 하늘과 만나 보석처럼 반짝이는 수평선을 바라보았다.

"당연히 사랑의 일족이지요. 그처럼 대단한 조상을 뒀으니!"

카이사르는 고개를 돌려 가만히 그녀를 응시했다. 그녀가 워낙 컸기에 눈높이가 거의 같았다. "정말 놀라워요," 그가 나지막한 목소리로 말했다. "바다의 다른 곳은 그렇지 않은데 여기만 이렇게 물거품이 많이 일다니. 그럴 만한 이유가 전혀 보이지 않는데 말입니다." 그는 먼저 북쪽을 가리켰다가 다시 남쪽을 가리켰다. "봤어요? 이 울타리 너머에는 거품이 전혀 없잖아요!"

"여신이 항상 여기에만 거품이 있게 남겨뒀다고들 하지요."

"그렇다면 이 거품이 여신의 정수겠군요." 그는 어깨에 걸친 토가를 벗어던지더니 몸을 숙여 원로원 의원용 신발의 죔쇠를 풀었다. "여신의 정수에 몸을 담가야겠습니다, 공주."

"당신이 여신의 39대 후손이 아니었다면 조심하라고 했을 거예요." 공주가 그를 지켜보며 말했다.

"여기서 수영하는 것이 종교적으로 금지되어 있습니까?"

"금지된 건 아니에요. 무분별한 행동일 뿐이죠. 당신의 39대 할머니께서는 해수욕하는 사람들을 때려서 죽인다고 알려져 있거든요."

헤엄친 후 맞지 않고 무사히 돌아온 카이사르는, 공주가 입고 있던 로브를 시트 삼아 삐죽삐죽한 해변의 잔디에 깔아놓고 누워 그를 기다리고 있는 것을 발견했다. 거품 하나가 남아 그의 손등에 달라붙어 있었다. 그는 몸을 기울여 처녀의 것 같은 그녀의 매끈한 유두에 조심스레 거품을 갖다댔다가, 거품이 터지자 그녀가 화들짝 놀라며 심하게 몸을 떠는 것을 보고 소리내어 웃었다.

"베누스에게 데었군요." 공주와 나란히 누우며 그가 말했다. 신비로운 바다 거품의 애무로 몸은 젖고 기분은 들떠 있었다. 방금 막 신성한 거품으로 베누스에게 성별(聖別)을 받은데다, 여신은 그가 즐길 수 있도록 이렇게 훌륭한 여인까지 준비해둔 것이 아닌가. 위대한 왕의 자식이자 (그녀의 몸에 들어갔을 때 알게 되었듯이) 오로지 그만의 여자를. 사랑과 권력이 결합한, 궁극의 완성이었다.

"베누스에게 데었어요." 그녀가 커다란 황금빛 고양이처럼 기지개를 켜며 말했다. 여신의 선물은 정말이지 굉장했다.

"아프로디테의 로마 이름을 알고 있군요." 거품 같은 만족감 위에 완벽히 자리를 잡은 여신의 후손이 말했다.

"로마의 영향력은 멀리까지 미치니까요."

거품이 사라졌다. 하지만 그녀가 한 말 때문은 아니었다. 그 순간이 끝났다는 것, 그뿐이었다.

카이사르는 자리에서 일어났다. 그는 일단 사랑의 행위가 끝나면 미적거리며 시간을 보내는 건 전혀 즐기지 않았다. "자, 미트리다티디스니사, 당신의 영향력으로 제가 함대를 얻을 수 있게 도와주겠습니까?" 그가 물었다. 하지만 이 요청을 하면서 왜 픽 하고 웃음이 나오는지는 그녀에게 말하지 않았다.

"어쩌면 이리도 잘생겼나요." 팔꿈치를 괴고 누워 손으로 머리를 받친 자세로 그녀가 말했다. "털이 없군요, 마치 신처럼."

"당신도 그렇고요."

"왕실 여자들은 모두 제모를 한답니다, 카이사르."

"왕실 남자들은 아니고요?"

"당연하죠! 아프잖아요."

그는 웃었다. 튜닉을 입고 신발을 신고 나서, 다른 사람의 도움 없이 토가를 두르는 까다로운 작업을 시작했다. "그만 일어나시죠, 부인!" 그가 쾌활한 목소리로 말했다. "얻어내야 할 함대도 있고, 우리가 한 일이라곤 바다 거품을 구경한 것뿐이라고 믿게 만들어야 할 털북숭이 남편도 있으니까요."

"아, 그 사람!" 그녀도 옷을 입기 시작했다. "그 사람은 우리가 뭘 했는지 신경도 안 쓸 거예요. 분명 당신은 내가 처음이었다는 걸 눈치챘겠죠!"

"모를 수가 없죠."

그녀의 녹황색 눈이 반짝 빛났다. "만약 내가 함대를 모으는 걸 도울 수 있는 위치가 아니었다면 당신은 내게 눈길 한번 주지 않았겠죠."

“그 말은 인정할 수 없군요.” 그가 분명하게, 그러나 차분히 대꾸했다. “언젠가, 내가 함대를 모으기 위해 바로 그런 짓을 한다는 비난을 받은 적이 있는데, 그때 제가 했던 말은 여전히 유효합니다. 목적을 이루기 위해 여자들이 부리는 술수를 쓸 바에는 배에다 칼을 꽂아 넣는 편이 낫다고 말이죠. 하지만 귀엽고 사랑스러운 공주, 당신은 여신이 보내준 선물이었습니다. 그러니 그건 아주 다른 문제죠.”

“내 말 때문에 화난 게 아닌가요?”

“전혀. 물론 당신이 분별 있는 여자라 그리 생각했겠지만. 당신의 현명함은 아버지에게서 물려받은 것인가요?”

“아마도요. 똑똑한 분이니까. 하지만 아버진 바보이기도 해요.”

“어떤 면에서?”

“다른 사람들의 충고를 귀담아듣지 못한다는 거.” 그녀는 몸을 돌려 그와 함께 궁전을 향해 걸었다. “당신이 파포스에 와서 대단히 기뻐요, 카이사르. 숫처녀로 사는 게 지긋지긋했거든요.”

“하지만 당신은 처음이었잖습니까. 그런데 왜 날 선택한 거죠?”

“당신은 아프로디테의 후손이니 평범한 한낱 인간이 아니에요. 나는 왕의 자식이죠! 그러니 평범한 사내에게 몸을 허락할 순 없어요. 왕이나 신의 혈통에게만 가능한 일이지요.”

“영광이로군요.”

함대를 얻기 위한 협상에는 얼마간 시간이 걸렸지만, 카이사르에게는 아깝지 않은 시간이었다. 즐거움을 모르고 살던 키프로스의 프톨레마이오스 왕비는 매일같이 카이사르와 함께 아프로디테의 탄생지를 찾아갔고, 그는 매일같이 여신의 정수에 몸을 담갔다가 한껏 즐거워하는 키프로스의 프톨레마이오스 왕비에게 자신의 정수를 일부 쏟아부었다. 알렉산드리아인 관료들은 그녀의 남편보다 미트리다티디스 니사를 훨씬 존중하고 있던 게 분명했다. 아마도 바로 바다 건너 시리아에 티그라네스 왕이 있다는 사실과 무관하진 않았을 것이다. 이집트는 스스로 안전하다 느낄 수 있을 만큼 멀리 떨어져 있었으나 키프로스는 상황이 전혀 달랐다.

카이사르는 원만하게, 하지만 이후 오랫동안 뇌리를 떠나지 않은 아쉬움을 안고 미트리다테스 왕의 딸과 헤어졌다. 그녀에게서 얻은 육체적 쾌락은 별개로 치더라도, 그는 자신이 위대한 왕의 자식이기 때문에 어떤 남자라도 자신과 동등하다고 인식하는, 남의 시선 따위 의식하지 않는 그녀의 자신감을 좋아하고 높이 평가했다. 로마 남자가 여성의 몸에 발을 닦을 수 있는 정도까진 아니었지만, 그래도 로마 여성은 결코 남자와 동등한 존재가 아니었다. 그래서 파포스를 떠날 때 그는 여신의 모습이 정교하게 새겨진 카메오를 미트리다티디스 니사에게 건네주었다. 재료로 쓰인 진기하고 값비싼 줄무늬 원석을 사기엔 어려운 형편이었음에도 불구하고.

이런 사정을 대충 알고 있던 그녀는 몹시 기뻐했다. 그 기쁨은 알렉산드리아에 있는 언니 클레오파트라 트리파이나에게 보낸 편지에도 고스란히 담겨 있었다.

다신 그를 볼 수 없겠지. 그는 마땅한 이유 없이 어디를 가거나 무엇을 할 사람이 아니니까. 여기서 이유란 남자의 이유를 말하는 거야. 그가 조금은 날 사랑했을 수도 있다고 생각해. 하지만 그것이 그를 다시 키프로스로 이끄는 일은 절대 없을 거야. 어떤 여자라도 그 사람과 그의 목적 사이에 끼어들 순 없을 테니까.

난 이전에 로마인을 본 적이 없었어. 하지만 내가 알기론 알렉산드리아에서는 로마인들을 상당히 자주 볼 수 있다고 하니, 아마 언니는 꽤 여럿을 알고 있겠지. 그가 그렇게 색다른 게 로마인이기 때문이야? 아니면 그 사람 자체가 그래서야? 아마도 언니가 답을 줄 수 있지 않을까. 왠지 언니가 어떤 대답을 할지 짐작이 가지만 말이야.

가장 마음에 들었던 건 그가 지닌 굳건한 기질이야. 결코 사무적인 게 아니었던 그의 침착한 태도도. 확실히 그가 함대를 얻은 건 내가 도운 덕분이었어. 그래, 알아, 그는 날 이용했어! 하지만 사랑하는 트리파이나, 이용을 당해도 아무 상관없는 때가 있어. 그는 나를 조금은 사랑했어. 내 태생을 귀하게 여겼고. 그리고 이 세상 여자 중에 그가 자기를 향해 웃는 모습을 거부할 수 있는 여자는 없을 거야.

아주 즐거운 짧은 만남이었어. 그가 보고 싶어, 몹쓸 사람! 내 걱정은 하지 마. 만약을 대비해서 그가 떠난 뒤에 약을 먹었어. 내가 명목뿐인 결혼이 아니라 진짜 결혼을 한 상태였다면 약을 먹지 말아버릴까 하는 유혹을 느꼈을지도 몰라. 카이사르 혈통이 프톨레마이오스보다 더 훌륭한 혈통이니까. 하지만 지금 내 처지로는 절대 자식을 얻을 수 없겠지, 아아.

언니가 어려움을 겪고 있어서 안쓰러워. 우리가 자랄 때 이집트 상황을 이해할 기회가 없었던 것도 유감이고. 뭐, 그렇다고 해서 우리 아버지 미트리다테스와 우리 친척 티그라네스가 이런 문제를 신경쓰지도 않았겠지만. 우리는 그저 그분들이 이집트에서 이득을 얻기 위한 수단일 뿐이지. 우리에겐 이쪽의 권리를 확립하는 데 필요한 프톨레마이오스의 피가 흐르니까. 하지만 우리가 알 수 없었던 건 이집트 신관들과 그들이 민중, 그러니까 마케도니아가 아니라 진정한 이집트 혈통을 가진 백성들을 쥐고 흔드는 것과 관련된 사태야. 마치 이집트라고 불리는 두 나라가 있는 것과도 같아. 마케도니아인들의 알렉산드리아와 삼각주 지역, 그리고 이집트의 나일 강 지역, 이렇게 말이지.

사랑하는 트리파이나, 난 언니가 독자적으로 이집트 신관들과의 협상에 나서야 한다고 생각해. 언니의 남편 아울레테스는 사내를 좋아하는 사내가 아니니까 언니에겐 분명 아이를 가질 가능성이 있잖아. 언닌 반드시 아이를 낳아야 해! 그런데 이집트 법에서는 언니가 여왕으로 성별되기 전까지는 그렇게 할 수 없고, 여왕으로 성별되려면 이집트 신관들이 성별식을 집전하는 데 동의해야만 하지. 저 알렉산드리아인들이 로마에서 온 사절단에게는 언니가 여왕으로 성별된 것처럼 굴었다는 걸 알아. 그들은 마르쿠스 페르페르나와 여타 사절들이 이집트 법과 관례에 무지하다는 사실에 안심한 거지. 그렇지만 이집트 백성들은 언니의 군주권이 확정되지 않은 상태라는 걸 알고 있어. 아울레테스는 멍청한 사람이야. 참된 지성이 부족하고 정치적 수완도 없지. 그에 반해 언니와 나는 우리 아버지의 딸들이고 더 축복받은 사람들이야.

신관들을 찾아가서 협상을 시작해. 언니 독자적으로. 신관들을 포섭하지 못하는 한 언니가 아무것도, 자식조차도 얻지 못하리란 건 확실해. 아울레테스는 자신이 그들보다 더 중요하고, 알렉산드리아인들이 충분히 강해서 결국은 신관들을 이길 것이라 믿고 있지. 하지만 그는 틀렸어. 아니, 어쩌면 아울레테스는 이집트의 파라오보다 마케도니아의 왕이 되는 것을 더 중요하게 생각한다고 말하는 게 가장 적절할지도 모르겠어. 그러니까 자신이 왕이라면 결국 파라오도 될 수밖에 없다고 믿는 거지. 언니가 보내온 편지들을 보면 언니는 이런 함정에 빠지지 않았다는 걸 알 수 있어. 하지만 그것만으론 부족해. 협상도 반드시 필요해. 우리 남편들이 그 혈통의 마지막 왕이라는 사실이나, 천 년 가까이 외세 침략과 외국의 통치자들을 겪고 나서 이집트 혈통의 군주들을 따로 세우는 것이 프톨레마이오스 왕가의 마지막 자손을 인정하는 것보다 훨씬 위험하리라는 사실을 신관들은 잘 알고 있어. 따라서 저들이 정말로 원하는 건 자기들을 무시하거나 가볍게 보지 않고 존중해주는 일이라고 생각해. 그들의 말에 따라줘, 사랑하는 트리파이나. 언니 남편도 그들의 말을 따르도록 만들어! 어쨌든 파라오의 보물이 숨겨진 미궁도, 나일 강 유역의 수입도, 이집트 백성도 그들이 관리하고 있으니까. 병아리콩 소테르가 7년 전 테베 약탈에 성공했다는 사실은 중요한 게 아니야. 분명 그는 왕으로 성별되었고 파라오였으니까. 게다가 테베는 나일 강 유역 전체가 아니잖아!

당분간은 계속 약을 먹고, 언니 남편이나 알렉산드리아인들의 반감을 사지 않도록 해. 그들이 언니의 협력자로 있는 한, 멤피스의 신관들과 협상할 수 있는 기반을 갖게 되니까 말이야.

8월 말경 카이사르는 바티아가 있는 타르소스로 귀환하여, 바티아의 관할에 속한 모든 주요 해상 도시와 지역에서 그의 요구에 따라 배와 선원을 제공하겠다는 합의 내용을 전달할 수 있었다. 말할 것도 없이 바티아는 흡족해했고, 키프로스와 합의를 본 것에 특히 기뻐했다. 그러나 그는 자신의 젊은 하급자에게 더이상 맡길 임무가 없었을 뿐 아니라, 로마에서 술라가 죽었다는 소식까지 전했다.

"그렇다면 푸블리우스 세르빌리우스," 카이사르가 말했다. "허락해주신다면 집으로 돌아가고 싶습니다."

바티아가 얼굴을 찌푸렸다. "왜지?"

"몇 가지 이유가 있습니다." 카이사르는 주저 없이 대답했다. "우선, 가장 중요한 이유는 제가 총독님께 별 쓸모가 없다는 것입니다. 동쪽 페디아와 에우프라테스 강 유역의 카파도키아에서 티그라네스 왕을 몰아내기 위한 원정에 나설 계획이 없으시다면 말입니다."

"그건 내가 지시한 바가 아니네, 가이우스 율리우스." 바티아가 퉁명스레 대꾸했다. "나는 내 속주를 통치하고 해적의 위협을 퇴치하는 데 집중해야 하네. 카파도키아와 동쪽 페디아는 그후에 처리할 문제야."

"알겠습니다. 그런 생각이시라면 가까운 시일 내에 제게 맡기실 일은 없겠군요. 제가 귀국을 희망하는 다른 이유는 개인적인 것입니다. 결혼 후에 아직 첫날밤을 치르지 못했고, 법정에서의 경력도 시작해야 합니다. 유피테르 대제관을 지내는 바람에 이미 변호인으로서 출발이 늦어졌습니다. 저는 집정관이 될 뜻을 품고 있습니다. 제가 타고난 권리니까요. 제 아버지는 법무관이셨고 큰아버지는 집정관, 당숙인 루키우스도 집정관을 지냈습니다. 율리우스 가문이 다시 한번 선두에 선 것이죠."

"좋아, 가이우스 율리우스, 집으로 돌아가게." 바티아가 말했다. 그는 이런 쪽으로는 이해심이 많았다. "내 기꺼이 원로원에 자네를 추천하고 자네가 함대를 모은 일을 전투 임무로 쳐주지."

술라가 죽으면서 두 집정관 레피두스와 카툴루스 간의 우호 관계는 끝이 났다. 본디 잘 어울릴 만한 한 쌍이 아니었지만, 실제로 그들 사이가 틀어지는 첫번째 계기가 된 것은 독재관의 죽음이었다. 카툴루스는 술라에게 국장을 치러야 한다고 제안한 반면, 레피두스는 본인 재산으로 비용을 감당하고도 남을 사람을 매장하는 데 국가 자금을 쓰자는 제안에 동의하지 않은 것이다. 뒤이은 원로원 내 다툼에서 이긴 쪽은 카툴루스였다. 그리하여 술라는, 따지고 보면 본인이 성공적으로 메워놓았던 국고를 헌 돈으로 땅에 묻혔다.

그렇지만 레피두스에게도 지지 세력이 없지 않았고, 술라 때문에 어쩔 수 없이 몸을 피했던 사람들이 하나둘씩 로마로 돌아오고 있었다. 마르쿠스 페르페르나 베이엔토와 킨나의 아들 루키우스는 장례식이 끝난 직후 둘 다 로마로 돌아왔다. 어쩐 일인지 페르페르나는 폼페이우스가 등장했을 때 시칠리아의 총독 자리를 차지하고 있었음에도 불구하고 공권박탈을 피할 수 있었는데, 아마도 그가 시칠리아의 소유권을 두고 폼페이우스와 계속 겨루지 않은데다 공권박탈 대상자로 군침이 돌 만큼 돈이 많지 않았기 때문이었다. 젊은 킨나는 당연히 무일푼 신세였다. 그러나 독재관이 죽고 없는 지금 두 사람은 독재관의 정책과 법에 은밀히 반대하던 파벌들의 중심을 형성했고, 자연히 카툴루스보다 레피두스를 편드는 쪽을 택했다.

수석 집정관일 뿐 아니라 원로원에서 술라에게 과감히 맞섰다는 평판까지 갖춘 레피두스는, 이제 독재관이 죽었으니 그가 제정한 법에서 지나치게 엄격한 부분을 자신이 나서서 완화하기에 더없이 좋은 상황이 왔다고 판단했다. 원로원에서 자신을 지지하는 의원들이 카툴루스 지지자들을 수적으로 앞섰기 때문이다.

"나는 말이야," 절친한 친구 마르쿠스 유니우스 브루투스에게 레피두스가 말했다. "술라의 법을 누구나, 심지어 그의 적들까지도 용인할 수 있는 형태로 조정한 인물로 역사책에 기록되고 싶네."

이 둘 모두 운명의 여신에게 선택받았다. 술라가 마지막으로 엄선한 정무관 명단에는 브루투스의 이름이 법무관으로 포함되었고, 집정관들과 법무관들이 취임하던 지난 새해 첫날에 속주를 정하는 추첨에서도 레피두스와 브루투스 둘 다 좋은 결과가 나왔다. 레피두스는 알프스 너머 갈리아를, 브루투스는 이탈리아 갈리아를 뽑았다. 그들의 총독 임기는 로마에서의 임기가 끝나는 날, 그러니까 돌아오는 새해 첫날부터 시작될 예정이었다. 알프스 너머 갈리아는 최근까지 집정관이 맡는 속주가 아니었으나 두 가지 이유로 상황이 바뀌었다. 하나는 히스파니아에서 벌어진 퀸투스 세르토리우스와의 전쟁이었고(진행 상황이 순조롭지 않았다), 다른 하나는 점차 반란으로 번짐에 따라 히스파니아로 가는 육로를 위협하고 있는 갈리아 부족들의 동태였다.

"우리 둘이서 한 팀처럼 속주들을 관장할 수 있을 걸세." 추첨 결과가 나온 직후에 레피두스는 열의를 띠며 브루투스에게 말했다. "나는 반란 부족들을 상대로 전쟁을 벌일 테니, 그사이 자네는 이탈리아 갈리아를 정비해서 물자와 그 밖에 필요할지 모르는 지원을 보내주게."

이렇게 해서 레피두스와 브루투스는 다음해에 속주 총독으로서 보낼 바쁘고 보람찬 시간을 고대했다. 술라가 땅에 묻히자마자 레피두스는 술라가 제정한 가장 가혹한 법들을 완화하기 위한 계획을 추진했고, 브루투스는 폭행 법정의 재판장으로서 술라의 법무관 나이우스 옥타비우스가 바로 전해 이 법정에 도입한 술라 법의 개정조항을 처리했다. 술라의 승인하에 나이우스 옥타비우스는 공권박탈 과정에서 부당 이득을 취한 몇몇 사람들이 폭행이나 물리력, 협박으로 얻어낸 재산을 반환하도록 강제하는 법을 제정한 바 있었다. 당연히 이 법에는 그 재산의 원 소유자 이름을 공권박탈자 명단에서 삭제한다는 내용까지 포함되었다. 나이우스 옥타비우스가 취한 조치를 좋게 본 브루투스는 의욕적으로 그 일을 계속해나갔다.

6월이 되어 술라의 유해가 마르스 평원의 묘소에 안치된 후, 레피두스는 술라가 에트루리아와 움브리아 지역에서 압류해 자신의 퇴역병들에게 하사했던 토지 중 일부를 되돌려주는 내용을 담은 아이밀리우스 레피두스법에 대해 원로원의 동의를 구하겠다고 회의석상에서 발표했다.

"원로원 의원 여러분," 레피두스는 경청하는 의원들을 향해 입을 열었다. "다들 잘 아시다시피 현재 로마 북쪽 지역의 불만이 상당한 상황입니다. 제 소견으로는—또한 다른 많은 분들의 의견이기도 합니다!—이러한 불만의 대부분은 고인이 된 우리 독재관께서 그 지역 토지를 거의 마지막 1유게룸도 남김없이 몰수함으로써 에트루리아와 움브리아 주민들을 벌하는 일에 집착한 데서 기인합니다. 원로원이 독재관의 정책에 늘 찬성하지만은 않았다는 점은, 아레티움과 볼라테라이 지역의 시민 전원에 대해 공권을 박탈하고자 했던 독재관의 뜻에 원로원이 반대를 표명한 것으로 분명히 보여준 바 있습니다. 또한, 비록 독재관이 권력의 절정에 있을 때 사태가 발생하기는 했으나 어쨌든 우리가 이 조치를 취하지 않도록 그를 만류했다는 점은 자랑스러워할 만합니다. 아니, 그렇다고 제가 낸 새로운 법이 아레티움과 볼라테라이에게 무슨 좋은 걸 준다고 생각지는 마십시오! 그들 지역은 카르보를 적극 지원했으니, 내게서는 아무것도 얻어갈 수 없습니다. 아뇨, 제가 관심을 두는 주민들은 정말 마지못해 카르보의 군단을 도왔던 이들입니다. 그러니까 스폴레티움, 클루시움 같은 곳들을 말하는 것입니다. 지역의 땅을 잃었지만 사실은 한 번도 배반한 적이 없기에 지금 로마를 향한 분노로 들끓고 있는 곳들 말입니다! 그저 누군가의 군대가 지나가는 자리에 있었던, 내전의 불운한 희생양인 곳들입니다."

레피두스는 잠시 말을 멈춘 채 원로원 회의장 양쪽으로 줄지어 배열된 의원석을 죽 살폈다. 눈에 들어온 광경은 만족스러웠다. 조금 더 감정이 실린 목소리로 그는 멈추었던 말을 이어나갔다.

"카르보를 적극적으로 지원했던 곳들은 모두 여기에 해당 사항이 없으며, 이 반역자들의 땅만으로도 술라의 병사들을 정착시키기에 충분하고도 남습니다. 저는 이 점을 강조해야겠습니다. 현재 이탈리아는 거의 예외 없이 속속들이 로마 사회입니다. 참정권을 얻은 시민들이 서른다섯 개 트리부스 전체에 걸쳐 분포되어 있지요. 그러나 특히 에트루리아와 움브리아의 여러 지역은 아직까지도 예전의 반체제적인 동맹시 같은 취급을 받고 있습니다. 그 당시에는 지역의 공유지를 몰수하는 것이 로마의 일상적인 관행이었으니까요. 하지만 어찌 로마가 합법적인 진짜 로마인들의 땅을 강탈할 수 있습니까? 그건 모순입니다! 그리고 우리, 로마의 상위 통치기구를 구성하고 있는 원로원 의원들은 그 같은 관행을 계속 묵과하고 있을 수 없습니다. 이대로 있다가는 에트루리아와 움브리아에서 또다른 반란이 잇따를 것이고, 해외 상황으로 잔뜩 압박을 받고 있는 이때 로마는 국내에서 또다시 전쟁을 벌일 형편이 못 됩니다! 지금 당장 우리는 퀸투스 세르토리우스와의 전장에 나가 있는 14개 군단을 지원할 자금을 마련해야 합니다. 그리고 우리의 귀중한 돈이 가야할 곳은 두말할 나위 없이 이쪽입니다. 클루시움과 투데르 등지에 그들의 땅을 돌려주는 제 법은 너무 늦기 전에 에트루리아와 움브리아 사람들을 달래는 효과가 있을 것입니다."

원로원은 경청했다. 물론 카툴루스가 이 조치에 강력한 반대의 뜻을 밝혔고 친술라계 및 보수파 핵심 세력이 그뒤를 따랐지만, 그것은 레피두스가 예상한 바였다.

"이것은 심각한 사태를 일으킬 단초입니다!" 카툴루스가 성난 소리로 외쳤다. "마르쿠스 아이밀리우스 레피두스는 본 원로원에 확실히 먹힐 만한 조치들로 시작해서 우리의 새로운 법 체제를 야금야금 무너뜨릴 작정인 것입니다! 하지만 본인은 그런 일은 일어나서는 안 된다고 생각합니다! 그가 원로원 결의를 붙여서 트리부스회로 하나씩 정책을 보내는 데 성공할 때마다 그는 더 대담하게 자기 정책을 밀고 나갈 겁니다!"

그러나 케테구스도 필리푸스도 카툴루스를 지지하고 나서지 않자, 레피두스는 자신이 이길 것 같은 생각이 들었다. 그들이 카툴루스를 지지하지 않은 게 좀 이상하기는 했다. 하지만 거저 주어진 이 선물을 문제삼을 건 또 뭔가? 그래서 그는 압류된 토지를 반환하는 법안을 승인하는 원로원 결의를 얻어내기도 전에 원로원에서 또다른 정책을 추진했다.

"민간 곡물 상인들이 부과한 것보다 낮은 가격의 공공 곡물 판매에 대해 고인이 된 독재관이 내린 금지령을 철폐하는 것은 우리 원로원의 의무입니다." 그가 단호히 말했다. 의사당 문을 활짝 열어놓은 터라 밖에서 듣는 사람들도 그 소리를 들을 수 있었다. "원로원 의원 여러분, 저는 분별 있고 온당한 사람입니다! 선동 정치가가 아닙니다. 수석 집정관으로서 저는 빈곤층 시민들의 지지를 얻으려 애쓸 필요가 없습니다. 저는 이미 정치 경력의 정점에 있지, 한창 출세가도를 달리고 있는 사람이 아닙니다. 민간 곡물 상인들이 밀값으로 얼마를 부르든 그 값을 지불할 여유가 됩니다. 그렇다고 해서 고인이 된 우리 독재관이 공공 곡물 가격을 민간 곡물 상인들이 요구한 가격으로 정한 것이 잘못되었다고 말하려는 것은 아닙니다. 고인이 된 우리 독재관께서 그 결과가 어찌될 것인지 미처 깨닫지 못했던 것뿐이라고 생각합니다. 왜냐하면, 실제로 어떤 일이 벌어졌습니까? 이제 그들에게 의무적으로 가격을 억제하게 하는 정부 정책이 없는 탓에 민간 곡물 상인들이 값을 올렸지요! 원로원 의원 여러분, 사실 따지고 보면 어느 사업가가 더 큰 수익을 올릴 유혹을 뿌리칠 수 있겠습니까? 친절과 인정이 그의 행동을 좌우하겠습니까? 당연히 아니지요! 그는 자신과 주주들을 위해 수익을 낼 목적으로 사업을 하는 것이고, 대부분의 경우는 지나치게 근시안적이라서 자기가 파는 상품 가격을 그 비용을 지불할 가장 큰 시장의 수용 능력 이상으로 올리는 것이 곧 자신의 수익 기반 전체를 흔드는 일임을 보지 못합니다.

따라서 의원 여러분, 트리부스회에서 아이밀리우스 레피두스 곡물

법안에 대한 투표가 이루어질 수 있도록 이 법안을 공식 승인해주시기를 요청하는 바입니다. 저는 이미 유효성이 입증된 전통적인 방식으로 돌아가고자 합니다. 그 방식은 바로 국가가 1모디우스당 10세스테르티우스의 고정 가격으로 민중에게 공공 곡물을 공급하게끔 하는 것입니다. 풍년에는 이 가격으로도 국가가 웬만한 수입을 올릴 수 있고, 흉년보다는 풍년이 더 자주 오느니만큼, 궁극적으로 국가가 재정난을 겪을 일은 없습니다."

다시 한번 차석 집정관 카툴루스가 반대 발언을 했다. 그러나 이번에는 그를 지지하는 사람이 극소수에 그쳤다. 케테구스와 필리푸스 둘다 레피두스의 정책에 절대적인 찬성을 표했다. 그 결과 레피두스의 법안은 그것이 발의된 바로 그 회의에서 원로원 결의를 얻어냈다. 레피두스는 자신의 법안을 자유롭게 트리부스회에서 공포할 수 있게 되었고 실제로 그렇게 했다. 그의 명성은 새로운 정점에 이르렀으며 그가 대중 앞에 얼굴을 비칠 때면 환호가 쏟아졌다.

그러나 압류된 땅과 관련해 레피두스가 내놓았던 토지법은 상황이 완전히 달랐다. 그 법안은 원로원에서 내내 지체되고 있었고, 회의가 열릴 때마다 레피두스가 그 건을 표결에 부쳤음에도 원로원 결의를 얻을 만큼 충분한 표를 확보하는 데는 거듭 실패했다. 그건 곧 술라가 세운 법 체제하에서는 그 법안을 민회에 상정할 수 없다는 의미였다.

"그래도 난 포기하지 않을 거야." 브루투스의 집에서 함께 식사하는 자리에서 그는 말했다.

레피두스는 자주 브루투스의 집에서 식사를 했다. 사실은 최근 들어 그의 집이 견딜 수 없을 만큼 휑하게 느껴졌기 때문이다. 공권박탈 조치가 시작되던 당시, 로마 상류층에 속한 대다수가 그랬듯이 그 역시 공권을 박탈당하지 않을까 노심초사했다. 그는 마리우스와 킨나, 카르보가 정권을 잡은 시기에 로마에 남아 있었던데다, 한때 스스로 로마의 왕이 되고자 했던 사투르니누스의 딸과 결혼한 사이였던 것이다. 그에게 당장 이혼을 제안한 사람은 다름 아닌 아풀레이아 본인이었다. 그들 부부에게는 아들 셋이 있었으므로, 밑의 두 아들을 위해 집안 재산을 온전히 지키는 것이 무엇보다 중요했다. 장남은 코르넬리우스 스키피오 계통의 한 가문에 양자로 갔는데 그 가문은 술라와 아주 가까운 관계이고 한결같이 술라 진영에 있었으므로 장남의 앞길은 훤했다. 스키피오 아이밀리아누스(그의 유명한 조상과 이름이 같았다)는 아풀레이아가 이혼을 제안할 당시에 이미 성인이었고 둘째 아들 루키우스는 열여덟 살이었다. 막내인 마르쿠스는 겨우 아홉 살의 나이였다. 레피두스는 아풀레이아를 끔찍이 사랑했지만 아들들을 위해 그녀와 이혼했다. 언젠가 훗날 안전한 때가 오면 그녀와 다시 결혼할 생각이었다. 그러나 아풀레이아는 괜히 사투르니누스의 딸이 아니었다. 전남편과 아들들의 삶에서 자신의 존재가 늘 그들을 위태롭게 할 것이라 확신한 그녀는 스스로 목숨을 끊었다. 그녀의 죽음은 레피두스에게 어마어마한 충격을 주었고 그후 그는 마음의 상처를 결코 온전히 치유하지 못했다. 그랬기에 그는 가능한 한 다른 사람의 집에서 개인 시간을 보냈다. 특히 절친한 브루투스의 집을 가장 자주 찾았다.

"바로 그거야! 절대 포기해서는 안 되네." 브루투스가 말했다. "끈기 있게 버티다보면 원로원도 꺾이게 될 걸세, 내가 장담하지."

"원로원의 저항이 하루 속히 무너지길 바라셔야 할 거예요." 식당 가운데 긴 의자의 맞은편 의자에 앉아 식사를 하던 제3의 인물이 말했다.

두 사내 모두 브루투스의 아내 세르빌리아를 쳐다보았다. 우려와 상당한 존중이 뒤섞인 표정이었다. 세르빌리아가 하는 말은 언제나 귀기울일 가치가 있었던 것이다.

"그게 정확히 무슨 뜻입니까?" 레피두스가 물었다.

"카툴루스가 전쟁 채비를 하고 있다는 뜻이에요."

"그걸 어떻게 알았소?" 브루투스가 물었다.

"늘 귀를 쫑긋 세우고 다녀서요." 그녀는 무표정한 얼굴로 대답했다. 그러나 이내 특유의 비밀스럽고 빈틈없는 방식으로 미소를 지어 보였다. "오늘 아침 호르텐시아네 집에 후딱 다녀왔는데, 괜히 우리 시대 최고 변호인의 누이가 아니에요. 호르텐시아도 꼭 그 사람처럼 타고난 수다쟁이거든요. 카툴루스는 호르텐시아를 아주 좋아해서 그 친구에게 너무 많은 말을 하지요. 그러면 그 친구는 자기에게서 얘기를 끌어낼 요령이 있는 누구에게든 얘기를 털어놓고요."

"당연히 당신에겐 그럴 요령이 있고 말이죠." 레피두스가 말했다.

"물론이지요. 하지만 그보단 제가 그 친구에게서 얘기를 끌어내는데 관심이 있다는 사실이 더 중요해요. 그 집을 찾아가는 여자들은 대개가 사람들 뒷얘기와 여자들 문제에 더 열을 올리는 반면 호르텐시아는 정치 얘기를 훨씬 좋아하죠. 그래서 저는 틈만 나면 그 친구를 찾아간답니다."

"더 자세히 얘기해보세요, 세르빌리아." 레피두스가 말했다. 그녀가 무슨 말을 하려는 건지 통 감이 오지 않았다. "카툴루스가 무슨 전쟁 채비를 한다는 겁니까? 가까운 히스파니아? 그는 내년에 새로운 군대를 갖춰서 그곳 총독으로 갈 예정이지요. 그러니 그가…… 음, 그러니까 당신 말마따나 전쟁 채비를 한다고 해서 이상할 건 없는 것 같군요."

"그 전쟁은 히스파니아나 세르토리우스와 아무 상관이 없어요." 브루투스의 아내가 말했다. "카툴루스는 에트루리아에서 벌일 전쟁에 관해 얘기하고 있어요. 호르텐시아의 말로는 그가 곧 그 지역의 반란을 처리할 수 있도록 군단을 더 보강해달라고 원로원 설득에 들어갈 거라더군요."

레피두스는 가운데 의자에서 몸을 곧추세우고 앉았다. "하지만 그건 미친 짓입니다! 에트루리아의 치안을 유지하는 길은 단 하나뿐이고, 그것은 지역 공동체들에게 술라가 그들에게서 빼앗았던 것을 적당히 돌려주는 거예요!"

"에트루리아의 현지 지도자들 중에 연락하는 사람이 있으신가요?" 세르빌리아가 물었다.

"물론입니다."

"강경파인가요, 온건파인가요?"

"온건파라고 할 수 있겠지요. 당신이 말하는 강경파가 볼라테라이와 파이술라이 같은 곳의 지도자들을 뜻하는 것이라면."

"그런 뜻으로 한 말이에요."

"정보를 줘서 고맙습니다, 세르빌리아. 안심하세요, 제가 노력을 배가해서 에트루리아 문제를 해결할 테니까요."

레피두스는 실제로 노력을 배가했다. 그럼에도 카툴루스가 에트루리아에서 일고 있는 반란 조짐을 진압하기 위해 반드시 필요할 거라면서 추가로 군단 모집에 착수해야 한다고 원로원에 촉구하는 것을 막지는 못했다. 그러나 세르빌리아가 때맞춰 주의를 준 덕분에 평의원들과 케테구스같이 나이 많은 뒷자리 의원들 사이에서 지지를 구할 수 있었다. 카툴루스가 부르짖는 통렬한 비판을 듣던 원로원의 반응은 시큰둥했다.

“퀸투스 루타티우스,” 케테구스가 카툴루스에게 말했다. “사실 우리는 에트루리아에서 일어난다는 가상의 반란보다 당신과 수석 집정관 사이가 원만하지 못한 것이 더 걱정스럽습니다. 우리가 보기에 당신은 우리의 수석 집정관이 원하는 거라면 무조건 반대부터 하고 보는 방침을 취하는 것 같군요. 참으로 유감스러운 노릇입니다. 무엇보다도, 루키우스 코르넬리우스 술라가 로마 원로원 내부의 다양한 구성원과 파벌 간에 새로운 협력 관계를 구축하기 위해 그토록 애를 쓴 것이 바로 얼마 전의 일이니 말이에요.”

카툴루스는 찍소리도 못하고 잠잠해졌다. 그러나 나중에 밝혀졌듯이 그 상태가 그리 오래가지는 않았다. 갖가지 사건이 겹치면서 그의 입장에는 힘이 실리고, 레피두스가 압류된 땅의 대부분을 돌려주는 내용의 법안에 대해 쉽게 따내지 못하고 있던 원로원 결의를 얻어낼 가능성은 모조리 사라져버렸다. 6월 말경에 땅을 빼앗겼던 파이술라이 시민들이 도시 전역의 퇴역병 정착지를 공격하여, 퇴역병들이 할당받은 땅에서 그들을 쫓아내고 저항하는 자들은 살해하는 사건이 일어난 것이다.

충성스러운 술라 군단병들이 수백 명씩 죽어나간 일은 결코 묵과될 수 없었으며, 파이술라이 역시 노골적인 반란행위를 저지르고도 교묘히 빠져나가게 둘 수는 없는 노릇이었다. 원래대로라면 7월에 열릴 선거 준비에 관심을 돌려야 할 시기였으나 원로원은 선거에 대해서는 완전히 잊고 있었다. 술라의 법제에서 신설된 규정에 따라 어느 집정관이 고등 정무관 선거를 관장할지 정하기 위해 추첨을 실시했지만(레피두스가 당첨되었다), 더는 아무것도 진행되지 않았다. 그 대신 원로원은 두 집정관 모두에게 각자 4개 군단씩 신병을 모집한 뒤 곧장 파이술라이로 가서 반란사태를 수습하라는 지시를 내렸다.

회의가 슬슬 파하려는 찰나에 루키우스 마르키우스 필리푸스가 자리에서 일어나 발언을 요청했다. 7월 동안 파스케스를 맡고 있던 레피두스는 처음으로 중대한 실수를 저질렀다. 필리푸스에게 발언권을 허락한 것이다.

"친애하는 동료 의원 여러분," 필리푸스가 우렁찬 소리로 말했다. "간청하건대 마르쿠스 아이밀리우스 레피두스에게 군대를 맡기지 말아주십시오! 요청하는 게 아닙니다. 부탁하는 게 아닙니다. 여러분께 애원하는 것입니다! 왜냐하면 제 눈에는 우리의 수석 집정관이 혁명을 모의하고 있음이—취임하던 그 순간부터 내내 혁명을 모의해왔음이—뻔히 보이기 때문입니다! 우리의 사랑하는 독재관이 돌아가시기 전까지 그는 어떤 행동이나 발언도 하지 않았습니다. 그러나 우리의 사랑하는 독재관이 돌아가신 바로 그 순간부터 모든 것이 시작되었습니다. 그는 국가 자금으로 술라의 장례를 치르자는 표결에 동의하려 하지 않았습니다! 물론 그는 표결에서 패했지만, 저는 그가 본인이 이길 수 있을 거라 생각했다고는 절대 믿지 않습니다! 장례 문제를 둘러싼 논쟁을 자신이 곧 반역적인 정책들을 입법할 참이라는 사실을 자신의 모든 지지자들에게 알리는 신호로 이용했습니다. 그리고 곧이어 반역적인 정책을 입안했습니다! 그는 압류된 땅을 응당 그것을 뺏길 만했던 사람들에게 돌려줘야 한다고 제안했습니다! 그리고 본 원로원에서 처리가 지연되자, 가이우스 그라쿠스부터 레피두스의 장인인 사투르니누스에 이르기까지 모든 선동 정치가들이 써먹었던 술수를 써서 2계급 아래 모든 계급의 추앙을 얻고자 했습니다. 바로 값싼 공공 곡물을 제공하는 법률을 제정하는 방법으로 말입니다! 로마는 이 도시의 가장 위대한 시민의 시신을 예우하기 위한 자금에는 투표해서는 안 된다는 것입니다—절대 안 되죠! 하지만 로마는 이 도시의 쓸모없는 무산자들에게 값싼 곡물을 내주기 위해서는 그보다 훨씬 많은 공공 자금을 써야 한다는 것입니다—그렇고말고요!"

이 공격으로 깜짝 놀란 사람은 레피두스만이 아니었다. 회의장의 전 의원들이 충격 속에 꼿꼿이 앉아 있었다. 필리푸스는 휘몰아치듯 공격을 이어갔다.

"동료 의원 여러분, 지금 이 사람에게 4개 군단을 내주고 에트루리아로 보내고 싶으십니까? 글쎄요, 나는 그렇게 되는 것을 거부합니다! 우선 첫째로, 곧 고등 정무관 선거가 예정되어 있고 그 선거를 주관할 사람으로 레피두스가 당첨되었습니다. 그러므로 그는 잽싸게 뛰어가서 군대를 모집할 것이 아니라 로마에 남아 자신의 의무를 다해야 합니다! 우리는 이제 막 수년 만에 처음으로 자유선거를 실시할 참이며, 그 선거를 반드시 정해진 시간에 적법하게 실시해야만 한다는 사실을 다시 한번 상기하시기 바랍니다. 퀸투스 루타티우스 카툴루스는 군대를 모집하고, 파이술라이를 비롯해 파이술라이 편에 붙기로 한 여타 모든 에트루리아 공동체를 상대로 전쟁을 치를 역량을 완벽히 갖추고 있습니다. 집정관 두 사람 다 전쟁을 수행하기 위해 로마를 떠나는 것은 술라의 법에 위배됩니다. 실제로 우리의 사랑하는 독재관께서 자신의 법령에 지휘관의 특별 직권에 관한 조항을 포함시킨 까닭은 그런 상황이 생기는 것을 막기 위함이었습니다! 우리는 우리가 치르는 전쟁의 지휘권을 상황이 허락하는 가장 유능한 사람에게, 설령 그 사람이 원로원의 일원이 아니라 할지라도 줄 수 있는 합법적인 수단을 부여받았습니다.

그런데도 지금 여러분은 더없이 중요한 지휘권을 그럴싸한 전투 전적도 없는 사람에게 주려고 하는군요! 퀸투스 루타티우스는 믿을 수 있는 전적이 있으니만큼 그가 군 문제에 유능하다고 확신할 수 있습니다. 그러나 마르쿠스 아이밀리우스 레피두스라고요? 그는 경험도 없고 능력이 입증되지도 않았습니다! 또한 저는 그가 혁명을 일으킬 가능성이 있다고 단호히 주장합니다. 그에게 군대를 주어 전쟁을 벌이도록 보내서는 안 됩니다! 그것도 저 사람 본인이 뱉은 말에서 로마보다 그 지역을 편드는 반역적인 조짐이 명백히 드러난 지역으로 말입니다!"

레피두스는 놀라 입이 쩍 벌어진 상태로 이 연설의 앞 구절을 들었다. 그러나 어느 순간 재빠른 판단하에 자신의 서기에게로 몸을 돌려 밀랍 서판과 골필을 급히 낚아챘다. 그뒤로 필리푸스가 발언한 나머지 시간 동안 그는 메모를 했고, 이제는 메모해둔 서판을 보기 좋게 든 채로 답변을 하기 위해 일어났다.

"이런 발언을 하는 저의가 무엇입니까, 필리푸스?" 레피두스는 필리푸스를 정식 이름으로 칭하는 예의도 갖추지 않고 물었다. "솔직히 당신의 저의가 무엇인지 도저히 가늠이 안 됩니다만, 뭔가 저의가 있다는 것만은 확신합니다! 변절의 달인이 본 회의장에서 일어나 예의 화려한 수사와 언변으로 연설을 할 때에는 항상 숨은 저의가 있는 법이니까요! 누군가로부터 돈을 받고 또다시 변절의 길을 걷고 있는 것입니다! 이 사람이 얼마나 부유해졌습니까! 얼마나 기름이 오르고 얼마나 만족스러운 얼굴입니까! 사적인 방탕의 늪에 얼마나 깊이 빠져 있습니까! 그러면서 언제나 원로원 내에 대변자가 필요한 어느 작자를 위해 일하고 있지요!"

밀랍 서판이 조금 더 위로 들어올려졌다. 레피두스는 준엄한 표정으로 서판 위쪽 너머에서 침묵하고 있는 원로원 의원들을 쏘아보았다. 카툴루스가 앉은 쪽을 흘깃 살펴보니, 그조차도 필리푸스의 연설에 소스라치게 놀란 모습이었다. 필리푸스의 배후가 누구든 카툴루스나 그의 파벌에 속하는 인물이 아닌 것만은 분명했다.

"필리푸스가 제기한 주장을 제가 차례로 짚어보겠습니다, 원로원 의원 여러분. 첫째, 독재관이 죽기 전에 제가 소극적이었다는 주장입니다. 사실이 아닙니다! 이 자리에 있는 모두가 알고 있듯이 말입니다! 다들 기억을 되돌려보십시오!

둘째, 국고로 독재관의 장례비용을 치르는 표결 문제입니다. 네, 저는 반대했습니다. 저 외에도 많은 사람들이 반대했지요. 그런데 그게 왜 안 됩니까? 우리에겐 발언권이 없어야 하는 겁니까?

셋째로 저의 반대 표결이 루키우스 코르넬리우스 술라가 완성해놓은 모든 것들을 무효로 만들겠다는, 저의 지지자들—제게 그런 게 있기는 합니까?—에게 보내는 신호라는 주장입니다. 이 무슨 터무니없는 망언입니까! 저는 두 가지 법을 제정하려 시도했고 그중 하나만 통과되었습니다. 그러나 제가 술라의 법 전체를 뒤집겠다는 의사를 누구에게든 티끌만큼이라도 보인 적이 있습니까? 제가 새로운 법정 체계를 비판하는 걸 들어본 적이 있습니까? 아니면 국가 관리들에 관한 새로운 관리 규정에 대해서는요? 원로원? 선거 절차? 속주 총독들의 활동을 제약하는 새로운 반역법? 민회의 역할 축소? 심지어 호민관 직의 권한이 대폭 축소된 데 대해서도 제가 뭐라 하는 걸 들어본 적 있습니까? 아니지요, 원로원 의원 여러분, 들은 적이 없을 겁니다! 왜냐하면 저는 이 조항들에 손댈 생각이 없기 때문입니다!"

이 마지막 문장은 우레와 같은 소리로 터져나왔다. 그 소리가 어찌나 컸던지 듣고 있던 사람들 중 적잖은 이가 화들짝 놀랐다. 레피두스는 모두가 진정할 수 있게 잠시 말을 멈췄다가 곧 맹공을 재개했다.

"넷째, 압류된 땅의 일부를—일부입니다, 전체가 아닙니다!—원래 소유주들에게 반환하자는 제 법안이 반역적이라는 주장입니다. 이 역시 터무니없는 소리입니다. 제가 발의한 아이밀리우스 레피두스법에는 정말로 반역적인 도시나 구역에 속한 압류 토지까지 돌려줘야 한다는 내용이 없습니다. 이 법은 아무것도 모른 채로 혹은 원치 않게 카르보와의 전쟁에 가담하게 된 지역의 토지만을 다루고 있습니다."

레피두스는 목소리를 낮추고 감정을 듬뿍 실어 말했다. "동료 의원 여러분, 제발 잠시만 곰곰이 생각해보십시오! 우리가 진정으로 통합되고 제대로 로마화된 이탈리아를 보고자 한다면, 법적으로 이제 우리와 다름없이 로마인인 사람들에게 예전 이탈리아 동맹시들에 가했던 처벌을 부과하는 일은 중단되어야만 합니다! 루키우스 코르넬리우스 술라가 어딘가 실수한 부분이 있다면 바로 이 문제입니다. 그분과 같은 연배의 사람이라면 이해 못할 바도 아닙니다. 그러나 그분보다 최소 스무 살은 아래인 우리들 대다수가 그분과 똑같이 생각한다는 것은 용납될 수 없습니다. 여기 있는 필리푸스 또한 나이든 사람이고, 나이든 사람답게 구시대적인 편견을 지니고 있다는 점을 상기해주십시오. 감찰관으로 재직할 당시, 그는 사실상 술라가 실행에 옮긴 일—신규 로마 시민들을 서른다섯 개 트리부스에 고루 분포시키는 것—을 하지 않겠다고 거부함으로써 자신의 편견을 노골적으로 드러낸 바 있습니다."

레피두스의 말에 사람들이 슬슬 흔들리기 시작했다. 실제로 지금의 원로원은 10년 전에 비해 훨씬 젊은 조직이었기 때문이다. 최악의 불안감이 걷히는 것을 느끼며 레피두스는 계속해서 말을 이었다.

"다섯째, 저의 곡물법에 관해서입니다. 이 법 역시 명백히 잘못된 부분을 바로잡은 것입니다. 루키우스 코르넬리우스 술라가 독재관 자리에 더 오래 있었다면 그분 스스로 이 문제를 직시하고 저와 똑같은 조치를 취했으리라 생각합니다. 즉, 하층민들에게 값싼 곡물을 되돌려주는 법을 제정하는 일이지요. 곡물 상인들은 욕심이 많았습니다. 이 점은 누구도 부정할 수 없지요! 그리고 실제로 본 원로원은 현명하게도 제 곡물법에 담긴 분별력을 알아보고 그 법안 처리를 승인함으로써 다가올 수확기에 로마에서 폭력행위와 폭동이 일어났을지 모를 가능성을 제거했습니다. 민중이 당연한 권리라고 여기게 될 정도로 오랫동안 누려온 특권을 그들에게서 빼앗을 수는 없는 일입니다!

여섯째, 고등 정무관 선거를 감독하도록 추첨을 통해 정해진 집정관으로서의 제 직무에 관해서입니다. 네, 분명히 제가 당첨되었고, 이는 곧 우리의 새 법률에 의거하여 저만이 고등 정무관 선거에서 직무를 수행할 수 있다는 의미입니다. 그러나 원로원 의원 여러분, 저의 최우선 과제로 4개 군단을 데리고 파이술라이에서 일어난 반란을 진압하게 해달라고 요청한 것은 제가 아닙니다! 제게 그렇게 지시한 것은 바로 여러분입니다! 여러분이 자발적으로 그리한 것입니다! 제 요청 없이 말입니다! 고등 정무관 선거 같은 사안이 이탈리아 내에서 일어난 공공연한 반란보다 우선시되어야 할 일이라는 생각은 여러분에게—저에게도!—떠오르지 않았습니다. 솔직히 말씀드리면, 저는 먼저 공공연한 반란의 진압을 돕고 나서 고등 정무관 선거를 주관하게 되리라 생각했습니다. 선거가 열릴 연말까지는 충분한 시간이 있습니다. 따지고 보면 이제 겨우 7월 초니까요.

일곱째, 두 집정관 모두 전쟁을 수행하기 위해 로마를 떠나 있는 것은 술라의 법에 딱히 위배되지 않습니다. 이탈리아 바깥에서 치르는 전쟁이라 하더라도 말입니다. 루키우스 코르넬리우스 술라에 의하면 집정관들의 첫째 의무는 로마와 이탈리아를 돌보는 것입니다. 퀸투스 루타티우스 카툴루스나 저나 자신의 권한을 넘어서는 일은 없습니다. 원로원 의원이 아닌 지휘관의 특별 직권을 허용하는 조항은 합법적으로 선출된 정무관들과 그 밖의 유능한 모든 원로원 의원들이 전쟁을 치를 여건이 되지 않을 경우에만 성립될 수 있습니다."

"마지막으로 여덟번째 주장에 대해 얘기해보지요." 레피두스가 말을 이었다. "어째서 제가 퀸투스 루타티우스 카툴루스보다 전쟁을 지휘할 자격이 떨어집니까? 우리 각자가 마지막으로 실전에 참여한 것은 이탈리아 전쟁중에 보좌관으로 복무한 때입니다. 킨나와 카르보가 정권을 잡고 있던 동안에는 우리 둘 다 로마를 떠나지 않았습니다. 우리 두 사람 다 정직하고 고집스럽게 중립을 지켰고, 루키우스 코르넬리우스 술라가 그 점을 문제삼지 않았음은 분명한 사실입니다. 결국 그가 직접 고른 마지막 집정관들이 바로 여기 있는 우리니까요! 군복무 경험은 우리 둘 다 엇비슷합니다. 파이술라이 전장에서 어느 쪽이 더 빛나는 성과를 거둘지는 알 수 없습니다. 두 사람 다 똑같이 빛나기를 바라는 것이 로마의 이익에 더 부합하지 않을까요? 로마의 일반적인 관행에 따르면, 집정관들이 원로원의 지시에 따라 기꺼이 군대의 지휘관 역할을 맡을 의향이 있을 경우 집정관들은 그렇게 해야 한다고 되어 있습니다. 집정관들은 원로원으로부터 그렇게 지시를 받았습니다. 지금까지 집정관들은 그리해왔습니다. 이 이상 할말은 없습니다."

그러나 필리푸스는 아직 할말이 끝나지 않은 모양이었다. 낙담한 기색도 화난 기색도 보이지 않고, 유창하면서도 논리적인 언변으로 논의의 방향을 틀어 집정관들 사이에 팽배했던 노골적인 반목을 개탄하는 쪽으로 몰아갔다. 그리고 족히 쉰 개는 되어 보이는 무수한 실례를 들어가며 이 논지를 장황하게 논하면서, 이 문제를 단순한 여담에서 엄청난 분쟁으로 바꿔놓았다. 어느새 해가 졌지만(즉 원칙적으로는 원로원이 회의를 파해야 한다는 뜻이었다) 카툴루스나 레피두스 모두 다음날까지 결정을 미루고 싶지 않았으므로, 의사당의 서기들이 횃불을 붙였고 필리푸스는 지겹게 얘기를 계속했다. 아주 훌륭한 작전이었다. 필리푸스가 연설을 마무리할 즈음에는, 의원들 모두 집에 가서 음식을 먹고 잠을 잘 수만 있다면 사실상 무엇에든 동의할 상태가 되어 있었던 것이다.

"제가 제안하려는 바는," 마침내 필리푸스가 말했다. "각각의 집정관이 자신의 군대를 상대방에 대한 사적인 복수의 수단으로 변질시키지 않겠다는 취지의 서약을 하는 것입니다. 그리 대단한 요구도 아니지요! 하지만 저로서는 그러한 서약이 있었다는 것을 알면 좀더 안심이 될 것 같습니다."

레피두스가 지친 기색으로 자리에서 일어났다. "개인적인 생각을 말하자면, 필리푸스, 당신의 제안은 의심의 여지없이 제가 들어본 가장 어이없는 말입니다! 그러나 그것으로 원로원이 좀더 만족해하고 퀸투스 루타티우스와 제가 한결 신속하게 맡은 과제에 착수할 수 있게 된다면, 저는 기꺼이 서약할 의향이 있습니다."

"저도 전적으로 같은 생각입니다, 마르쿠스 아이밀리우스." 카툴루스가 말했다. "그럼 이제 모두 집으로 돌아갈까요?"

"필리푸스가 무슨 꿍꿍이였다고 생각하나?" 이튿날 식사 자리에서 레피두스가 브루투스에게 물었다.

"정말이지 나는 모르겠네." 브루투스가 고개를 저으며 말했다.

"혹시 짚이는 데가 있습니까, 세르빌리아?" 수석 집정관이 물었다.

"아뇨, 딱히 없네요." 그녀는 얼굴을 찌푸리며 대답했다. "어젯밤에 어떤 얘기가 오갔는지 남편에게 대충 듣기는 했지만, 혹시라도 전체 회의록 사본을 구해주실 수 있다면 조금 더 알아낼 수 있을지도 모르겠어요. 그러니까, 서기들이 회의록을 작성했다면 말이에요."

워낙에 세르빌리아의 정치적 식견을 높이 평가하게 되었던지라 레피두스는 이 요청을 전혀 뜻밖으로 여기지 않았다. 그는 다음날 4개 군단을 모집하러 로마를 떠나기에 앞서 그녀에게 그 문건을 주기로 약속했다.

"이런 생각이 들기 시작하네." 브루투스가 말을 꺼냈다. "자네가 카르보의 전쟁에 직접적으로 연루되지 않은 에트루리아와 움브리아 도시들의 운을 호전시켜줄 수 있는 가망이 없다고 말이야. 원로원에는 필리푸스 같은 자들이 너무 많고 그들은 자네가 하려는 말을 듣고 싶어하지 않으니까."

최소한 움브리아의 일부 지역이라도 진정시키는 일은 브루투스에게 중요했다. 그는 폼페이우스 다음으로 움브리아에 가장 많은 땅을 소유한 지주로서, 자기 땅 근처에 퇴역병 정착지가 없기를 원했다. 그 땅은 대부분 이미 압류에 들어간 스폴레티움과 이구비움 근방이었다. 아직까지 그곳에 퇴역병 정착지가 들어오지 않은 데는 두 가지 요인이 있었다. 우선 토지 배분 문제를 처리하도록 설립된 위원단이 무능했고, 다음으로는 술라의 옛 군단 중에 14개 군단이 스무 달 전 히스파니아에서 군복무를 하러 떠났기 때문이었다. 바로 이 두번째 요인이 있었기에 레피두스가 법안을 내는 것이 가능했다. 술라의 23개 군단 전부가 원래 계획대로 이탈리아에 남아 동원 해제되었다면 스폴레티움과 이구비움에는 이미 퇴역병들이 정원대로 다 들어찼을 터였다.

"어제 필리푸스가 했던 말은 그야말로 충격이었습니다." 레피두스는 그 기억에 새삼 화가 나서 낯을 붉히며 말했다. "그 작자들은 어쩌면 그리 멍청할 수 있는지! 정말이지 저는 필리푸스의 말에 조목조목 답변했을 때 그자들이 설득되겠거니 생각했습니다. 저는 상식적으로 말했어요, 세르빌리아, 명백한 상식 말입니다! 그런데도 저들은 필리푸스의 엄포에 홀랑 넘어가서, 우리 모두 오늘 아침에 세모 상쿠스 디우스 피디우스 신전에서 그 터무니없는 서약을 해야 했어요!"

"그 말인즉 그 사람들이 언제든 더 흔들릴 수도 있다는 뜻이겠군요." 세르빌리아가 말했다. "제가 걱정스러운 것은, 다음번에 그 이간질쟁이 노인이 발언할 때는—틀림없이 발언할 거예요!—당신이 의사당에서 반박할 수가 없다는 사실이에요. 그는 뭔가를 꾸미고 있어요."

"왜 다들 그를 노인이라고 하는지 모르겠군." 곁길로 잘 새는 경향이 있는 브루투스가 말했다. "사실 그렇게 늙은 것도 아닌데, 쉰여덟이니 말이야. 물론 겉으로 봐선 당장 내일이라도 뇌졸중으로 쓰러져 죽을 수도 있을 것 같지만, 아무래도 그럴 일은 없을 듯하네. 실제로 일어나기엔 너무 좋은 일이니까!"

그러나 여담이나 어림짐작에 싫증이 났던 레피두스는 급작스레 진지한 본론으로 들어갔다. "나는 군을 모집하러 에트루리아로 떠나네." 그가 말했다. "자네도 최대한 빨리 합류해줬으면 하네, 브루투스. 원래 우리 계획은 내년에 한 팀으로 일하자는 것이었지만 아무래도 지금 당장 시작해야 할 것 같아. 지금 자네 법정에는 내년에 신임 재판관이 오기 전까지 급히 심리를 끝내야 할 사건이 있는 것도 아니니, 자네를 내 선임 보좌관으로 즉시 파견해달라고 요청해야겠네."

세르빌리아는 걱정스러운 표정이었다. "에트루리아에서 모병하는 것이 현명할까요?" 그녀가 물었다. "왜 캄파니아로 가지 않으시고요?"

"카툴루스가 저보다 먼저 가서 캄파니아를 차지했기 때문입니다. 어쨌든 제 땅과 연락책 모두 로마 남쪽이 아니라 에트루리아에 있기도 하니까요. 거기가 편합니다. 아는 사람도 훨씬 많고."

"하지만 제가 불안한 게 바로 그 부분이에요, 레피두스. 필리푸스가 그 점을 크게 문제 삼으면서 당신의 궁극적인 목적에 대해 모두의 머릿속에 계속 의혹을 던지지 않을까 의심스러워요. 반란의 가능성으로 시끄러운 지역에서 모병을 한다는 건 좋아 보이지 않으니까요."

"필리푸스 마음대로 해보라지요!"

원로원은 필리푸스가 마음대로 하게 내버려뒀다. 7월이 끝나고 8월로 접어들면서 신병 모집이 빠른 속도로 진행되는 사이, 필리푸스는 모르긴 몰라도 놀랍도록 크고 효율적인 정보망을 통해 계속 레피두스를 주시하는 것을 자신의 주된 임무로 삼았다. 캄파니아에 있는 카툴루스를 지켜보는 데는 전혀 시간을 낭비하지 않았다. 카툴루스의 4개 군단은 술라의 가장 오랜 수하들로 빠르게 채워지고 있었다. 그들은 민간인의 삶과 농사일에 싫증이 난데다 집에서 너무 멀지 않은 곳에서 새로 전투에 참여하길 간절히 바라고 있던 차였다. 문제는 에트루리아에서 입대하는 병사들은 술라의 퇴역병이 아니라는 것이었다. 그들은 전투 경험이라곤 없는 그 지역 청년들이거나, 아니면 카르보와 그의 휘하 장군들을 위해 싸웠던 퇴역병으로 그쪽 군대가 항복할 당시 어찌어찌 병사들 무리에서 빠져 있던 이들이었다. 에트루리아로 이주한 술라의 병사들은 거의 모두 할당받은 땅을 지키려고 그곳에 남는 편을 택하거나 아니면 급히 캄파니아로 넘어가서 카툴루스의 군단에 입대했다.

9월 내내 필리푸스가 원로원에서 고함을 질러대는 동안, 카툴루스와 레피두스 두 사람은 모병을 끝내고 각자의 군대를 훈련하여 개선하는 데 온 힘을 쏟았다. 그러다 10월 벽두에 필리푸스가 끝내 원로원을 진저리나게 몰아붙이는 데 성공하여, 레피두스에게 로마로 돌아와 고등정무관 선거를 열라는 지시가 떨어졌다. 로마 북쪽 사투르니아 외곽에 마련된 레피두스의 진지로 소환장이 전달되었고, 같은 전령을 통해 레피두스의 답변이 돌아왔다.

"이 시점에서 자리를 비울 수 없습니다." 답변의 내용은 단도직입적이었다. "제가 갈 수 있을 때까지 기다리든지 아니면 제 대신 퀸투스 루타티우스를 임명하십시오."

퀸투스 루타티우스 카툴루스도 캄파니아에서 귀국하라는 명령을 받았다. 그러나 선거 주관 때문은 아니었다. 레피두스에게 이런 유예를 허락하는 것은 필리푸스의 계획에 들어 있지 않았다. 그사이 케테구스도 필리푸스와 더없이 굳건한 동맹을 맺은 터라 필리푸스가 원하는 일이면 무엇이든 원로원 4분의 3의 찬성으로 승인이 떨어졌다.

이런 와중에도 아직 파이술라이에 대해서는 어떠한 조치도 취해지지 않았다. 성문을 모두 걸어 잠그고 가만히 상황을 지켜보던 파이술라이는 로마가 어떻게 할지 합의를 보지 못하고 있는 것에 대단히 기뻐했다.

레피두스에게 즉시 로마로 돌아와 선거를 실시하라는 내용의 두번째 소환장이 발송되었다. 이번에도 레피두스는 거부했다. 그러자 필리푸스와 케테구스가 함께 나서서, 레피두스가 반란을 일으키고 있는 것으로 생각해야 하며 그가 에트루리아와 움브리아 내 저항 세력과 모종의 거래와 합의를 했다는 증거가 자신들에게 있다고—또한 그의 선임 보좌관으로 간 법무관 마르쿠스 유니우스 브루투스도 똑같이 연루되어 있다고—원로원 의원들에게 알렸다.

레피두스 앞으로 보낸 편지에 세르빌리아는 이렇게 썼다.

필리푸스의 행동 뒤에 있는 동기가 무엇인지 드디어 답을 찾은 것 같아요. 제가 가진 의혹을 뒷받침할 확실한 증거는 찾지 못했지만요. 하지만 필리푸스의 배후가 무엇이건, 누구건 간에 케테구스의 배후이기도 하다는 건 믿으셔도 될 듯해요.

저는 회의록에서 필리푸스의 첫번째 연설 전체를 여러 번 반복해서 살펴보고, 뭔가 알 만한 위치에 있는 여자들은 죄다 찾아가서 여러 차례 은밀한 대화를 나눴어요. 요즘은 아예 대놓고 케테구스 집안에서 여왕 노릇을 하고 있는 저 혐오스러운 프라이키아만 제외하고 말이죠. 호르텐시아의 경우, 남편인 카툴루스가 아무것도 모르는 것 같으니 그 여자 역시 아는 게 없어요. 그렇지만 마침내 가이우스 마리우스의 부인이었던 율리아로부터 중요한 단서를 얻어냈답니다. 이 조사를 하느라 제가 얼마나 먼 인맥까지 동원했는지 아시겠죠!

옛날 옛적 율리아의 며느리였던 무키아 테르티아는 이제 피케눔 출신의 젊은 벼락출세자 나이우스 폼페이우스와 결혼한 사이예요. 무모하게도 본인 스스로 마그누스라는 별명을 붙인 그 사람 말이에요. 원로원의 일원은 아니지만 대단한 부자에 아주 자신만만하고 남들보다 앞서고 싶어 안달을 하죠. 율리아에겐 제가 정보를 캐고 있다는 인상을 주지 않기 위해 극도로 조심해야 했어요. 그래도 그녀는 일단 상대에 대한 신뢰가 생기면 아주 솔직한 사람이기도 하고, 제 시아버님이 가이우스 마리우스에게 끝까지 의리를 지킨 것 때문에—기억하실지 모르겠지만, 술라가 처음 집정관을 지내던 시기에 시아버님이 그분의 추방 길에 동행하셨죠—처음부터 제게 솔직한 태도를 보였어요.

게다가 알고 보니 율리아는 필리푸스가 수년 전 가이우스 마리우스에게 매수되었을 때부터 그를 몹시 싫어했더군요. 가이우스 마리우스는 필리푸스를 이용하면서도 그를 경멸했었나봐요. 아무튼 그래서 세번째 방문하던 날(단순히 지나가는 말 이상으로 필리푸스 얘기를 꺼내려면 먼저 율리아와 최대한 신뢰를 쌓아놓는 것이 현명하겠다고 생각했어요) 제가 현재 상황과 필리푸스가 당신을 희생양으로 삼으려는 동기가 무엇일지에 관한 얘기로 대화를 끌고 갔더니, 율리아가 이런 말을 하는 거예요. 무키아 테르티아가 마지막으로 로마에 왔을 때 자신에게 했던 어떤 얘기를 듣고, 필리푸스가 지금은 폼페이우스에게 고용되어 있구나 생각했다고요! 다름 아닌 케테구스도 마찬가지라고 말이에요!

저는 더이상 묻지 않았어요. 아예 그럴 필요가 없었으니까요. 저 첫 연설 때부터 필리푸스는 원로원 구성원들 중에 군대의 사령관이나 총독을 맡길 적임자가 없을 경우 원로원 의원 이외의 인물을 고려할 수 있도록 하는 술라의 특별 직권 조항에 대해 정말 쉴새없이 떠들어댔어요. 이것이 도대체 현상황과 무슨 관계가 있는 건지 여전히 모르시겠나요? 솔직히 저도 그랬어요! 그러니까 차분히 자리에 앉아 지난 30년 남짓 필리푸스가 취한 행동을 마음속으로 되새겨보기 전까지는 말이죠.

제가 내린 결론은, 필리푸스는 단순히 자기 주인을 위해 일하고 있다는 거예요. 그의 주인이 정말로 폼페이우스라면요. 필리푸스는 가이우스 그라쿠스나 술라 같은 인물이 아니에요. 그의 머릿속에 원로원을 이렇게 저렇게 조종해서 현재 파이술라이와의 전쟁 문제에 휘말려 있는 여러분 모두를 면직하고 그 자리에 폼페이우스를 대신 임명하게 하겠다는 원대한 전략 같은 건 없어요. 그는 원로원이 어떠한 경우에도 그리하지 않으리란 걸 아마 잘 알고 있을 거예요. 현재 원로원 의석에는 유능한 무관이 너무나 많으니까요. 만약 집정관들이 모두 여의치 않다면—지금 단계에서는 두 분 다 그렇게 될 이유를 찾기 어렵지만—언제든 그 공백을 채울 준비가 되어 있는 사람으로 다름 아닌 루쿨루스가 있어요. 그는 올해 법무관이니까 이미 임페리움도 가지고 있죠.

아뇨, 필리푸스는 그저 술라의 특별 직권 조항이 존재한다는 사실을 원로원에 상기시킬 기회를 얻기 위해 최대한 크게 소란을 피우고 있는 것뿐이에요. 그리고 케테구스도 어떤 식으로든 폼페이우스의 올가미에 걸려들었기 때문에 기꺼이 필리푸스를 지원사격하는 것 같아요. 돈이 필요한 건 확실히 아니죠! 하지만 이유야 돈말고도 많으니, 케테구스의 이유는 무엇일지 알 길이 없죠.

친애하는 레피두스, 그러니까 제가 보기에 당신은 얼마쯤은 부수적인 피해자예요. 원로원 대다수와 어긋남에도 불구하고 자신의 신념을 거리낌 없이 밝힌 당신의 용기가, 필리푸스에게는 얼마나 엄청난 금액이 됐든 간에 폼페이우스에게 받은 돈 값어치를 하는 데 이용할 수 있는 목표물이 되어준 거죠. 필리푸스는 원로원 의원은 아니지만, 언젠가 자신의 군대가 필요해지는 날에 대비해 원로원 내에 강력한 파벌을 마련해둘 만하겠다고 여기는 사람을 위해 공작을 펴고 있는 것뿐이에요.

공정하게 말하자면 제 생각이 완전히 틀릴 수도 있어요. 하지만 그럴 것 같진 않군요.

"내가 들어본 다른 어떤 말보다 훨씬 앞뒤가 맞아." 편지를 보낸 이의 남편에게 편지를 크게 소리내어 읽어준 뒤, 레피두스가 말했다.

"나는 세르빌리아의 의견에 동의하네," 브루투스가 경외에 찬 목소리로 말했다. "아내가 틀렸을 것 같지 않네. 그런 일은 극히 드물거든."

"그러면 나는 어찌해야 하겠는가, 친구? 말 잘 듣는 아이처럼 로마로 돌아가 고등 정무관 선거를 실시한 다음 조용히 세상에서 잊혀야 할까, 아니면 에트루리아 지도자들이 내게 바라는 바를 시도해 그들을 이끌고 로마를 상대로 공개 반란을 일으킬까?"

로마가 그더러 에트루리아와 움브리아를 겉보기에 어느 정도 정상적이고 번성하는 상태로 회복시킬 수 있도록 절대 허락하지 않으리라는 사실을 받아들인 이후로, 레피두스는 여러 번 이 질문을 자신에게 던져보았다. 그를 괴롭히는 딜레마의 중심에는 자부심이 있었다. 그리고 무리에서—그 무리가 로마의 전직 집정관들로 이루어질지라도—돋보이고 싶다는 욕구도 얼마간 있었다. 아내가 죽은 뒤로, 그의 눈에 비친 실제 삶의 가치는 거의 중요하지 않아 보일 정도까지 축소되어버렸다. 아내가 자살한 진짜 이유도 더이상 그에게는 보이지 않았다. 그 이유는 장차 언제라도 아들들이 정치적으로 보복당할 위험을 없애자는 것이었다. 스키피오 아이밀리아누스와 루키우스는 전적으로 그의 뜻을 지지했고 막내 마르쿠스는 아직 어린아이였다. 이 아이야말로 얼굴이 양막에 싸인 채 태어나 레피두스 가문의 전통을 실현시킨 주인공이었고, 그런 현상이 일어났다는 게 이 아이가 긴 생애 내내 운명의 여신의 선택을 받게 된다는 의미임은 누구나 아는 사실이었다. 그러니 레피두스가 아들들에 대해 걱정할 필요가 어디 있겠는가?

브루투스가 가진 딜레마는 좀 달랐다. 물론 그가 패배를 두려워한 것은 아니었다. 아니, 브루투스가 에트루리아 계획에 끌린 이유는 파트리키인 세르빌리아와 8년간의 결혼생활에 정점을 찍는 것이었다. 그는 그녀가 자신을 평범하고 따분하고 재미없고 줏대 없으며 경멸스럽다고 여기는 것을 알고 있었다. 아내를 사랑하지는 않았다. 그러나 세월이 지나고 자신의 친구와 동료 들이 점점 더 정치 사안에 대한 아내의 의견을 높이 평가하자, 그는 아내의 여자로서의 겉껍질 안에 아주 특별한 인물이 살고 있으며 그 인물이 자신을 인정해주는 것이 대단히 중요하다는 사실을 깨닫게 되었다. 가령 지금 상황만 봐도 그녀는 자신이 아니라 집정관인 레피두스에게 편지를 썼다. 자신은 중요하지 않은 존재로 무시해버린 것이다. 그리고 이 점이 그는 수치스러웠다. 이제 그도 알게 되었듯, 그녀 역시 이를 수치스러워했다. 그녀의 눈에 비친 자신의 이미지를 회복하려면 뭔가 용감하고 고결하며 특별한 일을 해야 할 터였다.

그리하여 브루투스는 급기야 레피두스의 질문을 피하지 않고 거기에 답했다. "나는 자네가 그곳 원로들이 자네에게 바라는 바를 시도해 에트루리아와 움브리아를 이끌고 로마에 맞서야 한다고 생각하네."

"좋아," 레피두스가 말했다. "그리하겠네. 하지만 새해 전에는 안 되네. 그 어이없는 서약에서 벗어날 때까지 기다려야 하니까."

1월의 칼렌다이가 밝았어도 로마에는 고등 정무관이 없었다. 선거가 열리지 않아서였다. 묵은해의 마지막날에 카툴루스는 원로원을 소집하여 다음날 파스케스를 베누스 리비티나 신전으로 보내고 첫번째 섭정관을 임명해야 한다고 알렸다. 섭정관이라 불리는 이 최고위 임시 정무관은 오로지 로마의 관리인으로서 닷새간 재임했다. 섭정관이 되려면 파트리키이면서 원로원 의원 십인조의 대표여야 했으며, 그중에서도 첫번째 섭정관의 경우에는 원로원 내에서 가장 고참급 파트리키여야 했다. 엿새째가 되면 역시 원로원 의원 십인조의 대표이면서 원로원 내에서 그다음으로 고참급인 파트리키가 섭정관 자리를 이어받았다. 두번째 섭정관에게는 선거를 실시할 권한이 있었다.

그리하여 새해 첫날 동이 틀 무렵 원로원은 최고참 의원 루키우스 발레리우스 플라쿠스를 첫번째 섭정관으로 공식 임명했다. 그러자 집정관과 법무관 선거에 출마할 생각이었던 이들은 허겁지겁 선거유세에 들어갔다. 섭정관은 레피두스에게 짧은 전갈을 보내 그에게 즉시 군대를 두고 로마로 돌아오라고 명령했으며, 그가 동료를 향해 군대를 움직이지 않겠다고 서약했던 사실을 주지시켰다.

원로원 최고참 의원 플라쿠스의 섭정관 임기 사흘째 정오 무렵, 레피두스가 답장을 보내왔다.

원로원 최고참 의원, 저는 이제 집정관 권한대행이지 집정관이 아니라는 사실을 말씀드립니다. 또한 저는 서약을 지켰으며, 이제 집정관 권한대행이지 집정관이 아닌 저에게는 서약을 지킬 의무가 없다는 점도 거듭 말씀드립니다. 저는 집정관으로서 모은 제 군대를 기께이 포기할 용의가 있으나, 지금 저는 집정관 권한대행이고 집정관 권한대행으로서의 군대 확보를 가결받았다는 점을 다시 한번 말씀드리며, 이 집정관 권한대행의 군대는 포기하지 않을 것입니다. 제가 집정관 자격으로 가진 군대가 총 4개 군단이었고 집정관 권한대행 자격으로 가진 군대 또한 총 4개 군단이므로, 저는 아무것도 포기할 필요가 없는 것이 분명합니다.

그러나 다음과 같은 조건이 충족된다면 제가 로마로 귀환하지 못할 이유가 없습니다.

저를 집정관으로 재선임할 것.

이탈리아 전역의 압류된 토지를 1유게룸도 남김없이 모두 원래 주인에게 돌려줄 것.

공권박탈자들의 아들 및 손자의 권리와 재산을 복구해줄 것.

호민관들의 전권을 원상 복구해줄 것.

"이걸 보면," 필리푸스는 원로원 의원들에게 말했다. "원로원의 가장 멍청한 바보라 해도 레피두스의 의도를 알아챌 수 있을 겁니다! 그가 제시한 요구를 들어주자면 우리는 루키우스 코르넬리우스 술라가 그토록 어렵게 구축한 법 체제 전체를 무너뜨려야 할 것이고, 우리가 그리하지 않을 것임을 레피두스도 잘 알고 있습니다. 그가 보낸 이 답신은 선전포고나 다름없습니다. 이에 저는 공화국 수호를 위한 원로원 결의를 통과시킬 것을 원로원에 간청하는 바입니다."

그러나 이 일에는 열띤 논쟁이 필요했으므로, 원로원은 플라쿠스의 첫번째 섭정관 임기 마지막날에 가서야 최종 결의를 통과시켰다. 최종 결의가 통과되자마자 카툴루스에게 로마를 레피두스로부터 방어할 권한이 정식 부여되었으며, 군대가 있는 곳으로 돌아가 전쟁을 준비하라는 지시가 떨어졌다.

1월의 여섯째 날, 원로원 최고참 의원 플라쿠스가 물러나고 원로원은 두번째 섭정관을 임명했다. 아직까지도 로마에 머물며 오랜 지병에서 회복중이던 아피우스 클라우디우스 풀케르였다. 아피우스 클라우디우스는 실제로 몸이 훨씬 좋아진 터라 백인조회를 소집하고 고등 정무관 선거를 실시하는 업무에 뛰어들었다. 이 행사들은 아벤티누스 언덕의 세르비우스 성벽 내에서 이틀간 개최될 것이며, 이 장소는 신성경계선 바깥에 있기는 하나 레피두스가 취할지 모를 군사행동에 충분히 대비되어 있다고 그는 발표했다.

"참 이상하지," 캄파니아로 떠나기 직전에 카툴루스는 호르텐시우스에게 이렇게 말했다. "우리가 그토록 오랜 기간 정무관 선출 문제에서 자유 선택의 특권을 누리지 못하고 나서 이제는 선거를 실시하는 것 자체가 이리도 어려우니 말일세. 마치 우리가 부지중에 모든 일을 누군가가 대신해주도록 맡겨버리는 습관에 빠져든 것 같군. 아기들이 어머니에게 그러듯이 말이야."

"그야말로 괴상한 헛소리네, 퀸투스!" 호르텐시우스가 냉랭한 어조로 대꾸했다. "하필 우리가 정무관 문제에서 자유 선택권을 갖게 된 첫해에 자기 직무의 기본 취지를 무시한 집정관이 나왔다는 사실은 놀라운 우연의 일치라는 것, 거기까지가 내가 그나마 수긍할 수 있는 최대치야. 지금 우리는 이 선거들을 실시하고 있다는 점을 자네에게 지적해야겠군. 향후에도 로마의 통치는 지금까지 늘 의도되었던 방향으로 나아갈 걸세!"

"그럼 한번 바라나보세," 기분이 상한 카툴루스가 말했다. "유권자들이 적어도 술라만큼은 현명한 선택을 하기를 말이야!"

그러나 결정적 발언은 호르텐시우스의 몫이었다. "친애하는 퀸투스, 자넨 지금 레피두스를 택한 사람이 술라였다는 사실을 잊고 있군!"

카툴루스와 호르텐시우스를 비롯한 원로원 지도급 인사들은 선거인단의 안목에 대체로 만족을 표했다. 수석 집정관은 앉은일만 주로 하지만 실력은 잘 알려진 연로한 데키무스 유니우스 브루투스였고, 차석 집정관은 다름 아닌 마메르쿠스였다. 유권자들도 술라와 똑같이 코타 집안 형제들을 호의적으로 평가했던 게 분명했다. 작년에 술라가 가이우스 아우렐리우스 코타를 법무관 중 하나로 뽑았었는데 올해는 유권자들이 그의 동생인 마르쿠스 아우렐리우스 코타를 법무관으로 당선시켰던 것이다. 추첨에 따라 그는 외인 담당 법무관이 되었다.

누가 선출되는지 지켜보기 위해 로마에 머물고 있던 카툴루스는 대(對) 레피두스 전쟁의 통수권을 지체 없이 신임 집정관들에게 넘겨주었다. 예상했던 대로 데키무스 브루투스는 나이가 많고 충분한 군사적 경험이 없다는 이유로 거절 의사를 표명했다. 따라서 이제 그 일을 수락해야 할 사람은 마메르쿠스였다. 이제 막 마흔넷의 나이에 접어든 마메르쿠스는 전적도 훌륭하고, 참여한 모든 전투를 술라 휘하에서 치른 바 있었다. 그러나 예기치 못한 사건과 필리푸스의 작당이 마메르쿠스의 발목을 잡았다. 가이우스 마리우스가 끝에서 두번째 집정관 임기를 지낼 때 그의 동료 집정관이기도 했던 플라쿠스 원로원 최고참 의원이 첫번째 섭정관 직에서 물러난 바로 다음날 급사하는 일이 벌어지자, 필리푸스가 마메르쿠스를 임시 최고참 의원으로 지명해야 한다고 제안한 것이다.

"지금과 같은 시국에 원로원의 수장이 없어서는 안 됩니다." 필리푸스는 말했다. "물론 원로원의 수장을 지명하는 일은 언제나 감찰관들의 직무이기는 합니다. 최고참 의원은 원로원에서 최고 연장자인 파트리키가 맡는 것이 전통이지만, 법적으로 봤을 때는 누구든 파트리키 의원 중에서 가장 적합하다고 판단되는 인물을 감찰관들이 지명할 권한이 있습니다. 현재 파트리키 의원 중에 최고 연장자인 아피우스 클라우디우스 풀케르는 건강이 좋지 않기도 하거니와 어차피 마케도니아에 가기로 되어 있습니다. 지금 우리에게는 젊고 원기 왕성한, 그리고 로마에 있는 원로원의 수장이 필요합니다! 감찰관 두 명을 선출할 시기가 오기 전까지는 우선 원로원의 임시 최고참 의원으로 마메르쿠스 아이밀리우스 레피두스 리비아누스를 지명하자고 제안하고 싶습니다. 또한 상황이 진정될 때까지는 그가 로마에 남아 있어야 한다고 제안하는 바입니다. 결과적으로 퀸투스 루타티우스 카툴루스가 레피두스를 상대로 한 지휘권을 유지해야 할 것입니다."

"하지만 나는 가까운 히스파니아 총독으로 가야 합니다!" 카툴루스가 외쳤다.

"불가능합니다," 필리푸스가 퉁명스레 대꾸했다. "저는 문제없이 새로운 총독을 파견할 수 있는 상황이 될 때까지, 지금 먼 히스파니아에서 임기가 연장된 우리의 훌륭한 최고신관 메텔루스 피우스에게 가까운 히스파니아 총독 직까지 겸하도록 지시할 것을 제의합니다."

말더듬이 최고신관을 로마와 종교의식으로부터 멀리 떨어뜨려놓는 조치라면 모두가 무엇이든 찬성하는 입장이었으므로, 일은 필리푸스가 원하는 대로 이루어졌다. 원로원은 메텔루스 피우스에게 자신의 속주와 함께 가까운 히스파니아까지 통치할 권한을 주었고 마메르쿠스를 임시 최고참 의원으로 임명했으며 레피두스와의 전쟁에서 카툴루스의 지휘권을 확정했다. 카툴루스는 크게 실망한 채로 캄파니아에 있는 군대를 정비하러 떠난 반면, 마찬가지로 실망한 마메르쿠스는 로마에 남았다.

사흘 뒤, 레피두스가 4개 군단을 동원하고 있으며 그의 보좌관 브루투스는 이탈리아 갈리아로 가서 보노니아에 수비대 2개 군단을 배치했다는 소식이 들어왔다. 아이밀리우스 가도와 안니우스 가도가 교차하는 보노니아는 그들이 언제라도 레피두스의 지원 병력으로 투입되기에 완벽한 위치였다. 클루시움과 아레티움은 공유지를 모두 잃은 경험 때문에 여전히 반란에 대한 생각을 버리지 않고 있었으므로, 레피두스와 합류하기 위해 이동하는 브루투스에게 온갖 지원을 제공할 수 있을 것이고, 카툴루스가 그 둘이 연합하는 것을 막으려 시도할 때마다 방해할 가능성도 있었다.

필리푸스는 거세게 치고 나왔다.

"우리의 최고 사령관인 퀸투스 루타티우스 카툴루스는 아직도 로마 남쪽에 있습니다. 사실상 아직까지 캄파니아를 떠나지 않은 것이죠. 레피두스는 이미 사투르니아에서 남쪽으로 이동하고 있습니다." 필리푸스가 말했다. "그리고 우리의 최고 사령관이 이탈리아 갈리아의 브루투스를 처리하기 위해 보낼 병력을 저지할 수 있는 위치에 자리잡을 것입니다. 게다가 제 생각에 우리의 총사령관은 레피두스를 저지하는 데만도 4개 군단 전부가 필요할 것입니다. 그렇다면 브루투스에 대해, 레피두스가 성공할 수 있는 열쇠를 쥐고 있는 이자에 대해, 우리가 대체 무엇을 할 수 있을까요? 브루투스는 반드시 처리되어야 합니다. 그것도 영리하게 처리되어야 합니다! 하지만 방법이 뭘까요? 현재 이탈리아에는 독수리 기를 내건 다른 로마군이 없으며 이탈리아 갈리아의 2개 군단은 브루투스의 수중에 있습니다. 설령 루쿨루스라 할지라도—그가 아프리카 속주 총독으로 떠나는 길이 아니라 아직 로마에 있었다면 말입니다—브루투스와 대적할 수 있을 정도로 신속하게 최소 2개 군단을 모으고 동원하기란 불가능할 겁니다."

원로원 의원들은 침울한 표정으로 그의 말을 경청했다. 단지 술라가 스스로 독재관이 되고 각종 법률을 통해 또다른 사람이 로마로 진군해오는 것을 막으려 필사적으로 분투했다고 해서 수년간 이어진 내전이 끝난 것은 아니라는 사실을 마침내 깨닫게 되었던 것이다. 술라가 죽은 지 채 일 년도 지나지 않은 지금 또다른 인물이 불운한 조국을 제 뜻대로 움직이려 하고 있으며, 이탈리아인들이 어느 면에서나 너무도 간절히 속하고 싶어했던 이 도시를 상대로 이탈리아 전역이 반기를 들고 있는 것이다. 아마도 이곳에 말없이 앉아 있는 구성원들 중에는, 로마가 이 지경까지 오게 된 데 본인들 탓이 크다고 인정할 만큼 정직한 사람도 있을 터였다. 그러나 설령 그런 사람이 있었다 해도 그들 중 누구 하나 자기 생각을 입 밖으로 꺼내지 않았다. 오히려 모두가 마치 구세주를 보듯 필리푸스를 바라보며 해결책을 찾는 일을 그에게 내맡겼다.

"브루투스를 단번에 저지할 수 있는 인물이 딱 한 사람 있습니다." 필리푸스의 말투는 의기양양했다. "그는 자기 부친의 오래된 병력을 보유하고 있습니다. 사실상 그 본인의 오래된 병력이기도 하지요! 그들은 피케눔과 움브리아 북부에 있는 사유지에서 그를 위해 복무하고 있습니다. 브루투스가 있는 곳까지의 진군 경로가 캄파니아에서 가는 것보다 훨씬 짧지요! 그는 이전에 로마의 충직한 종복이었으며 그에 앞서 그의 부친 역시 로마의 충직한 종복이었습니다. 당연히 저는 지금 젊은

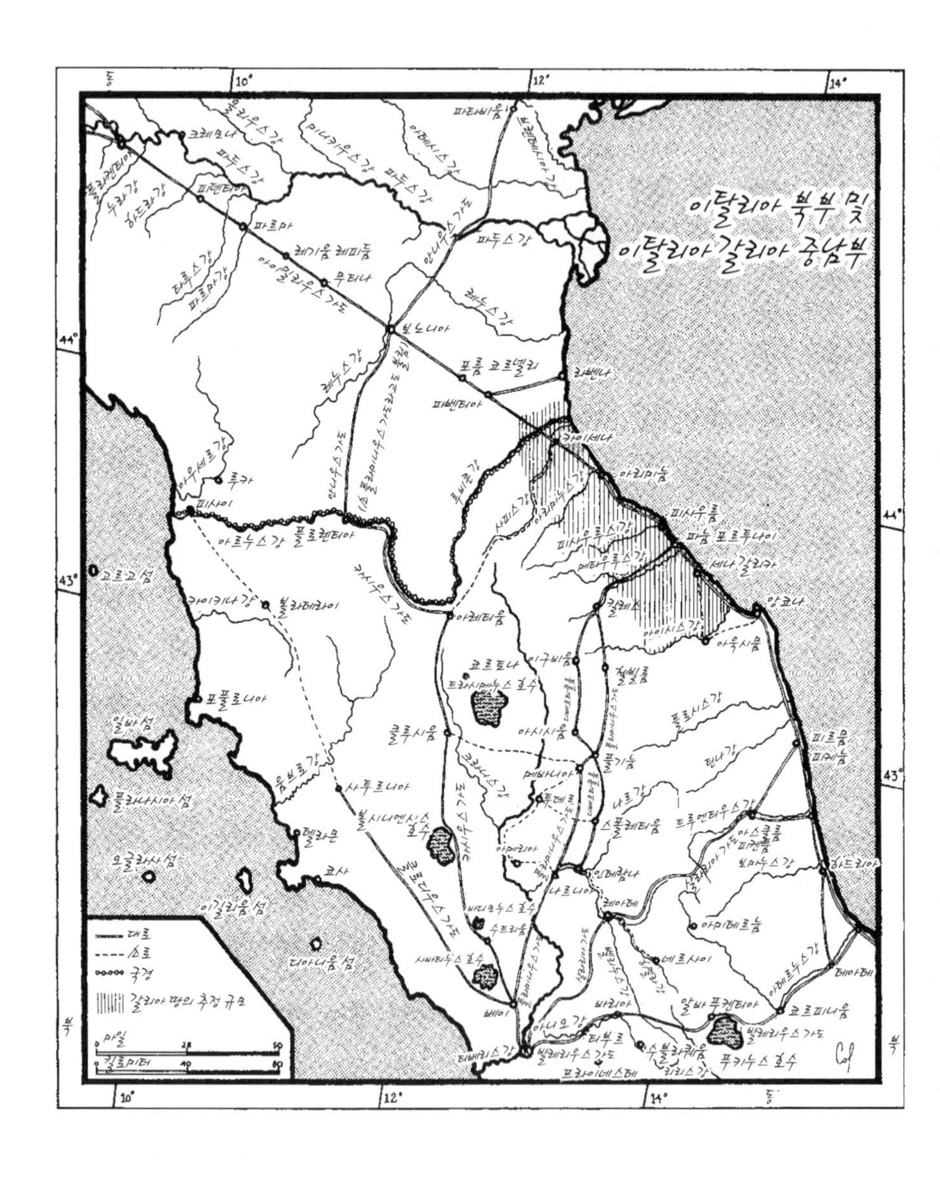

이탈리아 북부 및
이탈리아 갈리아 중남부
대로
소로
국경
갈리아 땅의 추정 규모
마일
킬로미터
파르마
무티나
보노니아
라벤나
카이세나
아리미눔
피사우룸
파눔 포르투나이
세나 갈리카
앙코나
아욱시뭄
피사이
플로렌티아
아레티움
볼라테라이
포풀로니아
일바섬
플라나시아 섬
코르시카
텔라몬
코사
이길리움 섬
디아니움 섬
아르누스 강
루카
코르토나
트라시메누스 호수
클루시움
사투르니아
볼시니엔시스 호수
수트리움
베이이
티베리스 강
카시우스 가도
아이밀리우스 가도
플라미니우스 가도
티부르
프라이네스테
알바 푸켄티아
푸키누스 호수
코르피니움
하드리아
피르뭄
피케눔
스폴레티움
나르니아
레아테

기사, 나이우스 폼페이우스 마그누스 얘기를 하고 있습니다. 클루시움의 승자, 시칠리아의 승자, 아프리카와 누미디아와 싸워 이긴 승자이지요. 루키우스 코르넬리우스 술라가 이 젊은 기사에게 승리를 허락한 데는 그만한 이유가 있었습니다! 이 젊은 기사는 우리의 가장 빛나는 희망입니다! 더구나 그는 며칠 안에 브루투스를 저지할 수 있는 위치에 있습니다!"

새로 임명된 원로원의 임시 최고참 의원 겸 차석 집정관은 고관 의자에 앉은 채 얼굴을 찌푸리며 자세를 바꾸었다. "나이우스 폼페이우스는 원로원의 일원이 아닙니다." 마메르쿠스가 말했다. "저는 무슨 지휘권이 됐건 외부 인사에게 지휘권을 준다는 생각을 반길 수가 없군요."

"그 생각에 전적으로 동의합니다, 마메르쿠스 아이밀리우스!" 필리푸스가 재깍 말을 받았다. "누구라도 그 생각을 반길 수는 없지요. 하지만 이보다 나은 대안을 낼 수 있겠습니까? 우리 법률에는 유사시에 원로원 바깥에서 군사적인 해결책을 찾아볼 권한이 명시되어 있으며 이 권한은 다른 누구도 아닌 바로 술라에 의해 우리에게 주어졌습니다. 지금까지 술라만큼 보수적인 사람은 없었고 술라만큼 모스 마이오룸의 영구 보존에 애착을 가진 사람도 없었습니다. 그럼에도 바로 지금의 이 상황을 예견한 사람은 그였고 우리에게 답을 준 사람도 그였습니다."

필리푸스는 자기 의자 옆을 지키기는 했지만(모든 발언자가 따라야 할 규칙으로 술라가 정한 것이었다) 제자리에서 천천히 원을 그리며 몸을 돌려 회의장 양쪽에 줄지어 앉은 의원들을 바라보았다. 마르쿠스 리비우스 드루수스를 파멸시키고자 나섰던 시절 이후로, 웅변가로서나 존재감에서나 그의 위상은 부쩍 높아져 있었다. 이제는 터무니없는 짜증이나 빗발치는 욕설 같은 반응은 없었다.

"원로원 의원 여러분," 그는 엄숙하게 말했다. "우리에겐 논쟁으로 허비할 시간이 없습니다. 제가 말하고 있는 지금 이 순간에도 레피두스는 로마를 향해 진군하고 있습니다. 수석 집정관 데키무스 유니우스 브루투스에게 이 동의를 본 원로원에 제출할 것을 정중히 요청해도 되겠습니까? 구체적인 내용은, 본 원로원이 기사 나이우스 폼페이우스 마그누스에게 로마 원로원과 인민의 이름으로 그의 오래된 군단을 모아 마르쿠스 유니우스 브루투스와 대적하러 진군할 수 있는 권한을 준다는 것입니다. 나아가, 본 원로원이 기사 나이우스 폼페이우스 마그누스에게 법무관 권한대행 지위를 부여한다는 내용입니다."

데키무스 브루투스가 동의하려고 막 입을 여는 찰나 마메르쿠스가 한 손으로 수석 집정관의 팔을 잡으며 그를 막았다. "본 회의에서 이 제안을 표결에 부치는 것에 동의하겠습니다, 데키무스 유니우스." 그가 말했다. "단, 그전에 먼저 루키우스 마르키우스 필리푸스가 제안중에 사용한 한 구절을 명확히 설명한다는 조건하에서입니다! 그는 몇 개의 군단인지 구체적으로 명시하는 대신 '그의 오래된 군단을 모아'라고 말했습니다! 나이우스 폼페이우스가 군인으로서 이력이 아무리 훌륭하다고 해도, 그는 원로원의 일원이 아닙니다! 몇 개가 됐든 그 스스로 충분하다고 생각하는 수만큼 로마의 이름으로 군단을 모을 권한을 그에게 부여할 수는 없습니다. 저는 이 제안에서 본 원로원이 나이우스 폼페이우스에게 모집을 승인하는 군단의 수가 정확히 명시되어야 하며, 나아가 그 군단의 수는 2개로 제한해야 한다고 주장하는 바입니다. 이탈리아 갈리아 총독인 브루투스가 보유한 2개 군단은 상대적으로 경험이 없는 병사들로 구성되어 있고 그 속주에 상주하는 수비대입니다. 그렇게 오래 묵은 폼페이우스의 노련한 병사들로 구성된 2개 군단이라면 브루투스를 상대하기에 충분할 것입니다."

이 예리한 반박이 썩 달갑지는 않았지만 필리푸스는 이 조건에 응하는 게 현명하겠다고 판단했다. 마메르쿠스는 항상 어떻게든 원로원에서 상당한 영향력을 모아내고야 마는, 느려도 꾸준한 그런 유형의 인간이었다. 게다가 그는 술라의 딸과 결혼했다.

"의원 여러분께 용서를 구합니다!" 필리푸스가 외쳤다. "제가 참으로 엉성했군요! 그리고 적시에 개입해주신 우리의 존경하는 최고참 의원이자 차석 집정관께 감사드립니다. 저도 물론 2개 군단이라고 말하려고 했습니다. 정확히 이 수의 군단으로 이 동의를 표결에 부쳐주십시오, 데키무스 유니우스."

동의는 표결에 부쳐졌고 단 한 사람의 이의도 없이 통과되었다. 케테구스는 기지개를 켜고 하품을 하면서 양팔을 머리 위로 들었는데, 그것은 뒷자리에 앉은 자신의 추종자 모두에게 찬성표를 던지라는 신호였다. 또한 이 동의는 전쟁 문제를 다룬 것이었으므로 그에 대한 원로원 결의안은 법적 효력을 수반했다. 전쟁과 외교 문제에 있어 로마 인민의 다양한 민회에는 더이상의 발언권이 없었다.

그렇게 온갖 정치 공작이 오가고서 막상 일어난 결말은 이름을 붙이기도 아까운, 조급하고 한심한 소전(小戰)이었다. 카툴루스가 캄파니아를 떠나기 훨씬 전에 레피두스가 먼저 로마 진격에 나섰음에도 불구하고, 카툴루스는 그를 앞질러 로마에 도착해서 마르스 평원을 차지했다. 레피두스가 티베리스 강 건너편의 트란스티베림에 모습을 드러냈을 때(그는 아우렐리우스 가도로 내려왔다) 카툴루스는 모든 다리를 막고 수비대를 배치함으로써 레피두스가 북쪽의 물비우스 교로 향할 수밖에 없도록 만들었다. 그리하여 양쪽 군대는 퀴리날리스 언덕 쪽 세르비우스 성벽 아래로 지나는 라타 가도의 북동쪽에서 마주쳤다. 그리고 이 장소에서 대부분의 교전이 일어났다. 몇 차례 격렬한 무력 충돌이 이 전투를 완패보다는 좀더 격상시켜주었지만, 뚜껑을 열고 보니 레피두스는 형편없는 전술가였다. 그는 논리적으로 병사들을 배치할 줄도 몰랐고 이길 수 있는 능력 자체가 없었다.

양측이 만난 지 한 시간쯤 지났을 때 레피두스는 다시 물비우스 교 쪽으로 총퇴각했고 카툴루스는 그 뒤를 바짝 뒤쫓았다. 프레게나이 북쪽에서 방향을 돌려 다시 카툴루스와 맞붙었으나 그 결과는 코사로 패주하는 것뿐이었다. 그래도 코사에서 보병 2만 명과 기병 1천500명을 데리고 간신히 사르디니아로 탈출할 수 있었다. 사르디니아에서 군대를 재정비한 다음 이탈리아로 돌아와 다시 시도한다는 것이 레피두스의 의도였다. 그와 함께 온 사람은 그의 둘째아들 루키우스, 카르보파 전직 총독 마르쿠스 페르페르나 베이엔토, 킨나의 아들 등이었다. 그러나 레피두스의 장남 스키피오 아이밀리아누스는 이탈리아를 떠나기를 거절했다. 대신 그는 방어벽을 치고 자신의 1개 군단과 함께 보빌라이 위쪽 알바누스 산에 있는 오래되고 튼튼한 요새로 들어가 포위 공격에 저항했다.

떠들썩하게 알려놓았던, 사르디니아에서 이탈리아로 돌아올 거라는 계획은 결코 실현되지 못했다. 사르디니아 총독은 루쿨루스의 오랜 협력자였던 루키우스 발레리우스 트리아리우스라는 사람이었는데 레피두스의 점령에 격렬히 저항했다. 그러다 그 흉흉한 해의 4월에 레피두스는 여전히 사르디니아에 남은 채로 죽었다. 그의 병사들은 그가 죽은 아내 때문에 애통해하다가 상심 끝에 죽은 것이라고 주장했다. 페르페르나 베이엔토와 킨나의 아들은 사르디니아에서 배를 타고 리구리아로 간 뒤 거기서부터 휘하의 2만 보병과 1천500기병을 이끌고 도미티우스 가도를 따라 히스파니아의 퀸투스 세르토리우스를 찾아갔다. 레피두스의 둘째아들 루키우스도 그들과 함께 갔다.

이 반란세력 중에서는 레피두스의 장남인 스키피오 아이밀리아누스가 군사적으로 가장 유능한 것으로 드러났다. 그는 얼마간 알바롱가에서 버텼으나 결국은 항복할 수밖에 없었다. 원로원의 명령에 따라 카툴루스는 그를 처형했다.

굴욕의 정도로 사건의 수준을 매긴다고 하면 브루투스가 단연 최악이었다. 레피두스로부터 아무 소식도 듣지 못하고 있는 동안 그는 이탈리아 갈리아에서 보노니아의 주요 교차로에 자신의 2개 군단을 그대로 두었고, 그럼으로써 폼페이우스가 자신을 앞지를 수 있게 해주고 말았다. 당연히 이 젊은이(이제 스물여덟 살쯤 되었다)는 필리푸스가 그에게 원로원의 특별 직권을 얻어 내주었을 때 이미 동원태세에 돌입해 있었다. 하지만 폼페이우스는 자신의 2개 군단을 피케눔에서 북쪽 아리미눔으로 이동시킨 다음 아이밀리우스 가도를 따라 내륙으로 침투하는 경로 대신 플라미니우스 가도를 타고 로마로 내려가는 쪽을 택했다. 이 가도와, 북쪽으로 아레티움과 그뒤의 이탈리아 갈리아로 향하는 카시우스 가도의 교차지점에서 그는 카시우스 가도로 들어섰다. 이렇게 함으로써 브루투스가 레피두스와 합류하지 못하게 막은 것이다. 과연 브루투스가 자신이 정말로 그리할 수 있으리라 생각했는지도 의문이지만.

폼페이우스가 카시우스 가도로 접근하고 있다는 소식이 들리자 브루투스는 무티나로 퇴각했다. 극도로 튼튼하게 요새화된 이 대도시는 스카우루스 분가와 레피두스 분가를 모두 포함한 아이밀리우스 가문의 피호민들이 잔뜩 살고 있는 곳이었다. 그랬기에 이곳은 브루투스를 기꺼이 환영했다. 폼페이우스가 때맞춰 도착했고, 무티나는 포위되었다. 도시는 폼페이우스에 저항하며 버텼으나 그러던 중 브루투스는 레피두스가 패배하여 도피했다가 사르디니아에서 죽었다는 소식을 듣게 되었다. 레피두스의 병사들이 이제 히스파니아의 퀸투스 세르토리우스 밑으로 완전히 들어갔음이 명백해진 순간 브루투스는 절망했다. 그는 무티나가 더 큰 고난을 겪게 하는 대신 항복을 택했다.

"합리적인 결정이었소." 폼페이우스는 도시에 진입한 뒤 그에게 말했다.

"합리적이기도, 편리하기도 했지요." 브루투스가 지친 목소리로 말했다. "나이우스 폼페이우스, 아무래도 나는 천성적으로 전쟁에 맞지 않는 사람 같소."

"그건 사실이오."

"그러나 나는 품위 있게 죽음의 길로 갈 것이오."

아름다운 푸른 눈이 평소보다도 더 커졌다. "죽음의 길?" 폼페이우스가 멍한 표정으로 물었다. "그럴 필요 없소, 마르쿠스 유니우스 브루투스! 당신은 자유요."

이번엔 브루투스의 눈이 커질 차례였다. "자유라고? 진심이오, 나이우스 폼페이우스?"

"물론이오!" 폼페이우스가 쾌활하게 대답했다. "그렇다고 또다시 저항을 강화해도 좋다는 얘기는 아니고! 그냥 집으로 돌아가시오."

"그럼 나이우스 폼페이우스, 허락해주신다면 움브리아 서쪽에 있는 내 땅으로 가겠소. 그곳의 내 사람들을 진정시켜야 해서 말이오."

"괜찮소! 움브리아는 내 지역이기도 하니까."

그러나 브루투스가 말을 타고 무티나의 서쪽 성문을 빠져나간 뒤 폼페이우스는 사람을 시켜 보좌관 한 명을 불렀다. 게미니우스라는 이름의 그 보좌관은 미천한 신분에 계급도 낮은 피케눔 사람이었다. 폼페이우스는 수하들의 사회적 신분이 자신과 동등한 것을 싫어했다.

"저자를 그냥 보내주셔서 놀랐습니다." 게미니우스가 말했다.

"아, 보내줘야만 했어! 아직은 원로원에서 내 평판이 좋지 않으니 압도적인 증거 없이는 유니우스 브루투스 가문 사람에 대해 처형 명령을 내릴 수 없어. 아무리 나한테 법무관급 임페리움이 있다고 해도 말이야. 그러니 그 압도적인 증거를 찾아내는 일은 자네에게 달렸어."

"원하시는 게 뭔지 말씀만 하십시오, 마그누스. 바로 처리할 테니까요."

"브루투스는 움브리아에 있는 자기 사유지로 간다고 했어. 그런데 아이밀리우스 가도를 타고 북서쪽으로 향했단 말이지! 나라면 길이 잘못됐다고 했을 것 같은데, 안 그런가? 음, 어쩌면 그는 들판을 횡단하려는 걸 수도 있지. 어쩌면 병력을 더 찾아보려는 걸 수도 있고. 괜찮은 기병 파견대를 데리고 당장 그를 쫓아가도록 해. 5개 대대면 충분할 거야." 얇은 나무 조각으로 이를 쑤시며 폼페이우스가 말했다. "아무래도 그가 병력을 더 모으려는 게 아닐까 의심돼. 아마 레기움 레피둠에서겠지. 자네가 할 일은 그가 반란 조짐을 보이는 즉시 그를 체포해서 처형하는 거야. 그렇게 하면 그가 이중 반역을 저질렀다는 게 의심의 여지 없이 확실해지니까 로마에 있는 누구도 그가 죽었다고 항의하지 못할 테지. 이해가 됐나, 게미니우스?"

"네, 완전히 이해했습니다."

폼페이우스가 게미니우스에게 말해주지 않은 것은 브루투스에게 이렇게 두번째 기회를 준 궁극적인 이유였다. 꼬마 도살자는 세르토리우스와 상대할 히스파니아 파병군의 지휘봉을 노리고 있었고, 동원을 해제하지 않을 구실을 찾을 수 있다면 그것을 얻어낼 가능성이 훨씬 커질 터였다. 아이밀리우스 가도를 쭉 따라 이탈리아 갈리아 일대가 반란을 일으킬 가능성이 있는 것처럼 보이게만 할 수 있다면, 이제 전쟁이 끝난 상태여도 군대를 데리고 거기 계속 남아 있을 충분한 구실이 생기는 것이다. 원로원에는 전혀 위협적으로 보이지 않을 정도로 로마에서 충분히 멀리 떨어져 있으면서도 전투태세는 그대로 유지되는 것이다. 언제든 히스파니아로 진군할 수 있게.

게미니우스는 지시받은 그대로 실행에 옮겼다. 브루투스가 무티나에서 북서쪽으로 조금 떨어진 레기움 레피둠 지역에 도착했을 때 그곳 사람들은 아주 기쁘게 그를 환영했다. 지명에서도 짐작할 수 있듯이 이곳은 아이밀리우스 레피두스 가문의 피호민들이 사는 거주지였고, 그런 만큼 자연히 브루투스가 원한다면 그를 위해 기꺼이 싸우겠다는 뜻을 비쳤다. 그러나 브루투스가 미처 대답하기도 전에 게미니우스와 그가 이끌고 온 5개 기병대대가 열린 성문으로 말을 타고 들어왔다. 그곳 레기움 레피둠 광장에서 게미니우스는 마르쿠스 유니우스 브루투스를 로마의 적으로 공개 선포한 뒤 그의 목을 베었다.

브루투스의 머리는 무티나의 폼페이우스에게로 되돌아갔다. 브루투스가 막 새롭게 반란세력을 조직하려는 현장을 덮쳤으며 본인 생각으로는 이탈리아 갈리아가 불안정한 상태라는 내용이 담긴 게미니우스의 간결한 전언도 함께였다.

폼페이우스의 보고서도 곧바로 원로원으로 발송되었다.

당분간은 제 노련병 2개 군단을 이탈리아 갈리아에 배치해두는 것이 저의 의무라고 생각됩니다. 브루투스가 지휘했던 병력은 불충하다고 보아 해산시켰습니다. 다만 별도의 처벌은 하지 않고 무기와 갑옷만 빼앗았습니다. 물론 독수리 기 두 개도 빼앗았고요. 저는 레기움 레피둠의 행태가 국경 북쪽 일대 전반의 불안을 보여주는 징후라고 생각하며, 이 점이 제가 남기로 결정한 데 대한 이유가 되기를 바랍니다.

반역자 브루투스의 머리를 이 실적 보고와 함께 보내지 않는 이유는, 사망할 당시 그가 법무관급 임페리움을 지닌 총독이었고 또 원로원에서 이것을 로스트라 연단에 꽂을 것이라 생각되지 않기 때문입니다. 그렇게 하는 대신 그의 사체와 머리를 태운 유골을 그의 부인에게 보내 적절히 매장할 수 있게 했습니다. 이 점에 있어 제가 실수를 범한 게 아니길 바랍니다. 브루투스를 처형한 것은 결코 제가 의도한 바가 아니었습니다. 그가 그 운명을 자초한 것입니다.

당분간은 제 임페리움을 유지할 수 있게 해달라고 정중히 요청해도 되겠습니까? 저는 이곳 이탈리아 갈리아에서 로마 원로원과 인민을 위해 속주를 유지함으로써 유용한 역할을 수행할 수 있습니다.

필리푸스의 교묘한 유도하에 원로원은 레피두스의 모반에 동참한 자들을 '버려진 자'로 선고했지만, 공권박탈의 충격파가 여전히 남아 있었기 때문에 그들의 가족에게는 아무런 보복도 가하지 않았다. 남편의 유골이 담긴 조악한 도자기 항아리를 무릎에 안은 채, 마르쿠스 유니우스 브루투스의 과부는 안심할 수 있었다. 여섯 살배기 아들의 재산은 안전했다. 물론 아이가 성인이 되었을 때 정치적 오명을 겪는 일이 없게끔 하는 것은 자신의 몫이겠지만.

세르빌리아는 아이에게 아버지의 죽음을 알렸다. 아버지를 살해한 자, 피케눔 출신의 벼락출세자 나이우스 폼페이우스 마그누스를 결코 존경하거나 도와서는 안 된다는 것을 아이가 이해하게끔 하는 말투였다. 소년은 그 얘길 들으며 숙연히 고개를 끄덕였다. 이제 아버지가 없다는 소식에 속상하거나 슬펐다 하더라도 아이는 아무 내색을 하지 않았다.

아이는 아직 빠른 성장기에 접어들지 않아서, 막대기 같은 다리와 뿌루퉁한 얼굴을 한 허약하고 또래보다 작은 소년이었다. 머리칼과 눈색깔은 아주 짙고 피부는 올리브색이었으며, 자식에게 푹 빠진 팔불출 엄마의 눈에는 계속 갈 미모로 비친 어린애답고 예쁘장한 매력을 발산했다. 게다가 가정교사는 아이의 읽고 쓰는 능력과 계산 실력을 크게 칭찬했다(하지만 가정교사가 말하지 않은 것이 있었으니 어린 브루투스에게 창의력과 상상력이 완전히 결여되어 있다는 사실이었다). 이렇다보니 세르빌리아는 당연히 브루투스를 다른 사내아이들과 같이 학교에 보낼 생각이 없었다. 이 아이는 너무 예민하고 너무 똑똑하고 너무 귀하니까…… 누군가에게 괴롭힘을 당할지도 몰라!

집안사람들 가운데 조의를 표하러 세르빌리아를 찾아온 이는 단 세 명이었다. 그나마 두 명은 엄밀히 말해 가까운 친척도 아니었다.

서로 다른 부모와 조부모와 기타 어른들이 마지막 한 사람까지 모두 죽은 후, 고아가 된 여섯 아이들의 살아 있는 유일한 혈육이던 마메르쿠스 삼촌은 자기 형과 누이의 자식들을 세르빌리우스 카이피오 집안쪽 친척과 그 여자의 어머니에게 맡겼다. 바로 이 두 모녀, 나이아와 포르키아 리키니아나가 세르빌리아를 찾아왔다. 세르빌리아로서는 안 해주는 편이 훨씬 나았을 예의상의 방문이었다. 여전히 나이아는 기센 어머니 밑에 잡혀 사는 뚱하고 말수 적은 여자였다. 거의 서른 살이 되었는데도 십대 후반이었을 때보다 더 매력 없는 외모에 가슴도 더 납작해진 것 같았다. 포르키아 리키니아나가 대화를 장악했다. 일평생 그랬듯이.

"이런, 세르빌리아, 네가 이렇게 젊은 나이에 과부가 되는 걸 보리라고는 생각지도 못했다. 정말 유감이구나." 무시무시한 노부인이 말했다. "술라가 네 남편과 시아버지를 공권박탈자 명단에서 빼준 게 나는 늘 놀랍더구나. 물론 너 때문이었을 거란 생각은 했다만. 제아무리 술라라 해도 자기 사위 조카의 시아버지를 공권박탈자로 만드는 건 곤란할 수 있었겠지. 그래도 그렇게 했어야 했어. 브루투스 영감은 처음엔 가이우스 마리우스, 그다음엔 카르보에게 마치 양초 속에 녹아든 나방처럼 찰싹 들러붙었잖아. 부자가 무사했던 건 그 아들이 너와 결혼한 덕분이었어. 다들 그 일로 아들이 깨달은 게 있었을 거라 생각하겠지, 안 그래? 하지만 아니었어! 그는 바로 레피두스 같은 멍청이 수하로 들어갔지! 누구든 양식이란 게 있는 사람이었으면 그 계획이 절대 잘될 리 없다는 걸 알았을 텐데 말이야."

"그런 듯해요." 세르빌리아가 중립적으로 말했다.

"나도 유감이야." 나이아가 미력을 보태려는 듯 무뚝뚝하게 말했다.

그러나 이 불쌍한 여자를 향한 세르빌리아의 시선에는 애정도, 측은한 마음도 담겨 있지 않았다. 세르빌리아는 이 여자를 경멸했다. 그래도 그 어머니만큼 혐오하지는 않았다.

"이제 어떻게 할 거니?" 포르키아 리키니아나가 물었다.

"가능한 한 빨리 재혼할 거예요."

"재혼이라니! 네 신분에는 어울리지 않는 일이구나. 나는 남편을 잃은 뒤에 재혼하지 않았어."

"하자는 사람이 없었겠죠." 세르빌리아가 상냥하게 말했다.

둔감한 성격이었음에도 불구하고 포르키아 리키니아나는 이 말에서 신랄한 가시를 느꼈고, 곧이어 당당한 자세로 자리에서 일어났다. "나는 내 도리를 다해 애도를 표했다." 그녀가 말했다. "자, 나이아, 그만 가자. 세르빌리아가 새 남편을 찾는 걸 우리가 방해해선 안 되잖니."

"그 꼴을 안 보니 속이 다 시원하네, 이 할망구야!" 모녀가 가고 난 후 세르빌리아는 혼잣말을 했다.

포르키아 리키니아나와 나이아 못지않게 반갑잖은 세번째 손님은 그 직후에 도착했다. 여섯 고아들 중 가장 어렸던 마르쿠스 포르키우스 카토였다. 드루수스와 마메르쿠스의 누이인 같은 어머니에게서 태어난, 세르빌리아의 이부동생이었다.

"카이피오 형도 오려고 했을 텐데," 젊은 카토가 특유의 듣기 싫고 단조로운 어조로 말했다. "지금 카툴루스의 군대와 함께 로마를 떠나 있어서 말이야. 수습군관이지, 이 말뜻을 아는지 모르겠지만."

"나도 알아." 세르빌리아가 차분하게 말했다.

그러나 포르키아 리키니아나의 두꺼운 낯도 마르쿠스 포르키우스 카토에 비하면 공기처럼 얇은 수준이었기에, 이 반격은 그대로 무시되었다. 그는 이제 열여섯 살로 성인이 되었지만 친누이 포르키아와 마찬가지로 여전히 나이아 모녀와 함께 살고 있었다. 마메르쿠스는 너무나 큰 드루수스의 저택을 한참 전에 팔아버렸기에, 요즘 그들은 카토의 아버지 집에서 지냈다.

칼날처럼 얇은 매부리코가 거대하게 자리잡고 있어 결코 미남이라고 할 수 없는 얼굴이었지만, 티 없는 피부와 넓은 어깨의 카토는 사실 대단히 매력적인 청년이었다. 크고 표정이 풍부한 눈은 부드러운 잿빛이었고 짧게 깎은 머리칼은 적갈색 섞인 붉은빛이었으며 입술은 상당히 아름다웠다. 그러나 세르빌리아에게 그는 그저 괴물일 뿐이었다. 시끄럽고 배우는 것도 더디고 무신경한데다 어찌나 공격적이고 걸핏하면 싸우려 드는지, 그는 걷고 말하기 시작할 무렵부터 손위 형제자매들의 골칫거리였다.

이들 둘 사이에는 열 살이라는 나이차와 서로 다른 아버지들이 있었지만, 그것이 다는 아니었다. 세르빌리아는 로마 왕정 시대까지 거슬러 올라가는 유서 깊은 가문 출신의 파트리키 귀족인데 반해, 카토가 속한 분가는 감찰관 카토의 후처였던 켈트이베리아족 노예 살로니아를 조상으로 두고 있었다. 세르빌리아로서는 자신의 어머니가 본인과 남편 가문에 안긴 이 치욕이 견딜 수 없이 끔찍했으며, 자기 밑의 세 형제자매에 대해서는 보기만 해도 분노와 수치심에 이가 갈렸다. 게다가 카토에게는 이런 감정을 숨김없이 드러냈지만, 명목상으로는 자신의 친동생인(그녀는 아니라는 걸 알았다) 카이피오에게는 자신이 느끼는 감정을 억눌러야 했다. 체면을 위해서. 썩어 문드러질 체면!

그렇다고 해서 카토가 사회의 삐딱한 시선을 느낀 것은 아니었다. 그는 자신의 증조부인 감찰관 카토를 지나치리만큼 자랑스러워했고 자신의 혈통이 흠잡을 데 없다고 생각했다. 로마 귀족사회가 감찰관 카토의 재혼(첫 아내 리키니아와의 사이에서 본 속물적인 아들에의 은밀한 복수에 기초한 것이었다)을 양해해주었으므로, 청년 카토는 장차 원로원 의원이 되고 집정관 직까지 노려볼 수 있었다.

"이제 보니 마메르쿠스 삼촌이 누나에게 부적절한 남편을 골라준 거네." 카토가 말했다.

"그건 아니야." 세르빌리아가 침착한 어조로 대꾸했다. "그 사람은 내게 잘 어울렸어. 어쨌든 유니우스 브루투스 가문 사람이었으니까. 평민 출신 귀족이긴 해도 양쪽 혈통 모두 확실한 귀족이었지."

"혈통은 사람의 행동보다 훨씬 덜 중요하다는 사실을 왜 이해하지 못하는 거야?" 카토가 따지듯이 물었다.

"덜 중요한 게 아니야, 더 중요해."

"누나는 구제불능의 속물이야!"

"그래, 맞아. 그 점은 신들에게 감사해."

"그러다간 누나 아들을 망치게 될 거야."

"그건 두고봐야겠지."

"저애가 조금 더 크면 내가 데리고 보살필 거야. 그러면 온갖 사회적 가식을 떨쳐버릴 수 있을 테지!"

"내 눈에 흙이 들어가기 전엔 안 돼."

"어떻게 날 막을 건데? 저애가 영원히 누나 치맛자락에 매달려 있을 순 없어! 아버지가 없으니 내게 아버지 자리를 대신할 책임이 있어."

"그리 오래가진 않을 거야. 난 재혼할 거니까."

"재혼은 로마의 귀족 여성에게 맞지 않아! 누나가 이제부터 그라쿠스 형제의 어머니 코르넬리아를 본보기로 삼을 거라 생각했는데."

"그러기엔 나는 분별이 넘치니까. 로마의 파트리키 귀족 여자는 자신의 출중한 지위를 유지하기 위해 반드시 남편이 있어야 해. 그러니까, 자신과 똑같이 귀족의 피가 흐르는 남편 말이지."

카토는 말 울음소리 같은 웃음을 터뜨렸다. "드루수스 네로같이 막무가내로 번식된 어느 어릿광대와 결혼하겠다는 거군!"

"드루수스 네로와 결혼한 사람은 내 동생 릴라야."

"그 둘은 서로 싫어해."

"참으로 안됐어."

"나는 마메르쿠스 삼촌의 딸과 결혼할 거야." 카토가 우쭐해하며 말했다.

세르빌리아는 그를 빤히 쳐다보다가 콧방귀를 뀌었다. "그렇겐 못할걸! 아이밀리아 레피다는 벌써 수년 전에 메텔루스 스키피오와 결혼하기로 한 사이야. 마메르쿠스 삼촌이 그 사람의 아버지인 피우스와 같이 술라의 군대에 있을 때였지. 메텔루스 스키피오에 비하면 카토 너는 흔해빠진 졸부에 불과해!"

"그건 문제가 안 돼. 아이밀리아 레피다가 메텔루스 스키피오와 약혼했을지는 몰라도 그를 사랑하지는 않으니까. 그 둘은 늘 다투는데, 메텔루스 스키피오 때문에 기분이 상할 때 그녀가 누구에게 의지하는지 알아? 당연히 나지! 난 그녀와 결혼할 거야, 두고봐!"

"너의 그 말도 안 되는 자아도취를 뭉개줄 수 있는 존재가 진정 이 세상에는 없는 거니?" 세르빌리아가 쏘아붙였다.

"있다 해도 아직까진 못 봤어." 카토가 태연히 말했다.

"걱정 마, 어딘가에 숨어서 기다리고 있을 테니까."

히힝 하고 말 울음소리 같은 시끄러운 웃음이 또다시 터져나왔다. "누나만의 바람이겠지!"

"바라는 게 아니야. 아는 거지."

"내 누나 포르키아는 혼처가 정해졌어." 카토는 화제를 바꾸고 싶었던 게 아니라 그저 새로운 정보를 던져놓은 것이었다.

"아헤노바르부스 집안사람이겠지, 분명. 루키우스 도미티우스야?"

"맞았어. 루키우스 도미티우스. 난 마음에 들어! 생각이 바로 박힌 친구거든."

"그 사람은 너 못지않은 졸부야."

"가야겠어." 카토가 일어서며 말했다.

"속이 다 시원하네!" 세르빌리아가 또다시 내뱉었다. 그러나 이번에는 상대의 뒷전이 아니라 면전에 대고였다.

그날 밤 빈 침대에 들며 세르빌리아는 우울과 결의가 뒤섞인 감정에 빠져 있었다. 그러니까 저들은 내가 재혼하겠다는 생각을 좋게 보지 않는다는 거지. 그러니까 다들 이제 나는 무시할 수 없는 존재가 되기엔 틀렸다고 생각하는 거지. 안 그래?

"저들이 틀렸어!" 그녀는 큰 소리로 외쳤다. 그러고는 바로 잠이 들었다.

아침부터 세르빌리아는 마메르쿠스 삼촌을 만나러 갔다. 그와는 언제나 잘 지내는 사이였다.

"삼촌이 제 남편의 유언 집행자시죠. 제 지참금은 어떻게 되는지 알고 싶어요."

"그건 여전히 네 거다만, 세르빌리아, 과부가 된 지금 그 돈을 쓸 필요는 없을 거야. 마르쿠스 유니우스 브루투스는 네가 편안히 살기에 충분한 돈을 네 명의로 남겼고, 그 사람 아들은 이제 대단한 부자란다."

"저는 계속 혼자 살 생각이 아니에요, 삼촌. 삼촌이 적당한 남편을 찾아주실 수 있다면 재혼하고 싶어요."

마메르쿠스는 눈을 깜박였다. "아주 빠른 결정이로구나."

"미루는 건 아무 의미가 없으니까요."

"앞으로 아홉 달이 지나기 전에는 재혼할 수 없어, 세르빌리아."

"그러니 사람을 찾아보시기에 시간이 충분하죠." 세르빌리아가 말했다. "출신 가문과 재산이 최소한 마르쿠스 유니우스만큼은 되어야 하지만 가급적 그보다 좀더 젊으면 좋겠어요."

"네 나이가 지금 몇이냐?"

"스물일곱이에요."

"그러니까 서른 살쯤 된 사람이면 좋겠다는 거지?"

"그러면 더없이 좋아요, 마메르쿠스 삼촌."

"재산이 목적인 자는 안 되겠고, 당연히."

그녀는 눈썹을 치켜올렸다. "재산이 목적인 자는 안 돼요!"

마메르쿠스는 미소를 지었다. "좋아, 세르빌리아, 내 너를 대신해서 알아보마. 그리 어렵지는 않을 거야. 너는 태생이 더할 나위 없이 훌륭하고 지참금 200탈렌툼이 있는데다 아이를 낳을 수 있다는 것도 증명됐으니까. 어느 남자가 새 남편이 되더라도 네 아들이나 너나 그에게 금전적인 부담이 되진 않을 테고. 그래, 잘될 수 있을 것 같구나!"

"그나저나, 삼촌," 일어나서 갈 준비를 하던 세르빌리아가 말했다. "카토가 삼촌 딸에게 눈독들이고 있다는 거 알고 계세요?"

"뭐라고?"

"카토가 아이밀리아 레피다에게 눈독을 들이고 있어요."

"하지만 그앤 이미 약혼한걸. 메텔루스 스키피오와 말이다!"

"저도 카토에게 그렇게 말했어요. 그런데 그앤 이 약혼을 장애물로 여기지 않는 것 같아요. 아이밀리아 레피다에게 메텔루스 스키피오와 카토를 맞바꿀 마음이 있을 거라 생각하진 않아요. 하지만 카토가 무슨 말을 하고 다니는지 말씀드리지 않으면 삼촌께 의무를 다하지 않는 것 같아서요."

"그 둘은 좋은 친구 사이지, 그건 사실이야." 마메르쿠스는 동요하는 듯 보였다. "하나 그앤 아이밀리아 레피다와 딱 동갑이야! 그런 경우 여자들은 대개 관심이 없는 법이지."

"다시 말씀드리지만, 저는 아이밀리아 레피다가 관심이 있는지 어떤지는 몰라요. 제 말은 단지 카토가 관심이 있다는 거예요. 애초에 싹을 잘라버리세요, 삼촌. 싹을 잘라버려야 해요!"

이것으로 너도 네 분수를 알게 되겠지, 마르쿠스 포르키우스 카토! 마메르쿠스와 코르넬리아 술라가 사는 팔라티누스 언덕의 조용한 거리로 들어서면서 세르빌리아는 마음속으로 생각했다. 감히 마메르쿠스 삼촌의 딸을 넘보다니! 양쪽 부모 모두 파트리키인 여자를!

아주 뿌듯한 기분으로 그녀는 집으로 갔다. 여러 면에서, 이처럼 예상치 못하게 과부 신세가 된 것은 그다지 유감스러운 일이 아니었다. 결혼할 당시에는 마르쿠스 유니우스 브루투스가 그리 나이들어 보이지 않았지만 결혼하고 8년이 지나자 그가 늙어 보이기 시작했고 점점 자식을 더 갖는 것을 체념하게 되었다. 아들은 하나로 족했으나, 딸이 몇 있으면 크게 도움이 되리라는 건 부정할 수 없는 사실이었다. 지참금만 잘 마련해주면 딸아이들은 좋은 신랑감을 찾을 테고 결국 내 아들에게 정치적으로 유용한 자산이 될 것이다. 그랬다, 브루투스의 죽음은 분명 충격이었다. 그러나 슬픈 일은 아니었다.

집에 돌아오니 집사가 직접 문을 열어주었다.

"무슨 일이지, 디토스?"

"누가 찾아와서 마님을 뵙기를 청합니다."

"이 멍청한 그리스인 같으니, 도대체 몇 년을 일했는데 말을 그런 식으로밖에 못 전하나!" 집사가 자기도 모르게 겁에 질려 떠는 모습을 은근히 즐기면서 그녀는 딱딱거렸다. "나를 만나고 싶다는 사람이 누군가?"

"본인이 데키무스 유니우스 실라누스라고 말했습니다, 마님."

"본인이 데키무스 유니우스 실라누스라고 말했다고. 그가 말한 사람이 맞거나 그렇지 않거나 둘 중 하나야. 어느 쪽인가, 에파프로디토스?"

"그는 데키무스 유니우스 실라누스입니다, 마님."

"그분을 서재로 모셨나?"

"네, 마님."

세르빌리아는 여전히 검은색 긴 망토로 몸을 감싼 채 걸음을 옮겼다. 데키무스 유니우스 실라누스라는 이름과 연결되는 얼굴을 떠올려 보려 애쓰느라 얼굴을 찌푸리면서. 고인이 된 남편과 같은 유명 가문이지만 그중에서도 실라누스라는 코그노멘을 쓰는 분가였다. 맨 처음 그 별명을 얻었던 사람이 코그노멘으로 썼기 때문인데, 그 별명은 물을 마시고 씻을 수 있는 로마의 모든 분수대에서 물을 뿜어내는 저 심술궂은 얼굴의 실레노스처럼 못생겨서가 아니라 지나치게 잘생겨서 붙여진 것이었다. 유니우스 실라누스 분가 남자들은 멤미우스 가와 같은 명성을 가졌고, 대를 물려가며 지나칠 만큼 잘생긴 얼굴을 이어받았다.

손님은 그녀에게 손을 내밀며 조의를 표하고, 무엇이든 돕겠다는 뜻을 전하기 위해 찾아왔다고 했다. "많이 힘드시겠습니다." 그는 약간 자신 없는 말투로 이렇게 말을 끝내고서 얼굴을 붉혔다.

얼굴을 보면 그가 유니우스 실라누스 집안이 아닌 다른 핏줄로 오해받을 일은 절대 없었다. 금발머리에 푸른 눈. 정말 깜짝 놀랄 만큼 잘생긴 얼굴이었다. 세르빌리아는 잘생긴 금발 남자를 좋아했다. 그녀는 딱

적절한 시간 동안 그의 손에 자기 손을 두었다가 곧바로 몸을 돌렸고, 입고 있던 망토를 벗어 죽은 남편의 의자 등받이에 걸쳤다. 망토 안에 입고 있던 또다른 검은색 옷이 드러났다. 그 색은 세르빌리아에게 잘 어울렸다. 피부는 깨끗하고 창백한데다 눈과 머리카락은 과부의 상복처럼 검었기 때문이다. 그녀는 또 옷 입는 감각이 있어서 옷차림이 잘 어울릴 뿐 아니라 말쑥하기도 했다. 황홀해진 남자의 눈에 비친 그녀는 그의 기억 속에서 그랬던 것만큼 실제로도 우아하게 완벽했다.

"전에 뵌 적이 있던가요, 데키무스 유니우스?" 그녀는 손님에게 긴 의자에 앉으라고 손짓으로 권한 뒤 보통 의자에 자리를 잡았다.

"네, 하지만 몇 년 전의 일입니다. 술라가 독재관이 되기 전, 퀸투스 루타티우스 카툴루스 저택에서 열린 만찬 자리에서였습니다. 우리는 길게 대화를 나누지는 않았지만, 당시 아들을 낳은 지 얼마 되지 않았다고 하신 건 기억합니다."

세르빌리아의 얼굴이 밝아졌다. "오, 물론이에요! 부디 제 무례를 용서하세요." 그녀는 한 손을 머리에 얹고 슬픈 표정을 지었다. "그때 이후로 제게 워낙 많은 일이 있어서요."

"마음 쓰지 마십시오." 그가 따스하게 말했다. 그러고 나선 아무 할말도 없이 그녀의 얼굴에 눈을 박고 앉아 있었다.

세르빌리아가 우아하게 헛기침을 했다. "포도주를 좀 내올까요?"

"고맙지만 괜찮습니다."

"그러고 보니 부인과 함께 오지 않으셨군요, 데키무스 유니우스. 부인은 평안하신가요?"

"저는 아내가 없습니다."

"아!"

매혹적이고 비밀스럽게 닫혀 있는 얼굴 뒤로 생각이 바삐 돌아가고 있었다. 저 남자는 날 좋아해! 의심할 여지없이, 그는 날 좋아해! 그렇게 된 지는 몇 년 된 것 같았다. 고결한 남자이기도 했다. 그녀가 결혼한 걸 알고는 그녀나 그녀의 남편과 더 친분을 쌓으려 시도하지 않은 걸 보면. 그러나 이제 그녀가 과부가 되었으니 맨 먼저 달려와 경쟁을 막으려 한 것이다. 명문가 출신인 건 분명하다…… 그런데 재산도 많을까? 이름이 데키무스인 것으로 보아 그는 장남이다. 데키무스는 유니우스 실라누스 집안의 장남에게 붙이는 이름이었다. 나이는 서른 살쯤 되어 보이니까, 이 또한 딱이다. 하지만 재산도 많을까? 떠볼 시간이다.

"원로원에 들어가셨나요, 데키무스 유니우스?"

"네, 실은 올해 들어갔습니다. 저는 수도 담당 재무관입니다."

좋아, 아주 좋아! 적어도 원로원의 자산 조사는 통과했어. "당신 땅은 어디에 있나요, 데키무스 유니우스?"

"아, 여러 군데에 있습니다. 시골 토지는 주로 캄파니아에 있는데, 텔레시아와 카푸아 사이 볼투르누스 강에 면해 있는 2만 유게룸입니다. 그러나 티베리스 강변에 땅이 있고 타렌툼 만에 아주 큰 부지가 있으며 쿠마이와 라리눔에 빌라가 있습니다." 그는 그녀에게 깊은 인상을 주려고 열을 올리며 말했다.

세르빌리아는 보일 듯 말 듯 의자 등받이에 기대앉으며 아주 조심스레 숨을 내쉬었다. 그는 부자다. 그것도 엄청난 부자.

"아드님은 어떻게 지냅니까?" 그가 물었다.

이 집착만큼은 감출 수 없었다. 그것은 그녀의 눈 뒤에서 타올라 열정과 함께 얼굴에 번지며 원래부터 수수께끼같이 묘한 이목구비에 어색하게 내려앉았다. "아버지를 보고 싶어해요. 그래도 이해하는 것 같아요."

데키무스 유니우스 실라누스가 자리에서 일어섰다. "가봐야겠습니다, 세르빌리아. 또 뵈러 와도 되겠습니까?"

크림색 눈꺼풀이 눈 위로 스르르 내려오고, 검은 속눈썹이 뺨 위에 부채처럼 펼쳐졌다. 여릿한 분홍빛이 두 뺨에 스며들며 희미한 미소로 작고 도톰한 입술 양 귀퉁이가 올라갔다. "부디 그래주세요, 데키무스 유니우스. 와주신다면 아주 기쁠 거예요." 그녀가 말했다.

당신은 거기까지야, 포르키아 리키니아나! 손님을 직접 배웅하면서 세르빌리아는 승리감에 도취된 채 생각했다. 나는 과부가 된 지 한 달도 지나지 않아 다음 남편감을 찾았어! 내가 마메르쿠스 삼촌에게 얘기할 날을 기대하라고!

마르쿠스 유니우스 브루투스가 죽고 한 달 뒤에 보낸 편지에서 필리푸스는 폼페이우스 마그누스에게 이렇게 썼다.

올해도 하반기에 접어들고 있기는 하나 대체로 일이 잘 진행되고 있네. 마메르쿠스를 영구히 로마에 묶어둘 수 있기를 기대했지만, 레피두스와 브루투스 모두 죽었다는 소식이 들어온 후에 그는 더이상 원로원 최고참 의원이라는 역할로 로마에 묶여 있을 이유가 없다고 생각한다면서 세르토리우스와의 전쟁 준비를 허락해달라고 원로원에 요청했다네. 원로원에 있는 우리의 염소들은 그 즉시 양으로 돌변하여 마메르쿠스에게 카툴루스 휘하의 4개 군단을 내어주었는데, 그 군대는 여전히 무장상태로 카푸아에서 제대를 기다리고 있었지. 급히 한마디 덧붙이자면, 카툴루스는 레피두스와 맞붙은 그 작은 전투에 대단히 만족하고 있네. 그는 (그럴 자격도 없으면서) 로마에서 마르스 평원 이상으로 나갈 필요도 없이 인상적인 군사적 평판을 얻고는, 마메르쿠스에게 가까운 히스파니아의 총독 직과 대(對)세르토리우스 전투의 사령관 자격을 주라고 원로원에 촉구했어.

어쩌면 마메르쿠스가 히스파니아에 필요한 인물이 될 가능성도 있네. 따라서 그가 절대 그곳에 가지 못하게 막아야 하네. 루쿨루스가 아프리카에서 돌아올 수 있기 전에 자네를 위해 히스파니아에서의 특별 직권을 얻어내야만 하니까. 다행히 마메르쿠스의 야망을 좌절시키기에 꼭 알맞은 도구가 막 내 손에 들어온 것 같네. 그래, 당연히 그 도구는 사람이라네. 금년에 뽑힌 재무관 스무 명 중 하나로 가이우스 아일리우스 스타이에누스라는 자야. 그런데 이자가 추첨으로 집정관의 군대에 배치됐지 뭔가! 다시 말해 카툴루스가 집정관 직을 처음 시작할 때부터 카푸아에서 그의 수하로 일했고, 이후에는 마메르쿠스 밑에서 일하게 될 걸세.

정말 찾아보기 힘들 만큼 확실하고 지독한 악당이라네, 친애하는 마그누스! 거의 가이우스 베레스와 맞먹을 수준이지. 베레스는 젊은 스카우루스가 제기한 공소에서 작은 돌라벨라에게 불리한 증언을 해서 그가 유죄판결을 받고 추방당하게 만들더니, 이제는 카이킬리우스 메텔루스 가문의 여자와 약혼하여 온 로마를 으스대며 다니고 있다네, 세상에! 그 여자는 숫염소 메텔루스 카프라리우스의 딸이자, 이번 세대에 카이킬리우스 메텔루스 가문에서 배출된 최고의 인재들인 전도유망한 세 청년의 누이지. 그야말로 가문의 실추야.

그건 그렇고, 친애하는 마그누스, 나는 이 악당 가이우스 아일리우스 스타이에누스에게 접근해서 우리 쪽에서 일해주기로 약속을 받았네. 정확한 액수에 대해선 얘기하지 않았네만 싸게 먹히진 않을 거야. 그렇지만 그는 해야 할 일은 반드시 해낼 걸세. 그 점은 장담하네. 그의 생각은 병사들 사이에 반란을 선동한다는 것인데, 마메르쿠스가 카푸아로 간 다음 그 사람이 반란이 일어난 이유인 것처럼 보이기에 충분한 기간이 지나자마자 실행에 옮기는 거라네. 그들은 술라의 퇴역병들이니 사랑하는 술라의 사위에게 덤빌 것 같진 않다고 조심스럽게 말했지만, 스타이에누스는 내 말을 듣고 크게 웃기만 하더군. 그런 반응을 보니 내 의구심도 차츰 사라졌네. 정말이지 쾌활하고 확신에 찬 웃음이었거든. 본인 스스로 주선해서 아일리우스 가문에 양자로 들어간 다음 사람들에게 자기를 스타이에누스가 아니라 파이투스(사팔뜨기를 뜻하는 코그노멘으로, 사팔뜨기는 아일리우스 가문의 유전적 특징이다 — 옮긴이)로 불러달라고 하는 사람이라면 엄청난 짓을 해내리라고 기대할 수밖에 없다는 점은 말할 필요도 없지. 그는 온갖 사람들에게 깊은 인상을 주지만 특히 하층 계급에게 잘 먹힌다네. 그들은 그의 웅변술을 좋게 보고 그 말에 쉽게 선동되니까.

이렇게 해서, 스타이에누스를 찾아내기 전까지 마메르쿠스가 지휘봉을 잡는 데 반대해왔던 나는 이제 태도를 바꿔서 그쪽으로 열심히 밀어붙이고 있네. 마메르쿠스를 볼 때마다 왜 카푸아로 가서 병사들을 훈련시키지 않고 아직도 로마에서 뭉그적거리고 있느냐고 묻고 있지. 늦어도 9월에는 마메르쿠스가 대대적인 병사 반란의 희생양이 될 것으로 보네. 그러면 그 소식이 들려오는 즉시 나는 특별 직권 조항으로 마음을 돌리도록 원로원을 촉구하겠네.

다행히도 히스파니아 상황은 갈수록 더 악화되는 양상이니 일이 더 쉬워질 것 같네. 그러니 인내심을 갖고 낙관적으로 생각하게, 친애하는 마그누스! 일은 반드시 성사될 걸세. 그것도 눈으로 산길이 막히기 전에 알프스를 넘어갈 수 있도록 충분히 이른 시기에 성사될 거야.

8월 초 직후에 일어난 군대 내 반란은 스타이에누스에 의해 대단히 영리하게 기획되었다. 유혈사태도 격렬한 분쟁도 없었으며 더없는 진정성이 어려 있었기에 그 희생양이 된 마메르쿠스는 병사들을 징계할 마음이 들지 않았다. 그를 찾아온 병사 대표단은, 이 군단들이 폼페이우스 마그누스 외에는 그 어떤 장군의 휘하로도 히스파니아로 갈 수 없다고 확고부동한 결의를 담아 선언했다. 폼페이우스 마그누스 외에는 그 누구도 세르토리우스를 물리칠 수 없다고 믿기 때문이라는 것이었다.

"어쩌면," 상황 보고를 위해 로마로 온 마메르쿠스가 원로원 의사당에서 말했다. 그는 꽤나 충격을 받아 느낀 바를 솔직히 털어놓았다. "그들이 맞을 수도 있습니다! 솔직히 저는 병사들을 탓하지 않습니다. 그들은 대단히 정중한 태도를 보였습니다. 그들처럼 경험 많은 사병들은 그런 사안에 대한 감이 있는 법이고, 그들이 저를 잘 모르는 것도 아닙니다. 그들이 제가 퀸투스 세르토리우스를 상대할 수 없다고 생각한다면 저 또한 과연 제가 할 수 있을지 생각해봐야 합니다. 그들이 나이우스 폼페이우스가 이 일의 유일한 적임자라고 생각한다면 저는 그들이 옳은 것은 아닐까 생각해봐야 합니다."

조용하고 솔직한 이 말은 원로원 의원들에게 깊은 공감을 불러일으켰다. 의원들은—심지어 최고위급 의원들도—분개하고 논쟁을 벌일 의향이 전혀 없었다. 그 덕에 필리푸스가 목소리를 내기가 수월해졌다.

"원로원 의원 여러분," 그는 목소리에 애정을 듬뿍 담아 발언을 시작했다. "이제는 우리가 냉정하고 편견 없이 히스파니아 상황을 살펴봐야 할 때가 왔습니다. 우리의 매우 소중하고 지성적인 차석 집정관이자 최고참 의원인 마메르쿠스 아이밀리우스 레피두스 리비아누스가 말씀하시는 동안 저는 더없이 냉철하고도 희망적인 경험을 맛보았습니다! 따라서 저 역시 그와 똑같이 신중하고 사려 깊은 태도로 얘기를 이어가 보겠습니다."

필리푸스는 원을 그리며 몸을 움직여, 왼쪽 앞줄에 앉은 의원들 중 자기 위치에서 볼 수 있는 모든 이들의 얼굴을 하나하나 살폈다.

"3년 반 전 퀸투스 세르토리우스가 히스파니아로 재입성하여 루시타니족과 합류한 직후에 거둔 성공은 이해하기 그리 어렵지 않습니다. 루키우스 푸피디우스 같은 이들은 세르토리우스를 쉽게 보고 성급하게 전투를 개시했습니다. 그러나 우리의 최고신관 퀸투스 카이킬리우스 메텔루스 피우스가 먼 히스파니아의 총독으로 갈 때쯤, 그리고 그의 동료 마르쿠스 도미티우스 칼비누스가 가까운 히스파니아의 총독으로 갈 때쯤 우리는 퀸투스 세르토리우스를 무찌르기가 쉽지 않을 것임을 잘 알고 있었습니다. 그러다 처음 전투가 벌어진 해 여름에 세르토리우스의 보좌관인 루키우스 히르툴레이우스가 단 4천 명의 병사들을 데리고 칼비누스의 6개 군단을 공격하여 그를 완파했습니다. 칼비누스는 전장에서 죽었습니다. 그의 병사들 대부분도 그랬지요. 세르토리우스 본인은 피우스를 향해 진격했습니다만, 피우스의 귀중한 보좌관 토리우스를 집중 공략하는 쪽을 택했습니다. 토리우스는 전장에서 죽고 그가 이끌던 3개 군단은 심각한 타격을 입었습니다. 우리의 친애하는 피우스는 어쩔 수 없이 후퇴하여 그해 겨울 동안 타구스 강변의 올리시

포로 도피했으며 세르토리우스는 그 뒤를 바짝 쫓았습니다.

이듬해—바로 작년이었지요—에는 큰 전투가 없었습니다. 하지만 대승 또한 없었습니다! 피우스가 세르토리우스의 손아귀에 잡히지 않으려 애쓰면서 그 시간을 보내는 사이, 히르툴레이우스는 히스파니아 중부를 침략하여 켈트이베리아 부족들 사이에 세르토리우스의 지배력을 구축했습니다. 세르토리우스는 이미 루시타니족을 손아귀에 쥐고 있었는데, 이제는 거의 히스파니아 전역이 그의 것이 될 공산이 커진 것입니다. 세르토리우스가 유혹을 느끼지 않을 정도로 피우스가 전력을 다해 맹렬히 사수한 바이티스 강과 오로스페다 산맥 사이의 영토만 제외하고 말이지요.

그러나 작년의 알프스 너머 갈리아 총독 루키우스 만리우스는 자신이 세르토리우스에게 일격을 가할 수 있을 거라 생각했습니다. 그래서 훌륭한 4개 군단을 이끌고 피레네 산맥을 넘어 가까운 히스파니아로 들어갔죠. 히르툴레이우스가 이베루스 강에서 그를 맞이하여 철저히 패배시킨 바람에 루키우스 만리우스는 곧바로 후퇴하여 자신의 속주로 돌아갈 수밖에 없었습니다. 하지만 그가 얼마 안 가 깨달았듯이 그곳도 더이상 안전하지 않았습니다! 히르툴레이우스가 그를 뒤쫓아와 두번째 패배를 안긴 것입니다.

금년에도 우리에게 더 나아진 것은 없었습니다, 원로원 의원 여러분. 가까운 히스파니아에는 아직까지 총독이 없고, 먼 히스파니아에는 임기가 연장된 피우스가 남아 있으나 그는 바이티스 강 서쪽으로나 오로스페다 산맥 북쪽으로는 움직이지 않았습니다. 아무런 저항도 없는 상태에서 퀸투스 세르토리우스는 콘사부라의 산길을 통해 가까운 히스파니아로 진군했고 오스카에 수도를 세웠습니다. 뻔뻔스럽게도 로마군의 전선을 따라 로마 영토의 점령을 계획한 것입니다! 그에게는 공식 수도와 원로원이 있으며, 심지어 학교까지 세워 그곳에서 야만인 족장들의 자식에게 라틴어와 그리스어를 가르침으로써 그들이 세르토리우스 치하 히스파니아의 지도자로 자리매김할 수 있게 하려는 생각까지 품고 있습니다! 그의 정무관들은 로마 직함을 달고 있고 그의 원로원은 300명으로 구성되어 있습니다. 그리고 이제는 사르디니아에서 빠져나간 마르쿠스 페르페르나 베이엔토와 레피두스의 병력까지 그의 휘하로 합류했습니다."

이중 어느 것도 새로운 내용은 아니었고 전부 익히 알려진 사실이었다. 그러나 그때껏 누구도 이 내용을 한데 모아 명쾌하고 냉정한 몇 분간의 연설로 응축시킨 적이 없었다. 회의장의 의원들은 다 같이 한숨을 내쉬었고, 무방비 상태로 의자에서 몸을 웅크렸다.

"원로원 의원 여러분, 우리는 가까운 히스파니아에 총독을 보내야만 합니다! 분명 우리는 시도했으나, 레피두스로 인해 퀸투스 루타티우스가 가는 것이 불가능해졌고 이제 군대 내 반란으로 인해 우리의 최고참 의원이 가는 것도 불가능해졌습니다. 다음 총독은 아주 특별한 사람이어야 한다는 것이 명백해 보입니다. 그의 임무는 먼저 전쟁을 치르고 그런 다음에 속주를 통치하는 순서여야 합니다. 사실상 전쟁이 그의 유일한 임무나 다름없을 것입니다! 2년 반 전 피우스와 칼비누스와 함께 간 14개 군단 중에서 7개 군단 정도가 남은 것으로 보이는데 그들 모두 피우스와 함께 먼 히스파니아에 가 있습니다. 가까운 히스파니아에도 병력이 주둔해 있습니다. 퀸투스 세르토리우스에 의해서 말입니다. 그곳 속주에는 그에게 대적할 사람이 아무도 없습니다.

누가 가까운 히스파니아에 파견되든 그 사람은 직접 군대를 데려가야 할 것입니다. 피우스의 병력을 빼올 수는 없으니까요. 그리고 그 군대의 핵심이 지금 카푸아에 주둔중입니다. 대부분 술라의 퇴역병들로 구성된 훌륭한 4개 군단으로, 이들은 나이우스 폼페이우스 마그누스가 아니면 그 누구의 휘하로도 히스파니아로 갈 수 없다고 확고부동한 거부 의사를 표명했습니다. 원로원 의원이 아니라 기사인 사람을 말입니다."

필리푸스는 한참 동안 말을 멈추고, 자기 얘기가 충분히 이해될 때까지 미동도 없이 기다렸다. 다시 발언을 시작했을 때 그의 목소리는 더욱 딱딱하고 사무적으로 바뀌어 있었다.

"동료 의원 여러분, 우리에게는 한 가지 제안이 들어왔습니다. 카푸아의 군대가 원하는 나이우스 폼페이우스 마그누스입니다. 그러나 루키우스 코르넬리우스 술라가 작성한 법에 의하면 군을 지휘할 의향이 있으며 군을 지휘할 수 있는 자격이 갖추어진 원로원의 일원에게 우선적으로 지휘권이 돌아가야 합니다. 그러니 원로원에서 그런 인물이 있는지 찾아보고자 합니다."

그는 고관용 단상 쪽으로 몸을 돌려 수석 집정관을 쳐다보았다. "데키무스 유니우스 브루투스, 지휘권을 원하십니까?"

"아니요, 루키우스 마르키우스, 원하지 않습니다. 나는 나이도 너무 많고 재능도 없습니다."

"마메르쿠스?"

"아니요, 루키우스 마르키우스, 원하지 않습니다. 내 군대는 내게 불만을 제기했습니다."

"수도 담당 법무관?"

"설령 제 직무상 규정된 바와 달리 열흘 이상 로마를 떠날 수 있다고 해도, 저는 원하지 않습니다." 나이우스 아우피디우스 오레스테스가 말했다.

"외인 담당 법무관?"

"아니요, 루키우스 마르키우스, 원하지 않습니다." 마르쿠스 아우렐리우스 코타가 말했다.

그뒤로도 여섯 명의 법무관이 더 거절했다.

그러자 필리푸스는 앞줄 쪽으로 돌아서서 전직 집정관들에게 묻기 시작했다.

"마르쿠스 툴리우스 데쿨라?"

"아니요."

"퀸투스 루타티우스 카툴루스?"

"아니요."

그렇게 거절에 거절이 계속 이어졌다.

필리푸스는 자신에게 묻는 것처럼 하더니 이렇게 대답했다. "아뇨, 원하지 않습니다! 나는 너무 늙었고 너무 살쪘고…… 군사적인 능력도 없습니다."

이어서 그는 회의장 이쪽에서 저쪽으로 고개를 돌렸다. "참석해 계신 분들 중 자신이 이 최고 사령관 직을 맡을 자격이 있다고 생각하는 분이 있습니까? 가이우스 스크리보니우스 쿠리오, 당신은 어떻습니까?"

쿠리오는 간절히 예라고 답하고 싶었다. 그러나 그는 매수된 터였고 체면치레가 그의 대답을 결정했다. "아니요."

참석한 사람들 중에 아주 젊은 의원이 하나 있었다. 그는 꼼짝 않고 조용히 있기 위해 양손을 깔고 앉아 근질거리는 혀를 깨물어야 했지만,

필리푸스가 결코 그의 임명에 동의하지 않으리라는 것을 알았기 때문에 어떻게든 참아냈다. 가이우스 율리우스 카이사르는 자신에게 실낱같은 승산이라도 생기기 전까지는 사람들의 이목을 끌지 않을 생각이었다.

"이렇게 되면," 필리푸스가 말했다. "다시 특별 직권과 나이우스 폼페이우스 마그누스로 돌아오게 되는군요. 몇 사람이고 연이어 스스로 부적격자라고 하는 것을 여러분 귀로 똑똑히 들으셨습니다. 현재 직무상 해외에 나가 있는 원로원 의원들과 정무관 권한대행들 중에 적합한 사람이 있을지도 모르겠습니다. 그러나 우리는 기다릴 형편이 못 됩니다! 이 상황은 지금 당장 해결되어야 하며 그러지 않으면 우리는 히스파니아를 잃을 것입니다! 지금 우리가 찾을 수 있는 적임자는 나이우스 폼페이우스 마그누스뿐이라는 것이 제게는 너무나 명백해 보입니다! 원로원 의원이 아닌 기사라고는 하나, 그는 열여섯 살 때부터 무기를 들었고 스무 살 때부터는 자신의 군단들을 이끌고 연이어 전투에 나섰습니다! 고인이 된 루키우스 코르넬리우스 술라는 다른 누구보다도 그를 택했습니다. 올바른 판단이었지요! 젊은 폼페이우스 마그누스에게는 경험과 재능, 노련한 병사들로 이루어진 대규모 병력, 로마에게 최선의 국익을 생각하는 마음이 있습니다.

우리에게는 이 청년을 집정관급 임페리움과 함께 가까운 히스파니아의 총독으로 임명하고, 적절하다고 생각되는 수의 군단을 지휘할 권한을 그에게 주고, 그의 기사 지위를 묵과할 수 있는 합법적 수단이 있습니다. 그러나 저는 그의 특별 직권에 대해 그가 이미 집정관으로서 직무를 수행한 것으로 간주하는 듯한 표현을 쓰지 말 것을 요청하고 싶습니다. Non pro consule, sed pro consulibus(임기를 마친 집정관 자격이 아닌 그해 집정관들의 대행 자격). 이 표현을 씀으로써 그는 자신이 특별 직권을 받았음을 끊임없이 되새길 수 있습니다."

필리푸스는 자리에 앉았다. 수석 집정관 데키무스 유니우스 브루투스가 일어났다. "의원 여러분, 표결을 하겠습니다. 기사 나이우스 폼페이우스 마그누스에게 집정관급 임페리움과 6개 군단과 함께 특별 직권을 승인하는 데 찬성하는 분들은 제 오른쪽으로 서십시오. 반대하는 분들은 제 왼쪽으로 서십시오."

아무도 데키무스 브루투스의 왼쪽에 서지 않았다. 아주 젊은 의원 가이우스 율리우스 카이사르마저도.

6장

CHAPTER SIX
Sept. 77 B.C. ~ WINTER. 72~71 B.C.

기원전 77년 9월부터
기원전 72~71년 겨울까지

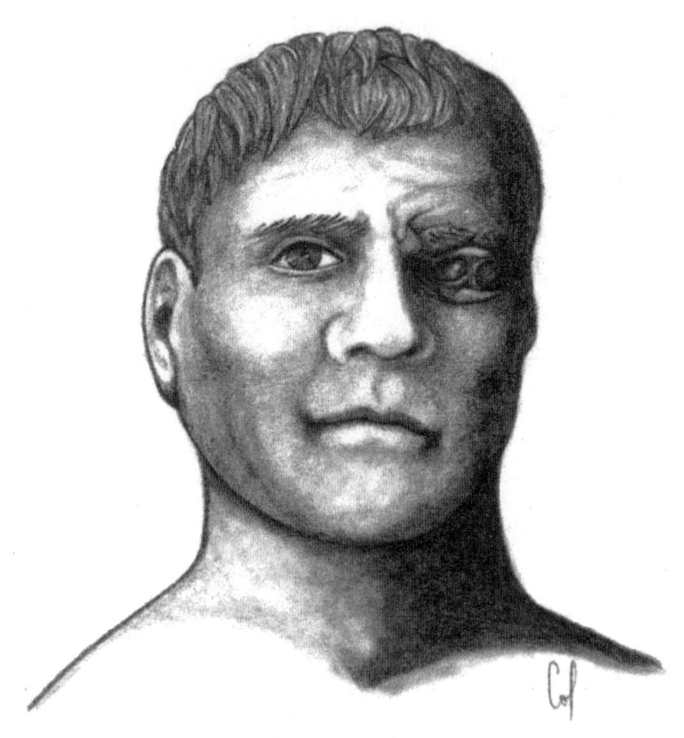

퀸투스 세르토리우스

필리푸스의 편지가 무티나에 도착했을 때 폼페이우스에게는 그 소식을 함께 나눌 수 있는 사람이 없었다. 8월의 이두스에 원로원 결의가 전해졌을 때도 마찬가지였다. 폼페이우스는 히스파니아 원정이 자연사와 역사 분야의 전도유망한 저술가에게 득이 될 뿐만 아니라 흥미롭기도 할 거라며 여전히 바로를 설득하려 애쓰고 있었지만, 그가 무수히 보낸 편지에도 바로는 시큰둥한 반응뿐이었다. 자식들이 한창 예쁠 나이가 된 터라, 바로로서는 아무래도 길어지기 십상인 일로 로마를 떠나고 싶은 마음이 없었다.

한 번도 집정관을 지내본 적 없는 이 신임 집정관급 총독은 만반의 준비가 되어 있었으며 앞으로 어떻게 일을 진행할지 정확히 알고 있었다. 먼저 그는 원로원으로 보내는 서신에서, 카툴루스 휘하에 있다가 이후 마메르쿠스 휘하에 있던 4개 군단 중 3개 군단을 데려가고 본인의 노련한 병사들로 또다른 3개 군단을 구성하겠다고 통보했다. 그러나 메텔루스 피우스가 먼 히스파니아에서 벌이고 있는 전쟁은 공격적인 전투로 보이지 않으며, 메텔루스 피우스가 임무를 맡은 초창기 이후로 먼 히스파니아에서 가까운 히스파니아로 역점이 옮겨졌다는 말도 언급했다. 이를 근거로, 메텔루스 피우스가 가진 7개 군단 중 하나를 자기한테 넘겨주도록 원로원이 지시해달라고 요청했다. 그러면서 자기 매부인 가이우스 멤미우스가 지금 메텔루스 피우스 밑에서 군무관으로 있으나 다음해면 재무관 선거에 나갈 수 있는 나이가 된다, 그러니 가이우스 멤미우스를 부재중 후보로 재무관 선거에 출마하게 한 뒤 자기 참모진의 재무관으로 가까운 히스파니아에서 복무하게 해줄 수 있겠느냐는 요지의 말까지 덧붙였다.

이에 대한 원로원의 승인(원로원은 이제 필리푸스가 마음대로 주무를 수 있는 찰흙이 되어 있었다)은 폼페이우스가 무티나를 떠나기 전에 당도함으로써, 무엇을 원하든 무조건 자신에게 주어질 거라는 그의 확신을 더욱 굳혀주었다. 이제 두 살이 다 된 아들과 올해 초에 태어난 딸의 아버지가 된 폼페이우스는 피케눔의 자기 근거지에 무키아 테르티아를 데려다놓고 자기가 없는 사이 로마에 가지 말라는 단호한 명령을 내렸다. 긴 전투를 예상한 터라, 아름답고 불가사의한 매력을 지닌 아내를 유혹에 노출시켜서 좋을 게 없다고 생각한 것이다.

이미 자신의 옛 기병 부대 중에서 기병 1천 명을 모아두긴 했지만, 알프스 너머 갈리아에서 신병을 모집하여 그 수를 늘리는 것이 폼페이우스의 의도였다. 이는 그가 육로를 통해 히스파니아로 가는 쪽을 택한 한 가지 타당한 이유이기도 했다. 게다가 그는 배만 탔다 하면 멀미를 하고 바다라면 질색했으므로, 겨울바람이 항해하기 딱 좋았음에도 자신의 새로운 속주까지 가는 길로 바다를 신뢰하지 않았다.

지도란 지도는 모두 살펴보고, 히스파니아 쪽 육로를 이용하는 상인들과 그 길로 자주 다니는 사람들을 모조리 만나 이야기를 들었다. 그제야 알게 된 사실이지만, 도미티우스 가도는 문제가 많았다. 마르쿠스

페르페르나 베이엔토는 레피두스군 잔당과 함께 사르디니아에서 리구리아로 건너가서 히스파니아 방향으로 출발한 이후 지나는 길마다 최대한 로마에 해를 끼치는 짓을 한껏 즐겼다. 그 결과 알프스 너머 갈리아 지역의 주요 부족들인 헬비족, 보콘티족, 살루비족, 볼카이 아레코미키족이 전부 반란을 일으킨 상황이었다.

먼 갈리아 속주에서 일어난 부족 소요사태에서 최악의 측면은, 무섭도록 호전적이고 적대적인 종족들이 가득한 영토 한가운데로 고군분투하며 히스파니아로 가는 동안 폼페이우스의 일정이 지체될 거라는 점이었다. 종국에 성공하리라는 데는 의심의 여지가 없었지만, 다가오는 이번 겨울이 본격적으로 시작되기 전에 가까운 히스파니아에 당도하고 싶은 마음이 간절했다. 세르토리우스와의 전쟁에서 메텔루스 피우스가 아니라 자신이 승리를 거머쥘 수 있으려면 히스파니아까지 가는 데 한 해를 온전히 소모할 형편이 아니었으나, 지금의 불안한 알프스 너머 갈리아 상황을 감안하면 그렇게 될 공산이 커 보였다. 알프스를 지나는 모든 길은 현재 반란을 일으킨 부족들 중 하나의 관리하에 있었다. 사람 사냥을 하는 살루비족은 바다와 가장 가까이 우뚝 솟은 마리티마이 알프스 산맥을 장악했고 보콘티족은 드루엔티아 강 유역과 몬스 게나바 고개를 차지하고 있었으며, 헬비족은 로다누스 계곡의 중류를 지키고 있었고 볼카이 아레코미키족은 케벤나 고지의 중앙 대산괴 아래 히스파니아로 난 도미티우스 가도를 가로막고 있었다.

물론 이 야만인들의 반란을 모조리 진압한다면 그의 이마에 월계관이 더해질 터였다. 하지만 그 월계관은 그다지 양질의 것이 못 되었다. 양질의 월계관은 세르토리우스의 땅에 있었다. 그렇다면, 어떻게 해야 많은 시간과 희생을 치르지 않고 알프스 너머 갈리아를 통과할 수 있을 것인가?

이에 대한 해결책은 폼페이우스가 9월 초에 무티나에서 진군하기 전 불현듯 머릿속에 떠올랐다. 바로 통상적인 길들을 피하고 새길을 내는 방법이었다. 파두스 강으로 흘러드는 북쪽 지류들 중에서 가장 큰 것이 두리아 마요르 강이었고, 이 강은 알프스 중에서도 이탈리아 갈리아 서쪽의 우묵한 땅과 장발의 갈리아 동부로 흐르는 여러 호수와 강—레만누스 호수, 로다누스 강 상류, 갈리아인의 땅과 게르만인의 땅을 가르는 장대한 레누스 강—사이에 우뚝 솟아 있는 가장 높은 봉우리들에서 굉음을 내며 세차게 흘러내렸다. 두리아 마요르 강이 산줄기를 깎아 아름다운 모양으로 갈라놓은 틈새는 예로부터 살라시 계곡이라 불렸는데, 그곳에 살라시족이라는 갈리아 부족이 거주해서 붙여진 이름이었다. 30년쯤 전 이 골짜기 개울 충적토에서 금이 발견되고 로마인들이 몰려와 사금을 채취하기 시작했을 때 이러한 로마인들의 침입에 살라시족이 어찌나 맹렬히 저항했던지 이후로는 아무도 금을 찾으려고 에포레디아 마을 이상 살라시 계곡으로 깊숙이 들어가는 사람이 없었다.

그러나 살라시 계곡 꼭대기에는 펜니누스 알프스를 가로지르는 두 개의 산길이 있다고 알려져 있었다. 하나는 가장 높은 산들 위에서부터 옥토두룸이라는 이름의 베라그리족 정착지로 이어져 내려온 다음 로다누스 강의 원류가 레만누스 호수의 동쪽 끝에 진입할 때까지 강줄기를 따라 나 있는, 말 그대로 염소 길이었다. 이 길은 해발고도가 3천 미터였기 때문에 여름과 초가을에만 개방되었으며 군대가 지나가기에는 너무 위험했다. 두번째 길은 대략 2천 미터 고도에 위치해 있었고, 비록 포장이 되어 있거나 로마식으로 측량된 도로는 아니었지만 수레가 이동할 수 있을 만큼 넓었다. 이 길은 이사라 강의 북쪽 수원과 알로브로게스족 영토로 이어지다가 로다누스 강이 지중해로 흘러가는 중간 지점쯤에서 끝났다. 게르만계 킴브리족이 베르켈라이에서 가이우스 마리우스와 카툴루스 카이사르에게 패한 뒤에 도주한 길이 바로 이 길이었다. 물론 그들의 도주 속도는 더뎠고, 대부분이 더 서쪽으로 갔다가 알로브로게스족과 암바리족에게 목숨을 잃기는 했지만.

온순한 살라시족 무리를 상대로 첫 면담을 갖는 동안 폼페이우스는 더 고지대 쪽에 있는 길에 대한 생각은 아예 접었다. 하지만 낮은 쪽 길은 대단히 구미가 당겼다. 수레가 지나갈 수 있을 만큼 넓은 길이라니, 실제로 얼마나 험하거나 위험한 길이 됐든, 그건 곧 그가 군단들을—또한 그의 희망대로 기병대도—데리고 그 길로 갈 수 있다는 뜻이었다. 지금 계절이 달력보다 한 달가량 뒤처져 있으니까 9월 초에 길을 나선다면 한여름에 그라이아이 알프스를 넘어가게 될 것이고, 아무리 2천 미터 고도라도 눈이 올 확률은 극히 적었다. 무거운 식량과 장비는 먼 갈리아 속주의 나르보 근처에서 구할 수 있으리라 믿고 수레에 물자를 싣고 가지는 않기로 결정했으므로, 짐 나르는 역할을 할 노새를 최대한 많이 징발했다.

"지형이 얼마나 험하든 무조건 빠르게 이동할 것이다." 행군 당일 새벽녘에 집합한 군대를 향해 폼페이우스가 말했다. "알로브로게스족이 우리가 나타날 거라는 낌새를 덜 알아차릴수록, 내가 되도록 피했으면 하는 전투에 끌려들어가지 않을 확률이 높아진다. 히스파니아로 연결된 최저지대 산길이 폐쇄되기 전에 우리가 피레네 산맥에 도착할 수 없게 하는 방해요소는 그 무엇도 용납할 수 없다! 알프스 너머 갈리아는 도의상 도미티우스 아헤노바르부스 가문의 것이고, 내가 아는 한 그들이 계속 소유할 수 있다! 우리는 겨울까지 가까운 히스파니아로 가길 원한다. 그리고 반드시 겨울까지 가까운 히스파니아에 도착할 것이다!"

폼페이우스 군대는 9월 말에 살라시 계곡 꼭대기에서 두 개의 길 중 낮은 산길을 지나갔다. 길 자체나 그 길 근방에 거주하는 종족들이나 놀라우리만치 거의 저항이라고는 없었다. 폼페이우스가 이사라 계곡과 사나운 알로브로게스족의 영토로 들어갔을 때, 너무나 갑작스러운 그의 등장에 놀란 알로브로게스족은 그가 지나가면서 일으킨 흙먼지 쪽으로 창을 휘두르기만 하고 그를 따라잡는 데는 실패했다. 로다누스 강에 이르러서야 처음으로 조직적인 상대와 맞닥뜨렸다. 로다누스 강 서쪽 제방과 그 뒤쪽 케벤나 대산괴의 일부에 거주하는 헬비족이었다. 그러나 알고 보니 그들은 아주 손쉬운 상대였다. 폼페이우스는 그를 상대하기 위해 파견된 몇몇 헬비족 전사단을 제압한 뒤 인질들을 잡아놓고 앞으로 얌전하게 처신할 것을 요구했다. 과감하게도 로다누스 강 평원으로 내려온 보콘티족과 살루비족도 같은 운명을 맞았으며, 폼페이우스의 군대가 아렐라테와 네마우수스 중간에서 습지 사이로 난 둑길을 건넌 후 볼카이 아레코미키족의 운명 역시 다르지 않았다. 마지막 위험이 지나가자 폼페이우스는 몇백 명쯤 되는 어린아이 인질들을 대충 모아 마실리아로 보냈다.

겨울이 되기 전에 그는 피레네 산맥을 넘었고 엠포리아이 마을 인근의 문명화된 인디게테스족 거주지에서 훌륭한 야영지를 찾아냈다. 폼페이우스는 이제 가까운 히스파니아에 들어왔다. 그러나 시간이 빠듯했다. 집정관은 고사하고 원로원 의원도 지낸 적 없는 집정관급 총독은 자리를 잡고 앉아 그가 이탈리아 갈리아를 떠난 후로 겪은 모험에 대해 원로원에 서신을 써내려갔다. 알프스를 건널 새로운 길을 개척한 자신의 용기와 대담함, 그리고 자신에게 맞선 갈리아 부족들을 얼마나 손쉽게 무찔렀는지를 특히 강조하면서.

항상 그가 써놓은 단도직입적이면서 상당히 어설픈 글을 손봐주던 바로의 마무리 손질을 아쉬워하며, 폼페이우스는 곧바로 다른 집정관급 총독인 먼 히스파니아의 새끼 똥돼지 메텔루스 피우스에게 편지를 썼다.

엠포리아이에 도착해서 겨울 야영에 들어갔습니다. 겨울 동안은 내년에 있을 전투에 대비해 제 군대를 단련시킬 생각입니다. 원로원에서 총독님의 1개 군단을 제게 주도록 지시가 내려졌다고 알고 있습니다. 지금쯤이면 제 매부인 가이우스 멤미우스가 재무관으로 당선되었을 것입니다. 그가 제 재무관이 될 테니, 총독님이 내주신 군단을 제게 데려올 수 있겠지요.

분명 퀸투스 세르토리우스를 처부술 최선의 길은 우리가 함께 협력하는 것입니다. 원로원이 우리 둘 중 한 명을 상대의 상관으로 임명하지 않은 것도 그 때문입니다. 따라서 우리는 공동 사령관으로서 협력해야 할 것입니다.

저는 히스파니아에 대해 잘 아는 병사들과 긴 시간 얘기를 나누고서 우리의 내년도 대전략을 창안해냈습니다. 먼 히스파니아 속주의 바이티스 강 동쪽은 정착민이 밀집되고 로마화되어 있기 때문에 세르토리우스는 그쪽으로 뚫고 들어갈 생각이 없습니다. 거기는 세르토리우스를 선뜻 받아들일 정도로 야만인이 많지 않으니까요.

퀸투스 카이킬리우스, 맡고 계신 먼 히스파니아 속주를 돌보면서

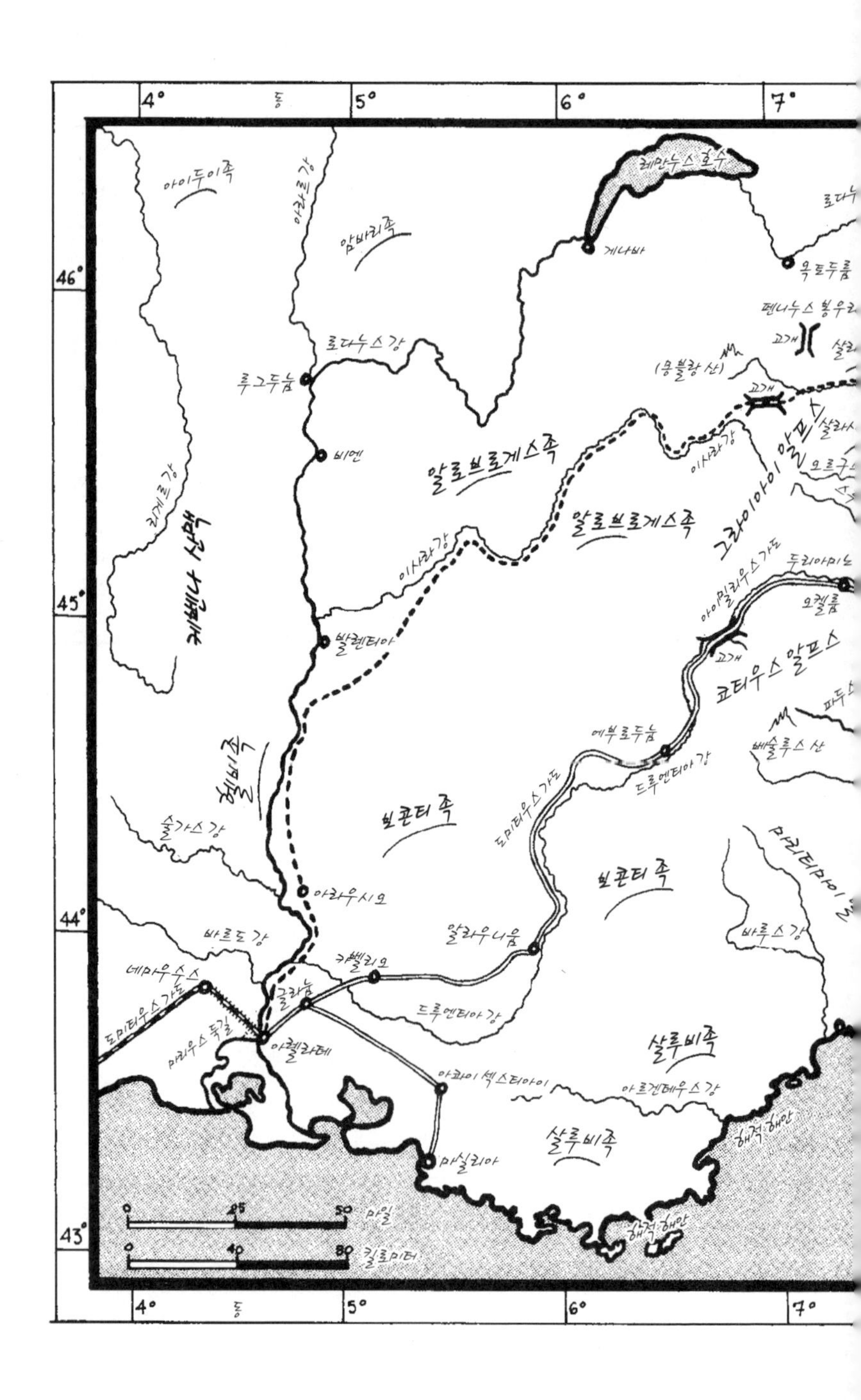

4°
동
5°
6°
7°
46°
45°
44°
43°
아이두이족
아라르강
암바리족
레만누스 호수
게나바
옥토두룸
고개
로다누스강
루그두눔
(몽블랑 산)
비엔
알로브로게스족
이사라강
리게르강
케벤나 산맥
알로브로게스족
그라이이아이 알프스
이사라강
아이밀리우스 가도
오켈룸
코티우스 알프스
헬비족
에부로두눔
드루엔티아강
베술루스 산
보콘티족
술가스강
도미티우스 가도
마리티마이 알프스
아라우시오
보콘티족
바루스강
바르도강
알라우니움
네마우수스
카벨리오
도미티우스 가도
글라눔
드루엔티아강
마리우스 둑길
아렐라테
살루비족
아콰이 섹스티아이
아르겐테우스강
해적 해안
마실리아
살루비족
0 25 50 마일
0 40 80 킬로미터
해적 해안

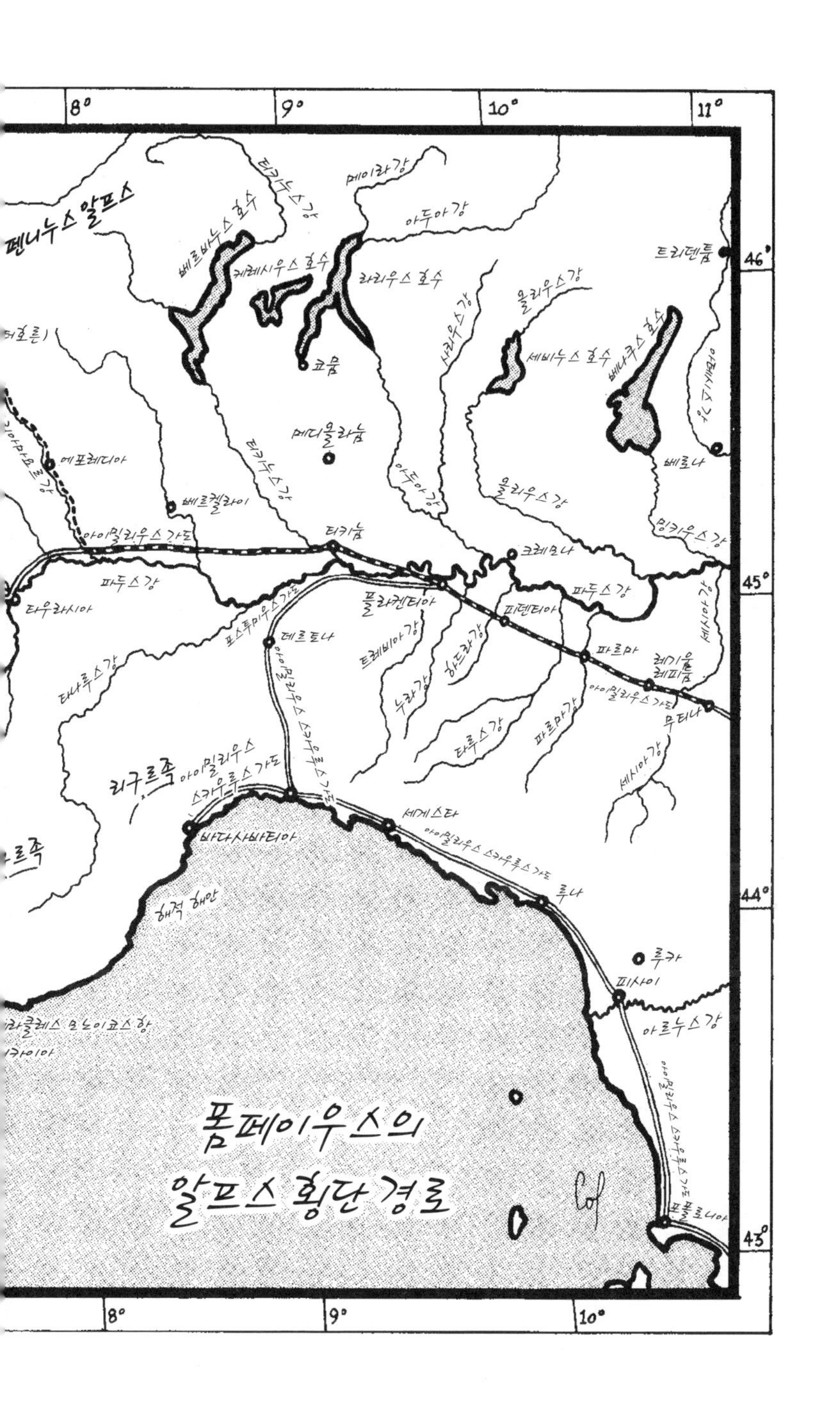

폼페이우스의
알프스 횡단 경로
페니누스 알프스
베르바누스 호수
케레시우스 호수
라리우스 호수
베나쿠스 호수
세비누스 호수
티키누스강
메이라강
아두아강
올리우스강
코뭄
메디올라눔
에포레디아
베르켈라이
티키눔
크레모나
트리덴툼
베로나
밍키우스강
파두스강
타우라시아
플라켄티아
피덴티아
파르마
레기움 레피둠
무티나
데르토나
아이밀리우스 가도
포스투미우스 가도
아이밀리우스 스카우루스 가도
트레비아강
누라강
타루스강
파르마강
세시아강
타나루스강
리구르족
바다사바티아
세게스타
루나
루카
피사이
아르누스강
포풀로니아
해적 해안
8°
9°
10°
11°
46°
45°
44°
43°

세르토리우스가 바이티스 강 동쪽 땅으로 쳐들어가도록 도발할 만한 일은 하지 않는 것이 총독님의 마땅한 의무입니다. 저는 금년 중 가까운 히스파니아 연안 지역에서 세르토리우스를 몰아낼 것입니다. 이 연안 지역에는 좋은 지형에 질 좋은 말꼴이 자라므로 군수 물자의 관점에서 볼 때 힘든 전투가 되지는 않을 것입니다. 저는 봄에 남쪽으로 진군해서 이베루스 강을 건너 새 카르타고로 향할 텐데, 한여름까지는 수월하게 도착할 겁니다. 가이우스 멤미우스는 제게 주실 1개 군단을 이끌고 바이티스 강에서부터 아드 프락시눔과 엘리오크로카를 거쳐 새 카르타고로 진군할 것입니다. 새 카르타고는 단지 세르토리우스 병력으로 인해 가까운 히스파니아 속주의 나머지 지역으로부터 고립되어 있다 뿐, 아직까지는 당연히 우리 지역입니다. 새 카르타고에서 저와 가이우스 멤미우스가 합세하고 나면 가는 길에 있는 여러 연안 도시들을 보강하면서 엠포리아이로 돌아가 겨울을 날 것입니다.

다음해에 세르토리우스를 가까운 히스파니아의 내륙에서 내쫓고 그를 남쪽과 서쪽으로 압박하여 루시타니족 영토까지 몰아낼 겁니다. 셋째 해에는, 퀸투스 카이킬리우스, 총독님과 저의 두 군대를 합쳐 타구스 강에서 그를 격파하는 겁니다.

메텔루스 피우스는 1월 중순 무렵 이 전갈을 받고, 히스팔리스 지역에서 그가 거처하고 있던 집의 서재로 들어갔다. 거기서 혼자 조용히 서신을 정독하기 위해서였다. 그는 웃지 않았다. 그러기엔 서신의 내용이 너무 진지했다. 그러나 쓴웃음은 새어나왔다. 언젠가 술라도 이것과 별반 다르지 않은, 그가 폼페이우스보다 훨씬 잘 알고 있는 나라에 대해 잔뜩 아는 체하며 뽐내는 내용으로 가득한 편지를 받아봤다는 사실은 전혀 모른 채였다. 이런 맙소사, 꼬마 도살자는 자기 확신에 차 있구나! 게다가 얼마나 거들먹거리는지!

메텔루스 피우스가 8개 군단을 이끌고 먼 히스파니아에 온 지도 3년이 지났다. 그 3년간 세르토리우스는 전술로 그를 이기고 그의 의표를 찔렀다. 세르토리우스와 그의 보좌관 루키우스 히르툴레이우스에 대해 그 누구보다도 깊은 존경을 품은 사람이 새끼 똥돼지 메텔루스 피우스였다. 세르토리우스와 히르툴레이우스를 이기는 것이—제아무리 폼페이우스라 할지라도—얼마나 어려울지 그만큼 잘 아는 사람도 없었다. 메텔루스 피우스가 보기에는 로마가 그에게 충분한 시간을 주지 않았다는 사실에 비극이 있었다. 이솝은 느려도 꾸준한 사람이 경주에서 승리한다고 했는데, 메텔루스 피우스야말로 느려도 꾸준한 사람의 전형이었다. 그는 스스로 상처를 보듬고서 1개 군단의 상실을 만회하도록 병력을 재편성한 다음, 세르토리우스를 도발하지 않고 자기 속주에 숨어 지냈다. 지극히 계획적인 선택이었다. 그는 때를 기다리며 세르토리우스의 동향을 상세히 담은 정보를 모으는 동안 생각을 거듭했기 때문이다. 그는 세르토리우스를 이기는 것이 불가능하다고 생각하지 않았다. 그보다는 전통적인 병법으로 세르토리우스를 칠 수 없다고 믿는 쪽이었다. 그리고 적어도 부분적으로는 좀더 교묘하고 정도에서 벗어난 정보망—즉, 세르토리우스가 자기 군의 움직임을 도저히 예측할 수 없게 만드는 그런 종류의 정보망—을 구축하는 것에 그 해답이 있다고 확신하게 되었다. 표면적으로는 무리한 주문이었다. 그 자신에게나 세르토리우스에게나 정보의 열쇠는 원주민들이었으니까. 그러나 극복 불가능한 과제는 아니다! 메텔루스 피우스는 방법을 강구하고 있었다.

이제 폼페이우스가 히스파니아 무대에 등장했다. 원로원에 의해(아니, 그보다는 필리푸스에 의해) 동등한 임페리움을 부여받고, 자신의 재능이 세르토리우스와 히르툴레이우스, 메텔루스 피우스를 합친 것보다 훨씬 뛰어나다는 확신에 찬 상태로. 글쎄, 메텔루스 피우스가 너무 잘 알고 있듯이 지금 당장은 폼페이우스가 들으려 하지 않을 사실을 시간이 그에게 가르쳐줄 것이다. 시간과 몇 번의 패배가. 아, 그 청년이 사자처럼 용감하다는 데는 의심의 여지가 없다. 그러나 새끼 똥돼지는 열여덟 살 때부터 세르토리우스를 알았으니, 세르토리우스 역시 사자처럼 용감하다는 것을 알았다. 그보다도 훨씬 중요한 것은 세르토리우스가 가이우스 마리우스의 군사적 계승자라는 사실이었다. 전쟁술에 대한 그의 이해는 로마 역사에서 견줄 인물을 찾기 어려웠다. 그렇지만 메텔루스 피우스는 세르토리우스의 약점을 캐기 시작한 터였으며, 그것이 세르토리우스가 그 자신에 대해 가진 생각에 있다고 거의 확신하고 있었다. 왕처럼 당당하고 미신적인 그 생각에 타격을 입힐 수만 있다면 세르토리우스가 무너질지도 모를 일이다.

그러나 폼페이우스 마그누스 같은 이와 전장에서 겨룬다고 해서 세르토리우스가 무너질 일은 없다고 메텔루스 피우스는 판단했다.

때마침 그의 아들이 들어왔다. 먼저 문을 두드리고 들어오라는 허락을 받은 뒤였다. 메텔루스 피우스는 올바른 예의범절에 엄했던 까닭이다. 다들 메텔루스 스키피오로 알고 있는(둘만 있을 때 아버지는 퀸투스라고 불렀지만) 아들의 정식 이름은 거창하기 그지없는 퀸투스 카이킬리우스 메텔루스 피우스 코르넬리아누스 스키피오 나시카였다. 그는 이제 열아홉 살로, 바로 전해에 여행을 다니다가 수습군관으로 아버지의 참모진에 합류했는데 앞서 그의 아버지가 그랬던 것처럼 아버지 밑에서 군인이 되는 훈련을 받을 수 있게 되어 무척 기뻐했다. 이들 부자는 가까운 혈연관계가 아니었다. 메텔루스 피우스는 아내 리키니아의 언니가 스키피오 나시카와 결혼하여 낳은 장남을 입양했기 때문이었다. 어째서 큰 리키니아는 임신이 잘 되어 자식을 여럿 낳았는데 작은 리키니아는 불임인지, 새끼 똥돼지는 이유를 알 수 없었다. 그저 이런 일은 일어나기 마련이었다. 그리고 이런 일이 일어났을 때, 남자는 불임인 아내와 이혼하든가 아니면—새끼 똥돼지가 작은 리키니아에게 그랬듯이 아내를 사랑한다면—양자를 들였다.

대체로 새끼 똥돼지는 이 입양의 결과에 만족했다. 아이가 아주 조금만 더 총명하고 타고나길 그렇게 거만하지 않았더라면 하는 바람이 영 없지는 않았지만. 하지만 후자 쪽은 어느 정도 예상된 성향이었다. 스키피오 나시카가 워낙 거만한 사람이었던 것이다. 키가 크고 체격이 떡 벌어진 메텔루스 스키피오는 다소 도도한 표정을 지니고 있어서, 그것이 그에게 전혀 없는 잘생긴 용모를 대신하는 역할을 했다. 그는 눈이 청회색이고 머리카락은 꽤나 밝은색이라서 양아버지와 조금도 닮은 구석이 없었다. 또한 (가령 청년 카토 같은) 동년배들끼리 모였을 때 누군가가 메텔루스 스키피오는 만날 코밑에서 고약한 냄새가 나기라도 하는 듯한 표정으로 돌아다닌다고 말하면, 그가 분명 뭘 보고 콧방귀를 뀌고 있었을 거라는 데 대체로 의견이 일치했다. 그는 열 살 생일 때부터 마메르쿠스와 첫 부인 클라우디아 풀크라 사이에서 난 딸과 정혼한 사이였는데, 걸핏하면 티격태격 다투긴 했어도 메텔루스 스키피오나 아이밀리아 레피다나 서로에게 진심으로 커다란 애착을 느끼고 있었다.

"엠포리아이에서 나이우스 폼페이우스 마그누스가 보내온 서신이다." 메텔루스 피우스가 아들에게 말했다. 그는 편지를 공중에 흔들면서도 아들에게 보여주려는 의향은 전혀 비치지 않았다.

메텔루스 스키피오의 얼굴에 깃든 거만한 표정이 한층 더 짙어졌다. 그는 경멸하듯 콧방귀를 뀌며 말했다. "무도한 행동이군요, 아버지."

"한편으로는 맞다, 내 아들 퀸투스. 하나 편지의 내용 때문에 아비는 상당히 기운이 나기도 하는구나. 보아하니 우리의 뛰어난 군사 신동께서 세르토리우스를 군사에 대해 아무것도 모르는 지진아로 여기는 것 같거든. 자기와는 상대가 안 된다고 말이야!"

"아, 그렇군요." 메텔루스 스키피오가 자리에 앉았다. "폼페이우스는 짧은 전투 한 번에 세르토리우스를 처리할 수 있다고 생각하는 거죠?"

"아니, 아니, 아들아! 세 번이란다." 새끼 똥돼지가 다정스레 대답했다.

세르토리우스는 가장 소중히 여기는 보좌관 루키우스 히르툴레이우스, 역시나 대단히 유능한 또다른 보좌관 가이우스 헤렌니우스, 비교적 최근에 새로 합류한 마르쿠스 페르페르나 베이엔토와 함께 새 수도로 정한 오스카에서 겨울을 보냈다.

페르페르나가 처음 왔을 당시에는 상황이 순조롭게 흐르지 않았다. 페르페르나가 보태준 보병 2만 명과 기병 1천500명이 계속 자기 개인 휘하에 남을 거라고 지레짐작해버린 탓이었다.

그러나 세르토리우스의 대답은 이러했다. "그건 용납할 수 없소."

페르페르나는 거세게 항의했다. "저들은 내 병사들입니다, 퀸투스 세르토리우스! 저들이 어떻게 될지, 저들을 어찌 활용할지 정하는 건 나의 특권입니다! 그리고 내가 말하건대, 저들은 여전히 내 병사들입니다!"

"왜 아라우시오 전투 전에 집정관 카이피오가 하던 짓을 따라하려고 하시오?" 세르토리우스가 물었다. "꿈도 꾸지 마시오, 베이엔토! 히스파니아에는 최고 사령관이나 집정관이나 오직 한 사람뿐이오. 바로 나 말이오!"

이것으로도 그 문제는 끝나지 않았다. 페르페르나는 누구 할 것 없이 사람들을 붙잡고, 세르토리우스에게는 그와의 동등한 지위를 거부하거나 그의 군대를 빼앗아갈 권리가 없다고 주장했다.

그러자 세르토리우스는 자신의 원로원 앞에서 의견을 공표했다. "마르쿠스 페르페르나 베이엔토는 별개의 독립체로서 나와 동등한 지위를 가지고 히스파니아 내 로마인들과 싸우기를 희망하고 있습니다. 그는 내게서 명령을 받거나 나의 전략을 따르려 하지 않습니다. 원로원 의원 여러분, 이 사람에게 내 지시를 따르지 않겠다면 히스파니아를 떠나야 한다고 알려주십시오."

세르토리우스의 원로원은 기꺼이 페르페르나에게 통보했지만, 페르페르나는 여전히 패배를 인정하려 들지 않았다. 권리와 관습이 자신의 편이라 확신한 그는 집결한 그의 군대를 향해 호소했다. 그리하여 병사들로부터 들은 말은 그 문제에서 세르토리우스가 옳다는 분명한 대답이었다. 그들은 페르페르나가 아니라 세르토리우스 밑에서 복무하겠다는 말이었다.

그렇게 해서 페르페르나는 마침내 물러섰다. (세르토리우스를 포함해) 모두의 눈에는 그가 선선히 굴복했고 아무런 악감정도 품지 않은 것처럼 보였다. 그러나 덤덤해 보이는 표면 아래로 페르페르나는 여전히 격분이라는 석탄 조각들이 꺼지지 않도록 마음의 불을 지피고 있었다. 그가 아는 한, 로마를 기준으로 삼으면 자신과 퀸투스 세르토리우스는 정확히 같은 계급이었다. 둘 다 법무관을 지냈고 집정관은 된 적이 없었으므로.

페르페르나가 여전히 분노로 뒤끓고 있는 줄은 모른 채, 세르토리우스는 폼페이우스가 히스파니아에 도착한 바로 그 겨울에 이듬해 전투 계획 수립을 속행했다.

"나는 폼페이우스에 대해 전혀 아는 바가 없네." 지나친 우려는 없이 최고 사령관이 말했다. "그러나 그의 이력을 살펴보니 이기기 힘들 것 같지는 않군. 카르보가 술라를 무찌를 역량이 될 거라 생각했다면 나는 이탈리아에 남았을 거야. 카르보에게는 카리나스, 켄소리누스, 다마시푸스 같은 썩 괜찮은 사람들이 있었지만 카르보 본인이 도망칠 무렵에는—이게 어쩌면 우리가 봤을지 모르는 폼페이우스의 진짜 실력이지—완전히 사기가 꺾인 사령부와 병사들만 남았네. 폼페이우스의 초창기 전투들까지 되짚어 보더라도, 그가 진정으로 유능한 장군이나 꺾이지 않는 기백을 지닌 군대를 상대해본 적이 없는 게 명백해지네."

"그 모든 게 바뀔 겁니다!" 히르툴레이우스가 싱긋 웃으며 말했다.

"틀림없이 그렇겠지. 그를 뭐라 부른다고? 꼬마 도살자? 흠, 그 정도로까지 그를 미화하진 못하겠군. 나는 그냥 꼬마라고 하겠네. 그는 자신만만하고 양심이라곤 없는데다 로마의 법제에 대한 존경심도 없어. 그런 게 있었다면 먼 히스파니아의 할망구와 동등한 임페리움을 가지고 여기 오지 않았겠지. 원로원을 교묘히 조종해서 지휘권을 따내긴 했지만 사실 그에게 그런 권리는 전혀 없어. 술라가 자기 법에 어떠한 특별 조항들을 넣었다 해도 말이야. 그러니 그가 있어야 할 합당한 자리를 보여주는 것은 내 몫이로군. 그가 생각하는 높은 자리와는 한참 거리가 먼 자리 말이야."

"그가 어떻게 나올까요, 뭐 짚이는 거라도 있으십니까?" 헤렌니우스가 물었다.

"아, 타당한 일을 하겠지." 세르토리우스가 쾌활하게 말했다. "동쪽 해안으로 진군해 내려와서 우리에게서 그 지역을 뺏어갈 거야."

"할망구는 어떻게 됩니까?" 페르페르나가 물었다. 그는 세르토리우스가 메텔루스 피우스에게 붙인 별명을 재미있어하며 사용했더랬다.

"음, 여태껏 그는 딱히 활약한 적이 없지, 그렇지 않소? 그래도 혹여 폼페이우스의 등장으로 대담하게 나올지도 모르니 그자는 자기 속주에 묶어놓을 거요. 그의 서쪽 경계 지역에 루시타니족을 운집시키겠소. 그러면 그자는 어쩔 수 없이 바이티스 강을 떠나서 아나스 강 쪽에 거처를 정할 거요. 그가 만약 폼페이우스를 지원하고 싶어질 경우, 가까운 히스파니아 해안에서부터 150킬로미터를 더 행군해야 하는 거리지. 그렇다고 그가 지원할 마음이 들 것 같지는 않소. 할망구는 모험심이 없고 신중한 사람이오. 게다가 그가 어째서 원로원을 억지로 쥐어짜 동등한 임페리움을 받아낸 꼬맹이를 도우려고 안달하겠소? 할망구는 규정에 엄격한 사람이오, 페르페르나. 누가 동등한 임페리움을 받았든 로마에 대한 의무는 다하겠지. 그러나 그 이상 조금도 뭔가 더 하진 않을 거요. 아나스 강 건너편에 루시타니족이 득실대는 상황에서, 그는 자신이 가장 긴급하게 해야 할 일은 그들을 봉쇄하는 것이라 여길 거요."

회의가 파하자 세르토리우스는 그가 기르는 흰 새끼 사슴에게 먹이를 주러 갔다. 그 희귀한 몸색깔만으로도 신비하기 그지없는 이 짐승은

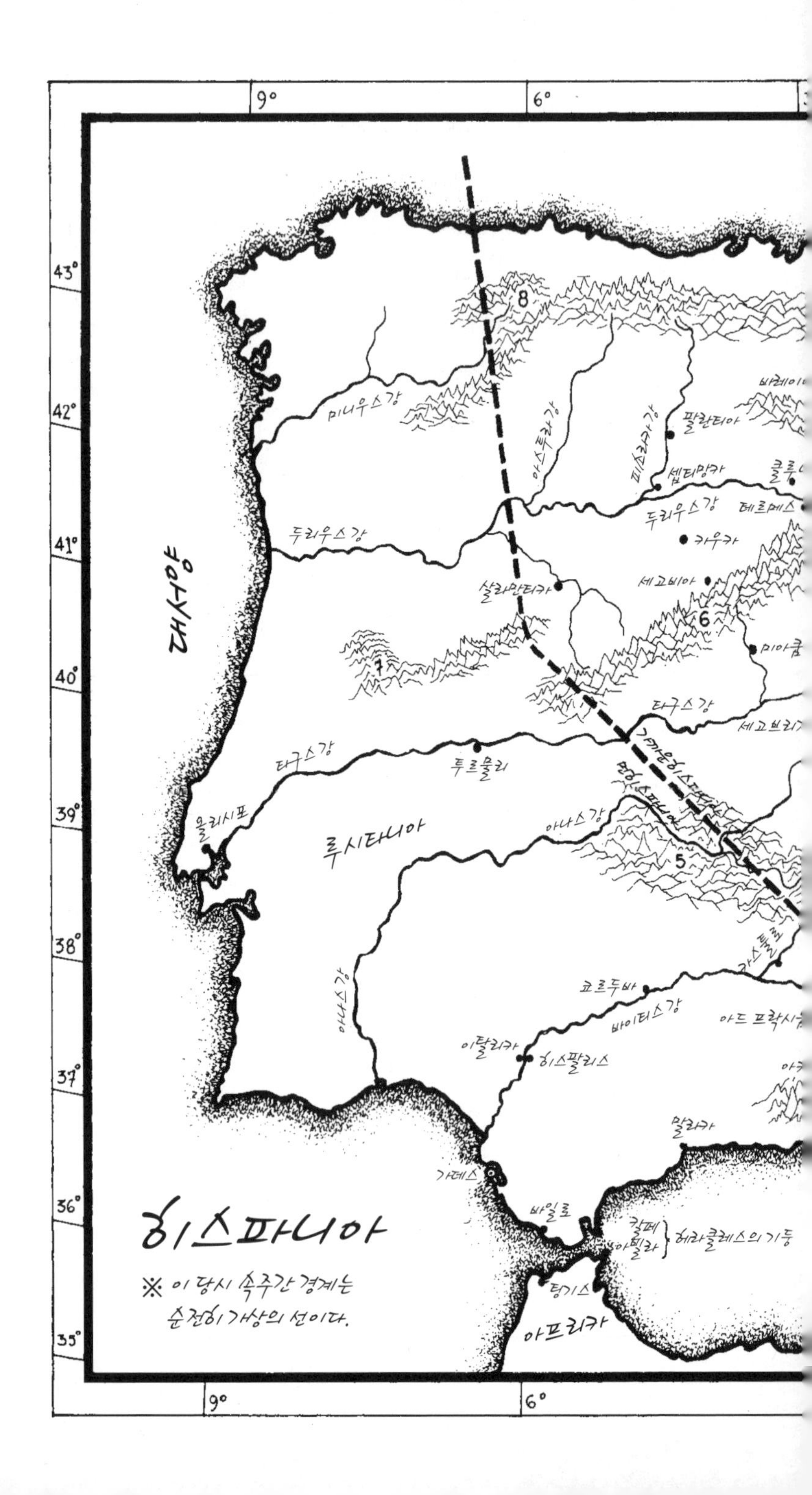

히스파니아
※ 이 당시 속주간 경계는
순전히 가상의 선이다.
대서양
미니우스강
아스투라강
피수에르가강
팔란티아
셉티망카
두리우스강
두리우스강
카우카
세고비아
살라만티카
타구스강
타구스강
가까운 히스파니아
먼 히스파니아
투르물리
올리시포
루시타니아
아나스강
아나스강
코르두바
바이티스강
이탈리카
히스팔리스
말라카
가데스
바일로
칼페
아빌라
헤라클레스의 기둥
팅기스
아프리카
1
5
6
7
8
9°
6°
43°
42°
41°
40°
39°
38°
37°
36°
35°

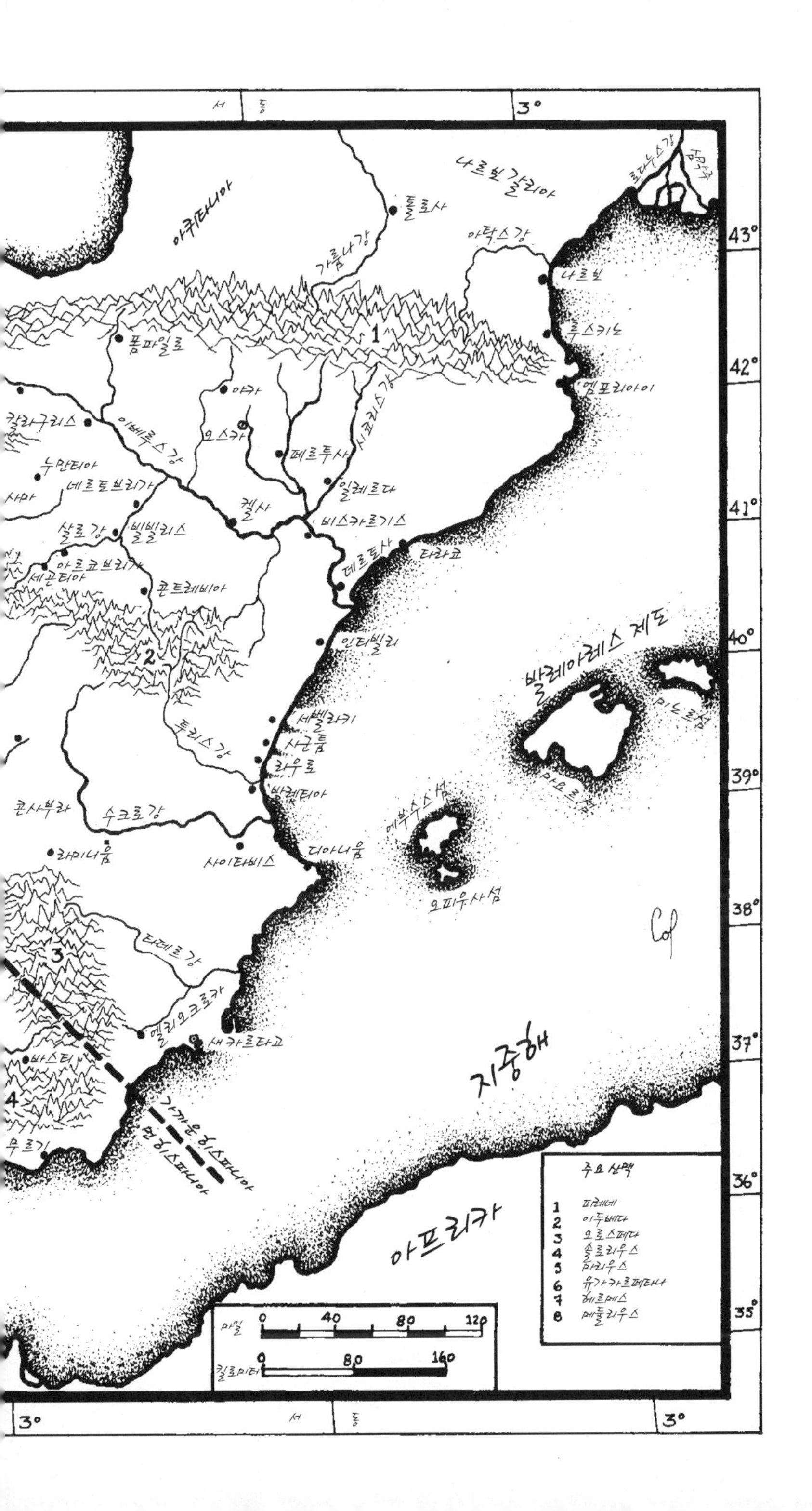

서
동
3°
나르보 갈리아
로다누스강
아키타니아
톨로사
가룸나강
아탁스강
나르보
루스키노
엠포리아이
1
폼파일로
오스카
시코리스강
칼라구리스
이베루스강
페르투사
누만티아
일레르다
세르토브리가
켈사
비스카르기스
살로강
빌빌리스
데르토사
타라코
아르코브리가
세곤티아
콘트레비아
인티빌리
2
발레아레스 제도
미노르섬
마요르섬
세탈라비
사군툼
라우로
투리스강
발렌티아
에부수스섬
콘사부라
수크로강
디아니움
라미니움
사이타비스
오피우사섬
타데르강
3
엘리오크로카
새카르타고
바스티
4
지중해
가까운 히스파니아
먼 히스파니아
무르기
아프리카
주요 산맥
1 피레네
2 이두베다
3 오로스페다
4 솔로리우스
5 마리우스
6 유가카르페타나
7 헤르메스
8 메둘리우스
마일 0 40 80 120
킬로미터 0 80 160
43°
42°
41°
40°
39°
38°
37°
36°
35°

세르토리우스를 추종하는 히스파니아 원주민들이 보기에 엄청난 중요성을 띠었다. 원주민 추종자들은 이 짐승을 신이 그에게 내려준 신비한 힘의 증거라 여겼던 것이다. 수년이 지나도 그는 들짐승을 다루는 재주를 잃지 않고 있었고, 두번째로 히스파니아에 왔을 무렵에는 손가락을 튕겨서 들짐승들을 불러내는 자신의 능력이 원주민들에게 얼마나 커다란 영향을 끼치는지 익히 알고 있었다. 어미를 잃은 듯 보였던 그 새끼 사슴은 2년 전 히스파니아 중부의 산속에서 그에게로 왔다. 아주 작고 얌전하며 아름다운 새끼 사슴의 모습에 감탄한 나머지 세르토리우스는 그 앞에 무릎을 꿇고 앉았다. 자신이 뭘 하고 있는지 의식할 새도 없이, 오로지 새끼 사슴을 안고 위로해줘야겠다는 생각뿐이었다. 그러나 그를 따르던 히스파니아 사람들은 경외하며 무언가 중얼거리더니 그날부터 세르토리우스를 쳐다보는 눈빛이 달라졌다. 흰 새끼 사슴이 다름 아닌 그들의 주신 디아나의 체현이며, 여신이 세르토리우스를 특별히 총애하여 다른 모든 인간보다 그를 드높이고 있다고 확신했기 때문이다. 게다가 그는 그 흰 새끼 사슴의 정체를 알고 있지 않았던가! 겸허한 숭배의 표시로 양 무릎을 꿇었으니까.

그날부터 흰 새끼 사슴은 세르토리우스와 함께 지내면서 강아지처럼 줄곧 그를 따라다녔다. 오로지 세르토리우스뿐, 다른 사람은 누구도 가까이 오지 못하게 했다. 더더욱 신기하게도, 새끼 사슴은 전혀 자라지 않고 루비색 눈과 앙증맞은 모습을 계속 유지했다. 세르토리우스 주위를 깡충깡충 뛰어다니며 안아달라, 입맞춰달라 졸라댔으며 세르토리우스의 침대 옆쪽 양가죽 위에서 잠을 잤다. 세르토리우스가 전투에 나설 때마저 사슴은 그와 함께했다. 전투 도중에는 어디 안전한 곳의 기둥에 묶어두었는데, 자유롭게 풀어놓으면 매번 싸우고 있는 세르토리우스에게로 오려 했고 세르토리우스는 사슴이 죽을지 모를 위험을 감수할 수 없었기 때문이다. 사슴이 죽는다면 히스파니아 원주민들은 여신이 그를 버렸다고 여길 터였다.

사실 세르토리우스 자신도 이 흰 새끼 사슴이 여신의 축복 표시라고 생각하기 시작했고, 점점 더 그렇게 믿게 되었다. 당연하게도 그는 사슴의 이름을 디아나라고 지었으며 사슴에게 말을 걸 때는 자신을 아빠라고 칭했다.

"아빠 왔다, 디아나!" 그가 외쳤다.

디아나는 잔뜩 흥분하며 그에게로 와서 입맞춤을 청했다. 그는 사슴의 키에 맞춰 꿇어앉은 뒤 가볍게 떨리는 사슴의 몸을 껴안고 보드랍고 매끄러운 머리에 입술을 갖다댔다. 동시에 한 손으로는 사슴이 좋아하는 율동적인 손길로 귀를 어루만져주었다. 그는 보좌관들과 회의를 할 때면 언제나 사슴을 집에 못 들어오게 했는데, 그럴 때마다 사슴은 뭔지 알 수 없지만 자신이 아빠를 화나게 했다고 굳게 믿어 침울해지곤 했다. 회의가 끝난 후 사슴이 그에게 격렬한 죄책감과 참회의 반응을 보일 때면 평소보다 더 많이 안아주고 사랑한다는 말을 수없이 속삭여줘야 했다. 그런 뒤에야 사슴은 겨우 먹이를 먹었다. 어쩌면 당연하게도, 세르토리우스는 그의 게르만족 아내와 게르만족 피가 섞인 아들보다 디아나를 더 많이 생각했다. 그들 모자에게는 신이 내린 어떤 것도 없었으므로. 그가 디아나보다 더 사랑하는 사람이라면 어머니뿐이었는데, 어머니는 못 본 지가 7년이었다.

흰 새끼 사슴이 만족스러운 듯 풍성한 건초에 코를 박고 있는 동안 (오스카는 겨울이면 온통 눈과 얼음이라 뜯어먹을 풀이 없었다), 세르토리우스는 집 뒷문 밖에 있는 바위에 걸터앉아서 폼페이우스의 머릿속에 들어가보려 애썼다. 꼬맹이라니! 로마는 진정 피케눔 출신의 꼬맹이가 나를 무찌를 수 있다고 믿는 건가! 자리에서 일어날 때쯤 그가 내린 결론은, 로마와 원로원이 필리푸스가 너무도 잘해낸 협잡질에 넘어갔다는 것이었다. 당연히 세르토리우스는 로마 내의 몇몇 인물들과 연락을 유지하고 있었던 것이다. 그들은 보잘것없는 인물도 이름 없는 인물도 아니었다. 짙게 드리운 술라의 장막 아래로 수많은 불평분자들이 눈에 띄지 않게 움직였으며, 개중 몇몇은 책임지고 나서서 세르토리우스에게 계속 소식을 전해왔다. 그런데 폼페이우스가 총독에 임명된 후로 이런 전달 내용의 기조가 조금 바뀌었다. 몇몇 중요 인사들이, 세르토리우스가 원로원의 새로운 챔피언을 물리칠 수만 있다면 로마에서는 기쁘게 그를 독재관으로 맞이할 수도 있다는 암시를 내비치기 시작한 것이다.

그러나 그는 또다른 뭔가에 대해서도 생각했던지라 은밀하게 루키우스 히르툴레이우스를 불렀다.

"무조건 할망구가 먼 히스파니아에 박혀 있도록 해야 하네." 그가 히르툴레이우스에게 말했다. "루시타니족으로는 그를 막기에 충분하지 않을 수도 있으니 말이야. 자네와 자네 동생은 봄에 라미니움으로 히스파니아군을 인솔해 가서 그곳에 주둔하도록 하게. 그러다 할망구가 정말로 그 꼬맹이를 돕기로 결정할 경우 그를 저지하게. 그가 자기 속주에서 빠져나가려 시도할 때 택하는 경로가 아나스 강 상류가 됐든 바이티스 강 상류가 됐든, 반드시 그를 막아야 해."

히스파니아군은 루시타니족과 켈트이베리아인 4만 명으로만 구성되어 있었으며, 세르토리우스와 히르툴레이우스가 정말 힘들게 훈련시킨 끝에 로마 군단처럼 싸울 수 있게 되었다. 세르토리우스 휘하에는 원주민 차림새를 그대로 유지시켜둔 다른 히스파니아 병력도 있었는데, 매복과 기습전에 대단히 능했다. 그러나 그는 히스파니아에서 로마를 상대로 이기려면 제대로 훈련된 로마 군단도 임의로 활용할 수 있어야 한다는 것을 처음부터 인식하고 있었다. 카르보가 최종적으로 패배한 후로 로마인이나 이탈리아인 여럿이 이쪽으로 흘러와 그의 군에 들어오긴 했지만, 그들로는 충분치 않았다. 그래서 세르토리우스는 히스파니아군을 만들게 된 것이다.

"저희 없이 폼페이우스를 상대하실 수 있겠습니까?" 히르툴레이우스가 물었다.

"거뜬하네. 페르페르나의 병사들이 있으니."

"그렇다면 할망구는 걱정 마십시오. 저희 형제가 반드시 먼 히스파니아에 묶어두겠습니다."

"명심하게," 새 카르타고로 떠날 채비를 하고 있던 가이우스 멤미우스에게 메텔루스 피우스가 말했다. "자네가 이끄는 군대가 자네 목숨보다도 더 귀중하다는 걸 말이야. 만약 일이 나쁘게 돌아가면—다시 말해 폼페이우스가 그가 생각하는 것만큼 잘해내지 못할 경우—병사들을 공격으로부터 안전한 장소로 피신시키게. 자네는 믿음직하고 괜찮은 사람이고, 자네를 보내게 되어 섭섭하다네, 멤미우스. 하지만 자네 병사들을 잊지 말게."

잘생긴 얼굴에 엄숙함이 서린 채로, 폼페이우스의 새로운 재무관이자 그의 매부이기도 한 청년은 단 하나의 군단을 이끌고 동쪽으로 향했다. 그의 군단이 지나간 곳은 흔히 지상에서 가장 풍요롭고 비옥하다고—캄파니아보다도, 이집트보다도, 아시아 속주보다도 비옥하다고—여겨지는 지역이었다. 여름이나 겨울이나 그 계절에 딱 맞는 기후에 만년설이 흘러드는 강의 풍부한 수량이며 토심이 깊은 충적토에 이르기까지, 먼 히스파니아는 봄과 초여름에는 푸르르고 풍작에는 황금빛으로 물드는 곡창지대였다. 가축은 살지고 생산성이 우수했으며 강에는 물고기가 넘쳐났다.

멤미우스와 함께 이동하는 일행 중에 로마인도 아니고 히스파니아인도 아닌 두 사내가 있었다. 엇비슷한 나이의 삼촌과 조카 사이인 그들은 둘 다 키나후 하다슈트 비블로스라는 이름으로 불렸다. 이들은 혈통으로는 페니키아인이고 국적으로는 대규모 항구도시 가데스의 시민이었다. 가데스는 거의 천 년 전에 페니키아 식민지로 건설된 도시였고, 지금까지도 이곳 주민들은 삶의 전면에서 페니키아의 뿌리와 관습을 상당 부분 유지하고 있었다. 카르타고인들 역시 페니키아 혈통이었기에 카르타고의 통치를 받아들이기는 어렵지 않았다. 그러다 로마인들이 등장했고 그들 역시 가데스 사람들에게 잘 맞는 것으로 나타났다. 가데스는 번영했으며, 가데스 귀족들은 점차 그들 도시의 운명이 로마와 떼려야 뗄 수 없는 관계로 묶여 있음을 이해하게 되었다. 어느 민족이든 지중해의 문명 민족으로 사는 것이 히스파니아 동부와 중부의 야만족들에게 지배당하는 것보다는 나았으므로, 가데스 사람들의 가장 큰 두려움은 종국에 로마가 히스파니아를 가지고 있을 가치가 없다고 판단해 철수하면 어쩌나 하는 것이었다. 키나후 하다슈트 비블로스라는 이름의 삼촌과 조카가 어떤 식으로든 도움이 되어보고자 멤미우스의 군단과 같이 길을 나선 것도 바로 이런 이유에서였다. 멤미우스는 기꺼이 그들에게 보급품 조달 책임을 맡기는 한편 그들을 통역사와 정보원으로도 활용했다. 그들의 페니키아식 이름을 발음하기가 쉽지 않은데다 그들이 혀짤배기 발음이 있는 자기네 언어에서 나온 혀짤배기 소리가 섞인 라틴어로 말했기 때문에(두 사람 다 라틴어가 상당히 유창했다!) 폼페이우스의 신임 재무관은 그 둘에게 언어장애라는 뜻의 '발부스'라는 별명을 붙여주었다. 그로서는 당최 이유를 알 수 없었지만, 두 사람은 라틴식 코그노멘을 받게 된 것을 엄청나게 기뻐했다.

"나이우스 폼페이우스는 아드 프락시눔과 엘리오크로카를 통과해서 오라고 지시했네." 멤미우스가 삼촌 발부스에게 말했다. "정말 그쪽 길로 가는 게 맞겠나?"

"그런 것 같습니다, 멤미우스." 이국적으로 생긴 발부스가 말했다. 아주 커다란 눈과 매부리코와 높은 광대뼈 모두가 그의 셈족 혈통을 뚜렷이 보여주었다. "그건 곧 바이티스 강을 거의 서쪽 수원에 이르기까지 쭉 따라간 다음 오로스페다 산맥이 가장 좁아지는 데서 산을 넘어간다는 뜻입니다. 거긴 분수령입니다만, 우리가 아드 프락시눔에서 바스티까지 행군한다면 그 분수령을 거쳐 건너편의 엘리오크로카로 이어지는 도로가 나올 겁니다. 엘리오크로카에서는 스파르타리우스 평원으로 신속히 내려갑니다. 로마인들이 새 카르타고 일대의 콘테스타니족의 평원이라 부르는 곳이지요. 이 길말고 다른 길로 가는 건 전혀 득 될 게 없습니다."

"가는 길에 마주칠 저항세력은 얼마나 되겠는가?"

"오로스페다 산맥을 넘어가기 전까지는 없을 겁니다. 그뒤로는, 또 모르지요."

"콘테스타니족은 우리에게 우호적인가 적대적인가?"

발부스는 아주 외국인스러운 방식으로 어깨를 으쓱했다. "히스파니아의 어느 종족에 대해서든 확신할 수 있겠습니까? 콘테스타니족은 늘 문명인들 가까이서 살았으니, 그 점이 뭔가 의미는 있겠죠. 하지만 세르토리우스 역시 문명인임에는 분명한데다 히스파니아인들 모두 그를 대단히 존경합니다."

"그렇다면 상황을 지켜봐야 알겠군." 멤미우스는 이렇게 말한 뒤 더 이상 그 문제에 대해 걱정하지 않았다. 당장은 엘리오크로카로 가는 것이 급선무였다.

가이우스 마리우스가 바이티스 강과 아나스 강 사이에 자리한 산맥에 광산을 개장하기 전까지(그 이후로 마리우스 산맥이라 불렸다), 로마인들이 이용한 납과 은의 주요 공급지는 오로스페다 산맥이었다. 그 결과 산맥의 남쪽 지대는 숲이 얼마 없었는데, 바로 그곳에 멤미우스의 행군 경로도 포함되어 있었다. 멤미우스가 가야 할 거리는 모두 450킬로미터였다. 폼페이우스보다 300킬로미터가 적었지만 지형이 더 험했기 때문에 폼페이우스보다 조금 더 이른 3월 중순에 출발한 상태였다. 4월 말에 이르자, 그때껏 전혀 서두르지 않고 이동했던 그는 오로스페다 산맥을 내려와 타데르 강 남쪽 지류에 면한 소도시 엘리오크로카에 들어섰다. 스파르타리우스 평원이 눈앞에 넓게 펼쳐져 있었다.

이제 히스파니아에 있을 만큼 있어봐서 원주민들을 믿지 않게 된 멤미우스는 휘하 병사들을 단단히 단속한 뒤 방어태세를 취하며 남서쪽으로 50킬로미터쯤 떨어진 새 카르타고로 향했다. 그것이 현명한 선택이었음은 곧 밝혀졌다. 엘리오크로카에서 잘 닦인 광산도로를 따라 얼마 내려가지 않았을 때 그를 기다리며 잠복해 있던 콘테스타니족을 발견한 것이다. 멤미우스는 안전한 곳으로 빠져나갈 때까지 그의 군단이 무사하면 유피테르 옵티무스 막시무스에게 수송아지를 바치겠다고 맹세했다. 안전한 곳이란 당연히 새 카르타고였다. 멤미우스는 어디든 그

반도 바깥에 남아 있는 안을 고려하느라 시간을 허비하지 않았다.

목적지까지는 무척이나 먼 35킬로미터 거리였지만, 그는 데리고 있던 갈리아인 기병 200명을 미리 보내 본토와 도시 사이에 있는 다리 진입로를 지키게 했다. 혹시라도 가장 협소한 그 지점에서 콘테스타니족이 그를 막아서게 되면 자신의 맹세가 이뤄질 가망이 없다는 판단에서였다. 그는 동틀 무렵 엘리오크로카에서 빠른 속도로 출발하여 7킬로미터를 더 갔을 때 떼 지어 모여 있는 부족민들과 맞닥뜨렸고, 곧이어 도로 위에 방진으로 대오를 이룬 보병대대와 함께 게처럼 모로 이동하며 적들과 싸웠다. 움직이는 대열 안쪽의 양 측면을 이룬 병사들이 적에게 노출된 쪽 병사들과 교대하면서 싸움을 계속했다. 모두 보병인데다 총력전에 익숙하지 않았던 콘테스타니족은 멤미우스의 대형을 흩뜨릴 수 없었다. 그렇게 다리 앞에 도착했을 때는 맞서는 적들이 없었고, 그길로 멤미우스의 군단은 안전한 곳으로 무사히 넘어갔다.

삼촌 발부스는 가데스로 파견되었다. 그가 타고 간 초라한 배에서는 세상 모든 요리사들이 귀하게 여기는 악취 나는 생선 액젓인 가룸 냄새가 진동했다. 그리하여 발부스가 메텔루스 피우스에게 들고 간 편지는 역한 냄새를 풍겼지만 그 때문에 중요성이 덜해지지는 않았다. 편지에는 상황 설명과 지원 요청, 그리고 새 카르타고가 식량을 공급받지 못하면 겨울까지 버틸 수 없을 거라고 메텔루스 피우스에게 경고하는 내용이 담겨 있었다. 조카 발부스는 그보다 훨씬 위험한 임무를 띠고 보내졌다. 새 카르타고 북쪽에 들끓고 있는 부족들을 뚫고 들어가 폼페이우스에게로 가는 임무였다.

폼페이우스는 꽤나 이른 4월에 엠포리아이 인근을 떠났다. 4월 말이면 이베루스 강의 수위가 낮아서 강을 쉽게 건널 수 있으리라는 현지인 참모들의 조언을 따른 것이었다.

보좌관 관련 문제는 피케눔족이나 이탈리아인들만 군관으로 임관시키고 루키우스 아프라니우스와 마르쿠스 페트레이우스를 선임 보좌관으로 임명함으로써 만족스럽게 해결했다. 두 사람 다 폼페이우스군에서 몇 년간 복무한 경험이 있는 피케눔 출신 군인들이었다. 미틸레네에서 카이사르의 군대 동료였던 아울루스 가비니우스는 피케눔족 집안 출신이었으며, 가이우스 코르넬리우스는 파트리키 코르넬리우스 가문의 일원이 아니었고, 데키무스 라일리우스 또한 스키피오 아프리카누스와 스키피오 아이밀리아누스 밑에서 명성을 얻은 라일리우스 가문과는 아무 연관도 없었다. 다들 군에서는 능력을 입증해 보였거나 장래성 있는 사람들이었지만, 사회적 명성으로는 아울루스 가비니우스(그의 아버지와 삼촌이 원로원 의원이었다) 정도를 제외하면 그들 중 누구도 폼페이우스의 통 큰 후원 없이는 로마에서 출세할 꿈도 못 꿀 처지였다.

모든 것이 순조로웠다. 해안을 따라 빠르게 이동한 폼페이우스와 그의 6개 군단 및 기병 1천500명은 이베루스 강 북쪽 기슭의 데르토사에 도착할 때까지 단 한 번도 적과 마주치지 않았다. 폼페이우스가 이베루스 강을 건너기 시작할 때쯤 헤렌니우스가 진두지휘한 2개 군단이 그를 저지하려 시도했으나, 수월하게 물리쳤다. 폼페이우스는 가슴이 한껏 부풀어오른 채 낙관적인 기분으로 남쪽으로 계속 이동했다. 그리 멀리 가지 않아 헤렌니우스가, 이번엔 페르페르나 휘하의 2개 군단으로 전력을 보강하고서 다시 나타났다. 하지만 선두의 병사들이 쓰러지기 시작하자 그들은 부리나케 남쪽으로 철수했다.

폼페이우스의 정찰병들은 아주 뛰어났다. 그가 이베루스 강을 지나 꾸준히 이동하는 동안 정찰병들은 헤렌니우스와 페르페르나가 추적을 피해 폼페이우스가 있는 위치에서 남쪽으로 150킬로미터 가까이 떨어진 적지의 대도시 발렌티아에서 잠적했다는 소식을 가지고 왔다. 발렌티아는 투리스 강가에 자리잡고 있었고 투리스 강의 드넓은 충적 평야는 비옥하고 집약적으로 경작되는 농지였으므로 폼페이우스는 속도를 높였다. 상당히 빈곤한 지역 한가운데를 흐르는 작고 짧은 강어귀 근처의 사군툼에 당도했을 때, 그는 믿음직한 정찰병을 통해 세르토리우스가 완전히 사정거리 밖에 있어서 절대로 헤렌니우스와 페르페르나를 지원해 발렌티아를 방어할 수 없다는 사실을 알게 되었다. 보아하니 세르토리우스는 메텔루스 피우스가 타구스 강 상류 쪽에서 히스파니아 북부를 침공할까봐 불안한 마음에 세곤티아의 살로 강 상류에 자기 군대를 배치해둔 것 같았다. 거기라면 새끼 똥돼지가 타구스 강과 이베루스 강을 갈라놓은 산의 좁은 다리에서 나타났을 때 그를 봉쇄할 수 있을 테니까. 교묘하군, 폼페이우스는 우쭐해하며 생각했다. 하지만 당신은 헤렌니우스와 페르페르나가 부르면 들릴 거리에 있어야 했어, 세르토리우스!

때는 어느덧 5월 중순이었다. 폼페이우스는 히스파니아 저지대의 여름이 얼마나 지독하게 덥고 길 수 있는지 깨닫는 참이었다. 그는 또 자기 병사들이 단 하루 동안 얼마나 많은 물을 마실 수 있는지, 보급식량을 얼마나 빨리 거덜낼 수 있는지도 새삼 알게 되었다. 추수 때가 되려면 아직 몇 달 남은 상황에서, 이베루스 강을 떠나면서부터 거쳐간 도시들의 곡물 저장소를 다니며 곡물을 찾아봐도 거의 수확이 없었다. 이 해안 지방—지도로 볼 땐 그렇게나 비옥해 보였고 현지 참모들의 얘기로 들을 때도 그렇게나 비옥할 것 같았던—은 이탈리아가 아니었다. 그는 늘 아드리아 해 연안이 빈곤하고 인구가 부족한 지역이라 생각해 왔지만, 히스파니아 동부 연안 지역에 비하면 거기는 훨씬 살기 좋고 인구도 많았다.

사군툼은 자기네가 로마에 충성한다고 항변하면서도 그에게 곡물은 내주지 못했다. 해적들이 이곳 곡식 저장고를 습격한 바람에 주민들도 작물을 수확하기 전까지는 먹을 게 부족하다고 했다. 그러자 발렌티아와 투리스 평원이 유혹의 손짓을 했다. 폼페이우스는 진지를 철거하고 행군에 나섰다.

내륙에 있는 만만찮게 험준한 바위산의 광경을 통해 어떤 군대든 히스파니아 중부를 뚫고 진군하기가 얼마나 험난하고 어려울지 어렴풋하게라도 짐작해본다면, 5월 초에 세곤티아에 들어앉아 있는 세르토리우스가 6월 말 전에 발렌티아를 구해낸다는 건 꿈도 못 꿀 일이었다. 그건 세르토리우스가 나는 법을 배웠을 때만 가능하다고, 정찰병들은 폼페이우스에게 장담했다! 자기보다 더 빠르게 병사들을 인솔할 수 있는 장군이 있다는 걸 도저히 믿을 수 없었던 폼페이우스는 정찰병들의 말을 믿었다. 그들이 진심으로 그리 생각했을 수도 있고, 그게 아니면 세르토리우스를 위해 은밀히 활동하고 있는 것인지도 몰랐다. 그럼에도 불구하고, 사군툼 남쪽으로 떠난 지 하루도 되지 않아 폼페이우스는 세르토리우스와 그의 군대가 벌써 그가 있는 곳과 발렌티아 사이에 와 있다는 사실을 알게 되었다. 게다가 충성스러운 로마인 도시 라우로를 공격하느라 바쁘다는 것을!

폼페이우스가 도저히 알 수 없었던 사실은 세르토리우스가 지중해와 히스파니아 서부의 산맥들 사이에 있는 모든 만곡부와 계곡과 산길과 오솔길을 낱낱이 꿰고 있으며, 보기에 믿기 힘든 속도로 그 길들을 누빌 수 있다는 것이었다. 그가 지나는 크고 작은 모든 마을들은 그에게 부탁을 받기만 하면 있는 음식을 모두 내주고 추종에 가까운 사랑으로 계속 전진하도록 독려할 것이기 때문이었다. 켈트이베리아인이나 루시타니족은 다들 히스파니아에 로마인이 와 있는 것을 반기지 않았다. 켈트이베리아인과 루시타니족 모두 로마는 오로지 이 지역의 부를 착취하기 위해 히스파니아에 왔음을 깨달았던 것이다. 이 빛나는 기대주 세르토리우스가 다름 아닌 로마인이라는 사실을 히스파니아 원주민들은 신들이 보내준 특별한 선물로 여겼다. 로마인들과 싸우는 법을 로마인만큼 잘 아는 사람이 어디 있겠는가?

정찰병들이 돌아와 세르토리우스가 소규모의 2개 군단만 이끌고 왔다고 보고하자 폼페이우스는 너무 놀라 숨이 턱 막혔다. 이렇게 건방질 수가! 이렇게 뻔뻔스러울 수가! 정예 로마군 6개 군단과 1천500기병대와 멀지 않은 곳에 있는 로마인 도시를 포위하다니……! 건방지기가 이루 말로 다 할 수가 없군! 그길로 폼페이우스는 기대감에 들떠서 라우로로 향했다. 운명의 여신이 전쟁 시작 후 이렇게나 빨리 세르토리우스를 적수로 보내주었다는 것에 기쁨을 주체할 수 없었다.

작은 평원 북쪽에 위치한 유리한 고지 위에서 라우로와 세르토리우스의 전열을 냉철하고 객관적으로 쓱 바라보는 것만으로도 폼페이우스의 자신감을 강화하기에는 충분하고도 남았다. 라우로 성벽에서 동쪽으로 1.5킬로미터 거리에 바다가 있었고, 서쪽 편에는 높긴 하나 위가 평평한 언덕이 솟아 있었다. 지금 폼페이우스가 있는 우월한 높이에서 아래를 내려다봤을 때 서쪽의 언덕은 작전을 수행하기에 이상적인 기지였다. 그런데도 세르토리우스는 그 점을 완전히 무시했어! 마음을 정한 폼페이우스는 그 언덕을 점령하는 데 집중하며 도시 성벽 서쪽으로 군대를 재촉했고, 언덕은 이미 자기 것이라 확신했다. 스물아홉 살의 장군은 화려하게 치장한 커다란 흰색 공마에 올라탄 채 자신의 보병과 기병 부대를 몸소 지휘했다. 그리고 라우로 성벽 위에 모인 자들이 반드시 자신을 직접 보게 되도록 서둘러 선두 쪽으로 성큼성큼 나갔다.

언덕 맨 아래까지 전체를 내다보고 있었는데도, 폼페이우스는 그곳에 도착한 뒤에야 평평한 언덕 꼭대기가 창으로 가득한 광경을 발견했다. 순식간에 야유와 휘파람 소리가 대기를 갈랐다. 세르토리우스와 그의 병사들이 폼페이우스를 향해 소리를 지르고 있었다. 퀸투스 세르토리우스에게서 언덕을 빼어가고 싶다면 그보다 빨라야 할 거라고!

"네가 이쪽으로 오는 걸 내가 알아채지 못할 거라 생각했나, 꼬맹이?" 꼭대기에서 단 하나의 목소리가 들려왔다. "너는 너무 느려! 자신이 아프리카누스만큼 똑똑하고 호라티우스 코클레스만큼 용감하다고 생각하겠지. 안 그래, 꼬맹이? 글쎄, 이 퀸투스 세르토리우스는 너를 풋내기라고 부르겠어! 넌 진짜 군인이라는 게 뭔지 전혀 몰라! 그래도 근처에 계속 있어라, 꼬맹이. 전문가께서 시범을 보여줄 테니까!"

그처럼 철통같은 위치에 있는 세르토리우스를 향해 기습 시도를 할 만큼 어리석지는 않았으므로, 폼페이우스에게는 후퇴말고 달리 선택의 여지가 없었다. 눈은 똑바로 앞을 향한 채, 자신의 얼굴이 화끈 달아올랐음을 의식하면서 그는 말을 돌려 자기 병사들의 대열을 헤치며 나아갔고 다시 한번 원래 있던 유리한 고지에 설 때까지 멈추지 않았다. 어느새 해는 정오를 지나 있었지만 남은 시간 동안 한번 더 작전행동을 취할 수 있을 만큼은 날이 길었다. 남은 시간 내에 반드시 행동을 취해야 한다고 자존심이 그에게 말하고 있었다.

힘겹게 감정을 다스리느라 가슴을 크게 들썩거리며 그는 다시 현장을 살펴보았다. 아래쪽에는 그의 군대가 쉬어 자세로 서 있었다. 그들은 물을 실은 당나귀 앞마다 막아서서, 점점 오그라들어 쭈글쭈글해진 가죽 부대에 마지막 남은 물을 벌컥벌컥 마셨다. 또한 김이 나는 머리를 뙤약볕에 고스란히 내놓고 창이나 방패에 기대 선 채로 서로 얘기를 나누고 있는 게 분명했다. 그들의 사랑스러운 젊은 장군과 그가 받은 수모에 대해 얘기하면서, 이번이 그들의 사랑스러운 젊은 장군이 처음으로 승리하지 못한 전투가 되는 걸까 생각하겠지. 보나마나 유언장을 써둘걸 하고 아쉬워하면서.

폼페이우스는 아프라니우스나 페트레이우스가 옆에 있는 것을 원치 않았다. 그들보다 더 젊은 수하들, 특히 아울루스 가비니우스는 생각만으로도 견딜 수 없었다. 그러나 이제 그는 아프라니우스와 페트레이우스에게 자기 쪽으로 오라고 손짓했고, 그들이 그의 공마 양쪽으로 한 명씩 자리를 잡자 멀리 보이는 풍경을 막대기로 가리켰다. 선임 보좌관들은 단 한 마디도 하지 않고서 이후 폼페이우스가 무얼 하길 원하는지 묵묵히 기다리고만 있었다.

"세르토리우스가 있는 곳이 보이나?" 폼페이우스가 물었지만, 그저 수사적인 질문일 뿐 대답을 기대한 건 아니었다. "성벽을 오가며 뭔가 분주하지. 아마 성벽을 무너뜨리려는 것 같아. 저자의 진지는 바로 저기네. 언덕에서 내려왔어, 아 그렇군! 정말로 언덕을 원하는 게 아니야, 저자의 관심은 도시를 차지하는 데 있어. 하지만 내가 또다시 저 속임수에 넘어가는 일은 없을 거야!" 이 말은 악문 잇새로 뱉어져 나왔다. "우리가 저자와 맞붙기 전에 진군해야 할 거리는 대략 1.5킬로미터이고, 저쪽 전열은 길이가 그 절반쯤이야. 대열을 상당히 얇게 펼쳐놔서, 그건 우리 쪽에 유리하군. 저자가 조금이라도 승산이 있으려면 우리가 다가가는 것이 보일 때 대열을 바짝 조여야 할 거야. 어쨌든 우리는 저자가 자기에게 승산이 있다고 생각하는 걸로 간주해야 하네. 그렇지 않았다면 저자가 저기 있지 않을 테니까. 저들은 서쪽이나 동쪽으로 흩어지거나 아니면 한꺼번에 양방향으로 흩어질 수도 있어. 내 생각엔 양방향으로 갈 것 같군—나라면 그럴 테니까." 불쑥 튀어나온 말이었다. 폼페이우스는 얼굴을 붉혔지만 순조롭게 말을 이어갔다. "우리는 양익이 중앙 앞으로 돌출된 대형으로 진격할 거야. 기병대는 그 사이의 끝 쪽에 고르게 배치하고 보병대는—한쪽 날개에 1개 군단씩—중앙과 가장 가까이에서 날개의 가장 두꺼운 부분을 형성하게 하고, 나머지 4개 군단을 중앙에 배치할 거야. 군대가 평지를 가로지르며 접근할 때는 양익이 중앙보다 얼마나 앞으로 나와 있는지 분간하기가 어려우니까, 우리는 가까이 접근할수록 양익을 앞쪽으로 더 늘일 거야. 저자가 나를 쉽게 본다면—실제로 날 쉽게 보는 것 같군!—내가 군사적 속임수를 쓸 수 있다는 생각은 못하겠지. 내 날개들이 양쪽에서 그를 에워싸서 서쪽이나 동쪽 어느 방향으로도 달아나지 못하게 막고 나서야 사태를 파악할 거야. 우리는 그를 성벽까지 바짝 밀어붙일 거고, 그렇게 되면 그자는 빠져나갈 데가 없어지는 거지."

아프라니우스가 조심스럽게 한마디했다. "그 작전은 먹힐 겁니다."

페트레이우스도 고개를 끄덕이며 말했다. "먹힐 겁니다."

그것이 폼페이우스가 필요로 한 확인의 전부였다. 그는 나팔수들을 시켜 자신이 선 지점 아래에서 '대형을 이루어 정렬' 신호를 보내게 한 뒤 아프라니우스와 페트레이우스에게 자신의 명령을 다른 보좌관들과 최고참 백인대장들에게 하달하도록 맡겼다. 본인은 기마 포고관 여섯 명을 서둘러 소환했다.

일은 그렇게 된 것이었다. 아프라니우스와 페트레이우스가 돌아왔을 때는 이미 장군이 저지른 일을 만류하기엔 너무 늦었고 너무 널리 고지되어버린 상황이었다. 경악한 아프라니우스와 페트레이우스는 포고관들이 말을 타고 멀어지는 모습을 지켜보며, 폼페이우스를 위해서 제발 그가 세운 새로운 작전이 먹혀들기를 간절히 바랐다.

군대가 출동하는 사이, 휴전기를 내건 포고관들은 세르토리우스 진영의 외곽 방어선 바로 앞까지 말을 몰았다. 그 자리에서 그들은 라우로 성벽 꼭대기에 서 있는 주민들에게 큰 소리로 전언을 외쳤다.

"나오시오, 라우로의 모든 주민들이여!" 우렁찬 소리였다. "나오시오! 흉벽을 따라 줄지어 서서, 나이우스 폼페이우스 마그누스가 자신을 로마인이라 칭하는 늑대 같은 변절자에게 진정한 로마인이란 무엇인지 가르쳐주는 모습을 지켜보시오! 모두 나와 나이우스 폼페이우스 마그누스가 퀸투스 세르토리우스에게 참패를 안기는 모습을 지켜보시오!"

잘될 거야! 실패로 인한 쓰라림에 다시 한번 선두 쪽으로 말을 타고 나오면서 폼페이우스는 생각했다. 그의 군단들이 진군함에 따라 양 날개의 병사들이 점점 더 앞으로 길게 뻗어 나왔는데도, 세르토리우스는 여전히 자기 병사들에게 동서로 달아나라는 명령을 취할 조짐을 보이지 않았다. 저들은 포위될 거야! 세르토리우스와 그의 모든 병사들은 죽고, 죽고, 다 죽을 거야! 오, 세르토리우스는 나이우스 폼페이우스 마그누스를 화나게 하면 어찌되는지 가장 고통스럽고 결정적인 방식으로 배우게 될 거야!

폼페이우스가 있던 유리한 고지대로부터도, 폼페이우스의 정찰병들로부터도 완벽히 감추어진 위치에 세르토리우스가 예비 병력으로 준비해둔 6천 명의 병사들이 있었다. 그들은 무방비 상태인 폼페이우스의 후방으로 달려들어 선봉에 있던 폼페이우스가 미처 알기도 전에 대열을 갈기갈기 찢어놓았다. 상황이 알려졌을 때는 재앙을 피하기 위해 폼페이우스가 할 수 있는 게 아무것도 없었다. 양날개는 이미 앞으로 너무 나가 있어서 그 추진력의 방향을 돌려놓을 도리가 없었으며, 그들은 이미 안쪽으로 방향을 틀어 라우로 성벽 아래에서 세르토리우스의 병사들과 싸우느라 바빴다. 폼페이우스가 보낸 포고관들 덕분에 그새 성벽 가장자리 흉벽에는 이 대참사를 구경하는 사람들이 새카맣게 모여 있었다. 군을 선회시키려는 시도가 거듭 실패로 끝나자 폼페이우스와 그의 보좌관들이 할 수 있는 최선은 중앙의 4개 군단을 방진 대형으로 만들려고 기를 쓰고 분투하는 것뿐이었다. 설상가상으로, 세르토리우스의 기병대대가 라우로 뒤편에서 말을 타고 나타나더니 폼페이우스군의 날개 끝 쪽 후방에서 그의 기병대를 습격했다. 재앙에 재앙이 겹친 꼴이었다.

그래도 폼페이우스가 지휘하는 이 노련한 로마 군단의 병사들은 훌륭한 군인이었고 훌륭한 백인대장들의 능숙한 지휘를 받았다. 그들은 용감히 맞서 싸웠다. 수분 부족으로 입이 쩍쩍 갈라지고, 그들의 사랑스러운 젊은 장군이 전술에서 다른 누군가에게 패배했으며 살아 있는 사람 중에 그럴 수 있는 이가 있으리라고는 생각도 못해봤기에 지독한 충격을 받고 가슴이 내려앉은 와중에도. 그래서 폼페이우스와 그의 보좌관들은 결국 힘겹게 방진 대형을 이뤄냈고, 어찌어찌 진까지 칠 수 있었다.

해 질 무렵이 되자 세르토리우스는 폼페이우스군이 산처럼 쌓인 시체 더미 한복판에서 진지를 마저 세우도록 내버려두고 철수했다. 그들을 향해 사방에서 쏟아진 조롱과 야유 소리에는 세르토리우스의 병사들뿐 아니라 라우로 주민들까지 가세했다. 폼페이우스는 그 자리를 벗어나 혼자 조용히 울 수조차 없었다. 입고 있던 심홍색 망토를 머리에 뒤집어쓰고 그 아래서 울 생각을 하기엔 그가 느낀 모멸감이 너무나 컸다. 우는 대신 그는 억지로 힘을 짜내 여기저기 다니면서 미소와 격려의 말을 보냈다. 목이 바싹 마른 병사들의 기운을 북돋아주면서 어디서 물을 구할 수 있을지 생각해보려 애쓸 뿐, 어떻게 하면 자신이 수치에서 벗어날 수 있을지는 생각할 수조차 없었다.

새벽 동이 틀 때쯤 그는 세르토리우스에게 사람을 보내 죽은 병사들의 시신을 처리할 시간을 달라고 청했다. 세르토리우스가 요청을 수락하면서 넉넉한 관용까지 베풀어준 덕에 폼페이우스는 악취가 진동하는 현장을 벗어나 식수가 충분히 공급되는 장소로 진지를 옮길 수 있었다. 그러나 곧이어 짙은 우울함이 그를 덮쳤고, 그는 사망자의 수를 세고 깊은 구덩이와 참호에 시신을 묻는 일을 보좌관들에게 맡겼다. 그 근방에는 태울 만한 목재도 기름도 없었다. 보좌관들이 애를 쓰는 동안 그는 사령부 막사에 틀어박혔다. 한편 부상을 입지 않은 병사들은—너무나, 너무나 적었지만—휴전이 끝난 후에 세르토리우스가 접근하지 못하도록 그의 주변으로 튼튼한 진지를 세웠다. 전투가 있은 지 하루가 지나서 해 질 녘이 되고서야 아프라니우스가 조심스럽게 면담을 청했다. 그는 혼자 왔다.

"세부적인 매장 작업을 끝내려면 여드레는 지나야 할 겁니다." 선임 보좌관이 사무적인 어조로 말했다.

장군이 입을 열었다. 똑같이 사무적인 어조였다. "사망자는 얼마나 되나, 아프라니우스?"

"보병 1만 명, 기병 700명입니다."

"부상자는?"

"5천 명은 상당한 중상이고, 그 외에 거의 모두가 베이거나 멍들거나 긁힌 상처가 있습니다. 생존한 기병들은 별 이상이 없지만 탈것이 부족한 상황입니다. 세르토리우스가 말을 죽이는 데 더 집중해서 말이죠."

"그렇다면 내게 남은 건 보병 4개 군단—그중에서 1개 군단은 중상이고—과 말을 다 갖추지 못한 기병 800명이군."

"그렇습니다."

"그자는 나를 똥개처럼 후려쳤어."

아프라니우스는 아무 말도 하지 않고 무표정한 눈으로 막사의 가죽벽만 쳐다보았다.

"그자가 가이우스 마리우스의 종질이었지?"

"맞습니다."

"아무래도 그래서인 것 같군."

"그런 것 같습니다."

한참 동안 다른 말이 없었다. 그러다 폼페이우스가 침묵을 깼다. "이걸 원로원에 어떻게 해명하지?" 이 말은 반쯤은 속삭임처럼, 반쯤은 훌쩍임처럼 새어나왔다.

아프라니우스는 막사 벽에서 자신의 사령관의 얼굴로 시선을 옮겼다. 그가 본 것은 백 살 노인의 얼굴이었다. 가슴이 아려왔다. 그는 친구이자 주군으로서 폼페이우스를 진심으로 사랑했던 것이다. 그러나 친구이자 주군을 위해 당연히 느끼는 비통함보다 그를 더 괴롭힌 것은 만약 폼페이우스가 버텨내지 못한다면, 그 배짱과 타고난 오만함을 되찾지 못한다면 그의 나머지 부분은 쇠약해지다 죽어버릴 것이라는 불현듯 다가온 확신이었다. 이 잿빛 얼굴의 노인은 아프라니우스가 한 번도 본 적 없던 사람이었다.

이런 생각 끝에 아프라니우스가 말했다. "저라면 메텔루스 피우스의 책임으로 돌리겠습니다. 그가 자신의 속주에서 벗어나 병력을 지원해주기를 거절했다고 하십시오. 그리고 저라면 세르토리우스군의 병사들 수도 세 배로 부풀릴 겁니다."

폼페이우스는 경악하여 자리에서 벌떡 일어났다. "안 돼, 아프라니우스! 그건 아니야! 도저히 그렇게는 못하네!"

"왜 안 됩니까?" 아프라니우스가 깜짝 놀라 물었다. 도덕이나 윤리로 인한 난관에 빠져 괴로워하는 나이우스 폼페이우스 마그누스라니, 그야말로 미지의 존재였다.

"왜냐하면," 폼페이우스가 참을성 있는 목소리로 말했다. "내가 이 히스파니아 임무에서 뭐라도 건져내려면 메텔루스 피우스가 필요해질 터이기 때문이네. 나는 병력의 거의 3분의 1을 잃었고, 최소한 한 번이라도 승리를 거두기 전까지는 원로원에 추가 병력을 요청할 수도 없네. 또한 라우로에 사는 누군가가 로마로 달아날 가능성도 있기 때문이야. 그 사람이 입을 열면 그 이야기는 신뢰를 얻을 테지. 그리고 내가 현자는 아니지만 진실은 꼭 최악의 순간에 드러난다는 말을 믿기 때문이기도 하네."

"아, 알겠습니다!" 크게 안도한 듯 아프라니우스가 외쳤다. 폼페이우스는 도덕적으로나 윤리적으로 양심의 가책을 느끼는 게 아니라, 그저 사실을 있는 그대로 보고 있는 것뿐이었다. "그렇다면 원로원에 뭐라고 해명할지 이미 알고 계시겠군요." 그는 곤혹스러운 얼굴로 덧붙였다.

"그래, 그래, 알고 있어!" 폼페이우스는 신경이 곤두선 듯 쏘아붙였다. "단지 어떻게 설명해야 할지를 모르겠네! 그러니까, 어떤 말을 써야 하는지 말이야! 바로도 여기 없는데, 적절한 표현을 쓰는 사람이 달리 누가 있나?"

"제가 생각하기엔," 아프라니우스는 세심하게 말을 골랐다. "이런 소식에는 사령관님 본인의 말이야말로 가장 적절한 말이 아닐까 싶습니다. 원로원의 문필 전문가들은 사령관님이 있는 그대로의 진상을 전하기 위해 평이한 문체를 선택했다고 여길 겁니다. 그들의 사고방식이라는 게 원래 그런 식으로 돌아가니까요. 나머지 의원들이야 문필가가 아니니까 어차피 사령관님이 쓴 표현에서 아무 문제도 못 느낄 테고요."

이 놀랍도록 논리적이고 실용적인 분석은 폼페이우스의 기운을 북돋는 데 큰 효과를 발휘했다. 적어도 겉으로는 그랬다. 자부심과 존엄, 자신감, 복잡하게 얽힌 수많은 자아상이 들어 있는, 더 깊고 더 지독하게 찢긴 마음의 층위는 회복이 더딜 것이다. 어떤 층들은 나아도 흉터가 남을 것이고, 어떤 층들은 어쩌면 아예 아물지 못하리라.

그리하여 폼페이우스는 영 사라지지 않는 살 썩는 악취가 코를 찌르는 와중에 자리를 잡고 앉아 원로원에 보낼 보고서를 쓰기 시작했다. 전장에서 자신의 작전 오판은 물론이고 포고관을 보내 라우로 시민들에게 전언을 외치게 했던 자신의 경솔함을 빠뜨리는 정도로도 몸을 사리지 않았다. 여러 군데 삭제한 흔적으로 지저분해지고 홈이 파인 밀랍에 골필로 쓴 초안은 곧바로 비서에게 보내졌고, 그걸 받은 비서는 종이에 잉크를 사용해 읽기 쉬운 글씨로(철자법이나 문법 오류 없이) 그 내용을 옮겨 적을 터였다. 그렇다고 폼페이우스가 그 공문서를 마무리한 것은 아니었다. 라우로는 아직 마무리되지 않았다.

열엿새가 지났다. 세르토리우스가 라우로 봉쇄를 계속하는 동안 폼페이우스는 진지 밖으로 나가지 않았다. 이 무력 상태가 계속될 수 없음을 폼페이우스는 잘 알고 있었다. 빠른 속도로 식량이 바닥나고 있었고 노새들과 말들은 거의 볼 때마다 점점 더 말라가고 있었다. 그럼에도 퇴각할 수는 없었다. 라우로가 포위 공격을 받고 있고 세르토리우스는 자기 하고 싶은 대로 하고 있는 이 상황에서는. 식량을 찾아 나서는 수밖에 도리가 없었다. 그의 정찰병들이 거짓이라면 고문을 당할 거라는 위협을 받고서도 북쪽 들판에는 세르토리우스의 순찰대가 전혀 없다고 맹세했으므로, 그는 잘 무장한 대규모 기병 원정대를 꾸려 사군툼 방향으로 식량을 찾아보도록 명령했다.

병사들이 떠난 지 두 시간도 채 지나지 않아 급박한 지원 요청이 날아들었다. 세르토리우스의 병사들이 사방에서 몰려들어 기병들을 차례로 죽이고 있다는 것이었다. 폼페이우스는 그들을 구하라고 군단 하나를 통째로 보낸 뒤에 몇 시간이나 초조하게 북쪽을 바라보며 진지의 방벽을 서성거렸다.

해 질 무렵 세르토리우스의 포고관들이 그에게 판결을 내렸다.

"집으로 돌아가라, 꼬맹이! 피케눔으로 돌아가, 꼬맹이! 네가 지금 싸우고 있는 상대는 진짜 군인들이다! 너는 미숙한 풋내기다! 전문가와 붙어본 소감이 어떠냐? 너희 식량 징발대가 어디 있는지 알고 싶으냐, 꼬맹이? 죽었다, 꼬맹이! 한 놈도 남김없이 모두! 하지만 이번에는 그들을 묻을 걱정은 할 필요 없다, 꼬맹이! 퀸투스 세르토리우스가 네 대신 묻어줄 테니까, 공짜로! 이 수고의 대가로 그들의 무기와 갑옷을 챙겼다, 꼬맹이! 집으로 돌아가라! 집으로 돌아가!"

이건 악몽이어야만 했다. 정말로 이런 일이 일어날 리가 없었다! 전장에서 싸웠던 자들 중 누구도, 숨어 있는 기병대조차도 라우로 앞 공성 보루에서 꼼짝하지 않았는데, 도대체 세르토리우스군이 어디서 나왔단 말인가?

"그들은 그의 군단병이나 정규 기병이 아니었습니다, 나이우스 폼페이우스." 두려움에 덜덜 떨며 정찰대장이 말했다. "그들은 유격병들이었습니다. 그들은 난데없이 나타나고, 매복했다가 습격하고, 죽이고, 다시 사라집니다."

히스파니아 정찰병들에게 완전히 환멸을 느낀 폼페이우스는 그들을 모두 처형시키고, 앞으로는 자신의 피케눔 병사들을 정찰병으로 쓰리라 다짐했다. 아무리 주변 일대를 잘 알더라도 믿을 수 없는 사람을 쓰는 것보단 주변 일대는 몰라도 자신이 신뢰하는 사람을 쓰는 편이 나았다. 이것이 히스파니아 전투에서 그가 실제로 받아들인 첫번째 교훈이었다. 물론 그것이 마지막이 되지는 않을 터였다. 왜냐하면 그는 피케눔으로 돌아가지 않을 거니까! 히스파니아에 남아서 도중에 죽는 한이 있더라도 세르토리우스와 결판을 짓고 말 테니까! 포화에는 포화로 맞서고 바위에는 바위로 맞서고 얼음에는 얼음으로 맞설 것이다. 얼마나 많은 실수를 저지른다 해도, 저 뛰어난 반로마파 악의 화신이 얼마나 여러 번 그를 전술로 앞지른다 해도 절대 포기하지 않을 것이다. 만 6천 명의 병사들이 죽었고 기병대는 거의 전멸했다. 그러나 마지막 남은 병사와 마지막 남은 말이 죽기 전에는 절대 포기하지 않을 것이다.

8월 말, 귓가에 울리는 죽어가는 도시의 비명소리를 뒤로하고 라우로에서 천천히 퇴각한 나이우스 폼페이우스 마그누스는, 봄에 자랑스럽게 남하했던 너무나 자만심 넘치고 너무나 자신만만하고 너무나 경솔했던 사람과는 매우 달라져 있었다. 새로운 나이우스 폼페이우스는 내내 뒤를 쫓으며 떠들어대는 세르토리우스군 포고관들의 우렁찬 목소리까지도 경계 어린 관심을 얼굴에 드러낸 채 귀기울여 들을 줄 알았다. 그들은 그의 병사들에게, 라우로의 여자들이 루시타니아 극서부에서 새로운 주인들의 손에 들어갔을 때 그 여자들을 기다리고 있을 끔찍한 운명에 대해 상세히 알려왔다. 폼페이우스가 급히 북쪽으로 이동해 사군툼을 지나고 세벨라키를 지나고 인티빌리를 지나고 이베루스 강을 건너는 동안 세르토리우스의 다른 병사들은 아무도 그의 발소리에 신경조차 쓰지 않았다. 30일이 채 안 되는 기간에 폼페이우스는 녹초가 되고 반쯤 굶주린 병사들을 엠포리아이의 겨울 진지로 데려갔고, 그 끔찍한 해 내내 더는 움직이지 않았다. 메텔루스 피우스가 자신이 싸워야만 했던 유일한 전투에서 이겼다는, 그것도 멋지게 이겼다는 소식을 들은 뒤에는 더더욱.

메텔루스 피우스가 새 카르타고에 갇혀 있는 멤미우스를 어떻게 빼내올지 고민하기 시작한 것은 삼촌 발부스를 만나 멤미우스의 편지를 읽은 후였다. 세르토리우스가 할망구라며 무시한 이 사람에게 그간 변화가 일어난 것도 사실이었다. 원로원이 하고많은 사람 중에 하필이면 꼬마 도살자에게 동등한 임페리움을 부여한 일로 그의 자부심에 가한 치명적인 타격에 따른 변화였다. 이 정도로 엄청난 모욕이 아니었다면, 새끼 똥돼지의 방어복을 그 안쪽의 쇳덩어리가 드러날 만큼 여러 겹 벗겨낼 수는 없었을 것이다. 저주인지 축복인지, 새끼 똥돼지는 더할 나위 없이 용감하고 믿기지 않을 만큼 거만하며 때로는 아둔해 보일 정도로 고집스럽고 독재적인 아버지 밑에서 자랐기 때문이다. 메텔루스 누미디쿠스는 가이우스 마리우스에게 속아 유구르타와의 전쟁을 빼앗겼으며, 그 신진 세력에게 몇 번이고 계속 속았다(혹은 스스로 그렇게 생각했다). 그 결과 그의 아들에게는 마리우스 때문에 추방당한 한없이 존경하는 아버지를 다시 고향으로 모셔오기 위해 치열하게 싸운 끔찍한 효자라는 평판 외에는 아무것도 남지 않게 되었다. 그러다 그가 술라로부터 높이 평가받아 이제 좀 기뻐할 수 있게 된 찰나, 스물두 살짜리 폼페이우스가 더 크고 나은 군대를 이끌고 나타난 것이다.

로마 귀족이 지켜야 할 올바른 행실을 꼼꼼하게 따지는 메텔루스 피우스의 성격은, 부정한 수단까지 닥치는 대로 동원하여 자신에게 괴로움을 안긴 폼페이우스를 하찮은 존재로 보이게 하려 애쓰는 만족감조차 허락하지 않았다. 그런데 자신도 깨닫지 못하는 사이, 새롭고 더 나은 장군은 늙고 지친 말더듬이라는 새끼 똥돼지의 껍질을 열심히 벗어던지고 있었다. 더 많은 전투에서 더 결정적인 승리를 거둬서 폼페이우스를 초라하게 만든다는 생각은 나무랄 데 없이 완벽했다. 피케눔 출신의 벼락출세자에게 몰아붙여졌을 때 로마 귀족이 보일 수 있는 모습에서 나온 것이기에 딱 맞는 복수이기도 했다. 아르피눔 출신의 벼락출세자에게도 마찬가지고!

아주 일찌감치 저 특별한 교훈을 배웠던 그는 자체의 로마군 병사들과, 로마인보다도 히스파니아의 야만인들을 훨씬 두려워하는 페니키아계 가데스의 병사들 중에서 정찰병을 골랐다. 그리하여 메텔루스 피우스는 루키우스 히르툴레이우스와 그의 동생이 히스파니아군과 함께 히스파니아 중남부 라미니움 인근에 자리잡은 지 그리 오래지 않아 그들의 소재를 확보했다. 요즘 들어 새로 짓게 된 심술궂은 미소를 띤 채, 새끼 똥돼지는 뒤로 기대어 이 전략을 한껏 음미했다. 그러다 마음속으로 라미니움을 향해 음란한 욕설의 몸짓을 한번 보내고는, 아나스 강이나 바이티스 강 상류 쪽으로 올라가는 바보 같은 짓은 앞으로 10년간 하지 않겠노라 다짐했다. 히르툴레이우스가 그야말로 움직이지 못하고 썩게 해주리라!

그는 아나스 강 하구와 상당히 가까운 지점에 편안히 자리를 잡았다. 동쪽으로 150킬로미터 더 떨어진 바이티스 강 유역에서 더 편히 지내는 것보다, 자신이 그들을 상대할 준비가 얼마나 잘되어 있는지 루시타니족에게 보여주는 편이 더 현명하다는 판단에서였다. 그러나 6월까지 분주히 움직여 그에 걸맞은 결과가 나오자, 자기 속주의 방어 시설은 그 자신이 아나스 강가에 있지 않아도—또한 남은 6개 군단 중 2개 군단 이상을 수비대로 배치해두지 않아도—대기중인 루시타니족의 장벽에 충분히 저항할 수 있는 상태라고 생각하게 되었다.

이제 먼 히스파니아 속주의 할망구는 누가 세르토리우스의 정보원인지 완벽하게 파악하고 있었다. 그래서 새로 세운 첩보 정책을 실행에 옮기는 작업에 착수하여, 정말 아무것도 모르는 것처럼 그들에게 자신이 지금의 아나스 강 하구에서 이동할 거라는 소식을 흘렸다. 아나스 강이나 바이티스 강 상류로 가는 게—그래서 라미니움에 있는 루키우스 히르툴레이우스의 품에 몸을 던지는 게—아니라, 새 카르타고에 있는 가이우스 멤미우스를 구출하러 간다는 계획이었다. 바이티스 강을 건너 이탈리카에서 히스팔리스로 간 다음 솔로리우스 산맥의 대산괴 쪽으로 싱길리스 강을 따라 위로 이동하다가 아키에 위치한 산의 북서쪽 측면에서 강을 건너고, 거기에서 바스티로 이동해서 엘리오크로카를 통해 스파르타리우스 평원으로 들어갈 거라고 했다(며칠 지나지 않아 정보원들은 히르툴레이우스에게 이렇게 전했다).

사실 이건 실제로 메텔루스 피우스가 선택할 수도 있었을 경로였다.

그러나 그에게는 히르툴레이우스가 이 계획을 믿게 하는 것이 중요했다. 새끼 똥돼지는 헤렌니우스와 페르페르나, 세르토리우스 본인까지 폼페이우스에게 꼭 필요했던 따끔한 맛을 보여주는 데 완전히 빠져 있으며, 세르토리우스가 히르툴레이우스와 히스파니아군의 능력을 전적으로 신뢰하여 그들이 새끼 똥돼지를 그의 속주라는 돼지우리 안에 잘 가둬두리라 믿고 있음을 잘 알았다. 그러나 새 카르타고는 새끼 똥돼지의 돼지우리에서 빠져나갈 출구로서, 새 카르타고에서부터 북쪽으로 진군하여 라우로에 있는 폼페이우스를 구출하는 결과로 이어질 수도 있는 일이었다. 새끼 똥돼지가 데리고 있을 5개 군단은 세르토리우스가 폼페이우스를 잡으러 가는 길에서 형세를 바꿔놓을 가능성이 있기 때문이었다. 그러므로 메텔루스 피우스의 진군은 일어나서는 안 될 일이었다.

메텔루스 피우스가 바라는 결과는 히르툴레이우스가 라미니움을 떠나 아나스 강과 바이티스 강 사이에 있는 평지로 내려오는 것이었다. 세르토리우스 휘하 장군이라면 누구나 승리를 거둘 가능성이 높은 험준한 바위 지형에서 벗어난 히르툴레이우스는 잡기가 좀더 수월해질 것이다. 세르토리우스 휘하 장군들은 모두 바이티스 강 동쪽의 먼 히스파니아 속주에 사는 종족들을 신뢰하지 않았고, 세르토리우스가 이 지역을 침략할 시도조차 하지 않은 것도 바로 그 때문이었다. 그러니 메텔루스 피우스의 진군 계획에 대한 소식을 듣게 되면 히르툴레이우스는 메텔루스 피우스가 바이티스 강을 건너 안전한 영토로 들어가기 전에 중간에서 막아야 할 것이다. 물론 히르툴레이우스가 택하기에 가장 신중한 방향은 먼 히스파니아 속주에서 한참 북쪽으로 이동한 다음 스파르타리우스 평원에서 메텔루스 피우스를 기다리고 있다가 봉쇄하는 것일 터였다. 스파르타리우스 평원은 확실히 세르토리우스에게 우호적인 지역이기 때문이다. 그러나 히르툴레이우스는 이처럼 논리적으로 맞아떨어지는 행동을 하기에는 너무나 약삭빨랐다. 만약 그가 중부 히스파니아를 떠나 거기서 한참 먼 지점으로 간다면, 새끼 돼지는 오던 길로 되돌아가 라미니움에서 가뿐히 산길을 통과한 다음 가장 빠른 이동로를 택해 라우로의 폼페이우스와 합류하기만 하면 되는 거였다.

그러니 히르툴레이우스가 할 수 있는 일은 오직 하나, 아나스 강과 바이티스 강 사이의 평지로 내려와 메텔루스 피우스가 바이티스 강을 건너기 전에 그를 막는 것뿐이었다. 그러나 메텔루스 피우스는 히르툴레이우스가 예상한 것보다 더 빠른 속도로 이동하여, 히르툴레이우스와 히스파니아군이 아직도 꼬박 하루가 걸릴 거리만큼 떨어져 있을 때 이미 이탈리카와 바이티스 강 근처까지 다다랐다. 히르툴레이우스는 자신의 사냥감이 저 넓고 깊은 강 너머로 빠져나가게 내버려둘 마음이 없었기에 더욱 길을 서둘렀다.

때는 7월이었고, 히스파니아 남부에서는 그해 여름 들어 처음 찾아온 긴 무더위가 한창이었다. 솔로리우스 산맥 뒤쪽에서 솟아오른 태양은 바로 전날의 맹습에서 채 회복되지 않은—그나마 바람 한 점 없이 습한 밤이 조금 달래주었을 뿐인—대지를 또다시 강타할 태세를 갖추고 있었다. 메텔루스 피우스는 평소 보기 드문 배려를 병사들에게 발휘하여, 크고 통풍이 잘되며 그늘진 막사에 그들을 다정스레 밀어넣었다. 차가운 샘물로 적신 천을 이마와 목덜미에 대고 있으라고, 또 그 차가운 샘물을 충분히 마셔두라고 당부한 뒤 병사 한 명 한 명에게 전투에 가지고 갈 새로운 추가 장비를 지급했다. 허리띠에 두르는, 차가운 물을 가득 담은 가죽 부대였다.

무자비한 해가 북쪽에서 길을 따라 빠르게 다가오는 히르툴레이우스군의 숲처럼 빽빽한 창에 부딪혀 반짝거리고 있을 때까지도, 메텔루스 피우스는 병사들을 그늘진 막사에 그대로 두고서 냉습포가 계속 지급될 수 있게 찬물을 충분히 가져다놓도록 지시했다. 그는 막판이 되어서야 움직이기 시작했는데, 생기와 열정에 차오른 그의 병사들은 제 위치로 이동하는 동안에도 전투중에 꼭 필요한 물을 얻어내도록 서로 어떻게 도와줄지 쾌활하게 수다를 떨었다.

히스파니아군은 내리쬐는 햇빛 속에 이미 15킬로미터를 행군해온 참이었다. 물을 실은 당나귀는 충분히 많았지만 전투에 돌입하기 전에 잠깐 쉬며 물을 마실 시간이 없었다. 병사들이 지친 상태에서 히르툴레이우스에게는 승산이 없었다. 그와 메텔루스 피우스는 동시에 육탄전을 벌였다(호메로스 시대 이후로는 어느 전투에서든 드문 일이었다). 히르툴레이우스가 더 젊고 강하기는 했으나, 병사들에게 물을 충분히 공급하고 열을 식혀준 상대편이 그를 제압했다. 고투 끝에 대결이 완전히 끝나기 전 양측이 서로 떨어졌지만, 히르툴레이우스는 넓적다리에 부상을 입었고 메텔루스 피우스는 영예를 얻었다. 전투는 한 시간 안에 끝났다. 히스파니아군은 서쪽으로 패주하고, 전장에는 죽거나 탈진한 수많은 병사들이 남겨졌다. 히르툴레이우스는 아나스 강을 건너 루시타니아까지 가서야 병사들을 쉬게 해줄 수 있었다.

"정말 기분좋지 않으냐?" 메텔루스 피우스가 아들에게 물었다. 부자는 나란히 서서 이탈리카 서쪽에서 점점 약해지는 먼지를 바라보고 있었다.

"아빠, 너무 멋지셨어요!" 청년이 소리쳤다. 어린아이들이나 쓰는 그 호칭을 쓸 나이가 훌쩍 지났다는 사실은 까맣게 잊은 듯했다.

새끼 똥돼지는 가슴이 부풀어 숨을 씩씩거렸다. "이제 우리 모두 강에서 실컷 수영하고 나서 푹 자자꾸나. 내일은 가데스로 행군할 테니까." 머릿속으로 원로원과 폼페이우스에게 보낼 편지를 작성하며 그가 기분좋게 말했다.

메텔루스 스키피오는 아버지를 빤히 쳐다보았다. "가데스요? 왜 가데스인가요?"

"당연히 가데스지!" 메텔루스 피우스는 아들의 어깨뼈 사이를 힘껏 밀쳤다. "이리 와, 녀석아, 그늘로 와! 내 병사들 중 누구도 일사병에 걸리게 둘 순 없어. 너희 모두가 필요하니까. 이 무더위에서 벗어나 긴 항해를 하고 싶지 않니?"

"긴 항해라고요? 어디로요?"

"물론 새 카르타고로 가이우스 멤미우스를 구하러 가는 거지."

"아버지, 정말이지 너무나 훌륭하세요!"

아들을 사령부 막사의 그늘 속으로 데리고 가면서 새끼 똥돼지는 곰곰 생각에 잠겼다. 아들의 그 말은, 전투가 끝난 뒤 그의 군대가 그를 향해 보내준 열렬한 환호와 "임페라토르!"를 외치는 소리를 들었을 때 못지않게 황홀한 기분을 선사했다. 마침내 그는 해냈다! 세르토리우스가 가진 최고의 장군에게 참패를 안긴 것이다.

가데스에서 출항한 함대는 규모가 대단히 컸으며 총독이 최대한 징발해낸 군함들의 어마어마한 호위를 받았다. 수송선들은 밀, 기름, 소금에 절인 생선, 말린 고기, 병아리콩, 포도주와 심지어 소금까지 잔뜩 싣고 있었다. 콘테스타니족이 육지를 봉쇄하고 해적이 바다를 봉쇄해도 새 카르타고가 굶주리지 않도록 준비한 것이었다.

메텔루스 피우스는 새 카르타고에 새 식량을 공급해주고 나서 빈 수송선에 멤미우스의 군단을 태웠다. 그런 다음 가까운 히스파니아 동부 해안을 따라 느긋한 속도로 항해하면서 그의 함대와 마주친 해적선이 허둥지둥 길을 비키는 모습을 보고 즐거워했다. 저 해적들이 몇 년 전 바로 이곳 바다에서 함대끼리 맞붙은 교전에서 가이우스 코타를 패배시켰을진 몰라도, 소금에 절인 새끼 똥돼지 앞에서는 식욕이 없는 모양이었다.

새끼 똥돼지는 당연히—모범적인 로마 귀족으로서—멤미우스와 그의 군단을 엠포리아이의 폼페이우스에게 데려다주는 길이었다. 그것말고도 승전에 대해 조금 떠들기도 하고, 폼페이우스가 전장에서 보낸 수치스러운 여름에 대해 조금은 너무 심하게 딱해 하기도 한다 해도, 뭐……. 새끼 똥돼지는 폼페이우스가 그의 몫을 가로채려 했으니 이 정도는 받아 마땅하다고 생각했다.

함대는 거대한 해적들의 본거지 디아니움을 지난 직후 밤 동안 정박하기 위해 인적 없는 작은 만으로 입항했다. 그때 작은 배 하나가 디아니움에서 슬며시 빠져나오더니 로마군 함대 쪽으로 다가왔다. 그 배에는 온갖 소식을 잔뜩 싣고 온 젊은 발부스가 타고 있었다.

"아, 친구들에게로 돌아오니 어찌나 좋은지요!" 메텔루스 피우스, 메텔루스 스키피오, 가이우스 멤미우스를 향해 그가 부드러운 혀짤배기 라틴어로 말했다(물론 그의 삼촌도 거기 있었다. 그는 삼촌이 무사한 걸 보고 매우 기뻐했다).

"내 동료인 나이우스 폼페이우스와는 만나지 못한 것 같군." 메텔루스 피우스가 말했다.

"네, 퀸투스 카이킬리우스. 디아니움까지밖에 못 갔습니다. 수크로 강어귀부터 타데르 강까지 해안 전체에 세르토리우스군 병사들이 부글거리고 있어서요. 저는 딱 봐도 가데스 사람처럼 생겨서, 그쪽으로 갔다간 틀림없이 붙잡혀서 고문을 당했을 겁니다. 하지만 디아니움에는 페니키아인처럼 생긴 사람이 많으니까, 거기서 조용히 은신하면서 들리는 소식을 최대한 듣는 게 더 현명하겠다고 생각했지요."

"그래서 뭘 들었는가, 발부스?"

"아, 듣기만 한 게 아닙니다! 보기도 했어요! 대단히 흥미로운 걸요." 조카 발부스가 눈을 빛내며 말했다. "불과 두 주 전쯤에 함대 하나가 입항했어요. 폰토스에서부터 온 함대였는데 미트리다테스 왕의 것이었죠."

로마인들이 긴장하며 몸을 앞으로 기울였다.

"계속해보게." 메텔루스 피우스가 부드럽게 말했다.

"기함에는 미트리다테스 왕이 보낸 특사 두 명이 타고 있었는데 두 사람 다 도망친 로마인들이었습니다. 제 생각엔 핌브리아군에서 보좌관으로 있던 루키우스 마기우스와 루키우스 판니우스 같습니다."

"그 이름들을 본 적이 있네." 메텔루스 피우스가 말했다. "술라의 공권박탈자 명단에서."

"그들은 퀸투스 세르토리우스에게—그들이 입항하고 나흘 뒤에 그가 직접 협의하러 왔습니다—금 3천 탈렌툼과 대형 전함 40척을 주겠다고 제안했어요."

"대가가 뭐였나?" 멤미우스가 으르렁거리듯 말했다.

"퀸투스 세르토리우스가 로마의 독재관이 되면, 미트리다테스가 이미 차지한 모든 영토를 그의 소유로 인정하고 그가 왕국을 더 확장하도록 허가해달라는 조건이었어요."

"대체 언제 세르토리우스가 로마의 독재관이 된다는 거지?" 깜짝 놀란 메텔루스 스키피오가 헉하고 숨을 내쉬었다. "그런 일은 절대 일어나지 않아!"

"조용히 하거라, 아들아! 발부스가 마저 얘기할 수 있게." 아버지가 자신의 격분을 감춘 채 말했다.

"퀸투스 세르토리우스는 한 가지 단서를 달고 왕의 조건에 동의했습니다. 아시아 속주와 킬리키아는 계속 로마 소유로 남아야 한다는 거였죠."

"마기우스와 판니우스의 반응은 어땠나?"

"아주 좋았답니다, 제 소식통에 따르면요. 아무래도 예상했던 것 같습니다. 로마가 자기 속주를 가만히 빼앗기고 있진 않을 테니까요. 그들은 왕을 대신해 그 조건에 합의했습니다. 물론 공식적인 확정은 왕이 직접 보고를 받고 난 후라야 한다고 말했지만요."

"그 폰토스 함대가 아직도 디아니움에 있나?"

"아뇨, 퀸투스 카이킬리우스. 아흐레 동안만 있다가 바로 떠났습니다."

"금이나 배가 일부라도 넘어간 게 있나?"

"아직은 없었습니다. 봄이라고 했어요. 하지만 퀸투스 세르토리우스가 왕에게 믿어도 좋다는 뜻의 증거를 보내기는 했습니다."

"어떤 걸로?"

"왕에게 히스파니아 정예 유격군 백인대를 내줬습니다. 지휘관은 마르쿠스 마리우스라고, 세르토리우스가 높이 평가하는 젊은이입니다."

새끼 똥돼지는 얼굴을 찌푸렸다. "마르쿠스 마리우스! 그 사람은 누군가?"

"가이우스 마리우스가 48년 전 먼 히스파니아 속주의 법무관급 총독일 때 바이투리족 여자에게서 본 사생아입니다."

"그렇다면 이 마르쿠스 마리우스라는 자는 그리 젊지가 않은데." 멤미우스가 말했다.

"그렇군요. 죄송합니다, 제가 잘못 말씀드렸어요." 발부스가 비굴한 표정을 지었다.

"맙소사, 이보게, 무슨 범죄를 저지른 것도 아니잖나!" 새끼 돼지가 재미있어하는 표정으로 말했다. "계속하게, 계속해!"

"마르쿠스 마리우스는 히스파니아를 떠나본 적이 없습니다. 라틴어가 유창하고 제대로 교육도 받았지만—가이우스 마리우스가 그에 관해 듣고 알아서 부족함 없이 살게 해주었지요—그의 성향은 히스파니아 야만인들의 이상을 지지하는 쪽입니다. 사실 그는 퀸투스 세르토리우스 휘하 유격군의 가장 뛰어난 지휘관이었습니다. 기습전이 전문이죠."

"그러니까 세르토리우스는 그를 보내 미트리다테스에게 매복과 기습 공격을 가르쳐주려는 거군." 메텔루스 스키피오가 말했다. "참 고맙네, 세르토리우스!"

"돈과 배는 디아니움으로 전달되는 건가?" 메텔루스 피우스가 물었다.

"네, 아까 말씀드렸듯이 봄에요."

이 놀라운 소식은 깊이 생각해볼 거리와, 메텔루스 피우스의 펜이 엠포리아이로 곧장 써 보낼 거리를 던져주었다. 어째선지 그는 세르토리우스가 로마화된 전 히스파니아의 왕이 되는 것보다 더 큰 야심을 품으리라고는 전혀 생각해보지 않았다. 세르토리우스의 대의는 히스파니아 원주민들의 대의와 절대로 떼어놓을 수 없는 관계처럼 보였던 것이다.

"하지만 우리가 퀸투스 세르토리우스를 좀더 면밀히 지켜봐야 할 때인 것 같네." 엠포리아이에 당도한 그는 폼페이우스에게 이렇게 말했다. "히스파니아 정복은 그가 겨우 첫발을 뗀 것에 불과하네. 자네와 내가 그를 막지 못하면 그는 언제든 멋들어진 하얀 디아데마를 머리에 두를 태세로 로마의 문간에 나타날 거야. 로마의 왕으로서! 그리고 미트리다테스와 티그라네스의 동맹으로서."

그렇게 만족스러운 기분으로 고대하면서 왔건만, 막상 메텔루스 피우스는 확연히 보이는 폼페이우스의 상처를 자신이 갈아온 칼로 또 건드릴 수가 없었다. 이전에 꼬마 도살자였던 사람의 텅 빈 얼굴과 눈을 단 한 번 보는 것만으로도, 메텔루스 피우스는 폼페이우스에게 그의 결점을 상기시키는 대신 영적으로나 정신적으로나 대대적인 보수작업을 거치게 해야 한다는 것을 깨달았다. 아버지 누미디쿠스였다면 자신의 명예를 생각해서 어쨌든 상처를 또 건드려야 한다고 말했겠지만, 아들 피우스는 자신의 명예에 대해 그토록 보통 사람들과 동떨어진 생각을 하기에는 아버지의 그늘 속에서 너무 오래 살았다.

폼페이우스의 산산조각 난 자아상에 대대적인 보수작업을 가할 목적으로, 새끼 돼지는 교묘한 수를 써서 자신의 요령 없고 거만한 아들을 아울루스 가비니우스와 함께 나르보 갈리아로 보내 기병과 말을 모집하게 했다. 멤미우스에게는 동맹군으로 병적에 등록하도록 얘기해두고, 아프라니우스와 페트레이우스에게는 뼈만 남은 폼페이우스의 군대를 재편하라고 지시했다. 그는 며칠 동안 대화와 생각에 지난 계절의 전투가 끼어들지 못하게 하면서, 디아니움에서 온 소식이 대화와 생각에 역동적이고 새로운 변화를 가져다준 것에 기뻐했다.

12월이 목전에 다가오고 자신의 속주로 복귀해야 할 필요가 임박해 오자, 먼 히스파니아에서 온 할망구는 드디어 본격적으로 일에 착수했다.

"이미 지나간 과거의 일을 곱씹는 건 불필요한 일이라 생각하네." 그가 활기찬 목소리로 말했다. "지금 우리 두 사람이 신경써야 할 것은 내년에 있을 전투야."

폼페이우스는 늘 메텔루스 피우스를 제법 좋아했다. 그렇지만 지금은 제발 그가 자신의 상처를 마구 문질러 까고, 그의 승리에 대해 떠들어대고 과시했으면 좋겠다고 생각했다. 그랬다면 그의 의견을 쓸모없는 것으로 무시해버리고 떳떳하게 그의 존재를 싫어할 수 있었을지도 몰랐다. 그런데 지금과 같은 진심 어린 친절과 배려는 오히려 자신의 부족함을 더욱 사무치게 깨닫게 했다. 새끼 똥돼지는 그를 경멸할 가치도 없을 만큼 하찮게 여기는 것이 분명했다. 새끼 똥돼지에게 그는 그저 처음으로 맡은 단독 임무에서 크게 넘어진, 일으켜세워 흙을 털어주고 다시 말에 태워줘야 할 또다른 하급 군관일 뿐이었다.

그러나 이런 태도는 최소한 그들이 원만하게 한자리에 앉을 수 있음을 의미했다. 세르토리우스를 겪기 전이었다면, 폼페이우스는 보나마나 전쟁 회의가 되었을 이 자리를 장악했을 터였다. 그러나 세르토리우스를 겪은 이후의 폼페이우스는 그저 얌전히 앉아 메텔루스 피우스가 계획을 내놓기를 기다렸다.

"이번에는," 새끼 똥돼지가 말했다. "우리 둘 다 수크로 강과 세르토리우스를 향해 진군하는 걸세. 우리 양쪽 군대 모두 지원 없이 이 일을 해낼 수 있을 정도로 크지가 않네. 그러나 히르툴레이우스와 히스파니아군이 다시 가서 매복해 기다리고 있을 테니 나는 라미니움을 통과해서 갈 수가 없네. 그러니까 사실상 상당히 둘러 가는 경로를 취해 최대한 은밀하게 움직여야 할 거야. 그렇다고 내가 접근한다는 소식이 세르토리우스나 히르툴레이우스에게 들어가지 않는 건 아니겠지. 하나 히르툴레이우스는 나를 봉쇄하기 위해 라미니움에서 이동해야 할 것이고, 세르토리우스가 명령을 내리기 전까지는 그리하지 않을 걸세. 세르토리우스는 군사와 관련된 모든 문제에서 완전한 독재자니까."

"그럼 총독님은 어느 길로 갈 수 있습니까?" 폼페이우스가 물었다.

"아, 루시타니아를 거쳐 먼 서쪽이네." 새끼 똥돼지가 쾌활하게 말했다. "최종적으로는 세고비아에 도착하겠지."

"세고비아! 하지만 거긴 땅끝에 있지 않습니까!"

"맞네. 그러나 거기라면 히르툴레이우스를 피하는 건 물론이고 세르토리우스의 눈에 멋지게 모래를 뿌려줄 거야. 세르토리우스는 내가 이베루스 강 상류로 이동할 계획이라 생각할 것이고, 모래를 털어내랴 자네와 상대하랴 바쁠 테지. 그는 히르툴레이우스를 보내서 나를 막으려 할 거야. 라미니움에 있는 히르툴레이우스가 자기보다 150킬로미터도 더 세고비아와 가까울 테니까."

"정확히 제가 무얼 하길 원하시는 겁니까?" 훨씬 겸손해진 새로운 폼페이우스가 물었다.

"5월까지 이곳 엠포리아이 진지에 머물게. 세고비아까지 가려면 두 달이 걸릴 테니 자네보다 내가 한참 먼저 움직일 걸세. 자네가 진군에 나서게 되면 극도로 신중하게 움직여야 하네. 이 모든 전략의 가장 중요한 핵심은 자네가 어떤 목적을 갖고 나와는 완전히 별개로 움직이는 것처럼 보이는 것이야. 그러면서도 6월 말 전에는 투리스 강과 발렌티아에 도착하지 않아야 하고."

"사군툼이나 라우로에서 세르토리우스가 저를 막으려 들지 않을까요?"

"그러지는 않을 거야. 그는 같은 지역에서 두 번 싸우지 않네. 이제 자네도 사군툼과 라우로를 잘 아는 상태니까."

폼페이우스는 얼굴이 벌게졌지만 아무 말도 하지 않았다.

새끼 돼지는 폼페이우스의 낯빛이 달라진 걸 전혀 눈치 못 챈 양 말을 계속했다. "아니, 이번에는 자네가 투리스 강과 발렌티아까지 가도록 내버려둘 거야. 그게 말이지, 그 지역은 자네에게 낯설 걸세. 헤렌니우스와 저 반역자 페르페르나가 여전히 발렌티아를 장악하고 있지만, 그들은 자네가 포위하도록 거기 남아 있지 않을 것 같네. 세르토리우스는 해안 도시에 방어선을 구축하는 걸 좋아하지 않아. 산중 요새를 좋아하지. 그러니 발렌티아에서 그들을 잡는 건 불가능해."

메텔루스 피우스는 잠시 말을 멈추고 다시 파리한 흰빛으로 돌아온 폼페이우스의 얼굴을 찬찬히 살핀 뒤, 그의 눈빛에 흥미가 보이는 걸 알고 더없이 다행스럽게 여겼다. 좋아! 그가 잘 받아들이고 있어.

"세고비아에서 나는 수크로 강 쪽으로 이동할 걸세. 내 예상으로는 거기서 세르토리우스가 작전을 써서 자네를 싸움에 끌어들일 것 같네."

폼페이우스는 얼굴을 찡그린 채 머릿속으로 이 얘길 곰곰이 생각했다. 새끼 돼지가 이제 깨달았듯이 그의 머리는 여전히 잘 작동하고 있었다. 그저 직접 나서서 전략을 세울 만한 자신감이 더이상 없는 것뿐이었다. 뭐, 두어 번 승리하면 그것도 돌아올 것이다! 폼페이우스의 천성은 형태가 만들어져 있었고, 그 형태가 사라질 수는 없었다. 단지 세게 두드려 맞은 것뿐.

"하지만 세고비아에서 수크로 강까지 가려면 히스파니아에서 가장 건조한 땅 한복판을 지나가야 합니다!" 폼페이우스가 이의를 제기했다. "거긴 완전히 사막이에요! 게다가 수크로 강에 이르기 전까지는 골짜기 바닥을 따라가는 게 아니라 산등성이를 연이어 넘어야 할 겁니다. 아주 끔찍한 행군이에요!"

"바로 그 때문에 거기라야 하네." 메텔루스 피우스가 말했다. "지금까지 누구도 자발적으로 그 길을 택한 적이 없으니 세르토리우스는 내가 그 길을 택하리라고는 전혀 예상하지 못할 거야. 내가 바라는 건 세르토리우스의 정찰병들이 내가 와 있는 낌새를 채기 전에 수크로 강에 도착하는 걸세." 메텔루스 피우스의 두 갈색 눈이 기쁘게 폼페이우스를 바라보았다. "폼페이우스, 자네는 지도와 보고서를 집중적으로 검토해서 그리도 지형을 잘 알고 있는 거겠지."

"그렇습니다, 퀸투스 카이킬리우스. 실제 경험을 대신할 수는 없지만, 경험이 쌓일 때까지는 그것이 할 수 있는 최선이니까요." 이 칭찬에 기분이 좋아진 폼페이우스가 말했다.

"자네는 이미 경험을 쌓고 있으니 걱정 말게!" 메텔루스 피우스가 진심으로 말했다.

"나쁜 경험이죠." 폼페이우스가 중얼거렸다.

"어떤 경험도 나쁜 경험이 아니네, 나이우스 폼페이우스. 그것이 끝에 가서 성공으로 이어진다면 말이야."

폼페이우스는 한숨을 쉬고 어깨를 으쓱했다. "그렇겠지요." 그는 자기 손을 내려다보았다. "총독님이 수크로 강에 도착할 때쯤 저는 어디에 있으면 됩니까? 그리고 그게 언제쯤이겠습니까?"

"세르토리우스 본인은 수크로 강에서 투리스 강까지 북으로 이동하지 않을 거야." 메텔루스 피우스가 단호히 말했다. "헤렌니우스와 페르페르나가 발렌티아나 투리스 강 근처에서 자네를 봉쇄하려 할 수는 있겠지만, 그들은 세르토리우스가 있는 수크로 강으로 다시 후퇴하라는 명령을 받게 되리라 보네. 7월 말에 세르토리우스 근처까지 접근하는 것이 내 목표네. 이 말은 곧, 자네가 6월 말 안에 투리스 강에 도착할 경우에는 반드시 그럴싸한 핑곗거리를 찾아 거기서 한 달을 기다려야 한다는 뜻이야. 무슨 일이 있어도 7월 말까지는 절대 세르토리우스를 찾아서 남쪽으로 계속 이동해서는 안 되네! 만약 그리한다면 나는 자네에게 병력을 보강해줄 수가 없어. 세르토리우스의 목표는 자네와 자네의 군단을 이 전쟁에서 완전히 없애는 것이네. 그리되면 나와 맞붙을 때 그가 압도적인 수적 우세를 보이게 되는 거지. 나는 그대로 내려앉을 테고."

"작년에 우뚝 일어서셨잖습니까, 퀸투스 카이킬리우스."

"그건 아주 예외적인 사건이었을 수도 있네. 그리고 나는 세르토리우스가 그렇게 생각하기를 바라네. 장담하는데, 만약 내가 히르툴레이우스를 만나 또다시 승리를 거두더라도 자네 군과 합류할 수 있게 되기 전까지는 세르토리우스에게 그 사실을 감추려고 애쓸 걸세."

"히스파니아에서는 어려운 일이라고, 그렇게 들었습니다. 모든 것이 세르토리우스의 귀에 들어간다고요."

"저들은 그렇게 주장하지. 하나 나 또한 히스파니아에서 지낸 지 수 년째니, 세르토리우스의 우위는 서서히 사라지고 있네. 기운 내게, 나이우스 폼페이우스! 우리가 이길 걸세!"

먼 히스파니아 속주의 할망구가 그의 함대를 가데스로 돌려보내려

떠난 후에 폼페이우스의 기분이 전보다 나아졌다고 말한다면 조금은 지나친 과장일 수도 있겠지만, 그의 근성이 더 굳건해진 것만은 분명한 사실이었다. 그는 자신의 막사에서 빠져나와 아프라니우스와 페트레이우스, 그리고 그들보다 하급인 보좌관들과 함께 군대 개편의 마무리 작업을 단행했다. 지금 와서 보니 그가 새끼 똥돼지의 군단 하나를 가져오겠다고 고집했던 것은 정말로 잘한 일이었다! 그 군단이 없었다면 지금은 전투를 벌일 수 없는 상황일 터였다. 병사들의 수를 정확히 파악해보니 그에게는 두 가지 선택지가 있었다. 정원 미달의 5개 군단 혹은 인원을 꽉 채운 4개 군단이었다. 군사적으로 멍청한 것과는 거리가 멀었던 폼페이우스는 정원 미달의 5개 군단 쪽을 선택했다. 4개 군단보다는 5개 군단이 작전을 실행하기에 더 용이하기 때문이었다. 살아남은 자기 병사들의 얼굴을 똑바로 바라보기란 결코 쉽지 않았으나—패배 후 사실상 처음이었다—참으로 흐뭇하면서도 놀랍게도, 그리도 많은 전우들이 죽었지만 병사들은 누구 하나 폼페이우스를 원망하고 있지 않았다. 오히려 세르토리우스가 결코 번영하지 못하게 하리라는 굳은 결의를 다진 것처럼 보였고, 언제나 그랬듯이 그들의 사랑스러운 젊은 장군이 원한다면 무엇이든 기꺼이 하겠다는 의지를 보였다.

저지대의 겨울은 포근하고 별스레 건조했다. 폼페이우스는 새로 개편된 자기 부대원들을 하나로 뭉치게 할 목적으로 병사들을 이끌고 이베루스 강 상류로 조금 올라가 세르토리우스의 도시 몇 곳을 점령했다. 그 결과 비스카르기스와 켈사가 만족스러운 쿵 소리와 함께 쓰러졌다. 3월 말이 된 이 시점에서, 폼페이우스는 다시 엠포리아이로 철군하여 해안을 따라 이어질 원정을 준비하기 시작했다.

메텔루스 피우스가 편지로 소식을 전해왔다. 세르토리우스가 디아니움에서 군함 40척과 금 3천 탈렌툼을 인수한 뒤 히르툴레이우스의 줄어든 히스파니아군 병력을 보충할 신병 훈련을 돕기 위해 페르페르나와 함께 루시타니아로 떠났으며, 오스카는 헤렌니우스에게 맡겨놓았다는 내용이었다.

그사이 폼페이우스의 정보망도 삼촌과 조카 발부스(지금은 그의 밑에서 일하고 있었다)의 노력 덕으로 눈에 띄게 개선되었다. 게다가 피케눔족 정찰병들은 기대했던 것보다 더 잘해주고 있었다.

5월 초가 지난 후에야 그는 이동을 시작했고 그뒤로도 쭉 극도로 신중한 움직임을 보였다. 농토에 익숙한 사람답게, 데르토사에서 이베루스 강을 건너는 사이 그는 이 비옥하고 광범위하게 경작된 골짜기가 연중 그맘때치고 대단히 건조해 보이며 들판에 자라고 있는 밀이 이상하게 드문드문하고 아직 이삭도 패지 않았다는 사실에 자연스레 주목했다.

적의 기미는 전혀 없었지만, 이번 두번째 남진에서는 그 사실이 폼페이우스를 기쁨에 차게 하지는 않았다. 오히려 그는 더 신중을 기하고 그의 종대는 수비 태세를 취할 뿐이었다. 사군툼과 라우로는 눈을 돌린 채 서둘러 지나쳤다. 사군툼은 그대로였으나 라우로는 생명이라고는 없이 검게 탄 폐허였다. 6월 말경, 메텔루스 피우스가 세고비아에 당도할 즈음 받아볼 수 있기를 바라며 전갈을 보낸 데 이어 그는 투리스 강변의 더 넓고 비옥한 골짜기에 이르렀다. 그 맞은편 강기슭에는 크고 견고한 요새 도시 발렌티아가 자리잡고 있었다.

강과 도시 사이에 자리한 좁은 저지대에 들어선 폼페이우스는 헤렌니우스와 페르페르나가 자신을 기다리고 있는 것을 발견했다. 병사들의 수는 저쪽이 더 많지만 똑같이 5개 군단이라고 그의 피케눔족 정찰병들이 알려왔다. 상대 병사들은 대략 3만 명이었고 폼페이우스군은 2만 명이었다. 적군의 가장 큰 우위는 기병대였는데, 그의 정찰병들이 추정하기로는 갈리아인 기병 1천 명에 이르렀다. 메텔루스 스키피오와 아울루스 가비니우스가 초겨울 동안 나르보 갈리아에서 기병 모집에 심혈을 기울였음에도 폼페이우스의 기병은 400명에 불과했다.

그래도 최소한 그는 피케눔족 정찰병들이 가져온 정보가 믿을 만하다고 확신할 수 있었고, 그들이 이탈리아에서 정찰하는 것이나 히스파니아에서 정찰하는 것이나 별 차이 없다고 장담했을 때 그 말을 믿었다. 그리하여 폼페이우스는 언제든 그의 측면을 포위하거나 후방을 기습하려고 뒤에 숨어 기다리고 있는 세르토리우스군 보병대대는 없다는 것을 알고 안심한 상태로 자신의 군대에게 투리스 강을 건너게 했다. 그리고 남쪽 강기슭에서 전투 명령을 내렸다.

강은 측면이 가파른 깊은 도랑이라기보다 내리받이에 가까웠으므로, 전투가 시작되고 나서도 아무런 장애가 되지 않았다. 강바닥은 바위처럼 단단하고 수심은 발목이 잠길 정도였던 것이다. 두 진영 중 어느 쪽에도 딱히 전략적인 이점이 없었으므로, 결국 펼쳐진 양상은 정신력과 기운에서 앞서는 군대가 이기게 되는 재래식 전투였다. 폼페이우스가 유일하게 쓴 획기적인 전술은 아군의 기병이 부족하다는 데서 비롯된 발상이었다. 그는 페르페르나와 헤렌니우스가 기마 병력의 우위를 이용해 자신의 측면을 공격할 것임을 정확히 예측하여, 양익의 바깥쪽을 구식 밀집 장창 대형으로 배치하고 이 병사들에게 길이가 5미터에 달하는 무시무시한 무기로 말에 탄 병사가 아니라 말을 공격하도록 지시했다.

전투는 치열했고 매우 오래 끌었다. 세르토리우스나 히르툴레이우스만큼 재능 있는 장군이 결코 못 되었던 헤렌니우스가 자신이 지고 있다는 것을 깨달았을 때는 이미 너무 늦어 있었다. 그의 서쪽에 위치한 페르페르나는 그의 명령을 모조리 무시하고 있었다. 실제로 이 두 사람은 전투가 시작되기 전에 어떻게 수행할지를 놓고 합의를 보지 못했고, 결국 별개의 독립체로 싸웠다. 폼페이우스가 이런 상황을 바로 알아챈 것은 아니었고 나중에 가서야 알게 된 사실이긴 했지만.

전투가 끝났을 때 헤렌니우스는 참패를 당했지만, 페르페르나는 그렇지 않았다. 세르토리우스가 이 믿을 수 없고 혐오스러운 인간 페르페르나와 계속 전쟁을 함께해야 한다고 고집한다면 차라리 죽는 편이 낫다고 결심한 헤렌니우스는 전장에서 목숨을 버렸다. 그의 직속 휘하에 있던 3개 군단과 기병대는 곧바로 싸울 의지를 잃었다. 1만 2천 명의 병사가 죽었고, 페르페르나와 생존병 1만 8천 명은 세르토리우스가 있는 수크로 강변으로 후퇴했다.

폼페이우스는 절대 7월 말 전에 수크로 강에 도착하면 안 된다던 메텔루스 피우스의 경고를 되새기며 페르페르나를 추격하지 않았다. 너무나 결정적이고 완벽한 이 승리는 그의 상처 입은 자아에 커다란 도움이 되었다. 병사들이 보내는 환호성을 다시 듣다니, 이 얼마나 멋진가! 내 힘으로 얻어낸 영예로 로마군의 독수리와 기를 장식하는 것은 또 얼마나 멋진가!

당연하게도 이제 발렌티아는 사실상 무방비 상태가 되었다. 성벽을 사이에 두고 그곳 주민들에 대한 로마의 보복이 남아 있을 뿐이었다. 그리하여 폼페이우스는 그 앞에 진을 치고 도시를 상대로 무자비한 조사에 들어갔으며 그 결과 목적을 이루기에 충분한 약점들을 찾아냈다. 몇 군데 매설물을 묻고, 나무로 지어진 구역을 따라 불을 지르고, 수도

시설을 찾아내어 차단하자 발렌티아는 항복했다. 폼페이우스는 요즘 들어 새롭게 익힌 신중함을 발휘하여, 도시 안에 있는 식량을 모조리 수거해 토탄으로 뒤덮인 버려진 채석장에 숨겼다. 그런 다음 발렌티아 주민 전부를 새 카르타고에 있는 노예 시장으로 보내버렸다. 그들은 배편으로 보내졌는데, 먼 히스파니아의 로마 함대가 (새끼 똥돼지라는 어느 로마인의 선견지명 덕분에) 때마침 근처 바다를 순항하고 있었던 데다 이제 세르토리우스 소유가 된 폰토스 3단 노선 40척의 흔적이 전혀 보이지 않은 때문이었다. 그렇게 폼페이우스는 7월 말을 엿새 앞두고서야 수크로 강으로 진군했으며, 그곳에서 자신과 강 사이에 놓인 평원에 따로따로 세운 두 개의 진지 안에 있는 세르토리우스와 페르페르나를 발견했다.

폼페이우스는 이제 자기 앞에 놓인 고통스러운 딜레마를 두고 씨름해야 했다. 메텔루스 피우스로부터는 아무 소식도 듣지 못한 상황이니, 바로 가까이에 지원군이 있다고 가정할 수는 없었다. 투리스 강가에서의 상황과 마찬가지로 이곳 지형도 세르토리우스에게 아무런 전략적 우위를 주지 않았다. 제법 떨어진 곳까지 보더라도 언덕이나 넓은 숲, 유용한 수풀, 협곡이 전혀 없었으므로 세르토리우스가 기병대나 유격대를 숨겨놓을 데가 없는 셈이었다. 가장 가까운 도시는 수크로 강에서 남쪽으로 8킬로미터 떨어진 작은 사이타비스였는데, 이 강은 투리스 강보다 넓고 표사(漂砂)로 악명 높았다.

메텔루스 피우스가 합류할 때까지 전투를 미룬다면—그가 무조건 온다고 가정했을 때—세르토리우스는 자기 군에 더 적합한 지역으로 후퇴할 수도 있고, 아니면 폼페이우스가 지원군을 기다리며 시간을 벌고 있음을 꿰뚫어볼 수도 있었다. 하지만 세르토리우스와 교전을 시작한다면 거의 4만 병력 대 2만 병력의 대결이 되어 폼페이우스가 수적으로 완전히 열세였다. 그나마 헤렌니우스의 패배 덕에 이제 양쪽 다 기병대는 크지 않았다.

결국 폼페이우스가 전투를 벌이기로 마음먹게 된 것은 메텔루스 피우스가 오지 않을지도 모른다는 두려움 때문이었다. 혹은—욕심 많던 그의 예전 자아가 지금 싸우면 새끼 똥돼지와 승리의 영예를 나누지 않아도 된다고 머릿속에서 속삭였다고 인정하기를 거부하면서—그 스스로는 그렇게 되뇌었다. 헤렌니우스와 페르페르나와의 격돌은 세르토리우스와의 교전의 서막에 불과했고, 폼페이우스는 세르토리우스에게 조롱당한 기억을 지워버리고픈 열망으로 불타올랐다. 그랬다, 그의 자신감이 돌아온 것이다! 그리하여 7월의 끝에서 두번째 날이 동틀 무렵, 자신의 뒤쪽에 강력한 진지를 구축해둔 나이우스 폼페이우스 마그누스는 휘하 5개 군단과 400기병을 이끌고 세르토리우스와 페르페르나 맞은편 평원으로 진격하여 병사들을 전투 대형으로 배치했다.

4월의 칼렌다이에 새끼 똥돼지 퀸투스 카이킬리우스 메텔루스 피우스는 바이티스 강 서안의 이탈리카 외곽에 세워진 자신의 쾌적한 막사를 떠나 아나스 강으로 향했다. 그의 6개 군단 전체—총 3만 5천 명의 병사—와 누미디아인 경기병 1천 명도 함께였다. 그의 혈관을 흐르는 귀족의 체액은 썩 훌륭한 농부의 혈액으로 희석된 적이 없었으므로, 가는 동안 그는 자신이 횡단하는 경작지가 예년에 비해 초록빛이 덜하고 작물의 싹도 무성하게 자라지 않았다는 것을 눈치채지 못했다. 그의 보급 부대에는 곡물이 넘쳐났으며, 그 외에도 병사들의 식단을 다채롭게 하고 그들의 건강을 유지시키는 데 필요한 온갖 식품이 갖춰져 있었다.

아나스 강어귀에서 대략 240킬로미터 떨어진 곳에 도착했을 때, 그 강가에 장벽을 이루고 그를 기다리는 루시타니족은 없었다. 이 사실에 그는 흐뭇했다. 이건 곧 그의 위치가 저들의 귀에 들어가지 않았으며 저들은 아직도 바닷가에서 그를 기다린다는 뜻이었기 때문이다. 이쪽 먼 상류에는 큰 정착지는 전혀 없었지만 작은 촌락들이 있고 강 유역의 땅이 경작되고 있었다. 그가 왔다는 소식은 강 하류에 모여 사는 부족민들에게 분명 전해질 것이다. 그러나 그들이 여기로 올 즈음에는 아나스 강에서 멀리 벗어나 있을 생각이었다. 그들은 그를 뒤쫓을 수는 있어도 잡지는 못할 것이다!

뱀처럼 엉큼한 이 로마인은 이제 투르물리의 타구스 강을 향해 완만하게 경사진 고지대를 빠른 속도로 구불구불 뚫고 나아갔다. 가끔씩 현지 주민들이 달려들어 작은 접전이 일긴 했지만 말 엉덩이에 붙은 파리를 쫓듯 쉬이 해치워버렸다. 세고비아는 끝에서 두번째 목적지였으므로, 새끼 똥돼지는 타구스 강 상류로 더 올라가는 대신 북북서쪽을 향해 들판 위로 계속 행군했다.

그가 쭉 타고 온 길은 원시적인 수렛길에 불과했지만 이 서부 고원 일대에서 가장 다니기 편한 경로를 취하고 있었다. 고도가 몇십 미터 차이밖에 나지 않았고 가장 높은 곳도 800미터를 넘지 않은 것이다. 그에게는 낯선 지역이었으므로 새끼 똥돼지는 넋을 놓고 주변을 바라보았고, 수하에 있는 지도제작자와 지리학자 들을 재촉해 모든 지형을 상세히 그리고 기록하게 했다. 그곳에 사람은 거의 없었다. 어쩌다 마주치는 사람은 그 자리에서 바로 죽였다.

군대는 떡갈나무, 너도밤나무, 느릅나무, 자작나무가 뒤섞인 아름다운 숲을 뚫고 나아가며 점점 뜨거워지는 햇빛을 피했다. 작년에 히르툴레이우스를 상대로 거둔 승리는 병사들의 사기를 놀랍도록 북돋아준 동시에 그들의 장군에게도 병사들의 편의에 대해 새로운 태도를 갖게 해주었다. 병사들이 필요 이상으로 고생하지 않게 하리라는 굳은 결심 하에—또한 자신이 시간을 잘 맞추고 있음을 의식하면서—먼 히스파니아 속주의 할망구는 든든히 먹고 밤 동안 푹 쉬어도 체력이 회복되지 않을 만큼 병사들이 지치는 일이 없도록 행군 속도에 신경을 썼다.

이들 로마군 종대는 훨씬 높은 두 산줄기 사이를 통과해 넓은 땅으로 들어섰다. 그 땅은 히스파니아의 모든 큰 강들 중에서 로마인들에게 가장 덜 알려진 두리우스 강까지 이어져 있었다. 가던 방향으로 계속 갔다면 앞쪽으로 부유한 대도시 살라만티카가 있었다. 그러나 메텔루스 피우스는 그 전에 북동쪽으로 방향을 틀어 오른편에 있는 산비탈에 바짝 붙어서 갔다. 베토네스족을 자극하지 않으려는 생각에서였는데, 이 부족의 사금 채광장은 145년 전에 위대한 한니발이 살라만티카를 약탈하는 계기가 된 바 있었다. 그렇게 6월 칼렌다이에, 퀸투스 카이킬리우스 메텔루스 피우스는 세고비아 외곽에서 자신의 군대를 멈춰 세웠다.

이렇게 부지런히 왔음에도 히르툴레이우스가 그보다 먼저 세고비아에 도착했다. 그리 놀라운 일은 아니었다. 라미니움은 여기서 불과 300킬로미터 거리인 데 비해 메텔루스 피우스는 900킬로미터를 와야 했기 때문이다. 아마도 타구스 강변의 투르물리에서 누군가가 로마인들이 지나가고 있다는—하지만 타구스 강 상류 쪽으로는 가지 않는다는—전언을 세르토리우스에게 보낸 것 같았다. 세르토리우스는 (먼 히스파니아 속주의 할망구가 추측했던 대로) 로마군의 목표는 이베루스 강 상류이고 지금 이것은 세르토리우스를 동부 해안과 폼페이우스로부터 떨어뜨려놓으려는 술책이거나, 아니면 세르토리우스에게 가장 충성스러운 심장 지대를 진짜로 치려는 시도일 거라고 추정했다. 히르툴레이우스는 할망구가 세르토리우스의 심장 지대에 이르기 전에 저지하라는 명령을 받았다. 메텔루스 피우스는 한 가지만은 확신했다. 저들은 그가 실제로 가려는 곳이 어디인지를 알아맞히지 못한 것이다. 그걸 알아맞히는 건 세르토리우스가 할망구의 능력—그리고 치밀함!—을 지금보다 훨씬 높이 평가했을 때나 가능한 일이었다.

가장 먼저 할 일은 군대를 아주 튼튼하게 요새화된 진지 안으로 들이는 것이었다. 메텔루스 피우스는 언제나처럼 신중을 기하여 병사들에게 갑옷을 입은 채로 땅을 파고 진지를 세우게 했다. 그건 어느 군단병에게도 반갑지 않은 추가적인 짐이었으나, 그들의 백인대장들이 말했듯이 히르툴레이우스가 근처에 있었다. 병사들은 마치 거대한 곤충 무리처럼 구멍을 파고 둔덕을 세우며 미친듯이 작업에 몰두했다. 붉은 기가 세워지고 여전히 측량 작업이 계속되는 동안, 끌어다놓은 수레와 황소, 노새, 말 들은 기간요원에게 맡겨졌다. 비전투원들까지도 진지 구축 작업에 동원되고 있었기 때문이다. 3만 5천 명의 병사들이 더없이 조리 있고 체계적으로 일한 덕분에 단 하루 만에 진지가 완성되었다. 진지는 각 면의 길이가 1.5킬로미터에 목재로 보강한 방벽은 7.5미터 높이였으며, 200보마다 망루가 세워져 있고 방벽 앞에 파놓은 참호는 6미터 깊이였다. 단단한 통나무로 만든 네 개의 출입문이 쾅 닫히고 보초병들이 배치된 후에야 장군은 겨우 안도의 한숨을 내쉬었다. 이제 그의 군대는 적의 공격으로부터 안전했다.

그렇다고 그날 아무 일이 없지는 않았다. 먼 히스파니아의 할망구가 참호와 방벽과 말뚝 뒤에 편안히 들어앉아 있을 걸 생각하니 도저히 참아줄 수가 없었던 히르툴레이우스는 할망구의 진지 구축을 중단시킬 목적으로 자기 진지에서 기병대를 출격시켰다. 그러나 메텔루스 피우스는 히스파니아에서의 3년 반을 헛되이 보낸 게 아니었다. 그는 점점 그의 적처럼 생각할 줄 알게 된 것이다. 세고비아에 도착하기 수 킬로미터 전에 일부러 종대에서 누미디아인 경기병 600명을 따로 떼어놓고, 그들에게 극도로 은밀하게 계속 뒤를 따라온 뒤 공격해올 적의 눈에 띄지 않는 위치에서 대기하도록 지시했다. 그리하여 기병대의 돌격이 시작되기가 무섭게 누미디아인 경기병들이 근처의 나무 밑에서 튀어나와 히르툴레이우스를 다시 그의 진지로 쫓아 보냈다.

그후 한 주에 해당하는 여드레 내내 더는 아무 일도 일어나지 않았다. 병사들은 휴식을 취했다. 어느 적군도 감히 그들의 평안을 방해하지 못할 거라는 기분으로. 잠자며 밤을 보내고, 햇빛이 비치는 긴 낮 시간은 운동과 놀이를 함께하며 보냈다. 장군은 프라이토리아 가도와 프링키팔리스 가도가 교차하는 지점에 세워진 사령부 막사에서부터(이 막사는 장군이 건조물들의 꼭대기 너머 네 개의 방벽까지 모두 볼 수 있도록 평평한 진지 터 안의 둔덕을 차지하고 있었다) 큰길 두 개를 끝까지 따라 걸으며, 기름 먹인 소가죽으로 된 막사나 널빤지를 이어 만든 막사가 죽 늘어선 좁은 길로 불쑥 들어갔다. 그렇게 가는 곳마다 병사들과 얘기를 나누고 자신의 다음 계획이 무엇인지 찬찬히 설명해주면서 자신이 대단히 자신만만한 상태임을 병사들에게 보여주었다.

그는 따뜻한 사람도 아니었고 부하들이나 아랫사람들을 대하는 게 편한 사람도 아니었지만, 그렇다고 공공연한 애정 표현을 하지 못할 정도로 차가운 사람도 아니었다. 그가 병사들을 더없이 세심하게 챙겼던 바이티스 강가에서의 전투 이후로 병사들은 그를 다르게 보고 있었다.

처음에는 쑥스러운 듯 조심스러웠으나 점점 더 드러내놓고 마음을 표현했다. 병사들은 애정을 담은 눈으로 그를 바라보았으며, 그가 배려와 신중함을 발휘하여 자신들에게 승리의 기회를 준 것에 얼마나 감사하는지 전했다. 그의 이러한 배려가 순전히 실리적인 동기에서 비롯되었다는 것, 자신들에 대한 애정이 아니라 히르툴레이우스를 이기고픈 열망에 토대했다는 사실도 그들에게는 별문제가 되지 않았다. 병사들도 그 정도쯤은 잘 알고 있었다. 장군은 세르토리우스가 한없이 조롱하며 부르는 할망구라는 별명처럼 안달복달 마음을 썼다. 병사들의 안녕에 대한 개인적인 관심을 드러내보인 것이다.

그뒤로 병사들은 장군과 함께 가데스에서 엠포리아이로 배를 타고 갔다가 도로 왔고 야만인들이 들끓는 낯선 땅을 900킬로미터 행군했다. 그리고 그 여정 내내 장군은 그들을 안전하게 지켰다. 그랬기에 세고비아 진지 안의 크고 작은 길을 걸어다니는 지금 메텔루스 피우스는 병사들이 보이는 이처럼 놀라운 애정의 불빛에 마음이 사르르 녹아 있었으며, 이제 그 자신의 생각과 세세한 부분에 대한 로마인다운 태도가, 떨어지게 되면 눈물이 날 것 같은 군대를 그에게 주었다는 사실을 깨달았다. 그들은 그의 것이었다. 그가 아직 제대로 받아들이지 못한 건 그 역시 그들의 것이라는 사실이었다. 그의 아들은 이 사실을 전혀 인정하려 들지 않았고, 아버지가 번듯한 마을이나 다름없는 진지 곳곳을 거닐 때 함께 다니는 것도 힘들어했다. 메텔루스 스키피오는 엄격한 사람이라기보다도 속물에 가까워, 자기와 동등하지 않은 사람들—혈연이나 입양을 통해 직접적으로 관계되지 않은 사람들이라고도 말해도 될 터였다—의 애정을 끌어내거나 받아들이는 것이 태생적으로 불가능했다.

장군이 그의 병사들을 이끌고 나가 루키우스 히르툴레이우스를 전투에 끌어들이려 할 때쯤, 그들은 장군이 왜 맞지 않게 작은 진지에 6개 군단 전체와 기병 1천명을 억지로 쑤셔 넣었던 건지 깨달았다. 히르툴레이우스로 하여금 그에게 정원에 못 미치는 5개 군단밖에 없으며, 그가 진지를 그토록 견고하게 지은 것은 그의 군대가 그때껏 꼭 필요한 부속장비를 다 갖추지 못한 채 이동해야 했기 때문이라고 생각하게 하고 싶었던 것이다. 앞서 있었던 돌격 당시 히르툴레이우스의 기병대를 쫓아가는 동안, 누미디아인 기병 몇몇은 일부러 들리게 이런 식의 말을 흘렸다.

그는 계획적으로 스키피오 아프리카누스가 썼던 방법을 취해, 군장도 제대로 갖추지 못하고 사기도 떨어진 군을 지휘하는 장군이 선택할 법한 대형에 맞는 종류의 지대—작은 물길로 나뉘어 있고 약간 울퉁불퉁하며 덤불과 작은 나무들로 가로막혀 있는—를 골랐다. 그리고 히르툴레이우스가 보기에는, 최상의 몸 상태에 완벽한 무장을 갖춘 히스파니아인 병사 4만 명으로 이루어진 전선을 상대하기 위해 메텔루스 피우스가 부득이 중앙 병력을 좁게 배치할 것임이 명백했다. 약한 중앙을 보완하려고 양날개는 지나치게 앞으로 뻗어나와 있었고, 날개 끝에 위치한 누미디아인 기병대는 흡사 그들을 통제할 능력이 안 되는 사람의 지휘를 받고 있는 듯이 행동하고 있었다. 정찰병들이 와서 할망구의 군대가 진지 밖으로 나오고 있다고 알려왔을 때 히르툴레이우스는 그날 싸울 것인지를 두고 마음이 왔다갔다 했지만, 상대와 전장을 살펴보고는 경멸스러운 듯 투덜거리다가 결국 전투를 개시하기로 결정했다.

할망구의 양익이 맨 먼저 히르툴레이우스와 맞붙었는데, 정확히 그가 원하던 바였다. 히르툴레이우스는 상대의 약한 중앙을 노리고 진격하여 거기에 구멍을 내는 데 집중했다. 그 구멍으로 서둘러 3개 군단을 끌고 간 다음 방향을 틀어 배후를 칠 생각이었다. 그러나 히스파니아군이 제멋대로인 듯 보였던 상대의 양날개 사이로 들어간 순간, 메텔루스 피우스는 쳐놓았던 덫을 작동시켰다. 그의 최정예 병사들이 양날개 안에 숨어 있었던 것이다. 그중 일부는 순식간에 움직여 중앙을 보강했고 또다른 일부는 방향을 돌려 측면에서 싸웠다. 거기서 빠져나갈 시도도 해보기 전에 루키우스 히르툴레이우스는 당황하여 허둥대는 병사들의 덩어리에 그대로 말려들어갔고, 그렇게 전투에 패했다. 히르툴레이우스와 그의 동생은 전장에서 죽었고, 메텔루스 피우스의 병사들은 승리의 노래를 부르며 세르토리우스의 소중한 히스파니아군을 토막냈다. 히스파니아 병사들 중 살아남은 이는 극소수였다. 생존자들은 루시타니아로 달아나 끔찍한 패전 소식을 울부짖으며 전했고, 더는 세르토리우스를 위해 싸우러 오지 않았다. 아나스 강어귀의 채석장을 빼앗겼던 그들 부족은 처음엔 로마인들을 따르다가 이후 먼 히스파니아 속주를 침략하고 바이티스 강까지 건널 작정을 하고 있었다. 그러나 히스파니아군의 소식이 퍼지자 그들은 멋진 기회가 날아간 것을 처절하게 애도하고서 숲속으로 사라져버렸다.

고원 위 험준한 바위산 꼭대기에 자리잡은 마을에 불과했던 세고비아는 메텔루스 피우스 앞에서 단 하루도 버티지 못했다. 마을 주민들은 살육되고 건물들은 화염에 휩싸였다. 메텔루스 피우스는 단 한 사람이라도 살아남아 동쪽으로 쏜살같이 달려가서 세르토리우스에게 그의 히스파니아군이 전멸했다고 알려주는 일이 없길 바랐다.

병사들이 상태가 좋고 떠나도 될 만큼 충분히 쉬었다고 백인대장들이 선언하자마자 메텔루스 피우스는 수크로 강어귀 쪽으로 행군을 시작했다. 시간상 그는 세고비아 뒤쪽에 솟은 위협적인 대산괴를 돌아가는 길을 찾아볼 새 없이 곧바로 넘어가야 했다. 알고 보니 유가 카르페타나라고 불리는 그 산괴는 넘기가 힘들기는 해도 불가능한 것은 아니어서, 황소가 끄는 수레들까지도 무사히 넘어갈 수 있었으며 길도 35킬로미터 정도로 짧은 편이었다. 세고비아 다음은 미아쿰이었고 미아쿰 다음은 세고브리가였다. 메텔루스 피우스와 그의 군대는, 라미니움으로 귀환하는 히르툴레이우스와 히스파니아군을 봤다고 주민들이 착각하게 하기 위해 한참 남쪽으로 떨어져서 이들 지역을 통과했다.

그 이후로는 양들조차 피하는 것 같은 매우 건조한 땅을 통과하는 지루하고 고생스러운 여정이었다. 그래도 일정한 간격을 두고 지하에서 물이 나오는 강바닥이 있었고, 여전히 물이 흐르는 수크로 강 상류까지 거리가 그리 멀지 않아 먼 히스파니아 군대가 위험에 처하지는 않았다. 물론 더위는 엄청났고 그늘이라고는 없었다. 그러나 달이 만월에 가까웠으므로 메텔루스 피우스는 밤에만 행군을 하고 낮에는 병사들을 그늘진 막사에서 자게 했다.

수크로 강에 이르렀을 때 무슨 직감에서 북쪽 강기슭으로 건넜던 것인지, 나중에 가서도 그는 결코 알지 못했다. 거기서 더 아래쪽으로는 강바닥이 모래질 자갈로 된 흐르는 수렁이어서 건너가려면 시간이 많이 걸렸을 터였다. 여하튼 그렇게 메텔루스 피우스의 군단들이 강 북쪽편에 도착했을 때, 그와 병사들의 귀에 저멀리서 일몰 직전에 시작된 틀림없는 전투 소리가 들려왔다. 7월의 마지막에서 두번째 날이었다.

새벽부터 일몰 한 시간 전까지 세르토리우스는 폼페이우스 군단들이 전투 대형을 짜는 모습을 지켜보았다. 그날이 지루하게 이어지는 동안 그는 폼페이우스가 이대로 버틸지 아니면 진군 방향을 돌릴지 궁금해했다. 세르토리우스가 원한 건 후자 쪽이었다. 그에게 등을 보이는 순간 폼페이우스는 자신이 끔찍한 실수를 저질렀음을 곧바로 알게 되었을 터였다. 그런데 지금 상황은, 이 꼬마가 자기가 뭘 하는지 제대로 알 정도로 영리하거나, 아니면 어느 행운의 신이 그의 어깨 옆을 지키고 서서 그에게 끔찍스러운 햇볕 속에 몇 시간이고 계속 기다리라고 설득했거나 둘 중 하나였다.

요즘 세르토리우스는 그가 누리는 수많은 이점—더위를 너무나 잘 견디는 병사들, 풍부한 식수와 첨벙거리며 수영할 수 있는 장소, 주변 일대에 대한 상세한 지식—에도 불구하고 상황이 썩 좋지 않았다. 우선 히르툴레이우스가 세고비아로 간 이후 그에게서 짧은 편지 하나 외에 아무런 소식도 듣지 못했다. 편지에는 메텔루스 피우스는 그곳에 없다, 하지만 할망구가 나타날지 30일간 기다려본 후에 명령받은 대로 세르토리우스와 합류하겠다고 적혀 있었다. 그 구역에서 가장 높은 언덕들에 배치된 정찰병들에게, 히르툴레이우스가 가까이 오고 있음을 알 수 있는 수크로 강 마른 계곡에서 이는 먼지 기둥이 전혀 포착되지 않았다는 것도 문제였다. 그리고 무엇보다 가장 큰 걱정거리가 있었으니, 디아나가 사라졌다.

흰 새끼 사슴은 오스카에서부터 쭉 그와 함께였다. 행군하는 군대가 내는 정신없고 부산한 소리에도 끄떡없었고 뜨거운 여름 태양에도 끄떡없었다(이 사슴은 알비노였으므로 강한 햇빛에 화상을 입는 게 당연했지만, 한 번도 그런 일이 없었다. 사슴의 신성을 보여주는 또하나의 증거였다). 그러다 헤렌니우스와 페르페르나는 폼페이우스의 저항력을 약화시키기 좋은 발렌티아 근처로 보내고 세르토리우스 자신은 이곳 수크로 강가에 자리를 잡고 나서 보니, 디아나가 사라지고 없었다. 전날 밤 그의 사령부 막사에서 잠이 들 때만 해도 분명 그의 침대 옆 양가죽 깔개 위에 웅크리고 있었는데, 새벽에 깨어보니 자취를 감춰버린 것이다.

처음에 그는 사슴이 없다고 초조해하지 않았다. 사슴은 훈련을 아주 잘 받아서 절대 건물 안에다 오줌이나 똥을 싸지 않았으므로, 세르토리우스는 그저 사슴이 용변을 보러 나갔겠거니 생각했다. 하지만 그가 아침을 먹을 때 옆에서 같이 아침을 먹고 여름이면 늘 밤새 쉬고 난 뒤에 가장 배고파하는 사슴이, 먹이를 먹으러 돌아오지 않았다.

그 일이 일어난 게 33일 전이었다. 점점 더 불안해진 세르토리우스는 조용히 더 먼 곳으로 찾아다녔지만 아무 소득이 없었고, 결국은 다른 사람들에게 사슴을 보지 못했냐고 물어야 했다. 그 소식은 바싹 마른 덤불에 불이 붙은 것처럼 순식간에 퍼져나가, 마침내 진지 내 모든 사람이 공황 상태에 빠진 채 황급히 흩어져 디아나를 찾아다녔다. 그 사태에 세르토리우스는 설령 자신이 사라지더라도 기강을 유지해야 한다는 엄격한 명령을 내려야만 했다.

이 짐승은 너무나 중요했고, 특히 히스파니아인들에게는 더욱 그랬다. 사슴의 흔적을 찾지 못한 채 하루하루가 지나가면서 사람들의 사기는 곤두박칠쳤다. 페르페르나가 발렌티아에서 불쌍하고 충직한 헤렌니우스와 협력하길 거부함으로써 초래한 저 어리석은 참사까지 사기 저하를 더욱 부채질했다. 세르토리우스는 그것이 페르페르나 탓이라는 것을 잘 알고 있었지만, 그의 휘하 사람들은 디아나가 사라진 탓이라고 확신했다. 흰 새끼 사슴은 세르토리우스의 행운인데, 이제 그의 행운이 사라져버렸다는 것이었다.

세르토리우스가 자신의 군대를 전투에 투입한 것은 해질녘이 다 되어서였다. 그는 여름 태양 아래서 오랫동안 대기하느라 지쳤을 게 분명한 폼페이우스군보다 자신의 병사들이 훨씬 싸우기 좋은 상태라고 확신했다. 폼페이우스 본인은 오른쪽 병력을, 아프라니우스가 왼쪽 병력을 지휘하고 있었다. 중앙 병력은 어느 보좌관이 맡고 있었는데, 세르토리우스의 정찰병들 가운데 누구도 그 사람의 이름을 모르는 것으로 보아 히스파니아는 처음인 듯했다. 지난해 라우로 외곽에서의 만남 이후 세르토리우스는 폼페이우스의 전투 지휘 능력을 마음속 깊이 경멸하고 있었으므로, 자신이 직접 폼페이우스를 상대하기로 결정했다. 그리하여 페르페르나가 아프라니우스와 대적하게 되었고, 중앙 병력도 세르토리우스의 지휘하에 들어갔다.

시작부터 상황은 세르토리우스에게 더없이 좋게 흘러갔다. 막 해가 질 무렵 폼페이우스가 넓적다리 한쪽을 날카로운 창에 너덜너덜 찢겨 전장에서 실려나갔을 때는 더더욱 좋아지는 것 같았다. 폼페이우스가 떠난 자리에는 같은 창에 죽은 그의 커다란 흰색 공마가 남겨져 있었다. 젊은 아울루스 가비니우스의 용맹한 결집 시도에도 불구하고, 지휘관을 잃은 폼페이우스의 오른쪽 대열은 뒤로 밀리기 시작했다.

불행히도 페르페르나는 아프라니우스를 상대로 그만큼 잘해내지 못하고 있었다. 아프라니우스는 페르페르나의 전열에 구멍을 뚫어 그의 진영까지 들어갔다. 이에 어쩔 수 없이 세르토리우스가 직접 페르페르나를 구하러 갔고, 큰 손실을 입은 후에야 간신히 아프라니우스를 진영에서 몰아낼 수 있었다. 어둠이 깔리고 보름달이 떠올랐다. 그러나 흙먼지 속에서도 달빛과 횃불에 의지해 전투가 계속되었다. 세르토리우스가 다음날 이길 수 있을 만큼 유리한 위치를 점하기 전에는 절대 교전을 중단하지 않을 결심이었기 때문이다.

그랬기에 마침내 교전이 중단되었을 때 세르토리우스에게는 다음날 새벽을 기대할 충분한 이유가 있었다.

"저 꼬맹이의 시체를 나무에 매달아 새들의 먹이가 되게 내버려둘 테다." 그는 심술궂은 미소를 지으며 말했다. 그러다 이내 간절하면서도 절망적인 표정이 되었다. "디아나는 아직 돌아오지 않았지?"

그랬다, 디아나는 돌아오지 않았다.

앞이 보일 만큼 날이 밝자마자 전투가 재개되었다. 폼페이우스는 키 큰 병사들이 어깨 높이만큼 들어올린 들것에 탄 채로 여전히 지휘를 맡았다. 밤사이 새로 정비한 그의 군대는 서로 촘촘하게 붙은 밀집 대형을 이루었으며, 손실을 최소화하도록 위험을 초래하지 말라는 명령을 받은 게 분명해 보였다. 바로 세르토리우스가 가장 싫어하는 종류의 적이었다.

그러다 해가 뜨고 얼마 지나지 않았을 때 새로운 얼굴과 새로운 군대가 전장으로 어슬렁거리며 들어왔다. 퀸투스 카이킬리우스 메텔루스 피우스였다. 그는 서쪽에서 나타나 마치 존재하지도 않는다는 듯이 페르페르나의 병사들을 뚫고 들어왔다. 채 하루도 되지 않아 페르페르나의 진영은 두번째로 무너졌다. 메텔루스 피우스는 세르토리우스의 진영을 향해 계속 밀고 나갔다. 이제 갈 시간이었다.

세르토리우스가 페르페르나와 함께 서둘러 퇴각할 때, 사람들은 그가 비참하게 탄식하는 소리를 들었다. "저 비열한 할망구가 오지만 않았어도 꼬맹이를 그대로 로마로 보내버릴 수 있었는데!"

퇴각 행렬은 사이타비스 서쪽 산기슭의 구릉지대에서 멈췄다. 이곳에서 세르토리우스가 페르페르나를 못 본 척하면서 병력 손실을 계산하고—모두 합해서 4천 명가량이었다—심각한 타격을 입은 대대의 병사들(대부분 페르페르나의 병사들)을 인원이 조금 모자라는 대대에 넣음으로써 무질서 속에 다시 한번 질서가 생겨나기 시작했다. 페르페르나는 원래 이 조치에 대해 정식으로 항의하고 세르토리우스가 의도적으로 자신의 권위를 손상시키고 있다고 큰 소리로 불평할 작정이었으나, 한쪽 눈이 망가진 굳은 얼굴을 쳐다본 순간 괜히 관여하지 않기로 마음을 정했다. 어쨌든 당분간은.

이곳에서 마침내 세르토리우스는, 루키우스 히르툴레이우스와 가이우스 히르툴레이우스가 세고비아에서 죽고 히스파니아군도 함께 전멸당했다는 소식을 들었다. 치명타였다. 그것도 세르토리우스가 전혀 예상치 못한. 먼 히스파니아 속주의 할망구를 상대로 싸울 땐 결코 있을 수 없는 일이었다! 게다가 그토록 빙 둘러 행군하여 자신의 진짜 의도를 한 번도 의심조차 하지 않게 하다니, 히르툴레이우스인 척 멀리 떨어져서 미아쿰과 세고브리가를 서둘러 지나가다니, 그런 뒤에는 수크로 강을 따라 내려오는 동안 자기 존재를 드러내지 않기 위해 달빛에 의지하고 먼지조차 일으키지 않다니, 이 얼마나 교활한가!

내 히스파니아 백성들이 옳았다, 그는 생각했다. 디아나가 사라졌을 때 나는 행운을 잃었다. 포르투나는 더이상 내 편이 아니다. 과연 그런 적이 있기나 했을까.

꼬마와 할망구는 계속 남쪽으로 진군해봐야 아무 의미가 없다고 판단한 것 같다고, 수하들이 그에게 알려왔다. 그 둘의 군대는 전장을 치우고 불운한 사이타비스에서 식량을 모조리 약탈한 뒤 북쪽으로 방향을 틀었다고 했다. 음, 생각 잘했군. 8월이 목전에 와 있고, 꼬마가 겨울 진지에 들어갈 수 있으려면 아직 갈 길이 머니까. 다만 할망구는 뭘 어쩌려는 생각일까? 먼 히스파니아로 돌아가려는 것일까, 아니면 꼬마와 같이 계속 북쪽으로 행군하려는 것일까? 어떻게 떨쳐내야 할지 모를 끔찍한 피로감을 느끼며, 세르토리우스는 이만하면 자신의 상처를 충분히 보듬었다고 판단했다. 그는 북쪽으로 향한 할망구와 꼬마를 뒤쫓을 것이고, 또다시 전면적으로 대치하는 위험을 무릅쓰지 않고 최대한 타격을 입힐 것이었다.

세르토리우스가 진지를 해체하고 유격부대를 선두로 막 군대를 이동시키려는데, 근처에 사는 어린아이 두 명이 수줍게 그에게 다가왔다. 그들의 맨발은 헐벗은 몸보다도 더 새카맣게 그을어 있었고, 양쪽 콧방울과 귀에는 반짝이는 동그란 금장식이 꽂혀 있었다. 두 아이 사이에는 집안의 귀한 밧줄 한 가닥이 목에 둘려 있는, 온몸에 흙이 더덕더덕 붙은 갈색 새끼 사슴이 있었다. 퀸투스 세르토리우스의 남은 한쪽 눈에서 뜻밖의 눈물이 왈칵 쏟아져나왔다. 얼마나 다정한가, 얼마나 친절한가! 이 아이들은 그가 여신이 보내준 아름다운 흰 새끼 사슴을 잃어버렸다는 소식을 듣고 그 대신 자기들이 기르던 애완동물을 주려고 온 것이다.

세르토리우스는 아이들의 키 높이에 맞춰 쪼그려 앉았다. 아이들이 그의 멀쩡한 쪽 얼굴만 볼 수 있도록, 망가진 쪽을 보고 겁먹지 않도록 얼굴을 반쯤 돌린 채였다. 대단히 놀랍게도, 그가 다가가자 아이들이 끌고 온 짐승이 펄쩍 뛰며 버둥거리기 시작했다. 짐승들은 절대 퀸투스 세르토리우스를 피하는 법이 없었다!

"너희들의 애완동물을 주려고 온 거냐?" 그가 다정한 목소리로 물었다. "고맙구나, 고마워! 하지만 그걸 받을 수는 없단다. 나는 로마인들과 싸우러 떠나야 하니까, 너희들이 안전하게 데리고 있는 편이 훨씬 좋겠구나."

"하지만 얘는 장군님 거예요." 여자아이가 말했다.

"내 거라고? 그럴 리가! 내 건 흰 사슴이란다."

"얘도 흰 사슴이에요." 소녀가 대답하더니 손에 침을 뱉어 사슴의 털에 대고 문질렀다. "보세요, 맞죠?"

바로 그때 새끼 사슴이 목에 둘러져 있던 밧줄에서 빠져나와 세르토리우스에게 달려들었다. 그의 오른쪽—멀쩡한 쪽—얼굴로 눈물이 마구 흘러내렸다. 그는 사슴을 품에 안고 입을 맞추며 도무지 놓을 줄을 몰랐다. "디아나! 나의 디아나! 디아나, 디아나!"

아이들을 돌려보내고 집안의 귀한 밧줄 조각을 커다란 황금 자루에 넣은 뒤 노예에게 들려서 그 부모에게 가져다주라고 지시한 뒤, 세르토리우스는 근처 샘에서 흥얼흥얼 노래를 부르고 혀를 차면서 새끼 사슴을 씻기고 상태를 살폈다. 애초에 사라진 이유가 무엇이었는지는 몰라도 야생에서 잘 지내지 못한 것만은 분명했다. 큰 고양잇과 짐승의 공격을 받았던 건지, 사슴의 엉덩이 양쪽에는 사나운 발톱으로 깊게 찢겼다가 반쯤 아문 흔적이 있었다. 마치 뒤에서 확 덮쳐서는 끌어내려 쓰러뜨린 것 같은 흔적이었다. 사슴이 어떻게 그 공격에서 도망칠 수 있었던 건지는 오직 여신만이 알고 있을—혹은 직접 계획했을—터였다. 사슴의 작은 발은 너덜너덜 찢어져 피투성이였으며, 양쪽 귀는 가장자리가 전부 찢겨 있고 코와 주둥이에도 찢어진 상처가 있었다. 아이들이 사슴을 발견한 건 집에서 기르는 양떼에게 풀을 먹이러 데리고 나갔을 때였다. 사슴은 곧장 아이들 쪽으로 다가오더니 여자아이의 때묻은 손에 코를 대고 몸을 부르르 떨며 안도의 한숨을 쉬었다고 했다.

"자, 디아나," 수레 위에 있는 칸막이에 사슴을 넣으면서 세르토리우스가 말했다. "이제 야생은 야생동물들에게나 어울리는 곳이라는 걸 깨달았길 바라마. 수사슴 냄새를 맡았던 거냐? 아니면 진지의 개들이 널 괴롭혔던 거야? 어쨌든 앞으로는 널 이런 식으로 데리고 다닐 거다. 널 다시 잃는 건 생각조차 할 수 없으니까."

소문은 나는 새보다도 더 빠르게 날아갔다. 디아나가 돌아왔다! 퀸투스 세르토리우스의 행운도 함께.

폼페이우스와 메텔루스 피우스는 발렌티아를 뒤로하고 계속해서 북쪽 사군툼으로 갔다. 사이타비스에서 약탈한 식량(그것말고는 더 약탈할 게 없었다)은 비축 물자가 줄고 있던 참에 반가운 추가 식량이었고, 폼페이우스가 발렌티아 외곽의 폐채석장에 감춰둔 식량 또한 그랬다. 두 사람은 함께 동쪽 해안을 따라 엠포리아이까지 가고, 메텔루스 피우스는 나르보 갈리아에서 그해 겨울을 지내기로 합의했다. 폼페이우스를 지원하러 1천500킬로미터 거리를 우회한 데 대해 그의 병사들이 뭐라 불만을 표하지는 않았지만, 그해 남은 기간 동안 700킬로미터를 더 걷게 되면 분명 불만이 나올 거라고 새끼 돼지는 생각했다. 뿐만 아니라 그는 봄에 활발히 전투를 벌이기를 원했고, 히스파니아군이 전멸되었으니 먼 히스파니아 속주는 루시타니족의 습격으로부터 안전하리라는 확신이 있었다.

사군툼은 이들에게 사절단을 보내, 최선을 다해 그들을 지원할 것이며 여전히 친로마주의를 굳건히 지키고 있다고 알려왔다. 놀라운 일은 아니었다. 150년 전 카르타고와 제2차 포에니 전쟁이 발발한 원인이 바로 사군툼이 로마인(그리고 마실리아인)과 우호관계를 맺은 때문이었으니까. 그러나 식량에 있어서는 그 도시에서 내줄 수 있는 게 거의 없었고, 두 장군은 그들의 말을 믿었다. 겨울비가 내리지 않아 농작물이 생장철 동안 충분한 물을 공급받지 못한데다가, 그렇다고 곡물이 쑥쑥 자라 이삭이 잔뜩 패도록 늦은 봄비가 내리지도 않았으므로 수확량이 형편없었다.

그러므로 두 군대가 최대한 신속하게 이베루스 강으로 가는 것이 무엇보다 중요했다. 그쪽은 수확이 더 늦고 소출이 더 풍부했기 때문이다. 8월 말까지 이베루스 강 유역에 이를 수 있다면 그곳은 세르토리우스가 아니라 그들의 것이었다. 그리하여 사군툼의 사절단은 감사의 말을 듣고 집으로 돌려보내졌다. 메텔루스 피우스와 폼페이우스는 이곳에 머무르지 않을 작정이었다.

폼페이우스의 다리에 난 상처는 아물고 있었지만 아무는 속도는 더뎠다. 다리에 박힌 창의 미늘이 근육과 힘줄의 상당 부분을 찢어놓았으므로, 그쪽 부위로 조금이라도 무게를 지탱할 수 있으려면 많은 조직이 자라서 다시 붙어야만 했다. 새끼 똥돼지의 생각으로는 그가 다리를 쓰지 못하는 것이나 다리 모양이 망가진 것보다도 공마를 잃은 상실감을 더 크게 느끼는 것 같았다. 하긴, 사람의 다리보다 말이 더 아름다우니까. 폼페이우스는 사비니족 땅의 로세아 루라에 가기 전에는 그에 필적하는 말을 찾지 못할 것이다. 히스파니아 말들은 몸집이 작고 순종이 아니었다.

폼페이우스는 또다시 기분이 가라앉았다. 이상할 것 없는 일이었다. 메텔루스 피우스는 수크로 강가에서 승리할 수 있었던 유일한 이유였을 뿐 아니라, 세르토리우스 휘하 최고의 장군과 최고의 군대를 도륙내기까지 했다. 심지어 루키우스 아프라니우스, 마르쿠스 페트레이우스,

그리고 폼페이우스의 새로운 보좌관인 루키우스 티투리우스 사비누스 마저도 불쌍한 폼페이우스 본인보다 더 잘 싸웠다. 세르토리우스의 독기 어린 예봉이 고스란히 폼페이우스에게 가해졌기 때문이라고 말하는 건 그럴싸했다. 하지만 폼페이우스는 자신이 시험을 완수하지 못했음을 잘 알았다. 그리고 정찰병들이 알려온 바에 의하면, 지금 그 마리우스파의 변절자가 북쪽으로 행군하는 그들의 뒤를 바싹 따라오고 있었다. 말할 것도 없이 다음 기회를 노리고 있을 터였다. 그자의 유격부대는 폼페이우스가 파견한 식량 징발대들을 거듭 공격하는 등 벌써부터 눈에 띄게 활동하고 있었다. 그러나 이 점에서는 폼페이우스도 새끼 똥돼지 못지않게 배운 터였으므로 두 군대의 피해는 극히 적었다. 하지만 식량이라고 할 만한 것은 거의 확보하지 못했다.

그러던 중—명백한 우연으로—이 두 사람은 사군툼을 지나온 직후 해안 평원지대에서 세르토리우스의 군대와 마주쳤다. 세르토리우스는 이들과 싸우기로 결정하고, 자신과 자신이 이끄는 군단들이 폼페이우스를 상대하기로 했다. 약한 고리는 메텔루스 피우스가 아니라 폼페이우스였다.

그 전략은 실수였다. 그가 직접 메텔루스 피우스를 견제하고 페르페르나에게 폼페이우스를 맡겼더라면 결과가 훨씬 좋았을 터였다. 폼페이우스는 동맹군이 전투를 계속하는 동안 막사 안에서 꾀나 부리고 있다는 소리를 듣기 싫어서 마치 아킬레우스처럼 들것을 타고 전장에 나타났다. 전투는 이른 오후에 시작되어 해거름에 완전히 끝났다. 팔에 가벼운 상처를 입기는 했으나 메텔루스 피우스가 승리를 거뒀다. 페르페르나군에게 5천 명의 병력 손실을 가하고도 그의 군대는 거의 손실이 없었다. 불쌍한 폼페이우스의 불운은 계속해서 그를 괴롭혔다. 그의 기병대는 한 사람도 남김없이 몰살당했으며 사상자는 6천 명—즉 군단 1개 반 규모—에 이르렀다. 그럼에도 이 교전을 로마측의 승리라고 주장할 수 있었던 건, 페르페르나군의 손실과 세르토리우스를 위해 싸우다 죽은 병사 3천 명 때문이었다.

"그는 새벽에 또 올 걸세." 폼페이우스의 상태가 어떤지 보러온 새끼 똥돼지가 쾌활한 목소리로 말했다.

"철수할 겁니다, 분명히." 폼페이우스가 말했다. "세르토리우스도 잘 풀리지는 않았지만, 페르페르나 쪽은 처참한 수준이었으니까요."

"그는 또 올 걸세, 나이우스 폼페이우스. 내가 잘 알아."

아, 이 고통! 아, 이 쓰라림! 이 빌어먹을 새끼 똥돼지는 그를 잘 안다!

그리고 물론 그의 말이 옳았다. 세르토리우스는 이길 결심을 하고 오전에 다시 왔다. 이번에는 지난 실수를 바로잡아 자신의 힘을 메텔루스 피우스에게 집중했으며, 앞이 보일 만큼 날이 밝자마자 그의 진지를 공격했다. 그러나 할망구는 그를 맞을 준비가 되어 있었다. 그는 폼페이우스와 그 병사들도 진지에 데려다놓은 뒤 세르토리우스를 완파했다. 요즘 들어 훨씬 젊고 건강해진 모습의 메텔루스 피우스가 사군툼까지 세르토리우스를 추격하는 동안, 폼페이우스는 들것에 탄 채 다시 그의 막사로 옮겨졌다.

그러나 성공적으로 끝나기는 했어도 이 전투로 폼페이우스는 개인적인 슬픔을 겪었다. 매부이자 친구이자 재무관인 가이우스 멤미우스가 죽은 것이다. 폼페이우스의 보좌관들 중 첫번째 희생이었다.

노새가 끄는 수레 뒷자리에 폼페이우스가 웅크리고 앉아 우는 동안, 메텔루스 피우스는 북쪽으로 행군을 지휘했다. 세르토리우스와 페르페르나는 하고 싶은 대로 하게 내버려두고 떠난 것이었는데, 필시 사군툼 주민들에게 보복을 가할 터였다. 어쨌든 메텔루스 피우스는 그들이 사군툼에 오래 머물러 있지 않으리라는 것만은 확신했다. 사군툼엔 군대는 고사하고 자기들이 먹을 것조차 거의 없었기 때문이다.

8월 말경 두 로마군이 이베루스 강에 도착해보니, 수확물은 세르토리우스의 무시무시한 산속 요새 안 곡물 저장소에 안전하게 보관되어 있고 땅은 모조리 타서 검은 황무지가 되어 있었다. 세르토리우스는 사군툼에 오래 머물지 않았다. 폼페이우스와 메텔루스 피우스를 앞질러 이베루스 강에 먼저 도착한 다음 이렇듯 쑥대밭을 만들어놓은 것이다.

엠포리아이와 인디게테스족의 땅도 상태가 별반 다르지 않았다. 폼페이우스가 두 번의 겨울 동안 점거하면서 이곳 주민들의 돈주머니는 두둑해졌지만, 그들의 수확은 빈약했다.

"내 재무관 가이우스 우르비니우스를 먼 히스파니아 속주로 보내서 내 땅을 안전하게 지킬 수 있을 만큼 병사를 모아야겠네." 새끼 돼지가 말했다. "하지만 세르토리우스의 등뼈를 분질러놓으려면 봄에는 내가 자네 가까이에 있어야 해. 그러니 우리가 생각했던 대로 나는 나르보 갈리아로 가야겠네."

"거기도 수확이 좋지 않잖아요."

"맞네. 그러나 그 지역은 수년째 군대가 가 있지 않았으니 내게 내어줄 식량이 충분할 걸세." 새끼 돼지는 얼굴을 찌푸렸다. "그보다 걱정스러운 건 자네가 어찌할 건지야. 여기에는 자네 병사들을 살찌울 만한 게 있을 것 같지가 않거든. 겨울 동안 넉넉히 먹이지 못하면 병사들이 완전히 말라버릴 텐데 말이야."

“저는 두리우스 강 상류로 갈 겁니다.” 폼페이우스가 차분히 말했다.

“맙소사!”

“음, 거기는 세르토리우스가 통치하는 도시들에서 서쪽으로 한참 떨어져 있습니다. 그러니 칼라구리스나 바레이아 같은 곳들보다는 현지의 방어를 뚫기가 수월할 겁니다. 이베루스 강 유역은 온통 세르토리우스에게 속해 있습니다. 하지만 두리우스 강은 그렇지 않죠. 제가 신뢰하는 몇 안 되는 히스파니아 현지인들 말로는, 피레네 산맥 근처에 비해 그쪽 땅은 지대도 높지 않고 추위도 지독하지 않다고 합니다.”

“그 지역에 바케이족이 사는데, 그들은 호전적이네.”

“아, 히스파니아에 그렇지 않은 부족이 있기나 합니까?” 아픈 다리를 옮겨놓으며 폼페이우스가 지친 목소리로 대꾸했다.

새끼 돼지는 생각에 잠긴 채 고개를 끄덕였다. “그렇군, 폼페이우스, 계속 생각할수록 괜찮은 계획 같네. 그럼 자네는 그쪽으로 가게! 다만 겨울이 깊어지기 전에 출발하도록 하게. 이베루스 강 상류 끝의 분수령을 건너기가 너무 힘들어지니까.”

“걱정 마십시오, 겨울은 피하겠습니다. 하지만 그전에,” 폼페이우스의 말투가 단호해졌다. “써야 할 편지가 있습니다.”

“로마와 원로원 앞으로 말이군.”

“그렇습니다, 피우스. 로마와 원로원 앞으로요.” 근래에 더 나이들고 경계의 빛이 강해진 푸른 눈이 새끼 돼지의 갈색 눈을 가만히 응시했다. “문제는, 제가 장군님까지 대변해서 써도 되겠습니까?”

“당연히 되고말고.” 메텔루스 피우스가 말했다.

“정말로 직접 쓰지 않으셔도 괜찮습니까?”

“그러네, 자네가 쓰는 편이 더 나아. 노상 의자에 앉아 있어 살만 뒤

룩뒤룩 찐 저 전문가들이 특별 직권을 부여해준 사람은 자넬세. 나는 그저 끔찍한 전쟁통에 시달리는 평범하고 나이든 총독일 뿐이야. 저들은 내 말에는 전혀 신경쓰지 않을 걸세. 내가 로마의 충실한 노복들 중 하나라는 걸 지극히 잘 알고 있으니까. 저들이 모르는 건 자네야, 마그누스. 자네에 대해서는 아마 그다지 신뢰하지 않을 걸세. 자네는 저들의 일원이 아니니. 저들에게 편지를 쓰게! 저들이 기겁하게 해주게, 마그누스!"

"걱정 마십시오, 그럴 테니까."

새끼 뚱돼지가 일어났다. "그럼, 나는 내일 일찍 나르보로 떠나겠네. 이곳에 하루라도 덜 있어야 자네들 식량을 조금이라도 덜 축낼 테니."

"제 글을 다듬기라도 해주시지 않겠습니까? 바로는 그랬습니다."

"아니, 나는 안 되네!" 새끼 뚱돼지는 대답한 뒤 크게 웃었다. "저들은 내 문체를 알아. 저들에게 여태껏 본 적이 없던 것을 보여주게."

폼페이우스는 그들에게 여태껏 본 적이 없던 것을 보여주었다.

로마 원로원과 인민에게

저는 루키우스 옥타비우스와 가이우스 아우렐리우스 코타가 집정관인 해의 10월 노나이에 엠포리아이에서 이 편지를 쓰고 있습니다. 10월 이두스에 군대를 이끌고 이베루스 강을 따라 이동해 두리우스 강과 피소라카 강의 합류 지점으로 갈 생각입니다. 그곳의 비옥한 고지대에는 셉티망카라는 도시가 있습니다. 그곳에서 겨울 동안 제 병사들을 배불리 먹일 수 있기를 바랄 뿐입니다. 다행히 2년 전 엠포리아이에 처음 도착할 당시에 비해 병사가 많이 줄었습니다. 제게 남은 건 각각 4천 명 이하의 병력으로 구성된 4개 군단뿐이고, 기병대는 아예 없습니다.

제가 어째서 1만 4천 명의 병사를 이끌고 적진을 가로질러 800킬로미터나 떨어진 곳에서 겨울을 나려는 걸까요? 히스파니아 동부에는 식량이 전혀 없기 때문입니다. 그게 이유죠. 이맘때쯤이면 식량 수송에 용이한 바닷바람이 불기 마련인데, 그렇다면 왜 제가 갈리아나 이탈리아 갈리아로부터 식량을 사들이지 않는 걸까요? 돈이 없기 때문입니다. 식량을 사들일 돈도, 수송선을 빌릴 돈도 없습니다. 그게 이유죠. 그러니 1만 4천 명의 굶주린 로마인들에게 털릴 만큼 약해빠진 히스파니아 부족들을 찾아내 식량을 탈취하는 수밖에 없습니다. 그래서 우리는 그 먼길을 떠나는 겁니다. 요행히 약해빠진 부족을 찾아내기 위해서. 이베루스 강 부근에서 식량을 얻어내려면 세르토리우스의 근거지 중 하나를 탈환하는 방법밖에 없지만, 저는 그럴 수 있는 입장이 아닙니다. 로마가 누만티아를 평정하는 데 얼마나 오래 걸렸었죠? 게다가 누만티아는 칼라구리스와 클루니아와 비교했을 때 닭장 수준에 불과했습니다. 누만티아의 총사령관은 로마인도 아니었고요.

제 긴급 공문을 통해 제가 지난 2년간 전장에서 만족스러운 성과를 올리지 못했다는 걸 알고 계실 겁니다. 물론 제 동료이자 최고신관인 퀸투스 카이킬리우스 메텔루스는 저보다 나은 성과를 올렸죠. 퀸투스 세르토리우스는 지금의 상태에 점점 익숙해지고 있습니다. 이곳은 이제 그의 땅이 되었습니다. 그는 이곳을 잘 알고, 이곳 사람들을 잘 압니다. 하지만 저는 잘 모릅니다. 저는 최선을 다했습니다. 아마 다른 사람을 보냈더라도 이보다 더 잘하긴 힘들었을 겁니다. 제 동료 피우스는 첫 승리를 거두기까지 3년이 걸렸습니다. 저는 적어도 히스파니아 파견 2년차에 두 번의 승리를 거두는 데 기여했습니다. 저와 제 동료 피우스의 연합군이 한 번은 수크로 강에서, 그 다음에는 사군툼 부근에서 세르토리우스를 물리쳤죠.

저와 제 동료 피우스는 우리가 결국 승리할 것이라 믿습니다. 그냥 하는 말이 아닙니다. 우리는 반드시 승리할 겁니다. 하지만 그 승리를 거두기 위해서는 로마의 지원이 필요합니다. 우리에게는 군단이 더 필요합니다. 그리고 돈이 필요합니다. 돈이 '더' 필요하다고 표현하지 않은 까닭은 애초에 받은 돈이 없기 때문입니다. 제 동료 피우스도 총독 임기 첫해의 교부금 외에는 돈을 아예 못 받은 걸로 알고 있습니다. 네, 지금 무슨 말씀을 하고 계실지 다 들리는군요. 전투에서 승리를 거두고 도시 몇 개를 약탈하면 돈이 생길 것 아니냐고 하시겠죠. 글쎄요, 히스파니아에선 그것이 말처럼 쉬운 일이 아닙니다. 히스파니아에는 돈이 아예 없으니까요. 도시 하나를 손에 넣는다 해도 얻을 수 있는 건 약간의 식량뿐입니다. 돈은 없습니다. 혹시 잘 이해가 안 되실까봐 한번 더 말씀드리겠습니다. 돈 같은 건 없습니다. 저는 이곳으로 파견될 당시 6개 군단과 기병 1천500명, 약 반년간 병사들의 급료를 지불하고 물품을 구입할 수 있는 군자금을 지급받았습니다. 그게 벌써 2년 전입니다. 제 군자금은 반년 만에 바닥났습니다. 그게 벌써 1년 6개월 전입니다. 그럼에도 추가 군자금을 지급받지 못했습니다. 추가 병력도 없었습니다.

저와 제 동료 피우스가 공문을 통해 전달한 사항이니 이미 다 알고 계시겠지만, 퀸투스 세르토리우스는 폰토스의 미트리다테스 왕과 조약을 맺었습니다. 그는 미트리다테스 왕의 모든 정복 활동을 승인하기로 동의했고, 자신이 로마 독재관이 되면 폰토스가 더 많은 정복 활동을 벌이는 것을 허락하기로 했습니다. 이제 퀸투스 세르토리우스가 히스파니아의 왕이 되는 걸로 만족하지 않으리란 사실을 눈치채셨겠죠. 어떤 직위명을 끌어 쓰든지 간에, 그는 사실상 로마의 왕이 되고자 합니다. 그를 저지할 수 있는 건 단 두 사람뿐입니다. 바로 저와 제 동료 피우스 말이죠. 제가 이렇게 말하는 이유는 우리가 지금 이곳에 있고, 그를 막을 수 있는 기회를 갖고 있기 때문입니다. 하지만 현상태로는 그를 막을 수 없습니다. 그는 히스파니아의 모든 남자들을 병력으로 쥐고 있고, 히스파니아의 그 어떤 야만인도 훌륭한 로마식 병사로 바꿔놓을 수 있는 로마 사령관의 기술을 갖추고 있습니다. 이 두 가지가 아니었더라면 몇 년 전에 진작 끝났을 겁니다. 하지만 그는 여전히 이곳에서 모병 및 훈련 활동을 벌이고 있습니다. 저와 제 동료 피우스는 히스파니아에서 모병을 할 수 없습니다. 제정신이 박힌 사람이라면 우리 군에 들어올 리 없으니까요. 우리는 병사들에게 급료를 지불하지 못하고 있습니다. 병사들을 배불리 먹이는 것조차 힘듭니다. 그리고 신들께 맹세코, 병사들에게 나눠줄 전리품 따위도 없습니다.

저는 세르토리우스를 물리칠 수 있습니다. 달리 방법이 없다면 저는 떨어지는 물방울이 되어 가장 단단한 바위를 서서히 약해지게 만들 것이고, 종국에는 어린아이의 장난감 망치에도 부서질 수 있도록 만들 것입니다. 제 동료 피우스도 같은 생각입니다. 하지만 더 많은 보병과 기병, 더 많은 자금이 도착하지 않는 한 세르토리우스를 물리칠 수 없습니다. 제 병사들은 1년 반 동안 급여를 지급받지 못했고, 저는 산 사람은 물론 죽은 사람에게까지 빚을 지고 있습니다. 저는 개인 자금을 상당히 챙겨왔지만, 그 돈도 물품 구입에 모두 써버렸습니다.

병력 상실에 대해서 사죄하지는 않겠습니다. 그것은 제가 로마에서 전달받은 잘못된 정보로 인한 결과니까요. 이를테면, 6개 군단과 기병 1천500명이면 세르토리우스를 처치하고도 남는다는 정보 말이죠. 애초에 10개 군단과 기병 3천 명을 이끌고 왔어야 했습니다. 그랬다면 첫해에 세르토리우스를 물리칠 수 있었을 테고, 로마는 병력이나 자금 상황이 지금보다 훨씬 여유로울 수 있었겠죠. 수전노 같은 여러분은 그 문제에 대해 한번 생각해봐야 할 겁니다.

여러분이 생각해봐야 할 문제가 더 있습니다. 제가 히스파니아에 더이상 머물 수 없게 되고, 그로 인해 제 동료 피우스가 지금 있는 곳에 발이 묶여버린다면, 어떤 일이 벌어질지 생각해보셨는지요? 저는 이탈리아로 돌아갈 겁니다. 그럼 퀸투스 세르토리우스와 그의 군대는 혜성의 꼬리처럼 제 꽁무니를 쫓아오겠죠. 그 문제에 대해 오랫동안 진지하게 고민해보세요. 그런 다음 제게 추가 군단과 기병대, 그리고 무엇보다 돈을 보내주십시오.

덧붙이자면, 로마는 저에게 공마 한 마리를 빚졌습니다.

이 편지는 11월 말에 로마에 도착했다. 술라가 재조직한 원로원이 변화를 맞는 시기였다. 그해의 집정관들은 임기가 끝나가고 있었고, 내년 집정관 당선인들은 다가오는 권력을 느낄 수 있었다. 루키우스 옥타비우스는 만성질환에 시달렸으므로 회의에 참석한 집정관은 가이우스 아우렐리우스 코타뿐이었다. 마메르쿠스 원로원 최고참 의원은 조용한 원로원에서 폼페이우스의 편지를 낭독했다. 편지 낭독은 술라가 원로원 최고참 의원으로부터 박탈하지 않은 특권 중 하나였다.

이 편지에 대해 답변을 하고 나선 것은, 내년 수석 집정관 당선인인 루키우스 리키니우스 루쿨루스였다. 내년 차석 집정관 당선인은 현장에 있던 올해 집정관의 동생인 마르쿠스 아우렐리우스 코타였다. 코타 가문의 두 형제는 이 무례하고 불편한 편지에 대해 입도 뻥긋하기 싫었다.

"원로원 의원 여러분, 여러분은 지금 정치인의 겉만 번드르르한 편지가 아니라 군인의 보고서를 들었습니다."

"군인의 보고서? 글쓴이가 사령관으로서 무능한 것만큼이나 무능하게 작성된 편지요!" 퀸투스 호르텐시우스는 악취를 차단하는 것처럼 손가락으로 코를 잡고 말했다.

"오, 입 닫으시오, 호르텐시우스!" 루쿨루스는 지친 듯 말했다. "실전 경험도 없이 입만 살아 있는 장군이 내 말끝마다 끼어드는 건 원치 않으니까! 당신이 맛있는 생선 요리를 포기하고 식당의 긴 의자에서 벌떡 일어나 퀸투스 세르토리우스를 물리치러 간다면, 이 자리를 내주는 것은 물론 당신의 통통한 평발 앞에 장미꽃잎까지 뿌려주겠소! 하지만 당신의 칼이 당신의 혀만큼 날카롭지 않다면 그 혀를 원래 자리에 넣어두시오. 어마어마한 양을 먹어대기나 하는 그 이빨 뒤에 말이지!"

호르텐시우스는 못마땅한 표정으로 물러났다.

"이것은 정치인의 겉만 번드르르한 편지가 아닙니다. 여기에는 우리 정치인에 대한 비난이 담겨 있습니다. 하지만 동시에 글쓴이 본인에 대한 냉정한 평가도 담겨 있습니다. 이것은 변명으로 가득한 편지가 아니고, 승전이나 패전에 관한 언급은 우리가 퀸투스 카이킬리우스 메텔루스 피우스로부터 받은 공문의 내용과 온전히 일치합니다.

저는 히스파니아에 가본 적이 없습니다. 여기 앉아 계신 분들 중에는 그 지역을 잘 아는 분도 있겠지만, 대부분은 저랑 비슷해서 전혀 아는 바가 없을 겁니다. 예전에 먼 히스파니아는 총독이 수익을 올리기 좋은 속주로 정평이 나 있었죠. 부유하고, 잘 정돈되어 있고, 대체로 평화롭고, 양쪽 경계 지역 너머로 야만인들이 많아서 필요에 따라 속주 총독이 전쟁을 벌이기도 수월했습니다. 반면 가까운 히스파니아는 그와 같은 평판을 얻지 못했죠. 수익도 부족하고, 그곳 원주민들은 늘 불안한 상태입니다. 그렇기 때문에 가까운 히스파니아 총독이 기대할 수 있는 것은 텅 빈 지갑과, 고산지대 부족들로 인해 발생하는 소요 사태뿐이었습니다.

하지만 퀸투스 세르토리우스가 나타나면서 이 모든 것이 바뀌었습니다. 그는 가이우스 마리우스 수하에서 임무를 수행하고 티투스 디디우스 수하에서 참모군관으로 일하면서 히스파니아에 대해 잘 알게 되었습니다. 그 과정에서 아주 젊은 나이에도 불구하고 풀잎관을 수여받기도 했습니다. 이 막강하고 범상치 않은 남자가 마리우스 추종자에게 떨어지는 응징을 피해 히스파니아로 돌아가자, 가까운 히스파니아는 말 그대로 통제 불가능한 상태로 변했고 먼 히스파니아의 경우 바이티스 강 서쪽 지역이 통제 불가능한 상태가 되었습니다. 나이우스 폼페이우스가 편지에서 언급했듯이, 먼 히스파니아의 출중한 총독조차도 세르토리우스의 추종자인 히르툴레이우스를 상대로 승전하는 데 거의 3년이 걸렸습니다. 세르토리우스를 직접 이긴 것도 아니고 말이죠. 편지에 직접 포함되지 않은 내용이 있으니, 그것은 우리가 이탈리아 내부의 갈등에 골몰하느라 거의 2년간 가까운 히스파니아에 총독을 파견하지 않았다는 사실입니다. 원로원 의원 여러분, 그것은 세르토리우스에게 가까운 히스파니아를 선물로 내주는 것이나 다름없는 짓이었습니다!"

루쿨루스는 잠시 멈추더니, 의자에서 몸을 앞으로 빼고 환한 미소를 짓고 있는 필리푸스를 쳐다봤다. 순간 루쿨루스는 필리푸스가 할 일을 자신이 대신 하고 있다는 사실이 억울하게 느껴졌다. 하지만 그는 공정한 사람이었고, 이런 이야기는 가장 멍청한 의원들도 폼페이우스의 앞잡이임을 알고 있는 사람보다도 집정관 당선인의 입에서 나오는 것이 낫다고 판단했다.

"원로원 의원 여러분이 나이우스 폼페이우스 마그누스에게 특별 직권을 맡길 당시, 저는 아프리카 속주 총독으로 있었고 여러분은 원로원 의원 중에서 퀸투스 세르토리우스 퇴치 임무를 맡길 만한 사람을 찾을 수 없었습니다. 여러분은 나이우스 폼페이우스에게 6개 군단과 기병 1천500명을 내주었습니다. 솔직히 저라면 최소 10개 군단과 기병 3천 명을 받지 않는 한 절대 출정하지 않았을 겁니다. 이는 나이우스 폼페이우스가 이 전쟁을 치르기에 필요한 병력이라고 편지에서 언급한 숫자와 일치합니다. 그 수치는 아주 정확합니다!

나이우스 폼페이우스의 군 경력을 살펴보면 아주 놀랍습니다. 그는 아직 젊기 때문에 유연하고 적응력이 뛰어납니다. 이는 보통 젊음의 열정과 함께 사라지는 자질들이죠. 로마의 다른 적들과 싸우는 상황이라면 아마 6개 군단과 기병 1천500명만으로도 충분할 겁니다. 하지만 퀸투스 세르토리우스의 경우는 아주 특별합니다. 가이우스 마리우스 말고는 그와 비슷한 부류의 장군이 없으며, 저는 개인적으로 그가 마리우스보다도 장군으로서 더 뛰어나다고 생각합니다. 그렇기 때문에 초반에 폼페이우스가 패배한 것은 그리 놀랍지도 않습니다. 그는 운이 없었을 뿐입니다. 로마가 배출한 최고의 군사전략가 중 한 명과 맞서야 했으니까요. 혹시 제 말을 의심하십니까? 그래선 안 됩니다! 이건 사실이니까요.

하지만 가장 출중한 군사전략가라 해도 어떤 특정한 방식으로 사고하기 마련이죠. 먼 히스파니아의 총독, 우리의 선한 피우스는 히스파니아에 충분히 오래 머문 덕분에 이제 세르토리우스의 사고방식을 이해하기 시작했습니다. 그 점에 대해선 진심으로 기쁩니다. 솔직히 저는 피우스에게 그럴 능력이 없다고 생각했었거든요! 하지만 그는 혼자 세르토리우스를 물리칠 수 없습니다. 히스파니아 전장은 너무 광활하기 때문이죠. 이탈리아 전쟁 당시의 상황과 비슷합니다. 한 사람이 북부와 남부를 동시에 지휘할 수 없고, 그 두 지역 사이에는 건조한 사막과 험준한 산악지대가 놓여 있습니다.

여러분은 두번째 인물을 파견해 가까운 히스파니아 통치를 맡겼습니다. 일개 기사에게 어디서 들어보지도 못한 자격을 부여하고 군사 직권을 넘겨주었죠. 그걸 뭐라고 했소, 필리푸스? 임기를 마친 집정관 자격이 아닌 그해 집정관들의 대행 자격. 여러분은 그에게 충분한 병력과 자금을 쥐여주었다고 설명했습니다. 아, 오해하지 마십시오. 그 역시 이 직무를 간절히 원했습니다! 스물아홉 나이에 이미 화려한 참전 경력을 자랑하는 인물이라면 누군들 그렇지 않겠습니까? 그는 진심으로 이 직무를 원했고, 아마 준비된 병력이 더 적었더라도 기꺼이 적지로 떠났을지도 모릅니다! 여러분이 쩨쩨하게 4개 군단과 기병 500명을 마련해줬더라도 그는 적지로 떠났을지도 모릅니다!"

"차라리 그렇게 하지 않은 게 안타깝군요." 카툴루스가 말했다. "그는 그곳으로 떠난 이래 그보다 더 많은 병력을 잃었으니까요."

"옳소!" 호르텐시우스가 소리쳤다.

"그것이 바로 문제의 핵심입니다." 루쿨루스는 처남매부지간인 두 사람의 말을 무시하고 넘어갔다. "로마는 퀸투스 세르토리우스를 저지하기에 충분한 병력과 자금을 히스파니아로 보내지도 않고서 어떻게 그와 같은 인물을 저지하기를 기대하는 겁니까? 폼페이우스와 피우스가 각각 10개 군단과 기병 3천 명을 이끌고 두 개의 전선에서 맞섰더라면 제아무리 퀸투스 세르토리우스라도 감당하지 못했을 겁니다! 폼페이우스는 편지에서 이번 전쟁의 패인이 원로원이라고 했습니다. 저는 그 평가에 동의합니다! 원로원은 어떻게 마술사에게 돈도 주지 않으면서 기적이 벌어지기를 바라는 겁니까? 추가 자금과 추가 병력도 없다면 이 전쟁은 계속될 수 없습니다! 원로원은 돈을 마련해 폼페이우스와 피우스가 그들의 안타깝도록 빈약한 군단의 병사들에게 급여를 지불할 수 있도록 하고, 또 폼페이우스에게 추가로 최소 2개 군단을 마련해줘야 합니다. 4개 군단을 마련할 수 있다면 더 좋겠죠."

가이우스 코타가 고관 의자에서 말했다. "전적으로 동의합니다, 루키우스 리키니우스. 하지만 우리에게는 돈이 없습니다, 루키우스 리키니우스. 우리에겐 그럴 돈이 없다고요."

"그렇다면 반드시 찾아내야죠." 루쿨루스가 말했다.

"대체 어디서 말입니까?" 가이우스 코타가 물었다. "히스파니아에서 마지막으로 그럴듯한 수익을 올린 지도 벌써 3년이 지났고, 콘테스타니족이 봉기한 이후로는 아예 수익이 끊겼어요. 먼 히스파니아에서는 마리우스 산맥은 물론 남쪽의 오로스페다 산맥에서도 채굴 활동이 중단됐고, 가까운 히스파니아에서는 새 카르타고 인근의 채굴 활동이 중단됐습니다. 로마 몫의 금, 은, 납, 철이 2만 탈렌툼에 육박하던 시절은 끝났고, 이제 광산도 사라졌어요. 덧붙여 말하자면, 최근 15년간의 사건들로 인해 아시아 속주로부터의 수입이 점점 줄더니 이제 로마가 50

년 전 아시아 속주를 얻은 이래 최저 수준까지 떨어졌습니다. 우리는 일리리쿰, 마케도니아, 알프스 너머 갈리아에서 전쟁을 치르고 있습니다. 또 확실히 아는 사람은 없지만, 미트리다테스 왕이 다시 봉기한다는 소문이 돌고 있어요. 비티니아의 니코메데스 왕이 죽기라도 하면 동방의 상황은 지금보다 더 위태로워질 겁니다."

"지중해 반대편에서 일어날지 안 일어날지도 모르는 어떤 상황이 예견되기 때문에 히스파니아에 있는 우리의 총독들에게 자금과 군대를 못 보낸다는 것은 참으로 백치 같은 소리요, 가이우스 코타." 루쿨루스가 말했다.

"그렇지 않소, 루키우스 쿠쿨루스!" 코타는 화가 나서 딱 잘라 말했다. "예견 따위와는 무관하게 우리에겐 히스파니아로 보낼 돈이 없소. 군대는 말할 것도 없고! 나이우스 폼페이우스와 퀸투스 피우스는 지금껏 하던 대로 계속 버텨야만 할 거요!"

길쭉한 얼굴이 점점 돌처럼 굳어졌다. "그렇다면 로마의 하늘에 새로운 혜성이 나타나겠군요." 루쿨루스는 얼음장 같은 목소리로 말했다. "그 혜성의 머리 부분은 충직해 보일 거요. 파산한 나이우스 폼페이우스와 누더기를 걸친 그의 병사들일 테니까. 하지만 꼬리 부분은…… 아, 그 꼬리는! 거기에는 퀸투스 세르토리우스와 그의 노예나 다름없는 히스파니아의 야만인들이 있을 것이오. 거기에 볼카이족, 살루비족, 보콘티족, 알로브로게스족, 헬비족이 따라붙을 것이고, 이탈리아 갈리아의 인수브레스족과 보이족은 물론 리구르족과 바기엔니족도 따라올 것이오!"

루쿨루스가 자리를 뜨면서 내뱉은 이 마지막 악담에, 원로원에는 완벽한 침묵이 내렸다.

이제야말로 술라의 법을 깰 때가 왔다고 생각하며, 필리푸스는 자리에서 일어나 원로원 의사당 중앙으로 걸어갔다. 그는 얼굴이 잿빛으로 변한 케테구스부터 움찔대는 카툴루스와 호르텐시우스에 이르기까지 그곳의 모든 사람들을 하나하나 훑어봤다. 그러다 고관석 단상으로 몸을 돌려 당혹스러운 표정의 가이우스 코타를 쳐다봤다. 가이우스 코타의 얼굴에는 그의 심경이 고스란히 드러나 있었다.

"저는 제안하고 싶습니다, 원로원 의원 여러분." 필리푸스는 말했다. "우리는 국고 담당관과 세금 전문가 들을 소환해, 우리의 고결한 집정관께서는 없다고 했던 상당한 규모의 돈을 마련할 방법을 찾아야 합니다. 또한 추가 군단과 1개 혹은 2개 기병대대를 마련할 것을 제안합니다."

폼페이우스는 바케이족의 영토에 위치한 셉티망카에 도착했고, 그곳이 그의 정보원이 말했던 것보다 작다는 것을 알게 되었다. 하지만 충분히 부유한 도시처럼 보였다. 셉티망카는 피소라카 강 옆의 절벽 위에 세워져 있었지만 아주 안전한 요새 같지는 않았다. 폼페이우스가 나타나자 이 지역 전체는 싸움 한번 하지 않고 항복을 선언했다. 폼페이우스는 통역관에게 둘러싸인 채 셉티망카 주민들의 두려움을 달래주려 애썼고, 본인이 가져가는 것은 나중에 반드시 갚을 것이며 그의 병사들도 말썽을 일으키지 않을 것이라고 이 지역 족장들에게 약속했다.

두리우스 강 수원에서 북쪽으로 몇 킬로미터 떨어진 클루니아는 세르토리우스의 근거지 중에서도 가장 서쪽에 위치한 도시였다. 하지만 두리우스 강 이남에 위치한 일부 도시들은 세고비아의 운명을 전해 듣고, 폼페이우스가 셉티망카에 도착하자마자 사람을 보내와 충성을 맹세하며 필요한 것은 무엇이든 지원하겠다고 나섰다. 폼페이우스는 보좌관, 통역관, 현지인 들과 논의한 끝에 루키우스 티투리우스 사비누스와 15개 보병대대를 테르메스로 보내 겨울을 나게 했다. 테르메스의 주민들은 켈트이베리아인이었지만 더이상 세르토리우스의 편에 서기를 원하지 않았다.

폼페이우스가 메텔루스 피우스에게 신년 연하장을 보내면서 말했다시피, 이제 판세의 변화가 시작되고 있었다. 다음 전쟁 시즌 동안 그들이 세르토리우스에게 가시적인 타격을 입힐 수 있다면 셉티망카나 테르메스처럼 제 발로 항복하는 도시들이 늘어날 터였다. 전투는 세르토리우스의 근거지인 이베루스 강 인근에서 진행될 것이고, 동쪽 해안 아래를 따라 원정을 나가는 일도 없으리라.

두리우스 강 상류에는 봄이 빨리 찾아왔고, 폼페이우스는 미적대지 않았다. 셉티망카와 테르메스 주민들에게는 농작물을 심도록 하고(로마군이 그곳에서 이듬해 겨울을 보낼 수도 있으므로 넉넉한 양을 심도록 조치했다), 아주 빈약한 병력을 자랑하는 로마군 4개 군단은 피소라카 강을 따라 팔란티아로 진군했다. 팔란티아는 세르토리우스의 편임을 선언한 도시였는데, 단순히 라이벌 도시인 셉티망카가 로마 편임을 선언했기 때문인 듯했다.

메텔루스 피우스 역시 나르보 갈리아를 떠나, 종국에는 이베루스 강을 따라 내려올 폼페이우스와 합류하기 위해 강을 따라 올라갔다. 하지만 그의 가장 중요한 임무는 이베루스 강과 중앙 히스파니아를 장악해 로마인들이 이용할 수 있는 길을 뚫는 것이었다. 따라서 그는 살로 강—유가 카르페타나 산에서 발원해 이베루스 강으로 흘러드는 거대한 지류—에 도착한 뒤 방향을 틀어 세르토리우스를 지지하는 살로 강 인근의 도시를 하나씩 진압했다. 이 시원시원한 작전이 마무리될 무렵 메텔루스 피우스는 자신의 속주로 돌아갈 수 있는 지름길을 얻게 되었고, 세르토리우스는 타구스 강과 아나스 강의 상류로 통하는 길을 잃게 되었다. 다시 말해 루시타니아의 부족들로부터 완전히 차단된 것이다.

팔란티아는 생각보다 함락시키기 힘든 도시였으므로, 폼페이우스는 스키피오 아이밀리아누스가 누만티아를 포위했던 방식으로 그 도시를 포위하기로 했다. 그는 수많은 포고관을 통해 그 사실을 도시 주민들에게 알렸다. 팔란티아는 복수를 꿈꾸며 오스카의 세르토리우스에게 전령을 파견했고, 세르토리우스는 군대를 이끌고 나타나 로마군 포위자들을 다시 포위했다. 살로 강을 따라 전투를 벌이고 있는 메텔루스 피우스를 그냥 지나쳐 온 것을 보면, 세르토리우스는 먼 히스파니아의 할망구와 엮이고 싶지 않은 것이 분명했다. 세르토리우스는 로마군이라는 사슬에서 폼페이우스가 가장 약한 고리라고 확신했다.

양쪽 모두 팔란티아에서 직접 대결을 벌일 마음은 없었다. 폼페이우스는 도시를 서서히 갉아먹는 데 집중했고, 세르토리우스는 폼페이우스의 병사들을 조금씩 갉아먹는 데 집중했다. 폼페이우스가 팔란티아의 튼튼한 나무 성벽 주위로 목재를 쌓아올리고 불을 붙이는 동안, 세르토리우스는 폼페이우스의 병사들을 한 번에 몇 명씩 처치했다. 4월 초에 폼페이우스는 후퇴했다. 세르토리우스는 화재로 소실된 나무 성벽 재건을 도운 이후에야 그를 추격할 수 있을 터였다.

한 달 뒤, 폼페이우스와 메텔루스 피우스는 세르토리우스의 가장 강력한 근거지 중 하나이자 이베루스 강 상류에 위치한 칼라구리스에서 재회했다.

새끼 똥돼지는 폼페이우스를 위한 군자금과 2개의 추가 군단, 폼페이우스의 빈약한 4개 군단의 병력을 보충해줄 추가 병사 6천 명과 함께 나타났다. 로마는 이토록 후한 선물을 보내면서 폼페이우스를 보좌할 새로운 재무관 권한대행까지 파견했다. 다름 아닌 마르쿠스 테렌티우스 바로였다.

오, 그 반짝이는 정수리와 귀를 덮은 까만 머리털을 다시 보게 되어 얼마나 기뻤던지! 폼페이우스는 부끄러운 줄도 모르고 엉엉 울었다.

"나는 바로와 추가 병력이 나르보에 도착하기 전에 먼저 길을 떠났었네." 세 사람이 폼페이우스의 막사에 모여 간절히 필요했던 물 탄 포도주를 마시는 자리에서 새끼 똥돼지가 말했다. "하지만 살로 강 골짜기를 빠져나와 이베루스 강으로 돌아오는 길에 그와 딱 마주쳤지. 그가 내게도 군자금을 전달해줘서 아주 기쁘다네, 마그누스."

폼페이우스의 가슴이 한껏 부풀어올랐다. 그는 숨을 크게 내쉬었다. "그렇다면 내 편지가 통했다는 거군요." 그는 바로에게 말했다.

"통했다고?" 바로는 소리내어 웃었다. "그 편지는, 사투르니누스가 자칭 로마의 왕이라고 선언한 이래 원로원을 가장 뜨겁게 달궜을 거야! 루쿨루스는 자네가 로마로 돌아올 때 세르토리우스의 혜성 꼬리에 붙어 함께 나타날 갈리아 부족들을 하나씩 언급했지. 그때 사람들 표정을 자네가 봤어야 하네!"

"루쿨루스가요?" 폼페이우스는 깜짝 놀라 물었다.

"그가 자네 입장을 지지했다네, 마그누스!"

"어째서죠? 그는 나를 안 좋아한다고 생각했는데."

"아마 그럴지도 모르지. 하지만 내 생각에 본인이 자네 대신 히스파니아로 파견될 수도 있다고 느꼈던 모양이야. 그는 아주 훌륭한 무관이지만, 히스파니아로 파견되는 건 어떻게든 피하고 싶을 거야. 정신이 제대로 박힌 사람이라면 누가 히스파니아를 원하겠나?"

"그렇고말고." 새끼 뙈지는 웃으며 말했다.

"이제 내겐 6개 군단이 생겼고, 우리 둘 다 병사들에게 급여를 지불할 수 있게 됐군요." 폼페이우스가 말했다. "우리는 얼마를 받게 되나요, 바로?"

"사망 병사와 생존 병사 들의 체불 급여를 다 지불하고, 앞으로 몇 개월 동안 생존 병사들에게 추가 급여를 지불할 정도는 될 거야. 하지만 안타깝게도 그들에게 계속 급여를 지불할 만큼은 아니라네. 미안하네, 마그누스. 로마로서는 이게 최선이었어."

"세르토리우스가 그의 보물을 어디에 숨겨놓는지 알면 좋으련만! 그렇다면 곧바로 그 도시를 공격할 테고, 그의 돈자루로 내 돈통을 채우기 전까진 멈추지 않을 텐데." 폼페이우스가 말했다.

"세르토리우스도 자금이 없기는 매한가지일 걸세, 마그누스." 새끼 뙈지는 고개를 절레절레 흔들며 말했다.

"그럴 리가요! 그가 미트리다테스 왕으로부터 금화 3천 탈렌툼을 받은 지 아직 1년도 안 지났어요!"

"내 생각에 그 돈은 벌써 다 썼을 걸세. 그에게는 정기적인 수익을 안겨줄 속주도 없고 광산에서 일을 해줄 노예도 없다는 사실을 잊지 말게. 히스파니아 부족들도 돈이 없긴 마찬가지일 테고."

"네, 듣고 보니 그 말이 맞네요."

잠시 동안 편안한 침묵이 내렸다. 오랜 숙고 끝에 마침내 결정을 내렸다는 듯이, 메텔루스 피우스가 갑자기 그 침묵을 깨뜨렸다. 그는 큰 소리로 숨을 들이쉼으로써 폼페이우스와 바로의 주의를 끌었다.

"마그누스, 내게 생각이 있네." 그가 말했다.

"듣고 있습니다."

"이곳 히스파니아에선 히스파니아인이나 로마인이나 하나같이 궁핍하다는 것에 우리는 지금 막 동의했네. 심지어 페니키아계 가데스인들조차 가난에 시달리고 있지. 히스파니아에 사는 대다수의 사람들에게 부는 이룰 수 없는 꿈이나 다름없어. 그런데 나는 우연찮게 먼 히스파니아 소유의 작은 보물을 얻게 되었네. 그 보물은 스키피오 아프리카누스가 카스툴로의 총독 관저에 놓아둔 이래로 그곳에 꼼짝 않고 있지. 어째서 이전의 탐욕스러운 총독들이 그걸 안 가져갔는지 모르겠지만, 어쨌든 그들은 가져가지 않았어. 한니발의 매형인 하스드루발이 주조한 금화인데 100탈렌툼에 해당한다네."

"그래서 안 가져간 거군요." 바로가 미소를 지으며 말했다. "로마인이 카르타고 금화를 처분하려고 하면 이상한 질문을 많이 받지 않겠어요?"

"자네 말이 맞네."

"그렇다면 총독님은 지금 카르타고 금화 100탈렌툼을 갖고 계시다는 거군요." 폼페이우스가 말했다. "그걸로 뭘 어떻게 할 생각인가요?"

"실은 그것말고 더 있다네. 세르빌리우스 카이피오란 사람이 세금 체납에 대한 벌금으로 현지 귀족에게서 압수한, 바이티스 강 유역의 비옥한 땅 2만 유게룸도 있거든. 그 땅은 수십 년째 로마 소유로 남아 있고, 매년 임대료가 조금씩 들어오곤 하지."

폼페이우스는 요점을 파악했다. "세르토리우스에 관한 정보를 제공하는 사람에게 금화와 그 땅을 넘겨주시려는 거군요."

"바로 그걸세."

"아주 기가 막힌 아이디어입니다, 총독님! 우리가 인정하든 안 하든 간에, 세르토리우스를 전장에서 박살내는 것은 절대 불가능해 보여요. 그는 너무 똑똑하니까요. 또한 그에게는 어마어마한 병사들이 있고, 그들은 그에게 급여를 지급받든 못 받든 상관하지 않아요. 그들은 그저 로마의 끝을 보려는 거니까요. 하지만 세상의 모든 군대나 수도 주변에는 몇몇 탐욕스러운 인간들이 존재하기 마련이죠. 보상을 내건다면 세르토리우스의 궁전 안에서 전쟁이 벌어지게 할 수 있을 겁니다. 신경전이 벌어지게 하는 거죠. 그렇게 하십시오, 총독님! 꼭 그렇게 하세요!"

피우스는 그렇게 했다. 그 발표는 한 주가 지나기도 전에 히스파니아 전역으로 퍼졌다. 퀸투스 세르토리우스의 죽음이나 생포에 결정적인 역할을 하게 될 정보를 제공하는 행운아는 금화 100탈렌툼과 바이티스 강 유역의 비옥한 땅 2만 유게룸을 얻게 된다는 내용이었다.

그 발표가 세르토리우스의 숨통을 조였다는 사실은 메텔루스 피우스와 폼페이우스에게도 곧 자명해졌다. 보상에 대한 발표를 접하자마자 세르토리우스가 로마 병사로 구성된 경호단을 해산하고 오스카에 거주하는 충직한 히스파니아 백성들로 새로운 경호단을 꾸렸다는 소식이 전해졌다. 또한 그를 지지하는 로마인이나 이탈리아인 들과도 거리를 두기 시작했다고 전해졌다. 이러한 행동은 그의 로마인 및 이탈리아인 지지자들에게 깊은 상처를 안겼다. 퀸투스 세르토리우스는 어떻게 감히 로마인이나 이탈리아인이 그를 배신할 것이라 생각한단 말인가! 가장 마음이 상한 로마인과 이탈리아인 중에는 마르쿠스 페르페르나 베이엔토가 포함되어 있었다.

신경전이 벌어지는 가운데, 실제 전쟁도 이어지고 있었다. 폼페이우스와 메텔루스 피우스는 서로 협력하여 세르토리우스 편에 선 몇몇 도시들을 장악했지만, 칼라구리스는 끝내 함락되지 않았다. 세르토리우스와 페르페르나가 3만 병력을 이끌고 나타나, 앞서 세르토리우스가 팔란티아를 포위한 폼페이우스에게 그랬던 것처럼 로마인 포위자들을 에워싸고 괴롭혔던 것이다. 결국 폼페이우스와 메텔루스 피우스는 세르토리우스의 괴롭힘이 아니라 물자 부족으로 인해 칼라구리스 포위를 풀어야 했다. 그들은 12개 군단 병사들을 제대로 먹일 수가 없었다.

전년에 흉년이 든 탓에 계속해서 식량 공급에 차질이 빚어졌다. 봄이 여름으로 바뀌고 여름이 지나 추수기가 다가오면서 묘한 재앙이 발생했고, 그것은 폼페이우스와 메텔루스 피우스가 계획하고 있던 소모전을 엉망으로 만들어놓았다. 겨울부터 늦봄까지 거의 비가 내리지 않더니 작물이 겨우 익어갈 무렵에야 아프리카에서 알프스 산맥, 대서양에서 마케도니아와 그리스에 이르기까지 폭우가 쏟아졌고, 이로 인해 지중해 서부의 전 지역은 무시무시한 식량난에 직면하게 되었다. 아예 추수를 할 수조차 없었다. 아프리카, 시칠리아, 사르디니아, 코르시카, 이탈리아, 이탈리아 갈리아, 알프스 너머 갈리아, 가까운 히스파니아도 마찬가지였다. 유일하게 먼 히스파니아에서 일부 작물이 살아남긴 했지만, 평소와 달리 소출이 넉넉하지 않았다.

"그래도 위안이 되는 점이 있다면," 폼페이우스는 8월이 끝나갈 무렵 새끼 돼지에게 말했다. "세르토리우스 역시 식량난에 시달릴 거라는 점입니다."

"그의 곡물 저장소는 예전에 수확한 곡식들로 가득차 있을 걸세." 새끼 돼지는 침울하게 말했다. "그는 우리보다 훨씬 수월하게 견딜 수 있을 거야."

"저는 두리우스 강 상류로 돌아가면 됩니다." 폼페이우스는 확신 없는 목소리로 말했다. "하지만 그 지역에서 6개 군단을 모두 먹일 수 있을지는 잘 모르겠군요."

메텔루스 피우스는 결단을 내렸다. "그렇다면 나는 내 속주로 돌아가겠네, 마그누스. 내년 봄까지 자네는 나를 필요로 하지 않을 것 같으니 말이지. 가까운 히스파니아에서 남은 일은 자네 혼자 충분히 할 수 있을 거야. 가까운 히스파니아에는 내 병사들까지 먹일 곡식은 없지만, 자네가 세르토리우스의 근거지 몇 곳을 장악한다면 자네 병사들을 먹일 만큼의 양은 확보할 수 있을 걸세. 자네 병사들 중 2개 군단을 먼 히스파니아로 데려가 그곳에서 겨울을 나도록 하겠네. 봄에 2개 군단을 돌려받기를 원한다면 자네에게 보내줄 것이고, 자네가 그들을 먹일 자신이 없으면 계속 내가 데리고 있겠네. 쉬운 일은 아니겠지만, 키레나이카 서쪽의 다른 모든 지역에 비해 먼 히스파니아는 타격을 덜 받았다네. 장담하건대 나와 함께 있는 병사들은 배불리 먹을 수 있을 거야."

폼페이우스는 이 제안을 받아들였다. 메텔루스 피우스는 원래 계획했던 것보다, 혹은 원했던 것보다 훨씬 일찍 8개 군단을 이끌고 본인의 속주로 돌아갔다. 폼페이우스 수하에 남은 4개 군단은 곧바로 셉티망카와 테르메스로 보내졌고, 폼페이우스는 바로와 기병대와 함께 이베루스 강 하류에 남게 되었다(홍수로 인해 말들을 먹일 풀은 넉넉했기 때문에, 폼페이우스는 바로에게 기병대를 맡겨 엠포리아이에서 겨울을 나게 할 작정이었다). 폼페이우스는 다시 한번 로마 원로원에 편지를 썼다. 이번에는 바로가 곁에 있었음에도 그의 도움을 받지 않았다.

로마 원로원과 인민에게

전반적인 식량난으로 인해 로마와 이탈리아도 지금 저만큼이나 고통받고 있을 것이라 생각합니다. 저는 제 병사들 중 2개 군단을 제 동료 피우스에게 맡겨 먼 히스파니아로 보냈습니다. 그곳은 가까운 히스파니아보다 상황이 나으니까요.

이 편지는 식량을 요구하기 위한 것이 아닙니다. 저는 제 병사들을 어떻게든 살려놓을 것이고, 퀸투스 세르토리우스를 어떻게든 약화시킬 겁니다. 이 편지는 돈을 요구하기 위한 것입니다. 제 병사들에게 대략 1년 치 급여를 지불하지 못한 상태고, 앞으로의 급여도 없는 지금 상황이 넌더리납니다.

저는 지금 세계의 서쪽 끝에 있지만, 다른 모든 곳에서 전해지는 소식을 듣고 있습니다. 니코메데스 왕이 죽은 뒤 미트리다테스가 비티니아를 침략했다는 것을 알고 있습니다. 에그나티우스 가도 이쪽 끝에서 저쪽 끝에 이르기까지 마케도니아 북부의 부족들이 들끓고 있다는 것을 알고 있습니다. 해적의 공격 때문에 동부 마케도니아와 아시아 속주의 곡물을 로마 수송선으로 옮겨 현재의 식량난을 타개하는 것도 불가능하다는 것을 알고 있습니다. 올해의 집정관 루키우스 루쿨루스와 마르쿠스 코타가 집정관 임기중에 미트리다테스와 맞서야 하는 상황임을 알고 있습니다. 하지만 동시에, 저는 여러분이 루쿨루스에게 함대 마련 명목으로 7천200만 세스테르티우스를 제안했다는 것도 알고 있습니다. 루쿨루스는 그 제안을 사양했고요. 그렇다면 현재 국고위원회 바닥의 판석 아래에는 적어도 7천200만 세스테르티우스가 있겠군요, 안 그렇습니까? 제가 화가 나는 건 그 부분입니다. 여러분이 세르토리우스보다 미트리다테스를 더 높이 평가한다는 사실 말이죠. 저는 그렇지 않습니다. 한 명은 동방의 지배자로, 진정한 강점이라고는 머릿수밖에 없습니다. 반면 다른 한 명은 로마인입니다. 그것이 그의 강점이라 할 수 있죠. 제가 어느 쪽과 싸우는 것을 선호할지는 뻔합니다. 실은 미트리다테스를 진압하는 임무를 여러분이 저에게 맡겼으면 합니다. 아무도 알아주지 않는 땅 히스파니아에서 이 힘들기만 하고 보상은 없는 전쟁을 끝내고 미트리다테스와의 전쟁에 뛰어들 수도 있을 테니까요.

그 7천200만 세스테르티우스 중 일부를 얻을 수 없다면 저는 히스파니아에서 계속 싸울 수 없습니다. 그렇기 때문에 여러분에게 국고위원회 바닥의 판석을 열어서 돈자루를 꺼낼 것을 제안합니다. 그것이 힘들다면 대안은 간단합니다. 저는 이곳 가까운 히스파니아에서 군대를 해산하고—지금 제가 데리고 있는 4개 군단 전체를 말이죠—그들에게 각자 알아서 살아남으라고 할 겁니다. 집으로 돌아가는 길은 아주 멉니다. 지휘체계와 그 체계로 인해 얻을 수 있는 마음의 평화가 없으니, 그들 중 집으로 돌아가는 길을 택하는 사람은 거의 없겠죠. 대부분은 비슷한 상황에서 제가 할 법한 선택을 할 겁니다. 퀸투스 세르토리우스에게 가서 그의 군대에 입대하는 거죠. 그는 그들을 먹여주고 정기적으로 급여도 제공할 테니까요. 이제 여러분에게 달렸습니다. 저에게 돈을 보내든지, 제가 이곳에서 군대를 해산하든지, 둘 중 하나입니다.

덧붙이자면, 저는 아직 로마로부터 제 공마값을 지불받지 못했습니다.

폼페이우스는 결국 돈을 얻었다. 원로원 의원들은 이토록 솔직하고 단도직입적인 언어로 작성된 최후통첩을 받아들일 수밖에 없었다. 로마 전체가 앓는 소리를 냈지만, 로마는 세르토리우스의 침략까지 감당할 수 있는 처지가 아니었다. 특히나 폼페이우스의 4개 군단 병사들이 그쪽 편으로 넘어간 이후라면 더더욱 그랬다. 폼페이우스가 쓴 편지의 충격이 얼마나 대단했던지, 메텔루스 피우스까지 자금을 전달받았다. 이제 두 로마 장군에게 남은 일은 식량을 찾아내는 것뿐이었다.

폼페이우스의 2개 군단이 길게 이어진 물자 수송대를 이끌고 먼 히스파니아에서 돌아왔고, 나이우스 폼페이우스 마그누스는 소모전을 재개했다. 그는 마침내 팔라티아를 손에 넣었고, 카우카로 이동했으며, 그곳 주민들에게 병에 걸리거나 부상당한 로마 병사들을 돌봐달라고 간곡히 사정했다. 주민들은 그러겠노라 했다. 하지만 폼페이우스는 그의 최정예 병사들을 병에 걸리거나 부상당한 사람으로 변장시켰고, 카우카를 내부에서부터 장악했다. 세르토리우스의 근거지는 하나씩 차례대로 무너졌고, 그 도시에 있던 곡식은 폼페이우스 몫이 되었다. 겨울이 찾아올 때까지 버티고 있던 도시는 칼라구리스와 오스카뿐이었다.

폼페이우스는 메텔루스 피우스의 편지를 전달받았다.

나는 아주 기쁘다네, 폼페이우스. 자네 혼자 힘으로 진행한 것이나 다름없는 올해 전쟁은 세르토리우스의 등뼈를 분질러놓기에 충분했네. 전장에서의 승리는 내 몫이었을지 몰라도, 그 굳은 결의는 전부 자네에게서 비롯된 것이었어. 자네는 단 한 순간도 포기하지 않고, 단 한순간도 세르토리우스에게 숨 돌릴 틈을 주지 않았어. 세르토리우스가 직접 공격하는 쪽도 언제나 자네였지. 반면 나는 운좋게도 처음에는 히르툴레이우스—대단한 사람이긴 하지만 세르토리우스와 같은 급은 아니지—와 맞섰고, 그다음에는 페르페르나—전혀 뛰어나지 않은 인물이지—와 맞섰네.

하지만 나는 무엇보다 우리의 군단에 소속된 병사들을 칭찬하고 싶다네. 이번 전쟁은 로마 역사상 가장 치열하면서도 보상이 따르지 않았고, 우리 병사들은 무시무시한 고난을 견뎌야만 했네. 하지만 우리 두 사람 중 누구도 이제껏 불평을 듣거나 반란을 겪지는 않았지. 급여가 몇 년씩 밀리고 전리품이 전혀 없는데도 말일세. 우리는 마지막 밀알 하나라도 놓치지 않으려는 쥐떼처럼 도시들을 약탈해왔어. 그래, 참으로 훌륭한 두 군대라네, 나이우스 폼페이우스. 로마가 그들에게 정당한 대가를 지불해주리라 확신할 수 있는 처지였으면 좋겠어. 하지만 실은 확신할 수 없지. 로마는 패배하지 않는다네. 전투에선 패배할지 몰라도 전쟁에선 패배하는 법이 없어. 아마도 우리의 용맹한 병사들 덕분이 아닐까 해. 그들의 충성심, 올바른 태도, 어떻게든 버티겠다는 불굴의 의지 같은 것을 감안한다면 말이지. 우리 같은 장군이나 총독 들의 역할에는 한계가 있어. 결국에 가장 큰 역할을 하는 것은 로마 병사들이라고 생각하네.

자네가 언제 집으로 돌아갈 계획인지 모르겠군. 애초에 자네에게 특별 직권을 부여한 것은 원로원이니, 아마도 원로원에서 그걸 도로 가져가겠지. 하지만 나는 원로원이 임명한 먼 히스파니아의 총독이라 서둘러 로마로 돌아갈 이유가 없다네. 원로원으로서도 먼 히스파니아에 파견할 신임 총독을 찾는 것보단 내 임기를 연장해주는 편이 훨씬 수월하겠지. 그래서 나는 임기를 최소 2년은 연장해달라고 원로원에 요청할 생각이네. 이곳을 떠나기 전에 내 속주를 온전히 자립할 수 있는 상태로, 또 루시타니족으로부터 안전한 상태로 만들어놓고 싶거든.

나중에 로마로 돌아가서 겪게 될 새로운 전쟁이 벌써부터 걱정된다네. 내 퇴역병들이 정착할 땅을 마련하기 위해 원로원과 벌이게 될 충돌 말이지. 하지만 내 병사들이 보상받지 못하는 걸 두고볼 생각은 없어. 그렇기 때문에 내 병사들을 이탈리아 갈리아에, 그것도 파두스 강 이북에 정착시킬 계획이네. 그곳에는 훌륭한 경작지와 풀이 무성한 초원이 한없이 펼쳐져 있는데, 현재는 갈리아인들이 소유하고 있어. 엄밀히 말해 로마 땅이 아니기 때문에 원로원도 신경 쓰지 않을 테고, 나는 인수브레스족 무리가 나타날 경우 언제든 내 퇴역병들을 재소집할 수 있겠지. 이 문제에 대해 내 백인대장들과 먼저 논의했는데, 다들 아주 기뻐하더군. 내 병사들은 몇 년씩이나 토지 판무관과 관료로 구성된 위원회의 결정을 기다리며 도시를 배회할 필요가 없을 거야. 위원회에서는 토지를 측량하고 더 논의하고, 명단을 정리하고 더 의논하고, 각자의 몫을 배분하고 더 논의하고, 그러면서도 결론적으로는 아무것도 마무리하지 못할 거야. 그런 위원회를 보면 볼수록 느끼는 점이 있다면, 위원회가 조직할 수 있는 것은 재앙뿐이란 사실일세.

자네의 건강을 기원하겠네, 친애하는 폼페이우스.

폼페이우스는 바스코네스족 사이에서 그해 겨울을 보냈다. 바스코네스족은 피레네 산맥의 서쪽 끝에 사는 강력한 부족으로, 이제 세르토리우스에게 지극히 환멸을 느끼고 있었다. 그들은 폼페이우스의 병사들에게 친절했으므로, 폼페이우스는 병사들을 시켜 바스코네스족을 위한 근거지를 건설했다. 또한 바스코네스족으로부터 폼파일로—폼페이우스가 새로 건설된 도시에 붙인 이름이었다—는 늘 로마 원로원과 인민에게 충성할 것이라는 맹세를 받아냈다.

퀸투스 세르토리우스에게 그해 겨울은 유난히 추웠다. 어쩌면 그는 진작부터 자신이 좇는 것이 사라진 명분임을 알고 있었으리라. 그는 자신이 포르투나 여신으로부터 선택받은 인물이 아님을 알고 있었다. 하지만 그 사실을 있는 그대로 순순히 인정할 수는 없었다. 그래서 그는 로마인 적수들로 하여금 그들이 전장에서 이길 수 있다고 착각하게 만들 수 있는 한, 상황은 자신의 뜻대로 풀릴 거라고 스스로에게 되뇌었다. 그의 추락이 시작된 것은 할망구와 꼬마가 그의 계책을 꿰뚫어보고 전투를 회피하는 전략을 채택하면서부터였다. 일명 파비우스 전략(직접 맞서지 않고 소모전으로 적의 자멸을 기다리는 전략— 옮긴이)이었다.

그를 배신하는 데 보상이 내걸린 것도 극심한 타격으로 다가왔다. 세르토리우스는 로마인이었고, 가장 이성적이고 점잖은 사람들의 마음속에도 탐욕이 존재한다는 것을 알고 있었기 때문이다. 그는 자신과 같은 환경에서 자란 로마인이나 이탈리아인 동지들을 더는 신뢰할 수 없었다. 반면 그의 히스파니아 백성들은 문명과 함께 싹트는 탐욕이라는 죄악에 아직 물들지 않은 상태였다. 누군가의 손이 칼 쪽으로 향하지 않는지, 얼굴에 살기가 떠오르지 않는지 너무 신경을 곤두세우다보니 그는 극도의 긴장감에 시달렸다. 이러한 모습은 그의 히스파니아인 지지자들에게 걱정스럽고 낯설게 보일 것이 분명했으므로, 그는 자신의 감정을 통제하려고 부단히 애를 썼다. 그는 감정을 통제하기 위한 중재자로 포도주를 이용하기 시작했다.

그러던 어느 날 네르사이로부터 그의 어머니가 죽었다는 소식이 전해졌다. 그의 평생 가장 잔인한 타격, 궁극적인 배신이었다. 그가 일부러 로마식으로 교육시키지 않은 게르만족 아내와 아들이 피투성이 시체로 발밑에 놓여 있다 해도, 그는 자신의 어머니 마리아를 위해 운 것처럼 서럽게 울지는 않을 터였다. 그는 어두운 방에서 며칠 동안 나오지 않았고, 그의 곁을 지킨 것은 흰 새끼 사슴 디아나와 수많은 포도주병뿐이었다. 오랫동안의 부재, 그 상실감! 상실감! 그리고 죄책감.

마침내 그가 다시 모습을 드러냈을 때, 그의 마음속에는 이상한 쇳덩이 같은 것이 들어와 있었다. 여태껏 공손과 친절의 화신이었던 세르토리우스는, 그의 히스파니아인 추종자들조차 의심하며 무례하게 굴었고 가장 가까운 친구들에게도 모욕을 일삼기 시작했다. 폼페이우스가 지극히 효율적으로 소모전 전략을 구사하는 동안 세르토리우스는 자신이 히스파니아로부터 서서히 분리되고 있음을, 그의 세계가 와해되고 있음을 생생히 느낄 수 있었다. 게다가 포도주 속에 포함된 음험한 환영으로 인해 그의 편집증이 폭발했다. 그는 오스카에 위치한 그의 유명한 학교에서 히스파니아 족장들이 은밀히 자녀들을 빼내고 있다는 소식을 듣고, 경호원들과 함께 그 학교의 햇살 가득하고 평화로운 주랑을 찾아가 남아 있던 학생들 상당수를 죽였다. 이것은 그의 종말의 시작이었다.

마르쿠스 페르페르나 베이엔토는 세르토리우스가 본인에게서 군대 통제권을 빼앗아간 방식에 대해 단 한 순간도 잊거나 용서한 적이 없었다. 그는 이 사비니족 출신의 마리우스파 변절자가 지닌 타고난 우월성을 순순히 받아들이는 데 어려움을 겪고 있었다. 전투를 치를 때마다 페르페르나는, 세르토리우스가 누리는 넘치도록 많은 재능과 병사들의 일편단심이 본인에게 전혀 없음을 깨달았다. 오, 하지만 그 무엇에서도 세르토리우스를 능가할 수 없다는 사실을 인정하기란 얼마나 힘든 일인지! 단, 나중에 밝혀졌듯이 배반에 있어서만큼은 달랐다.

메텔루스 피우스가 발표한 보상 소식을 접한 순간부터 페르페르나의 목표는 정해졌다. 세르토리우스가 성질을 부리고 못된 짓을 일삼아서 페르페르나의 작업을 수월하게 만들어준 것은 예상치 못한 행운이었다. 어쨌든 그는 그 행운을 놓치지 않았다.

페르페르나는 연회를 준비했다. 그는 겨울철 오스카의 단조로운 일상에 활력을 더해주기 위한 조치라고 가볍게 설명하면서 로마인 및 이탈리아인 측근들을 초대했다. 물론 세르토리우스도 초대했다. 페르페르나는 과연 세르토리우스가 나타날지 확신하지 못했지만, 그 친숙한 거구와 반으로 나뉜 얼굴이 등장하자 곧바로 달려가 자신의 주빈을 귀빈석으로 모셨다. 그는 노예들에게 물을 타지 않은 강화 포도주를 부지런히 나르라고 지시했다.

그곳에 참석한 모든 사람들은 한통속이었다. 고조된 감정으로 인해 터질 듯한 긴장감이 돌았다. 사람들이 느끼는 감정은 대부분 두려움과 불안이었다. 그 덕분에 물을 타지 않은 포도주가 모두의 목구멍으로 술술 넘어갔고, 페르페르나는 막상 일을 치를 때쯤엔 정신이 멀쩡한 사람이 아무도 없겠다는 생각마저 들었다. 흰 새끼 사슴은 물론 주인을 따라왔고—세르토리우스는 요즘 그 사슴 없이는 어디에도 가지 않았다—세르토리우스와 페르페르나 사이에 자리를 잡았다. 이 모임의 진정한 목적을 감안했을 때, 그 상황은 페르페르나에게 불쾌하기 짝이 없었다. 그래서 그는 가운데 의자에서 일어났고, 그 자리에 로마인과 히스파니아인의 피가 반반씩 섞인 마르쿠스 안토니우스라는 사람을 앉혔다. 그는 위대한 안토니우스 가문의 남자와 히스파니아 시골 처녀 사이에서 태어난 천한 인물로, 안토니우스 가문 특유의 너그러움으로 인해 수혜를 받기는커녕 아버지로부터 인정조차 받지 못했다.

대화는 점차 거칠어졌고 언어는 점차 상스러워졌으며, 그 중심에는 안토니우스가 있었다. 음담패설을 싫어하는 세르토리우스는 그 농담에 끼지 않았다. 그는 디아나를 끌어안고 술을 마셨으며, 그의 얼굴 중 표정을 읽을 수 있는 부분은 외부의 일에 무관심하고 냉담해 보였다. 바로 그때, 어떤 사람이 아주 심하게 저속한 농담을 던져 세르토리우스를 제외한 모든 사람들을 웃겼다. 세르토리우스는 역겨운 듯 얼굴을 찡그리며 긴 의자에 몸을 기대고 있었다. 페르페르나는 당장이라도 세르토리우스가 자리를 박차고 떠날까 두려웠다. 그는 주변이 너무 시끄러워 잘 전달될지 확신할 수 없었음에도 급히 신호를 보냈다.

그의 은잔이 바닥으로 떨어졌다. 너무 세게 떨어지는 바람에 쨍그랑 소리가 났고 은잔은 공중으로 높이 튀었다. 순식간에 완벽한 침묵이 찾아왔다. 하지만 안토니우스는 포도주에 절어 전혀 낌새를 눈치채지 못한 세르토리우스보다 빨랐다. 그는 자신의 튜닉 속에서 로마 군단병의 큼직한 단검을 꺼내 세르토리우스에게 달려들더니 그의 가슴에 칼을 꽂았다. 디아나는 꽥액 소리를 지르며 뒤로 물러났고, 세르토리우스는 비틀거리며 일어섰다. 그곳의 모든 사람들이 고통에 시달리는 남자에게 달려들어 그의 팔다리를 바닥에 고정시켰고, 안토니우스는 단검을 위아래로 부지런히 놀렸다. 세르토리우스는 큰 소리를 지르지 않았지만, 물론 소리를 질렀다 해도 도와주러 올 사람은 없었다. 페르페르나의 저택 입구에서 대기중이던 히스파니아인 경호원들은 진작 살해당한 뒤였기 때문이다.

흰 새끼 사슴은 여전히 꽥꽥 소리를 질렀고, 만족한 암살범이 뒤로 물러나자 긴 의자에 뛰어 올라왔다. 사슴은 피를 뒤집어쓴 채 미동조차 없는 주인의 냄새를 정신없이 맡아댔다. 페르페르나는 이것이야말로 자신에게 적합한 임무라고 생각했다! 그는 마르쿠스 안토니우스가 떨어뜨린 칼을 집어들더니 디아나의 왼쪽 앞다리 뒤편으로 푸욱 찔러넣었다. 흰 새끼 사슴은 세르토리우스의 시체 위에 가로 방향으로 쓰러졌다. 승리감에 도취된 패거리들은 세르토리우스를 원치 않는 가구처럼 페르페르나의 저택 입구에 내던져버리면서 디아나도 함께 버렸다.

폼페이우스는 처음에 이 소식을 접하게 된 방식이 너무 역겹고 구역질난다고 생각했다. 하지만 시간이 흐른 뒤에는 그것이 충분히 예상 가능한 방식이었음을 인정하게 되었다. 페르페르나는 말과 기수가 최단 시간 내에 오스카에서 폼파일로까지 이동해 폼페이우스에게 세르토리우스의 머리를 전달하도록 했던 것이다. 이 섬뜩한 전승기념물에는 짧은 편지가 따라왔다. 폼페이우스와 메텔루스 피우스는 이제 페르페르나에게 금화 100탈렌툼과 2만 유게룸의 토지를 제공해야 한다는 내용이었다. 또한 페르페르나는 같은 내용의 편지를 메텔루스 피우스에게도 보낸다고 전했다.

폼페이우스는 직접 답장을 썼고, 그 답장의 사본을 전령에게 맡겨 신속히 메텔루스 피우스에게도 전달하도록 했다.

> 퀸투스 세르토리우스가 당신 같은 버러지의 손에 죽었다는 소식을 듣다니 전혀 기쁘지 않소, 페르페르나. 그는 비록 버려진 자였지만, 당신보다는 더 고귀한 인물의 손에 죽을 자격이 있었소.
>
> 애초에 세르토리우스의 머리에 대해 보상을 약속한 것도 아니니,

기쁜 마음으로 당신의 요구를 거절하겠소. 보상금과 땅은 '우리'가 퀸투스 세르토리우스를 생포하거나 죽일 수 있도록 '정보를 제공'하는 사람에게 주기로 한 거요. 혹시 당신이 확인한 벽보에 정보 제공과 관련된 내용이 빠져 있었다면 필경사를 탓하시오. 하지만 나는 정보 제공에 관한 내용이 누락된 벽보는 단 한 번도 본 적이 없소. 페르페르나, 당신은 집정관을 배출한 가문 출신이고, 한때 원로원 의원이었고, 법무관을 지내기도 했소. 그러니 당신은 더 정확히 알고 있어야만 했소.

짐작건대 당신은 퀸투스 세르토리우스에 뒤이어 총사령관 자리에 오르겠지. 최후의 반역자가 숨을 거두고 최후의 반란자가 노예로 팔려가는 그 순간까지 이 전쟁은 계속될 것이라는 '정보'를 당신에게 '제공'하게 되어 심히 기쁘단 말을 전하고 싶소.

세르토리우스의 죽음 소식이 히스파니아로 퍼지자, 그를 추종하던 히스파니아 세력들은 루시타니아와 아퀴타니아로 사라졌다. 심지어 그를 따르던 로마인과 이탈리아인 병사들도 페르페르나의 대의에 반발해 탈영했다. 그럼에도 불구하고 페르페르나는 자기 밑에 남기로 결정한 병사들을 이끌고 5월에 오스카에서 나와 폼페이우스와 교전을 벌였다. 그는 자신이 보상을 요구했을 때 폼페이우스가 보내온 퉁명스러운 답변에 분개하고 있었다. 피케눔 출신의 벼락출세자가 어딜 감히 카이킬리우스 메텔루스 집안사람보다 먼저 나서 답장을 보낸단 말인가? 하지만 그 카이킬리우스 메텔루스 집안사람은 아예 답장을 보내지도 않았다.

전투는 시시하게 끝났다. 페르페르나는 폼페이우스의 병사들 중 1개 군단이 폼파일로 남쪽에서 식량을 구하러 다니는 것을 발견했다. 그들은 뿔뿔이 흩어져 있었고, 수십 개의 짐수레가 어지러이 널려 있었다. 폼페이우스의 병사들은 세르토리우스의 마지막 군대가 돌진하는 것을 발견하고 가파른 협곡 안으로 서둘러 달아났고, 페르페르나는 신이 나서 그들을 뒤쫓았다. 마지막 한 사람까지 전부 협곡 안으로 들어온 뒤에야 폼페이우스는 덫을 작동시켰다. 양쪽 기슭에 숨어 있던 그의 병사 수천 명이 우르르 쏟아져나와 세르토리우스의 마지막 군대를 전멸시켰다.

몇몇 병사들이 덤불 속에 숨어 있는 페르페르나를 찾아내어 아울루스 가비니우스에게 데려갔고, 가비니우스는 그를 폼페이우스에게 데려갔다. 두려움에 얼굴이 잿빛으로 변한 페르페르나는 폼페이우스에게 세르토리우스의 개인 문서를 전부 넘기는 조건으로 목숨만은 살려달라고 애걸했다. 그가 흐느끼며 말하기를, 그 문서를 보면 로마의 유력가들 중 세르토리우스가 승리해서 마리우스의 체제에 따라 로마를 재정비하기를 학수고대했던 인물들이 누구인지 알 수 있을 것이라고 했다.

"그게 뭐가 됐든 상관없소." 폼페이우스가 말했다. 그의 얼굴은 굳어 있었고 파란 눈은 무표정했다.

"뭐가 상관없다는 겁니까?" 페르페르나는 부들부들 떨면서 물었다.

"마리우스의 원칙 말이오."

"나이우스 폼페이우스, 제발 부탁입니다! 일단 그 문서를 보기면 하면 제 말이 맞다는 걸 알게 되실 겁니다!"

"잘 알겠소. 한번 보여주시오." 폼페이우스는 짧게 말했다.

페르페르나는 무척 안도한 표정으로 가비니우스에게 문서의 위치를 일러주었고(오스카에 남겨두기가 무서워 늘 가지고 다녔다), 그것이 도착할 때까지 기다리면서 초조함을 감추지 못했다. 두 남자가 거대한 상자를 마주 들고 나타나더니 폼페이우스 앞에 내려놓았다.

"열어." 폼페이우스가 말했다.

그는 쪼그리고 앉아 아주 오랜 시간 동안 상자에 든 두루마리와 종이 들을 살펴보았다. 이따금씩 두루마리를 펼쳐 내용을 읽어보기도 하고 뭔가 중얼거리며 고개를 끄덕이기도 했다. 상자에 든 문서 대부분은 대충 훑어보고 지나갔지만, 간혹 짧은 내용의 글을 읽는 동안 그의 눈썹이 위로 올라갔다. 상자가 텅 비고 뒤죽박죽 섞인 문서들이 짓밟힌 풀밭 위에 산을 이루자 그는 자리에서 일어났다.

"이 쓰레기들을 전부 모아 지금 당장 내 눈앞에서 태워버리게." 폼페이우스는 가비니우스에게 말했다.

페르페르나는 헉 소리를 냈지만 달리 아무 말도 덧붙이지 못했다.

상자 안의 내용물들이 활활 타오르자, 폼페이우스는 깊은 만족감이 담긴 표정으로 가비니우스에게 턱짓을 하며 말했다. "저 버러지를 죽여버리게."

페르페르나는 로마 군단병의 칼에 목숨을 잃었다. 그의 머리가 잘려 피로 물든 땅에 떨어지는 순간, 히스파니아에서의 전쟁은 종결되었다.

"결국 이렇게 됐군요." 가비니우스가 말했다.

폼페이우스는 어깨를 으쓱했다. "속이 다 시원하군." 그가 말했다.

두 사람은 몸에서 떨어져나간 페르페르나의 머리를 내려다보았다. 공포와 경악이 담긴 두 눈은 휘둥그레져 있었다. 폼페이우스는 몸을 돌려 나머지 보좌관들이 있는 곳으로 돌아갔다. 그들은 호출이 떨어지지 않는 한 함부로 상관을 방해해서는 안 된다는 것을 잘 알고 있었다.

"그 문서를 꼭 태워야만 했습니까?" 가비니우스가 물었다.

"물론이지."

"로마로 가져가는 것이 낫지 않았을까요? 그랬다면 반역자들을 죄다 처단할 수 있었을 텐데요."

폼페이우스는 웃으며 고개를 가로저었다. "앞으로 100년 동안 반역 법정을 시끄럽게 만들자고?" 그가 물었다. "가끔은 비밀로 묻어두는 게 가장 현명한 대책이지. 반역자는 그들을 기소할 수 있는 문서가 연기 속으로 사라졌다고 해서 반역자로 사는 것을 멈추지 않아."

"이해가 되지 않습니다."

"그들은 계속 그렇게 살 거란 뜻일세, 아울루스 가비니우스. 앞으로도 계속."

전쟁은 끝났지만, 폼페이우스는 당장 짐을 싸서 페르페르나의 머리를 창에 꽂고 로마로 돌아가기에는 너무 철두철미한 인간이었다. 그는 본인이 어지른 곳을 직접 정리하는 것을 좋아했다. 이는 엄밀히 말해 향후 위험이나 위협요소가 될 만한 인물들을 모두 죽인다는 의미였다. 그렇게 죽은 사람들 중에는, 폼페이우스가 6월에 오스카의 항복을 받아내면서 그곳에서 발견한 세르토리우스의 게르만족 아내와 아들이 포함되어 있었다. 세르토리우스의 아들로 지목된 서른 살의 남자는 라틴어도 할 줄 모르고 히스파니아의 일레르게테스족처럼 행동했지만, 그 지목에 신빙성을 더해줄 만큼 세르토리우스를 많이 닮아 있었다.

세르토리우스가 죽었다는 소식을 접한 뒤, 클루니아와 욱사마는 폼페이우스에게 항복했던 것을 후회하며 성문을 잠그고 포위전에 대비했다. 폼페이우스는 기꺼이 두 도시를 포위했다. 클루니아는 함락되었다. 욱사마도 함락되었다. 칼라구리스도 마찬가지였는데, 로마인들은 그곳 사람들이 항복하지 않으려 여자와 아이까지 잡아먹은 것을 보고 경악했다. 폼페이우스는 칼라구리스의 모든 생존자들을 처형했고, 도시뿐 아니라 그 지역 전체를 불태웠다.

물론 이 모든 일이 벌어지는 동안 승전 장군과 로마 사이에는 많은 교신이 오갔다. 모든 편지가 공식 서한은 아니었고, 모든 문서가 일반인에게 공개될 수 있는 내용은 아니었다. 폼페이우스와 가장 많은 편지를 주고받은 사람 중에는 이제 원로원에서 떵떵거리는 필리푸스가 포함돼 있었다. 그해의 두 집정관은 폼페이우스의 숨겨진 피호민인 루키우스 겔리우스 포플리콜라와 나이우스 코르넬리우스 렌툴루스 클로디아누스였다. 이는 폼페이우스가 집정관들에게 부탁해 자신을 많이 도와준 히스파니아인들에게 로마 시민권을 얻어다줄 수 있음을 의미했다. 폼페이우스가 작성한 명단의 맨 꼭대기에는 아주 기이한 이름이 두 번 적혀 있었다. 키나후 하다슈트 비블로스, 동명이인인 삼촌과 조카, 나이는 각각 서른세 살과 스물여덟 살, 지체 높은 가데스의 주민이자 부유한 페니키아인 상인. 하지만 폼페이우스는 히스파니아 출신의 나이우스 폼페이우스 아무개들이 로마에 넘쳐나는 것을 원치 않았으므로, 그들은 폼페이우스의 이름을 물려받지 못했다. 가데스 출신의 삼촌과 조카는, 최근 폼페이우스의 보좌관으로 배속된 인물이자 올해 집정관의 친척인 루키우스 코르넬리우스 렌툴루스의 피호민이 되었다. 덕분에 그들은 큰 루키우스 코르넬리우스 발부스와 작은 루키우스 코르넬리우스 발부스라는 이름으로 로마에서의 삶과 역사에 등장하게 되었다.

폼페이우스는 이후에도 서두르지 않았다. 새 카르타고의 광산은 다시 문을 열었고, 콘테스타니족은 친애하는 가이우스 멤미우스를 죽인 대가로 벌을 받았다. 폼페이우스의 여동생은 이제 과부였다. 그는 로마로 돌아가는 즉시 그 문제를 해결해야만 했다! 제대로 조직된 관료제, 조세체계, 간단명료한 법률과 법규, 로마 속주에 필요한 부가적인 요소들을 모두 고려할 때, 가까운 히스파니아는 서서히 속주로서 모양을 갖춰갔다.

나이우스 폼페이우스 마그누스는 그해 가을, 다시는 히스파니아로 돌아오지 않기를 진심으로 기도하며 그곳을 떠났다. 그는 자신감을 많이 회복했고 스스로에 대한 평가도 긍정적으로 바뀌었다. 하지만 두 번 다시는 적군이 패배의 예감으로 떨지 않는 상황에서 그들과 맞서지 않고, 두 번 다시는 병력이 적군보다 최소 몇 개 군단 정도 앞서지 않는 전쟁에 뛰어들지 않을 작정이었다. 또한 두 번 다시는 로마인과 맞서지 않으리라!

승전 장군은 세르토리우스가 입었던 갑옷과 페르페르나가 목이 달아날 때 입고 있던 갑옷 등의 전승기념물을 피레네 산맥을 지나는 고갯길 정상에 설치했다. 그 전승기념물들은 가로대가 달린 긴 장대에 단단히 고정되었고, 프테루게스는 구슬픈 산바람에 펄럭거렸다. 갈리아에서 히스파니아로 넘어가는 모든 사람들에게, 로마를 상대로 전쟁을 벌여봐야 얻을 것이 없음을 알려주는 무언의 표지였다. 폼페이우스는 다양한 전승기념물 옆에 돌무덤을 세웠고, 그곳의 석판 위에 자신의 이름, 계급, 직권, 그가 함락시킨 도시의 숫자와 로마 시민권을 얻어다준 사람들의 이름을 남겼다.

그런 다음 그는 나르보 갈리아로 내려와서 새우와 땅꾼 숭어로 포식하며 그해 겨울을 보냈다. 전쟁의 양상이 그러했듯 그해에는 다른 모든 일들이 전보다 잘 풀렸다. 두 개의 히스파니아 속주에 모두 풍년이 들었고, 나르보 갈리아는 특히 대단한 풍작을 거두었다.

그는 빨라도 새해의 중반 이후에나 로마로 돌아갈 계획이었다. 어떤 패배감에서 비롯된 결정은 아니었다. 다만 그는 앞으로 무엇을 해야 할지, 어디로 가야 할지, 로마인들이 숭배하는 전통 중 또 어떤 것을 무너뜨려야 할지 확실히 몰랐던 것이다. 9월의 스물여덟번째 날이면 이제 그도 서른다섯 살이었고, 더는 로마 군대의 젊은 장군이 아니었다. 따라서 소년이 아닌 남자에게 어울리는 목표를 찾아야만 했다. 어떤 목표여야 할까? 원로원에서 그에게 주기를 꺼릴 무언가여야 한다는 것만은 분명했다. 그는 자신이 함부로 들여다보지 못하는 마음 한구석의 미로에 해답이 숨어 있음을 느꼈지만, 그것은 여전히 그의 손에 잡힐 듯 잡히지 않았다.

그러던 그는 모든 생각을 접고 어깨를 으쓱했다. 당장 더 시급한 일, 이를테면 그가 개척한 알프스 산맥의 고갯길을 개통하는 일이 눈앞에 있었다. 토지를 측량하고 길을 닦고 포장하고, 이름은 뭐라고 붙이지? 폼페이우스 가도? 듣기 좋군! 하지만 도로 이름 따위를 본인의 영광에 대한 기념물로 남겨두고 죽고 싶은 사람이 있을까? 아니, 그보단 그냥 자신의 이름을 남기는 편이 훨씬 낫지. 위대한 폼페이우스. 그래, 바로 그거야.

〈3권에 계속〉

포르투나의 선택 2
마스터스 오브 로마 3

1판 1쇄 2016년 6월 22일
1판 4쇄 2020년 11월 30일

지은이 콜린 매컬로 | 옮긴이 강선재 신봉아 이은주 홍정인 | 펴낸이 신정민

편집 신정민 신소희 | 디자인 고은이 이주영
마케팅 정민호 김경환 | 홍보 김희숙 김상만 지문희 김현지 이소정 이미희
저작권 한문숙 김지영 이영은 | 모니터링 서승일 이희연 전혜진
제작 강신은 김동욱 임현식 | 제작처 한영문화사

펴낸곳 (주)교유당
출판등록 2019년 5월 24일 제406-2019-000052호

주소 10881 경기도 파주시 회동길 210
문의전화 031) 955-8891(마케팅), 031) 955-3583(편집)
팩스 031) 955-8855
전자우편 gyoyudang@munhak.com

ISBN 978-89-546-4127-2 04840
978-89-546-4125-8 (세트)

* 교유서가는 (주)교유당의 인문 브랜드입니다.

* 이 도서의 국립중앙도서관 출판예정도서목록(CIP)은 서지정보유통지원시스템 홈페이지(http://seoji.nl.go.kr)와 국가자료종합목록 구축시스템(http://kolis-net.nl.go.kr)에서 이용하실 수 있습니다. (CIP제어번호: CIP2016013695)